LE

FILS DU DIABLE

OU

LES TROIS HOMMES ROUGES

TOME PREMIER

TABLE DES MATIÈRES

DU PREMIER VOLUME

PROLOGUE

INTRODUCTION

PREMIÈRE PARTIE

DEUXIÈME PARTIE

LA ROTONDE DU TEMPLE

TROISIÈME PARTIE

LA MAISON DE GELDBERT

QUATRIÈME PARTIE

LE CABARET DES FILS AYMON

FIN DE LA TABLE DU PREMIER VOLUME

Paris. — Typ. de Rouge, Dunon et Fresné, rue du Four-Saint-Germain, 43.

LE

FILS DU DIABLE

OU

LES TROIS HOMMES ROUGES

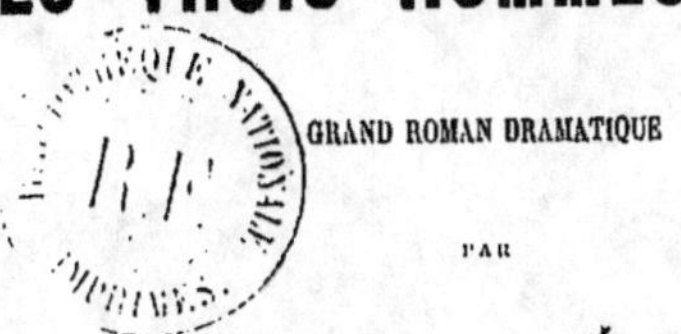

GRAND ROMAN DRAMATIQUE

PAR

PAUL FÉVAL

TOME PREMIER

F. ROY, Libraire-Éditeur, rue Saint-Antoine, 185

PARIS

LE FILS DU DIABLE

OU LES TROIS HOMMES ROUGES

PAR

PAUL FÉVAL

PARIS

F. ROY, Éditeur, rue Saint-Antoine, 185.

Contraste insuffisant
NF Z 43-120-14

Contraste hétérogène
Conforme à l'original

LE FILS DU DIABLE

OU

LES TROIS HOMMES ROUGES

BIBLIOTHÈQUE NATIONALE R.F. IMPRIMÉS

Par **PAUL FÉVAL**

PROLOGUE

LES TROIS HOMMES ROUGES

PREMIÈRE PARTIE

CHAPITRE PREMIER

LA JUDENGASSE

L'hôtel des postes de Francfort-sur-le-Mein venait d'ouvrir ses portes au public. La Zeil, qui est le boulevard italien de la ville d'or, commençait à s'encombrer d'industriels de toute sorte : les courtiers de la Bourse y coudoyaient les colporteurs de nouvelles ; les commis alertes luttaient de vitesse avec les garçons de bureau; les chasseurs en grande livrée poussaient les valets du petit commerce, et ne cédaient la place qu'aux messagers diplomatiques, reconnaissables à leurs portefeuilles blasonnés.

C'était un mouvement continuel et bruyant. Quelques femmes se glissaient parmi les heiduques : les Anglais touristes croassaient leur excentrique baragouin ; les trompettes des postillons cornaient de téméraires fanfares, les courriers jouaient du fouet pour avertir la foule, qui ouvrait un large passage au galop de leurs chevaux du Mecklembourg.

Il était neuf heures du matin. Tout le monde avait des lettres à prendre, des places à retenir, ou des relais à commander.

Les cours intérieures de l'immense hôtel où le prince de Tour et Taxis a installé les bureaux de la poste étaient encombrées de voitures de toutes tailles et de toutes formes. On voyait là la droschke du Nord auprès de l'excentrique tandem, l'impondérable tilbury côte à côte avec la lourde et commode bâtarde, importation anglaise, qui s'est perfectionnée dans les États de la Confédération germanique.

On était au mois d'octobre de l'année 1824. — Dans la salle des voyageurs, confortable appartement où l'on aurait pu se croire chez soi sans le grillage de fer qui protégeait les commis, la foule se renouvelait à chaque instant. Parmi la cohue affairée qui se pressait là, parlant toutes les langues et portant tous les costumes connus, nous désignerons au lecteur deux personnages, séparés en ce moment par toute la largeur de la salle.

Le premier de ces deux voyageurs retenait une place dans la voiture publique de Heidelberg. Ses vêtements étaient étranges, même en ce lieu privilégié, où tant de toilettes disparates se frottaient et fraternisaient. — Il avait un manteau écarlate, drapé à la manière des étudiants allemands, et son feutre à grands bords, qui ressemblait aux coiffures des Cavaliers du temps de Cromwell, cachait entièrement son front et ses yeux.

Ce qu'on apercevait de son visage indiquait une grande jeunesse et une beauté presque féminine. Des boucles de cheveux noirs, abondants et fins, s'échappaient de son feutre, et retombaient jusque sur ses épaules.

L'autre voyageur attendait son tour au bureau des chevaux à franc étrier. Il était adossé à l'un des montants du grillage. Une pensée triste chargeait son front large et à demi dépouillé. Il semblait réfléchir profondément, et sa méditation était de plus en plus douloureuse.

C'était un homme de quarante ans à peu près. Sa physionomie douce et loyale avait perdu tout joyeux reflet de jeunesse. Des mèches de cheveux grisonnants et rares déjà se jouaient autour de ses tempes. Ce visage avait dû traduire autrefois l'insouciance de l'homme heureux et la fierté du gentilhomme; mais il n'avait d'autre expression maintenant que celle du découragement morne.

Auprès de lui, quelque gros marchand de Fleet-Street, monomane de locomotion, qui vendait du fromage à Londres et se faisait appeler milord à l'étranger, tenait le commis depuis un quart d'heure. Il discutait énergiquement le prix des guides, demandait, à grand renfort de grognements gutturaux, les arrêtés du prince de Tour et Taxis, et cherchait à gagner sur le change de ses bank-notes.

Pendant cela, notre voyageur attendait perdu dans sa rêverie. Ses voisins profitaient de sa distraction pour se glisser au-devant de lui et prendre son tour : il ne s'en apercevait point. Une de ses mains, qui était passée sous le revers de son habit, ramena un médaillon suspendu à son cou par une chaîne d'or.

Il serra ce médaillon contre lui et le contempla à la dérobée, comme s'il eût craint les regards indiscrets ou moqueurs.

C'était le portrait d'une jeune femme, dont les yeux bleus, tendres et bons, semblèrent lui sourire. Autour du portrait s'enroulait comme un cadre une boucle de blonds cheveux d'enfant.

La paupière du voyageur devint humide. — Puis il sembla se réveiller tout à coup, et cacha précipitamment le médaillon dans son sein.

— Je voudrais me rendre au château de Bluthaupt, dit-il au commis qui était libre.

Le commis consulta une pancarte.

— Entre Obernburg et Esselbach, répondit-il; — il n'y a pas de voiture publique, et la route de poste ne va que jusqu'à Obernburg.

— Combien de lieues? demanda l'étranger.

— Huit milles d'Allemagne, dont deux à travers champs... Voulez-vous un guide?

L'étranger s'informa du prix. C'était quelques florins de plus. Il réfléchit un instant, puis il dit :

— J'irai seul.

— Ce n'est pas le Pérou que ce monsieur! pensa le commis en lui expédiant sa lettre de relai.

L'étranger paya et se dirigea vers la porte. — Le jeune homme au manteau écarlate prenait en ce moment le même chemin. Ils traversèrent ainsi la cour à quelques pas l'un de l'autre sans se voir : chacun d'eux était trop préoccupé pour s'amuser à regarder les passants sous le nez.

Comme ils touchaient à la porte de sortie donnant sur la Zeil, un courrier à cheval arrivait au grand galop devant l'hôtel des postes. Ce courrier portait la livrée des comtes de Bluthaupt : rouge sur noir.

L'effort qu'il fit pour arrêter court son cheval, dont le poitrail frôlait presque le plus âgé de nos deux voyageurs, attira vers ce dernier son attention, bien qu'il eût les yeux fixés déjà sur le jeune homme au manteau rouge.

Une expression d'étonnement vint se peindre sur son visage, enflammé par la rapidité de sa course.

Il était évident que les deux voyageurs lui étaient également connus.

Il hésita un instant entre les deux ; quand il se retourna enfin, le plus jeune rasait à gauche les maisons de la Zeil, tandis que l'autre remontait précipitamment la rue dans la direction opposée.

— Je ne veux jamais boire un verre de bière, murmura le courrier, — si ce beau fils n'est pas un des trois bâtards de Bluthaupt!... Quant à l'autre, ses cheveux étaient plus noirs que cela, il y a cinq ans, lorsqu'il vint épouser la comtesse Hélène... mais c'est bien le Français : M. le vicomte d'Audemer!

Tout en pensant de la sorte, il sauta lestement sur le pavé de la cour, jeta la bride à un palefrenier, et s'élança dans la Zeil.

Ici la même hésitation le reprit. Celui qu'il appelait le bâtard avait tourné à gauche, et le vicomte était à droite. Quel côté choisir? Après avoir été indécis durant une seconde, il remonta la Zeil en courant à la poursuite de M. d'Audemer; mais une multitude de voies étroites ou larges débouchaient sur la rue principale; le vicomte avait tourné l'une d'elles sans doute. Le courrier, qui se nommait Fritz, désespéra bientôt de le rejoindre. Il revint alors sur ses pas, et chercha le plus jeune des deux voyageurs, qui fut également introuvable.

Le courrier gratta son front mouillé de sueur sous sa petite casquette rouge et noire.

— J'aurais mieux fait de les appeler tout de suite! grommela-t-il; mais ça m'a coupé la parole de les voir tous deux à la fois... Ils avaient l'air de ne pas se reconnaître. Ce grand diable de chapeau cachait le visage du jeune homme. Après tout, ce n'est peut-être pas un des fils du comte Ulrich...

Il s'était arrêté au milieu de la rue pour reprendre haleine. Les passants le coudoyaient à droite et à gauche, et, avec la bonhomie d'un Allemand de la vieille roche, il saluait tous ceux qui le heurtaient.

— D'ailleurs, se dit-il encore en poursuivant le cours de ses réflexions, le comte Gunther et son intendant n'aiment pas beaucoup les visiteurs... Je crois bien que ceux-ci seraient encore plus mal venus que les autres au schloss de Bluthaupt! Maître Zachæus m'a chargé d'un message, le plus sûr est de l'accomplir.

Il quitta la Zeil, et se dirigea vers le quartier neuf de Wolgraben, dont les maisons peintes étalent sur la rue le luxe de leurs éclatantes couleurs.

Il s'arrêta devant la porte d'un charmant petit hôtel, enluminé, coquet, chatoyant, et ressemblant à une de ces jolies boîtes de carton glacé qui décorent l'étalage de nos confiseurs.

Il souleva un marteau de fonte dorée, et demanda au valet qui vint lui ouvrir :

— M. le chevalier de Regnault?

On l'introduisit dans un boudoir parfumé à toute outrance, où un jeune homme, vêtu d'une robe de soie à ramages, livrait les cheveux touffus et raides qu'il avait aux mains pommadées d'un coiffeur de Francfort.

Ce jeune homme, qui arrivait à la trentaine, était petit de taille. Il avait une physionomie souriante, et qui semblait s'efforcer d'être gracieuse. Ses traits ne manquaient pas de délicatesse. L'expression générale de son visage était une finesse mielleuse, sur laquelle s'attachait assez bien un masque de franchise étudiée. Ses manières voulaient évidemment être douces, et s'imprégner en même temps de distinction noble. — A cet égard, ses efforts n'étaient pas complétetement vains. Aux yeux des gens qui n'y voyaient point trop clair, M. de Regnault pouvait passer pour un de ces caractères loyaux mais frivoles que l'étranger s'obstine à regarder comme les types les plus choisis du caractère français.

— Que veut ce brave homme? demanda-t-il sans se retourner.

— Je viens du château de Bluthaupt, répondit Fritz.

— Ah! ah!... Et vous avez une lettre de Zachœus Nesmer?

— Je n'ai point de lettre, dit le courrier. Maître Zachœus m'a seulement ordonné d'entrer dans votre maison, et de vous rapporter des paroles qu'il a prononcées; mais il faut que ce soit sans témoins.

Le chevalier haussa les épaules.

— Ces Allemands sont mystérieux comme les revenants de leurs ballades! murmura-t-il. Approchez, mon brave, et dites-moi votre grand secret à l'oreille.

Le coiffeur qui accommodait M. de Regnault s'éloigna de quelques pas; Fritz s'avança, au contraire, et vint mettre sa bouche sous les faces pommadées du Français.

— L'heure est venue, murmura-t-il.

— Après? dit Regnault.

— C'est tout.

Le chevalier éclata de rire.

— Que disais-je! s'écria-t-il. Voici ce Zachœus, un honnête compagnon, qui m'invite à souper avec les mêmes précautions que s'il s'agissait d'un crime! Grand merci, brave homme. Germain! qu'on donne à boire à ce bon garçon, et qu'il s'en aille content.

Le chevalier rendit sa tête au coiffeur, et ce laconique message sembla ne lui avoir rien fait perdre de sa liberté d'esprit.

Fritz avala une cruche de vin du Rhin, et s'avoua volontiers que les Français étaient de fort aimables cœurs.

Il n'eût pas mieux demandé que de doubler la dose, mais sa tâche n'était pas achevée. Il sortit.

Le quartier neuf de Francfort et les environs des remparts semblaient lui être suffisamment connus. Il trouva aisément sa route le long des jardins délicieux qui ont remplacé les vieilles murailles abattues. De toutes parts, sur son chemin, s'élevaient de petits hôtels modernes, attifés et fardés comme la demeure du chevalier de Regnault. Au détour de quelque rue, son regard enfilait les grands quais qui bordent les deux rives du Mein. Ailleurs, c'étaient des bosquets touffus, des parterres, des jets d'eau, des lacs, des ponts, des cascades, et tout cet attirail qu'on nomme un jardin anglais.

Au-dessus de la plupart des portes particulières, et au fronton de tous les édifices publics, Fritz pouvait découvrir cette inscription uniforme : *Freye-Stadt* (ville libre); mais çà et là il rencontrait sur sa route des soldats d'Autriche et des cavaliers prussiens dont la présence démentait l'ambitieuse vanterie des bourgeois de la cité impériale.

La mission de Fritz l'appelait hors de ce quartier brillant à la manière des décorations de notre Opéra-Comique. Il marcha vers le centre de la cité, et bientôt les sémillantes bonbonnières du Wolgraben firent place aux maisons flamandes des environs du Rœmer (hôtel de ville). A quelques pas de ce vieil édifice, dont l'apparence mesquine ne s'accorde pas avec les grands souvenirs qui s'y rattachent, Fritz alla frapper à la porte d'une maison construite dans le style flamand.

Un valet vêtu d'une veste bleue à mille boutons d'argent vint lui ouvrir.

— Je voudrais parler au seigneur Yanos Georgyi, dit Fritz.

Le valet prit les devants, et Fritz, qui le suivait, pénétra dans une grande salle carrelée, où deux hommes, cuirassés et plastronnés, se prodiguaient amicalement d'énormes coups de sabre.

A l'entrée de Fritz, l'un des deux combattants souleva son masque en mailles de fer. C'était un homme de haute taille et d'aspect militaire, portant le pantalon rouge à la hussarde et les demi-bottes éperonnées des Magyares de la basse Hongrie.

Au-dessus des hanches, son plastron de cuir, à moitié déboutonné, laissait voir sa musculeuse poitrine. Il avait jeté sur un divan son dolman brodé et son calpack de fourrure aux éclatants revers rouges.

Cet homme était beau, mais d'une beauté brutale et grossière.

— Je viens vers Votre Seigneurie, dit Fritz, de la part de maître Zachœus Nesmer, l'intendant du comte Gunther de Bluthaupt.

Le Magyare fixa sur lui son regard fier et dur. Il alla s'asseoir dans un coin reculé de la salle, et fit signe au courrier de le suivre.

— Parle! dit-il.

— Ce ne sera pas long, murmura Fritz.

Et il ajouta tout haut :

— L'heure est venue...

Le Magyare attendit l'espace d'une seconde; puis, voyant que Fritz n'ajoutait rien, il replaça son masque sur son visage. Il revint ensuite au milieu de la chambre et se remit en garde.

— Faites boire cet homme, dit-il au valet.

Fritz, en redescendant l'escalier, entendit le cliquetis des sabres qui reprenaient leur danse, comme si de rien n'eût été. Il but une seconde cruche de vin du Rhin, et sortit pour achever sa tâche.

A partir du Rœmer, il s'enfonça de plus en plus dans la vieille ville. A chaque pas, les maisons se rapprochaient; le ruisseau boueux gagnait en largeur ce que perdait la rue.

Fritz approchait de la Judengasse et des ruelles environnantes, qui composent la cité des Israélites à Francfort-sur-le-Mein. Il ne savait plus trop de quel côté diriger sa route. Tout ici se ressemblait. Des deux côtés de la voie fangeuse, deux lignes de maisons, quatre ou cinq fois séculaires, inclinaient leurs toitures dentelées, et ne laissaient voir qu'une étroite bande de ciel.

Il régnait dans ces passages obscurs un air lourd et chargé de méphitiques vapeurs. On entendait de toutes parts ce bourdonnement de ruches qui emplit le vieux quartier juif, depuis le lever du jour jusqu'à la nuit tombée. C'était, le long de la chaussée humide, un mouvement continu, mais discret, une activité qui semblait craindre le bruit.

On eût dit que ces antiques masures parlaient encore à leurs habitants des persécutions du moyen âge. On eût dit que toute cette populace affairée se souvenait des siècles écoulés et des tortures subies par ses pères.

Fritz marchait entre ces maisons de bois demi-ruinées, qui penchaient uniformément au-dessus de sa tête les bizarres irrégularités de leurs façades. Il ne se reconnaissait point parmi ces boutiques indigentes, étalant de rares débris sur leurs montres vermoulues.

Le mouvement incessant qui se faisait autour de lui l'étourdissait; des flots de passants se mêlaient avec une activité silencieuse. Quelques équipages brillants sillonnaient le pavé sale, et s'arrêtaient devant des échoppes dont l'étalage entier ne valait pas un florin. — On entrait, on sortait. — Au fond de quelque noire retraite, on entendait la musique de l'or remué à pleines mains.

Il passait là des gens venus des quatre parties du globe. La ville juive, malgré son aspect misérable, fait des affaires avec le monde entier. Vous eussiez reconnu, parmi la foule qui encombrait la chaussée, les types divers de toutes les races humaines.

Mais, entre toutes ces physionomies disparates, on distinguait facilement les hôtes ordinaires du *Ghetto* de Francfort : — on les reconnaissait au caractère uniforme de leurs traits aquilins et pointus, surmontés du haut bonnet de fourrure brodé de clinquants rougis; on les reconnaissait encore aux excentricités parcimonieuses de leur toilette, qui bravait la mode avec un sans-gène intrépide, et semblait vouloir soutenir un assaut de misère contre les murailles assombries de leurs retraites.

De gros nuages couraient au ciel, poussés par de brusques rafales. De courtes averses se précipitaient, lançant des salves de grêlons contre les châssis plombés des fenêtres. Puis un rayon de soleil se faisait jour tout à coup entre les deux rangs de toitures festonnées. La rue alors éclairait ses noirs recoins; on apercevait les croisées aux étroites ogives, avec leurs carreaux rendus opaques par la poussière. On pouvait lire les numéros des maisons, et les petites enseignes étalant au-dessus des boutiques basses un long chapelet de noms hébreux.

Puis encore un nuage épais venait couvrir la pauvre échappée de ciel. L'ombre se faisait. Tout redevenait obscur, et l'on voyait çà et là de faibles lueurs de lampes briller au travers des vitrages jaunis, dans le lointain des arrière-boutiques.

Le jour était bien peu avancé pourtant. Dix heures du matin venaient de sonner aux nombreuses églises de la ville chrétienne.

En un de ces moments où les ténèbres tombaient tout à coup, comme si la nuit eût empiété sur l'heure accoutumée, Fritz déboucha dans une rue plus noire et plus fangeuse encore que celle d'où il sortait.

Il regarda tout autour de lui comme un homme égaré.

Ce qu'il vit n'éveilla en lui aucun souvenir. C'était un ruisseau profond, bordé de maisons hautes et tailladées, dont les toits amis s'embrassaient étroitement. Il fit quelques pas encore, puis il s'arrêta, découragé, renonçant à trouver son chemin sans guide.

— La Judengasse? demanda-t-il au premier passant qui vint à croiser sa route.

— Vous y êtes, répliqua le passant.

Fritz respira joyeusement.

— Pouvez-vous m'indiquer la maison de Mosès Geld, le prêteur? poursuivit-il.

Le passant lui désigna du doigt, à une trentaine de pas, un pignon chancelant qui avançait dans le ruisseau.

— C'est là, dit-il.

Fritz marcha aussitôt vers ce pignon, situé vis-à-vis du petit café de la Judengasse. Sur le devant, il y avait une boutique ouverte sur la rue. Nulle enseigne n'indiquait le nom ou la profession du maître. On voyait seulement, auprès de la porte suintante, une paire de vieilles bottes à revers, un chenet à tête de cuivre, et une longue-vue en carton.

A part ces objets, la boutique, qui était gardée par une vieille femme, semblait vide.

Le saut de la Bælle : on entendit une masse inerte tomber lourdement au fond du précipice. (Page 21, col. 2.)

Le courrier entra et demanda maître Mosès Geld. La vieille femme se leva sans mot dire et le précéda dans un couloir obscur, au bout duquel brillait une lumière.

Des deux côtés de ce corridor, on apercevait des portes fermées.

Une seule, parmi ces portes, entr'ouvrait légèrement ses deux battants. Chemin faisant, le courrier y glissa son œil curieux. Il vit une chambre vaste et bien éclairée, dont les lambris disparaissaient derrière de riches tentures ; le sol était couvert de tapis éclatants ; les meubles, de forme inconnue, dépassaient de beaucoup les bornes du luxe allemand. Fritz, le vassal du noble comte Gunther de Bluthaupt, n'avait jamais rien vu de pareil !

Au milieu de la chambre, sur des coussins de soie, trois beaux enfants riaient et jouaient.

Il y avait deux petites filles, dont l'aînée pouvait avoir dix ans, et un garçon, moins âgé de deux ou trois années.

Sur un divan, une femme, belle encore,

bien qu'elle eût atteint les limites de la jeunesse, lisait un grand livre relié de velours, et n'interrompait sa lecture que pour regarder en souriant les jeux des trois enfants. C'était leur mère, sans doute.

A la vue de cette magnificence, qui formait un contraste si étrange avec les dehors misérables de la maison du juif Mosès, Fritz ne put retenir une exclamation de surprise.

La vieille le poussa brusquement de côté, et ferma la porte en grondant.

Fritz ne vit plus rien que la lumière brillant au fond du corridor.

Cette lumière provenait d'un chandelier à branches, suivant le rit juif, qui éclairait l'arrière-boutique de maître Mosès Geld. C'était une pièce assez grande, n'ayant pour tous meubles qu'un bureau à casiers et deux chaises de paille. Une multitude d'objets hétéroclites, uniformément recouverts d'une épaisse couche de poudre, l'encombraient dans tous les sens. On voyait là des piles de tableaux, des sofas renversés, des rideaux de soie liés en paquet avec du linge, deux harpes sans cordes, des fusils de chasse, de grossiers matelas, des pendules dorées, de pauvres soupières de faïence et de riches vases de porcelaine.

La tête chenue de Mosès Geld montrait son extrême sommet derrière les hauts casiers de son bureau.

C'était un homme d'apparence chétive, qui semblait tout près d'atteindre la vieillesse. Ceux qui le connaissaient affirmaient qu'il n'avait point dépassé encore sa cinquantième année, mais vous lui eussiez donné dix ans de plus pour le moins. Il avait une figure maigre et pâle, marbrée de tons jaunes qui lui prêtaient un aspect maladif. Sa face était complétement immobile; il n'y avait de vie que dans ses yeux, fermés presque toujours, mais qui brillaient tout à coup d'un éclat extraordinaire, quand sa paupière, frangée de cils grisâtres, venait à se relever par hasard.

Sa bouche, sans lèvres, ne prononçait que de rares paroles; son front était complétement chauve. Devant lui, sur sa table, il y avait de rondes lunettes de fer, dont les tiges étaient entourées de cuir.

A ses côtés, un homme était debout, qui tournait le dos à la porte et lui présentait une bague d'or à chaton armorié. On ne voyait point la figure de cet homme, qui se drapait dans un ample manteau de voyage.

— Je vous ai dit que je ne donnerais que dix-huit écus de Brabant, disait le juif d'une voix sèche et fatiguée; acceptez ou sortez!

— Vingt écus, mon brave monsieur, répliquait le voyageur; j'ai besoin de vingt écus!

Fritz passait à ce moment le seuil de la boutique. Mosès entendit son pas.

Il mit ses lunettes rondes sur son nez mince et recourbé comme le bec d'un oiseau de proie.

Son regard perçant s'élança vers le nouvel arrivant avec une vivacité inquiète.

— Que voulez-vous? demanda-t-il.

— Je viens du château de Bluthaupt, répondit Fritz.

Le voyageur eut un tressaillement à ce nom, mais il ne se retourna point.

La face immobile de Mosès Geld exprima une agitation subite.

— Allez-vous-en! dit-il à l'homme qui tenait toujours sa bague.

— Vingt écus! murmura celui-ci; mais ne vous pressez pas, je puis attendre.

Il mit son chapeau sur sa tête et se tint à l'écart derrière le poudreux pêle-mêle qui encombrait le magasin.

Fritz essayait de voir sa figure et ne pouvait point y réussir.

L'usurier le suivait d'un regard inquiet.

— Approchez, dit-il à Fritz.

Puis il ajouta tout bas :

— Vous êtes chargé d'un message?

— D'un message de Zachœus Nesmer, intendant de Bluthaupt, répliqua Fritz.

Les yeux gris du juif se fixèrent sur lui avidement.

— Maître Zachœus m'a envoyé vers vous, reprit le courrier, afin que je vous répète ces trois mots : « L'heure est venue. »

Le juif fut loin d'accueillir ces paroles avec le même stoïcisme que M. de Regnault ou le Magyare Yanos. Sa main trembla, tandis qu'il essayait d'assurer ses lunettes de fer.

— L'heure est venue! répéta-t-il; l'heure est venue!...

Puis il ajouta mentalement en baissant les yeux :

— Je suis un pauvre homme et j'ai des enfants! Seigneur, toi qui me les as donnés, tu ne me puniras point pour avoir voulu les faire puissants sur la terre!

Fritz demeurait planté devant le bureau.

— C'est bien! lui dit Mosès, va-t'en!

— J'ai soif, répliqua le courrier, qui attendait une troisième cruche de vin du Rhin.

— Rébecca! cria Mosès en appelant la vieille femme, donne de l'eau à cet homme.

Fritz haussa les épaules, tourna le dos et sortit en grondant.

Mosès Geld se leva précipitamment et passa par-dessus son justaucorps râpé une houppelande de toile cirée dont l'âge ne se peut point dire. Il avait oublié l'étranger.

— Vingt écus! prononça celui-ci qui s'était rapproché doucement.

Le juif ouvrit sans mot dire un tiroir de son bureau et compta la somme.

Le voyageur donna sa bague.

— Il se pourrait bien, dit-il en regardant l'usurier en face, que nous nous retrouvions au château de Bluthaupt, digne monsieur Geld... Sans adieu!

Mosès, resté seul, passa ses deux mains sur son front ridé.

— Seigneur! Seigneur! murmura-t-il, cet homme a-t-il entendu et deviné? Hélas! ce que j'en fais, c'est pour mes pauvres enfants!

Il entra dans cette chambre meublée splendidement où le regard indiscret du courrier Fritz avait pénétré naguère.

— Ruth, dit-il à la belle femme assise sur le sofa, je vais partir. J'attends deux de mes associés qui doivent m'accompagner chez le chrétien dont j'ai acheté le patrimoine. Je serai absent deux jours entiers sans doute... peut-être davantage.

— Que le Seigneur soit avec vous, Mosès, répondit la jeune femme, qui tendit son beau front où le juif mit sa lèvre flétrie.

Les trois enfants vinrent auprès de lui, souriants et demandant une caresse. Il les attira tous à la fois sur sa poitrine et les contempla tour à tour d'un œil ravi.

— Ma petite Sara, murmurait-il, que tu seras jolie! Esther, mon doux espoir! Abel, mon fils bien-aimé! c'est pour vous! c'est pour vous!

Il les prit, un à un, et les pressa contre son cœur avec une tendresse passionnée.

— Fermez bien les portes, Ruth, dit-il en se retirant; ceux qui vont venir ont le regard perçant, et ils doivent ignorer ce que contient notre demeure... S'ils voyaient tout cela, Seigneur! ajouta-t-il à demi-voix, ils me croiraient riche et me dépouilleraient.

La porte se referma derrière lui, pendant qu'il gagnait la pièce vide qui donnait de plain-pied sur la Judengasse.

Au bout de quelques minutes, un bruit de chevaux se fit dans la rue. Trois cavaliers s'arrêtèrent devant le pignon; c'était M. le chevalier de Regnault, le Hongrois Yanos Georgyi, et un domestique conduisant un cheval destiné à maître Mosès.

— En selle ! s'écria M. de Regnault sans mettre pied à terre. Dépêchons-nous, ami Geld, nous avons une longue route à faire... Et j'ai cru voir tout à l'heure au bout de la rue une figure qu'il ne me plairait point de rencontrer deux fois.

Le juif enfourcha gauchement son cheval, et la vieille Rébecca dressa les planches pourries qui formaient la boutique au dehors. Bien des habitués de la Judengasse durent se demander ce matin pourquoi Mosès Geld avait clos son travail de si bonne heure, un jour qui n'était point la veille du sabbat...

Nos trois compagnons se mirent en route. Le Magyare ouvrait la marche. C'était un admirable cavalier, fièrement en selle, et portant comme il faut son belliqueux costume. Plus d'une Rachel et plus d'une Judith se retournèrent pour voir sa mâle figure. Quelque Salomé trop sensible suspendit peut-être son cœur aux crocs soyeux de sa moustache.

Derrière lui marchait M. le chevalier de Regnault, vêtu à la dernière mode de France : habit flamme d'enfer à gigots extravagants, à revers arrondis et gaufrés, à basques minces tombant en queue de poisson; pantalon à plis gonflé comme un ballon et fixé sous la botte par d'étroites lanières de cuir; cravate noire formant une rosette énorme; chapeau trois-pour-cent; cheveux Charles X collés sur la tempe, et favoris taillés à la Guiche.

On eût dit une planche du *Journal des Tailleurs* de l'année 1824.

Les filles d'Israël avaient bien aussi pour lui quelques regards; mais c'était peu de chose, et il ne récoltait que les restes du seigneur Yanos.

Le juif marchait le dernier, enveloppé dans sa houppelande, et le visage perdu sous les bords amollis d'un vieux feutre qui remplaçait son bonnet fourré dans les grandes occasions.

M. de Regnault, pendant les premiers pas, jetait fréquemment à droite et à gauche des regards inquiets; mais, à mesure qu'il marchait, son front se rassérénait, et son sourire aimable reparaissait. Le juif gardait son air contrit et pensait aux dernières paroles de l'homme à la bague.

Ils traversèrent au trot le quartier israélite et entrèrent dans la ville chrétienne. M. de Regnault devenait d'une humeur charmante, et sa conversation enjouée faisait le plus grand honneur à la gaieté française.

Mais tout à coup il devint plus pâle qu'un mort, et une plaisanterie commencée se glaça sur sa lèvre.

C'était au détour d'une rue voisine des anciens remparts.

Un cavalier, vêtu à la française et couvert d'un manteau de voyage, venait de croiser de si près nos trois compagnons, que sa monture et celle du Magyare avaient failli se heurter.

Le cavalier poursuivit sa route sans se retourner.

Regnault s'était arrêté brusquement; ses traits se décomposèrent et son front se mouilla de sueur.

— M'a-t-il vu? balbutia-t-il sans oser lever ses paupières baissées.

Le Magyare l'interrogea d'un regard étonné. Le juif resta bouche béante et se mit à trembler.

— Il ne vous a pas vu, répliqua enfin Yanos.

M. de Regnault respira longuement et releva les yeux.

Son regard suivit un instant le cavalier, qui continuait paisiblement sa route.

C'était l'étranger que nous avons vu à l'hôtel des postes de Francfort, et que le courrier Fritz avait nommé M. le vicomte d'Audemer. Mosès Geld l'avait reconnu pour l'homme qui lui avait vendu vingt écus la bague armoriée.

La physionomie de M. de Regnault s'était transformée totalement. Sa bouche, naguère souriante, avait maintenant une expression cauteleuse et cruelle; sa joue restait livide; ses sourcils étaient convulsivement froncés.

Il déplia son manteau de voyage et s'en couvrit jusqu'aux yeux.

— Cela fait deux fois! murmura-t-il; si nous nous rencontrons une troisième fois, je ne veux plus jouer si gros jeu que tout à l'heure.

— Vous connaissez cet homme? demanda le Magyare.

— Marchons, messieurs! s'écria Regnault au lieu de répondre; s'il prend la route de poste, la traverse nous restera.

Il poussa son cheval et ajouta, en achevant de se couvrir la figure avec le collet relevé de son manteau :

— J'aurais dû m'attendre à cela! Tôt ou tard, il devait venir, et puisqu'il est venu, c'est désormais un duel à mort... Messieurs, reprit-il d'un ton délibéré, cet homme a entre ses mains notre fortune à tous et peut-être notre vie. Il se rend au château de Bluthaupt, j'en suis sûr! et il ne faut pas qu'il y arrive.

Le beau visage du Magyare resta froid; celui du juif devint blême sous les bords affaissés de son chapeau.

— Seigneur! Seigneur! murmura-t-il; c'est bien vrai qu'il se rend au schloss de Bluthaupt! et c'est bien vrai que, s'il y arrive, nous sommes perdus!

Ils venaient de franchir la ligne de jardins qui remplace les anciennes fortifications. A leur droite, sur la route de Heidelberg, la voiture publique passa en ce moment au galop. Sur l'impériale de cette voiture était assis le jeune homme au manteau écarlate que nous avons déjà rencontré au bureau des postes de la Zeil.

Mais le bâtard de Bluthaupt, comme l'appelait le courrier Fritz, semblait s'être multiplié. Auprès de lui s'asseyaient deux autres jeunes gens portant le même costume étrange.

Durant quelques minutes, on put distinguer la couleur éclatante de leurs manteaux, puis tout s'effaça dans le lointain.

A gauche, le vicomte d'Audemer chevauchait tout seul sur la route de poste d'Obernburg.

Nos compagnons de la Judengasse prirent la traverse étroite qui conduit directement à la même ville, et mirent leurs chevaux au galop dans le but évident de devancer le voyageur solitaire.

CHAPITRE II

L'ENFER DE BLUTHAUPT

Le vicomte Raymond d'Audemer abandonnait la bride à son cheval et laissait errer sur la route son regard distrait; sa pensée était loin des objets qui l'entouraient. Il songeait à la France, où deux êtres bien chers souffraient de son éloignement et attendaient son retour.

M. d'Audemer venait en Allemagne pour tâcher de joindre un misérable qui lui avait volé toute sa fortune. Il y venait aussi pour éclaircir le mystère qui entourait la mort du comte Ulrich de Bluthaupt, père de sa femme.

C'était là une ténébreuse histoire. Ulrich avait succombé sous le poignard, et le nom de ses meurtriers était venu jusqu'aux oreilles de M. d'Audemer; mais ces meurtriers tenaient par des liens occultes à des personnages tout-puissants. Une protection cachée s'étendait autour d'eux, et bien qu'ils fussent tous des aventuriers sans famille et sans crédit, la justice allemande avait fermé pour eux ses yeux et ses oreilles.

On disait qu'ils avaient été en cette occasion les instruments d'une volonté souveraine et terrible. On disait qu'ils faisaient tous partie de ces polices mystérieuses que les rois entretinrent en Allemagne longtemps après la chute de l'Empire français. On affirmait même que leur maître était le czar.

Ils étaient six, et nous en connaissons trois déjà : le Magyare Yanos Georgyi, le chevalier de Regnault et l'usurier Mosès Geld. Les autres étaient Zachœus Nesmer, intendant de Gunther de Bluthaupt, le frère aîné du malheureux comte Ulrich, un Hollandais nommé Fabricius Van Praët, et le docteur portugais José Mira.

Personne ne les avait inquiétés, bien que le comte Ulrich eût beaucoup d'amis. Ses trois fils, qui atteignaient l'âge d'homme, se seraient chargés peut-être de l'œuvre de la vengeance; mais ils étaient fortement compromis eux-mêmes dans les conjurations des *Landsmanschaften*, et leurs voix de proscrits ne pouvaient point s'élever devant les cours de justice.

Ils avaient fréquenté tour à tour les universités d'Iéna, de Munich et de Heidelberg. Leur père, qui avait été, parmi la vieille noblesse allemande, un des plus ardents ennemis des rois, avait en eux de dignes successeurs. Malgré leur jeunesse, on les regardait comme les chefs de la ligue universitaire.

Ils avaient vingt ans; ils étaient jumeaux; leur naissance était illégitime; ils ne portaient point le nom de Bluthaupt.

On parlait d'eux beaucoup dans le Palatinat et dans la Bavière, mais bien peu de gens les connaissaient pour les avoir vus.

Du vivant de leur père, ils habitaient le château de Rothe, situé sur les bords du Rhin, de l'autre côté de Heidelberg. Depuis la mort du comte Ulrich, ils menaient une existence errante, parcourant l'Allemagne en tous sens et se réfugiant en France lorsqu'ils voyaient leur liberté menacée.

Les anciens vassaux de Rothe avaient pour eux un attachement ardent et profond. Le reste du pays leur portait une sorte d'intérêt romanesque. On les aimait comme on aime en Allemagne les héros de ballades ou de légendes, — et cet attrait n'excluait point une sorte de crainte. Ils étaient de la race de Bluthaupt, l'antique famille de la Tête-Sanglante dont les traditions sans fin avaient une couleur diabolique.

Lorsqu'ils se rendaient en France, leur hôte était M. d'Audemer, mari de leur sœur Hélène.

Il y avait bien longtemps que le vicomte Raymond était lié avec la famille de Bluthaupt. Son père et lui, lors de l'émigration, avaient trouvé un asile au château de Rothe. Le vicomte Raymond y était resté depuis les jours de son enfance jusqu'à la chute de l'Empire.

En ce temps-là, le comte Ulrich était rose-croix; il travaillait de son mieux à la restauration de la branche aînée de Bourbon, et passait pour l'un des membres les plus actifs du *Tugenbund* ou Ligue de la Vertu. Le jeune vicomte d'Audemer unissait ses efforts aux siens, et tous deux avaient combattu ensemble parmi les adversaires de Napoléon.

Plus tard, Ulrich devait tomber sous le couteau d'un agent russe. — Mais c'est qu'il n'est point facile d'éclairer le tohu-bohu politique d'une tête allemande. Il faut à un Germain de la bonne roche un tyran à caresser, des étrangers à maudire, de mauvaises chansons à rimer, et une société secrète quelconque qui lui permette de boire mystérieusement sa bière à la confusion du reste de l'univers.

Les membres de la *Burchenschaft*, dont faisait partie Karl Sand, l'assassin de Kotzebue, étaient les rose-croix qui avaient suivi l'empereur Alexandre et combattu avec Blücher.

Dans dix ans, si les derniers rois tombaient, les universités d'Allemagne feraient d'atroces chansons et boiraient d'inconcevables quantités de bière en l'honneur des souverains victimes ou des tribuns bourreaux, — au choix.

Il est bien rare, du reste, que ces conjurations arrivent au tragique. Ulrich de Bluthaupt fut une malheureuse exception, et sa mort advint comme une sorte de représailles au meurtre de l'agent russe Kotzebue.

A l'époque de sa mort, ses deux filles étaient mariées déjà : l'aînée, la comtesse Hélène, avait épousé le vicomte d'Audemer; — la seconde, la comtesse Margarethe, s'était unie, au moyen de dispenses papales, à son oncle, le frère aîné dUlrich, le vieux Gunther de Bluthaupt.

Cet étrange mariage ne pourrait point s'expliquer par l'amitié mutuelle des deux frères : Gunther avait un esprit timide, sombre et porté vers la solitude; Ulrich et lui ne se rapprochaient qu'à de bien rares intervalles.

Mais Gunther n'avait point d'enfants; il était bon de réunir en un faisceau la majeure partie des grands biens de Bluthaupt. Il y avait d'ailleurs dans la famille, depuis des siècles, une tradition superstitieuse qui commandait assurément le respect.

Le sang de Bluthaupt, disait une vieille légende, se fécondait lui-même, et chaque fois que le nom avait été près de périr, les chartes déposées aux archives du château montraient quelque comte décrépit épousant une jolie nièce ou une jolie cousine.

Margarethe était une douce enfant, incapable de résister aux volontés de son père. Peut-être avait-elle ressenti déjà ce premier trouble d'amour qui sollicite vaguement le cœur des jeunes filles; peut-être, parmi les voisins du beau château de Rothe, était-il quelque gentilhomme dont la vue mettait un incarnat plus vif sur sa joue de vierge et rabaissait le voile de sa paupière sur ses grands yeux bleus si purs; mais elle ne sut prononcer que des paroles d'obéissance et consentit à devenir la femme du vieillard.

Elle embrassa en pleurant ses trois frères attristés, puis elle partit.

La lourde grille du schloss de Bluthaupt se referma sur elle et la sépara pour toujours de ceux qu'elle avait aimés.

Le sort d'Hélène était bien différent : elle aimait M. d'Audemer, son mari, avec passion, et recevait souvent la visite de ses trois frères. C'était alors dans la maison du vicomte Raymond, à Paris, des réunions douces et pleines de caressantes tendresses. Les trois jeunes gens oubliaient un instant la tâche politique imposée par leur père. On causait du bonheur présent et du bonheur à venir; on souriait en contemplant dans son berceau un bel enfant, le fils d'Hélène. Si un nuage venait à la traverse de ces tranquilles joies, il était soulevé par la pensée de la pauvre Margarethe.

Que faisait-elle dans ce sombre château de Bluthaupt?

Le comte Gunther en défendait l'approche aux trois fils d'Ulrich, qu'il détestait et méprisait parce qu'ils étaient des bâtards.

Le vicomte Raymond n'avait presque point de fortune personnelle. La Révolution lui avait enlevé le patrimoine de ses pères. Son aisance provenait d'une pension servie par le comte Ulrich, et qui formait la dot de sa femme.

Avant son mariage, il avait connu à Paris un certain chevalier de Regnault, qui passait pour assez bon gentilhomme et n'était point trop mal reçu dans le monde. Quelques femmes le trouvaient joli garçon;

il passait pour spirituel auprès de certaines gens, et il avait eu l'adresse de se faire quelques duels avec des libéraux qui ne se battaient point.

On ne savait pas absolument d'où il sortait, bien qu'il parlât volontiers de sa noble origine. Personne n'était au fait de ses ressources; mais il paraissait en fonds et dépensait assez d'argent pour être regardé comme un bien honnête homme.

Il avait des relations suivies avec l'Allemagne. Cette circonstance le rapprocha du vicomte d'Audemer, et ce fut par lui que le comte Ulrich envoya désormais la pension qui formait la dot de sa fille.

M. de Regnault s'acquittait de ces messages avec une obligeance charmante et une exactitude au-dessus de tout éloge. Il témoignait d'ailleurs au vicomte Raymond un entier dévouement, et ce dernier lui accorda bientôt une grande place dans son amitié.

M. de Regnault n'était pas homme à rester longtemps sans mettre à profit cet état de choses. Il fit faire des « affaires » au vicomte, et, au bout de quelques mois, ce dernier se trouva lui avoir confié la somme qui composait ses ressources personnelles.

Sur ces entrefaites arriva la mort soudaine du comte Ulrich. Raymond d'Audemer ne conçut d'abord aucun soupçon, quoique divers bruits eussent couru au sujet de cette mort. Il chargea M. de Regnault, qui était alors en Allemagne, de vendre sa part de la succession et de lui en faire passer le prix.

Regnault ne demandait pas mieux que de vendre; mais là se bornait sa bonne volonté.

Il écrivit au vicomte que la somme entière était placée chez un riche banquier de Francfort, et lui conseilla de l'y laisser jusqu'à nouvel ordre. Puis il revint à Paris, où il mena joyeuse vie.

Raymond d'Audemer n'eut garde de prendre de la défiance. La présence même de Regnault le rassurait. Raymond était riche maintenant. Sa femme, bonne et belle, l'aimait d'un inaltérable amour. Le petit Julien, son fils, joli ange aux blonds cheveux, qui ressemblait à sa mère, grandissait et devenait fort. Le vicomte avait ce qu'il fallait de cœur et de raison pour savourer dans leur plénitude ces joies recueillies du mariage. Il n'y avait point au monde d'homme plus heureux que lui.

Un matin, une pauvre femme dont le costume usé parlait de misère vint frapper à la porte de sa maison. Elle demeura longtemps avec lui dans son cabinet.

Ce même jour, trois voyageurs arrivant d'Allemagne, trois beaux adolescents vêtus de manteaux écarlates, descendirent à l'hôtel du vicomte, qui les reçut comme trois fils chéris.

La pauvre femme qui s'était entretenue avec lui le matin avait prononcé bien des fois le nom de Regnault. — Ce nom revint bien des fois encore dans l'entretien des jeunes voyageurs.

Quand le chevalier se présenta pour accomplir sa visite quotidienne, M. d'Audemer le reçut d'un visage froid et sévère. Cette matinée lui avait appris à la fois le présent et le passé de l'aventurier audacieux qui avait escamoté sa confiance.

La noble famille de M. le chevalier de Regnault tenait une échoppe au marché du Temple, à Paris; Jacques Regnault, mal noté dès l'enfance parmi les petits industriels de cette foire permanente, avait déserté un beau jour la masure paternelle, ayant soin d'emporter avec lui toutes les économies de la maison.

Son père était vieux; il mourut avant de s'être relevé de cette perte. Depuis lors, sa mère, ses frères et ses sœurs continuaient de végéter dans une misère qui était son ouvrage.

Il est juste de dire que le chevalier de Regnault ne savait rien de tout cela. Il avait trop de choses à faire, vraiment, pour s'occuper de sa famille!

BIBLIOTHÈQUE NATIONALE IMPRIMÉS

Regnault et Yanos abordant le château de Bluthaupt. (Page 24, col. 2.)

C'était sa mère qui était venue le matin dans le cabinet du vicomte.

Quant aux trois voyageurs, on les nommait Otto, Albert et Goetz : c'étaient les fils d'Ulrich de Bluthaupt et les frères d'Hélène.

Ils avaient révélé au vicomte ce qu'ils savaient du meurtre de leur père ; ils lui avaient dit les noms des assassins, et parmi ces noms se trouvait celui de Regnault.

Cet homme, que Raymond avait appelé son ami, était un voleur, un espion, un meurtrier et presque un parricide!

Le vicomte ne sut point retenir son indignation. Regnault sortit, chassé honteusement, mais fort satisfait en définitive, car il avait craint quelque chose de pire.

Une heure après, il quitta Paris, ne laissant derrière lui aucune trace.

Quand M. d'Audemer voulut s'assurer de sa personne, il était trop tard.

Le prétendu dépôt fait chez un banquier de Francfort était, bien entendu, un mensonge. Il ne fallut pas plus de deux fois vingt-quatre heures à M. d'Audemer pour se convaincre qu'il était entièrement dépouillé.

C'était un abîme au fond duquel se perdait tout à coup son bonheur.

Il ne lui restait rien. L'avenir, si radieux la veille encore, se couvrait pour lui d'un voile de deuil.

Hélène ignorait toutes ces choses : il souffrit seul, — il souffrit cruellement et longtemps.

Ses jours se passaient en recherches vaines. Il tâchait de découvrir la retraite de Regnault, mais Regnault voyageait en Angleterre ou en Italie, et faisait danser joyeusement les derniers ducats de la succession du comte Ulrich.

C'était une dure angoisse pour M. d'Audemer que de montrer sans cesse à sa femme un visage tranquille. Il sentait son cœur plein de larmes, lorsqu'il regardait les jeux du petit Julien, qui souriait, beau de grâce mutine, et faisait briller, tant il était charmant, un rayon d'orgueil dans les doux yeux de sa mère.

Raymond s'échappait alors, la mort dans l'âme; il errait seul durant des jours entiers, regardant jalousement les mains calleuses des ouvriers de la rue, ces mains rudes et courageuses qui savent conquérir du pain pour toute une famille.

Une fois, le front d'Hélène se couvrit d'une rougeur pudique sous son baiser matinier. Les yeux baissés, mais le sourire aux lèvres, elle prononça quelques paroles timides. Que de joie deux mois auparavant, mais que de douleur aujourd'hui, à cette annonce inattendue! Hélène allait de nouveau être mère.

Raymond la pressa contre son cœur, et tâcha de répondre en souriant à son sourire.

Le lendemain, il reçut des nouvelles d'Allemagne, qui lui dénonçaient la présence de Regnault dans les environs de Francfort. On l'avait vu au château de Bluthaupt, chez le vieux comte Gunther.

Raymond prit le prétexte d'aller enfin recueillir l'héritage du comte Ulrich, et partit sans retard.

Il était arrivé à Francfort le matin même de ce jour, et il avait grande hâte d'atteindre le schloss, où il comptait que sa sœur Margarethe, à défaut du vieux comte, lui donnerait toute l'assistance possible.

Hélène et Margarethe s'aimaient si tendrement!

Trouver Regnault et le contraindre par tous les moyens à une restitution, tel était son but. Peut-être n'avait-il pas encore mesuré toute la perversité froide de cet homme : du moins gardait-il un vague espoir de le vaincre par le pardon.

Le Magyare, Mosès et Regnault arrivèrent les premiers à Obernburg. Ils y changèrent de chevaux. Le jour commençait à baisser lorsqu'ils quittèrent la ville.

D'Obernburg à Esselbach, il n'y a point de route de poste. Le château de Bluthaupt s'élève à une lieue de la traverse mal entretenue qui relie les deux cités. Nos voyageurs, une fois engagés dans cette traverse, reprirent leur conversation interrompue.

Regnault venait de leur faire, à peu de chose près, le récit qui précède; il leur avait conté à sa façon sa dernière entrevue avec M. d'Audemer.

Le juif faisait de grands hélas! et soupirait tant qu'il pouvait. Yanos Georgyi, tout en maîtrisant davantage son inquiétude, fronçait ses noirs sourcils sous l'empire d'une méditation inaccoutumée, et devenait de plus en plus soucieux. M. le chevalier de Regnault seul avait repris son visage souriant et mielleux. Il sifflait tout doucement un petit air à la mode, et ne paraissait pas éloigné de jouir du méchant état où il avait mis ses compagnons.

— Je pense que vous ne mentez point? dit enfin le Magyare qui regarda Regnault en face.

Celui-ci s'inclina d'un air sérieux.

— Mais qui donc avait pu instruire le vicomte? reprit Yanos.

— Je n'ai jamais vu les trois bâtards, répliqua Regnault; mais je gagerais qu'ils étaient ce jour-là chez M. d'Audemer.

— Eux-mêmes, comment auraient-ils pu savoir ce que vous n'aviez sans doute confié à personne?...

— On dit qu'ils savent bien des choses! Ce qui est certain, c'est que le vicomte prononça tous vos noms, les uns après les autres.

— Seigneur! Seigneur! murmura le juif.

Le Magyare frappa violemment du poing le pommeau de sa selle.

— Nous avons sous la main ce vicomte Raymond, dit-il à voix basse; mais ces bâtards, que Dieu confonde! où les prendre?...

Nos voyageurs abandonnaient en ce moment la traverse pour s'engager dans un sentier montueux, conduisant directement au château du vieux comte Gunther.

Le temps n'avait pas changé depuis le matin; il faisait tempête. Lorsqu'ils arrivèrent aux abords du château, la lune glissait sous les nuages violemment traînés par l'orage.

— Bluthaupt est là, dit Regnault en montrant du doigt le pic le plus élevé de la petite chaîne qu'ils traversaient en ce moment; le vicomte Raymond va venir : décidons-nous!

Ils étaient dans un lieu sauvage où croissaient çà et là quelques buissons de chênes et des pins rabougris. A une cinquantaine de pas d'eux commençait un double rideau de hauts mélèzes qui gravissait la montagne et traçait une ligne de sombre verdure.

Regnault arrêta son cheval.

— La Hœlle est au bout! murmura-t-il en montrant l'avenue.

Hœlle, en allemand, veut dire enfer.

— Je ne vous comprends pas, dit le Magyare : un homme va venir; sa présence est un danger pour nous; il fait nuit; je suis armé : que faut-il de plus?

Regnault haussa les épaules.

— Les pistolets sont des amis bavards, répéta-t-il; je vous dis que la Hœlle est au bout de cette avenue!

— C'est une chose terrible que le meurtre d'un homme! dit le juif dont la voix se fit grave, tant était profonde sa terreur.

Regnault s'approcha du Magyare. Il parla durant quelques secondes à demi-voix. Pendant qu'il parlait, sa main tendue désignait fréquemment la partie de la montagne qu'il avait appelée la Hœlle ou l'Enfer.

Le juif, qui se tenait un peu à l'écart et qui tremblait à entendre le vent siffler dans les grands mélèzes, poussa en ce moment un cri étouffé.

— Regardez! dit-il en montrant du doigt l'avenue.

Regnault et Yanos tournèrent vivement la tête de ce côté. Ils crurent apercevoir un objet mouvant qui se coulait entre les pins. Ce fut l'affaire d'un instant. La lune, tour à tour brillante et voilée, déplaçait à chaque instant les ombres, et donnait à la nature immobile une sorte de vie fantastique.

Ils crurent s'être trompés.

— Bonne chance! dit le Magyare à Regnault avec un accent de dédain. Chacun a sa façon de combattre; je n'aime pas la vôtre. Adieu!

— A bientôt! répliqua le chevalier : je vous prie seulement de me garder ma place à la table du comte Gunther.

Mosès Geld, profitant de la permission donnée, appliqua un grand coup de houssine sur la croupe de son cheval, qui partit au galop. Yanos s'éloigna également, mais au pas.

Regnault resta seul au milieu de la route. Il attendit, immobile et roide sur sa selle. La nuit, qui était profonde en ce moment, cachait la pâleur mortelle de son visage, ainsi que le tremblement nerveux qui agitait tout son corps.

Il avait peur; — mais il y a des natures qui ont peur et qui osent...

La nuit avait surpris le vicomte Raymond à un demi-mille du schloss. Il suivait sans crainte la route battue. Trop de pensées se pressaient dans son cerveau pour qu'il pût donner place à de vulgaires inquiétudes.

Bien qu'il eût passé une grande partie de sa jeunesse en Allemagne auprès du propre frère du comte Gunther, il n'avait jamais mis les pieds au château de Bluthaupt, et n'en connaissait point les abords.

Il avançait au trot, sans savoir si la route à parcourir était désormais courte ou longue.

Une demi-heure après avoir quitté la traverse d'Esselbach, il aperçut au-devant de lui une forme noire qui tenait le milieu du sentier. Le vicomte poursuivit sa route sans accorder la moindre attention à cet incident. La forme noire était un homme à cheval, enveloppé dans un manteau dont le collet relevé lui cachait le visage. M. d'Audemer l'eut bientôt dépassé.

A quelques pas plus loin, le sentier se bifurquait, allant d'un côté au schloss, de l'autre se dirigeant vers la Hœlle.

Le vicomte s'arrêta en cet endroit. Regnault l'avait prévu. Aucune des deux voies nouvelles ne continuait directement le chemin principal. Le lieu d'intersection figurait une sorte d'Y : il n'y avait pas plus de raison pour prendre le sentier de droite que le sentier de gauche.

M. d'Audemer demeurait indécis. Regnault avançait derrière lui au petit pas.

— La route du château de Bluthaupt, monsieur, s'il vous plaît? cria le vicomte.

— J'y vais de ce pas, meinherr, répliqua Regnault en exagérant l'accent des frontières du Palatinat; prenez à droite et allez devant vous.

Regnault était à l'occasion un passable comédien. Il avait réussi à rendre sa voix méconnaissable.

Le vicomte remercia et s'engagea sans défiance dans le sentier qui conduisait à la Hœlle.

La route se montra d'abord assez unie, mais elle devint bientôt raboteuse et difficile, au point que le vicomte fut obligé de donner toute son attention à son cheval.

Regnault, qui le suivait pas à pas, crut apercevoir une fois, sur la gauche du rideau de mélèzes, cet objet mouvant que le juif avait signalé naguère. Les environs du vieux schloss passaient pour être féconds en apparitions surnaturelles, et bien des ombres, disait-on, erraient le soir autour de la bouche de la Hœlle. Mais Regnault n'avait pour que des vivants.

La Hœlle (l'Enfer) de Bluthaupt, dont nous avons prononcé plusieurs fois déjà le nom de sinistre augure, est un énorme trou de forme oblongue, qui s'ouvre au milieu d'un plateau dont la rampe occidentale, coupée à pic, domine la traverse d'Esselbach à Heidelberg. L'excavation perce de biais cette rampe et rejoint la traverse, qui passe sous la montagne.

L'éboulement d'où provient ce trou a laissé intacte l'arête du plateau, où croissent des mélèzes séculaires; cela forme comme un pont suspendu au-dessus de l'abîme dont le fond est la route de Heidelberg.

A partir de l'orifice du trou jusqu'à la traverse, ce ne sont que broussailles cachant mal les dents aiguës du roc, mises à nu par l'éboulement. Au ras du plateau, les longues racines des mélèzes s'enchevêtrent avec les pousses d'une quantité d'arbustes et de ronces qui croisent leurs branchages horizontaux et font à la bouche du gouffre une large frange.

Les vassaux de Bluthaupt savent d'innombrables et bien lugubres histoires sur la Hœlle, dont les bords menteurs prolongent un tapis vert au-dessus du vide et appellent en souriant leur victime, comme les gouffres siciliens chers aux poëtes classiques. Bien des pieds y trébuchèrent aux lueurs douteuses du crépuscule, croyant toujours fouler le sol ferme du plateau, et s'enfonçant déjà dans la mort.

C'était pis encore une fois la nuit tombée. La double rangée d'arbres qui se dressait à droite et à gauche de la Hœlle semblait placée là tout exprès pour faire une entière illusion. Le voyageur poursuivait son chemin guidé par ces indices perfides; —, et c'était un cadavre que l'on trouvait le lendemain sur la traverse de Heidelberg!

Quelques secondes après avoir franchi le sommet du plateau, le cheval du vicomte s'arrêta tout à coup raidissant les jarrets et soufflant avec bruit. Si M. d'Andemer avait marché à pied, tout aurait été fini à l'instant même; mais l'instinct des animaux va plus loin que la prudence de l'homme.

La lune, cachée sous de gros nuages, laissait la montagne dans une complète obscurité. Le vicomte Raymond se pencha en avant et regarda de tous ses yeux, cherchant à découvrir l'obstacle qui lui barrait le passage. Il lui sembla voir le gazon plus épais et plus sombre que dans le reste de la route. Ce fut tout.

Regnault avançait par derrière; il sentait la sueur percer sous ses cheveux et couler froide sur sa tempe.

— Qu'y a-t-il donc? murmura-t-il en tâchant d'assurer sa voix : avez-vous peur?

M. d'Andemer fit sentir l'éperon à son cheval qui ne bougea pas.

Regnault eut l'idée de fuir; mais, auparavant, voulant tenter un dernier effort, il saisit sa cravache par le petit bout et en asséna un coup terrible sur la croupe du cheval du vicomte.

L'animal effrayé bondit en avant.

Les broussailles s'ouvrirent, frôlant l'une contre l'autre les feuilles séchées de leurs rameaux. Un grand cri retentit dans les profondeurs de la Hœlle. Puis on entendit une masse inerte tomber lourdement au fond du précipice.

Au cri d'agonie poussé par le malheureux vicomte, un cri d'horreur répondit sur la gauche, derrière les grands troncs des mélèzes.

Regnault n'eut pas le temps de se réjouir.

Dans le mouvement qu'il fit pour tourner la bride, les collets relevés de son manteau se rabattirent. La lune sortait à ce moment de sa prison de nuages. La bouche homicide de la Hœlle se montra béante, et la pâle figure du meurtrier apparut presque aussi distinctement qu'à la clarté du jour.

Regnault joua de l'éperon et releva précipitamment les collets de son manteau; mais deux yeux étaient ouverts à l'ombre d'un tronc d'arbre voisin et l'avaient reconnu.

Pendant que Regnault s'enfuyait au grand galop, la livrée rouge de Fritz, le courrier de Bluthaupt, qui, lui aussi, revenait de Francfort, sortit peu à peu de l'ombre.

Fritz marcha doucement jusqu'au bord du précipice, et se coucha sur le gazon pour prêter l'oreille. — Le gouffre ne rendait aucun son.

Fritz se mit à genoux et récita la prière des morts.

CHAPITRE III

LA BURG

Le chevalier de Regnault rejoignit en quelques minutes l'endroit où Raymond d'Audemer avait hésité entre les deux branches du sentier. Il avait peine à respirer, et il chancelait sur la selle de son cheval comme un homme ivre.

Ce trouble n'était point remords, mais épouvante. Il entendait encore ce cri, retentissant à quelques pas de lui dans les ténèbres; il voyait ces deux yeux briller à travers l'ombre, et s'ouvrir sur son crime, au moment où la clarté se faisait autour de la bouche de la Hœlle.

Mais le chevalier était de ces hommes qui ne se laissent point abattre par un danger à terme. Il fallait pour le dompter l'imminence du péril.

A mesure qu'il réfléchissait, il prenait courage, parce qu'en définitive aucun ennemi ne barrait sa route, et qu'il avait du champ devant lui.

Il changea de sentier, et se dirigea au grand trot vers le schloss de Bluthaupt.

Le vent augmentait à chaque instant de violence, et imprimait aux nuages une vitesse extraordinaire. On voyait la lumière de la lune courir dans les campagnes lointaines, poursuivie sans cesse par les ténèbres qui faisaient place elles-mêmes à de nouvelles clartés.

Entre les masses de vapeur qui glissaient sur le firmament, le ciel avait cet azur limpide et foncé des nuits de tempête. Les étoiles scintillaient éclatantes, et semblaient aiguiser leurs rayons.

Les abords de la route qui suivait les sommets de la petite chaîne de montagnes avaient un aspect inculte et sauvage; c'était une sorte de lande rase où s'élevaient çà et là de grands rochers calcaires, dont les formes fantastiques ressortaient blanches et tranchantes sur le fond obscur d'une forêt de pins. De temps à autre, un bouquet de chênes rabougris entassait ses troncs noueux et dépouillés avant l'hiver par les ouragans de la montagne. Puis c'étaient des rideaux de mélèzes, sveltes et droits comme des mâts de navires, qui balançaient à cinquante pieds du sol leur éternelle verdure.

Sur la droite, au-devant du bouquet touffu qui cachait encore le château, on apercevait un champ de forme irrégulière où se groupaient bizarrement des ombres.

Un Allemand, passant pour la première fois en ce lieu, eût à coup sûr trouvé au fond de son imagination de poétiques terreurs. Il eût vu là de blancs fantômes couchés dans les genêts solitaires, et sa frayeur eût animé leur foule immobile.

Il y a tant de spectres toujours dans les cervelles germaniques!

Mais le chevalier de Regnault n'avait garde. Il réfléchissait, et faisait mentalement l'état de ses craintes et de ses espoirs.

Ce champ, situé au midi du château et à deux cents pas tout au plus des douves, était l'emplacement de l'ancienne burg de Bluthaupt. Les formes grises, demi-cachées sous les buissons, étaient des ruines. Il y avait eu là un grand village, peut-être une ville, au temps où les Bluthaupt étaient comtes souverains de la montagne.

Regnault avait recouvré entièrement sa liberté d'esprit lorsqu'il s'engagea dans le bois d'érables qui masquait le château de ce côté. En quelques secondes, il atteignit la grande avenue, qui descendait par une pente douce le versant occidental de la montagne et rejoignait la traverse de Heidelberg, à trois cents pas au-dessus de la Hœlle.

Au bout de l'avenue se dressait une masse sombre dont les arêtes dentelées se découpaient sur le ciel éclairé. C'était le schloss de Bluthaupt.

De cet endroit, Regnault dominait toute la campagne environnante, qui semblait sortir de l'ombre, montrant à perte de vue ses grandes prairies courant le long des vallées, ses guérets étagés sur les flancs des montagnes, et ses forêts couronnant les hautes cimes.

— La moitié de tout cela pour le moins est à ce vieux fou de Gunther, pensa Regnault, et par conséquent à nous... Si nous n'étions pas tant, ce serait une magnifique affaire!... Mais le meilleur plat devient maigre au milieu de six convives affamés!...

Un grand nuage noir, aux rebords blafards, montait de l'ouest, et bouchait rapidement, l'une après l'autre, toutes les clairières d'azur où nageaient les étoiles. Quelques flocons de neige voltigeaient indécis entre les branches des arbres.

Regnault s'arrêta, et tourmenta d'un geste qui lui était familier les mèches lisses et pommadées de sa coiffure.

— Six! répéta-t-il; — quand il y a trop de loups autour d'une proie, les loups se mangent... Ayons d'abord la proie, et puis nous verrons bien!...

Il caressa du bout de sa cravache le cou de son cheval, qui, sentant la neige menaçante et l'écurie prochaine, se mit à trotter avec une nouvelle ardeur.

— Tout n'est qu'heur et malheur pour les chevaux comme pour les hommes! reprit Regnault. Voici un honnête animal qui va bien souper ce soir, comme son maître, tandis que la monture du vicomte est couchée au fond de la Hœlle! Ah! ah! ce diable de vicomte en savait trop long!... Je ne donnerais par pour cent louis ma besogne de la soirée!

— Vous êtes donc sorti vainqueur de votre combat, monsieur de Regnault?... dit une voix qui partait de l'un des bas côtés de l'avenue.

Le chevalier tressaillit sur sa selle, car il avait reconnu le rude accent du Magyare, qui était un des six loups affamés autour d'une proie trop maigre auxquels ses paroles faisaient allusion tout à l'heure. Il se remit néanmoins et répondit avec une gaieté affectée :

— Je sais le moyen de n'être jamais vaincu, seigneur Yanos.

— Ah! fit le Magyare. Et peut-on connaître votre secret?

— C'est de n'attaquer jamais qu'à coup sûr, répliqua Regnault.

Yanos Georgyi traversa l'avenue, et mit son cheval côte à côte avec celui du chevalier.

— A la bonne heure! dit-il d'une voix basse et brève; cela me fait penser, monsieur de Regnault, que vous ne vous attaquerez jamais à moi.

Le chevalier dessina un geste tout gracieux, et s'inclina.

Ils arrivèrent au pied des murailles du schloss, autour desquelles roulaient déjà de rapides tourbillons de neige.

Bluthaupt était une énorme masse de pierre qui avait traversé bien des siècles. La main du temps y avait laissé sa trace en plus d'un endroit, et plus d'un boulet de la guerre de Trente Ans incrustait dans les larges pierres des murailles sa sphère de fonte rougie par la rouille. L'ensemble des constructions demeurait néanmoins intact, sauf quelques brèches pratiquées çà et là par les hommes ou par les années dans les épais remparts.

De loin, c'était une masse confuse de bâtiments dont les toitures aiguës surmontaient une enceinte crénelée.

Celle-ci, dans sa circonférence, affectait une forme oblongue, brisée par des angles nombreux flanqués de tours rondes. A mesure qu'on avançait, on était frappé de l'aspect féodal de l'antique forteresse. C'était absolument comme aux jours où ses maîtres, comtes souverains de Bluthaupt et de Rotho, défendaient leur *burg* inexpugnable contre les landgraves du voisinage, et lançaient leurs hommes de fer jusqu'aux bords du Rhin.

En Allemagne, les institutions antiques sont restées debout, de même que les vieux monuments. Il n'est pas rare de voir de simples graffs traiter d'égal à égal avec le roi de Prusse, qu'ils sont tentés d'appeler encore le margrave de Brandebourg. Tant de familles comtales ont fourni des maîtres à l'empire!

Les Bluthaupt s'étaient effacés néanmoins peu à peu. Depuis un siècle environ, ils avaient cessé de lever une bannière indépendante, et s'étaient reconnus vassaux des princes-évêques de Wurtzbourg; mais, nonobstant cela, c'étaient encore de très-grands seigneurs, puissants par leurs richesses autant que par l'ancienneté de leur race : ce qui n'est point ici, comme chez nous, affaire de luxe inutile.

Malgré les chansons fanfaronnes des étudiants ivres, malgré les protestations bruyantes des docteurs et les toasts communistes portés dans les orgies, l'esprit allemand se courbe respectueux devant les souvenirs des vieux âges, et s'il est un pays au monde où la pensée féodale ait gardé sa force vivace, c'est sans contredit l'Allemagne, où tant de poignards innocents font semblant de chercher le cœur du despotisme.

Lors même que la tradition et le chartrier bien fourni de la burg du vieux Gunther n'eussent point porté d'irrécusables témoignages en faveur de l'ancienneté de sa race, il eût suffi de jeter un regard sur le château pour se faire une haute idée de l'antique puissance des Bluthaupt.

Au milieu de la forte enceinte de murailles, protégé par de larges douves, se dressait un édifice de style composite, où toutes les époques du roman et de ce qu'on nomme le gothique étaient bizarrement confondues. Autour de cet édifice se groupaient sans ordre une quantité de bâtiments secondaires, construits en différents temps et pour satisfaire aux besoins multipliés d'une puissance croissante.

Au delà des douves, où une arche en maçonnerie avait remplacé le pont-levis du moyen âge, la grande porte en voûte surbaissée montrait encore les dents rouillées de sa herse et deux trous profonds servant de fourreau à ces robustes bras de chêne qui redressaient autrefois ou abaissaient le lourd plancher du pont-levis.

A droite et à gauche, deux tours obèses avançaient leurs ventres moussus; entre elles, on distinguait encore un reste d'écusson soutenu par des débris d'anges.

Tout cela portait le cachet du roman le plus ancien et devait avoir été bâti avant le règne de Charlemagne.

Immédiatement au-dessus de la porte se suspendait une sorte de cage formée d'énormes pierres, dentelée d'étoiles à jour et de fantastiques figures percées au ciseau dans le granit. Cette cage, appartenant à une époque bien postérieure, avait dû servir de poste d'observation. Les habitations allemandes, maisons ou châteaux, possèdent presque toutes d'ailleurs quelqu'une de ces lourdes coquilles collées à leurs vieux murs.

Devant le pont jeté sur la douve se dessinait en zigzag l'ancienne voie fortifiée, qui était autrefois la seule avenue de la burg.

On pouvait suivre encore ce chemin creux aux parois de pierre de taille, que perçaient de fréquentes meurtrières.

Deux ou trois douzaines de masures, composant le nouveau village de Bluthaupt, descendaient le flanc de la montagne à droite de cette tranchée en ruines.

Bluthaupt, ce fier édifice qui avait bravé les siècles et dont les derniers jours du monde retrouveront en terre les robustes fondements, s'élevait sur l'extrême sommet du mont, et dominait, du haut de ses donjons inégaux, toute la contrée vassale. C'était l'aire inabordable assise au niveau des nuages, et d'où l'aigle suzerain laissait planer son vol vers les terrestres demeures.

Regnault et Yanos, abordant le château du côté de l'avenue, se trouvaient masqués par le rempart occidental dont les créneaux surplombaient maintenant au-dessus de leur tête. Il leur fallut faire le tour de la douve à demi comblée pour gagner la grand'porte qui regardait le midi, et dont les lourds battants avaient été remplacés par une grille de fer.

Le schloss s'offrit alors à leurs regards, détachant sur le ciel les mille festons de sa

BIBLIOTHÈQUE NATIONALE R.F. IMPRIMÉS

Tandis que Regnault s'enfuyait au grand galop...

toiture déjà saupoudrée de neige, ses clochetons à jour, ses pignons pointus, et les innombrables girouettes figurant des monstres inconnus qui tournaient en grinçant autour de leurs axes rouillés.

Regnault eut un regard de dédain suprême pour ce noble et gigantesque débris.

— Vieille cabane! grommela-t-il; il y a pourtant là assez de bonnes pierres toutes taillées pour bâtir une superbe maison!

Yanos souleva le marteau de la grille; il montra ensuite du doigt un donjon qui dominait tout le reste de l'édifice, et dont la plate-forme crénelée avait servi jadis de *tour du guet*. Une lueur rougeâtre et sombre dessinait l'ogive de la plus haute croisée de ce donjon.

— Le vieux fou! dit Regnault en haussant les épaules. Voilà sa tanière.

Il n'y avait que deux ou trois fenêtres

éclairées sur toute l'étendue de la façade du schloss. L'immense château semblait immobile et endormi. Le Magyare fut obligé de renouveler plusieurs fois son appel avant que l'on songeât à lui ouvrir.

Enfin les battants de la grille tournèrent en criant sur leurs gonds, et nos deux voyageurs furent introduits dans la première cour.

Ce ne fut point le comte de Bluthaupt qu'ils demandèrent, mais bien maître Zachœus Nesmer, son intendant.

Il était six heures et demie du soir environ. Dans une grande salle éclairée faiblement par deux lampes, quatre hommes étaient assis autour d'une haute cheminée de marbre noir où brûlaient des souches de mélèzes.

A gauche de la cheminée, un lit à galerie, carré de forme, et dont le ciel sculpté avait pour supports des colonnes d'ébène, s'adossait à la muraille et disparaissait entièrement sous les plis fermés de ses rideaux.

On avait disposé au pied de ce lit une sorte de clôture en tapisserie, qui l'isolait à demi et lui faisait une large alcôve.

Il y avait à droite et à gauche de la place pour plusieurs personnes.

En dedans de cette alcôve, une petite porte communiquait avec un oratoire rond, ménagé dans un tourillon faisant saillie et cul-de-lampe au dehors. Un prie-Dieu, ajouré comme une pièce d'orfévrerie, de beaux missels reliés de velours et d'or, de saintes images ornaient ce réduit pieux.

Entre le lit et la cheminée, une table étroite et basse se couvrait de fioles au long cou, de bouilloires et de tasses d'argent ciselé. De tout cet attirail médical s'exhalaient ces parfums pénétrants et hostiles que l'odorat déteste d'instinct, parce qu'ils annoncent la souffrance.

De l'autre côté du lit, et derrière la draperie, il y avait un berceau vide, orné de gaze blanche et de fleurs, qui semblait prêt à recevoir un nouveau-né attendu.

A l'autre extrémité de la salle, dans l'embrasure profonde d'une fenêtre, un page et une suivante, deux beaux enfants ingénus et souriants, étaient assis l'un auprès de l'autre sur des tabourets, et s'entretenaient à voix basse.

Le page avait dix-huit ans. Ses grands cheveux blonds, séparés sur le sommet de la tête, tombaient en boucles épaisses des deux côtés de son front blanc et doux comme celui d'une jeune fille. Sous cette douceur, néanmoins, il y avait déjà une fermeté vaillante; et parfois un éclair s'allumait tout à coup dans son grand œil bleu, qui, l'instant d'après, se baissait timide.

Il se nommait Hans Dorn.

La suivante avait tout au plus seize ans. C'était une jolie fille, simplette, naïve, dont le regard crédule n'avait point ces sournoises espiègleries de nos vierges de France. La fraîcheur de son teint éblouissait. Sa physionomie était en ce moment pensive et comme effrayée. Cependant, de temps à autre, un rire gai venait à l'improviste entr'ouvrir le corail ardent de ses lèvres, et montrer des dents plus blanches que la neige.

Mais ce rire durait peu. La jeune fille semblait éprouver du remords à être joyeuse; ses yeux se tournaient vers le lit clos, et son regard prenait une expression de respectueuse pitié.

Elle avait nom Gertraud.

Les quatre hommes alignés autour du foyer gardaient un silence grave, interrompu seulement par quelques paroles prononcées à demi-voix.

L'un d'eux, personnage long et maigre, à la figure pédante, à la tournure scolastique, se levait à de courts intervalles, et allait fourrer sa tête rase entre les rideaux du lit, d'où s'échappait alors une plainte douce et faible.

Il mélangeait ensemble, dans une tasse d'argent, le contenu de deux ou trois fioles, et passait ce breuvage derrière les rideaux.

Puis il revenait s'asseoir; et chaque fois qu'il reprenait ainsi sa place, le comte Gunther de Bluthaupt, assis sur un fauteuil d'honneur, à l'angle de la cheminée, découvrait sa tête blanche et s'inclinait en signe de remerciement.

CHAPITRE IV

GUNTHER LE SORCIER

Gunther de Bluthaupt était un vieillard malingre et cassé, dont les traits pâles exprimaient une grande faiblesse d'esprit, jointe à un puéril entêtement. Son visage n'était pas néanmoins sans fierté; il gardait quelque chose des grandes manières que lui avait enseignées l'éducation de sa jeunesse. Mais c'était un contraste étrange : tandis que sa tête chenue se redressait avec hauteur, son regard exprimait une sorte de respect craintif.

Il était ici le maître et le seigneur. Son siége dominait comme un trône les siéges de ses compagnons, et pourtant un observateur eût deviné bien vite chez cet homme un esclavage mystérieux. Il y avait dans le regard timide qu'il promenait sur ses hôtes une déférence qui ressemblait à de la soumission.

Au-dessus de sa tête, sur la tablette de la cheminée, était posé un gobelet d'or marqué aux armes de Bluthaupt. A ses pieds, dans un coin du foyer, un petit fourneau supportait un vase où bouillait doucement un liquide noirâtre.

Toutes les demi-heures environ, l'homme sec et long versait dans le gobelet trois ou quatre cuillerées du contenu du vase et le présentait au comte avec un grave salut.

Gunther de Bluthaupt saluait et buvait. Un fugitif incarnat montait à sa joue, qui, l'instant d'après, redevenait plus blême.

Auprès de lui s'asseyait un gros garçon tout obèse, tout rond, dont les petits yeux débonnaires semblaient clos par un demi-sommeil. Une forêt de cheveux jaunâtres couvrait son front large et bombé. Ses joues vermeilles retombaient sur le collet rabattu de sa chemise, et tout le reste de sa personne affectait la forme d'une boule que l'on eût revêtue d'un habit noir.

Ses deux mains grasses, blanches et courtes, s'appuyaient sur son ventre rebondi, et mariaient le luxe de leurs bagues aux magnificences d'un gros faisceau de breloques descendant jusque sur la cuisse.

Cet homme gras était meinherr Fabricius Van Praët, physicien hollandais, favori du vieux comte, et commensal ordinaire du château.

Après lui venait le personnage long, maigre et grave, qui était le docteur José Mira, Portugais de naissance, et plus savant que tous les praticiens réunis de la Confédération germanique.

Cet habile médecin ne quittait guère le château. Gunther de Bluthaupt se croyait mort dès qu'il perdait de vue la grande figure décharnée et la tête pointue de son docteur.

Van Praët était un homme de quarante ans. Mira n'avait pas encore atteint sa trentième année. Ceux qui le connaissaient dès longtemps disaient que, depuis son extrême jeunesse, il avait cet air moisi du pédant prédestiné à l'état de perruque.

Ceux qui le connaissaient mieux encore, et le nombre n'en était pas grand, prétendaient que c'était là un masque attaché péniblement, et que le docteur portugais attendait la quarantaine et sa fortune faite pour devenir un jeune homme.

Le quatrième personnage était placé en face du vieux comte, et occupait l'autre coin du foyer. C'était une de ces figures allemandes, plates, froides, étroites, insignifiantes, immobiles. Il n'y avait sur son visage engourdi ni bonté, ni malice, ni esprit, ni sottise : il n'y avait rien du tout.

Zachœus Nesmer, pourtant, l'intendant de Bluthaupt, savait admirablement faire ses affaires, sinon celles de son maître, comme nous pourrons le voir.

Il n'avait pas plus d'âge que de physionomie. On pouvait lui donner trente ans et lui donner cinquante ans. La vérité devait se trouver probablement entre ces deux limites.

Le comte Gunther avait en Zachœus la confiance la plus absolue. Zachœus était pour ses terres et pour ses châteaux ce que Mira était pour le salut de son corps, ce que le gros Van Praët était pour ses rêves d'avenir.

Car le comte Gunther avait eu deux rêves en sa vie, deux rêves caressés durant de longues années, nourris avec un amour entêté, choyés avec une passion infatigable.

Le premier de ces rêves était un espoir légitime, et qu'on trouve au fond du cœur de tout homme. La vieillesse seule de Gunther avait pu donner à ce désir une apparence chimérique : Gunther voulait avoir un héritier de son nom.

Il était le dernier Bluthaupt, car les trois bâtards du comte Ulrich, son frère, qu'il n'avait jamais voulu voir, et qu'il haïssait de toutso n cœur, n'avaient point le droit de porter l'écusson de leur père.

Mais autant ce premier rêve était concevable et possible à réaliser, autant le second était fou.

Pour expliquer cette passion insensée, il faut rappeler que Gunther de Bluthaupt n'avait jamais été mêlé aux choses de ce monde. Sa vie s'était passée, solitaire, en son vieux château, loin des bruits extérieurs, loin des idées du siècle. Autour de lui, les révolutions avaient grondé sans qu'il les entendît ; son oreille était sourde aux clameurs du dehors. Le monde était pour lui en dedans du cercle étroit qu'il s'était tracé. Au delà, il n'y avait rien.

Depuis trente ans, Gunther de Bluthaupt n'avait pas dépassé la limite de son parc ; il ne savait plus ce que c'était qu'une ville.

Son schloss restait ouvert sans doute à l'hospitalité allemande ; mais les voyageurs qui venaient lui demander abri n'étaient point admis à la table du maître.

Les hôtes oublient vite le chemin d'une demeure dont la porte ne s'est ouverte pour eux qu'à demi. L'herbe croissait sur la route de Bluthaupt.

Gunther, vivant seul alors que l'âge n'avait point glacé en lui l'ardeur virile et le besoin d'action, cherchait à quoi occuper sa force oisive. Enfermé dans sa chambre, il réfléchissait, et Dieu sait les fantômes qui peuvent visiter, aux heures de solitude, une imagination germanique !

D'autres fois il se confinait dans l'antique bibliothèque du schloss, et il lisait de longues journées. Incapable de distinguer le vrai du faux, la rêverie de la réalité, il emplissait son cerveau de vieilles légendes, et façonnait ce qu'il avait de raison à croire toutes sortes de fables.

On sait l'engouement qui entraîna les savants allemands, au moyen âge, vers la prétendue science hermétique. Cet engouement avait passé des docteurs aux gentilshommes, et nul historien ne saurait nombrer la quantité de graffs, de palatins, de landgraves, de rhingraves, de gaugraves, de margraves et de burgraves qui moururent fous, l'œil attaché sur la cornue cabalistique qui devait changer pour eux le plomb en or.

La tradition du pays disait que plusieurs Bluthaupt étaient tombés dans cette folie des temps passés. Toujours est-il que la bibliothèque du schloss contenait un énorme monceau de bouquins poudreux, manuscrits ou imprimés, traitant des sûrs moyens d'atteindre, avec ou sans l'aide de Dieu, les sublimités du Grand-Œuvre.

Gunther de Bluthaupt avait dévoré ardemment toutes ces solennelles rêveries. Durant des années entières, il avait lu, relu, médité, comparé les recettes absurdes enfouies dans les longues pages latines ou grecques, quelquefois même hébraïques, de ses auteurs favoris.

Il en était venu à croire fermement, et de cette foi inébranlable qui prend la dupe vis-à-vis du charlatanisme vainqueur.

On l'eût coupé par morceaux avant de lui faire confesser son erreur.

Et pourtant une sorte de pudeur l'arrêta bien longtemps. Il hésitait à franchir le pas qui sépare la théorie de la pratique. Il était désormais versé profondément dans les arcanes les plus ténébreux de la science; mais l'expérience lui manquait, et la crainte de perdre son âme le retenait.

Mais enfin la passion, combattue et grandissant à chaque instant, fut plus forte que tout le reste. Ses fourneaux rougirent le métal de la cornue, et il devint alchimiste en plein dix-neuvième siècle!

Son laboratoire était situé dans la chambre la plus haute du donjon le plus reculé du château. Ce donjon, à cause de son élévation supérieure, avait, autrefois, servi de tour du guet, et sa plate-forme crénelée gardait encore trois ou quatre couleuvrines cerclées de fer. Gunther n'avait confié son secret à personne; le temps qu'il donnait à son bizarre labeur achevait de rendre absolu son isolement.

Il ne parvenait point, bien entendu, à faire de l'or; mais le propre de chaque manie est de s'acharner contre l'impossible. Le comte travaillait, travaillait; il allait incessamment de son alambic à ses livres, et de ses livres à son alambic. Plus de repos! La nuit continuait les efforts de sa journée; sa tâche durait toujours, toujours!

A défaut de l'or, qui ne voulait point venir, le travail de Gunther eut un autre résultat : les vieux murs de Bluthaupt avaient eu, en divers temps, la réputation de cacher des sorcelleries dans leur enceinte. Or les traditions, en Allemagne, ont bien de la peine à mourir. On se souvint des histoires, souvent racontées, où Satan jouait son rôle nécessaire; on ne passa plus qu'avec terreur le long des remparts sombres; et cette lueur rougeâtre qui brillait, tant que durait la nuit, au sommet de l'un des donjons, sembla l'œil sanglant du démon ouvert sur la contrée.

Les montagnards et les gens de la plaine s'accoutumèrent à regarder le schloss avec défiance. L'herbe s'épaissit entre les grands arbres de l'avenue.

Quand Margarethe, brillante de jeunesse et de fraîcheur, franchit pour la première fois la grille du château en qualité d'épousée, chacun plaignit la douce enfant qui allait dormir côte à côte avec un serviteur de Satan. Gunther avait bien demandé des dispenses à Rome; mais ceci était pour le monde; et, certes, il n'avait nul besoin des licences accordées par le Ciel.

Zachœus Nesmer était déjà en ce temps intendant de Bluthaupt. Il volait très-passablement son maître; mais il avait la bonne volonté de le voler beaucoup davantage. Zachœus ne croyait guère au diable. Il s'était aperçu, comme tout le monde, des longues et fréquentes visites que Gunther faisait à son laboratoire. Il ne savait point s'en expliquer le motif; seulement il repoussait la pensée d'un sortilége, en esprit fort qu'il était.

Et il se disait que si une fois il pouvait surprendre le secret de son maître, il y avait dix à parier contre un que sa fortune serait faite; car un secret est toujours une mine pour qui se sent le talent de l'exploiter.

Une nuit, Zachœus laissa ses chaussures dans sa chambre, et monta pieds nus l'escalier roide de la tour du guet. Il n'y avait peut-être pas dans tout le pays, à un mille à la ronde, un homme qui en eût osé faire autant.

Zachœus mit son œil à la serrure. Il aperçut le vieux comte courbé sur ses fourneaux et contemplant d'un œil avide le contenu d'un creuset qu'il venait de desceller.

Zachœus n'en voulut pas voir davantage. Il redescendit en se frottant les mains, et, quelques jours après, meinherr Fabricius Van Praët fut introduit au château.

Cet honnête homme était un ancien prestidigitateur qui était devenu trop gras pour pratiquer. Il possédait quelque teinture des sciences physiques, et n'eut point de peine à se faire passer pour un profond adepte aux yeux crédules du vieux comte.

Quelque temps après, le docteur José Mira fut installé au château de la même manière.

Van Praët avait pour emploi spécial de faire de l'or. Le grave José Mira, grâce à sa connaissance de la médecine transcendante, devait donner au comte Gunther le moyen de perpétuer le noble nom de Bluthaupt. A l'aide de ces deux hommes, l'intendant Zachœus tenait son maître par tous ses faibles.

Cela suffisait amplement à faire sa propre fortune et celle de ses deux compères ; mais il n'était pas au pouvoir de Zachœus de s'arrêter à ce point. Outre le docteur et le gros Hollandais, il avait trois autres associés à faire riches.

Il fallait pour cela toute la fortune de Gunther de Bluthaupt, et Zachœus, forcé de partager, voulait au moins que l'aubaine fût ample.

Les revenus du comte étaient considérables; mais rien ne coûte si cher que de vouloir changer le plomb en or, quand on a surtout un meinherr Van Praët, ex-physicien-aéronaute, pour collaborateur. Zachœus cria misère, et déclara qu'à suivre un train pareil les domaines de Bluthaupt seraient bientôt en vente.

Mais en signalant le mal il proposa le remède.

Il connaissait un juif de Francfort, homme d'une probité scrupuleuse, qui se ferait une joie de venir au secours du noble comte, moyennant un bénéfice honnête. Mosès Geld eut à son tour ses entrées au château.

Et, comme ces prêts à intérêts étaient fort onéreux en définitive, Zachœus Nesmer, sans cesse occupé de l'avantage de son maître, finit par trouver un excellent moyen de le tirer d'embarras. Il proposa, le fidèle serviteur, de consentir une vente sous condition de tous les biens de Bluthaupt, moyennant une rente double du revenu actuel.

L'acquéreur était trouvé : Mosès Geld n'avait rien à refuser au noble comte.

Ce dernier, bien qu'il fût habitué à ne voir que par les yeux de Zachœus, demeura indécis d'abord devant cette mesure extrême. Il aimait à sa manière sa femme, la jolie Margarethe, qui lui témoignait une affection filiale et accueillait chacune de ses volontés avec une douce obéissance. D'ailleurs il espérait toujours un héritier, et il se plaisait à penser que ses longs efforts profiteraient à son fils, à ce messie promis par la science infaillible du docteur José Mira.

Mais l'intendant ne s'était point avancé sans être en fonds d'arguments. Il pouvait d'ailleurs, comme nous le verrons plus tard, faire toutes sortes de concessions sans risquer sa partie.

— A Dieu ne plaise, dit-il, que je propose à mon gracieux seigneur un contrat qui pourrait blesser les intérêts de la noble comtesse Margarethe et du futur héritier de Bluthaupt! La rente sera reversible sur la tête de la comtesse dans le cas — et puisse le Ciel éloigner ce malheur! — où elle deviendrait veuve. Quant à la seconde hypothèse, il est bien entendu qu'elle formerait une condition résolutoire. La naissance du fils que nous espérons tous annulerait la vente de plein droit.

— Mais les revenus payés jusque-là par Mosès? objecta le comte aux trois quarts persuadé.

— La loi romaine est positive à cet égard, répondit Zachœus : tout contrat aléatoire expose l'acheteur à la perte des sommes versées dans tel cas donné.

Gunther eût cédé à des raisons moins péremptoires. La première chose pour lui, c'était de poursuivre son œuvre; et une fois son œuvre accomplie, qu'importaient les biens de Bluthaupt?

Ne lui suffirait-il pas d'un alambic et d'un creuset pour faire son fils plus riche que tous les rois de l'univers?...

Il accepta, et mit sa signature au bas d'un acte savamment libellé par maître Zachœus Nesmer.

A dater de ce jour, le comte Gunther fut le plus fortuné seigneur des États germaniques.

Zachœus avait toujours de l'or à sa disposition, le Grand-Œuvre marchait au mieux au dire de Fabricius Van Praët, qui était la véracité personnifiée, et le docteur portugais affirmait sous serment que des indices à lui connus annonçaient d'une manière positive la prochaine régénération du sang de Bluthaupt.

Le même précieux docteur, mis dans la confidence de la vente sous condition, avait composé un breuvage qui devait tromper tous les calculs de l'acheteur Mosès Geld et prolonger la vie du comte au delà des limites d'un siècle.

Tout allait admirablement, comme on le voit, et Gunther était entouré d'amis incomparables.

Comme si le hasard eût voulu donner raison aux pronostics du docteur, Margarethe devint enceinte. Tout le monde fut étonné; le docteur fut le plus étonné de tous.

Gunther passa le temps de la grossesse de sa femme à fondre du plomb, à distiller des drogues et à boire le fameux breuvage de la vie.

Ces neuf mois furent pour lui un temps joyeux, mais ils le vieillirent de dix ans.

Les six associés, cependant, dont Mosès Geld n'était que le prête-nom, connaissaient la chance que l'état de la jeune comtesse Margarethe leur faisait courir. Ils avaient eu neuf mois pour aviser et se préparer à tout événement.

Le terme était écoulé; c'était à cette circonstance que faisait allusion le message porté à Francfort par le courrier Fritz : « L'heure était venue. »

Dans le lit entouré de ses rideaux épais, la comtesse Margarethe éprouvait les premières douleurs de l'enfantement.

Par une coïncidence qui n'était point l'effet du hasard, Van Praët, poussé par les sollicitations toujours plus ardentes du vieux comte, dont l'affaiblissement physique augmentait la crédulité, lui avait promis, pour cette nuit même, la réalisation définitive du Grand-Œuvre.

Les fourneaux étaient allumés dans le laboratoire, et le métal en fusion bouillait au fond du creuset.

Le silence régnait autour de la vaste cheminée. On entendait les chuchotements de Hans et de Gertraud, qui s'entretenaient dans l'embrasure lointaine. Des plaintes faibles et à peine saisissables perçaient toujours, de temps en temps, l'étoffe épaisse des rideaux.

Une musique étrange, qui semblait descendre des nuages, se fit entendre. C'était le carillon de Bluthaupt qui chantait. Quand le carillon se tut, la vieille horloge sonna sept heures. Les vibrations enrouées de la cloche se prolongèrent durant quelques secondes, en l'absence de tout bruit.

Le docteur regarda le cadran émaillé de l'antique pendule, dont le timbre allait sonner l'heure à son tour.

— Avant que l'aiguille ait fait le tour de ce cadran, dit-il, le noble comte aura vu le visage de son illustre héritier.

— Dans le même espace de temps, ajouta Van Praët, il y aura de l'or au fond de notre creuset.

Les traits de Gunther prirent une expression de naïve allégresse.

— Ce sera une heureuse nuit pour la

maison de Bluthaupt! reprit Zachœus dont la voix avait à son insu des accents étranges.

— Oh! bien heureuse! bien heureuse! s'écria Gunther; mais que les heures vont m'en paraître longues!

Le docteur se leva et versa dans le gobelet d'or une dose du breuvage fumant.

Gunther porta le gobelet à ses lèvres.

— Il me semble que je bois la vie, dit-il en adressant au Portugais un regard de reconnaissance.

Ses joues sèches et creuses s'animèrent pour un instant; un fugitif éclair s'alluma dans sa prunelle morne; puis sa joue redevint plus livide, et l'étincelle de son œil mourut.

Il respira péniblement et porta ses deux mains ridées à sa poitrine qui haletait.

— Je voudrais boire toujours! poursuivit-il. Quand je ne bois plus, mon souffle s'arrête, et je sens un poids brûlant tout près du cœur.

Sa tête chancela sur ses épaules et s'affaissa lourdement.

Van Praët, Zachœus et Mira échangèrent furtivement un regard.

CHAPITRE V

LA TACHE DE SANG

Chaque fois que le comte buvait une dose de l'élixir composé par José Mira, sa faiblesse augmentait. Après un instant de bien-être où sa décrépitude semblait galvanisée, il tombait dans une torpeur lourde. Son esprit et son corps fléchissaient à la fois sous un abattement profond.

Ce soir-là, il éprouvait plus vivement que d'habitude le double effet du breuvage, à la confection duquel le savant docteur avait apporté sans doute un soin plus grand.

Une minute après que ses lèvres eurent touché le gobelet d'or, il était plongé dans une sorte d'assoupissement qui lui laissait néanmoins la conscience de ce qui se passait autour de lui.

Sa tête, penchée sur sa poitrine, et qui semblait supporter un invisible poids, se relevait de temps en temps avec effort. Son regard éteint allait lentement de l'un à l'autre de ses compagnons, puis sa paupière pesante se refermait et sa tête retombait.

José Mira suivait ses mouvements d'un œil curieux. Le gros Fabricius Van Praët, installé carrément dans son fauteuil, regardait flamber les souches de pins et ne songeait guère au miracle hermétique qui était en train de s'accomplir dans la solitude du laboratoire, tout en haut de la tour du guet. L'intendant Zachœus se faisait de la main une visière, et regardait son maître avec une impassible froideur.

En un moment où la tête de Gunther restait penchée plus longtemps que de coutume, Van Praët montra du doigt la pendule et dit à voix basse :

— Ils tardent bien à venir!

— Chut! fit le docteur en prolongeant un imperceptible son; il entend tout!

Le comte se redressa comme s'il eût voulu confirmer cette parole.

— C'est bien vrai, dit-il d'une voix embarrassée, cela tarde! Les minutes sont longues! bien longues!

Il reprit haleine comme un homme qui vient de fournir une tâche au-dessus de ses forces.

— Margarethe ne crie pas, poursuivit-il. Je donnerais mille souverains pour entendre son premier cri. Et le creuset! Oh!

BIBLIOTHÈQUE NATIONALE
BF

Tout à coup le cheval refusa d'avancer...

que ne puis-je voir l'or jaune et brillant bouillir au fond du vase, puis se refroidir et devenir une masse solide! Les minutes sont longues!

Il appuya sa tête sur sa main tremblante; ses trois compagnons se taisaient.

— Tout mon corps est glacé, reprit-il; il n'y a qu'un point dans ma poitrine qui brûle comme un charbon ardent. A boire! j'étouffe!

— Il ne faut point abuser de mon breuvage, répliqua le docteur d'un ton dogmatique et lent. Les doses en sont réglées selon l'art : vous boirez, gracieux seigneur, quand il en sera temps.

— C'est que je souffre bien! murmura le pauvre vieillard; si vous saviez comme je souffre!

Le docteur avança la main et lui tâta le pouls.

— Monsieur le comte, dit-il effrontément, vous ne vous êtes jamais mieux porté.

Gunther essaya de sourire :

— C'est peut-être vrai, balbuta-t-il; je suis un malade imaginaire... mais cette attente me tue. Encore de longues heures à passer avant de savoir!

Il sembla se ranimer soudain, et attacha son œil brillant de désir sur la large face du Hollandais.

— Meinherr Van Praët, dit-il en donnant à sa voix cet accent de caresse que savent prendre les enfants, ne pensez-vous point que nous pourrions monter au laboratoire et découvrir le creuset en ce moment pour voir si l'œuvre avance?

— Ce serait retarder la transformation d'un mois, répondit le Hollandais d'un ton grave; peut-être d'une année... mais je suis à présent, comme toujours, aux ordres de mon gracieux seigneur.

Et il fit le geste de se lever. Gunther poussa un gémissement.

Un autre gémissement lui répondit derrière les rideaux du lit, et une douce voix de femme prononça le nom de Dieu avec un accent de déchirante souffrance.

Le front sillonné du vieillard s'éclaira soudainement; il tourna la tête, attendant un cri qui ne vint pas.

Le docteur entr'ouvrit les rideaux. La lumière des lampes, glissant obliquement entre les draperies, éclaira un visage angélique et plus blanc que la mousseline de l'oreiller où il s'appuyait.

C'était une tête suave et noble, où rayonnait la belle candeur de l'enfance. Quelques mèches de cheveux blonds, soyeux et fins, tombaient autour des joues pâlies. Les yeux étaient à demi fermés, et la bouche décolorée semblait s'ouvrir pour exhaler une plainte.

Le docteur tâta le pouls de la malade sans mot dire, rapprocha les rideaux et revint s'asseoir.

Le vieux Gunther était retombé dans sa morne apathie.

Hans et Gertraud, à qui nul ne faisait attention, avaient discontinué leur entretien, au cri poussé par la jeune comtesse, et tournaient vers le lit des regards émus de pitié.

Un silence profond régnait dans la grande salle. On n'entendait que le bruit du balancier de la pendule, et le sifflement triste du vent qui se plaignait au dehors.

La lumière insuffisante des lampes n'éclairait qu'une partie de la pièce dont les murailles restaient dans une demi-obscurité. On apercevait vaguement les personnages des hautes tapisseries battant contre la maçonnerie nue, les moulures dorées des grosses poutres et des frises bizarrement découpées. Au-dessus des portes, les panneaux montraient leurs trophées déteints.

Quatre ou cinq grands cadres dorés, pendus contre la tapisserie mobile, entouraient les visages austères et à demi effacés des seigneurs de Bluthaupt, qui avaient vu Jérusalem au saint temps des croisades. Entre ces visages, malgré le mauvais état des peintures, il y avait des rapports frappants. « Bluthaupt, disait une légende de la montagne, gardait de siècle en siècle les mêmes traits et le même cœur. »

Vis-à-vis de la cheminée, deux armures d'acier jetaient de sombres étincelles. Sur les écus suspendus au-devant des cuirasses vides, on pouvait distinguer les émaux de Bluthaupt, dont les armes (à enquerre) étaient « de sable à trois hommes ou bustes de gueule [1]. »

Toutes ces choses avaient un aspect lugubre et forçaient l'esprit à reculer vers les ténèbres du passé. Ces rideaux sombres qui étouffaient des cris de douleur, ces murailles vêtues de deuil, ces fenêtres à vitraux coloriés, où parfois un rayon de lune mettait une apparence de mouvement et de vie, tout, jus-

1. Trois hommes rouges sur un fond noir : ces armoiries, qui jouent sur le nom (Bluthaupt signifie *tête sanglante*), forment exception aux règles ordinaires du blason, lesquelles défendent de charger couleur sur couleur. Ce sont les armes de deux grandes familles d'Allemagne.

qu'au groupe immobile des quatre hommes, sur qui la lumière des lampes tombait d'aplomb, prêtait à l'imagination de vagues terreurs.

Quand le vent gémissait plus aigu dans les fentes des croisées, arrachant un accord étrange aux harpes éoliennes tendues entre les cheminées du schloss, ou quand les monstres de tôle qui servaient de girouettes laissaient tomber leurs cris plaintifs, Hans et Gertraud tressaillaient comme à la voix d'un être humain en détresse.

Gertraud avait été élevée au château; Hans était un vassal de feu le comte Ulrich, et venait de l'autre côté de Heidelberg.

Ils tenaient tous deux une place à part parmi la nombreuse livrée de Gunther, et leurs services étaient dévolus exclusivement à la comtesse Margarethe.

Après quelques minutes de silence, ils avaient repris leur entretien.

— J'étais une enfant quand la belle comtesse arriva au château, disait Gertraud. Elle ne souriait point comme font, dit-on, les jeunes épousées ; son regard si doux était triste, et, lorsqu'elle passa le seuil de cette grande salle où nous la voyons souffrir maintenant, il me sembla qu'il y avait une larme au bord de sa paupière.

— Pauvre noble dame ! interrompit Hans Dorn avec émotion. Là-bas, au château de Rothe, elle était bien heureuse ! Son père l'aimait; ses trois frères l'adoraient, et tous les gentilshommes du voisinage soupiraient pour l'amour d'elle ! Mais on dit que ce mariage était nécessaire pour la prospérité du sang de Bluthaupt. Je sais bien, moi, ce qu'il aurait fallu pour la gloire de la maison, ajouta-t-il plus bas. Les trois braves enfants qu'on appelle des bâtards auraient soutenu comme il faut le nom de leur père, qui les avait reconnus dans son testament pour ses héritiers légitimes. Mais tout cela s'est arrangé autrement, et bien des gens affirment qu'ils l'ont voulu ainsi eux-mêmes. Hélas ! je suis bien jeune; mais j'ai vu le temps où tout était bonheur au beau château de Rothe ! Le noble Ulrich était dans la force de l'âge; les trois jeunes maîtres n'avaient point leurs pareils entre tous les cavaliers du pays ; les deux jeunes comtesses Hélène et Margarethe, aussi bonnes que jolies, semblaient appeler sur le manoir les bénédictions de Dieu...

« Maintenant Ulrich est mort. L'homme qu'on avait vu plein de santé la veille n'était plus le lendemain qu'un cadavre ! Il avait, dit-on, pour ennemis des gens tout-puissants dont il combattait l'injustice. Il faisait partie d'une vaste association dont tous les membres sont frères; mais, parmi tant de frères, quelle main s'est levée pour le venger?

« Ses trois fils, les nobles cœurs, ne portent ni le nom de Bluthaupt ni le nom de Rothe; ils sont bâtards. J'ai entendu affirmer qu'ils sont engagés, eux aussi, dans une lutte désespérée. Qui peut dire s'ils ont un abri où reposer leurs têtes?

« Margarethe est la femme d'un vieillard entouré d'aventuriers avides !

« Il n'y a que la comtesse Hélène qui soit heureuse. Dieu puisse-t-il la garder de tout revers ! Elle est la femme du vicomte Raymond d'Audemer, un noble Français qu'elle aimait depuis son enfance. Ce fut là une noce bien gaie, Gertraud, et qui ne ressembla point à celle dont vous venez de me parler. Moi aussi, j'étais un enfant lorsque je vis ces fiançailles, mais j'en ai encore de la joie dans le cœur !

« Qu'ils étaient beaux tous deux, et comme ils s'aimaient ! »

Hans s'interrompit brusquement; on venait de frapper à la grille.

Le vieux comte ouvrit à demi les yeux, et prononça quelques paroles confuses.

— Les voilà, dit Van Praët.

Zachœus Nesmer se leva et se dirigea vers

l'une des embrasures pour regarder au dehors.

Hans et Gertraud avaient déjà l'œil collé aux vitraux.

La grille s'ouvrit et donna passage à un cavalier couvert d'une houppelande de toile cirée ; ce cavalier était seul.

Zachœus attendit que la grille fût refermée et revint vers ses compagnons, qui l'interrogèrent du regard.

— Ce n'est que Mosès, dit-il en se rasseyant.

Mira et le gros Hollandais firent un signe de désappointement.

— Toujours de nouvelles figures d'aventuriers ou de trafiquants ! murmura le page qui rapprocha du sien le tabouret de la jolie suivante. Des gens pareils devraient-ils entourer le chef de la maison de Bluthaupt? Aussi vrai que je vous aime, Gertraud, il se passe dans ce château quelque chose d'extraordinaire et de menaçant !

Les fraîches couleurs de la jeune fille pâlirent.

— Vous me faites peur, ami, murmura-t-elle, et cependant je ne puis dire autrement que vous. Je ne sais quel pressentiment mortel me serre le cœur. La soirée commence à peine et je voudrais déjà voir le plein jour.

— Si cette nuit doit être la dernière pour quelqu'un de nous, répliqua le page en faisant le signe de la croix, que Dieu prenne en pitié son âme !

Gertraud se serra contre lui toute tremblante.

Hans entoura de ses bras la ronde taille de l'enfant et l'attira sur son cœur.

— Laissez-moi, dit-elle; ces jeux sont un péché près d'un lit de souffrance, et nous ferions mieux de prier tous les deux comme des chrétiens.

On n'entendait plus aucun bruit dans la cour. Le cheval du juif était à l'écurie, et Mosès Geld lui-même avait été introduit dans l'appartement de Zachœus, où se tenaient les réunions des associés.

Hans, prenant pitié des terreurs de la pauvre Gertraud, cherchait maintenant à la rassurer.

— Nous sommes des enfants, disait-il en essayant de sourire, et nous nous laissons prendre à des frayeurs folles, parce que tout ce qui nous entoure est triste et que le vent d'octobre gémit au dehors. Demain, il y aura dans le berceau un bel enfant, ma Trudchen, et le vin du Rhin coulera dans nos verres pour célébrer la bienvenue de l'héritier des comtes !

— Que le ciel vous entende, ami ! murmura Gertraud.

— Ces hommes ont de mauvaises figures, reprit Hans qui montra du doigt les trois compagnons de Gunther; mais le cœur ne ressemble pas toujours au visage, et ce sont peut-être de bonnes gens. Vous étiez à me raconter ce qui s'est dit dans le pays, touchant la grossesse inespérée de la comtesse. Ne voulez-vous point m'achever cette histoire, Trudchen?

Gertraud fut quelques secondes avant de répondre; mais elle était femme, et l'envie de conter une histoire mystérieuse est forte à quinze ans, même contre la terreur.

— On a dit bien des choses, répliqua-t-elle enfin, parmi lesquelles il y en a beaucoup que je ne sais point comprendre; mais, écoutez, Hans, je vais vous répéter cela de mon mieux.

« Notre maître a été marié déjà deux fois dans sa jeunesse. Ses deux femmes sont mortes sans lui laisser d'enfants.

« Il y a trente ans que la dernière est dans

sa tombe de marbre, sur le devant du chœur de la chapelle de Bluthaupt.

« Il n'y a plus au château que deux ou trois serviteurs chargés d'années qui se rappellent l'avoir vue, alors qu'ils étaient tout jeunes.

« Pendant trente ans, le comte Gunther ne pensa point à prendre une nouvelle épouse. Il vivait enfermé dans son schloss solitaire, dont aucun gentilhomme du voisinage ne passait jamais le seuil. Son frère lui-même ne venait point le visiter.

« Ce que je vais vous dire est étrange; mais je l'ai entendu répéter tant de fois, qu'il faut bien y croire : il y a trois ans, Gunther de Bluthaupt ne savait rien sur la famille de son frère.

« A cette époque seulement, il parut s'éveiller de son long oubli. Il s'informa, il apprit que la famille d'Ulrich se composait de deux filles légitimes et de trois jumeaux à peine sortis de l'enfance, qui n'avaient point pour mère une comtesse de Bluthaupt.

« Vous avez entendu parler sans doute du feu qui brille incessamment tout au haut de la tour du Guet, dans l'aile gauche du château? C'était alors, comme aujourd'hui, la retraite favorite du comte, qui s'y enfermait durant de longues heures. Nul n'a jamais su quelle occupation l'y retient, et que Dieu me pardonne si je commets un peché! les gens du pays disent que c'est là un repaire de maléfices et de méchants cultes adressés à Satan.

« Depuis des années, pas une seule nuit ne s'était passée sans que le feu brûlât au sommet du donjon; mais les nouvelles que le comte venait d'apprendre le préoccupèrent si fortement, qu'il fut plusieurs jours sans mettre le pied dans sa retraite favorite.

« On l'entendit jurer par Dieu et le diable que le nom de Bluthaupt ne serait jamais porté par des bâtards. Il envoya un message au comte Ulrich, son frère, et un exprès partit pour la cour de Rome, afin de solliciter des dispenses. Puis la pauvre comtesse Margarethe arriva au château.

« Parmi les gens de Bluthaupt, la plupart disent que c'est folie d'espérer des enfants dans le vieil âge, quand on n'a pu en avoir dans la jeunesse.

« Des mois se passèrent, et rien n'annonça que la jeune comtesse dût être mère.

« Gunther avait repris sa vie mystérieuse, mais il n'était plus seul, et les trois hommes que vous voyez là, Zachœus Nesmer, Van Praët et Mira, étaient déjà installés au château.

« Le bruit se répandit que l'un d'eux avait des accointances avec l'esprit malin. On alla jusqu'à dire que le vieux Gunther avait vendu son âme à Satan pour la promesse d'un héritier mâle de son nom. Le croyez-vous, Hans?

— Non, répondit le page dont la physionomie franche et résolue exprimait une naïve curiosité; je crois en Dieu, mais je pense que le diable n'a pas le loisir de signer des contrats avec les pécheurs.

L'esprit de Gertraud n'était pas de cette force-là. Elle reprit en secouant d'un air solennel sa jolie tête bouclée :

— De plus vieux que nous le croient et le disent. Je souhaite que cela ne soit point. Mais que pensez-vous des Trois Hommes Rouges, Hans?

— Les Trois Hommes Rouges? répéta le page.

Gertraud étendit sa main potelée vers l'une des armures de fer, et montra les trois bustes sanglants figurés sur le champ noir de l'écusson de Bluthaupt.

— Les Trois Hommes Rouges que nos maîtres portent dans leurs armoiries depuis des milliers d'années, reprit-elle avec emphase; les trois démons qui veillent aux destinées de Bluthaupt! Hans, il est impossible que vous n'ayez jamais entendu parler de cela?

— En effet, répondit le page en souriant, je crois me souvenir. On les voit arriver comme un présage lorsqu'un événement important se prépare. Ils viennent aux mariages, aux naissances, aux morts...

Hans s'interrompit pour faire un geste d'incrédulité.

— Voyez-vous, Trudchen, reprit-il, il y a tant de légendes sur la maison de Bluthaupt, tant de superstitieuses traditions, tant de mensonges!

— Ceci n'est pas un mensonge, dit Gertraud.

— Comment! vous croyez à l'existence des Hommes Rouges?...

— Il faut bien que j'y croie, Hans.

— Pourquoi?

— Je les ai vus!

Gertraud prononça ces derniers mots d'une voix basse, mais fortement accentuée.

Hans hésita franchement entre un éclat de rire et un vague mouvement de frayeur.

Il était du pays, et si sa nature intrépide avait la bonne volonté de se battre contre la superstition, la superstition se glissait en lui parfois, quoi qu'il en eût, et prenait rudement sa revanche.

Ce soir-là, après quelques secondes de lutte, ce fut la crédulité qui l'emporta. Il subissait, à son insu, l'influence de cette atmosphère de tristesse qui emplissait les demi-ténèbres de la vieille salle. Un frisson vif courut le long de ses membres.

Sa figure jeune et joyeuse, qui avait été sur le point de sourire, devint sérieuse et s'allongea, inquiète.

— Vous les avez vus, Gertraud? dit-il en baissant la voix lui-même involontairement.

— Je les ai vus, répéta la jeune fille.

— Quand cela?

— Il y a juste aujourd'hui neuf mois. C'était par un soir tout pareil à celui-ci; il faisait seulement plus froid, parce qu'on était au cœur de l'hiver, et que le vent du nord jetait contre les vitres de grands tourbillons de neige. La noble comtesse Margarethe était couchée, comme aujourd'hui, sur son lit; les potions du docteur Mira l'avaient rendue malade. Comme tout à l'heure, un coup retentit, frappé au plastron de la grille.

« Un voyageur entra. Nul ne le connaissait parmi les gens du château. Il était couvert d'un grand manteau noir. Son visage était beau et fier sous les longues boucles de ses cheveux.

« Quand il entra, Margarethe poussa un cri. Je ne saurais point dire si c'était de la douleur ou de la joie.

« L'étranger s'assit pour souper à la table de Gunther, puis il se retira dans l'appartement qui lui fut assigné par l'intendant Zachœus Nesmer.

« Hans, je n'ai jamais dit ces choses à personne et je ne les dirai qu'à vous, qui m'avez juré d'être mon mari. C'est le secret de ma chère maîtresse, pour qui je donnerais ma vie et peut-être notre amour... »

Hans lui prit les mains et les baisa tendrement.

— Je suis heureux de lire au fond de votre bon cœur, Trudchen, répondit-il. Aimez la comtesse Margarethe; aimez-la plus que moi et avant moi! C'est la fille du noble Ulrich, mon bon maître; c'est la sœur des trois déshérités que je voudrais voir puissants et riches au prix de tout mon sang!

— Me voilà qui les aime, dit la jeune fille en souriant, puisque vous les aimez. Écoutez-moi maintenant, ami; peut-être comprendrez-vous ce que je ne comprends point moi-même.

« Il était minuit environ. Je couchais dans

le cabinet dont la porte est là derrière moi. Le bruit de la tempête m'empêchait de dormir.

« Plusieurs fois, il m'avait semblé entendre des frôlements indistincts dans la chambre de la malade; j'avais cru que c'était elle qui s'agitait en son sommeil et qui se retournait sur son lit.

« A gauche de la draperie tendue pour garder du vent le lit de la malade, vous voyez bien cette petite porte, Hans? »

Hans fit un signe affirmatif.

Gertraud lui désignait du doigt la porte de l'oratoire. Elle était pâle et sa voix chevrotait.

— Ce fut une scène terrible! murmura-t-elle comme en se parlant à elle-même; vivrais-je cent ans, elle sera là, toujours devant mes yeux.

« Cette porte donne dans l'oratoire de la comtesse, qui communique avec une cour intérieure par un escalier hors d'usage. Cette cour n'a point d'issue.

« Avant le jour dont je vous parle, je ne connaissais ni l'escalier ni la cour.

« Malgré les bruits confus que j'entendais toujours dans la chambre de ma maîtresse, je commençais à m'endormir, lorsqu'un choc subit me mit brusquement sur mon séant.

« C'était comme une porte qu'on ouvrait de force non loin de moi. Je m'élançai hors de ma couche, et d'un bond j'entrai dans la chambre où nous sommes, qui était faiblement éclairée par une lampe de nuit.

« Voici ce que je vis :

« La comtesse Margarethe, pâle encore des souffrances de la journée, renversait sa jolie tête sur l'oreiller, au milieu de ses cheveux blonds épars. Elle subissait l'effet d'un breuvage que je lui avais donné la veille, sur l'ordre du médecin Mira : elle semblait dormir profondément. Entre elle et moi, il y avait ce bel étranger arrivé au château dans la soirée. Il était tête nue; son manteau noir gisait à terre auprès de lui. Un de ses genoux s'appuyait sur le lit de la comtesse.

« Et il restait là, immobile, comme si la foudre l'eût frappé dans cette position.

« Ses regards se fixaient avec une sorte de stupeur vers la petite porte de l'oratoire.

« Mes yeux suivirent les siens. Sur mon salut, Hans, je dis la vérité! Les Trois Hommes Rouges étaient debout devant le seuil... »

Le page tourna son visage du côté de cette porte mystérieuse. Il y avait sur ses traits, rendus à leur caractère naïf, un peu de défiance encore, avec tous les signes d'un puissant intérêt excité.

— Ce n'était point l'étranger qui m'avait éveillée, reprit Gertraud, mais bien le bruit de la porte, ouverte avec violence par les Trois Hommes Rouges.

— A quel signe pûtes-vous donc les reconnaître? demanda Hans qui l'interrompit en ce moment.

— Je les voyais comme je vous vois, répondit la jeune fille; mes yeux ne se troublèrent que plus tard. A moins que l'émotion de cette heure terrible ne m'eût aveuglée à mon insu, je puis affirmer devant Dieu qu'il y avait là trois hommes vêtus de longues robes écarlates, et dont les visages disparaissaient sous des coiffures rouges comme le feu de l'enfer.

— C'est étrange! murmura le page.

Gertraud poursuivit.

— Chacun d'eux avait à la main une longue épée dont la lame rejetait en sombres étincelles les vacillantes lueurs de la lampe.

« Tous les trois avaient la même taille et la même apparence.

« Leur immobilité dura la dixième partie d'une minute qui me sembla longue comme une heure. Moi, je restais à cet endroit même où nous sommes, terrifiée et incapable de me mouvoir. La lampe envoyait à peine jusqu'à moi ses rayons affaiblis : je pense qu'on ne m'apercevait point.

« Deux des Hommes Rouges s'ébranlèrent à la fois et voulurent s'élancer vers l'intérieur de la chambre ; mais le troisième les retint d'un geste impérieux. Il prit à l'un d'eux son épée et fit quelques pas à la rencontre de l'étranger.

« Celui-ci quitta enfin la posture où l'avait surpris l'arrivée des Trois Hommes Rouges. Il roula son manteau autour de son bras gauche, et vint, lui aussi, se placer au centre de la salle.

« L'Homme Rouge rejeta en ce moment ses cheveux en arrière.

« Se peut-il que Dieu permette aux démons de prendre les traits des anges ! C'était un beau jeune homme, au front large et pensif, entouré de boucles noires comme l'ébène. Il y avait autour de sa lèvre un amer sourire, et la colère brûlait dans ses yeux.

« Il donna une épée à l'étranger. Les fers, en se choquant, interrompirent seuls le silence, car pas une parole ne fut échangée.

« La comtesse Margarethe dormait toujours.

« Je vis les lames agiles décrire des courbes scintillantes. J'entendis un cliquetis sec, puis un grincement rapide. L'étranger tomba à la renverse en poussant un grand cri.

« La comtesse Margarethe s'éveilla en sursaut. Moi, je m'évanouis...

— Et vous ne vîtes plus rien ? demanda Hans.

— Je ne saurais dire combien de temps dura mon anéantissement, continua la jeune fille. Quand je m'éveillai, deux des Hommes Rouges étaient assis auprès du lit de la comtesse, et il me semblait la voir leur sourire.

« Mais tout cela était comme un rêve. Il y avait désormais une sorte de voile au-devant de mes yeux.

« Le troisième Homme Rouge était agenouillé à la place où avait eu lieu le combat. Il frottait le sol avec un lambeau de son vêtement, et je pense qu'il effaçait des traces de sang.

« Entre la comtesse et lui s'étendait la draperie ; elle ne pouvait voir ce qu'il faisait.

« Le corps de l'étranger avait disparu.

« Quand sa tâche fut achevée, le troisième Homme Rouge vint à son tour au chevet de la comtesse. J'entendais vaguement qu'ils causaient tous les quatre à voix basse, bien doucement et comme des gens qui s'aiment. »

Hans fit un geste muet en ce moment, comme si une pensée soudaine eût éclairé brusquement son esprit.

Gertraud n'y prit point garde.

— Je ne sais pas ce qu'ils se disaient, poursuivit-elle ; toute cette partie de mes souvenirs est confuse. Je me rappelle seulement que celui dont l'épée avait jeté l'étranger sur le carreau, et qui gardait encore sa tête découverte, tira un parchemin de son sein et le déchira en mille pièces, après avoir baisé le front de Margarethe.

« Margarethe pleurait.

« Tout cela était devant mes yeux et passait comme une vision folle. Je me disais que c'était peut-être un rêve, tout plein d'accablantes terreurs.

« Ma paupière alourdie se ferma de nouveau. Quand elle se rouvrit, les rayons du jour naissant inondaient la salle. La comtesse dormait de ce sommeil souriant et tranquille qui la fait ressembler aux anges.

« La chambre gardait exactement l'aspect qu'elle avait le soir précédent. Il n'y avait plus ni Hommes Rouges ni étranger au noir manteau. Toutes les portes étaient fermées.

« Enhardie par les rayons du jour et incapable de résister à ma curiosité inquiète, j'ouvris la petite porte par où les Trois Hommes Rouges avaient dû s'introduire. Mon cœur battait bien fort, car je m'attendais à trouver au delà du seuil le cadavre de l'étranger.

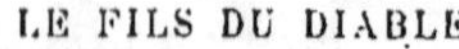

Le vieux Gunther dévorait toutes ses ressources sans parvenir à faire de l'or. — Page 29, col. 1.

« Mais il n'y avait rien dans l'oratoire, où le beau missel de Margarethe s'ouvrait pieusement sur son prie-Dieu béni. Je descendis l'escalier sombre, et mon regard interrogea la cour, ensevelie sous un tapis de neige.

« La neige ne gardait aucune trace de pas... »

La jeune fille s'interrompit et mit sa main sur sa poitrine oppressée.

— Mais le pas des démons, reprit-elle à voix basse, laisse-t-il des marques de son passage sur cette terre?

« En ce premier moment, je ne raisonnais point ainsi. Je m'efforçais de croire à un rêve, et je me disais que mon trouble et ma faiblesse étaient le résultat d'une nuit de fièvre.

« Je remontai. Mon regard fit lentement le tour de la chambre, examinant chaque objet avec une attention nouvelle.

« Rien! Tous les siéges étaient à leurs places, et je cherchais en vain autour du lit un seul des mille lambeaux du parchemin qu'avait déchiré devant moi la main du meurtrier.

« — C'est un rêve! c'est un rêve! » me disais-je encore.

« Mais ce n'était pas un rêve... Voyez! »

La jeune fille montra du doigt le plancher.

— Voyez! répéta-t-elle d'une voix tremblante : l'Homme Rouge avait eu beau déchirer son vêtement et frotter le sol à la place du meurtre : les traces du sang humain ne s'effacent jamais!

Hans, qui suivait de l'œil le doigt de la jeune fille, aperçut en effet sur le plancher poudreux une large tache noirâtre qui semblait encore humide.

CHAPITRE VI

HANS ET GERTRAUD

Auprès du foyer, le comte Gunther avait fini par s'assoupir tout à fait. Sa tête blanchie reposait sur sa main où il n'y avait presque plus de chair.

C'était pitié de voir les traits amaigris du malheureux vieillard et d'entendre le souffle haletant que rendait sa creuse poitrine. On sentait qu'il y avait bien peu de vie désormais dans ce corps appauvri et usé. La mort semblait suspendue au-dessus de ce front jaune et comme amolli. Ces joues caves, aux teintes plombées, avaient déjà un aspect de cadavre.

Zachœus Nesmer, Van Praët et le docteur profitaient de ce sommeil pour échanger quelques mots à voix basse.

— Sept heures et demie! disait l'intendant; voilà bientôt une demi-heure que le juif est arrivé. Yanos et Regnault voudraient-ils nous fausser compagnie?

— S'ils voulaient aller une bonne fois là où je les souhaite, grommela le gros Van Praët, je les tiendrais quittes bien volontiers de toute assistance!

Le docteur Mira se contenta de penser ce que disait son voisin.

— Regnault est un fin matois, reprit Nesmer; nous le verrons arriver, je gage, après la besogne finie.

— Et le beau Magyare, ajouta Van Praët, n'aime point de passion les assauts où l'on ne se sert ni du pistolet ni du sabre. Après cela, nous finissons le 31 octobre, et c'est la nuit de la Toussaint. Qui sait s'ils n'ont pas trouvé des esprits derrière la Hœlle?

Mira haussa les épaules, et Zachœus tâcha de ne point paraître effrayé.

— Quant à l'honnête Mosès, dit le docteur, il est, comme toujours, à son poste le premier, mais...

Il regarda tour à tour le Hollandais et l'intendant.

— Eh! eh! fit-il avec une espèce de sourire qui, sur un autre visage, eût passé pour une fort lugubre grimace.

— Eh! eh! répéta Zachœus.

— Peu-euh! souffla le gros Van Praët.

— Sans doute, sans doute, reprit l'intendant qui formula enfin sa pensée; il y a longtemps que nous sommes édifiés là-dessus. Nous ferions parfaitement l'affaire à nous trois, et nos parts monteraient au double.

— C'est juste, répliqua le docteur.

— C'est juste, appuya Van Praët.

Et tous les trois prolongèrent à l'unisson un énorme soupir.

— C'est le danger des mauvaises connaissances, reprit Zachœus Nesmer d'un ton niais et grave qui l'eût fait prendre pour le plus honnête philistin qui fût en Allemagne.

— C'est la suite d'une première démarche fausse, ajouta le digne Van Praët.

— Nous n'en serions pas là, reprit Zachœus très-sérieusement, si nos parents nous avaient laissé seulement à chacun un ou deux milliers de florins de rente..

Le docteur approuvait du bonnet ces philosophiques réflexions; puis tous les trois tournaient leurs regards vers la pendule et maudissaient leurs associés en retard.

— Allez donc voir si l'affaire avance, docteur, dit Van Praët.

José Mira introduisit sa tête rase et difforme sous les rideaux de l'alcôve.

Cette fois, aucune plainte ne se fit entendre.

Le docteur revint au bout de quelques secondes.

— Nul ne peut faire le compte exact, prononça-t-il d'un ton de professeur, des ressources que la nature trouve en elle-même dans ces moments de crise... Je doute que le sujet ait la force de supporter les souffrances de l'accouchement. Son état de prostration me semble satisfaisant... mais, en définitive, comme je me faisais l'honneur de vous le dire, on ne peut pas savoir au juste.

— Il y a des drogues, insinua Zachœus.

— Il faut garder en tout une sage mesure, répliqua le docteur. Telle dose amène le dénouement sans secousse et d'une façon décente; telle autre dose pourrait laisser des traces déplorables!

— Mais si elle accouche, demanda Van Praët, quand accouchera-t-elle?

Le docteur mit ses deux longs pieds sur les chenêts.

— Cela peut durer plusieurs jours, répondit-il; cela peut venir dans une heure. La science n'a point de réponse précise à de certaines questions.

— Et d'ailleurs, ajouta Van Praët avec un gros rire, qui sait si les enfants du diable ne restent pas onze mois dans le sein de leur mère?

Hans et Gertraud étaient trop éloignés pour entendre un seul mot de cette conversation.

Hans était absorbé dans une profonde rêverie. On eût dit que son esprit allait au delà de la lettre du récit de Gertraud et trouvait à ses paroles un sens mystérieux qui dépassait l'intelligence de la jeune fille.

— Avez-vous vu les figures de ces trois hommes, Trudchen? demanda-t-il après un silence.

— Je n'ai vu qu'un seul visage, répondit celle-ci : les beaux traits d'un adolescent, rêveurs et doux.

Hans réfléchit encore pendant quelques secondes.

— Et le lendemain, reprit-il ensuite, que se passa-t-il au schloss?

Gertraud se recueillit un instant, puis elle répondit :

— Le lendemain, on chercha partout l'hôte de Bluthaupt. Toutes les portes du château étaient solidement fermées, et pourtant l'étranger avait disparu.

« Par où avait-il pu sortir?

« Tout le monde ignorait les événements de cette nuit étrange. La comtesse elle-même, dont le lourd sommeil, provoqué par les potions du docteur, n'avait pris fin qu'après le meurtre de l'étranger, demanda plusieurs fois ce qu'il était devenu.

« Personne ne sut rendre compte de cette subite et inexplicable disparition.

« Les serviteurs et vassaux de Bluthaupt

commencèrent à dire que l'étranger était le diable, appelé au château par les conjurations du Hollandais Van Praët.

« Une rumeur sourde se répandit dans le pays. Chacun demeura convaincu que le schloss était hanté par Satan.

« Et quand la grossesse de la comtesse Margarethe fut connue, on compta les jours, on calcula, et l'on dit que son enfant serait l'enfant du diable.

« Il y avait pourtant un vieux fauconnier de Bluthaupt, qui est mort maintenant, et qui prétendait avoir reconnu l'étranger, le soir de son arrivée. Il disait que c'était un bon gentilhomme des environs du château de Rothe, le baron Stéphan de Rodach, qui avait demandé autrefois la main de Margarethe, et qui avait quitté les environs de Heidelberg après le mariage de notre jeune maîtresse avec le comte Gunther.

— En effet! murmura le page dont le sourcil se fronça; j'ai souvent vu le baron de Rodach au château d'Ulrich. Et voilà bien longtemps qu'il passe pour mort dans le pays.

— Mais personne ne voulut croire le vieux fauconnier, reprit Gertraud. Depuis neuf mois, les gens de Bluthaupt n'ont pas d'autre sujet d'entretien, et s'ils se sont cachés de vous, Hans, c'est que vous venez du château de Rothe et qu'ils ont deviné votre dévouement pour la noble fille de votre maître.

— Ne l'aiment-ils donc point? demanda le page.

— Comment ne pas l'aimer? répliqua Gertraud; elle est si bonne et si secourable! Son doux sourire a tant de grâce et sa parole sait si bien soulager les cœurs souffrants! Chacun l'aime; chacun plaint sa jeunesse sacrifiée. Mais, depuis cette nuit, il y a autour d'elle comme un cercle mystérieux. Ses bienfaits mêmes portent l'épouvante dans les pauvres cabanes. On n'ose plus toucher à ses dons, et l'or de ses charités n'empêche plus les malheureux d'avoir faim.

« On la sait innocente, on la sait pieuse et pure; mais il y a un lien fatal entre elle et l'enfer.

« Vous parliez tout à l'heure des vieilles légendes et des innombrables prédictions qui courent sur la maison de nos maîtres. Il y en a une, dit-on, qui annonce en propres termes la venue du fils du diable, et qui fixe au jour de sa naissance la ruine de la race de Bluthaupt.

« Que de paroles effrayantes les vieillards de la montagne ont prononcées à ce sujet devant moi! Ils disent que tout sera fini au premier cri de cet enfant du démon.

« La lumière de la tour du Guet doit s'éteindre au moment où la comtesse Margarethe deviendra mère; elle doit s'éteindre pour ne se rallumer jamais.

« Et nul n'ignore, depuis le pied des murailles du schloss jusqu'au fond de la vallée, que cette lumière est l'âme du vieux Gunther, vendue il y a bien longtemps au roi du mal. »

Les rideaux du lit s'agitèrent en ce moment aux convulsions de la malade, qui s'éveillait dans d'atroces douleurs.

Sa plainte inarticulée fit place à des cris déchirants.

Gunther releva sa tête affaissée et ouvrit les yeux.

— Qu'est cela? murmura-t-il.

— La noble comtesse Margarethe... commença le docteur.

— Elle a crié! interrompit le vieillard dont le visage morne s'éclaira tout à coup; oh! oh! écoutez comme elle crie! on dit que les enfants mâles font seuls souffrir ainsi!

Le docteur s'inclina en signe d'affirmation.

— Crie, Margarethe, crie, ma douce femme! reprit le vieillard avec un sourire idiot; je te donnerai des robes de gaze brodées d'or; je veux voir à ton beau front un diadème de perles, et sur ta poitrine une parure de diamants plus riche que la parure des reines. Ne vais-je pas être plus riche qu'un roi!

Cette fois, ce fut Van Praët qui s'inclina. Gunther regarda la pendule.

— Une heure de passée! dit-il joyeusement : le métal bout au fond du creuset; l'enfant s'agite dans les flancs de sa mère... Oh! l'heureuse nuit! l'heureuse nuit pour la maison de Bluthaupt!

Margarethe se tordait en de convulsives angoisses; ses cris devenaient de plus en plus perçants : le vieillard tendait l'oreille et semblait les savourer comme une douce musique.

Les trois associés demeuraient immobiles et froids.

Le page et la jeune fille se taisaient; chacune des plaintes de la comtesse répondait au fond de leurs cœurs.

— Gertraud! dit en ce moment Margarethe qui croyait mourir. A mon secours! à mon secours!

Gertraud bondit à cet appel et s'élança vers le lit.

Mais le docteur la prévint; il se mit entre elle et la malade.

— Gertraud! disait la pauvre Margarethe, m'abandonnes-tu, toi aussi?

La jeune fille fit un effort pour passer, malgré le Portugais; des larmes de compassion et de colère mouillaient ses yeux.

— Retirez-vous, ma fille, dit le grave José Mira de son ton le plus solennel.

— Mais ma maîtresse m'appelle! voulut répliquer Gertraud.

Le docteur la repoussa et se tourna vers le vieux comte.

— Cette enfant, par sa folle persistance, dit-il, augmente les dangers de ce moment de crise.

Une nuance de vermillon vint aux joues blêmes du vieillard, tant il eut de courroux.

— Retirez-vous, misérable fille! s'écria-t-il en la menaçant du poing. Osez-vous bien résister à mon docteur! Mon docteur est le maître, entendez-vous, et tout le monde ici doit lui obéir!

— Gertraud! Gertraud! murmurait Margarethe dont la voix s'affaiblissait.

Gertraud se couvrit le visage de ses mains en sanglotant.

— N'appelez plus Gertraud, madame, dit le vieillard d'un ton moitié impérieux et moitié caressant; soyez raisonnable, je vous prie. Vous avez entendu le docteur... mon meilleur ami, madame!

Le nom de Gertraud sortit une dernière fois de l'alcôve comme un mourant écho.

— Encore! s'écria Gunther en frappant du pied. Pardonnez-lui, docteur, elle est bien jeune... Allons, Gretchen, ma femme, obéissez à votre bon mari, et tenez-vous en repos! Cette Gertraud est partie... elle est morte... que sais-je? Si vous voulez ne plus l'appeler, je vous donnerai une bague en rubis de dix mille florins, madame la comtesse.

La crise était passée; les rideaux du lit ne bougeaient plus, et Margarethe gardait le silence.

Le vieillard frôla l'une contre l'autre ses mains osseuses avec un rire innocent.

— Êtes-vous content, docteur? dit-il.

— Un mot de notre glorieux seigneur, répondit le Portugais, suffit à dompter la douleur même.

— Je fais de Gretchen tout ce que je veux, reprit le vieillard; elle m'aime tant!... Mais, pour ma récompense, docteur, il faut me donner une goutte de breuvage.

Mira consulta la pendule.

— Je suis heureux de pouvoir satisfaire monsieur le comte, dit-il; la demi-heure est passée.

Il versa la dose ordinaire dans le gobelet d'or, et le comte but avidement.

— Merci, dit-il; Dieu vous récompensera, mon docte ami!

Gertraud, triste et accablée, venait de se rasseoir auprès du page, qui avait suivi avec un muet étonnement les mouvements du docteur.

Le visage de Hans exprimait un doute inquiet.

— Est-ce la première fois qu'on vous empêche d'approcher notre maîtresse? demanda-t-il.

— C'est la seconde, répliqua Gertraud. Vers la chute du jour, la comtesse a prononcé mon nom, et comme je me rendais à son appel, cet homme s'est encore mis au-devant de moi.

— Savez-vous quel est son motif?

— Oui, répondit Gertraud; ce matin, il a vu la comtesse me glisser une lettre et une clef. Au moment où je quittais la chambre avec mon message, il a voulu me poursuivre... Mais je cours mieux que lui.

— Quel était ce message? demanda encore Hans.

— Je ne sais lire que dans mon livre d'heures, répliqua Gertraud en rougissant. La comtesse m'a donné la clef avec la lettre et m'a chargée de remettre le tout à Klaus le chasseur, qui est, comme vous, un ancien vassal d'Ulrich. Klaus le chasseur est monté à cheval aussitôt, et il n'est point encore de retour.

Hans appuya sa tête sur sa main d'un air pensif.

— Une lettre... murmura-t-il, et une clef!

— J'ai mal fait de vous parler de cela; Hans, dit Gertraud, car la comtesse m'avait bien recommandé le secret.

— Les secrets de votre maîtresse sont en sûreté au fond de mon cœur, répondit le page, dont le jeune et loyal visage eut un éclair d'enthousiasme; ses ennemis, si elle en a, pourraient me tuer, mais m'arracher une parole, jamais!

Gertraud prit une de ses mains et la serra entre les siennes.

— Vous êtes bon, dit-elle, et je vous aime.

Les deux enfants restèrent quelques minutes silencieux et serrés l'un contre l'autre.

Gertraud subissait l'effet de sa frayeur vaguement éveillée. Hans réfléchissait.

La salle était muette. Le vent faisait trêve au dehors. Au lieu de ces lueurs soudaines qu'un fugitif regard de la lune mettait parfois naguère derrière les vitraux, il y avait comme un rayonnement blanchâtre et uniforme.

Hans tourna ses yeux vers les trois hommes assis auprès du vieillard assoupi.

— Plus je réfléchis, dit-il répondant à sa propre pensée, plus ces mystères me semblent menaçants.

Gertraud l'écoutait et pâlissait.

— Que craignez-vous donc, ami? dit-elle.

— Je ne sais, répliqua le page. Regardez comme le comte Gunther ressemble à un homme qui va mourir.

— C'est vrai, murmura-t-elle.

— Le comte à l'agonie, reprit Hans; la comtesse aux mains de ce médecin de malheur! Il y a des hommes aussi méchants que les démons, Gertraud, et ce que craignent les vassaux de Bluthaupt pourrait bien arriver, sans que l'enfer se mît de la partie.

— Que voulez-vous dire? balbutia la jeune fille terrifiée.

Hans secoua la tête et ne répondit point. Au bout de quelques secondes de silence, les traits de Gertraud se rassérénèrent : une idée consolante venait de traverser son esprit.

— Hans, dit-elle avec une conviction naïve, j'espère que vous vous trompez.

— Dieu le veuille! murmura le page.

— S'il devait arriver malheur, reprit Gertraud en baissant les yeux, les Trois Hommes Rouges seraient venus!

Malgré sa peine, Hans eut un sourire en écoutant ces paroles.

— Qui sait s'ils ne vont pas venir? répliqua-t-il.

En même temps il se leva, comme s'il eût voulu secouer le fardeau de son inquiétude; il s'approcha de la fenêtre et jeta son regard distrait au dehors.

Il poussa un léger cri de surprise, qui attira Gertraud auprès de lui.

L'immense cour du château était entièrement blanche de neige.

Gertraud serra fortement le bras de Hans.

— La cour était ainsi, murmura-t-elle d'une voix étouffée, cette nuit où j'ai vu les Hommes Rouges dans la chambre où nous sommes.

— Petite folle! murmura Hans qui voulut encore sourire.

Mais en ce moment il tressaillit malgré lui, tandis que Gertraud chancelait épouvantée.

On frappait rudement à la porte de la grille.

CHAPITRE VII

LE SOUPER

Hans et la gentille Gertraud avaient dépensé leur émotion en pure perte et prêté une terreur de trop à la nuit de la Toussaint. Ce n'étaient pas les Trois Hommes Rouges qui venaient de frapper à la grille du château de Bluthaupt.

Les nouveaux arrivants étaient M. le chevalier de Regnault et Yanos Georgyi, le Magyare.

Tandis qu'un palefrenier emmenait leurs chevaux à l'écurie, ils montèrent le large perron, dont les pierres disjointes laissaient passer des touffes d'herbe. Ils entrèrent dans le vestibule, puis dans la salle d'armes, vieux corps de garde à la voûte plate, soutenue par des piliers massifs, dont les chapiteaux carrés offraient aux quatre coins des figures grimaçantes : c'étaient des gnomes hideux, accroupis, dressant leurs longues oreilles d'âne et regardant les passants avec d'horribles yeux sans prunelles.

Il n'y avait personne dans cette salle.

Celle qui suivait, et dont les sculptures allégoriques prouvaient qu'elle avait servi de tribunal, était occupée par des serviteurs de tout âge et de tout sexe, groupés autour d'un énorme poêle.

Bluthaupt avait des communs grands comme une ville, mais le temps avait exercé d'étranges ravages dans ces constructions accessoires, moins solides que l'édifice principal. L'apathie du comte Gunther, qui donnait toute son attention à des chimères impossibles, avait laissé les valets envahir le château, et, en conscience, le château était de taille à ce que les serviteurs y pussent trouver place sans gêner jamais le regard des maîtres, confinés dans une aile reculée.

L'intendant Zachœus n'avait point jugé à propos de mettre obstacle à cet audacieux empiétement des hommes à gages, qui était une énormité dont l'Allemagne entière n'eût pas fourni peut-être un autre exemple, depuis le temps du grand Barberousse jusqu'à nos jours.

L'Allemagne est, en effet, la terre classique de l'étiquette. Chaque chose et chaque homme y ont leur place officielle, qu'il n'est point permis de changer.

Mais Zachœus avait intérêt à ménager tout le monde. Si les serviteurs de Bluthaupt ne l'aimaient point d'une affection très-grande, du moins ne pouvaient-ils l'accuser de tyrannie; car, depuis son entrée au château, il s'était montré le plus débonnaire et le plus complaisant de tous les vice-rois.

L'ancienne salle de justice, livrée maintenant aux valets, n'était point si déchue qu'on pourrait le croire au premier abord. Il n'y avait plus de gentilshommes au service de Bluthaupt, mais il y avait encore des personnages de beaucoup d'importance. Blasius, le maître d'hôtel, recevait cent florins par mois pour son recommandable savoir-faire. Dame Desideria, la femme de charge, ne lui cédait guère en grandeur.

Ils avaient tous deux des fauteuils de cuir qui les faisaient ressembler à des souverains au milieu de leur cour.

Auprès d'eux s'asseyaient la maîtresse lingère et la reine des laveuses; puis c'étaient le fauconnier Gottlieb, qui était, dans toute la force du terme, un homme de loisir, le sellier Arnold, Léo l'armurier, les palefreniers et les hommes du chenil.

Au dernier rang, les chasseurs nettoyaient leurs armes, en devisant bien galamment avec le gentil fretin des servantes que l'âge n'avait point faites encore les égales de dame Desideria.

Regnault et le Magyare traversèrent cette assemblée imposante pour gagner l'appartement de Zachœus Nesmer, où le juif Mosès Geld les avait devancés.

Ils passèrent par une longue suite de salles qui semblaient abandonnées, et dont les fenêtres n'avaient plus guère de carreaux pour remplir les intervalles de leurs nervures de pierre.

Par ces issues ouvertes aux regards, ils pouvaient mesurer la vaste étendue des communs et des bâtiments parasites : ils pouvaient admirer même l'élégante grandeur de la chapelle, précieux reste du douzième siècle, œuvre de cet âge patient qui vit Erwin de Steinbach découper la cathédrale de Strasbourg, et qui, trop modeste ou trop insouciant, ne laissa qu'une gloire anonyme aux merveilleux architectes de Cologne.

Zachœus Nesmer avait établi sa demeure à l'extrémité la plus orientale du château. Il y avait un large espace entre les pièces qu'il avait fait restaurer à sa manière, pour son usage exclusif, et la partie habitée du schloss.

Les vieux verrous des portes et les serrures rongées de rouille avaient été remplacés surtout par des ferrements tout neufs. Maître Zachœus avait fait de sa retraite une sorte de petite forteresse.

Van Praët et José Mira, le docteur, habitaient au contraire l'autre extrémité du schloss. Des personnes aussi positivement utiles devaient rester toujours sous la main de leur maître.

Le passage de Regnault et du Magyare causa un moment de rumeur dans l'ancienne salle de justice : majordomes, échansons, écuyers et chasseurs les suivirent d'un regard curieux, tandis que les servantes de tout âge échangeaient à demi-voix leurs observations empressées.

BIBLIOTHÈQUE NATIONALE

Monsieur le comte, dit-il effrontément, vous ne vous êtes jamais mieux porté. (Page 33, col. 2.

— C'est un bien joli cavalier que ce gentilhomme français ! dit la dame Desideria.

— Je crois qu'on ne peut pas le comparer au noble Hongrois qui l'accompagne, répliqua Ludchen, la femme du courrier Fritz.

Lieschen, Luischen, Franzchen, Lottchen, Katchen et Roschen se rangèrent à l'une ou à l'autre de ces opinions.

— Qu'ils soient beaux ou laids, dit l'écuyer Johann, je n'aime point à voir arriver ces nouveaux visages.

— Ce sont des oiseaux de proie, ajouta Hermann le laboureur ; chaque fois qu'ils viennent, c'est pour moi comme une annonce de calamité prochaine.

Les femmes haussèrent les épaules.

— L'hospitalité a toujours été pratiquée au noble château de Bluthaupt, prononça gravement le maître d'hôtel. Hermann, parlez des hôtes de notre seigneur avec plus de retenue.

— Ce ne sont pas les hôtes du comte Gunther, grommela le laboureur, mais bien ceux de l'intendant Zachœus et de ce Hollandais maudit, qui finira par ouvrir notre porte au démon!

Dame Desideria fit un signe de croix, et toutes les servantes l'imitèrent. Les esprits, distraits un instant du cours de leurs idées superstitieuses, y revinrent tous à la fois, et un silence effrayant régna dans la salle de justice.

Là, en effet, comme dans la chambre de l'accouchée, les terreurs de cette nuit fatale, où la destinée de Bluthaupt devait s'accomplir, avaient été le sujet de l'entretien depuis la tombée de la brune.

— S'il y a encore de la lumière au sommet de la tour du Guet, dit un des palefreniers qui venait d'accomplir sa tâche au dehors, notre dame ne peut être encore délivrée.

Le courrier Fritz, de retour de son voyage à Francfort, poussa en ce moment la porte de la salle. Bien que ses vêtements fussent trempés, il ne s'approcha point du poêle. Sa face était plus pâle que la neige qui couvrait sa livrée.

Il alla s'asseoir dans un coin, et ne voulut point répondre aux questions de sa femme, qui s'empressait autour de lui.

Ses yeux étaient fixes, et il semblait qu'une effrayante vision se dressait devant son regard.

— Si c'est l'âme de Bluthaupt qui brûle là-haut, murmura dame Desideria, fasse Dieu que sa lumière ne soit pas près de s'éteindre!

— Dieu n'est pour rien là-dedans! grommela le laboureur Hermann.

— Ah! soupirèrent à la fois Lieschen, Lottchen, etc., nous touchons de bons gages et nous n'avons rien à faire; mais mieux vaudrait manger du pain noir que d'être ainsi toujours sous la crainte de Satan!

— Patience, mes belles! reprit Johann l'écuyer; vous n'avez plus que quelques heures à trembler. Quand le fils du diable sera né, vous ne craindrez plus rien, car le château s'écroulera sur nous, et les pierres en sont lourdes.

Un frisson parcourut l'assemblée, et les lèvres blêmies de maître Blasius ne trouvèrent point de paroles pour gourmander l'audace de l'écuyer.

Pendant le silence qui suivit cette lugubre menace, la porte de la salle s'ouvrit, et Zachœus parut sur le seuil. Il était suivi de meinherr Van Praët.

La vue du Hollandais, dont l'excellente et large figure ne cessait guère de sourire, causait toujours aux gens de la maison de Bluthaupt un sentiment d'insurmontable frayeur. C'était lui qui entretenait le feu au sommet du donjon diabolique : c'était lui qui servait d'intermédiaire entre le vieux comte et l'enfer.

Sa présence en un pareil moment porta au comble la terreur de l'assemblée. Bien que son aspect n'eût absolument rien d'infernal, toutes les femmes se couvrirent le visage, afin de ne le point voir, et dame Desideria recommença ses signes de croix protecteurs.

Les hommes se bornèrent à lui jeter en dessous des regards sombres, où il y avait presque autant de haine que de crainte.

— Maître Blasius, dit Zachœus au principal domestique ou officier de Bluthaupt, vous allez servir le souper de notre gracieux seigneur dans la chambre de la comtesse. Quant au mien, faites-le porter à l'instant, je vous prie, dans mon appartement.

Blasius s'inclina.

— Allons, mes enfants, reprit Zachœus en essayant de donner à son visage immobile une expression de cordial contentement, voilà une joyeuse nuit!

— Une joyeuse nuit, mes enfants! répéta le gros Van Praët.

L'assemblée demeurait morne et muette. Fritz eut le frisson dans son coin. La scène de la Hœlle passa devant ses yeux. Son oreille frappée entendit le cri d'agonie.

— Une joyeuse nuit! murmura-t-il, tandis que la fièvre froide faisait claquer ses dents.

— Notre seigneur, poursuivit Zachœus, veut que vous vous réjouissiez comme de bons serviteurs, pour fêter la venue de son noble héritier. Dressez la table, mes fils, et que je voie à côté de chacun de vous une cruche de notre meilleur vin du Rhin!

Le maître d'hôtel fit un signe; deux ou trois valets s'ébranlèrent pour dresser la table. Le sommelier, suivi de ses aides, descendit à la cave. Quelques minutes après, les serviteurs de Bluthaupt étaient rangés autour de la vaste table, et avaient chacun devant soi une cruche de grès couronnée d'écume.

Pendant cela, les mitrons, sortant des cuisines souterraines, portaient les plats au souper du vieux comte et de son intendant.

Le souper de Gunther se renfermait dans les limites les plus étroites de la frugalité. On eût dit le repas d'un anachorète. Le souper de Zachœus était abondant et presque somptueux; les mets fumants qui traversaient la salle de justice laissaient derrière eux de savoureuses odeurs. Le gros Van Praët ouvrait ses narines et dévorait par avance.

— A la bonne heure, mes enfants! s'écria l'intendant; maintenant, remplissez vos gobelets, et buvez à la santé de l'enfant qui va venir!

Les gobelets s'emplirent en effet, et chacun fit semblant de boire, mais pas une lèvre ne se trempa dans la généreuse liqueur.

— A la bonne heure! à la bonne heure! répéta Zachœus.

— Maintenant, dit Van Praët en tirant l'intendant par le bras, rien ne nous empêche d'aller souper... venez!

Zachœus le suivit, après avoir adressé aux domestiques un signe de tête tout paternel.

Dès qu'il fut parti, une des fenêtres de la salle s'ouvrit, et le contenu de tous les verres alla tomber dans la cour.

Personne, y compris même le grave maître d'hôtel, ne voulait boire à la santé de l'enfant du diable.

Et quand les officiers et valets de Bluthaupt, ainsi que les servantes, eurent repris leurs places, une immobilité morne et silencieuse régna autour de la grande table, sur laquelle il y avait assez de vins capiteux pour faire chanter et rire tout un bataillon de lourds Germains. Gottlieb, le joyeux fauconnier, Arnold, Léo, et les plus jeunes parmi les serviteurs, avaient chargé leurs assiettes; mais le silence général pesa bientôt sur eux, et chacun repoussa le mets qui était devant lui, comme si les viandes eussent été empoisonnées...

Les aides de cuisine revenaient, les mains vides, de la chambre de la comtesse et de l'appartement de Zachœus.

— Que font-ils là-haut? demanda Johann.

— Le comte dort, répondit l'un des enfants, et la noble Margarethe crie derrière ses rideaux.

— Chez l'intendant, répondit un autre, les étrangers chantent et rient tant qu'ils peuvent.

— Quand les chrétiens sont menacés de mal, murmura le laboureur Hermann, c'est fête pour les damnés!

Il ne manquait à la fête que le docteur José Mira, forcé par sa charge de rester auprès de la comtesse.

Les cinq autres associés étaient rangés autour d'une table copieusement servie. De hautes piles d'assiettes se dressaient aux deux extrémités.

Il y avait à terre une longue réserve de cruches et de bouteilles pleines. Il était évident qu'on voulait se passer, pour cause, de laquais et d'échansons.

Zachœus Nesmer venait de se lever et d'aller fermer à double tour la porte de la chambre voisine.

— Nous avons ici liberté tout entière, dit-il en se rasseyant; mettez-vous à l'aise, mes bons camarades, comme si vous étiez à cent lieues de Bluthaupt!

— Et buvons! s'écria Regnault.

Le Hollandais lui tendit la main par-dessus la table, tant il trouva le mot spirituel.

L'amphitryon, Nesmer, était assis entre Mosès Geld et Regnault; de l'autre côté de la table, Van Praët, qui était aussi de la maison, avait à ses côtés le Magyare Yanos.

— Eh bien! très-chers, dit Regnault après le potage, tout me semble marcher admirablement. Sans cette grossesse, qui nous a fait d'abord si grand'peur, nous aurions pu attendre des années, tandis qu'à présent nous sommes forcés d'en finir.

— Chevalier, répliqua Van Praët, vous parlez d'or, et vous êtes le plus aimable garçon que je connaisse! Nous commencions à craindre de vous voir manquer au rendez-vous.

— Allons donc! dit Regnault en caressant ses cheveux, vos marchandes de Francfort-sur-le-Mein ne sont pas encore assez appétissantes pour empêcher un galant homme de se rendre à ses affaires. J'ai été retenu en chemin, ajouta-t-il avec le triomphant accent de fatuité qui lui était naturel, par une petite aventure assez désagréable : un pauvre diable de mari qui m'a cherché querelle. Vous savez, on est exposé à cela.

Regnault était un peu pâle, mais il souriait.

— Vous l'avez tué, demanda Van Praët, et le seigneur Yanos était votre témoin?

— Non, répondit sèchement le Magyare.

— Non, répéta Regnault, le seigneur Yanos n'avait rien à faire à tout ceci. Je vous conterai la chose au dessert, si j'y pense. Mais où en sommes-nous? Voyons, maître Zachœus, des détails, s'il vous plaît.

— M. le comte est bien bas, repartit l'intendant qui but un verre de vin du Rhin à petites gorgées; demandez à meinherr Van Praët. Le docteur l'a mené rondement ces jours-ci, et le fameux breuvage de vie me paraît avoir rempli merveilleusement son office.

— Oui, ajouta Van Praët en ricanant bonnement; mais, pendant cela, le creuset est sur le feu de la tour du Guet. Le Grand-Œuvre s'accomplit tout doucement là-haut. Et ce sera bien le diable si Gunther n'a pas le temps, avant de mourir, de changer en bel et bon or tous les plombs et gouttières du château de Bluthaupt!

Le juif Mosès regarda Van Praët timidement, comme s'il eût hésité à prendre ses paroles en raillerie.

—C'est pourtant moi, reprit le gros Hollandais dans un subit épanouissement d'orgueil, c'est pourtant moi qui vous ai donné les moyens, mes très-chers amis, de conclure cette excellente affaire!

— Et moi! s'écria Zachœus.

— Et moi! répéta plus bas l'humble Mosès Geld, qui avalait en tapinois d'énormes gobelets de vin.

— Je ne veux point diminuer vos mérites à chacun, poursuivit le Hollandais. C'est vous, Zachœus, qui nous avez ouvert les portes du château... Je propose de boire à votre santé!

On but à la santé de l'intendant.

Van Praët continua :

— C'est vous, digne Mosès Geld, qui avez fourni les dix ou douze mille florins nécessaires à la conclusion de la vente... Je porte un toast en votre honneur!

On but à la santé du juif.

— Mais c'est moi, reprit le gros Batave, qui ai inventé ces compensations ingénieuses au moyen desquelles les dix ou douze mille florins de Geld ont suffi à payer des centaines de mille francs. Vous auriez eu beau faire danser les tiroirs du coffre-fort, maître Zachœus, vous auriez eu beau prêter à deux cents pour cent d'intérêt, digne Mosès, jamais vous n'auriez pu nouer ensemble les deux bouts de l'année. Il a fallu pour cela mes cornues, mon creuset, mes formules savantes, et tout l'attirail du Grand-Œuvre.

— Vous êtes un remarquable escamoteur, Van Praët, interrompit Regnault; qui songe à prétendre le contraire?

— Les ducats de Mosès, continua le Hollandais, les épargnes de Zachœus et les revenus de Bluthaupt, tout cela me passait entre les mains et payait le restant de la rente. Je propose de boire deux fois à ma santé!

La motion fut acceptée tout d'une voix.

— En somme, dit le Magyare, combien nous reviendra-t-il à chacun?

— J'ai dans ma poche, répliqua l'intendant, l'état détaillé des biens de Bluthaupt et de Rothe, qui a servi de base au contrat de vente. J'ai fait de ces biens six portions aussi égales que possible. Nous les tirerons au sort.

— Montrez-nous cet état, dit Regnault.

Zachœus tira de sa poche un parchemin et le déplia sur la table. Les cinq convives se levèrent à la fois et avancèrent leurs têtes au-dessus de la pancarte, couverte d'une écriture fine et serrée.

Le Magyare se rassit le premier.

— Je ne comprends rien à ce grimoire, s'écria-t-il; mais malheur à celui qui voudrait faire sa part meilleure aux dépens de la mienne!

Van Praët, malgré son apparence débonnaire, était, avec le docteur Mira, le seul membre de l'association qui osât tenir tête parfois au terrible Magyare.

— On tâchera, seigneur Georgyi, répondit-il, de mettre les choses à la portée de votre noble ignorance. Repliez votre pancarte, maître Zachœus, et buvons comme d'honnêtes camarades.

Regnault n'avait pris aucune part à ce débat. Depuis le commencement du repas, il buvait avec une soif inextinguible et mangeait avec un excellent appétit.

La scène sanglante où nous l'avons vu jouer peu d'instants auparavant un si exécrable rôle semblait n'avoir laissé dans son esprit aucune trace fâcheuse.

C'était une de ces âmes à l'épreuve, que rien n'émeut, si ce n'est la peur, et qui ne connaissent point le remords.

Il n'y avait pas en lui un seul atome de sensibilité. Son cœur était invulnérable. A cette nature odieusement corrompue, le hasard avait accolé un esprit capable de calcul, mais versatile d'apparence, sceptique, commun, bourgeois, dénué de goût, et porté vers cette gaieté railleuse qui est le bon ton des dandys de basse volée.

Vous l'eussiez pris pour un don Juan vulgaire, coupable tout au plus de quelques farces d'estaminet ou de quelque séduction apocryphe.

C'était là une enveloppe perfide, et plus dangereuse peut-être qu'un masque de bonté; car ces lions à la douzaine, qui en sont réduits à raconter eux-mêmes leurs propres exploits, sont les gens dont on se défie le moins au monde.

Ils s'asseyent dans l'échelle sociale sur le même gradin que le petit butor fanfaron de vices, qui perd haleine à vouloir paraître méchant, et le niais de province, condamné à la tenue des livres en partie double à perpétuité, pour avoir voulu entretenir des danseuses avec ses quinze cents livres de rente.

On rit de ces gens et on ne les craint pas. Ce serait les coter trop haut que de les croire capables d'un crime.

Regnault avait usé déjà bien des fois du bénéfice de son masque, et il devait en user encore.

Parmi ses associés, il occupait un rang douteux. Personne ne comptait sur lui; mais il se mettait si volontiers en avant qu'on l'y laissait parfois de guerre lasse.

— Et la chère petite comtesse? reprit-il; le docteur n'a donc pas pu avoir raison de son intéressante maladie?

— On ne détruit pas comme cela les œuvres de Satan, monsieur de Regnault! répondit Van Praët avec emphase; le docteur y a perdu son latin, l'enfant viendra, je m'en porte garant.

— Et, sur ce sujet, qu'y a-t-il de décidé?

— Notre avis, répondit Zachœus, je parle pour meinherr Van Praët, le docteur et moi, est que, si la comtesse Margarethe accouche d'une fille, nous laisserons les choses suivre leur cours naturel. La venue d'un enfant du sexe féminin n'annule point la vente, aux termes du contrat; ce sera un délai de quelques jours, peut-être, par impossible, de quelques semaines; en tout cas, le comte Gunther et sa noble épouse ne peuvent aller bien loin désormais.

Le Magyare avait posé sa fourchette sur la table, et suivait les paroles de l'intendant avec un singulier intérêt.

Les autres convives avaient approuvé du geste, excepté Mosès Geld, qui se renfermait strictement dans son humble réserve et donnait tous ses soins au contenu de son assiette.

— Et si c'est un mâle? demanda encore Regnault.

Zachœus fut quelques secondes avant de répondre; il semblait chercher et choisir ses expressions.

— Nous ne sommes pas des écoliers, dit-il enfin; et si nous nous sommes associés, c'est assurément pour quelque chose.

— Évidemment, opina Van Praët.

— Non-seulement, reprit l'intendant, la venue d'un enfant mâle nous laisserait déchus de nos droits d'acheteurs; mais elle nous ferait perdre toutes les sommes versées jusqu'à ce jour.

— Ce qui me réduirait à la mendicité, murmura Mosès Geld, moi et mes pauvres enfants!

— Il est manifeste, dit Regnault avec un grand sérieux, que nous ne pouvons laisser peser cette éventualité menaçante sur la jeune famille de notre ami Mosès.

— En conséquence, poursuivit Van Praët, Zachœus, le docteur et moi, nous sommes d'avis qu'il faut employer les grands moyens.

— Je me range à cette opinion, dit Regnault.

— Quant à moi, murmura le juif, les yeux baissés et la voix mal assurée, Dieu m'est témoin que je suis un homme de paix; votre sagesse est plus grande que la mienne, et il ne me convient pas de vous donner des conseils.

Le Magyare seul n'avait pas encore prononcé un mot.

— Qu'appelez-vous les grands moyens, meinherr Van Praët? demanda-t-il.

— Ce sont là, seigneur Georgyi, répondit le Hollandais, des explications pénibles et qui me semblent oiseuses. Encore une fois, nous ne sommes pas des collégiens.

Yanos hésita durant un instant; puis ses épais sourcils se froncèrent.

— En deux mots, reprit-il brusquement, qui allez-vous tuer cette nuit?

Le juif joignit ses mains, repoussa son assiette qui était vide, et darda ses petits yeux gris au plafond en murmurant :

— Seigneur! Seigneur!

— Le seigneur Yanos, dit Regnault, a des façons de s'exprimer qui donnent aux choses une physionomie féroce. Voilà que l'excellent Mosès n'a plus faim, et notre souper va s'achever dans la mélancolie. Que diable! nous nous comprenons tous, et les observations de meinherr Van Praët me paraissent parfaitement satisfaisantes.

— Elles ne me satisfont pas, moi, répliqua le Magyare, et, pour la seconde fois, je demande qui l'on prétend tuer cette nuit?

Zachœus et Van Praët gardèrent un silence boudeur.

— Pardieu! s'écria Regnault avec brusquerie, cela saute aux yeux! Gunther de Bluthaupt, sa femme et leur fils.

Yanos fit un geste de dégoût.

— Un vieillard, dit-il, une femme et un enfant!

Il but un plein verre de vin du Rhin, comme s'il eût voulu s'empêcher de parler davantage.

Zachœus et Van Praët haussèrent les épaules.

— Seigneur Yanos, repartit l'intendant, qui veut la fin veut les moyens!

Le Magyare emplit son verre de nouveau et but encore; son visage s'empourprait; son œil noir brillait d'un éclat extraordinaire.

— Une femme! répéta-t-il en contenant sa voix qui voulait éclater; une femme jeune, belle et sainte dont tout l'or du monde ne paierait point l'amour! une femme couchée sur un lit de souffrance, et que nulle épée ne viendra défendre à l'heure lâche de l'assassinat!

— C'est bien ennuyeux, dit Regnault entre haut et bas, mais cela passe. Il commence toujours par avoir le vin dramatique; heureusement, quand il est ivre tout à fait, il redevient un coquin sans vergogne.

— Par le nom de mon père! reprit le Magyare en s'échauffant, je ne sais point, moi, mettre à mort les enfants et les femmes! Je veux être riche, c'est vrai, parce que je suis jeune, noble et beau, parce qu'il ne me manque que de l'or pour ressembler à un prince!

— Eh bien! seigneur Yanos, interrompit Van Praët, vous aurez de l'or.

— Ce doit être une image navrante que celle d'une femme à l'agonie auprès du berceau de son fils assassiné! poursuivit le Magyare dont le verre s'emplissait et se vidait sans cesse; ah! ah! si, devant le berceau, il y avait des hommes avec des épées, ce serait différent! Quand les fers se croisent, le sang s'allume, le cœur bat et la tête se perd. J'ai tué Ulrich de Bluthaupt, vous vous en souvenez!

Le juif cacha sa tête entre ses mains.

— Je l'ai tué, répéta Yanos d'une voix tonnante; il faisait nuit; vous étiez rangés tous les cinq devant la porte de la chambre où il s'était retiré, et nul d'entre vous n'osait avancer, parce qu'Ulrich était un soldat, et que, du fond des ténèbres de sa retraite, sa voix s'était élevée pour vous dire : « Le premier qui fait un pas est un homme mort! »

— Nous savons que vous êtes brave comme l'acier, seigneur Georgyi, dit Regnault d'un ton caressant. Messieurs, buvons à la santé du seigneur Yanos!

Les gobelets se choquèrent; le Magyare vida le sien deux fois coup sur coup. L'ivresse commençait à le dompter. Il se leva chancelant et frappa du poing sa robuste poitrine.

— Oui, oui, je suis brave! s'écria-t-il; donnez-moi des hommes à combattre et non pas des femmes à tuer! Vous souvient-il comme cette chambre était noire? on n'y voyait rien que ténèbres, et, du fond de cette nuit épaisse, nous avions entendu le bruit de deux pistolets qu'on armait.

Le juif se prit à trembler de souvenir. Les autres convives étaient pâles, et Regnault lui-même perdait son sourire moqueur.

— Je m'avançai tout seul, poursuivit le Magyare qui secoua sa longue chevelure; quelque chose m'attirait vers cette chambre où le danger menaçait. Ah! si les peuples en étaient encore à se livrer bataille, je sais bien que je serais un héros!

Sa belle tête rayonnait d'un enthousiasme sauvage, et il semblait grandi d'une coudée au milieu de ses compagnons rapetissés.

— J'entrai, continua-t-il; la nuit s'illumina une fois, puis une autre fois encore, et à la lueur de deux coups de pistolet, je vis un homme debout et le sabre à la main au milieu de la chambre. Je m'élançai; les fers se croisèrent en grinçant. Ulrich tomba; vous vîntes alors, mes compagnons, ajouta Yanos avec un mépris amer, vous vîntes tous les cinq, et je crois que vous l'achevâtes!

Le Magyare s'affaissa sur son siége et tendit son gobelet que Zachœus s'empressa de remplir.

— Il ne serait pas impossible, murmura Van Praët, que le seigneur Yanos eût, cette nuit encore, une épée pour croiser la sienne.

Le Magyare se redressa vivement. Regnault cligna de l'œil d'un air d'intelligence, persuadé que Van Praët parlait ainsi pour flatter la manie d'Yanos.

Les autres convives interrogèrent Van Praët du regard.

L'esprit de la bande était en général tout pacifique et l'annonce d'un combat ne réjouissait personne.

— Que parlez-vous d'épée? dit le Magyare.

— Le comte Ulrich a laissé des amis, répliqua le Hollandais.

— N'est-ce que cela? s'écria l'intendant Zachœus; il y a loin d'ici jusqu'à Heidelberg.

Regnault lui fit signe de se taire, croyant toujours que Van Praët jouait une comédie.

— Il y a loin d'ici jusqu'à Heidelberg, répéta celui-ci en secouant sa grosse tête; mais il y a longtemps aussi que Klaus, le chasseur, est monté à cheval.

Une expression d'inquiétude se répandit sur le visage de l'intendant.

— Je n'ai point eu connaissance de cela, murmura-t-il avec embarras.

Regnault lui pinça le bras en étouffant un éclat de rire.

— Laissez donc! lui dit-il à l'oreille; ne voyez-vous pas que tout cela est pour le Hongrois?

Le regard de ce dernier, voilé par l'ivresse

BIBL. NATIONALE

Ce doit être une image navrante que celle d'une femme à l'agonie... (Page 55, col. 2.

victorieuse, se fixait lourdement sur Van Praët. Et il ne cessait pas de boire.

— Ce Klaus, demanda-t-il d'une voix qui balbutait déjà, est allé quérir des hommes pour se battre contre moi?

— Oui, répondit Regnault.

Yanos fit le geste de chercher à son côté son sabre absent.

Il eut un rire épuisant et long.

— Ah! ah! ah! fit-il, s'il y a des hommes et des épées autour du lit et autour du berceau de l'enfant, c'est différent. La femme est bien belle! Mais les épées!... Ah! ah! il faudra tuer!

Il se renversa sur le dos de son fauteuil et baissa son regard appesanti.

— J'avais oublié de vous raconter cela, maître Zachœus, poursuivit Van Praët; ce matin, pendant votre absence, la petite Gertraud s'est approchée du lit de la comtesse, qui lui a remis en cachette une lettre avec une clef.

— Ce gros Van Praët eût fait un acteur délicieux! dit Regnault; mais la feinte devient superflue. Voilà le sauvage qui s'est endormi.

— Pas encore, pas encore! murmura Mosès Geld qui le lorgnait toujours en dessous avec effroi. Ah! Seigneur! Seigneur! quel homme violent et terrible!

— Il a été impossible au docteur, continua Van Praët, de rejoindre à temps la jeune fille, et il a vu Klaus enfiler au galop l'avenue de Bluthaupt.

— Est-ce tout? s'écria Regnault. Applaudissez, messieurs, le conte est bien trouvé!

— Ce n'est point un conte, repartit le Hollandais sérieusement. Yanos dort, et la feinte, comme vous le disiez tout à l'heure, serait désormais superflue.

La figure de Regnault s'allongea. L'intendant fit une grimace chagrine, et Mosès recommença à trembler.

— Et ce Klaus est parti ce matin? dit Zachæus Nesmer.

— Et il n'est pas encore revenu! ajouta Regnault qui n'avait garde de rire.

— Et c'est un ancien vassal de Rothe! reprit le Hollandais d'un air piteux.

Il y eut un long silence autour de la table: puis les convives se regardèrent, et lorsque le chevalier de Regnault prononça bien bas le nom des bâtards de Bluthaupt, un frisson électrique courut autour de la table.

— Après tout, la grille est forte, dit Van Praët.

— Et les portes sont bonnes, ajouta le chevalier de Regnault.

— Oui, répondit lentement Zachæus en secouant de haut en bas sa tête pâle et immobile, mais il y a juste neuf mois cette nuit, un étranger est venu au château de Bluthaupt. Il est entré par la grille : qui pourrait dire par où il est sorti?

— Pensez-vous donc qu'il y ait une entrée inconnue? murmura Regnault effrayé.

— Je ne suis au château que depuis peu d'années, reprit Zachæus, mais j'ai souvent ouï conter aux vieux serviteurs du schloss que les Trois Hommes Rouges n'ont point besoin, pour entrer, de la clef de la grille.

CHAPITRE VIII

L'ARBRE VERDOYANT

La taverne de l'*Arbre verdoyant*, à Heidelberg, était assez mal notée auprès des polices bavaroise et autrichienne. C'était cependant une belle taverne, portant pour enseigne un chêne dont les feuilles chatoyaient comme autant d'émeraudes, et qui, pas plus tard que l'été précédent, avait été repeint à neuf.

On y buvait beaucoup de vin du Rhin et beaucoup de bière forte. Son propriétaire et seigneur, Elias Kopp, avait suivi autrefois les cours de l'université avec une distinction grande. Il avait mis à mal bien des *philistins* en sa vie, et son âge mûr gardait pour récompense la pratique assidue des étudiants unis, et le titre enviable d'*arbiter elegantiarum*.

Tous les mardis, la pièce principale de son établissement se transformait en une salle de bal, un bal honnête et d'excellent ton vraiment, où messieurs les docteurs ne dédaignaient pas d'amener leurs fraîches héritières.

A ces fêtes de famille, on respirait un parfum souverainement scolastique. Les conversations s'y faisaient en pur latin; les plaisanteries y étaient renouvelées de Plaute ou même d'Aristophane. Ce n'étaient qu'étudiants amoureux et graves professeurs tout affolés en philosophie. On surprenait des mots grecs glissant entre les lèvres vermeilles de quelque jolie *jung-frau*!

Et la politique, grand Dieu ! Tandis que la valse gracieuse ondulait autour de la salle, les docteurs dissertaient impitoyablement sur les droits de l'homme, sur le libre arbitre et sur l'avantage qu'il y aurait à voir l'empire gouverné par un sénat de professeurs. Un grand nombre de jeunes garçons, à la figure longue et niaise, les écoutaient bouche béante.

D'autres, portant des têtes fatales sur leurs cols de chemise amplement rabattus, traduisaient en germain d'innocentes tirades des tragédies de Voltaire, et comptaient les souverains que leur poignard était appelé à exterminer dans l'avenir.

Les bals de maître Elias Kopp, propriétaire de l'*Arbre verdoyant*, avaient une grande et légitime renommée. Les docteurs affirmaient volontiers que ces fêtes décentes adoucissaient, autant qu'il le fallait, la rudesse des anciennes mœurs universitaires. Les filles des docteurs n'avaient garde de contredire cette assertion, et rougissaient de plaisir rien qu'à la pensée des valses solennellement promises pour le mardi suivant.

Les bons effets des bals de l'*Arbre verdoyant* ne pouvaient être mis en doute que par les suppôts de la Sainte-Alliance ; et le docteur Edgar Laquedem, novateur farouche, qui avait bravé vingt fois l'échafaud, aurait soutenu, sans contredit, une thèse sur l'influence civilisatrice de la valse, sans la crainte qu'il avait du tyran moscovite.

Les autres jours de la semaine, l'*Arbre verdoyant* perdait un peu de son aspect galant.

Dès le mercredi matin, la salle reprenait bien vite sa physionomie de cabaret. L'*arbiter elegantiarum* présidait lui-même à l'arrangement des tables qui allaient bientôt se couvrir de chopes de bière et de cruches de vin blanc.

Le soir venu, la pure atmosphère, embaumée la veille par le souffle des filles du doctorat, se changeait en un épais brouillard. Le tabac remplaçait l'ambroisie ; les galants cavaliers de la soirée précédente se transformaient sans trop d'efforts en étudiants ivres, buvant pour boire et fumant pour s'engourdir.

L'*Arbre verdoyant* était le rendez-vous principal et officiel des sectateurs du *Comment*. La *Landsmannschaft* s'y réunissait à poste fixe, et quand les députés de l'une des trente-six universités d'Allemagne avaient une communication à faire à la *Doyenne* (tel est le titre de l'université d'Heidelberg), c'était à l'*Arbre verdoyant* qu'ils étaient reçus avec toute la pompe convenable.

Il est vrai de dire que l'*Arbre verdoyant* n'avait encore renversé aucune trône, et qu'aucun tyran n'avait vu, par le fait de ses habitués, les sombres bords ; mais la Sainte-Alliance ne perdait rien pour attendre. La *Landsmannschaft* de l'*Arbre verdoyant* fumait tant et de si grosses pipes, déclamait tant de harangues romaines, chantait de si longues chansons et buvait tant de bière, que les têtes royales avaient grand'peur d'elle et frémissaient sous leurs dais de velours, au seul nom de maître Elias Kopp, *arbiter elegantiarum*.

C'était ce soir même où Regnault, Mosès et le Magyare chevauchaient de compagnie vers le schloss de Bluthaupt ; et c'était l'heure à peu près où le chevalier, séparé de ses deux acolytes, s'arrêtait sur le sentier de la montagne pour attendre M. le vicomte Raymond d'Audemer.

La nuit venait de tomber ; la grande salle de l'*Arbre verdoyant* contenait déjà nombreuse compagnie, et voyait à chaque instant s'augmenter la foule de ses hôtes. Ceux qui entraient ainsi ne frappaient point à la porte, qui était fermée pourtant. Ils poussaient du pied un bouton de bois placé au ras de terre, et le lourd battant tournait sur ses gonds sans autre effort.

Cela donnait à la réunion une précieuse couleur de mystère, et, réellement, un profane eût pu s'escrimer longtemps contre la robusteporte sans parvenir à l'ébranler.

Il fallait avoir le secret.

Le temps était froid; on avait clos toutes les fenêtres pour garder l'assemblée contre le vent du dehors, et aussi contre les longues oreilles de la police bavaroise.

Car la terreur inspirée aux souverains par la ligue des *camarades* est quelque chose de réel, et donne une sorte de sérieux aux conciliabules tragi-comiques des étudiants d'Allemagne.

Les *Landsmannschaften* se mourraient d'ennui et de douleur le jour où on leur donnerait la mortification de ne plus les craindre.

Toutes les tables étaient entourées d'un cordon serré de *camarades*[1], mollement étendus sur les bancs de bois et appuyant leurs coudes à la planche nue, avec des airs de Turcs couchés sur des coussins. Chacun avait une énorme pipe à long tuyau, bien bourrée et bien allumée. De tous ces calumets ardents s'échappait une fumée intense, lourde, opaque, qui empêchait littéralement de voir.

La salle n'avait pour tout éclairage que quelques lampes, astres roussâtres et voilés, qui brillaient à peine au milieu de cette buée pesante. Ceux qui arrivaient du dehors poussant le secret parvenaient à trouver route, au milieu des ténèbres, plutôt par habitude que par le secours de leurs yeux. Tout était confus et gris : vous eussiez dit quelqu'un de ces solides brouillards des bords de la Tamise, qui font allumer le gaz en plein midi dans la cité de Londres.

A la longue, l'œil s'habituait néanmoins à ce milieu étrange. On distinguait vaguement çà et là des corps qui se mouvaient et qui donnaient un prétexte aux sourds murmures dont la salle s'emplissait incessamment.

Parfois aussi la porte, ouverte brusquement, introduisait un souffle d'air libre. Le vent déplaçait alors les masses de fumée et montrait tout à coup, pour un instant, les groupes de *camarades* qui s'enivraient consciencieusement de vin, de bière et de tabac.

Il y avait là un nombre considérable de ces figures germaniques, gravement endormies, et dont l'ivresse semble un ennuyeux sommeil. Il y avait encore de ces bouches muettes, entr'ouvertes par un paresseux sourire, de ces fronts pensifs courbés sous les rêves impossibles de la fantaisie allemande.

Il y avait aussi quelques têtes énergiques et déterminées qui eussent bien fait dans un drame de Schiller. A ces physionomies fortes, le costume pittoresque des universités prêtait un caractère de vaillance sauvage. Elles étaient, en quelque sorte, la pensée de ce bizarre tableau, dont la foule vulgaire formait le remplissage.

Mais c'était là le petit nombre. Le gros des *camarades* était bon tout au plus à rosser le guet, en hurlant des chants absurdes contre la France. Non pas qu'il n'y eût dans toutes ces cervelles beaucoup de science et dans tous ces cœurs de chauds instincts de liberté, mais le droit sens avait subi chez la plupart une sorte de déviation par l'effet des subtilités bizarres de la dialectique à la mode dans les universités tudesques. Ils pensaient pour disputer, et la mise en scène dramatique était devenue pour eux un fait principal, dont leur libéralisme n'était, en quelque façon, que l'accessoire,

Maître Kopp avait enlevé, bien entendu, les tentures blanches qui donnaient tous les mardis à sa taverne un air coquet et virginal. Les murailles montraient aujourd'hui leur nudité noirâtre, où s'alignait un cordon de mauvais tableaux enfumés. A part cet ornement douteux, on y voyait un grand nombre d'inscriptions savantes, tracées à la craie, et le portrait en pied de M. de Metternich, avec une corde au cou et des oreilles d'âne.

Dans l'un des angles de la salle, non loin de la petite estrade où l'*arbiter elegantiarum* tenait sa comptabilité à court terme, un carré

1. Désignation sacramentelle des membres de la *Landsmannschaft*.

de muraille large de quelques pieds était recouvert d'un rideau brun.

Au-dessus de ce rideau était écrit en allemand : MAGASIN DE L'HONNEUR.

C'était l'arsenal des hommes libres composant la *Landsmannschaft* de Heidelberg. Il y avait là une douzaine de ces longues épées à lame triangulaire et à coquille bombée, qui sont connues sous le nom de *schlœger*.

Ces armes n'étaient pas destinées, comme on pourrait le croire, à dépeupler les trônes et à fendre les fronts couronnés. Elles servaient uniquement à ces combats singuliers que les étudiants de toutes les universités d'Allemagne chérissent avec une enfantine passion, duels bizarres et rarement malheureux, où les deux champions, caparaçonnés d'étoupes et de cuir, se donnent l'innocent plaisir de ferrailler jusqu'à perte d'haleine. Il ont le droit de s'assommer, mais non pas de se tuer : le *Comment*, cette règle souveraine et respectée, leur défend de frapper autrement que de taille.

Or leurs plastrons sont à l'épreuve du sabre.

On reçoit dans ces duels d'énormes contusions ; mais, en somme, la *savate* des ouvriers parisiens est de beaucoup plus dangereuse.

On dit pourtant qu'un étudiant de Vienne mourut un beau jour à la suite d'une de ces luttes indéfiniment prolongées : ce fut, il est vrai, de chaleur.

Dans un combat qui ne serait point réglé par les prescriptions du *Comment*, le *schlœger* serait une arme redoutable. Malgré sa forme antique, il est maniable et souple, et sa longueur inusitée le rend terrible, lorsqu'il se trouve entre des mains habiles.

Maître Elias Kopp était chargé spécialement de la garde du *Magasin de l'Honneur*.

Les groupes qui emplissaient la salle de l'*Arbre verdoyant* étaient formés d'une façon sympathique. Autour de certaines tables régnait une inerte somnolence. On y buvait, on y fumait, on s'y taisait.

Plus loin, un jeu de cartes, jauni par un trop long usage, servait d'oracle à la fortune et mettait des reflets de passion sur un double rang de pâles visages, entassés autour d'un tapis déteint. On voyait là des capes toutes neuves mêlées à des habits sans formes ni couleur, qu'il faudrait bien appeler tout bonnement des haillons, si l'on ne respectait profondément les universités germaniques.

Plus loin encore, rois, tours et cavaliers manœuvraient sur un vieil échiquier, mis en mouvement par les mains exercées de deux vétérans scolastiques. Un cercle de curieux s'asseyait à l'entour et suivait avec une attention grave les savantes évolutions des deux armées rivales.

Puis c'était un jeu plus élémentaire, où six marques d'os suivaient les lignes tracées à la craie sur le bois rugueux d'une table nue.

Ailleurs, on dédaignait fièrement ces occupations futiles : on disputait sur la philosophie ou sur l'histoire ; on repassait la récente leçon du professeur en vogue ; on discutait haut; on commentait Leibniz ; on pulvérisait Locke et Bacon, sans épargner Reid, Steward et les autres coryphées de l'école écossaise. Descartes était traîné sur le tapis ; le système éclectique de Cousin lui-même, malgré sa jeunesse, obtenait l'aumône d'un sarcasme ou d'un haussement d'épaules.

A deux pas de là, c'était une autre histoire. L'amour faisait les frais de l'entretien. On parlait de lèvres roses et de grands yeux noirs souriants. Les don Juan racontaient leurs aventures; les timides soupiraient, les poëtes radotaient, les fanfarons mentaient.

Enfin il y avait d'autres groupes qui s'enfonçaient jusqu'au cou dans la politique, et Dieu sait ce que l'Europe restaurée devenait entre les mains de ces Publicolas barbus.

Non loin du petit comptoir de maître Élias Kopp, immédiatement au-dessous du *Magasin de l'Honneur*, une table était occupée par cinq ou six jeunes gens qui entouraient un de leurs camarades, enveloppé dans un manteau écarlate.

Cette couleur voyante n'était point à remarquer dans une assemblée où l'uniformité des costumes n'excluait aucune tentative excentrique.

L'étudiant ainsi vêtu remplaçait la petite casquette universitaire par un large feutre de voyage.

Une profusion de cheveux noirs et brillants comme le jais tombait le long de ses joues blanches et pâles.

Il pouvait avoir vingt ans.

Ses traits, d'une régularité mâle, exprimaient dans leur harmonieux ensemble l'ardeur d'un jeune courage, tempérée par les conseils précoces d'une fermeté au-dessus de son âge.

Son regard était impérieux et fier ; sa bouche sérieuse semblait faite pour commander.

Bien qu'il fût assis et nonchalamment adossé à la muraille, on devinait une noble taille sous les plis amples de son manteau.

Quand les nuages de fumée se dissipaient par intervalles, et que le regard pouvait plonger çà et là dans la taverne, on apercevait vaguement deux autres étudiants vêtus de manteaux rouges, qui semblaient, au travers de la brume, une reproduction effacée du premier.

S'il eût été raisonnable de penser qu'une glace pouvait se trouver par hasard dans l'austère établissement de maître Élias Kopp, on aurait pu croire que l'image du bel étudiant, deux fois répercutée, apparaissait confusément parmi les nuages de vapeur.

Les pipes se rallumaient, la brume s'épaississait, on ne voyait plus rien.

Puis, quand une éclaircie se faisait de nouveau, les deux copies apparaissaient encore.

L'une d'elles s'asseyait à la table de jeu et maniait les cartes avec une évidente supériorité ; l'autre gesticulait au milieu du groupe oisif et bavard qui devisait d'aventures galantes.

Cette seconde copie avait, de plus que le bel étudiant, un gai sourire aux lèvres, et dans le regard une nuance d'étourderie fanfaronne.

L'autre différait aussi de l'original, mais non pas dans le même sens. Ses traits pareils avaient une expression d'apathique insouciance. Les émotions du jeu n'altéraient point son visage, et il vidait coup sur coup son large verre, sans trouver au fond l'ivresse provoquée.

Le bel étudiant se nommait Otto ; le joueur avait nom Goëtz ; et le conteur d'aventures amoureuses s'appelait Albert.

Ils étaient frères tous les trois, et n'avaient à porter que leurs noms de baptême.

CHAPITRE IX

L'ARBITRE DES ÉLÉGANCES

Otto, le bel étudiant vêtu d'un manteau écarlate, dans la salle de l'auberge de l'*Arbre verdoyant*, était entouré d'un groupe de camarades qui composaient l'élite de l'assemblée. L'abrutissement à la mode ne les avait point gagnés. Sur leurs fronts énergiques et intelligents, il y avait des pensées fières.

Ils buvaient pourtant comme les autres, et ils fumaient.

Ils étaient, pour la majeure partie, plus âgés qu'Otto, dont ils semblaient reconnaître tacitement la supériorité.

— Sur ma foi! disait en ce moment l'un d'eux, Michaël le philosophe, si les estafiers de police venaient en ce moment vous chercher, Otto, il y en aurait plus d'un qui resterait sur la place!

— Pourquoi viendraient-ils? répliqua le jeune homme. Nous sommes arrivés ce soir seulement de Francfort, et il n'y a point parmi vous de faux frères.

— Ce serait un métier dangereux, dit le

poëte Dietrich, grand garçon barbu et taillé en athlète; avec la permission de l'*arbiter elegantiarum*, s'il y avait un coquin dans cette salle, je lui casserais la tête d'un coup de poing, pour ne pas salir nos épées!

— Et comptez-vous rester quelque temps avec nous? reprit Michaël.

— Jusqu'à demain seulement. Il ne fait pas bon pour nous, mes amis, dans la cité de Heidelberg; nous sommes trop près ici du château de Rotho, et les gens qui ont tué notre père ont trop d'intérêt à nous envoyer le rejoindre.

— C'était un vaillant et digne Allemand que le comte Ulrich! dit le poëte en élevant son verre avec solennité : je consacrerai quelque jour des vers à sa mémoire; en attendant, que Dieu fasse paix à son âme!

Tous les étudiants, assis autour d'Otto, se découvrirent avec respect.

Les groupes voisins commençaient à faire silence et cherchaient à saisir quelques paroles à la volée.

— Je n'ai plus qu'un ducat, disait en ce moment Goëtz. Pourquoi diable Otto m'a-t-il confié la bourse de famille? Avec un ducat, on ne peut pas faire à trois le voyage de France. Voyons, Rodolphe, mon fils, quitte ou double!

— De longs cheveux blonds, soyeux et doux, disait à son tour Albert, le troisième frère, qui poursuivait une histoire déjà commencée, tombant comme des ondes d'or liquide sur de blanches épaules. Vous n'avez jamais aimé de marquises, vous autres?

Le plus hardi Lovelace de toute l'université de Heidelberg avait élevé ses désirs téméraires jusqu'à la femme d'un échevin.

— Les bourgeoises! reprit Albert avec un geste dédaigneux; mes amis, ne me parlez pas des bourgeoises. La soie, le velours, les diamants...

— J'ai perdu mon dernier ducat! interrompit la voix piteuse de Goëtz.

L'auditoire d'Albert poussa en chœur un long éclat de rire.

— On a commencé une procédure contre vous, reprenait en ce moment Michaël en s'adressant à Otto; les docteurs ont essayé de s'opposer à cette infamie; mais ils ne sont pas les plus forts, et Dieu sait où s'en vont nos vieux priviléges! Vous êtes accusés tous les trois de conspiration au premier chef; et si vous étiez une fois dans les prisons de la Bavière ou de l'Autriche, votre affaire ne serait pas douteuse. Il y a toujours de la place dans les cachots du Spielberg.

— Aussi ne resterons-nous pas longtemps en Allemagne, répondit Otto. Nous sommes proscrits et faibles. Nous ne pouvons rien en ce moment pour venger notre père. Nous attendons.

Il y avait dans la prunelle du jeune homme un éclair sombre et menaçant. Au fond de ce cœur si jeune couvait une pensée de vengeance patiente que le temps ne devait point éteindre.

— Que ferions-nous, d'ailleurs, en Allemagne? poursuivit-il avec une nuance d'amertume dans la voix. Nous venons de parcourir la majeure partie des villes d'universités, afin de continuer l'œuvre de notre père; partout on nous a fêtés largement. Nous avons vu des pipes plus grosses que celles de Heidelberg et des chopes plus profondes. Nous avons entendu des chansons, nous avons assisté à des duels. Voilà tout. Les hommes libres n'espèrent plus.

— La *Burschenchaft* est donc bien morte? demanda Michaël.

— Morte pour toujours! répondit Otto. Mes frères et moi, nous allons passer le Rhin. Nous avons en France un ami dévoué, presque un père : Raymond d'Audemer, l'époux de notre sœur Hélène. Il nous viendra en aide aujourd'hui comme autrefois, et, grâce à lui, j'espère que nous trouverons du pain.

Le poëte, le philosophe et les autres se récrièrent en souriant.

— Ami Otto, dit Michaël, voilà qui est pousser trop loin les idées noires! Le testament du comte Ulrich a fait cinq parts égales de sa fortune, et ce ne sont pas ses fils qui sont exposés à manquer de pain!

Otto garda un instant le silence; puis il secoua tout à coup ses longs cheveux, comme s'il eût voulu chasser une pensée importune.

— Ce testament du comte Ulrich, répondit-il, a été déchiré en mille pièces. Nous n'avons pas plus de droit désormais à sa fortune qu'à son nom. Et si nous portons encore les couleurs de Bluthaupt, c'est que notre bourse ne contient pas de quoi remplacer le drap usé de nos manteaux!

Il jeta un regard triste sur son vêtement écarlate.

— Le nom de Bluthaupt n'est plus, ajouta-t-il d'une voix basse et tremblante. Nous nous appelons Otto, Albert et Goëtz; l'acte qui nous donnait une famille est détruit. Nous sommes redevenus des bâtards.

— Mais qui a donc détruit ce testament? s'écria le poëte avec colère.

Et comme le jeune homme tardait à prendre la parole, tous répétèrent la même question.

— Notre sœur Margarethe, répondit enfin Otto, est la femme du comte Gunther, notre oncle, qui nous méprise et nous déteste; elle est seule et sans défense dans ce vieux schloss de Bluthaupt où sa jeunesse est enfermée comme en un cercueil. Si vous saviez comme elle nous aimait, et que de joie il y avait au château de Rothe, lorsque nous étions réunis tous les cinq, Hélène, Margarethe et nous, à la table de notre père! Je ne sais pas ce que l'avenir me réserve, et si je suis destiné à donner mon âme tout entière à une femme; ce que je sais, c'est que rien au monde, en ce moment, ne m'est cher à l'égal de ma sœur Margarethe! Hélène est heureuse, et Margarethe souffre; elle a droit à une part de tendresse plus grande, la pauvre enfant que l'orgueil de notre race a condamnée au martyre! Mes frères et moi, nous sommes bannis, vous le savez, du château de Bluthaupt; nous n'avons vu notre sœur qu'une seule fois et à la dérobée, depuis son mariage. Ce furent quelques instants de joie, mêlés de larmes. Nous retrouvions Margarethe pure et douce comme un ange; mais Dieu avait cessé un instant de la protéger, et près de sa couche sainte veillait l'impur démon!...

Otto s'interrompit.

Une ride plissait son front pâle, et ses paupières étaient baissées.

Michaël, Dietrich et les autres *camarades*, assis autour de la table, l'interrogeaient d'un regard où il y avait plus d'affection encore que de curiosité.

Ils avaient bien entendu parler vaguement du mystère qui pesait sur la vie du dernier comte de Bluthaupt; mais c'étaient de confuses rumeurs qui passaient inaperçues dans la terre classique de la légende, où les raconteurs prennent soin de donner à toute chose une apparence fantastique.

Otto, Albert et Goëtz avaient passé une année à l'université de Heidelberg, du vivant de leur père. Ils étaient là, parmi cette jeunesse amoureuse de toutes les audaces, les plus joyeux, les plus francs et les plus braves.

On les aimait, on les imitait, nous dirons presque on leur obéissait.

Leur vie, depuis lors, avait été bien errante. Nul ne savait au juste le secret de

BIBLIOTHÈQUE NATIONALE RF

Otto se pencha sur le visage du mort et demeura pétrifié. (Page 70, col. 2.)

leurs longs voyages. Il était seulement à la connaissance de tous qu'une triple note de proscription, émanée des cours de Vienne, de Berlin et de Munich, était suspendue au-dessus de leurs têtes.

Cette persécution s'adressait sans doute aux trois adolescents hardis qui s'étaient mis en avant dans toutes les émeutes universitaires; mais elle s'adressait davantage encore aux trois fils du comte Ulrich de Bluthaupt, l'ardent ennemi du pouvoir, dont les efforts avaient fait trembler un instant de puissants personnages.

Les trois frères revenaient avec cette auréole de proscrits qui remue si infailliblement la fibre allemande. La communauté de Heidelberg les accueillait comme des amis chers et comme des martyrs de la cause de tous.

Ils étaient malheureux maintenant, eux qu'on avait vus si pleins d'espoir et de joie!

Albert gardait sa gaieté fanfaronne, Goëtz sa paresseuse insouciance; mais la souffrance avait mis de graves pensers sur le jeune front d'Otto, qui était le premier parmi ses frères.

Et les *camarades*, qui l'avaient aimé enfant, contemplaient avec une sorte de respect triste cette maturité anticipée.

Otto releva ses yeux, qui se fixèrent sur le vide fumeux de la salle.

— Pauvre sœur! murmura-t-il, elle essayait de sourire, et les larmes coulaient sur sa joue. Il fallut lui arracher le secret de ses craintes. Le vieux Gunther avait eu connaissance du testament qui nous faisait tous les trois comtes de Bluthaupt et riches tous les trois. Son avarice s'était irritée ainsi que son aveugle orgueil. Il avait menacé.

« La pauvre Margarethe tremblait. Ce vieux schloss est si sombre, et tant de lugubres pensées nagent dans l'atmosphère froide de ses grandes salles! Elle tremblait, et les paroles tombaient une à une de sa lèvre pâlie. Mes frères et moi, nous nous consultâmes du regard : quand il s'agit de notre Margarethe, nous ne pouvons avoir qu'une seule pensée. Je tirai de mon sein le testament du comte Ulrich et je le déchirai. »

Dietrich et Michaël tendirent en même temps la main au bâtard.

— Vous êtes un digne cœur, Otto! dirent-ils; tôt ou tard Dieu vous fera heureux!

Otto secoua lentement la tête.

— Mes frères et moi, nous sommes forts, répliqua-t-il, et nous savons souffrir. S'il est encore en ce monde du bonheur pour le sang de Bluthaupt, que Dieu le donne tout entier à Margarethe et à Hélène! — Mais buvons, continua-t-il en changeant tout à coup de ton ; c'est mal agir que de rapporter à de bons amis, après l'absence, un visage soucieux et des paroles de tristesse. A la santé des hommes libres de l'Allemagne!

Goëtz éleva de loin son verre et répéta le toast.

— Il y avait bien longtemps, dit Albert à demi-voix, que mon frère Otto n'avait prononcé un mot si sage!

— Allons, reprit Goëtz en s'adressant à ses partenaires, jouons sur parole, puisque je n'ai plus rien. Et, à ce propos, qui d'entre vous nous donnera l'hospitalité pour cette nuit?

De tous les coins de la salle, des voix s'élevèrent pour réclamer cet honneur. *L'arbiter elegantiarum* lui-même déclara qu'il mettait sa plus belle chambre à la disposition des trois frères.

Albert caressa sa lèvre, qui attendait encore la moustache désirée.

— Du diable! dit-il à demi-voix; je n'avais besoin, moi, de l'hospitalité de personne et je sais une jolie bourgeoise au-dessus de l'Orberthor...

La voix d'Otto interrompit sa vanterie.

— Il faut penser à nous retirer, disait-il. Demain, nous devons nous mettre en route de grand matin, pour aller embrasser notre sœur Margarethe, et il y a loin de Heidelberg à Bluthaupt!

— Surtout à pied! murmura le malheureux Goëtz qui venait de perdre l'argent des chevaux de poste.

Otto se leva et offrit la main à ses compagnons. Au moment où il ouvrait la bouche pour prendre congé, on frappa doucement à la porte extérieure de la taverne.

Toutes les conversations prirent fin aussitôt; il se fit dans la salle un silence absolu.

— C'est quelqu'un qui ne connaît pas le secret! murmura le poëte dont le visage exprima une subite inquiétude.

Les trois bâtards s'étaient levés, et avaient rabattu sur leurs yeux leurs larges chapeaux de voyage.

Maître Elias Kopp tremblait devant son comptoir.

On frappa une seconde fois.

Les groupes s'agitèrent autour des tables, et parmi le murmure soulevé, un mot se fit entendre :

— La police! la police!

Personne ne prononça une parole de plus; mais dix ou douze étudiants s'élancèrent à la fois vers le *Magasin de l'Honneur*, et firent glisser sur sa tringle le rideau brun, qui mit à nu les longues épées de duel.

CHAPITRE X

L'AUMONE

Le maître de l'*Arbre verdoyant* n'attendit pas que l'on frappât une troisième fois pour quitter son tabouret de vieux cuir et son petit comptoir. Il se rapprocha des groupes agités et menaçants.

— Messieurs, dit-il, les privilèges de l'université avant tout : c'est là une chose évidente. Mais si c'est la police, on va jeter bas la porte après la troisième sommation. Je crois qu'il vaudrait mieux ouvrir et parlementer.

— Ouvrez et parlementez, maître Kopp, répondit le poëte Dietrich. N'oubliez pas de leur dire, surtout, qu'il y a ici de quoi trouer leurs habits et fendre leurs crânes.

Dietrich brandissait un long schlœger, qu'il avait pris derrière le rideau.

Otto et ses deux frères étaient sans armes.

L'arbiter elegantiarum, profitant de la permission donnée, se dirigea vers la porte en méditant une harangue conciliatrice.

Un groupe serré d'étudiants marchait derrière lui, tout prêt à opposer la force à la force. Dietrich et Michaël étaient les chefs de cette armée résolue, qui dut garder sa vaillance pour une occasion meilleure.

La porte qui s'ouvrit ne montra rien, en effet, qui pût motiver le déploiement de la puissance universitaire. Il n'y avait là ni uniformes autrichiens, ni néfastes visages d'agents prussiens ou bavarois. Il n'y avait qu'un pauvre garçon, portant une livrée rouge, que la neige avait blanchie des pieds à la tête.

A cette vue, maître Elias Kopp retrouva soudainement sa fierté oubliée.

— Que voulez-vous? dit-il avec rudesse.

— Je cherche les trois fils du comte Ulrich de Bluthaupt, répondit le nouveau venu, qui attachait son cheval aux barreaux de l'une des fenêtres.

— Il y a du temps que ceux-là ont quitté Heidelberg! s'écria maître Kopp, et s'ils courent encore depuis qu'on les a vus à l'*Arbre verdoyant*, vous aurez de la peine à les rejoindre, mon brave!

Otto, qui était resté à l'autre bout de la salle, n'entendait point cette conversation.

— Quelque rouerie d'espion! grommela Dietrich.

— Fermez la porte, Elias! ajouta Michaël.

Maître Kopp se mit en devoir d'obéir, mais le valet, qui était robuste, repoussa aisément l'*arbiter elegantiarum*, et fit un ou deux pas en dedans du seuil.

— Vous n'aurez pas besoin de vos épées contre moi, mes jeunes maîtres, dit-il; je suis sans armes, et les fils du comte Ulrich paieraient bien cher le message que je porte.

— Je connais cette voix! dit Goëtz qui était le plus rapproché des trois frères.

Le nouveau venu tourna vivement la tête de son côté et distingua son manteau rouge à travers le nuage de fumée.

— Ils sont ici! s'écria-t-il, que Dieu soit loué! Jeunes gens, laissez-moi approcher des fils de mon maître. Je leur apporte un message où il s'agit de vie et de mort!

Le poëte et ses compagnons hésitaient encore, nourris qu'ils étaient dans la défiance des ruses de la police; mais les trois frères qui avaient reconnu la voix de Klaus, le chasseur de Bluthaupt, s'élancèrent à la fois et l'entourèrent.

— Tu viens du schloss? demanda Otto.

Le chasseur, au lieu de répondre, tira de son sein une lettre qu'il lui remit.

Otto l'ouvrit précipitamment. Sa main tremblait et il y avait comme un voile au-devant de sa vue.

Les *camarades*, obéissant à un sentiment de discrétion qui est dans le caractère allemand, s'étaient éloignés et avaient repris, pour la plupart, leurs places autour des tables.

Les trois frères étaient restés seuls auprès de la porte avec le chasseur Klaus.

— C'est de notre sœur, dit Otto à voix basse, en dépliant la lettre, et cet homme dit qu'il s'agit de vie et de mort!

Albert et Goëtz se serraient à ses côtés pour tâcher de lire en même temps que lui.

La lettre ne contenait que trois ou quatre lignes.

« Mes frères bien-aimés, avait écrit la pauvre Margarethe, si Dieu permet que vous receviez à temps mon message, je vous prie de venir à mon secours. Les gens qui m'entourent et qui me faisaient peur autrefois me font horreur aujourd'hui. Ils ont parlé tandis qu'ils me croyaient endormie : ce sont les assassins de notre père et je crois qu'ils veulent me tuer! »

Albert et Goëtz poussèrent un cri d'angoisse. Otto demeura comme foudroyé.

— Ils veulent la tuer! répéta-t-il sans savoir qu'il parlait; la tuer! comme ils ont tué notre père!

— Elle est déjà bien changée, dit Klaus, et si vous ne l'avez point vue depuis le temps où elle souriait, si heureuse et si belle, dans le château du comte Ulrich, vous aurez peine à la reconnaître. Mais hâtez-vous, au nom de Dieu, car la route est longue et le temps presse!

Otto tressaillit comme au sortir d'un sommeil.

— Goëtz, dit-il, demandez des chevaux.

Goëtz demeura immobile.

— Des chevaux! des chevaux! répéta Otto; chaque minute vaut une heure.

Le visage de Goëtz, si insouciant naguère, exprimait à présent une angoisse profonde.

— Je suis un misérable, indigne de pardon! murmura-t-il avec désespoir; ne m'avez-vous pas entendu? Je vous l'ai dit pourtant. J'ai perdu notre dernière pièce d'or.

Otto le regarda d'un air affolé. Il semblait ne pas comprendre. Il fouilla dans ses poches. Albert fit de même.

— Rien! dirent-ils à la fois.

Les bras de Goëtz étaient tombés le long de ses flancs. Il demeurait atterré sous le poids du malheur dont il était la cause.

Otto baissait la tête; ses sourcils étaient froncés violemment.

Tout à coup il se redressa; son œil brillait d'un éclat hautain et sa joue était couverte de rougeur.

— Choisissez des épées, mes frères, dit-il; prenez-les aiguës et tranchantes, car nous allons partir pour le château de Bluthaupt.

— Vous avez de l'argent? s'écria Goëtz.

Otto ne répondit point. Il ôta son grand feutre de voyage et s'avança, tête nue, vers la table voisine, où les camarades avaient repris le cours de leurs libations.

Il levait haut son front, qui était pourpre. On devinait des éclairs de fierté combattue à travers sa paupière baissée. La victoire qu'il remportait sur son jeune orgueil mettait une auréole autour de sa beauté.

Il s'arrêta, droit et grave devant la première table.

— Notre sœur est en danger de mort, dit-il en tendant son chapeau, et nous n'avons pas d'argent pour nous rendre auprès d'elle.

Goëtz se couvrit le visage de ses mains. Albert avait des larmes dans les yeux.

Les *camarades*, émus et surpris, vidèrent leurs pauvres bourses dans le chapeau du noble mendiant.

Puis ils lui tendirent leurs mains, qu'il serra en disant : Merci!

A mesure qu'il parcourait la salle, accomplissant son œuvre de piété fraternelle, le rouge de son front faisait place à la pâleur. Il souffrait; car s'il y avait un vice au fond de cette nature généreuse et forte, c'était un excès de fierté.

Et l'épreuve était bien longue! Chacun donnait; mais les offrandes des *camarades* indigents s'ajoutaient les unes aux autres, sans compléter la somme nécessaire. Quand Otto eut fini le tour de la salle, il se laissa choir épuisé sur un tabouret et nul n'entendit le dernier merci que murmura sa voix étouffée.

Mais quelques minutes après les trois frères couraient au grand galop sur la route de Bluthaupt.

La neige blanchissait le drap écarlate de leurs manteaux; chacun d'eux avait passé à sa ceinture une de ces longues épées pendues naguère dans le *Magasin de l'Honneur*.

Ils allaient le cœur oppressé la tête ardente; leurs éperons s'enfonçaient dans les flancs de leurs chevaux; ils n'échangeaient pas une parole.

Le bruit du galop de leurs montures s'étouffait sur la neige nouvelle. Leurs chevaux bondissaient, enragés par la douleur. Ils allaient, précipitant leur course furieuse et glissant dans la nuit comme un muet tourbillon.

De Heidelberg au château de Bluthaupt, il y a seize à dix-huit lieues de France, par la traverse qui mène à Esselberg et à Carlstadt. Cette route, dans toute sa longueur, ne rencontre que le bureau de poste de Miltenberg. La nuit touchait à sa fin, lorsque les trois frères, rendus de lassitude et poussant leurs montures harassées, entrèrent dans le pays montueux et sauvage qui formait comme le noyau de l'ancien domaine de Bluthaupt.

La neige ne tombait plus; mais une nappe éclatante s'étendait sur la campagne à perte de vue. Le ciel avait déchiré son manteau de nuages lourds, et montrait à l'occident la lune agrandie qui se couchait dans un lit de vapeurs roussâtres.

Otto marchait le premier. Il excitait son cheval fatigué et frappait de la main et des éperons. Jusqu'alors sa monture avait gardé un trot convulsif et saccadé que ne pouvaient point suivre les chevaux d'Albert et de Goëtz.

Il y avait un espace assez large entre les trois frères. Mais tout à coup le cheval d'Otto refusa d'avancer et se planta court sur ses jarrets roidis.

Ni la cravache ni les éperons ne purent vaincre cette obstination soudaine.

Otto regarda devant lui.

La route ne présentait aucun obstacle apparent. Seulement, aux pieds mêmes du cheval, la neige soulevée formait un imperceptible mamelon.

Otto tourna la tête de tous côtés pour s'orienter et savoir quelle distance le séparait désormais du schloss.

La route passait au pied d'une montagne dont le flanc nu s'était ouvert à cet endroit même et gardait la trace d'un large éboulement. A droite, le vallon cultivé étendait au loin sa surface blanchâtre; à gauche, la rampe se dressait à pic et montrait à son sommet, immédiatement au-dessus de l'éboulement, une sorte de pont suspendu, chargé d'un rang de hauts mélèzes.

Entre ce pont et la montagne, l'orifice du trou laissait voir le ciel.

L'aspect de ce lieu était trop frappant pour qu'on pût l'oublier, après l'avoir vu seulement une fois.

Otto reconnut la Hœlle,—l'enfer de Bluthaupt.

Il mit pied à terre, pensant que son cheval était effrayé par quelque éboulement récent. Ses frères, qui arrivèrent à ce moment, l'imitèrent.

Ils s'approchèrent tous les trois de l'endroit où le niveau de la neige s'exhaussait légèrement et formait comme un petit monticule en travers de la route.

Otto se pencha et plongea sa main dans la neige molle.

Il se releva vivement.

— Il y a là un homme mort! dit-il.

— Que Dieu ait son âme! répliqua Goëtz. Tirons nos chevaux par la bride et poursuivons notre route.

Otto savait bien qu'il n'était pas temps de s'arrêter; mais une force inconnue clouait ses pieds au sol.

— Allez, dit-il, mon cheval est plus fort que les vôtres, et j'aurai bientôt regagné l'avance que vous prendrez.

— Notre sœur nous attend! murmura Albert.

Otto s'agenouilla sans répondre et balaya la neige avec ses mains.

Les deux autres frères se remirent en selle et continuèrent leur route.

La neige recouvrait, en effet, le cadavre d'un homme vêtu d'un manteau de voyage. Il était couché en travers de la route, et sa tête renversée reposait sur les flancs d'un cheval, mort également.

Otto souleva le manteau de l'inconnu et tâta sa poitrine, qui était froide. Il avait cessé de vivre depuis plusieurs heures sans doute.

Otto fit un mouvement pour se relever et rejoindre ses frères; mais on entendait encore le pas assourdi de leurs montures, qui avançaient bien lentement.

Otto voulut voir le visage de l'inconnu.

La lune envoyait obliquement ses derniers rayons qui, répercutés par la neige, donnaient une lumière assez intense.

Otto, penché au-dessus du visage du mort, reconnut ses traits sans doute, car il demeura comme pétrifié.

Au bout de quelques minutes, et alors que le bruit de la marche de ses frères avait cessé complétement de se faire entendre, il mit ses deux mains sur son front plus pâle que celui du cadavre. Deux larmes silencieuses roulèrent lentement le long de sa joue.

L'inconnu serrait en ses doigts roidis un médaillon renfermant des cheveux d'enfant tressés autour d'un portrait de femme.

Otto passa autour de son cou la chaîne qui soutenait ce médaillon.

Puis il fouilla dans la poche du mort, qui renfermait un portefeuille et quelques papiers; il serra le tout dans son sein.

Puis encore il joignit ses mains et déposa

sur le front du cadavre un baiser de fils respectueux.

— Hélène est veuve! murmura-t-il en remontant à cheval. Hélène et Margarethe, mes deux pauvres sœurs!

Tout en pressant le trot étouffé de son cheval, il se retourna plusieurs fois vers le fond de la Hœlle, où les restes du vicomte Raymond d'Audemer se confondirent bientôt avec la neige remuée.

CHAPITRE XI

L'AME DE BLUTHAUPT

Albert et Goëtz atteignaient l'extrémité de l'avenue de Bluthaupt lorsque Otto les rejoignit.

Au lieu de suivre la grande allée, qui montait par une pente douce et régulière jusqu'au château, les trois frères tournèrent à gauche et traversèrent l'ancien village, dont les ruines éparses se confondaient maintenant avec le gazon, sous le froid linceul qui couvrait toute la campagne voisine.

Le schloss leur apparut bientôt avec sa lourde ceinture de murailles, que surmontaient les toits aigus et confusément groupés de ses donjons. Ils y arrivaient par derrière, et d'un côté qui ne présentait aucun accès praticable.

Pour gagner cette porte antique par où s'étaient introduits Mosès, Regnault et le Magyare, il fallait faire tout le tour des douves.

Cette partie des remparts était basse et masquait à peine le rez-de-chaussée des bâtiments intérieurs. Les murs, bâtis sur le roc nu, et dominant à pic un ravin profond, n'ajoutaient rien ici à la force de la vieille citadelle; la nature s'était chargée de la défendre contre toute approche hostile, et les massifs bastions, élevés sur les trois autres faces par la main de l'homme, étaient des jeux d'enfants auprès de ce gigantesque rempart, qui se dressait à deux cents pieds du sol, et défiait aussi bien la sape que l'échelle.

Ce fut pourtant vers cette partie des murailles que les trois fils du comte Ulrich se dirigèrent sans hésiter. Ils s'engagèrent dans les broussailles qui croissaient au flanc du ravin.

Arrivés au pied du roc, ils attachèrent leurs montures à des troncs de chênes de marais qui croisaient, au fond de ce trou, leurs branches chétives, et commencèrent à gravir la rampe pierreuse en s'aidant des pieds et des mains.

Nul œil n'était ouvert sur leur ascension nocturne, et si quelque passant avait contemplé, des bords du ravin, ces trois hommes suspendus au-dessus du vide, il les aurait regardés sans doute comme des insensés; ou bien encore il eût songé avec terreur aux bizarres légendes qui couraient sur la maison de Bluthaupt.

Après un quart d'heure d'efforts, les trois frères atteignirent un endroit où le roc surplombait.

A moins d'avoir des ailes, il était matériellement impossible d'aller au delà.

Ils s'arrêtèrent d'un commun accord, mais ils ne redescendirent point.

Otto disparut tout à coup, sans qu'on eût pu dire par où. Puis Albert. Puis Goëtz.

La rampe et le ravin devinrent solitaires.

A l'intérieur du château de Bluthaupt, dans la chambre de la comtesse Margarethe, la nuit s'était écoulée lugubre et morne.

Hans et Gertraud étaient seuls désormais à écouter les cris de douleur de la jeune femme. Le comte Gunther dormait, ramassé dans son grand fauteuil. Le docteur José Mira, les pieds sur les chenets et le front entre ses mains, semblait absorbé par une méditation laborieuse.

Il ne se donnait plus la peine de répondre aux gémissements de l'accouchée, qui implorait Dieu d'une voix mourante, comme si elle n'eût rien espéré désormais de la pitié des hommes.

Le vent, étouffé par la neige, laissait muettes depuis longtemps les cordes colossales des harpes éoliennes.

Tout se taisait au dehors.

A de longs intervalles, le carillon enroué du beffroi s'éveillait et jetait tristement sa monotone musique. Les heures tombaient lentes, et laissaient de longues vibrations dans l'air.

Le joyeux souper de l'intendant Zachœus avait pris fin. Vers trois heures après minuit, il quitta ses convives bien repus, et revint avec Van Praët dans la chambre de la comtesse.

— Hans Dorn, mon ami, dit-il au page qui veillait toujours en compagnie de Gertraud, allez vous reposer.

Hans voulut résister, parce qu'il voyait Gertraud pâlir et trembler à la pensée de rester seule; mais l'intendant lui montra la porte d'un geste impérieux. Hans fut obligé d'obéir.

Les cris de la jeune femme s'élevaient en ce moment plus fréquents et plus forts. L'heure de la délivrance approchait.

Le docteur, qui n'avait point abandonné sa place auprès du foyer, jeta vers Gertraud un regard de défiance.

— Et cette petite fille? dit-il en s'adressant à Nesmer.

L'intendant regarda Gertraud à son tour, puis il secoua la tête en fronçant le sourcil.

— Sa charge la retient ici, murmura-t-il; on ne peut la renvoyer en un pareil moment sans s'exposer à mettre en émoi d'avance toute la livrée de Bluthaupt!

— Gardons-la, opina Van Praët; elle ne nous gêne pas encore, et si elle nous gêne...

Il n'achevá pas; mais ses compagnons étaient habitués depuis longtemps à interpréter son débonnaire sourire.

Ils firent tous deux un signe d'assentiment.

La jeune fille se rapetissait dans l'embrasure de la fenêtre et tâchait de deviner leurs paroles aux mouvements de leurs lèvres. Le cœur lui manquait. Elle pressentait vaguement quelque horrible malheur.

José Mira s'approcha du lit de la comtesse, et jugea à propos de remplir son office de médecin.

Il était temps, faut-il croire, car aussitôt qu'il eut examiné la malade, il se tourna précipitamment vers ses associés.

— Réveillez M. le comte! dit-il.

Van Praët secoua doucement le vieillard, qui ouvrit les yeux à demi.

— J'ai froid! murmura-t-il. Ah! c'est vous, Fabricius? Avons-nous fait de l'or?

Le Hollandais cligna de l'œil d'une façon toute réjouie.

— L'or se mitonne, répliqua-t-il; si vous ne le voyez pas avant deux heures d'ici, je vous jure bien que vous ne le verrez jamais!

Gunther referma les yeux sur cette douce espérance; mais Zachœus vint le secouer de l'autre côté.

— Allons, comte, lui dit-il, ce n'est pas seulement de l'or que nous attendons cette nuit. Levez-vous bien vite, et venez voir l'héritier de Bluthaupt!

Gunther fit un effort pour se soulever; mais, dès qu'il fut sur ses jambes, sa gorge râla, et ses yeux battirent, aveuglés.

— Oh! oh! murmura-t-il en retombant

BIBLIOTHÈQUE NATIONALE

Ils tenaient à la main des schlœgers nus. (Page 76, col. 1.)

sur son fauteuil, l'or et l'enfant! Je crois que je vais mourir de joie!

Sa main tremblante saisit le gobelet posé au-dessus de lui.

— Je suis bien faible, reprit-il d'une voix à peine intelligible; jamais je ne m'étais vu si faible! Mon sang, refroidi, s'arrête dans mes veines. Un peu de vie, docteur! La mort m'approche de bien près, quand je suis si longtemps sans boire de votre breuvage.

Il tendit le gobelet, qui remuait dans sa main amollie.

— Versez à boire, meinherr Van Praët, répondit de loin le docteur. Je ne puis quitter madame la comtesse.

Le Hollandais prit l'anse du vase où chauffait l'élixir de vie; il en versa une double dose dans le gobelet.

Le comte but avidement, comme toujours. Tout ce qui lui resta de sang vint à sa joue, qui s'empourpra.

— La dose était trop forte! murmura Nesmer.

— Bah! répliqua le Hollandais; ce qui est bon ne fait jamais de mal!

Gunther se leva galvanisé. Il put gagner sans secours le lit de la comtesse, dont les rideaux retombèrent sur lui.

A ce moment, Margarethe poussa un cri plus aigu.

— C'est un fils! dit Mira sous les rideaux.

— Un fils! un fils! un fils! répéta le vieux Gunther avec folie. Tirez ces rideaux! ouvrez toutes les portes! allumez tous les candélabres! Faites venir tous mes vassaux jusqu'au dernier, pour qu'ils saluent à genoux l'héritier de Bluthaupt!

Nesmer et Van Praët obéirent à la première de ces injonctions. Les lourdes draperies glissèrent sur leurs tringles dorées. On vit, à la lueur des deux lampes, Margarethe blanche comme une statue d'albâtre, renversée sur son lit.

Elle ne criait plus, elle ne bougeait plus.

Le docteur portugais tenait entre ses bras un enfant du sexe masculin.

L'espoir revenait au cœur de Gertraud, qui regardait de loin le fils de sa maîtresse chérie, et qui remerciait Dieu.

Nesmer et Van Praët allèrent chercher le berceau paré de gaze et de guirlandes.

— Un fils! un fils! répétait le vieux Gunther qui redevenait pâle, et dont le corps débile commençait à trembler. Il s'appellera Gunther, comme moi. Ce nom porte bonheur!

Ses jambes fléchirent sous lui, et il se retint à l'une des colonnes du lit.

Le docteur le couvait d'un regard fixe et attentif.

Zachœus et Van Praët, sur un geste de José Mira, portèrent également leurs yeux sur le vieillard dont le visage se décomposait rapidement.

— Vous voyez bien que la dose était bonne! murmura le Hollandais avec son placide sourire.

— Qui donc se met entre moi et mon fils? reprit en ce moment le vieux Bluthaupt dont les yeux s'aveuglaient; laissez-moi voir l'enfant de ma douce Margarethe! La voilà qui ne souffre plus. Comme elle est belle et que son repos est tranquille!

Le docteur entoura l'enfant de ses langes, et le déposa dans le berceau.

Gertraud, qui avait repris courage, s'était approchée doucement, à l'insu de tout le monde. Elle n'était séparée de Margarethe que par le docteur Mira, qui regardait toujours le vieux Bluthaup avec ses yeux fixes et sombres.

Gunther semblait s'affaisser sous ce regard. Ses lèvres décolorées remuaient en rendant des sons confus. Sa prunelle se perdait dans le blanc agrandi de ses yeux.

— Il n'en a pas pour deux minutes! murmura le docteur.

Gertraud l'entendit et se retira terrifiée.

Le vieillard chancelait et murmurait:

— De l'or et un fils! La belle nuit pour le sang de Bluthaupt!

Sa main lâcha la colonne, et il tomba pesamment sur le plancher qui retentit.

Gertraud s'élança pour le secourir; elle ne trouva qu'une masse inerte et sans vie. Alors une pensée rapide comme l'éclair traversa l'esprit de la jeune fille. Avant que les trois associés eussent songé à la retenir, elle se releva d'un bond et se pencha au-dessus de sa maîtresse immobile.

— Morte! s'écria-t-elle en se jetant en arrière, morts tous les deux!

Elle ouvrait la bouche pour crier au secours, lorsque l'intendant, qui avait fait le tour du lit, la saisit rudement à bras-le-corps.

Van Praët lui serra un mouchoir sur la bouche, pendant que Mira lui liait les pieds et les mains.

On la jeta ainsi dans l'embrasure où elle s'asseyait naguère auprès de Hans.

Puis les trois associés revinrent auprès de la cheminée.

— Le comte est mort de vieillesse, dit Mira ; la comtesse est morte en couches. Jusqu'ici rien de mieux ! Il nous reste cette jeune fille et l'enfant.

— Quand à la jeune fille, répliqua Nesmer, qui prendra souci de la disparition d'une servante ?

Gertraud entendait, plus morte que vive ; elle ne faisait pas même d'efforts pour détacher ses liens.

— Et l'enfant ? répéta le docteur qui renversa dans les cendres le reste du breuvage de vie et lava soigneusement le vase.

— L'enfant pourrait n'être pas né viable, insinua le bon Fabricius Van Praët.

— Et si nous le laissons vivre, ajouta l'intendant, à quoi nous servira ce que nous avons fait ?

Le docteur hocha la tête. Pendant qu'il se préparait à répondre, on entendit un bruit faible dans l'oratoire de la comtesse.

Les trois associés tressaillirent.

Gertraud ouvrit de grands yeux et retint son souffle, parce qu'elle pensait aux Trois Hommes Rouges qui apparaissent dans la maison de Bluthaupt chaque fois qu'il y a une mort ou une naissance.

Il y avait une naissance et deux morts.

— Avez-vous entendu ? murmura l'intendant.

Van Praët et Mira firent en silence un signe d'affirmation.

Le crime était impuissant à les émouvoir, mais maintenant ils tremblaient.

Zachœus, qui était Allemand, pensait aux châtiments surnaturels. Le Hollandais et le docteur ne songeaient qu'aux choses de la terre, mais leur frayeur n'était pas moindre.

Le bruit avait cessé.

— Si vous m'en croyez, reprit Mira d'une voix plus basse, nous irons chercher nos trois compagnons. Regnault est parfois homme de bon conseil, et, en cas de péril, Yanos le Magyare est brave.

Zachœus et Van Praët accueillirent cette ouverture avec une évidente satisfaction. Les trois associés se dirigèrent aussitôt vers la porte principale.

Ils sortirent, laissant Gertraud bâillonnée dans l'embrasure de la croisée et l'enfant qui vagissait faiblement dans son berceau.

Leurs craintes étaient éveillées par ce bruit mystérieux qu'ils avaient entendu derrière le chevet du lit de la comtesse. Aucun d'eux n'avait le cœur désormais de rester seul sur le lieu du double crime.

A peine avaient-ils franchi le seuil, que le bruit se fit entendre de nouveau dans l'oratoire.

La pauvre Gertraud donna son âme à Dieu, car elle pensait mourir dans cette nuit terrible.

Au bout de dix minutes, Zachœus, le docteur et Van Praët revinrent avec leurs trois associés. On ouït dans le corridor la voix du Magyare Yanos, qui parlait de sabres dégaînés et de têtes fendues.

Ce fut Zachœus qui franchit le seuil le premier. A peine eut-il fait un pas dans la chambre qu'il poussa un cri de terreur.

— Les Trois Hommes Rouges !!! dit-il en cherchant un abri derrière ses compagnons.

Ceux-ci s'arrêtèrent eux-mêmes épouvantés.

Devant le berceau de l'enfant, il y avait trois hommes, vêtus de longs manteaux écarlates. Leurs visages disparaissaient sous les bords rabattus de leurs feutres.

Ils tenaient à la main des schlœgers nus, dont les lames brillantes renvoyaient en étincelles la lumière voilée des lampes.

C'était la vision de Gertraud.

Le Magyare arrivait le dernier, mais sa haute taille lui permettait de voir par-dessus les têtes de ses compagnons. Il était encore à moitié ivre.

En apercevant trois hommes armés, il poussa un rugissement de joie.

— Faites-moi place! s'écria-t-il; le poison est à vous, mais les épées sont à moi! Arrière!

Il se fraya une route à travers le rang silencieux de ses compagnons et s'élança au milieu de la chambre, le sabre à la main.

L'un des Hommes Rouges quitta le berceau, et fit un pas au-devant de lui. Avant de croiser le fer, il jeta son feutre derrière lui et découvrit un noble visage d'adolescent, pâli par la tristesse.

Le Magyare, au lieu de frapper, mit sa main au-devant de ses yeux soudainement éblouis; son visage enflammé devint livide et ses doigts transis laissèrent échapper le sabre qui tomba sur le plancher. C'était pour lui comme une vision terrible. Il recula chancelant et vaincu.

— Ulrich! s'écria-t-il d'une voix étranglée. C'est le comte Ulrich qui est sorti de son tombeau!

Au jour, les gens de Bluthaupt pénétrèrent dans la chambre de la comtesse Margarethe.

Quelques-uns d'entre eux affirmaient avoir entendu dans la nuit les vagissements d'un enfant nouveau-né.

Ils trouvèrent le corps du vieux comte couché sur le carreau; celui de la comtesse Margarethe était étendu sur son lit. Son doux visage, encadré par les boucles de ses beaux cheveux blonds, semblait encore sourire. Sa bouche restait entr'ouverte, comme si le dernier sommeil l'eût surprise au moment où elle murmurait une prière.

Le berceau paré de dentelles et de fleurs avait disparu, ainsi que la jeune suivante Gertraud.

Ce même jour, le page Hans quitta le schloss pour n'y plus revenir.

Il fut constaté légalement que Gunther de Bluthaupt et sa femme étaient morts de mort naturelle. Le docteur José Mira prêta l'appui de sa science pour rédiger comme il faut le procès-verbal. Zachœus Nesmer, Van Praët, maître Blasius et les principaux serviteurs du château y apposèrent leurs signatures.

Mais la plupart des vassaux demeurèrent persuadés que la main de Satan avait causé ce double trépas. La preuve, c'est qu'il ne restait point de traces de l'enfant: le diable avait emporté son fils...

Quand la nuit vint envelopper de nouveau les gothiques constructions du schloss, bien des yeux se tournèrent vers le haut sommet de la tour du Guet. Nulle lumière ne brillait plus à l'étroite croisée du laboratoire.

L'*âme de Bluthaupt* s'était éteinte le 1er novembre 1824, durant la nuit de la Toussaint.

FIN DU PROLOGUE

INTRODUCTION

LA PRISON DE FRANCFORT

I

C'était au mois de février de l'année 1844. Dix-neuf ans s'étaient écoulés depuis les événements racontés au prologue de cette histoire.

Francfort avait agrandi ses quartiers neufs et multiplié les bouquets de fleurs qui lui font une brillante ceinture. Ses banquiers remuaient toujours l'or à millions et mettaient l'Allemagne en loterie. Francfort était fière de plus en plus de sa qualité de ville libre, gardée par des soldats de l'Autriche et logeant des caporaux prussiens dans son antique Saalhof, le palais des gloires carlovingiennes.

Depuis vingt ans, la vieille cité s'était rajeunie et requinquée. On avait mis de nouvelles couches de bleu et de jaune aux façades peintes de ses maisons. Les quartiers les plus éloignés du centre opulent et noble avaient eu leur part d'amélioration ; la propreté gagnait : les abords flamands du Rœmer ne faisaient plus honte aux coquettes prétentions du Wolgraben.

Seule la sombre Judengasse gardait son repoussant aspect ; ses maisons, plus vieilles, inclinaient davantage leurs façades menaçantes. D'autre fange était venue se joindre à la fange séculaire du ruisseau ; les toitures rapprochées s'embrassaient plus étroitement au travers de la rue : le jour était plus terne, l'air plus pesant ; le temps avait résolu ce problème difficile de rendre plus hideuse encore la décrépitude du quartier juif.

Il ressemblait à quelqu'un de ces gueux, chargés d'infirmités, qui abritent leurs haillons sous l'ombre d'un portail en ruines et qui mettent en déroute la charité elle-même par le luxe offrayant de leur misère. Ici le mendiant millionnaire et cynique étalait ses souillures avec une sorte d'orgueil. Il montrait sans vergogne les mystères honteux de sa nudité et chancelait dans sa boue, comme un vieillard ivre qui a perdu jusqu'à la pudeur.

Dans les passages obscurs qui avoisinent la Judengasse, c'était toujours le même mouvement silencieux et affairé. Vous y eussiez rencontré, avec quelques trous de plus, les manteaux usés déjà vingt ans auparavant.

Vous eussiez reconnu sur la tête des fils économes ces bonnets de fourrure pelée que les pères tenaient de leurs aïeux.

Quelques noms seulement avaient changé aux devantures des maisons. Lévi, le fripier, était devenu prince ; les fils de Roboam, le vendeur de vieux clous, avaient épousé des duchesses ; d'autres étaient on ne savait où ; on disait vaguement que le prêteur Mosès Geld tenait à Paris ou à Londres un comptoir vingt fois millionnaire.

A la porte de la petite maison qu'il habitait jadis, il y avait toujours une vieille paire de bottes, une longue-vue en parchemin et un chenet dépareillé. Son successeur suivait ses traces et grimpait tout doucement cette mystérieuse échelle de Jacob, dont les bas degrés sont de bois vermoulus, mais dont les hautes marches sont d'or.

Des profondeurs de la Judengasse, on entendait les cloches sonner à grande volée à la cathédrale, à Saint-Léonhard et à Notre-Dame. Le tintement de ces cloches réveillait des souvenirs dans le quartier juif et faisait causer entre eux quelques vieux marchands, anciens compagnons du prêteur Geld. Ces cloches sonnaient, en effet, en l'honneur du patricien Zachœus Nesmer, un des plus riches banquiers de la ville, qui était mort, à douze mois de là, un schlœger dans la poitrine.

On solennisait dans les églises de Francfort l'anniversaire de ce décès.

La fortune de Zachœus Nesmer s'était faite autrefois rapidement, et plus d'un vieux juif se souvenait de l'avoir vu venir souvent dans un équipage plus que modeste chez le prêteur Mosès Geld.

En ce temps-là, la pauvre maison de Mosès recevait aussi la visite de quatre ou cinq personnages qui étaient devenus, suivant la croyance commune, des hommes d'importance en d'autres pays.

On se souvenait d'un jeune Français, appelé M. de Regnault, de Van Praët le Hollandais, et de José Mira, l'ancien médecin en titre de la maison de Bluthaupt.

Une remarque était à faire, c'est que tous ces gens étaient devenus riches à peu près en même temps, et que, cependant Mosès Geld avait acheté tout seul, à fonds perdus, les grands biens du comte Gunther dans le Wurtzbourg.

Les épilogueurs de la Judengasse s'étaient posés à cet égard, depuis vingt ans, d'innombrables questions. Ce qui était certain, c'est que, sur les six personnages devenus riches ainsi tous à la fois, cinq avaient quitté successivement l'Allemagne. Des bruits couraient à ce sujet; on disait que, depuis la mort du dernier comte de Bluthaupt, ils étaient en butte à une guerre mystérieuse et acharnée. La plupart d'entre eux, en diverses occasions, avaient risqué de perdre la vie, et leur éloignement était une fuite véritable.

On savait vaguement que leurs adversaires étaient les trois bâtards de Bluthaupt, qui n'avaient pas récolté un ducat de l'immense héritage de leur famille.

Au premier aspect, c'étaient là des ennemis peu redoutables. Ils étaient proscrits, depuis des années, par les gouvernements de la Confédération germanique, et ne pouvaient point se montrer à découvert.

Cette proscription, qui datait de si longtemps, avait été maintenue, grâce au crédit de Zachœus Nesmer et de ses associés.

Mais les trois bâtards avaient su éluder bien des fois l'ostracisme qui pesait sur eux. Ils étaient plus souvent en Allemagne qu'ailleurs. Dans toutes les villes, sur leur passage, quelque porte hospitalière s'ouvrait pour leur donner asile et les cacher aux yeux trompés de la police.

C'étaient trois hommes résolus et forts; leurs ennemis, puissants qu'ils étaient, avaient éprouvé l'insuffisance des protections légales.

Zachœus Nesmer seul s'était obstiné à rester en Allemagne, et on l'avait trouvé, un beau jour, percé d'un coup d'épée, sur les bords du Mein, à cinquante pas du corps de garde autrichien.

Parmi les circonstances bizarres de cette lutte, qui avait amené la mort d'un personnage aussi considérable que le patricien Nesmer, on remarquait celle-ci :

Les trois bâtards avaient su toujours se tenir à distance de leurs adversaires. Aucun de ces derniers ne les connaissait personnellement. On affirmait même que le patricien Zachœus était allé jusqu'à donner sa confiance à l'aîné des bâtards, qui, sous un nom d'emprunt, avait été longtemps chargé du principal emploi dans sa maison de commerce, et qui avait pénétré ses plus intimes secrets.

Quoi qu'il en soit, ce meurtre n'était point resté longtemps impuni. Malgré leur adresse consommée, les fils d'Ulrich avaient donné dans un piége de la police, qui les tenait sous clef dans la prison de Francfort. Comme il n'y avait point contre eux de preuves positives, les tribunaux retardaient de jour en jour leur jugement, et l'opinion générale était que leur captivité préventive devait indéfiniment se prolonger.

Tout le monde accordait hautement ses regrets à la triste fin du patricien Nesmer; mais une sorte d'intérêt mystérieux s'attachait aux trois déshérités, qui étaient beaux et braves, et dont chacun connaissait pour un peu la malheureuse histoire.

On n'aurait pas trouvé peut-être dans tout Francfort un homme qui les eût vus face à face : car, depuis leur plus extrême jeunesse, ils étaient obligés de s'entourer de précautions infinies et de fuir tous les regards; mais il y avait les ouï-dire : on avait entendu sur leur compte d'étranges récits. On savait la longue série de malheurs qui avaient pesé sur leur jeunesse : le comte Ulrich, leur père, victime d'un meurtre impuni; leur sœur Margarethe, morte à vingt ans, pleine d'avenir et de beauté; eux-mêmes enfin, pauvres et sans nom, après avoir espéré la fortune et les titres paternels !

Les anciens vassaux de Rothe parlaient d'eux avec enthousiasme. Les anciens vassaux de Bluthaupt mêlaient la vague connaissance qu'ils avaient d'eux aux mille croyances superstitieuses répandues autour du vieux schloss.

La plupart des tenanciers du comte Gunther s'étaient dispersés quand le château avait changé de maître. Quelques-uns s'étaient établis à Francfort; ils y avaient apporté les rumeurs qui couraient la montagne, autour des antiques murailles de Bluthaupt.

Ils avaient parlé de cette nuit terrible où « l'âme de Bluthaupt » s'était éteinte au sommet de la tour du Guet.

Ils avaient parlé du pacte fait avec Satan, et de l'héritier promis. Quelques-uns même avaient affirmé que l'enfer avait tenu parole, et qu'on verrait quelque jour, en Allemagne, le fils acheté par le vieux Gunther au prix de son salut éternel.

Ces choses plaisent outre mesure aux imaginations allemandes.

Les trois bâtards, qui se ressemblaient, disait-on, de cœur et de visage, n'eussent été par eux-mêmes que des héros de roman.

Mais ils se trouvaient étroitement mêlés aux ténébreuses histoires que chacun racontait sur le schloss antique et ses derniers habitants.

Cela les haussait au grade de héros de légende.

Et les Germains aiment bien mieux cela.

La croyance commune était que le patricien Nesmer avait bien véritablement succombé sous leurs coups; mais ce meurtre admis n'était pas pour tout le monde une raison de les condamner.

Quelques-uns soutenaient qu'il y avait eu combat singulier; d'autres prononçaient le mot de vengeance légitime. Les femmes disaient que de beaux cavaliers comme eux avaient bien pu reprendre leur bien où ils le trouvaient.

Il n'était pas rare de rencontrer de jolies bourgeoises avouant bonnement que si la chose dépendait de leur excellent cœur, les trois bâtards ne resteraient pas longtemps sous les verrous de la Diète.

La nuit tombait sur la ville, sombre et froide. Quelques rares citadins, le nez dans leurs manteaux, passaient en se hâtant sous les murailles grises de la prison de Francfort.

Aux portes du vieil édifice, des sentinelles prussiennes veillaient.

On entendait encore par la ville le son des cloches de la cathédrale de Saint-Léonhard, qui tintaient le glas anniversaire de l'ancien intendant de Bluthaupt.

Les hôtes de la prison étaient rentrés depuis longtemps dans leurs cellules, et le silence n'était plus troublé à l'intérieur que par la marche lente des porte-clefs surveillant les grands corridors.

Les bâtards habitaient trois cellulles contiguës, dont les fenêtres, garnies de forts barreaux de fer, donnaient sur une cour qui n'était séparée de la rue que par la muraille d'enceinte.

Il y avait une sentinelle dans la cour, et maître Blasius, le geôlier en chef de la prison de Francfort, estimait que les barreaux de fer et la hauteur inusitée du mur d'enceinte rendaient parfaitement inutile la promenade ennuyée du soldat autrichien.

Il maintenait ce dernier à son poste uniquement par respect pour le proverbe :

« Excès de précaution ne nuit pas. »

Les bâtards avaient une renommée d'adresse et d'audace qui eût effrayé peut-être un geôlier ordinaire. Depuis vingt ans qu'ils étaient poursuivis pour cause politique, ils avaient été pris déjà bien des fois, mais avaient réussi toujours à s'échapper ; et leur réputation, à cet égard, valait celle du baron de Trenck, fameux dans les vaudevilles. Nonobstant cela, maître Blasius, ex-majordome du schloss de Bluthaupt, dormait sur ses deux oreilles. C'était un homme exact, soigneux, formaliste, et possédant la plus haute idée de ses propres capacités. Le service qu'il avait établi dans la prison était exécuté ponctuellement ; les rondes ordonnées se faisaient à l'heure dite ; le personnel de la prison fonctionnait sous ses ordres comme une machine de la force de vingt ou trente guichetiers.

A part la sécurité qu'il puisait dans les précautions prises et dans le sentiment de sa sagesse supérieure, il lui semblait douteux pour le moins que les fils du comte Ulrich voulussent, en s'évadant, causer de la peine à un ancien serviteur de la famille.

Il les traitait fort bien et leur adoucissait autant qu'il était en lui les ennuis de la captivité. Le jour, ils avaient la permission de se réunir ; un fois l'heure venue où les règlements de la prison exigeaient la solitude, maître Blasius, en bonne âme qu'il était, se faisait une joie de humer quelques verres de vin du Rhin, et de causer, la pipe à la bouche, avec chacun de ses trois captifs, à tour de rôle.

Bien que son ancien seigneur, le comte Gunther, n'eût jamais consenti à reconnaître les fils d'Ulrich pour ses neveux, Blasius les regardait comme étant de la famille, et en usait avec eux très-cordialement.

Autant il était rogue et dur avec ses autres pensionnaires, autant il était miséricordieux et bon avec Otto, Albert et Goëtz. Il avait mangé si longtemps le pain de Bluthaupt !

Ce soir, Otto était le bienheureux. Maître Blasius le favorisait de sa compagnie.

Albert et Goëtz avaient éteint leurs lampes ; ils dormaient sans doute. La cellule d'Otto restait, au contraire, éclairée. Maître Blasius et lui étaient assis auprès d'une petite table supportant une énorme cruche de grès, deux verres et un jeu de cartes.

Maître Blasius fumait comme un Allemand, c'est-à-dire mieux qu'un Turc. Il avait des façons solennelles de couper en quatre ses bouffées et refoulait les cendres dans le vaste fourneau de sa pipe avec une dignité d'empereur.

C'était maintenant un vieillard. Il gardait son apparence robuste, mais ses cheveux avaient blanchi, et sa magnifique gravité d'autrefois tirait un peu sur l'apathie. Il buvait, du reste, aussi roide que jadis. Il était enveloppé chaudement dans une douillette ouatée, et semblait savourer, ce soir-là, mieux encore que de coutume, le confortable de sa position.

La cellule présentait un aspect d'aisance. Les prisons d'Allemagne sont admirables à cet égard.

On se contente là de mettre les gens sous

BIBLIOTHÈQUE NATIONALE

C'était pour lui comme une vision terrible. Il recula chancelant et vaincu. (Page 76, col. 1.)

clef, on ne les étouffe point comme chez nous dans des geôles malsaines.

Le bâtard avait un bon lit entouré de rideaux, un bureau pour écrire et de commodes fauteuils.

Il était vêtu avec une sorte d'élégance bizarre. Comme autrefois, le rouge dominait dans son costume. On eût dit qu'après avoir sacrifié ses droits à porter le nom de son père, il éprouvait une secrète jouissance à se parer encore des couleurs aimées de Bluthaupt.

Il portait une robe de laine écarlate, serrée autour des reins par une corde noire. Sa tête était nue; ses cheveux tombaient comme autrefois en boucles abondantes le long de ses joues.

Les années semblaient avoir glissé sur son front pur et ferme comme le marbre. Ses yeux noirs, pleins de feu, avaient une profonde et mâle intelligence. Il était plus beau qu'en ces jours de sa jeunesse, où nous l'avons vu, l'épée nue à la main, se dresser intrépide devant le bataillon des meurtriers de son père.

En ce moment où sa physionomie était au

repos, il y avait sur ses traits un reflet d'indolence fière ; mais sous cette paresse passagère on devinait la vigueur indomptable et l'irrésistible élan.

C'était le lion fainéant couché dans l'herbe molle et détendant, loin de tout ennemi, le ressort puissant de ses muscles, le lion qui va se dresser frémissant au moindre bruit hostile, et battre ses flancs robustes, et bondir sur sa proie vaincue.

Maître Blasius mêlait avec soin et lenteur le jeu de cartes, qui venait de servir à une partie d'impériale savamment disputée.

— Coupez, Otto, dit-il ; la main est à moi. Je n'aime pas beaucoup les choses qui viennent de France, mais ce coquin de jeu fait exception : j'en suis fou. Je tourne et je marque un point.

Otto ramassa ses douze cartes et se mit en devoir de les aligner entre ses doigts. Sa figure était immobile, et de plus clairvoyants que maître Blasius l'auraient pu croire tout entier à son jeu.

Cependant quelque signe imperceptible trahissait chez lui, çà et là, une sérieuse préoccupation. Il avait des moments d'oubli durant lesquels ses yeux se fixaient tout à coup, inquiets et distraits, dans le vide; son cou se tendait par moments, et sa tête inclinée trahissait l'effort de son oreille attentive.

Lorsque maître Blasius ne disait rien, ce qui était rare, et lorsque le pas du veilleur s'assourdissait sur le pavé lointain du corridor, on entendait un bruit presque insaisissable dans la cellule voisine. Il eût été malaisé de définir la nature de ce bruit, qui se taisait par intervalles pour reprendre bientôt après, mais si faible!

C'était ce bruit qui causait la préoccupation du bâtard.

II

Quant à maître Blasius, ce bruit, qui occupait si fort Otto, ne parvenait point jusqu'à son oreille. Il était tout entier à sa partie d'impériale.

— Cinq cartes! dit-il après avoir interrogé les ressources de son jeu; quarante-sept au point. Cela vaut-il?

— C'est bon, répliqua Otto.

Le geôlier fit glisser un jeton d'ivoire de droite à gauche et but une large lampée de vin du Rhin.

— Un as de plus, et j'avais deux impériales! murmura-t-il en combinant son attaque; ce n'est pas pour vous flatter, meinherr Otto, mais j'aime mieux faire votre partie que celle d'Albert ou de Goëtz. Goëtz ne sait pas s'arrêter avant d'avoir bu un verre ou deux de trop, savez-vous? Albert, lui, ne sait pas boire, et c'est là un autre défaut. En revanche, il a cinq ou six douzaines d'histoires qui roulent sur des aventures de femmes et autres sujets futiles, tandis que vous... Ma foi si vous avez un défaut, c'est d'être trop discret. Quand je pense que vous ne m'avez jamais dit un mot sur ces jolies petites lettres que vous recevez de France.

Otto sourit avec mélancolie.

— Quelle écriture mignonne! reprit maître Blasius, et que de gentillesse on devine dans la main qui l'a tracée! Savez-vous que voilà un grand mois déjà que vous ne lui avez répondu?

Otto baissa les yeux et un sourire passa entre ses lèvres.

— Par exemple, poursuivit le geôlier,

qui balança une carte au-dessus de sa tête, je sais le nom, voyez-vous, parce que je vois vos lettres, ou du moins l'enveloppe, tout aussi bien que les siennes, et vraiment ça dépare une jolie femme de s'appeler madame Batailleur!

Otto gardait toujours le silence.

— Allons! reprit encore maître Blasius, il est évident que le sujet vous fâche. Mon point est en trèfle, meinherr Otto, et j'en joue.

Le bâtard fut une seconde à chercher parmi ses cartes celle qu'il convenait d'abattre. Le bruit mystérieux avait cessé. L'esprit d'Otto était bien loin de la partie.

— Ce qui me plaît dans votre jeu, continua le geôlier en chef, c'est que vous mûrissez vos coups. Un autre que vous eût abattu tout de suite ce dix de trèfle; vous, au contraire, vous y avez mis de la réflexion. Trèfle encore!

Cette fois, Otto fut si longtemps à chercher la carte, que maître Blasius eut le loisir de remplir son verre vide.

Les pas du veilleur, affaiblis par l'éloignement, laissaient entendre un grincement très-léger, semblable au son produit par deux morceaux de fer que l'on eût frottés l'un contre l'autre.

Otto remua son siége et toussa longuement.

— Vous vous enrhumez, dit Blasius : quand on ne boit pas, ces soirées d'hiver sont mauvaises pour la poitrine. S'il vous plaît, fournissez ou coupez; j'ai joué trèfle.

Otto glissa vers lui un regard rapide, comme s'il eût soupçonné de la raillerie derrière ces paroles. Mais le geôlier en chef de Francfort ne raillait jamais.

Otto se remit et revint au jeu. Le coup terminé, maître Blasius, dont la solennelle figure exprimait une satisfaction non équivoque, marqua une impériale et deux points.

Il se frotta tout doucement les mains, pendant qu'Otto mêlait les cartes à son tour.

Otto oublia de faire couper.

— Permettez! s'écria Blasius scandalisé; où diable avez-vous l'esprit, meinherr Otto? des choses comme cela suffisent pour faire changer la veine!

Otto, maudissant sa distraction, s'excusa en tâchant de sourire. Maître Blasius chargea sa pipe et pardonna.

— Je suis un observateur, reprit-il en clignant de l'œil, et je crois connaître mon monde assez passablement. Sans ces jolies petites lettres qui vous viennent de Paris, je ne vous croirais pas amoureux; et si je ne vous croyais pas amoureux, je ne serais pas éloigné de penser, Dieu me pardonne, que vous avez quelque escapade en tête!

— Je tourne et je marque, interrompit Otto.

— A la bonne heure! Mais il y a ces jolies lettres... et puis je vous ai trop bien jugés, vos deux frères et vous, pour concevoir la moindre inquiétude. Goëtz, le bon vivant, aime trop ses aises pour risquer le cachot! Albert est trop étourdi pour garder un secret. Vous-même, meinherr Otto, vous êtes un homme trop sage pour exposer votre cou en escaladant les murailles... n'est-ce pas?

— Assurément, maître Blasius.

— J'ai l'impériale de carreau, la chance est pour moi ce soir, et vous ne gagnerez pas une partie! Trinquons un peu, meinherr Otto, s'il vous plaît.

Le bâtard tendit son verre, que Blasius choqua joyeusement.

— A notre jeu! s'écria ce dernier après avoir bu.

Puis il ajouta, en frappant sur ses cartes réunies en paquet :

— J'ai là de quoi vous faire voir du chemin !

Otto éclata de rire tout à coup, comme si son compagnon eût fait une excellente plaisanterie. Cet accès de gaieté se prolongea durant près d'une minute, si bien que maître Blasius dut se décider enfin à le partager.

Pendant qu'ils riaient ainsi tous les deux, le bruit de la chambre voisine avait changé de nature. C'étaient maintenant des secousses sourdes et répétées.

On eût dit qu'une main robuste et impatiente attaquait des barreaux de fer sciés à demi.

L'hilarité d'Otto était véritablement venue bien à point. Sans elle, l'attention de maître Blasius n'aurait pu manquer d'être enfin excitée.

Quand le calme se rétablit entre les deux partenaires, le silence régnait dans la cellule voisine.

— En conscience, dit Blasius, vous êtes un gai camarade, meinherr Otto! Je ne sais pas pourquoi j'ai ri; mais j'ai ri de bon cœur. Démarquez votre point, je vous prie. Je joue carreau.

Le bâtard mena ce coup avec précision et sang-froid; il trompa les manœuvres savantes de maître Blasius, et fit cartes égales, malgré l'infériorité de son jeu.

Il ne fallait plus que trois points au geôlier; mais le coup suivant lui fut défavorable, et Otto marqua deux impériales à son tour.

Maître Blasius arrosa copieusement cet échec. Son front devenait pourpre sous les mèches blanchies de ses cheveux. Il s'animait de plus en plus, et il eût fallu quelque chose de bien grave pour distraire en ce moment son attention excitée.

Il n'entendit point la chute de deux corps tombant presque coup sur coup dans la cour. Il n'entendit point la voix de la sentinelle s'interrompre brusquement au milieu d'un : Qui vive!

Otto, lui, entendait tout cela. Ses yeux se baissaient, son front était pâle, et les cartes tremblaient dans sa main.

De sa vie, Otto n'avait tremblé devant un péril menaçant sa propre tête.

Maître Blasius avait fort petit jeu; sa partie, entamée si glorieusement, se gâtait. Son adversaire tenait en main de quoi le battre à plates coutures.

Mais le destin d'une bataille est tout entier dans le génie des chefs; la force brutale fut toujours vaincue par l'intelligence. Otto jetait ses cartes comme au hasard; des gouttelettes de sueur perlaient sous les boucles de sa belle chevelure; sa joue changeait de couleur à chaque instant, et il semblait sous l'empire d'un trouble extraordinaire.

Maître Blasius, absorbé dans ses laborieuses combinaisons, ne s'en apercevait point. Il profitait habilement de toutes les fautes de son partenaire, et il se débattait comme si son avenir eût dépendu des résultats de cette partie.

Quand il eut plié devant lui la dernière levée, il croisa ses bras sur sa poitrine et regarda Otto en face.

— L'avez-vous bien perdue par votre faute! s'écria-t-il. Ah! meinherr Otto, meinherr Otto, il faut que vous soyez décidément bien amoureux!

Le bâtard ne répondit point; ses yeux étaient fixes, son cou tendu, ses sourcils froncés convulsivement.

Le geôlier dut enfin prendre garde à ces symptômes étranges.

— Qu'avez-vous donc? balbutia-t-il.

Otto ne répondit point encore. Il écoutait; son âme entière était dans sa faculté d'ouïr.

Au moment où maître Blasius ouvrait la bouche pour renouveler sa question, deux cris lointains et modulés d'une façon particulière se firent entendre à une seconde d'intervalle. Le visage d'Otto s'éclaira soudainement.

— Qu'est cela? s'écria maître Blasius en se levant.

— Ce n'est rien, murmura le bâtard, sinon que vous avez gagné plus de souverains d'or que notre enjeu ne contenait de kreutzers. Veuillez vous rassurer, mon vieil ami; notre partie est achevée, mais nous avons encore à causer.

Otto mit familièrement ses deux mains sur les épaules de l'ancien majordorme, et le contraignit à se rasseoir. Cela fait, il remplit les verres jusqu'au bord, et approcha le sien de ses lèvres.

— A votre santé! dit-il : sans le savoir, vous venez de rafler 5,000 florins en un coup de cartes!

Le geôlier ouvrit de grands yeux et le regarda d'un air interdit.

— Serait-il fou? pensa-t-il à part lui.

Au lieu de reprendre sa place, Otto gagna un enfoncement situé derrière son lit, et qui lui servait de cabinet de toilette. Il en retira un costume complet qu'il n'avait point porté depuis son arrestation : redingote de voyage, manteau ayant rendu déjà de longs services, mais à l'épreuve de la pluie, et bottes montantes armées d'éperons.

Blasius le regardait faire avec stupéfaction. Il bourrait machinalement sa pipe et se répétait non sans un véritable chagrin :

— Le pauvre garçon n'est pas seulement amoureux, il est fou! fou à lier! C'est un grand malheur!

Otto, cependant, échangeait ses pantoufles fourrées contre ses bottes à l'écuyère. Il mit de l'or dans les poches de son gilet, revêtit sa redingote de voyage et plaça son manteau plié sous son bras.

— Voilà! dit-il; maintenant il ne me faut plus que votre douillette, et je vous la paie 5,000 florins.

Maître Blasius croyait rêver.

— Couchez-vous, croyez-moi, meinherr Otto, répliqua-t-il; une bonne nuit de sommeil pourra calmer peut-être ce transport.

Otto roula un fauteuil jusqu'auprès de celui du geôlier et s'assit.

— Parlons raison, dit-il d'une voix brève et ferme, mais parlons vite, parce que je n'ai pas de temps à perdre.

Blasius ne put s'empêcher de sourire.

— Vous êtes un honnête homme, reprit Otto, et la Diète vous a chargé de garder trois prisonniers accusés de meurtre. Deux de ces prisonniers se sont évadés.

Blasius bondit sur son fauteuil et voulut s'élancer au dehors; mais la main de fer du bâtard le retint cloué à sa place.

— Ne criez pas! poursuivit Otto; vous vous en repentiriez, et le mal serait rendu irréparable!

— Mais vous me trompez! s'écria le malheureux geôlier; personne ne s'est évadé. Mes murailles sont hautes, j'ai fait mettre des barreaux tout neufs aux cellules de vos frères, mes rondes sont bien faites, mes sentinelles veillent à leurs postes. Laissez-moi m'assurer par moi-même...

— Tout à l'heure, interrompit Otto qui le retenait toujours; auparavant il faut nous entendre. Je vous dis qu'Albert et Goëtz galopent en ce moment sur la route de

France; vous pourrez vérifier le fait dans un instant. Regardons-le comme étant prouvé d'avance. La fuite de ces deux prisonniers suffit à vous faire perdre votre place; et vous devenez vieux, maître Blasius!

L'ex-majordome poussa un gros soupir. Il payait cher les délices de sa dernière partie d'impériale si victorieusement enlevée!

— Je vous propose, reprit Otto, une somme qui vous mettra à l'abri du besoin, en cas de destitution, et je vous propose, en outre, un moyen de n'être pas destitué.

Le vieillard dressa vivement l'oreille.

— Vous êtes un homme prudent, dit Otto; vous en savez assez désormais pour ne point être tenté de mettre inconsidérément les gens de la prison dans votre confidence. Allez visiter les cellules de mes frères, maître Blasius, afin que nous puissions traiter en parfaite connaissance de cause.

Otto lâcha le bras du geôlier, qui s'élança dans le corridor avec la prestesse d'un jeune homme. On entendit de grosses clefs tourner dans les serrures des cellules voisines, et d'énormes soupirs traversèrent les cloisons.

Bientôt après, le désolé Blasius reparut sur le seuil de la chambre d'Otto.

Celui-ci lui montra du geste le fauteuil vide, et le geôlier s'assit en gémissant :

— Ils sont partis, les ingrats! partis tous les deux!

— Et il faut que je parte à mon tour! dit Otto.

Blasius haussa les épaules avec colère et ne daigna point répondre autrement.

— Il faut que je parte, répéta le bâtard d'un ton grave, à l'instant même! Et vous allez m'en faciliter les moyens.

Blasius le regarda d'un air indigné.

— Je vais vous faire mettre au cachot, répliqua-t-il, voilà tout!

Otto se prit à sourire.

— Cela ne vous ramènerait pas vos deux autres captifs, dit-il; tandis que si vous voulez entendre raison, vos deux captifs vous seront restitués. Je vous parle sérieusement, maître Blasius; vous savez bien qu'un fils de Bluthaupt n'a jamais su prononcer un mensonge.

— Je le sais, murmura l'ancien majordome; mais quel coup, grand Dieu! et comment s'attendre à cela!

— Mes frères et moi, reprit Otto dont la voix se fit triste, nous avons une lourde tâche à remplir en ce monde. Longtemps nous avons été pauvres, et la guerre sans or, c'est la défaite toujours. Maintenant que nous sommes riches, quelques semaines suffiront à l'œuvre que des années n'avaient pu accomplir. Si je fais un serment, Blasius, y croirez-vous?

Le geôlier leva les yeux sur Otto et demeura un instant indécis.

— Oui, répondit-il enfin, car le sang qui coule dans vos veines est le sang de Bluthaupt.

— Eh bien! poursuivit le bâtard, je vous jure par le nom de mon père que Goëtz, Albert et moi, nous serons ici dans un mois, à dater de ce jour.

Le vieillard garda le silence.

— Si vous me refusez votre aide, continua encore Otto, je resterai sous les verrous; car vous êtes prévenu désormais, et j'ai laissé tous les moyens d'évasion à mes frères. Mais ni Albert ni Goëtz ne reviendront, et vous serez puni.

Blasius resta un moment le front entre ses deux mains et demanda conseil à la cruche de grès.

— Je sais bien que vous ne pouvez pas être parjure, meinherr Otto, dit-il enfin. Je sais bien que, dans un cas désespéré, on peut jouer le tout pour le tout... Mais si les magistrats venaient vous demander?

— Il y a un an que nous sommes prisonniers, répondit Otto; les juges n'ont pas de quoi nous condamner, et notre tour ne viendra jamais.

Blasius était intérieurement de cet avis. L'évasion du troisième prisonnier ne changeait absolument rien à sa situation et lui laissait au moins de l'espoir. Il avait bu, d'ailleurs, une assez grande quantité d'excellent vin du Rhin pour avoir le droit d'accueillir un moyen romanesque.

Néanmoins il hésitait encore.

Otto se pencha vers son oreille.

— Vous étiez un fidèle serviteur de Bluthaupt, autrefois, maître Blasius, dit-il, et vous auriez donné le meilleur de votre sang pour relever la race de vos maîtres.

— Je le ferais encore, répliqua le geôlier.

— Faites-le donc! prononça Otto d'une voix basse, mais vibrante. Il y a, par le monde, un fils de votre maître qui souffre et qui ne sait pas le nom de ses aïeux.

— Je le croyais, je le croyais! s'écria l'ancien majordome, les yeux animés et les mains jointes; mais êtes-vous bien sûr de le retrouver, meinherr Otto?

— Je vous ai dit que nous avions une tâche à remplir, répliqua le bâtard; cet enfant est le fils de notre sœur Margarethe, que nous aimions plus que nous-même, et il est notre fils aussi, puisque nous nous sommes mis entre lui et la mort, qui planait au-dessus de son berceau!

Le regard de l'ancien majordome exprimait une curiosité de plus en plus avide.

— Vous étiez au schloss durant la nuit de la Toussaint? murmura-t-il.

— Nous y vînmes, répondit Otto; mais ce serait une longue histoire, et mes frères m'attendent.

— Un seul mot! s'écria Blasius : c'est vous qui emportâtes l'enfant avec la servante Gertraud?

— Gertraud nous suivit; le page Hans vint nous rejoindre, et ce furent eux qui élevèrent l'enfant. Ils demeurèrent longtemps tous les deux sur la rive du Rhin, de l'autre côté du château de Rothe. Deux dignes cœurs, maître Blasius, aimants, dévoués, fidèles! Je sais où retrouver le page, et avant un mois, s'il plaît à Dieu, le fils de ma sœur, comte de Bluthaupt et de Rothe, rentrera dans la maison de ses ancêtres.

Le geôlier se leva; il voulut prendre la cruche de grès pour emplir les deux verres, mais sa main tremblait.

— Le schloss n'est pas encore vendu! dit-il. Je pourrais vivre assez pour voir un comte de Bluthaupt rentrer dans ses domaines! Par le nom de Dieu! pour voir pareille fête, je veux risquer le pain de mes vieux jours!

Il dépouilla précipitamment sa douillette de laine.

— Je ne suis pas ivre, meinherr Otto, reprit-il en redressant sa tête blanche; je sais bien que vous pouvez me tromper. Mais j'ai mangé pendant quarante ans le pain de Bluthaupt. Prenez mes vêtements et que Dieu vous protége!

Il aida lui-même le bâtard à passer la

douillette par-dessus son costume de voyage et à cacher ses traits sous l'ample capuchon.

Otto lui serra la main :

— Attendez-nous, dit-il; demain vous recevrez 5,000 florins. Si nous ne sommes pas revenus dans un mois, c'est que nous serons morts.

Il passa le seuil de la cellule et s'engagea dans le corridor en imitant le pas lourd et grave du geôlier en chef de la prison de Francfort.

Les veilleurs se rangèrent pour lui livrer passage et le saluèrent respectueusement.

Maître Blasius était retombé sur son fauteuil et avait remis sa tête entre ses mains.

— Le fils du diable! murmura-t-il. Les mauvais serviteurs de Bluthaupt l'appelaient ainsi. Le fils d'un ange plutôt, puisque la comtesse Margarethe était sa mère!

Il s'arrêta et reprit au bout de quelques minutes de silence :

— Il y a dix-neuf ans de cela! ce doit être un homme à présent! Les bâtards sont braves et font tout ce qu'ils veulent. Que Dieu les assiste et que je vive assez pour voir le jeune seigneur dans son noble château!

Otto ne répondit point; ses yeux étaient fixes, son cou tendu. (Page 84, col. 2.)

PREMIÈRE PARTIE

LE DIMANCHE GRAS

I

AU COIN D'UNE RUE

C'était fête à Paris. Cette foule hétéroclite qui surgit au soleil cinq ou six fois l'an, sortant on ne sait d'où, sentant le renfermé, avide de mascarades, amoureuse de mâts de cocagne, folle des feux d'artifices, et traînant sans vergogne, sur l'asphalte des boulevards, des troupeaux d'enfants laids et de chiens demi-tondus, se répandait à flots bourdonnants depuis l'arc de triomphe de l'Étoile jusqu'à la barrière du Trône.

C'était un de ces jours où les six étages des maisons du Marais se vident à la fois sur la voie publique, où le quartier Saint-Marcel verse sur la ville étonnée les sauvages tribus qui pullulent entre la Salpêtrière et le Panthéon, où les étudiants désertent les abords mal hantés de la Chaumière, où le Gros-Caillou traverse le pont Louis XV et envoie ses fruitières en vacances fraterniser avec les concierges endimanchés du faubourg Saint-Martin.

En ces jours de grande exhibition populaire, la ville mondaine est conquise. Les jeunes gens, si beaux et si bien couverts, qui ornent à demeure les abords de l'Opéra, font retraite en ces occasions et vont demander à dîner à leurs tailleurs. Il n'y a plus une seule botte vernie à la hauteur du *Café de Paris;* et Tortoni, stupéfait, cherche en vain dans la foule, sans cesse renouvelée, un de ces princes-marrons bourrés de Nord, doublés de Lyon, cousus de Crédit-Mobilier, dont l'aspect éblouit et fascine les regards comme une promesse d'action avec cinquante écus de prime.

C'était le dimanche gras et il faisait beau temps. Depuis le milieu du jour, le flux allait et revenait le long du faubourg Saint-Antoine, des deux côtés du boulevard et dans la grande avenue des Champs-Élysées. Nul n'aurait su dire où se déversait le trop-plein de cette immense multitude, qui poursuivait son mouvement lent et continu, heureuse d'un plaisir qu'elle seule comprend et recherche.

Heureuse de se pousser, de se presser, de sentir ses souliers dans la boue; heureuse de regarder les têtes qui ondulent à perte de vue; heureuse encore d'entendre ce murmure confus, qui reste dans ses souvenirs comme un bon bruit de fête.

Quelques masques honteux, pontifes entêtés d'un culte qui se perd, trouvaient leur route comme ils pouvaient au milieu des fiacres et des équipages. Ils lançaient çà et là aux passants une provocation ennuyée, une plaisanterie qui ne faisait pas rire. Les enfants les regardaient en criant, et pleuraient pour avoir aussi des loques rouges et des perruques poudrées avec de la cendre. Les mères grondaient et relevaient leurs robes avec tout le cynisme de l'économie; les chiens hurlaient et traînaient leurs pattes écrasées; les papas comparaient gravement le vin azuré de Ramponneau au vin violet de la Courtille. Quelques grisettes (il y en avait encore) parlaient des séductions orientales du Salon de Mars avec quelque courtaud, voilant sous une apparence de candeur niaise les prétentions les plus illégitimes.

L'air se chargeait d'un épais parfum de beignet et de crêpe. Les échos répétaient à contre-cœur le cri nazillard des trompes, la promulgation de l'*Almanach poissard*, et *l'ordre et la marche* des garçons bouchers.

D'autres s'entretenaient du bœuf gras de l'an passé, qu'ils vantaient au préjudice de l'Apis de 1844.

Çà et là, un monsieur à lunettes, dont le frac bourgeois dissimulait mal un officier de la garde civique, conduisait par la main un vilain petit garçon habillé en artilleur. Ce petit garçon rendait malheureux tous les enfants qui n'avaient pas des costumes de zouave ou de montagnard écossais.

Plus loin, c'était ce couple aristocrate qui méprise les joies du populaire et vient se mêler à la foule tout exprès pour insulter à ses plaisirs, ce couple que chacun connaît : un gentilhomme et un artiste; l'un chevelu comme trois Sicambres, l'autre tondu comme un rat, tous deux fades, vides, oisifs et contempteurs effrénés de la bourgeoisie.

Ils étaient là comme ils sont partout : bâillant, gênant le passage, et s'étonnant tout haut de se trouver parmi ces gens de peu.

Ils se donnaient le bras. Le gentilhomme est peut-être bien devenu marquis depuis; mais c'était tout bonnement alors M. le comte de Mirelune, gros réjoui plein de verve et de mots, suzerain d'un cheval déchu, amant de l'actrice qui était à la mode l'an passé, se faisant habiller à Londres, et possédant quelque teinture de la *boxe française*.

Charmant, d'ailleurs, et remarquable échantillon de notre jeunesse dorée : cinquante ans et demi, cheveux blonds crépus, ventre insolent, bras courts, pieds nourris, plaisant aux femmes de chambre et parlant dix-sept mots de l'anglais le plus pur.

Personne n'ignore ce gentilhomme. L'artiste est plus célèbre encore. Ce n'était rien moins qu'Amable Ficelle, l'auteur de *la Bouteille de Champagne* et de cent autres vaudevilles bien amusants. Alors comme aujourd'hui, Ficelle avait une figure jaune et plate, couronnée par deux douzaines de cheveux souffrants, des yeux endormis, un nez grave et une toilette mélancolique. Il traversait la vie, cherchant tristement des calembours, et jetant ses dédains aux propriétaires.

Ils allaient tous les deux, contents de leur supériorité. La foule les regardait assez. Les filles de boutique disaient : « Ce sont des *aristoquentieux!* » Leurs mouchoirs, infectés d'eau de Cologne, jetaient de véhéments parfums aux mercières reconnaissantes.

Quand ils étaient passés, les républicains fronçaient le sourcil et les montraient du doigt à leurs femmes, en murmurant des paroles farouches.

On se disputait, du reste, passablement le long des boulevards; quelques coups de poing étaient échangés entre gens vifs, et la grave autorité des gardes municipaux ramassait de temps à autre un mauvais sujet, ivre comme un père de famille.

En somme, toutes ces bonnes gens avaient l'air de s'ennuyer démesurément; mais c'est leur manière de se divertir.

A l'embouchure de toutes les voies principales qui coupent le boulevard, le flot se rompait. Une partie de la foule descendait dans la ville, pendant que le reste poursuivait sa promenade moutonnière.

Paris a des coins privilégiés qui appellent la cohue. On s'y écrase dès qu'on se presse un peu ailleurs. De tous ces endroits, le plus propice est le carrefour formé par le faubourg du Temple, la rue du même nom et les boulevards. Il y a là dix théâtres, vingt restaurants et un corps de garde, tout ce qu'il faut pour constituer un étouffoir complet.

Il était bientôt quatre heures du soir. Tous les estomacs, alléchés dès le matin par la pensée d'un dîner d'*extra*, dirigeaient les jambes fatiguées vers l'odeur des cuisines prochaines. Le passage était littéralement obstrué. Les promeneurs arrivant de la Madeleine heurtaient ceux qui venaient de la Bastille; les ouvriers qui descendaient le faubourg se trouvaient face à face avec les commis et les petits marchands qui remontaient des profondeurs de la vieille ville, après leur journée finie, et qui se hâtaient pour prendre leur part de la fête.

Le peu de masques répandus naguère sur toute la ligne des boulevards semblaient s'être donné rendez-vous en ce lieu. Ils gênaient la circulation des voitures, et le désordre était augmenté par les gardes municipaux à cheval, qui ne savaient auquel entendre et brisaient çà et là quelque membre, pour ne point rester tout à fait oisifs.

Parmi la longue ligne des voitures que l'embarras rendait stationnaires depuis le Château-d'Eau jusqu'à la porte Saint-Martin, il y avait un fiacre dont la portière ouverte donnait passage à la tête d'un homme qui regardait à chaque instant du côté du carrefour, et semblait gourmander l'impuissance de son cocher.

Au bout de quelques minutes d'attente, cet homme sauta sur le pavé, paya la course, et s'engagea dans la foule qui encombrait le trottoir.

Il était enveloppé d'un long manteau de voyage, laissant voir seulement l'extrémité de ses bottes armées d'éperons. Le collet de son manteau cachait une partie de son visage. Ce qu'on en voyait était beau et noble :

un grand front pur et fier, couronné de cheveux noirs bouclés légèrement, un regard calme et perçant à la fois, où se lisaient l'intelligence ferme et la vigueur d'une mâle volonté.

Il y avait sur tout cela comme un voile de fatigue, et la poussière qui blanchissait le bas du manteau de notre inconnu semblait annoncer une arrivée récente et de longues heures passées sur la grande route.

Il était jeune encore; sa taille se développait riche et gracieuse sous les plis amples de son vêtement.

A mesure qu'il avançait vers le carrefour du Château-d'Eau, la foule devenait plus compacte et plus impénétrable. Mais notre voyageur avait des coudes robustes et la bonne volonté d'arriver à son but. Il perça droit devant lui à travers la cohue, et le flot murmurant, repoussé à droite et à gauche irrésistiblement, lui ouvrit à contre-cœur un passage. Bien des malédictions se firent entendre autour de lui; plus d'un parapluie belliqueux se leva par derrière au-dessus de sa tête; mais il avait une de ces tournures qui imposent à la multitude; les parapluies retombèrent sans avoir frappé, les malédictions s'étouffèrent; et quand notre voyageur eut tourné l'angle de la rue du Temple, il ne resta de la clameur soulevée que deux ou trois voix de femme, déclarant qu'il était bel homme et qu'il ressemblait à Mélingue de l'Ambigu.

Du quartier Bonne-Nouvelle à la rue Popincourt, Mélingue de l'Ambigu est le type idéal de la beauté humaine.

Une fois dans la rue du Temple, notre voyageur eut moins de peine à se frayer un chemin. Il y avait encore de la foule, mais raisonnablement, et l'on trouvait place à poser son pied sur le trottoir.

L'homme se dirigea d'un pas rapide vers le marché du Temple.

Vis-à-vis du marché, la cohue se reformait plus dense, parce que la voie s'encombrait d'éventaires roulants, chargés d'oranges, de pains d'épice et de bijoux en carton doré.

Bien que ce fût un dimanche, et que le jour tirât à sa fin, tous les magasins restaient ouverts. D'innombrables badauds collaient leur nez aux vitres, afin d'admirer le velours de coton rose ou bleu tendre des bourgerons de carnaval; afin d'admirer surtout ces petites estampes, si chères au peuple parisien, qui représentent des danseurs des bals travestis dans le costume de leur dignité.

Le marché du Temple lui-même ne chômait point encore. On voyait une armée de chalands s'agiter le long des passages qui divisent en quatre parties égales le grand bazar de la friperie parisienne.

On se hâtait d'acheter et de vendre, parce que la cloche allait bientôt donner le signal de la clôture. En hiver, le Temple ferme à la même heure que la Bourse, et ce n'est pas le seul point de ressemblance qui existe entre ces deux marchés.

Notre voyageur avait dépassé l'église Sainte-Élisabeth, et cherchait un endroit convenable pour traverser la chaussée. Les voitures se succédaient sans interruption, et les carrioles à bras des petits industriels formaient un embarras permanent. L'étranger attendait et suivait lentement le trottoir, guettant de l'œil une issue.

Il arriva ainsi jusqu'à l'angle de la petite rue des Fontaines; et comme il n'y avait pas moyen d'aller au delà sans dépasser le Temple, il s'arrêta sur l'extrémité du trottoir.

A quelques pieds de lui, derrière l'encoignure de la rue des Fontaines, deux hommes s'étaient accostés et causaient.

Ils ne faisaient point partie, évidemment, du populaire en goguette qui encombrait le pavé aux alentours.

C'étaient deux *messieurs*. Leur présence dans ce quartier, à pareil jour, pouvait sembler une anomalie.

L'un d'eux était un grand jeune homme de vingt-huit à trente ans, portant moustaches en croc et royale pointue. Son costume était noir; sa redingote, boutonnée du haut en bas, eût passé pour élégante dans le pays latin.

Il tenait entre ses doigts un bout de cigare qui jetait encore de minces spirales de fumée, mais qu'il n'approchait point de sa bouche, par déférence, sans doute, pour son compagnon.

L'autre interlocuteur tournait le dos à la rue du Temple; il avait un paletot blanc forme anglaise, qui s'ouvrait et laissait voir un splendide habit bleu, orné de boutons d'or ciselés. Sa chemise à double jabot était agrafée au moyen de deux roses d'une très-belle eau; du gousset de son gilet en satin noir brodé sortait une grosse chaîne dont chaque anneau valait bien deux louis.

Il avait des bagues par-dessus ses gants blancs.

Il eût été difficile de dire son âge au juste, à la première inspection de sa figure. Il y avait sur sa joue une sorte de fraîcheur; ses sourcils étaient noirs comme l'ébène, et les bords de son chapeau anglais laissaient échapper d'abondants cheveux frisés admirablement.

Malgré ces triomphants accessoires, quelque chose disait qu'il avait passé depuis longtemps la quarantaine; sa taille courte tournait à l'obésité; il y avait des rides nombreuses autour de son sourire.

Notre étranger avait jeté un regard distrait vers ces deux hommes. Le plus jeune lui était parfaitement inconnu, et il ne pouvait voir la figure du second.

Aucune raison ne le portait à s'occuper d'eux davantage. Il tourna les yeux vers le milieu de la rue, qui s'encombrait de plus en plus, et où la foule confuse des carrioles, des fiacres et des équipages semblait narguer son impatience.

Le spectacle était vivant et varié. Il n'eût point manqué d'intérêt pour un observateur ayant du loisir. La plupart des piétons, arrivant des boulevards et des quais, s'élançaient tumultueusement vers le marché, afin de profiter des derniers instants de vente pour faire leur provision d'oripeaux. Paris donnait cinq cents bals masqués ce soir-là, et le Temple contient assez de guenilles pour travestir un million de fous.

Parmi les chalands qui se précipitaient ainsi vers le bazar, le plus grand nombre appartenait aux dernières classes sociales; mais il y avait aussi quelques dandys faméliques, en quête de bottes vernies d'occasion, quelques lorettes pimpantes, mais connaissant le charme des gants de chevreau nettoyés, des grandes dames même, de vraies grandes dames, des femmes de banquier ou de marquis, conduites là par ce louable esprit de parcimonie qui fleurit bien souvent au milieu des splendeurs.

Les étoffes du Temple sont souvent fort belles et n'ont passé qu'une fois, la plupart du temps sur l'épaule fardée d'une danseuse. Il n'y a point là de motif suffisant pour se priver d'une économie de cent pour cent.

Mais les grandes dames qui viennent au Temple y mettent une certaine pudeur. On dirait qu'elles vont en fredaine, et quelquefois on pourrait ne se point tromper. Leurs équipages les attendent au détour de quelque rue; leurs tailles aristocratiques disparaissent sous une pelisse modeste.

Ces pelisses sont, pour certaines dames, ce qu'étaient les manteaux couleur de muraille pour les hommes à bonnes fortunes, au temps où don Juan vivait encore.

Pensez! si l'on descendait de voiture devant le marché; si l'on se présentait en toilette au pavillon de Flore ou au quartier des *Frivolités*, les marchandes affriandées demanderaient des prix impossibles!

Et c'est ce qu'il ne faut pas. D'ailleurs les pelisses modestes et les camails de mérinos sont à plus d'une fin.

Il y avait justement, à l'heure où nous arrivons devant le Temple, un élégant coupé arrêté à l'angle de la rue Phélippaux, et un remise stationnait place de la Rotonde.

Le remise était là depuis un quart d'heure. Il avait amené une jeune fille voilée timidement, qui s'était engagée dans les couloirs du marché.

Le coupé venait d'arriver. Il n'avait point d'armoiries, ce qui le distinguait des équipages dont les nobles propriétaires s'appellent Falourdet, Coquardon ou Pruneau. Il gardait ses stores baissés; et son cocher, revêtu d'une livrée sombre, tenait en bride, non sans grande peine, un beau et fringant cheval. C'était peut-être un coupé d'aventure.

Il en était sorti une dame couverte de cette pelisse modeste dont nous avons parlé plus haut. Elle s'était glissée au travers de la foule avec l'insinuante adresse d'une chatte. Ses petits pieds semblaient n'avoir point effleuré le pavé fangeux, et ne gardaient nulle trace de la boue épaisse qui recouvrait la chaussée.

Son chapeau supportait un voile noir, chargé d'une profusion de broderies à travers lesquelles on apercevait néanmoins l'éclair aigu de son regard.

Elle marchait vite, et de ce pas furtif qui trahit l'inquiétude d'être reconnue. Ses yeux vifs plongeaient, à droite et à gauche, dans la foule, de rapides œillades.

Arrivée à la hauteur de la rue des Fontaines, son regard se fixa sur notre étranger, à travers la large voie. Elle tressaillit et s'arrêta court.

Son lorgnon, atteint prestement, ouvrit sa charnière élastique.

Elle releva son voile et voulut regarder mieux.

C'était une très-jolie femme, dont les traits aquilins et délicats semblaient indiquer le type juif; sa prunelle mobile commandait et caressait à la fois; son front, un peu trop étroit, se couronnait d'une profusion de cheveux noirs, les plus beaux du monde. Sa lèvre était mince et peut-être trop pâle; elle avait dans la taille une grâce indolente et câline.

Quand son lorgnon ouvert se posa sur ses yeux, un mouvement s'était fait dans la foule; des voitures et plusieurs groupes de piétons s'interposaient entre elle et notre inconnu; durant quelques secondes, elle le chercha inutilement du regard.

Son lorgnon se referma; son voile retomba. Elle demeura un instant indécise; puis elle reprit sa marche rapide vers le carré que les habitués du Temple appellent le *Palais-Royal.*

— Je me serai trompée, murmurait-elle; ne sais-je pas qu'il ne peut être à Paris?

Dans le *Palais-Royal*, où les chalands des deux sexes se pressaient en foule, il y avait une boutique riche et bien fournie entre toutes, qui avait pour maîtresse une grosse femme, nommée madame Batailleur. C'était à cette boutique que se rendait la mante modeste du coupé : c'était dans cette boutique que se trouvait la jeune fille du remise arrêté place de la Rotonde.

Madame Batailleur vendait de tout et achetait de tout. Sa boutique était comble.

La jeune fille attendait, guettant un moment favorable pour lui parler.

Elle avait relevé un coin de son voile, et l'on pouvait entrevoir un visage d'une beauté régulière et parfaite, embelli encore par l'expression pure et noble d'un regard de vierge.

Madame Batailleur l'aperçut enfin, et quitta aussitôt ses pratiques.

— Rien encore, ma chère demoiselle, lui dit-elle tout bas; le facteur est venu, et point de lettre d'Allemagne!

— Je reviendrai demain, murmura la jeune fille avec un gros soupir.

— Si vous vouliez me permettre, dit la marchande, d'aller vous porter moi-même la lettre à l'hôtel?

— Non, non! interrompit la jeune fille, je reviendrai.

Comme elle prononçait ce mot, son regard se tournait vers la rue du Temple, et sa main ramena précipitamment son voile sur sa charmante figure, qui devint toute pâle. Elle venait d'apercevoir la dame du coupé qui traversait rapidement le carré.

— Ma sœur! dit-elle avec effroi; je vous en prie, madame, ne me vendez pas!

— Fi donc! s'écria madame Batailleur qui la salua d'un sourire tout aimable, pendant qu'elle se perdait dans la foule; je suis la discrétion personnifiée, ma chère demoiselle! Dieu merci, on me connaît!

Elle accueillit l'autre dame avec le même sourire, et son doigt perfide désigna la jeune fille qui fuyait.

— A merveille! dit la mante modeste dont les lèvres se pincèrent.

Madame Batailleur repartit :

— C'est la même chose tous les jours!

Pendant cela, notre voyageur restait toujours à son poste. Plusieurs fois, le hasard avait ouvert d'étroits passages entre les voitures, et il aurait pu en profiter; mais quelque chose le retenait sans doute, maintenant, au coin de la rue des Fontaines. Il s'était approché le plus près possible de la muraille, et son attention, détournée, avait changé d'objet.

Quelques paroles, prononcées par le ci-devant jeune homme au paletot blanc et son compagnon, l'avaient frappé.

Il écoutait.

— Vous êtes un excellent garçon, Verdier, disait l'homme au paletot blanc. Soyez tranquille, je me charge de vous faire faire votre chemin dans le commerce.

— C'est que vous m'avez dit cela déjà trois ou quatre fois, monsieur le chevalier, répliqua l'autre, et Dieu sait si j'ai fait fortune!

L'homme au paletot blanc prit un ton paternel.

— Prenez-vous-en à vos mauvaises habitudes, Verdier, mon enfant! dit-il. Il faut être juste. Vous avez maintenant une tenue passable, mais il n'y a pas longtemps, je parle d'un mois à peine, vous sentiez l'estaminet d'une lieue, et c'est le diable, voyez-vous : quand on sent l'estaminet, il n'y a rien à faire!

— Si on me donnait une bonne place, dit Verdier, je couperais mes moustaches et j'irais dans le monde.

Le chevalier insinua sa main gantée dans la poche de son gilet de satin et remua négligemment quelques pièces d'or.

— Une bonne place, reprit-il, c'est la moindre chose; mais vous n'êtes plus à l'âge où l'on se fait commis, Verdier. J'ai mieux que cela : notre maison monte une entreprise.

— C'est que je suis bien las! interrompit Verdier; je n'ai guère le temps d'attendre. Et, s'il faut vous dire la vérité, j'aimerais mieux une centaine de louis comptant que tout cela.

— Vous les aurez, mon ami, vous les aurez. Est-ce que je peux vous refuser quelque chose? Mais, dites-moi, êtes-vous bien sûr de votre main?

Verdier leva sa canne et fit plusieurs voltes du poignet.

— Je vais toujours à la salle deux ou trois fois par semaine, répondit-il; d'ailleurs le petit jeune homme ne sait pas seulement tenir une épée.

Ce fut à ce moment que notre inconnu au manteau s'approcha. Quelque chose, dans cet entretien, excitait puissamment son intérêt. Il ne comprenait pas tout à fait et ne savait point encore de qui l'on parlait, mais il sentait en lui l'invincible désir de savoir.

De son coin, il jeta un regard oblique vers les deux interlocuteurs. L'homme au paletot blanc avait toujours le dos tourné; l'autre souriait, et son sourire donnait une expression repoussante à sa physionomie.

Au lieu de la franchise d'emprunt qui était naguère sur son visage, c'était maintenant quelque chose de bas et d'avide. Il s'était campé sur la hanche, et sa main continuait d'imprimer au jonc flexible de sa badine des mouvements d'épée. Ce jeu traduisait, pour ainsi dire, la pensée inscrite sur son visage, et lui donnait toute l'apparence d'un spadassin de bas lieu.

— Mais comment avez-vous fait pour l'amener à un duel, s'il ne sait pas se battre? demandait en ce moment le chevalier.

Verdier haussa les épaules.

— C'est simple comme bonjour! murmura-t-il. On se fait insulter... et vogue la galère!

— Ah! fit le chevalier d'un ton joyeux; le petit drôle vous a insulté?

— Oui, oui, répondit Verdier dont la joue bronzée se couvrit d'un léger incarnat; c'est au café Piron, dans le quartier latin. Le petit coquin est joueur comme les cartes, je l'ai accusé d'avoir triché, et, ma foi! il m'a répondu en me jetant un verre de bière à la figure.

Le chevalier éclata de rire.

— Parlez-moi de cela! s'écria-t-il; voilà une affaire bien amenée. Vous aurez vos cent louis, mon garçon, et, si l'affaire se dénoue comme il faut, je vous réserve une surprise. Vous serez content de moi!

Le chevalier tira de son gousset une montre d'or, large et plate comme un écu de six livres.

— Bientôt quatre heures? reprit-il après l'avoir consultée; je devrais être déjà chez la vicomtesse, et pourtant je voudrais bien savoir quelques détails de plus. C'est à l'épée que vous allez vous battre?

— A l'épée, répondit Verdier.

— Et dans quel endroit?

Le bruit des voitures, qui redoubla en ce moment, empêcha notre inconnu d'entendre la réponse de Verdier. L'homme au paletot blanc était dans le même cas, car il répéta sa question.

L'étranger tendit l'oreille.

Mais, cette fois encore, ce fut en vain.

Au moment où Verdier ouvrait la bouche, une voix d'adolescent, vibrante et sonore, s'éleva tout près du trottoir et détourna l'attention de l'étranger.

Un fiacre passait au pas devant la rue des Fontaines; par la portière ouverte, une tête d'enfant, espiègle et charmante, se penchait au dehors. C'était un visage délicat et fin, entouré de cheveux blonds si beaux et si doux, qu'on les eût voulus sur un front de vierge. Sous cette parure presque féminine, il y avait des yeux hardis et mutins, qui cachaient à demi leur azur foncé sous de longs cils de soie, une bouche rose au sourire franc et insoucieux, des joues pleines qui gardaient le velouté de l'enfance sous une légère couche de pâleur, fruit précoce de quelques jours de fatigue ou de quelques nuits de plaisir...

A voir cette gracieuse figure encadrée par la fenêtre brune du fiacre, on eût dit, par derrière, un joli buste de femme, sans la moustache blonde qui corroborait le témoignage du costume masculin, indice parfois menteur en temps de carnaval.

C'était bien un jeune garçon, pourtant. Il pouvait avoir dix-huit ans, tout au plus, et, parmi sa grâce féminine, on apercevait déjà comme un reflet de la mâle beauté qui allait lui venir.

Sa voix s'était élevée pour appeler son cocher, assourdi par le bruit de la rue.

BIBLIOTHÈQUE NATIO

Otto lui serra la main. — Attendez-nous, dit-il; demain vous recevrez 5,000 florins. (Page 88, col. 1.)

— Arrêtez ici! cria-t-il à plusieurs reprises: arrêtez!

Le chevalier et son compagnon étaient trop occupés pour que cet incident pût les distraire. Si l'étranger lui-même tourna la tête, à cette voix entendue tout à coup, ce fut assurément par hasard.

Mais dès que son œil eut rencontré le charmant visage de l'adolescent, sa physionomie s'émut et son regard se troubla. Une rougeur subite envahit sa joue pâle, et il fit un mouvement involontaire comme pour s'élancer en avant.

Quelle que fût la source de cet intérêt inexplicable, l'étranger se contint en ce premier moment et reprit son immobilité froide; mais la conversation de l'homme au paletot blanc et de Verdier glissait désormais comme un murmure vain sur son oreille inattentive.

Le fiacre s'était arrêté enfin à quelques pas de lui; l'adolescent mit pied à terre sans le secours du cocher, et gagna le côté opposé de la rue. Il portait dans ses bras un paquet assez volumineux.

L'étranger jeta un regard de regret vers les deux interlocuteurs de la rue des Fontaines, dont la conversation, surprise, avait excité d'abord si puissamment sa curiosité. Un instinct secret semblait le retenir auprès d'eux; mais un instinct plus fort l'entraînait en sens contraire.

Il s'élança sur les pas du bel adolescent, dont la taille fine et gracieuse se perdait déjà dans la foule.

Ce dernier tournait l'angle des maisons qui bornent l'enclos du Temple, au moment où l'étranger franchissait la ligne des voitures et traversait la chaussée.

L'étranger atteignit l'enclos du Temple à son tour; deux secondes suffisaient maintenant pour franchir l'intervalle qui les séparait encore.

Le bel adolescent tenait son paquet à deux mains, et s'engageait dans le couloir central qui coupe le marché dans sa longueur.

A cet instant, la dame voilée que nous avons vue abandonner son coupé au coin de la rue Phélippeaux sortait de la boutique de madame Bataillеur et quittait le carré du Palais-Royal. Le chemin qu'elle avait à suivre pour regagner son équipage la conduisait successivement à la rencontre du jeune homme au paquet et de l'étranger.

Dès qu'elle aperçut le premier, qui s'était arrêté pour la regarder avec toute l'indiscrétion d'un enfant, elle fit un brusque détour et pressa le pas.

Ce mouvement n'était pas de nature à diminuer l'attention de notre jeune homme, qui fut sur le point de rebrousser chemin et de courir étourdiment à sa poursuite.

Mais un regard jeté sur le paquet qu'il portait à la main changea le cours de ses idées.

— C'est bien sa tournure, pensa-t-il; mais il y a tant de tournures qui se ressemblent! Et puis, ajouta-t-il en souriant, ce n'est pas au Temple que les femmes comme elle viennent faire leurs emplettes!

Il entra dans le marché, tout satisfait de cet argument.

La dame voilée et l'étranger allaient se croiser.

Les grands yeux noirs de la dame avaient de ces regards subtils qui savent se glisser sous le masque et voir à travers tout obstacle.

Bien que le haut collet du manteau de notre voyageur cachât presque entièrement son visage, elle s'arrêta court au-devant de lui. Il voulut se détourner et passer outre; mais elle lui prit le bras de sa petite main gantée, et sa petite main était forte.

— Je ne puis pas me tromper deux fois de suite! murmura-t-elle en le regardant toujours fixement; monsieur le baron de Rodach?...

Le voyageur dissimula un geste de surprise et s'inclina en signe d'affirmation.

La dame souleva son voile.

— Ne me reconnaissez-vous pas? dit-elle.

Le baron parcourut du regard le joli visage que nous avons décrit naguère. C'était évidemment la première fois qu'il le voyait.

Néanmoins il ne répondit pas tout de suite.

La dame frappa du pied avec impatience.

— Eh bien? fit-elle en fronçant le sourcil.

Le bon plaisir de M. le baron de Rodach n'était point de laisser paraître son ignorance. Il prit la petite main gantée et la serra doucement entre les siennes.

La dame eut un sourire adouci.

— Le lieu n'est pas convenable pour une explication, reprit-elle; et je veux savoir le motif de votre long silence. De deux à quatre heures, M. de Laurens est la Bourse...

A ce nom de Laurens, la physionomie du

baron resta calme, mais son cœur eut un battement.

La jolie dame baissa son voile et ajouta :

— Venez à cette heure, ou à une autre, car mon mari n'est plus jaloux.

L'accent qu'elle mit à prononcer ces derniers mots était étrange. On y pouvait deviner de longues et patientes luttes, la perfide victoire de la femme et le profond malheur d'un homme.

Elle fit un léger signe de tête et s'éloigna en disant :

— A demain !

Le baron la suivit un instant du regard, pendant qu'elle se glissait dans la foule. Un éclair s'était allumé au fond de son œil.

— Madame de Laurens ! murmura-t-il, la fille aînée de Mosès Geld !

II

LES QUATRE CARRÉS

Le vieux dandy au paletot blanc qu'on appelait M. le chevalier et son compagnon semblaient, dans ces environs du Temple, fort éloignés de leur centre. Verdier ne pouvait évidemment habiter que les abords du Palais-Royal. Sa patrie était l'un des estaminets fameux de *ce brillant séjour*. Son domicile, moins somptueux, devait être quelque mansarde garnie dans la rue Traversière ou la rue Pierre-Lescot.

Le chevalier avait un parfum très-prononcé de la Chaussée-d'Antin et de la Bourse.

Ils s'étaient rencontrés là, néanmoins, le plus naturellement du monde. Le pauvre Verdier avait tous ses fournisseurs au Temple. Le chevalier n'était pas sans y avoir lui-même d'assez gros intérêts. En outre, il faut passer par le Temple pour se rendre du boulevard de Gand à la rue de Bretagne.

Or le chevalier se rendait très-fréquemment rue de Bretagne.

Ce fut de ce côté qu'il se dirigea en quittant Verdier, lequel s'en alla quelque part où l'on jouait la poule.

Le chevalier, lui, s'arrêta devant un vieil hôtel formant l'angle des rues de Saintonge et de Bretagne. Il demanda au concierge madame la vicomtesse d'Audemer.

En 1844, il n'y avait déjà plus beaucoup de chevaliers. Celui-ci était peut-être le dernier.

Nous avons appris les noms de la jolie dame voilée et de notre voyageur étranger. La première était madame de Laurens ; l'autre s'appelait M. le baron de Rodach. Sur ce dernier, nous n'en savons pas davantage.

La jeune fille du remise reviendra bientôt, sans doute, croiser notre chemin.

Quant à madame de Laurens, c'était la fleur de l'aristocratie financière. Elle avait pour mari l'agent de change Léon de Laurens, homme puissamment riche, et dont la probité connue défiait ces proverbiales rumeurs qui courent sur les agents de change. Elle avait pour père le vieux M. de Geldberg, de la maison Geldberg, Reinhold et Cie.

Dans toute la banque parisienne, on n'eût point trouvé de raison sociale plus justement honorée. C'était une de ces maisons puritaines qui gâtent le métier, tant elles sont honnêtes, et qui ne gagnent que 25 pour 100 sur les comptes de retour.

De pareils dévouements font hausser les épaules aux banquiers qui gardent les bonnes traditions de la confrérie.

Le vieux Geldberg était un digne homme, un vieux patriarche, timide et modeste, bien qu'il eût des millions de rente, et trouvant son plus cher bonheur dans l'amour de ses enfants. Sous ce rapport, la Providence l'avait admirablement partagé. Abel de Geldberg, son fils, était un cavalier fort brillant, expert au turf et rompu aux affaires.

Sara, sa fille aînée, avait épousé M. de

Laurens. Esther, la seconde, était veuve d'un pair de France à vingt-cinq ans. Tout ce qu'on pouvait dire de Lia, la dernière, c'est qu'elle était douce et jolie comme un ange.

M. le chevalier de Reinhold, principal associé de la maison, avait une réputation très-enviable de philanthropie éclairée et de science industrielle. C'était lui qui dirigeait les affaires avec Abel de Geldberg; car depuis quelques années déjà le vieux Moïse se reposait des fatigues de sa laborieuse carrière.

Mais la maison semblait marcher toujours dans le sillon qu'il avait tracé. Sur la place de Paris, Geldberg restait synonyme d'honneur commercial et de loyauté.

Dans le monde opulent qu'ils voyaient, Moïse et sa famille étaient entourés d'une considération approchant du respect. On citait l'esprit fin, la vertu gracieuse et aisée de madame de Laurens, la douceur aimable et la charité de la belle Esther, veuve du général comte Lampion, en son vivant pair de France.

Bien que Lia fût encore une enfant, des ducs et des marquis, des ducs de pur aloi et des marquis non de l'Empire, l'avaient déjà demandée en mariage.

Quant au jeune M. Abel de Geldberg, il ne lui manquait qu'un petit bout de titre pour être l'astre le plus éblouissant de la capitale. Il pouvait littéralement choisir entre les riches héritières des trois faubourgs. Il était l'orgueil de son vieux père et la gloire de l'escompte.

Ceci posé, il sera loisible au lecteur d'interpréter à sa guise la conduite de madame de Laurens. Nous devons ajouter seulement que la moindre supposition malveillante, manifestée tout haut dans certains salons, touchant cette charmante et honorable personne, eût mis au vent dix flamberges financières, tout en or.

Les jeunes commis de la maison de Geldberg étaient en effet des messieurs d'un certain ton, sachant monter à cheval, et fréquentant les tirs à l'heure où les écritures terminées donnent aux teneurs de livres le droit de vivre un peu en gentilshommes.

Pendant que madame de Laurens regagnait son coupé, qui stationnait toujours au coin de la rue Phélippeaux, le baron de Rodach demeurait immobile à la même place. Il réfléchissait peut-être aux causes qui avaient déterminé la méprise de la jolie dame. En tout cas, sa méditation ne fut pas de longue durée. Il se souvint tout à coup des événements qui avaient précédé la rencontre, et tourna ses yeux vivement vers l'endroit où le bel adolescent qu'il poursuivait s'était arrêté naguère.

Mais notre jeune homme avait continué sa route, et Rodach ne vit plus que des têtes inconnues à l'entrée du passage.

Deux minutes à peine s'étaient écoulées depuis que le jeune homme avait quitté son fiacre. Il ne pouvait être bien loin; Rodach reprit sa course et entra dans le Temple à son tour.

Sa haute taille lui permettait de voir pardessus les têtes de la foule, qui était composée presque entièrement de femmes. Néanmoins il eut beau fouiller la voie principale et les cent ruelles qui pénètrent dans l'intérieur des carrés, le jeune homme resta pour lui introuvable.

La chute du jour commençait à se faire sentir dans le marché. Le dedans des échoppes devenait sombre, et c'était comme au travers d'une demi-obscurité que l'on apercevait les mouvements confus des marchandes, qui se pressaient, qui bavardaient, qui injuriaient et dont les mille voix aigres ou enrouées se mêlaient en un odieux concert.

Rien au monde, pas même la grande salle de la Bourse, les jours de liquidation, ne saurait donner une idée de l'activité avide qui met le Temple en fièvre à certaines dates privilégiées. C'est un coup d'œil unique, et qui tient, à notre sens, une place notable dans la physionomie de la grande ville.

Le Temple, cette immense baraque, est le digne et vrai pendant de la Bourse.

L'un des deux bazars est en pierres de taille, l'autre en planches vermoulues. Dans le premier, on compte par billets de banque; dans le second, les gros sous sont en faveur; mais dans les deux on fait de l'or; et les haillons du marché populaire valent mieux peut-être, en réalité, que les illusions menteuses qui composent le fonds de l'opulente boutique de la rue Vivienne.

Rien ne manque à la ressemblance, si ce n'est que la vieille justice du Temple condamne les voleurs maladroits à être battus et chassés.

A part cela, tout est pareil.

Le Temple a ses loups-serviers en bottes éculées, qui règlent les cours à leur convenance et assassinent leurs confrères plus indigents au moyen de la hausse et de la baisse. Au lieu de jouer sur des actions, la cupidité sans frein joue ici sur des loques : à peine peut-on dire que l'un est moins propre que l'autre.

Le Temple a son argot : qui ne connaît celui de la Bourse? On peut affirmer que le jargon des *chineurs* [1] et des *râleuses* [2] ne vaut pas moins que la langue tarée des coulissiers.

Le Temple a son parquet, composé de *bausses* (patrons) recommandables et de *bausseresses* huppées; il a ses courtiers marrons sur le carreau et au *Camp de la Louppe* il a même son Tortoni sur la place de la Rotonde, à la fameuse enseigne de l'*Éléphant*.

Les deux bazars sont frères, et frères jumeaux. Ils ont pris, dans le giron de leur mère l'aventureuse industrie, tout ce qui constitue le trafiquant retors, l'usurier hardi, le tondeur trop zélé qui écorche.

Entre eux, la différence est tout entière du gros soulier ferré à la botte vernie; ce n'est qu'un peu de fange de plus ou de moins. Et, en fait de boue, si le Temple emporte la balance quand on parle sans métaphore, la Bourse, au figuré, n'a pas de peine à prendre sa revanche.

Il y a un dernier trait. La Bourse et le Temple opèrent parfois de fraternels échanges. Plus d'un seigneur, dont le lourd portefeuille influe sur les transactions de fin courant, a vu le jour dans les cabanes poudreuses du *Pou-Volant* ou de la *Forêt-Noire*, et plus d'un *mastiqueur*, voué désormais au culte ingrat des savates, se souvient, en graissant de vieilles bottes, du tilbury qui l'attendait jadis devant le péristyle du palais de l'argent.

Ces choses-là ne sont pas rares. Avec un certain genre de vaillance et dans tel cas donné, il est presque aussi facile de sauter d'une échoppe dans un équipage que de tomber d'un palais dans un bouge.

Après ces comparaisons multipliées entre la Bourse et le Temple, nous devons faire cependant une réserve. Au Temple, il n'y a guère de banqueroutes. On n'y dérobe qu'au comptant. Les spéculateurs dans la gêne, qui ne peuvent pas payer la location de leur trou, sont mis sans façon à la porte et vont mourir de faim ailleurs.

Ce serait une curieuse étude que de visiter dans la même journée la Bourse et le Temple, le tripot millionnaire et le pauvre marché.

On verrait là, sous ses deux aspects les plus frappants, la fièvre chaude de trafic dont notre siècle est malade.

La physionomie marchande de Paris, qui se cache derrière tant de mensonges, apparaîtrait complète et sans voile. On verrait combien est âpre à la curée la cité frivole, la capitale des élégantes délicatesses. On la verrait avare comme un usurier de cent ans, cupide et folle de gain comme ces bandits

1. Ou roulants : marchands d'habits errants. Dans toute cette description, il s'agit du vieux Temple, et non point du marché nouveau bâti à la fin de l'Empire.

2. Courtières qui engluent la pratique sur le carreau, et qui déshabillent elles-mêmes les chalands chez les marchands de vin du voisinage.

de nos rues, qui risquent le bagne pour un demi-louis ; infatigable, affairée, soucieuse, et ne demandant qu'à se damner au rabais.

Le Temple est composé de quatre compartiments principaux, décorés de noms pittoresques et percés d'innombrables couloirs qui donnent accès aux visiteurs. L'ensemble de ces compartiments renferme environ dix-neuf cents échoppes ou *places*, louées à raison d'un franc soixante-cinq centimes par semaine.

Parmi ces places, il y en a de bonnes et de mauvaises. Celles qui regardent l'enclos et la rue du Temple sont des nids de fortune; celles qui longent la rue du Petit-Thouars ont leur mérite ; on ne dédaigne pas tout à fait celles que borde la rue Percée, et la place de la Rotonde elle-même a bien ses avantages. Mais l'intérieur des compartiments offre moins de chances. Le passant hésite à s'engager dans ces couloirs étroits, dont les deux côtés sont gardés par des femmes jeunes ou vieilles, laides ou jolies, mais toujours fortes en langue, et possédant, pour se venger des dédains du flâneur, le vocabulaire d'invectives le mieux fourni qui soit au monde.

Il y a eu, à cet égard, certaines réformes estimables. La police du Temple est mieux faite, depuis quelques années ; et les gardiens donnent parfois aux sirènes qui ont trop de voix de sévères leçons de politesse. Mais il ne faut point se fier à ces garanties toutes neuves. Les mœurs sont vivaces, et cette courtoisie commandée est un frein sujet à se rompre.

Les deux carrés qui sont à droite du passage central forment la *série rouge*, et ceux de gauche la *série noire;* chaque compartiment possède, en outre, son appellation spéciale.

Le premier, le plus beau, celui que fréquentent les élégants de sixième ordre, les lorettes et les baronnes économes, a reçu, par analogie, le nom de *Palais-Royal*. Les marchandes de ce carré sont presque civilisées. Elles désignent elles-mêmes leurs marchandises sous le nom de *frivolités*. Ce sont des modes, des gants nettoyés, des dentelles de tout prix, des bijoux, des franges et des oripeaux de théâtre.

Madame Batailleur, la marchande chez qui nous avons vu entrer successivement la jeune fille du remise et la belle madame de Laurens, florissait dans ce compartiment d'élite.

Le carré du drapeau, ou *Pavillon de Flore*, occupe un rang déjà secondaire. C'est la bourgeoisie à côté de la noblesse : du linge, des matelas, des rideaux, des robes d'indienne et des layettes.

Le troisième compartiment tient dans l'échelle sociale du Temple la place du peuple. Il n'est ni élégant ni riche, et le titre qu'il s'est donné prouve le sans-gêne heureux de ses mœurs.

Il s'appelle *le Pou-Volant*, et ce nom n'est point une calomnie.

C'est un immense magasin de chiffons et de ferrailles ; c'est le réservoir toujours plein où vont se vider incessamment les paniers des revendeurs et les sacs des marchands ambulants.

Après le peuple, il y a encore quelque chose. Ce quelque chose n'a point de nom pour les faiseurs d'économie politique ; mais Odry l'appelle tout franchement la canaille.

Après le Pou-Volant, il y a la Forêt-Noire.

Sauf une mince ligne d'échoppes fripières qui borde la rue du Petit-Thouars, la Forêt se compose entièrement de dépôts de savates. Le monde entier pourrait s'y fournir de vieux souliers, et il faut voir cet inconcevable amas pour se faire une idée du nombre de semelles qui s'usent sur le pavé de Paris.

Les savetiers de la Forêt-Noire s'intitulent *fafioteurs*, ceci entre amis. Leur titre officiel est marchands de *bottins*. Leur industrie ne consiste nullement à réparer les vieilles chaussures, mais bien à en dissimuler les trous avec du carton et de la graisse noire.

Cela s'appelle *mastiquer le bottin*.

Au delà de la Forêt-Noire et du Pou-Volant se trouve le carreau du Temple, qui sert de Bourse aux marchands d'habits errants, désignés sous les noms techniques de *roulants* ou *chineurs*.

Au delà du carreau s'élève une grande maison ovale, entourée d'un vilain péristyle. C'est la Rotonde du Temple, qui fut construite autrefois, dit-on, pour servir de maison de détention aux débiteurs insolvables.

Maintenant elle est habitée par toutes les variétés de fripiers, principalement par les refaçonneurs et marchands d'uniformes, et les *niolleurs*, qui rendent aux chapeaux défoncés le même service que les fafioteurs aux savates hors d'usage.

La Rotonde est desservie par douze escaliers, et contient près de mille habitants.

Le Temple proprement dit s'arrête là. Mais il est à peine besoin d'ajouter que tout le quartier voisin participe de ses mœurs et de son industrie. Les maisons qui bordent la place de la Rotonde surtout et la rue du Petit-Thouars sont regardées comme faisant partie intégrante du marché.

Aussitôt que vous vous engagez dans cette rue ou dans l'un des passages intérieurs du Temple, vous devenez la propriété des *râleuses*, êtres aussi odieux que leur nom. Les râleuses sont ces femmes qui hèlent le passant à haute et intelligible voix, qui savent toutes les flatteries et qui n'ignorent aucune injure. Ce sont elles qui, du plus loin qu'elles vous aperçoivent, découvrent la plaie de votre paletot, le faible de votre pantalon, le défaut de votre coiffure. Tant que vous n'avez pas passé leur échoppe, vous êtes un monsieur, un bourgeois, un bel homme... Trois pas plus loin, vous devenez un pas grand'chose, et vous n'avez pas trois points (francs) dans votre poche pour conquérir un chapeau retapé : une niolle!

Elles raillent tout crûment la laideur ; elles appellent les bossus mayeux, les cagneux manches de veste, et les louches grippe-soleil.

Elles ont de pleins tonneaux de méchants quolibets appris à la Gaîté, aux Folies-Dramatiques et aux chers Funambules. Leur verve impitoyable assomme la richesse déguisée, qui vient lutter de ruse avec leur expérience, et ne dédaigne pas d'étrangler la misère au passage.

Aux heures du marché qui se tient sur le carreau, devant la Rotonde, les râleuses font office de courtières, et c'est de là que vient leur titre officiel. Mais elles sont, pour la plupart, filles de boutique dans le Temple même, où, malgré une police très-sévère, elles trouvent moyen d'exercer leur redoutable éloquence.

Un autre jour et à une autre heure, notre jeune homme eût été très-certainement appréhendé au corps, à cause de son paquet. Les gens du Temple même, en effet, aiment presque autant acheter que vendre. Ils savent bien que leur bazar au rabais ne peut jamais manquer de chalands.

Mais ce soir-là les choses ne suivaient pas leur cours ordinaire. Il se faisait tard et la vente allait un train de bénédiction. Les marchandes, qui ne savaient auquel entendre, n'avaient pas le loisir d'acheter.

C'étaient, de toutes parts, des discussions bruyantes, des offres repoussées avec mépris, pour être, l'instant d'après, acceptées. C'étaient encore des dépréciations savantes, opposées à la poétique éloquence des éloges. C'étaient enfin des luttes de paroles aigres-douces où se mêlaient abondamment, vu la circonstance, les téméraires plaisanteries du carnaval.

Et l'on achetait, on achetait sans cesse ; il semblait que le Temple allait faire peau neuve et se débarrasser une bonne fois de toutes ses loques.

Il n'y avait à chômer que les revendeuses de matelas et les marchandes de ferraille. Les autres industries s'en donnaient à cœur joie. Le Palais-Royal surtout faisait des affaires d'or, et ses frivolités atteignaient une hausse exorbitante. Il fallait mettre douze sous pour avoir une paire de gants ; le moindre *décrochez-moi ça*[1] valait une *croix* (six francs), et les costumes de laitière suisse arrivaient à un prix que nous n'osons point dire.

Ailleurs, c'était un habit noir qu'il fallait à ce laquais de bonne maison dont le regard avait enflammé le cœur d'une mercière. Ce jeune lion n'avait besoin que d'une chemise pour être admirablement couvert. Cet ouvrier en blouse voulait un gilet comme il faut. Cet honnête Auvergnat, sage au milieu de la cohue folle, cherchait le plus mastiqué de tous les bottins.

Des bonnets de titi, des plumets de charlatan, de vieux fracs à paillettes, des bottes molles, des masques, des maillots rebutés par les théâtres, des chiffons informes pour composer le glorieux costume de chicard, des casques romains, des lunettes, des perruques de filasse, des têtes d'ours, des peaux de sauvage, et le chapeau de Napoléon!

De tout, de tout, de tout!

Notre jeune homme avait déjà fait deux carrés, et s'était adressé sans succès à plus de vingt marchandes. On n'avait pas le temps. On ne daignait pas même voir ce que contenait son paquet.

En traversant le carrefour, au centre duquel s'élève la barraque de l'inspecteur, notre beau jeune homme put constater l'approche rapide de la nuit. L'expression mutine de son charmant visage se teignit d'une nuance de dépit.

— Comment faire? murmura-t-il en secouant sa blonde tête; il me reste cinq francs, et je veux passer une nuit de grand seigneur!

Il hésita un instant avant de s'engager dans le carré voisin. Son dépit tournait à la mélancolie, et la tristesse accrue de ses pensées mettait comme un voile sur la vivacité de ses traits.

— Je crois bien que ce sera ma dernière nuit, reprit-il. Je veux au moins la faire brillante et bien remplie! Si Denise m'aime, il faut qu'elle me le dise ce soir; et cette autre femme qui me rend fou, il faut que je la voie encore... encore une fois!

Les groupes d'acheteurs passaient à côté de lui et le poussaient tantôt à droite, tantôt à gauche; il ne s'en apercevait point. En ce moment, il avait presque oublié l'objet de sa venue. Ses grands yeux bleus rêvaient, et son visage mobile reflétait maintenant une sensibilité profonde.

Le nom de Denise revint encore une fois à sa lèvre, et sa paupière baissée devint humide.

Parmi toute cette foule rassemblée en ce moment au Temple, il n'y avait point d'habit masculin qui pût le disputer en élégance et en finesse à celui de notre jeune homme.

Mais il n'y avait pas peut-être, en revanche, une bourse plus complétement dégarnie que la sienne.

Il se nommait Franz; il n'avait point de parents; il allait avoir dix-neuf ans.

C'était à peu près tout ce qu'il connaissait lui-même de son histoire.

La distinction de sa personne et de sa toilette n'était point ici un titre à la bienveillance des gens qui l'entouraient. En passant auprès de lui, chacun lui décochait un trait plus ou moins hostile, et il n'y avait que les femmes qui eussent pour sa beauté des regards amis.

— Allons, moderne, un peu de place! disait, en le poussant de côté sans façon, le Savoyard en quête d'une paire de vieux souliers.

Quelque gaillard en blouse, connaissant à fond la noble langue du Temple, marmottait avec un sourire très-fin:

1. Chapeaux de femme d'occasion.

— Combien voulez-vous de cela? — Deux cent cinquante francs, répondit Franz. (Page 111, col. 1.

— *Nib de braise!* Le petit vient *biblotter les vieilles frusques!*

Un gamin de Paris dans le plein exercice de sa charge, c'est-à-dire gênant le passage et vaguant comme un chien perdu, ajoutait de sa voix criarde :

— *Nisco braisicoto*[1] ! Pas moyen de vendre aujourd'hui le fin *montant* et la *pelure* (le pantalon et l'habit) : avec ça que le *plan* est fermé partout... en voilà de la chance !

1. *Nib de braise* ou *nisco braisicoto*, pas d'argent.

Le Savoyard, le gamin et l'ouvrier passaient; d'autres venaient après eux, et c'était toujours la même histoire.

Une poussade plus vive que les autres éveilla Franz de sa rêverie. Il jeta les yeux autour de lui et rougit de colère comme un enfant qu'il était, en se voyant le point de mire de tous ces regards moqueurs. Ses sourcils délicats se froncèrent; sa main blanche se ferma comme s'il eût voulu commencer un combat à coups de poing.

Il y eut dans la foule un énorme éclat de rire.

Franz rougit jusqu'aux oreilles, et tourna

le dos en se dirigeant vers la rue du Petit-Thouars.

Le baron de Rodach, qui le cherchait toujours, arriva quelques secondes après devant la barraque de l'inspecteur ; mais Franz était déjà loin, et le jour baissait de plus en plus.

Le baron s'approcha d'une boutique où la vente semblait absorber moins complétement la marchande.

— Pourriez-vous me dire où est la place de madame Batailleur? demanda-t-il.

— Connais pas, répondit la dame interrogée, par pure jalousie de métier.

— Et le marchand d'habits Hans Dorn?

— Connais pas.

Le baron fouilla encore la cohue du regard. Il crut voir une tournure ressemblant à celle de Franz, et il poursuivit sa recherche, remettant ses questions à un autre moment.

Si Franz, en descendant de voiture, s'était rendu tout de suite dans la rue du Petit-Thouars, il eût trouvé peut-être ce qu'il cherchait ; mais il avait perdu son temps avec les marchands du Palais-Royal et du pavillon de Flore. Quand il arriva dans le vrai centre de la friperie, la cloche de clôture tintait son premier son, et les échoppes fermaient.

Il alla néanmoins de porte en porte, honteux et découragé, offrant partout ses habits à vendre.

Partout on lui disait de revenir, parce que la nuit tombante ne permettait plus d'examiner les étoffes.

Il arriva enfin à la dernière baraque qui fait le coin de la place de la Rotonde.

Autant les autres échoppes étaient vivantes et encombrées d'acheteurs, autant celle-ci se présentait morne et silencieuse.

Il y avait pour toute marchandise quatre ou cinq haillons suspendus à la devanture. Dans l'intérieur, il n'y avait rien qu'une demi-douzaine de tréteaux, servant jadis, sans doute, à étaler les nippes absentes.

Dans un coin, une femme affaissée sur elle-même et chargée de vieillesse était assise et immobile. Non loin d'elle, une autre femme, qui paraissait avoir trente-cinq à quarante ans, et qui gardait une belle taille sous ses misérables vêtements, avait sa tête entre ses mains.

Au milieu de l'échoppe, un garçon d'une quinzaine d'années, maigre, grêle, mal bâti, et à peine couvert par un sarreau de toile en lambeaux, se tenait à cheval sur l'un des bancs et chantonnait d'une voix monotone.

— Voulez-vous m'acheter des habits? dit Franz en s'arrêtant sur le seuil de l'échoppe.

La vieille femme demeura immobile, mais jeta sur lui un regard où le désespoir était peint.

L'autre femme releva vivement la tête. Son visage, qui gardait les traces d'une grande beauté, était rougi de larmes.

Le garçon à cheval sur le banc éclata en un rire haletant et idiot.

III

L'ÉCHOPPE

Sans le savoir, Franz avait avancé la tête à l'intérieur de cette échoppe morne et vide, qui contrastait si étrangement avec ses voisines, emplies de mouvement et de bruit.

C'était la dernière ; il avait voulu tenter un dernier effort.

Maintenant il restait là sur le seuil, n'osant plus ni s'en aller ni répéter sa demande.

C'était un enfant subissant toutes les impressions avec une sensibilité fougueuse. Il poussait à l'excès tour à tour la hardiesse et la timidité. Les deux femmes le regardaient et ne répondaient point. Le garçon idiot, à cheval sur son banc, continuait de rire aux éclats.

Le cœur de Franz se serrait.

— Oh! oh! dit enfin le garçon en serrant sa poitrine à deux mains, je ris trop... je ris trop! Mais c'est que celui-là demande à la mère Regnault si elle veut acheter quelque chose! allez donc, *nib de braise!* Si la mère Regnault avait de l'argent, elle donnerait du pain à Geignolet, et Geignolet a grand'-faim!

Il cessa de rire, et sa voix prit un accent plaintif.

La plus jeune des deux femmes tourna vers lui son regard où il y avait un désespoir profond.

— Jean va revenir, mon pauvre enfant, dit-elle, et tu auras à manger.

La vieille avait joint ses deux mains ridées, et marmottait entre ses dents des paroles presque inintelligibles.

— Je l'ai vu encore aujourd'hui, disait-elle; il est bien changé, mais mon cœur le reconnaît. Avec l'argent qu'il dépense en un jour, ces pauvres enfants seraient heureux une année. Oh! j'irai vers lui, à la fin; il le faut! il le faut!

La vieille s'appelait madame Regnault. C'était la doyenne du Temple. L'autre femme, qui était sa bru, avait nom Victoire. Elle était la mère de l'idiot qui se nommait Joseph, et que les gamins du marché avaient surnommé Geignolet, par une sorte d'onomatopée peignant à la fois son apparence chétive et sa voix larmoyante.

Joseph Regnault, ou Geignolet, était imbécile de naissance.

Franz, cependant, restait planté sur le seuil, le rouge au front et la bouche béante.

— Monsieur, lui dit Victorine, la cloche sonne pour la fermeture du Temple, et il ne nous est pas possible de vous rien acheter en ce moment.

— Oh! s'écria l'idiot qui se prit à rire, ce n'est pas parce que la cloche sonne! Maman Regnault n'a pas d'argent. Nib! nib! nib!

— Joseph!... Joseph! murmura Victoire avec un accent de tendresse et de reproche.

L'idiot frappa sur son banc, comme si c'eût été un cheval.

— Hue! reprit-il. Hue! bourrique!

Il se mit à chanter tout à coup sur un air bizarre qu'il avait trouvé seul :

C'est demain lundi,
Et maman Regnault n'a pas trente-trois sous
Pour payer sa place;
On va nous mettre sur le pavé
Pour notre mardi-gras;
Sur le pavé, sur le pavé,
La bonne aventure, oh gai!

Il s'interrompit pour battre son tréteau et crier à tue tête :

— Hue! bourrique!

Sa mère avait oublié Franz. Elle le regardait, et ses yeux s'étaient de nouveau emplis de larmes.

— J'irai, marmottait la vieille femme. Mon Dieu! moi qui l'aimais tant, aurais-je pu penser jamais que la pensée de le voir m'aurait fait si grand'peur! mais c'est qu'il me chassera peut-être et alors il sera damné!

Ses mains ridées tremblèrent.

— Et c'est moi qui en serai cause! ajouta-t-elle en frémissant.

— Madame Regnault! cria une voix dans l'échoppe voisine, fermez ou vous aurez l'amende.

La vieille femme se leva.

— Voilà plus de trente ans que je suis ici, dit-elle ; c'est peut-être mon dernier jour... mais il faut faire son devoir.

Elle prit entre ses bras faibles un des lourds volets qui servaient de fermeture. Victoire vint à son aide, mais l'idiot ne bougea pas.

Il battait son banc sans relâche en disant par intervalles :

— J'ai grand'faim!

Franz souffrait au contact de cette affreuse détresse. Il avait glissé ses doigts dans son gilet et tenait à la main son unique écu de cinq francs; mais il ne savait pas comment le donner.

— Monsieur, dit Victoire qui l'aperçut en ce moment, je vous répète que nous ne pouvons traiter d'affaires ce soir. Si vous êtes pressé, allez dans cette maison que vous voyez sur la place de la Rotonde, et demandez Hans Dorn, le marchand d'habits. Rangez-vous, je vous prie, pour que je ferme la porte.

Franz demeurait immobile et roide comme un terme. Il se rangea pour obéir au dernier mot de Victoire; mais, au lieu de se retirer, il entra brusquement dans la baraque et mit sa pièce de cinq francs sur le banc au-devant de l'idiot.

Cela fait, il s'enfuit.

Geignolet poussa un hurlement de joie et se mit à faire rouler sur le sol la pièce de cinq francs, qu'il suivait en rampant sur ses pieds et sur ses mains.

Franz était déjà devant la maison du marchand d'habits Hans Dorn.

C'était un bâtiment étroit, mais haut de plusieurs étages, qui présentait, sur sa pauvre façade, quatre ou cinq enseignes indiquant toutes la même industrie. On dirait que le commerce de vieux habits se vivifie par la concurrence. Sur la place de la Rotonde, tout le monde est *fripier pour Paris et la province;* et tout le monde vit ou à peu près.

Les boutiques donnant sur la place étaient déjà fermées. Franz entra dans une allée longue et sombre, qui aboutissait à une cour intérieure. Il faisait nuit dans cette allée, et Franz n'y découvrit aucune trace de concierge. Il avait à choisir entre un escalier roide et noir qui montait en tournant aux étages supérieurs et la porte ouverte de la cour.

Il choisit la cour. A l'une des portes du rez-de-chaussée, il aperçut une fillette, à l'air joyeux et bon, qui causait avec un joueur d'orgue portant sur son dos le lourd et bruyant insigne de sa profession.

C'était un garçon un peu plus âgé que Franz. Il y avait sur son visage timide beaucoup de douceur et de franchise : il y avait surtout une sorte de mélancolie rêveuse qui contrastait avec les insignes de son prosaïque métier. Le velours grossier de son pantalon et de sa veste ronde laissait deviner une constitution faible et des contours délicats. Il semblait bien las et ses reins étaient comme brisés par le poids de son orgue.

La fillette, au contraire, était forte, rose, alerte, vive. La jeunesse heureuse semblait rayonner dans son frais sourire. Elle avait à revendre de la joie, de la vie et de la santé.

Au moment où Franz mettait le pied dans la cour, le garçon à l'orgue de Barbarie tenait la main de la jeune fille entre les siennes. Il se recula précipitamment au bruit et devint rouge comme une cerise.

La jeune fille elle-même rougit légèrement et remplaça son gai sourire par un petit air sérieux.

— Est-ce ici que demeure Hans Dorn, le marchand d'habits? demanda Franz.

— C'est ici, répondit la jeune fille.

— A vous revoir, mademoiselle Gertraud ! murmura le joueur d'orgue en soulevant sa casquette.

— Bonjour, Jean Regnault! répondit la jeune fille qui lui rendit son salut avec un bon sourire.

Le pauvre joueur d'orgue s'éloigna demi-content, demi-jaloux; car Franz était bien joli garçon et restait seul avec Gertraud.

On entendit bientôt l'instrument plaintif résonner dans la nuit de l'allée, et prêter des accents pleureurs aux sémillantes mesures de la polka, tout récemment importée en France, et qui était déjà tombée dans le domaine des orgues de Barbarie.

Franz contemplait la figure épanouie de la petite Gertraud, et le sentiment pénible qu'il avait éprouvé dans la pauvre échoppe du Temple s'effaçait peu à peu. En lui, les impressions étaient aussi rapides à mourir qu'à naître. Son caractère vif et gai reprit le dessus bien vite, et il regarda la jolie fille en homme qui va conter fleurette.

Gertraud était bien la meilleure pâte d'enfant qu'il y eût dans tout Paris. Elle avait le cœur sur la main et son franc sourire disait toute son âme. Il n'était point dans son caractère de repousser durement un mot flatteur, ou de se fâcher pour un compliment tombé de la bouche d'un cavalier. Sa conscience, qui était droite comme l'or, avait de la forfanterie. Comme elle se sentait pure et forte, elle n'avait peur de rien au monde; mais, en ce moment, il y avait au dedans d'elle-même une émotion inaccoutumée. Sa nature réjouie se faisait rêveuse pour un instant, parce qu'elle subissait encore l'influence de la mélancolie d'autrui.

Elle venait de causer avec le pauvre Jean Regnault, qui l'aimait et qui souffrait. Gertraud l'aimait aussi; elle avait du remords à rester gaie.

— Hans Dorn est mon père, dit-elle, et vous allez le trouver chez lui.

Franz avait une de ces figures qui excusent et rendent adorables toutes les folies de l'amour étourdi. C'était un charmant enfant, fils de la poésie en goguette que nous voyons soupirer et rire tour à tour dans la comédie de Beaumarchais, et pour qui le mot fatuité n'a pas de sens, non plus que le mot inconstance.

L'adolescence, d'ordinaire, en notre temps surtout, se guinde, pédante et triste, ou rougit, gauchement déconcertée. L'esprit le plus morose ne saurait maugréer contre ces beaux fils qui passent, désormais si rares, et dont la jeunesse souriante voltige autour de la beauté comme un papillon autour de la lumière.

Ils ne savent pas. Ils écoutent, indécis et charmés, les premières chansons fredonnées tout au fond de leur cœur. Ils vont, se prenant à tout piége où le leurre d'amour les attire. L'appât que d'autres redoutent, ils l'abordent vaillamment et s'y prennent à deux mains.

Ne voyez-vous pas d'ailleurs qu'il y a une larme prête à poindre sous leur joli sourire, et que l'heure va sonner où le jeu deviendra passion?

Ils sont heureux! n'auront-ils pas le temps de souffrir?

Hélas! deux ans de plus sur leurs blondes têtes, et le charme qu'ils ont va tourner au ridicule. Dès que l'enfant se sera fait homme, il faudra qu'il change, sous peine de passer à l'état de séducteur banal et d'offrir un exemplaire de plus de cette odieuse copie du don Juan bourgeois, qui peuple nos salons comme nos boutiques.

Laissez-lui son amour tour à tour timide et hardi, et dont les témérités mêmes n'ont rien qui offense. Laissez-lui ses espérances folles, ses rêveries de page et ces riants combats dont le prix est un baiser. Ne le grondez pas, le pauvret; demain, il apprendra le respect; demain, la femme sera pour lui un être sérieux qu'il servira en esclave ou qu'il trompera en bourreau. Attendez à demain.

Franz, au milieu de cette pauvre cour,

tenait son gros paquet sous le bras et, tout prêt à improviser une attaque galante, côtoyait bien étroitement le ridicule. Lovelace lui-même, en pareille occurrence, eût été puissamment burlesque; mais, Franz n'avait pas vingt ans; un sourire espiègle scintillait dans ses grands yeux bleus; Franz était charmant.

La petite Gertraud, qui le trouvait tel, et qui était connaisseuse, sentit un vermillon plus vif animer sa joue rondelette; elle devina l'attaque et fut prudente une fois en sa vie; elle lâcha pied devant l'ennemi.

Le pauvre Jean Regnault arrivait en ce moment devant l'échoppe vide que son aïeule et sa mère achevaient de fermer. Il versa religieusement entre les mains de la vieille femme la petite recette de sa journée.

Chaque soir il en était ainsi; mais ce n'était pas assez pour faire vivre la famille.

Jean travaillait tant qu'il pouvait, et il était bien malheureux.

S'il avait pu voir, en ce moment, la conduite de Gertraud, qu'il aimait tant, et dont il était jaloux comme tous les gens qui souffrent, sa peine eût été soulagée.

La fillette, en effet, opérait une retraite héroïque. Elle traversa précipitamment le couloir du rez-de-chaussée, monta un petit escalier dont les marches tremblaient, et entra, sans reprendre haleine, dans la chambre de son père, qui était située au premier étage.

Franz la suivit de près et entra sur ses talons.

— Père, voilà un monsieur qui veut te parler, dit Gertraud.

Hans Dorn, le marchand d'habits, était assis auprès d'une petite table sur laquelle brûlait une mince chandelle de suif. Il faisait ses comptes de la journée. Auprès de lui, sur la table, il y avait quelques pièces de cinq francs, un peu de monnaie d'argent et plusieurs hautes piles de gros sous.

La nuit se faisait noire au dehors. La chambre de Hans, mal éclairée par la petite chandelle, montrait dans une sorte de pénombre ses meubles noirâtres et son lit à rideaux de serge. On ne peut pas dire que cette demeure indiquât l'aisance, mais elle n'annonçait pas non plus la misère. Tout y était propre et eût même présenté un aspect assez heureux, sans la longue file de vieux habits qui pendaient le long des murailles.

Gertraud s'était assise auprès de son père. De ce poste fortifié, elle fixait ses regards brillants et sereins sur notre beau jeune homme, qui lui souriait sans rancune.

C'était vraiment une jolie enfant, et son costume propre de grisette lui allait à ravir.

Ceux qui avaient connu sa mère disaient qu'elle lui ressemblait trait pour trait. Et sa mère était cette autre Gertraud que nous avons vue jeune aussi, et fraîche, et naïve, dans la chambre de la comtesse Margarethe mourante, au vieux schloss de Bluthaupt.

Parfois, lorsque le marchand d'habits embrassait, le soir, sa chère enfant, qui était son seul bonheur en cette vie, il devenait triste et ses yeux s'emplissaient de larmes.

C'est que sa femme était morte bien jeune et que les doux regards de sa fille lui rappelaient un cruel souvenir.

Hans Dorn était maintenant un homme de quarante ans, fort et gardant encore la vigueur vive de la jeunesse. Sa figure était toujours ouverte et franche comme autrefois; ses cheveux abondants et frisés commençaient à grisonner. C'était la seule trace qu'eussent laissée sur sa personne les années écoulées. On voyait qu'il avait souffert; mais l'ancienne gaieté de sa physionomie n'avait point disparu, tant s'en faut, et il pouvait tenir sa bonne place encore dans une réunion de joyeux compagnons.

Franz dénoua son paquet et se mit en devoir d'étaler sur la table les objets qu'il contenait.

Hans regarda les habits et ne regarda point le jeune homme.

Il y avait un manteau, un costume noir complet, plusieurs gilets et des cravates.

Hans déplia le manteau et en fit sonner le drap; il examina les poignets et le collet de l'habit, parties faibles et qu'il faut éprouver tout d'abord, quand on est fripier et qu'on sait son état. Il donna un coup d'œil aux gilets et aux cravates pour mémoire, puis il prononça les paroles sacramentelles :

— Combien voulez-vous de cela?

— Deux cent cinquante francs, répondit Franz.

Hans repoussa le tout et reprit sa plume.

— J'en donnerai moitié, dit-il.

— Moitié! s'écria le jeune homme indigné; tout cela est neuf et j'en ai eu pour mille francs!

— Cela prouve que les tailleurs sont de fiers brigands! répliqua Hans. Moi, je vous ai dit mon dernier mot.

— Cent vingt-cinq francs! murmura le jeune homme d'un air de désolation.

Les doux yeux de la jolie Gertraud exprimaient de la pitié.

— Je ne puis pas faire davantage, reprit le marchand d'habits; si vous voulez essayer d'un autre, allez à la Rotonde: le bureau du vieil Araby n'est peut-être pas encore fermé... il vous donnera trois louis de toutes vos nippes, mais vous aurez la faculté de les racheter pour cinq cents francs, si le cœur vous en dit. Au plaisir de vous revoir!

Franz tâtait son manteau, puis son beau frac noir tout neuf, puis ses brillants gilets. Hans Dorn était tout entier à ses comptes; il n'avait pas encore daigné relever son regard sur sa pratique suppliante.

— Mon Dieu! mon Dieu! murmura Franz, je n'ai pas autre chose que cela; et que puis-je faire avec cent vingt-cinq francs? Voyons, mon brave monsieur, ajoutait-il voulant essayer de l'éloquence, examinez encore. Je suis sûr que vous n'avez pas bien vu!

— Si fait, dit Hans; je ne mettrai pas un franc de plus.

Le jeune homme croisa ses mains sur sa poitrine et poussa un gros soupir. Gertraud était tout attendrie.

Hans lui-même leva involontairement les yeux. Au moment où son regard tomba sur le jeune homme, il se fit un brusque mouvement dans ses traits, et sa joue changea de couleur.

— Gertraud, dit-il d'une voix altérée, allez dans votre chambre; j'ai besoin d'être seul.

La jeune fille obéit aussitôt, non sans jeter un dernier regard de curieux intérêt vers ce jeune homme inconnu dont la vue mettait ainsi du trouble sur le visage de son père.

Hans semblait faire effort pour recouvrer son calme.

Quand il fut seul avec sa pratique, il continua de l'examiner fixement durant une ou deux secondes, puis il baissa les yeux.

— Comment vous nommez-vous? demanda-t-il à voix basse.

— Franz, répliqua celui-ci.

— Vous êtes Allemand? reprit le marchand d'habits avec vivacité.

Le jeune homme rougit légèrement.

— Non, répliqua-t-il, je suis Français... et Français de Paris.

IV

PREMIER BAISER

Hans Dorn et Franz eurent une conversation qui dura environ dix minutes.

Un plus ombrageux que notre jeune homme se fût cabré assurément à certaines questions qui lui furent faites: mais Franz n'avait rien à cacher. Pour les deux cent cinquante francs qu'il venait chercher, il eût raconté de son histoire ce qu'il savait et même ce qu'il ne savait point.

Au bout de dix minutes, Hans ouvrit le tiroir de sa table et y prit deux cent cinquante francs qu'il compta par deux fois.

Franz se saisit immédiatement de l'argent et le fit disparaître dans ses poches.

— Grand merci! dit-il en boutonnant sa redingote par-dessus son trésor. Grâce à vous, je vais apprendre à mourir décemment et mener comme il faut ma dernière nuit de carnaval. Touchez là, mon brave homme, je vous souhaite du bonheur, à vous et à votre jolie fille.

Il donna sa main au marchand d'habits et envoya un baiser à la dérobée vers la porte entr'ouverte de Gertrand.

Ces choses-là sont rarement perdues; la jeune fille se renfonça dans l'ombre de sa retraite, mais un incarnat plus vif colora sa joue fraîche.

Le baiser était arrivé à bon port.

Franz descendit l'escalier branlant, quatre à quatre.

Le marchand d'habits l'avait suivi jusqu'au seuil d'un regard qui rêvait mélancoliquement.

— Il aurait cet âge-là, murmura-t-il en secouant la tête avec lenteur, et quand mon œil s'est relevé sur lui j'ai cru voir le doux visage de la comtesse Margarethe. Mais n'ai-je pas déjà rencontré une jeune fille qui avait ses beaux cheveux blonds et son regard d'ange? Elle était si belle! tous ceux qui sont beaux lui ressemblent.

Il demeura un instant pensif, puis il reprit son compte.

Franz traversa en courant l'allée obscure et s'élança sur la place de la Rotonde. Il passa sans s'arrêter devant le péristyle, où quelques lumières brillaient çà et là, et n'accorda pas même un regard à la nombreuse assemblée qui encombrait le comptoir du cabaret des *Deux-Lions*, dont l'enseigne est illustre dans tout le quartier. Il s'engagea, toujours en courant, dans la rue Forez, descendit la rue Beaujolais, et ne s'arrêta qu'à l'angle de la rue de Bretagne, devant la porte de cet hôtel où l'homme au paletot blanc, le chevalier, s'était introduit naguère avant lui.

Il interrogea du regard les deux côtés de la rue et se mit à faire faction devant la porte.

Les joies bruyantes du reste de Paris n'influent guère sur la solitude tranquille de certains quartiers privilégiés : le Marais s'endort dans son repos ennuyé lorsque le boulevard rit, danse et hurle. Les deux ou trois cents pas qui séparent la rue de Bretagne du boulevard peuvent compter pour une grande lieue; on n'y entend guère qu'un écho affaibli des chants aigus du carnaval; le fracas de la ville en goguette s'étouffe avant de parvenir jusqu'en ces calmes solitudes; les clameurs de la fête n'y sont plus qu'un murmure insaisissable et confus.

Les deux lignes des trottoirs s'étendaient désertes et silencieuses. La moitié des magasins étaient fermés: le reste projetait sur la rue, de loin en loin, de lumineux éventails.

Çà et là, de bonnes gens passaient, regagnant paisiblement leur domicile et prenant en pitié l'allégresse folle dont ils avaient surpris par hasard quelques éclats.

Ils avaient le chapeau sur le nez, les mains dans les poches et le cher parapluie sous l'aisselle.

Franz piétinait sur les dalles humides et arpentait le terrain en homme qui attend avec impatience. On eût dit un amoureux, arrivé le premier au rendez-vous; car le somnolent Marais produit une très-grande quantité de femmes charmantes qui attirent

BIBLIOTHÈQUE NATIONALE R.F.

Oh! oui, je vous aime... et si vous mourez, je mourrai! (Page 117, col. 2.

vers le soir, dans ses rues ignorées, ceux de nos jeunes seigneurs qui ne craignent pas les voyages de long cours.

Franz jetait à droite et à gauche ses regards avides. Aussi loin que son œil pouvait voir, il n'apercevait rien que d'honnêtes silhouettes de rentiers ou de gros couples qui se dirigeaient, bras dessus, bras dessous, vers le dîner quotidien. Les minutes lui semblaient bien longues.

Il était arrivé là tout joyeux et plein d'espoir; maintenant son front s'était rembruni, et il n'espérait plus guère.

— Il doit être bien tard; murmurait-il, si elle n'allait pas venir! Elle est rentrée déjà peut-être. Mon Dieu! je ne peux pourtant pas mourir sans la revoir!

Il s'agitait; il pressait le pas et continuait sa faction inquiète.

Au bout de deux ou trois minutes, il porta la main vivement à la poche de son gilet.

— J'avais une montre! murmura-t-il avec un accent tragi-comique.

Et sa gaieté naturelle se faisant jour à travers sa mélancolie, il se prit à sourire tout à coup.

— Ma pauvre montre! dit-il; ma foi! il était bien temps d'en finir, car j'étais à bout de ressources, et mieux vaut s'en aller rondement, avec une épée dans la poitrine, que d'allumer un réchaud de charbon dans sa mansarde, comme les porteurs d'eau qui font de mauvaises affaires. Mais voyons l'heure qu'il est!

Il prit sa course et se rapprocha d'un bureau de tabac qui se ressentait évidemment du voisinage du Temple, et où l'on vendait, concurremment avec les cigares de la régie, des chaussons de lisière, des bretelles, du savon-ponce, des oignons brûlés, des cervelas, du cirage conservateur breveté pour l'entretien de la chaussure, et des almanachs de la science sociale, sans préjudice d'autres denrées.

Franz mit son œil au carreau et interrogea le cadran collé à la muraille; l'aiguille marquait cinq heures : Franz se sentit tout réjoui.

— C'est l'heure où elle revient, pensa-t-il. Le temps était beau; elle sera sortie sans doute... il y a dix à parier contre un que je n'attendrai pas en vain!

Il revint à l'angle de la rue Charlot et continua sa promenade avec un nouveau courage. Au bout de deux ou trois minutes, il s'arrêta tout court et demeura comme en arrêt, l'œil fixé dans la direction de la rue Saint-Louis.

Il venait de distinguer deux femmes, l'une en bonnet, l'autre en chapeau, qui marchaient de son côté sur le trottoir.

Elles étaient bien loin encore, mais le cœur de Franz battait si vite! Il ne pouvait pas se tromper.

Les deux femmes, cependant, passaient devant les magasins fermés et marchaient dans l'ombre. Franz ne les voyait plus, mais il allait les revoir; il guettait. Lorsqu'elles entrèrent dans la patte-d'oie lumineuse produite par l'éclairage de la première boutique ouverte, Franz cessa de respirer.

Puis les deux cent cinquante francs du marchand d'habits résonnèrent dans ses poches, parce qu'il venait de sauter de joie.

C'était bien elle! il l'avait vue et reconnue : encore quelques secondes, elle allait passer là tout près de lui!

Mais à ce moment où son cœur bondissait d'allégresse, une réflexion vint le frapper comme un coup de poignard.

Denise n'était pas seule; ce lourd portail où il s'adossait maintenant allait s'ouvrir, puis se refermer sur elle.

Il n'avait point pensé à cela, l'enfant étourdi. L'attendre au passage et la voir, n'était-ce pas assez pour sa bouillante cervelle? Il n'avait songé qu'à courir.

A présent, il voulait lui parler; et sa volonté, pour être soudaine autant que le caprice d'une femme, n'en était pas moins robuste comme la résolution d'un homme.

Il se recula par un mouvement rapide, et sans savoir peut-être ce qu'il allait oser; il se cacha derrière l'angle de la rue. Les deux femmes arrivaient devant la porte. C'était une jeune fille avec sa vieille servante.

La servante souleva le marteau. Franz haletait et tenait à deux mains son cœur qui sautait dans sa poitrine.

La porte s'ouvrit. Comme elle était lourde et dure, Marianne, la servante, passa la première afin éviter à sa jeune maîtresse la peine de la pousser.

Au moment où la jeune fille allait entrer à son tour, Franz s'élança comme un trait, saisit la poignée de fer qui servait en même temps de marteau et attira violemment la porte, qui se referma avec bruit.

La jeune fille resta interdite et tremblante. Elle n'eut pas même la force de crier, tant elle était épouvantée.

La servante, cependant, s'était retournée au bruit de la porte, pour chercher derrière elle sa maîtresse, puis elle se tourna encore et la chercha devant. Personne!

La voûte était un peu sombre, et les yeux de la vieille femme ne valaient plus grand'-chose, pour avoir fait trop d'usage.

— Denise, mademoiselle Denise! où êtes-vous?

Denise n'avait garde de répondre.

La vieille Marianne tournait toujours sur elle-même et cherchait.

Elle s'arrêta tout essoufflée.

— Elle aura passé entre moi et le mur, grommela-t-elle avec un peu de colère; cette jeunesse est si leste! Je parie qu'elle a déjà monté l'escalier et que je vais la trouver déshabillée!

Ces réflexions la rassurèrent complétement, et si bien qu'elle entra chez la concierge pour reprendre haleine.

A quelques pas de là, derrière la porte fermée, Denise et Franz étaient plantés l'un devant l'autre, tous deux immobiles et muets tous deux.

La jeune fille n'était plus épouvantée, parce qu'elle avait reconnu Franz; mais Franz était atterré par sa propre audace, et il ne pouvait trouver de paroles pour implorer ou pour s'excuser.

Néanmoins il restait entre Denise et la porte, lui barrant ainsi le passage.

Ce fut la jeune fille qui rompit la première le silence :

— Laissez-moi passer, monsieur, murmura-t-elle; le carnaval autorise, dit-on, bien des folies. Je ne veux point donner à celle-ci plus d'importance qu'elle n'en mérite, et je vous promets de l'oublier.

Ceci fut prononcé d'une voix qui voulait affecter un mépris digne et calme; mais l'émotion perçait, l'émotion et la colère.

Le pauvre Franz n'avait point ce qu'il fallait de sang-froid pour saisir ces nuances. Il ne vit que le mépris, et sa détresse augmenta.

Cependant il ne bougea point.

Les sourcils de Denise se froncèrent légèrement, et son pied mignon battit le trottoir.

C'était une très-jeune fille, grande et un peu frêle, dont la taille avait ces contours déliés que le burin anglais aime à reproduire. Ses mouvements avaient une grâce exquise et digne, que nous appellerions distinction, si le mot n'était flétri depuis longtemps par l'abus populaire. Sa mise était simple dans son élégance. Au demi-jour des réverbères, on distinguait vaguement la finesse extrême de ses traits.

Il y avait une chose bizarre. Sa beauté ressemblait à la beauté de Franz. C'étaient presque les mêmes contours, la même douceur dans le sourire; la même intelligence brillait dans de grands yeux d'un azur pareil. Seulement une expression de réserve noble remplaçait, chez la jeune fille, l'air mutin et déterminé de l'adolescent.

Ceci d'ordinaire; mais, en ce moment, la médaille était retournée. Franz, les yeux baissés, le rouge au front, avait pris pour lui toute la timidité; Denise, au contraire, avait l'œil impérieux, et le dépit contractait la courbe pure de ses sourcils.

Sa colère lui allait à ravir. Il était impossible de rêver une tête plus charmante sur un corps plus gracieux.

Dans le demi-jour qui tombait des lanternes fumeuses, quiconque eût remarqué le tête-à-tête de ces deux beaux enfants les aurait pris pour le frère et la sœur.

Denise s'irritait de plus en plus, et son sein soulevait la soie de son camail.

— Laissez-moi passer, répéta-t-elle, ou je vais appeler à mon secours!

Puis elle ajouta presque aussitôt avec un dédain amer :

— Je vous regardais comme un homme, monsieur, et je vous croyais de l'honneur. Vous me punissez bien cruellement de ma méprise !

C'étaient autant de coups de massue qui tombaient sur le cœur du pauvre Franz.

Il joignit les mains et releva sur Denise son regard suppliant.

— Je vous en prie, balbutia-t-il, pardonnez-moi ! Si vous saviez...

— Je ne veux rien savoir, interrompit la jeune fille ; et je vous le demande encore, monsieur, laissez-moi rentrer chez ma mère. Marianne me cherche sans doute : la porte va s'ouvrir tout à l'heure, et l'on va nous trouver ensemble !

— C'est vrai, murmura Franz d'un ton soumis et triste ; je n'avais pas songé à cela. Mon Dieu ! je n'avais songé à rien, mademoiselle, qu'à vous voir une dernière fois.

Denise retint une parole sévère qui était sur sa jolie lèvre, et ses sourcils froncés se détendirent. La pourpre de son front fit place à la pâleur.

— Je veux rentrer, dit-elle encore d'une voix qui n'était plus irritée. Si vous partez, monsieur Franz, je souhaite que Dieu vous donne du bonheur. Je vous pardonne votre imprudence, mais ne me retenez pas ici plus longtemps.

— Je ne pars pas, dit Franz ; et cependant je ne vous reverrai plus. Merci pour votre pardon, mademoiselle ! Si vous aviez gardé de la colère contre moi, ma dernière nuit eût été bien amère.

Denise se sentit du froid dans les veines.

— Adieu, mademoiselle ! reprit Franz qui ouvrit enfin le passage ; adieu, Denise ! laissez-moi vous appeler ainsi au moment de vous quitter pour toujours ; laissez-moi vous dire que je vous aimais, que je vous aime de toutes les forces de mon cœur, et que ma dernière pensée sera pour vous !

La jeune fille ne songeait plus à profiter de l'issue offerte. Ses beaux yeux, effrayés, interrogeaient le mélancolique visage de Franz et semblaient y chercher un prétexte d'espérer.

— Que parlez-vous de mourir ? dit-elle tout bas. Vous êtes un enfant, Franz... et vous voulez m'effrayer pour vous faire pardonner votre folie.

Sa voix était douce et semblait supplier à son tour.

Franz secoua la tête.

— On peut parler de mourir, répliqua-t-il, quand on ne laisse ici-bas de regrets à personne. Oh ! si j'avais un cœur pour m'aimer, j'aurais bien su garder mon secret ! et si seulement j'avais eu l'espoir qu'on me donnerait un peu de pitié pour mon amour à moi, si profond et si ardent, je ne parlerais plus de mourir, parce que j'aurais l'espoir de vivre ! On doit être fort, bien fort, mademoiselle, et capable de vaincre un bien redoutable adversaire, quand on tire l'épée avec du bonheur plein l'âme, et qu'on défend sa vie, non plus pour soi uniquement, mais pour la femme qu'on aime !

Denise baissa la tête.

— Vous allez vous battre ? murmura-t-elle.

Franz fit un signe affirmatif.

— Contre un spadassin, peut-être ? ajouta Denise.

Franz ne répondit point.

— Et savez-vous tirer l'épée?
— Non, répondit Franz.

Le charmant visage de Denise semblait être devenu d'albâtre.

— Franz, balbutia-t-elle, au nom de Dieu, ne vous battez pas!

Franz mit la main sur son cœur où coulait un flot de délices.

— Il le faut bien, dit-il en contenant l'élan de sa joie.
— Écoutez, reprit la jeune fille émue à son tour jusqu'à la détresse, je ne veux pas que vous mouriez, Franz. Que faut-il faire pour vous empêcher de vous battre?

Les traits de Franz rayonnaient et ne disaient pourtant pas tout son bonheur.

Il prit la main de Denise et la serra contre ses lèvres.

— Rien ne peut m'empêcher de me battre, dit-il d'une voix qui vibrait malgré lui et où son triomphe éclatait; mais se battre, ce n'est point mourir, et je sens bien, oh! je vous dis la vérité, Denise! je sens bien que si j'avais votre amour ma main deviendrait forte et saurait défendre ma poitrine!

Le sang remonta aux joues de la jeune fille, qui baissa les yeux en frémissant.

Elle se sentait comme ivre, et ses jambes fléchissaient sous le poids de son corps.

— Mon Dieu! mon Dieu! pensait-elle affolée, je pourrais donc le sauver!

— Ayez pitié de moi, Denise, reprit Franz qui n'éprouva pas de résistance à l'attirer contre son cœur; dites-moi que vous m'aimez, et je tuerai cet homme qui veut ma vie.

Denise, la pauvre enfant, n'avait plus ni volonté ni force. Elle penchait sa jolie tête pâlie sur l'épaule de Franz, et répétait machinalement :

— Mon Dieu! mon Dieu!

Quand elle ouvrait les yeux, elle rencontrait la prunelle ardente du jeune homme qui plongeait jusqu'au fond de son âme.

Et il murmurait à son oreille :

— Je vous en prie! je vous en prie! dites-moi que vous m'aimez!

Denise ne combattait plus. Elle laissa errer sur sa lèvre un pur et beau sourire.

— Franz, murmura-t-elle, je prierai Dieu pour vous toute la nuit.
— Et vous m'aimez?
— Oh! oui, je vous aime... et si vous mourez, je mourrai!

Des pas se firent entendre des deux côtés sur le trottoir. Les lèvres des deux enfants se joignirent en un rapide baiser.

Puis Franz s'enfuit, et Denise s'appuya, défaillante, à la lourde porte de l'hôtel.

Elle fut plusieurs minutes avant de retrouver assez de calme pour soulever le marteau. Ce qui venait de se passer était, pour elle, comme un rêve plein d'épouvante et de trouble.

Quand elle entra dans la chambre de sa mère, tout son corps était froid, et sa figure gardait l'immobilité du marbre.

Madame la vicomtesse d'Audemer était assise à l'un des coins du foyer; à l'autre coin, debout et coupé en deux par un gracieux salut, se tenait M. le chevalier de Reinhold, qui avait laissé sans doute son paletot blanc dans l'antichambre.

— Vous êtes en retard, mon enfant, dit la vicomtesse, et M. de Reinhold vous attendait pour vous offrir ses hommages.

Le chevalier s'inclina derechef et sourit davantage.

Denise salua sans savoir ce qu'elle faisait.

— Bonne nouvelle! reprit la vicomtesse en mettant un baiser sur le front de sa fille. Je viens de recevoir un lettre de votre frère Julien, qui m'annonce son arrivée pour demain au plus tard.

— Ce cher Julien! dit le chevalier, ce doit être un superbe cavalier maintenant!

Denise semblait ne point comprendre. Il n'y avait qu'un nom et qu'une pensée au fond de son cœur.

Franz remontait vers le boulevard en sautant comme un fou. Tantôt il s'arrêtait tout à coup pour se recueillir en sa joie profonde, tantôt le délire faisait tourner sa tête d'enfant, et il se reprenait à courir en riant à gorge déployée et en bondissant devant les passants étonnés.

V

LA GIRAFE

Le Temple était fermé depuis longtemps déjà. On voyait, à travers la charpente à jour de ses baraques, les trois ou quatre becs de gaz qui font semblant d'éclairer le passage principal. Tout se taisait dans cette enceinte naguère si bruyante où, tant que dure l'année, l'âpre mercantilisme s'évertue à exploiter la misère.

Elles dormaient solitaires, ces échoppes tentatrices qui appellent incessamment le pauvre. Sur le tabouret de paille des places désertées, aucune sirène ne restait pour prononcer la harangue banale, mais éloquente, qui aveugle le chaland et lui fait voir un vêtement là où il n'y a que des haillons. L'esprit de mensonge et d'avidité qui est l'âme du Temple sommeillait pour quelques heures. Il n'y avait plus là qu'un grand carré de cabanes, gardées par quatre chiens contre la foi douteuse des rôdeurs de nuit.

Quand on passe, le soir, devant la blanche colonnade de la Bourse, le palais silencieux semble se reposer des fièvres de la journée. Le péristyle est désert; nul pas ne retentit sur les pierres du perron, et deux sentinelles qui ne savent pas même, les bonnes gens, ce que c'est que la rente ferme et les réponses de primes, se promènent toutes seules le long de la grille fermée.

D'ordinaire l'abandon est triste : ici quelque chose de gai se dégage de cette solitude. On rêve involontairement l'âge heureux où le monde en progrès ne connaîtra plus ni larrons ni spéculateurs.

On rêve l'heure où la clef de ces portes closes sera perdue; l'heure où le veau d'or, délaissé sur l'estrade poudreuse du parquet, mugira tout seul et appellera en vain la foule dispersée de ses anciens adorateurs.

On rêve.

Quelques-uns voient un beau jardin, dans l'avenir, à la place de ce sanctuaire redoutable; d'autres y tracent, par la pensée, le plan symétrique d'un joli phalanstère; certains y mettraient volontiers une église; quelques-uns y voudraient un théâtre. En somme, le mieux serait d'y faire un hôpital pour les innombrables blessés des luttes mortelles de l'agiotage.

Devant le Temple vide, on songe aussi, mais c'est à la misère, qui pousse dans ces couloirs encombrés tant de centaines de malheureux tous les jours. On songe à l'égoïsme immobile des gens qui possèdent et aux inutiles agitations des adeptes de la science sociale : les uns se taisent et se renferment dans leur bien-être impitoyable, les autres bavardent, hélas! et se démènent en des contorsions sans fin. Ils remuent, ils brouillent, ils s'efforcent, prennent leurs imaginations pour des principes et leurs lubies pour des axiomes. Vous les voyez se battre les flancs du matin au soir, produire ce qui ne peut pas être.

S'ils devenaient forts demain, par hasard, ils démoliraient, mais ils ne sauraient point rebâtir.

Leur cœur est tout plein de généreuses pensées, peut-être; ils voient la souffrance et ils s'indignent; mais, dans leur esprit brumeux, il n'y a qu'un pauvre roman commencé à la hâte et dont ils ignorent le dénouement.

Comme les haillons valent mieux encore que la nudité, le Temple est utile. La pauvreté se résigne aux mensonges avides de ses marchands, qu'elle connaît mieux que nous et qu'elle accepte au même titre que l'usure nécessaire du Mont-de-Piété. Tant que les hommes de génie qui organisent le travail dans les almanachs n'auront point procuré à chaque Français un minimum de mille écus de rente, il y aura des choses comme cela.

La rue Percée et la place de la Rotonde participaient de la solitude du marché. *Les Lions* et *l'Éléphant*, les deux tavernes rivales qui se partagent la vogue en ce lointain Paris, contrastaient par leur bruyante animation avec le silence voisin. Leurs tuyaux à gaz, suspendus devant le comptoir, lançaient des gerbes flottantes de lumière et appelaient au loin les gosiers échauffés.

Les autres cabarets plus modestes, qui, d'ordinaire, ne peuvent soutenir la concurrence, avaient, ce soir-là, leur bonne part de chalands.

Le vin à douze sous coulait le long de la rue du Petit-Thouars, et les marchandes, jeunes et vieilles, arrosaient amplement leurs langues fatiguées par les clameurs de la journée.

La rue du Temple était telle que nous l'avons vue à la tombée de la nuit. Le même mouvement y régnait toujours, et le fracas, loin de s'éteindre, semblait aller en augmentant.

L'heure de s'habiller pour le bal n'avait pas encore rigoureusement sonné; mais dans ces quartiers sans façon nul n'a honte de son impatience. Les plus fous, au contraire, sont les plus glorieux. Les déguisés abondaient déjà sur le trottoir, et de longues disputes s'entamaient çà et là dans l'idiome imagé du carnaval.

Le long des magasins de nouveautés, il y avait toujours presse de curieux qui regardaient le velours de coton, les écharpes à franges et les gravures enluminées représentant Balochard et Chicard, ces dieux crottés des saturnales parisiennes.

Si le carnaval durait toute l'année, il se trouverait des badauds candides pour contempler cela pendant trois cent soixante-cinq jours.

Parmi les cabarets qui avoisinent le Temple, un des mieux achalandés, après *l'Éléphant* et *les Deux Lions*, a pour enseigne : *la Girafe*. Il est situé à l'angle de la petite rue de la Corderie et de la place du même nom.

Notre voyageur, M. le baron de Rodach, que nous avons laissé au milieu du marché, poursuivant vainement le jeune Franz perdu dans la foule, ne s'était point retiré depuis lors. Il avait dîné dans un restaurant voisin, et maintenant il semblait se livrer à de nouvelles recherches.

Tous ceux qui voyaient sa silhouette sombre glisser le long des baraques abandonnées le prenaient pour un agent de police; espèce qu'attire abondamment la renommée punique du quartier.

Notre voyageur n'avait point changé de costume, et semblait s'inquiéter assez peu de l'effet qu'il produisait sur les passants.

En sortant du marché, il s'était rendu tout droit à l'extrémité la plus éloignée de la rue de la Rotonde. Il marchait en homme qui a son but et qui sait son chemin.

Mais, en arrivant au bout de la rue, il s'arrêta dérouté.

Une maison toute neuve s'élevait au-devant de lui, et son étonnement disait qu'il ne s'attendait point à la trouver là. Cette maison, sans être somptueuse, n'avait pas la physionomie de ses voisines. Le baron resta indécis auprès de la porte.

— Voici un nouveau contre-temps! murmura-t-il en secouant la tête; le Temple est fermé, il faut que j'attende désormais à demain pour trouver madame Batailleur. Quant à mon ami Hans, à moins qu'il n'ait fait fortune, je pense que son domicile aura changé. Ceci me paraît bien beau pour lui!

Nonobstant ces réflexions, le baron tira le bouton de cuivre de la sonnette et entra chez le concierge.

— Monsieur Hans Dorn? demanda-t-il.

— Connais pas, répondit-on du fond d'une loge chaude qui sentait affreusement l'oignon.

Puis on ajouta :

— Qu'est-ce qu'il fait, celui-là?

— Il est marchand d'habits, répondit le baron, et je l'ai connu dans cette maison.

— Quand c'était une baraque, riposta le portier. Il n'y a pas de marchand d'habits chez nous. Voyez voir ici près : les trous à chineurs ne manquent pas.

Ce portier restait dans les limites de son droit d'insolence. Il vint lui-même fermer la porte de sa loge sur le nez du baron, qui se retira désappointé.

Une fois dans la rue, le baron regarda tout autour de lui, comme s'il eût cherché encore la maison absente où il avait cru trouver Hans Dorn.

— Où le prendre? pensait-il en revenant sur ses pas; Dieu veuille seulement qu'il n'ait point quitté le Temple! S'il y est encore, fallût-il frapper à toutes les portes, l'une après l'autre, je saurai bien le retrouver!

Hans Dorn, à cette heure même, entrait au cabaret de *la Girafe*, dont le propriétaire, nommé Johann, était pour lui une vieille connaissance. *La Girafe*, moins grande et moins fréquentée que les deux tavernes à la mode, servait surtout de rendez-vous aux Allemands, qui abondent dans le Temple et qui font volontiers bande à part.

Dans la salle d'entrée, il y avait des marchands ambulants ou chineurs qui buvaient sur le comptoir. Ils étaient servis par une grosse femme à la figure rouge et réjouie qui écorchait, avec un aplomb égal, l'allemand et le français. C'était la compagne de Johann, l'ancien écuyer de Bluthaupt, et nous avons dû l'entrevoir dans la salle de justice du schloss, parmi le troupeau des servantes du vieux Gunther. Elle se nommait Luischen, Lottchen ou Lenchen; mais les gens du Temple, par une antiphrase bouffonne, l'avait surnommée *la Girafe*.

Elle était grosse et courte autant que l'animal peint sur son enseigne était long et fluet.

Mais elle faisait bonne mesure et son sourire épanoui réjouissait l'âme des buveurs.

Dans une chambre de médiocre étendue, qui donnait sur la rue du Puits, une société assez nombreuse était réunie autour de deux ou trois petites tables, rapprochées pour la circonstance. Les convives étaient tous Allemands, et fêtaient ensemble le carnaval.

Plusieurs fois par an, le cabaret de Johann voyait ces mêmes convives se rassembler et boire en rappelant de bien vieux souvenirs.

En passant dans la salle d'entrée, Hans et la Girafe échangèrent une cordiale poignée de main. Puis le marchand d'habits perça le flot des buveurs et s'introduisit dans la salle réservée.

Une acclamation joyeuse accueillit sa venue. Il prit la seule place vide qui restât autour des tables, et le festin commença aussitôt.

Presque tous les convives réunis ainsi chez Johann étaient d'anciens serviteurs de la maison de Bluthaupt, ou tout au moins des émigrés du Wurzbourg. Ils exerçaient dans la ville des industries diverses, et le plus

BIBLIOTHÈQUE NATIONALE R.F. IMPRIMÉS

Ah çà! voisin Hans, qu'avez-vous donc ce soir? (Page 122, col. 2.)

grand nombre d'entre eux tenait au Temple par quelque aboutissant.

Johann avait dépassé les limites de l'âge mûr. En vieillissant, il n'avait point perdu son air maussade et défiant. Son commerce prospérait, du reste, et tout, dans sa personne, avait une apparence aisée.

Fritz, le courrier, ne semblait pas avoir autant à se louer du sort. Il était marchand d'habits, comme Hans Dorn; mais ses bénéfices ne lui permettaient point d'apporter beaucoup de recherche dans sa toilette. Il avait un vieux paletot gris usé jusqu'à la corde, et un chapeau déformé qui sentait le *chineur* d'une lieue.

Hans, au contraire, portait un costume décent. Il ne *roulait* plus guère et faisait des achats en grand sur le carreau du Temple. Ses amis pensaient qu'il avait quelque part une bonne somme placée pour établir sa petite Gertraud.

Les autres convives avaient occupé des emplois de domesticité au schloss, ou bien des fermes dans les dépendances de

Bluthaupt. Les uns et les autres avaient quitté le Wurzbourg à différentes époques, chassés par les exigences ou les tracasseries des successeurs du comte Gunther. Ils avaient changé de maître avec répugnance, et ce qu'ils eussent souffert volontiers de la part d'un fils de Bluthaupt, ils n'avaient point pu le supporter venant d'une main étrangère.

La plupart d'entre eux avaient essayé diverses résidences avant d'arriver à Paris; ceux qui s'y étaient fixés les premiers avaient appelé les autres. Les Allemands sont industrieux et rangés : presque tous gagnaient leur vie sans trop de peine, et ils n'avaient point à se plaindre de leur nouvelle patrie.

La soirée s'entamait gaiement. Johann avait tiré de son meilleur. Cela ne valait pas le vin du Rhin; mais cela se buvait et tout le monde avait soif. Hans seul apportait à cette fête de famille un visage distrait et préoccupé.

— Eh bien! mes fils, dit Johann au bout de quelques minutes employées comme on le devine, les affaires vont-elles un peu depuis la dernière fois?

— Pas trop mal, pas trop mal! répondit-on de tous côtés.

— Paris est un bon endroit pour ceux qui ont de la conduite, ajouta un gros gaillard passablement couvert qui se nommait Hermann et qui avait été l'un des laboureurs de Bluthaupt; quand on peut se garder de la boisson, ça marche tout de même.

L'assemblée entière approuva ce discours éminemment moral, et l'on but à la santé d'Hermann le sage, qui avait déjà une pointe de vin.

Le visage de Fritz s'était rembruni, et il avait jeté un regard sur son pauvre paletot, percé aux deux coudes, gras au collet, privé des trois quarts de ses boutons, qui faisait vraiment tache au milieu des toilettes endimanchées de ses compagnons.

— La boisson, grommela-t-il en rougissant et le nez dans son verre, ça fait oublier bien des choses. Tant mieux pour ceux qui n'ont rien à oublier!

Fritz était un homme de cinquante ans. Il avait une grande figure maigre, pâle et barbue. Les rides de son front et l'expression morne de son regard annonçaient la fatigue et la souffrance.

Il gagnait autant que les autres; mais, chaque jour, il allait s'enivrer tout seul on ne savait où.

— Ça me fait plaisir, reprit Hermann, de nous voir encore une fois tous réunis; nous tenons bon, savez-vous? et, depuis des années que nous avons quitté le pays, pas un seul d'entre nous n'a manqué à l'appel.

— Excepté la pauvre Gertraud, dit tout bas le cabaretier Johann qui regarda Hans à la dérobée.

La distraction de Hans l'avait empêché d'entendre et il n'avait saisi que le nom de Gertraud.

— Je vous suis obligé, voisin, répondit-il, ma petite fille se porte bien, Dieu merci; et je suis chargé de faire ses compliments à la compagnie.

On cligna de l'œil tout autour de la table.

— Ah çà! voisin Hans, dit le cabaretier, que diable avez-vous donc ce soir? On me reproche souvent d'être un rabat-joie et un trouble-fête, ce qui n'est pas avantageux dans mon état. Vous, au contraire, vous passez pour le boute-en-train de la société. Est-ce que je vais être obligé de rire à votre place?

Hans dérida son front de force et se fit une figure gaie.

— J'ai quelque chose, c'est vrai, répliqua-t-il : c'est une idée qui m'est tombée sur le crâne ce soir et qui me donne mal à la tête. Mais je suis venu ici pour chanter des airs du pays et pour causer de nos vieilles histoires de Bluthaupt. Chantons et causons, mes camarades, c'est le moyen de me guérir!

Hans secoua les boucles de ses cheveux grisonnants, et leva son verre au-devant de son visage, où un rayon de gaieté cordiale était revenu.

Il entonna le premier couplet d'une chanson allemande qui avait retenti bien souvent autrefois sous les hautes voûtes de la salle de justice, au château de Bluthaupt.

Tous les convives lui prêtèrent l'appui de leurs voix, et le chant, répété en chœur, parvint jusqu'aux oreilles des chalands de passage qui buvaient dans la salle d'entrée.

On fit silence, les canons de vin épais s'arrêtèrent à moitié chemin des bouches altérées. Plus d'un cœur battit, plus d'un œil se mouilla. C'était comme un bon vent qui apportait à l'improviste la voix aimée de la patrie.

Et quand le premier couplet fut fini, tous les émigrés dirent : Bravo! et burent à la santé de ceux qui leur parlaient de l'Allemagne.

Dans la chambre réservée, l'émotion était plus grande encore. Lorsque Hans commença le second couplet, plus d'une voix trembla en l'accompagnant.

C'était un de ces airs mélancoliques et simples que le sentiment musical particulier à la race germaine entoure d'une belle harmonie. Le pays tout entier était dans ce chant qui venait d'Allemagne et que les Allemands répétaient.

Ils y mettaient leur âme, et, à mesure que les notes tombaient émues, les souvenirs surgissaient en foule; le passé se réveillait. Ils voyaient tous, au milieu du grand paysage de la montagne, le schloss antique qui dressait fièrement la vieillesse de ses tours.

Ils ne seraient pas plus méchants que le commun des hommes, s'il ne leur manquait un sens : la reconnaissance pour l'hospitalité donnée.

Le dernier son mourut au bruit des verres qui se choquaient; puis il se fit un long silence.

— C'était le bon temps! dit Hermann avec un gros soupir.

Hans avait les yeux fixés dans le vide, et, la bouche entr'ouverte, il semblait sourire au fond de sa mémoire.

— C'était le bon temps! reprit Hermann; nous étions jeunes, et le maître du noble château s'appelait encore Bluthaupt.

Hans tourna vers lui son regard chargé de rêverie.

— Qui pourrait dire si Bluthaupt est mort? murmura-t-il.

Johann secoua la tête, pendant que son regard devenait inquiet. Les autres convives ouvrirent de grands yeux.

Hans remua les lèvres à deux ou trois reprises, comme s'il eût hésité à parler.

— Vous souvenez-vous de la comtesse Margarethe? prononça-t-il enfin d'une voix si basse, que ses voisins eurent peine à l'entendre.

— Si nous nous souvenons de la bonne comtesse! s'écria Hermann.

— Je la prie aussi souvent que ma patronne, ajouta Fritz ; car je suis bien sûr qu'elle est une sainte dans le ciel!

Hans avait les yeux baissés.

— Je voudrais que vous eussiez vu cet enfant-là comme moi, murmura-t-il encore.

C'était comme une apparition ! Le nom de Bluthaupt était sur mes lèvres...

Il s'arrêta. Les convives l'écoutaient bouche béante. Johann l'examinait en dessous.

La fenêtre qui donnait sur la rue du Puits était recouverte de rideaux quadrillés de rouge et de blanc. Leurs plis roides et déteints tombaient de biais et laissaient visible la moitié d'un carreau de chaque côté.

Hermann était assis en face de cette croisée.

Au moment où Hans Dorn allait reprendre la parole, l'ancien laboureur fit un brusque mouvement et montra du doigt la fenêtre.

Tous les regards se portèrent à la fois de ce côté. On vit, collée à la vitre, une figure pâle qui se retira précipitamment et disparut dans l'ombre de la rue.

Hans tressaillit et poussa un cri étouffé.

— Encore ! murmura-t-il, encore une vision !

— Par le diable ! s'écria Johann en colère, votre vision va la danser, voisin Hans ! Je vais lui apprendre à venir nous espionner comme cela... Fermez les rideaux, Fritz, et attendez-moi un petit peu.

Il se leva, prit un bâton dans un coin et s'élança au dehors.

Quand il fut parti, la porte de la salle d'entrée, qu'il avait oublié de refermer, s'entre-bâilla doucement et montra la figure inerte de l'idiot Geignolet.

Personne ne l'aperçut.

Il regarda un instant les convives avec un rire silencieux et stupide ; puis il se glissa doucement dans la chambre réservée et se blottit sous une table, auprès de la porte.

VI

LE PETIT GUNTHER

Joseph Regnault ou Geïgnolet avait un corps dégingandé, des articulations grosses et noueuses rattachant des membres grêles, de grands pieds plats, des mains énormes et une poitrine creuse qui se cachait entre deux épaules pointues.

Sa bouche large demeurait presque toujours entr'ouverte dans le sourire immobile de l'idiotisme. Son nez était écrasé, ses yeux, à fleur de tête, touchaient à ses cheveux fauves et rares, sous lesquels il n'y avait point de front.

Il s'arrangea commodément sous sa table et fourra sa langue avec délices dans un verre d'eau-de-vie qu'il tenait à la main.

Quand le verre fut vide, il tira de sa poche une petite bouteille qu'il baisa en grimaçant amoureusement. Il remplit de nouveau son verre et le but à gorgées imperceptibles, comme les enfants gourmands sucent la liqueur sucrée d'un bonbon.

Il ne faisait point de bruit, personne ne soupçonnait sa présence.

Johann était dehors. Aux cabarets du Temple, comme partout ailleurs, les convives absents font, sans le savoir, les frais de la conversation.

Ceux qui restaient autour de la table, dans la salle réservée de *la Girafe*, se prirent à parler du maître de céans. On le déclarait brave homme, mais on semblait s'entendre. Il y avait de certains sourires narquois pour accompagner les éloges.

En somme, il était facile de voir que le cabaretier ne passait point pour un saint et qu'il excitait, parmi ses pratiques, une certaine défiance.

— Il fait toujours les affaires du *Bausse*

(patron), dit Hermann comme conclusion; et ce n'est pas un beau métier! Je l'aimais mieux quand il ne faisait que prêter à la petite semaine.

Johann rentrait en ce moment, laissant encore la porte entr'ouverte. Il jeta son bâton dans un coin et revint s'asseoir d'un air de mauvaise humeur.

— Ah çà! mes vieux, dit-il, nous avons la berlue!... Il n'y a pas plus de curieux dans la rue du Puits que sur la main... Buvons un peu pour nous éclaircir les yeux.

— Je savais bien que vous n'auriez trouvé personne, murmura Hans; ceux qui se montrent ainsi aux heures où l'on parle des morts savent se cacher quand ils veulent, et ce n'est point le regard d'un homme qui pourrait les découvrir malgré eux.

— Allons donc! dit Johann.

Les autres convives frémirent, et Fritz ébaucha un signe de croix dans son coin.

— Mais qui donc avez-vous vu ce soir, voisin Hans? reprit Hermann; vous alliez nous le dire lorsqu'on vous a interrompu.

— Celui que j'ai vu, répondit le marchand d'habits, était bien un homme en chair et en os... Mais à quoi bon vous parler de ces choses? Je suis un pauvre fou, vous savez bien. Je crois voir partout des ressemblances, et il me semble toujours que Bluthaupt va croiser mon chemin.

Hermann lui tendit la main par-dessus la table.

— Vous êtes un bon cœur, voisin Hans, dit-il, et vous vous souvenez. C'est pour cela que nous vous aimons!

— Allons! allons! s'écria Johann en haussant les épaules, on dirait que nous sommes à un enterrement, ici! Parlons des vivants, morbleu! ou nous ne pourrons jamais boire le vin tiré. Voisin Hans, quand marionsnous notre petite fille?

— Ah! ah! dit Hermann, ça fera une jolie épousée; et si j'étais moins vieux de vingt ans...

— C'est encore une enfant, répondit Hans; nous avons tout le temps de songer à cela.

— Eh! eh! fit le sceptique Johann, il n'y a plus d'enfants, voisin Hans; et la petite Gertraud a déjà des yeux!... Je sais bien ce que je dis.

— Elle a des yeux et de l'argent, reprit Hermann. Vous trouverez quelque bon garçon, père Hans, qui lui apportera un état vaillant et des économies. Pas de bêtises, voyez-vous! Il faut quelques sous pour entrer en ménage; et quand on n'a rien, l'amour ne vaut pas le diable!

— *Nib de braise!* dit une voix pleureuse auprès de la porte. Jean Regnault n'a pourtant pas le sou...

Chacun se tourna vers l'endroit d'où partait la voix, et l'on aperçut Geignolet, couché sur sa table et suçant paisiblement son verre d'eau-de-vie.

Johann cligna de l'œil en regardant les convives et se mit à rire.

— Je ne voulais pas vous parler de cela, voisin Hans, dit-il, mais il paraît que le pauvre Jean Regnault approche votre fille de plus près qu'il ne faudrait.

— Jean est un digne enfant, répliqua le marchand d'habits; il soutient courageusement sa famille, mais j'avoue que je voudrais un autre gendre pour ma petite Gertraud.

— Parbleu! fit en chœur l'assemblée.

Geignolet se glissa hors de son abri et se mit à cheval sur un banc.

— Hue! cria-t-il joyeusement dès qu'il

eut pris possession de sa monture ordinaire, hue! bourrique!

Puis il ajouta sur un mode plaintif :

— Geignolet a grand'soif, mais il sait bien ce que son frère Jean dit à mam'selle Gertraud.

— Entendez-vous? s'écria Johann.

— Oui, oui, reprit Geignolet, et tous les soirs mam'selle Gertraud *monte un gandain*[1] au vieux Hans.

— Ça sait parler comme un marchand fini! grommela Hermann entre ses dents.

— Quel *gandain*, mon petit Joseph? demanda Johann d'un ton caressant; si tu nous dis ça comme il faut, tu auras un canon.

—Je n'aime pas le vin, dit Geignolet avec mépris; je veux quatre sous de dur pour mettre dans ma bouteille.

— Tu les auras, Geignolet.

L'idiot se dandina sur son banc. Hans attendait sans trop d'émotion. La figure revêche de Johann exprimait une joie méchante.

Geignolet chantonna le refrain bizarre de la chanson qui était son ouvrage, puis il commença tout à coup à tue-tête :

C'est demain lundi,
Et maman Regnault n'a pas trente-trois sous
Pour payer sa place;
On va nous mettre sur le pavé
Pour notre mardi-gras;
Sur le pavé, sur le pavé,
La bonne aventure, oh! gai!

— Nous savons cela, interrompit Johann; après?

L'idiot le regarda d'un air hébété, puis il sembla chercher au fond de sa cervelle vide.

— Vous n'avez pas rempli ma bouteille, dit-il.

Johann prit une des topettes d'eau-de-vie qui étaient sur la table et en versa quelques gorgées dans le flacon de l'idiot.

—Hue! bourrique! s'écria celui-ci en frappant sur son banc avec des transports de joie.

Puis il reprit sa chanson :

Le fils Regnault revient le soir
Et donne tous ses sous à la mère
Pour acheter du pain.
A moi, il me donne un sou
Pour que je ne dise pas
Qu'il va voir mam'selle Gertraud,
Et l'embrasser, et l'embrasser,
La bonne aventure, oh! gai!

Un sourire vint à la lèvre de tous les convives. Le marchand d'habits avait froncé légèrement le sourcil.

— Voisin Johann, dit-il, si vous avez cru me causer du chagrin, vous n'avez réussi qu'à demi. Jean Regnault est pauvre, je le sais aussi bien que vous, mais c'est un digne cœur, et puis ne sais-je pas bien que Gertraud mourrait avant de désobéir à son père?

Johann baissa les yeux d'un air de dépit.

— Va-t'en! dit-il à l'idiot en le menaçant du poing.

Geignolet s'enfuit en démanchant son pauvre corps mal bâti.

— J'étais pauvre, moi aussi, reprit Hans qui se parlait à lui-même, et la mère de Gertraud n'a pas été malheureuse avec moi!

Johann était riche de son fonds de marchand de vin, achalandé passablement, et d'une autre industrie qui lui donnait grand

1. Tromper, en faire accroire.

pouvoir sur les pauvres gens du Temple.

Il faisait les affaires d'un homme qu'on appelait le *Bausse* ou le *grand Bausse*, le patron par excellence, et qui, moyennant un partage usuraire des bénéfices, se chargeait de payer les loyers des marchandes indigentes. Ce pouvait être un vilain métier, mais on y gagnait de l'argent.

Johann, nonobstant son aisance, n'aimait point à donner. Il avait un sien neveu qui voulait s'établir, et il convoitait pour lui, depuis longtemps, le bon petit pécule qu'on supposait au marchand d'habits Hans. Il avait compté sur cette soirée pour glisser sa pointe entre la poire et le fromage.

Mais le coup était manqué. Johann se taisait désormais d'un air chagrin.

Le silence qui suivit ramena chacun, par une pente insensible, aux souvenirs qui avaient préoccupé les premiers instants de la réunion.

Chacun, sans le savoir, avait la même pensée, et quand Hermann, reprenant la parole, prononça de nouveau le nom de Bluthaupt, tout le monde avait oublié la diversion récente et l'intermède de l'idiot Geignolet.

— Tout de même, dit l'ancien laboureur du schloss, personne n'a jamais bien su les détails de cette terrible histoire d'autrefois.

— Ce que fait le démon, murmura un fermier devenu marchand de franges, reste toujours un secret, et la ruine de Bluthaupt est l'œuvre du démon.

— Ce fut une affreuse nuit, reprit Hermann. Je frémis encore en songeant à ce qui dut se passer entre les murailles du château!

Fritz voulut porter son verre à ses lèvres ; mais sa main tremblait.

— Au dedans du château, murmura-t-il, et au dehors!... Oh! oui, ce fut une nuit affreuse! La Hœlle était noire comme la bouche de l'enfer... et il me semble entendre encore ce cri qui vient me réveiller quand je dors et qui me force à boire, à boire toujours, afin de ne plus penser!

Il passa le revers de sa main sur son front, où brillaient des gouttes de sueur.

— Il y a un homme, dit Johann, qui en sait plus long que personne sur toutes ces choses, et cet homme est notre voisin Hans. Mais il n'a jamais voulu se déboutonner avec ses vieux camarades, parce qu'il n'a pas confiance en nous.

Hans ne répondit pas.

— Le fait est que Hans n'a jamais desserré la bouche à ce sujet, reprit Hermann. Pourtant il resta plus de la moitié de la nuit dans la chambre de la comtesse Margarethe, et sa femme Gertraud, que Dieu bénisse! y demeura toute la nuit.

Hans ne répondit point encore. Il semblait perdu dans ses réflexions.

— Nous avons tous ouï dire, poursuivit Hermann en baissant la voix, que, vers l'approche du jour, les trois Hommes Rouges de Bluthaupt apparurent au château, comme c'est leur coutume, depuis des siècles, lorsqu'un comte naît ou meurt. Klauss, qui est maintenant domestique dans la maison de Geldberg, les vit courir sur la montagne, parmi les brouillards du crépuscule, en revenant de Heidelberg où il avait été envoyé par notre pauvre maîtresse. Le premier courait à bride abattue, et son corps, rouge comme le feu, semblait brûler les flancs de son cheval. Le second portait un enfant entre ses bras. Le troisième tenait en travers une femme évanouie.

Les anciens serviteurs et vassaux de Bluthaupt avaient entendu raconter cent fois cette histoire ; mais ils l'écoutaient avec un intérêt toujours nouveau. Ils avaient joué leur rôle, pour ainsi dire, dans cette mystérieuse légende, et c'était à quelques pas d'eux que l'œuvre du démon s'était accomplie.

— L'enfant était le fils du diable, dit Johann ; et la femme était Gertraud, que notre voisin Hans épousa six mois après.

Hans détourna sur lui un regard grave et sévère.

— L'enfant était le légitime héritier de Bluthaupt, prononça-t-il lentement, et la femme était une douce créature qui s'agenouille aux pieds de Dieu, à cette heure, en priant pour nous.

Johann réprima un mouvement de colère.

— Il n'y a point à discuter avec vous là-dessus, voisin Hans, répliqua-t-il ; vous savez et nous ne savons pas. Mais, quand nous vous questionnons en bons frères que nous sommes, pourquoi gardez-vous toujours le silence?

— Je suis faible, répondit Hans, et j'ai une fille qui n'a que moi pour appui. Si mes paroles pouvaient servir l'héritier de notre maître, Dieu m'est témoin que je parlerais, au risque d'être écrasé par leur vengeance...

— La vengeance de qui? demanda vivement Johann dont l'œil prit un regard cauteleux.

— Ce sont des hommes puissants, poursuivit Hans au lieu de répondre; nous ne pouvons rien contre eux et nous ne pouvons rien pour le fils de Bluthaupt!

—Ce ne fut donc pas le diable, murmura l'un des convives, qui étrangla le comte Gunther et qui étouffa la comtesse Margarethe?

— Le diable a bon dos, dit Hermann, et les sots se chargent d'allonger son compte!

— En définitive, voisin Hans, ajouta Johann négligemment, que l'enfant fût ou non le fils du démon, vous avez été son père nourricier et vous devez savoir ce qu'il est devenu.

— Plût à Dieu! murmura le marchand d'habits. Sur ceci, ajouta-t-il tout haut, je je n'ai rien à cacher et je puis tout dire. Après la mort du comte Gunther, nous nous retirâmes, Gertraud et moi, dans les dépendances du château de Rothe, où j'avais encore ma famille, étant né vassal d'Ulrich de Bluthaupt. L'enfant était avec nous. Gertraud et moi, nous l'élevions en secret. Les trois fils d'Ulrich, Otto, Albert et Goëtz, seuls, connaissaient le mystère et venaient parfois visiter notre cabane.

« Ils étaient alors bien jeunes et bien pauvres! La proscription pesait sur leurs têtes; ils n'avaient ni argent ni abri, mais ils mangeaient du pain sec et ils buvaient de l'eau pour subvenir aux besoins de l'enfant qu'ils aimaient tous les trois avec passion.

« J'ai vu bien souvent des larmes dans les yeux du noble Otto, tandis qu'il contemplait le sommeil souriant de son neveu. Il songeait sans doute à la comtesse Margarethe, dont l'enfant était tout le portrait.

« J'ai vu Goëtz l'insouciant et Albert le frivole se pencher, pâles d'émotion, au-dessus du berceau.

« Si Dieu l'avait permis, le petit Gunther aurait eu trois vaillants appuis dans la vie, car les bâtards ont tous trois le même cœur!

« Il était beau. La douce âme de sa mère était dans ses grands yeux bleus. Gertraud et moi, nous eussions donné notre sang pour lui épargner une larme.

« Quatre ans se passèrent. Ma femme devint enceinte et donna le jour à cette pauvre enfant qui porte son nom aujourd'hui et qui est mon seul bien sur la terre. Les trois bâtards cessèrent tout à coup, vers ce temps, de visiter notre maison. Leurs ennemis avaient le dessus; la police autrichienne avait surpris le secret de leur vie errante : ils étaient captifs dans les prisons de Vienne.

BIBLIOTHÈQUE NATIONALE R.F. IMPRIMÉS

Une fois dehors, le baron et Hans marchèrent côte à côte. (Page 133, col. 2.)

« Nous ne savons point ce qui se passait dans les environs de Bluthaupt; mais il paraît que les anciens tenanciers du vieux comte continuaient à s'occuper de la catastrophe qui avait marqué la nuit de la Toussaint. Dans leur ignorance amie du surnaturel, ils donnaient toujours le nom de Fils du diable à l'héritier de leur seigneur. Vous devez connaître cela mieux que moi, Hermann, et vous, Fritz, puisque vous étiez encore dans le Wurtzbourg. »

— Un homme ne peut dire autre chose que ce qu'il entend raconter, répliqua Hermann avec une sorte de honte; tous ceux qui parlaient de l'enfant affirmaient que le démon était son père, et véritablement, voisin Hans, le comte Gunther était bien vieux!

Johann, qui avait écouté Hans avec une attention avide, approuva du geste et renforça la malice de son sourire.

Fritz buvait. Ses yeux étaient fixes et mornes. Ses lèvres remuaient par intervalles, et les paroles qu'il prononçait n'étaient point entendues.

— On s'occupait beaucoup de nous autour du schloss, reprit Hans. Le secret de notre conduite avait fini par percer; on savait que le prétendu Fils du diable était dans notre maison, et, par une contradiction étrange, tout en donnant à l'enfant de leur maître ce nom maudit, les vassaux de Bluthaupt l'attendaient comme un messie.

« Ils étaient bien malheureux; et ceux d'entre vous qui sont restés quelque temps au pays doivent le savoir mieux que moi! Les trafiquants qui avaient succédé aux nobles comtes faisaient peser sur les tenanciers des exigences insatiables. Ces belles campagnes de Bluthaupt, que nous connaissions si riches et si prospères, ne rapportaient plus au laboureur le pain de la journée! Tout allait aux maîtres iniques, et les fermiers, vaincus par la misère, jetaient déjà leurs regards autour d'eux pour chercher au loin une autre patrie.

— C'est vrai, murmura Hermann, tout était bien changé!

— Ces hommes, poursuivit Hans Dorn, qui s'étaient introduits au château durant les dernières années de la vie du vieux comte, Mosès Gold le juif, le Magyare Yanos, Mira, Van Praët, Regnault et les autres, étaient encore dans le pays.

Au nom de Regnault, Fritz leva sur le marchand d'habits son œil sanglant et hagard.

— Il n'y avait que moi sur le bord de la Hœlle, balbutia-t-il d'une voix inintelligible, et je ne dors plus depuis vingt ans!

Hermann et les autres convives lui imposèrent silence. Johann veillait à ce que les verres fussent toujours emplis. En outre, il avait l'oreille au guet. Hans reprit :

— Un jour, ma pauvre femme était restée seule à la maison. Elle allaitait notre Gertraud. Le petit Gunther jouait au dehors.

« Tout à coup ma femme entendit des cris plaintifs non loin de la porte. Elle remit Gertraud dans son berceau et s'élança sur le seuil...

« Le petit Gunther avait disparu. On entendait encore ses cris faibles dans le lointain, et ma femme aperçut, au milieu d'un tourbillon de poussière, un cavalier de grande taille qui fuyait au galop sur la route.

« Elle crut reconnaître Yanos le Magyare.

« Quand les trois fils d'Ulrich s'échappèrent des prisons de Vienne, ils revinrent nous demander compte du dépôt confié. Nous leur montrâmes un berceau vide.

« Depuis lors, bien des années se sont passées. Ma pauvre Gertraud est morte. J'ai cherché le fils de mon maître patiemment et sans me lasser.

« Les trois bâtards ont fait de même, malgré tous les dangers qui les entourent.

« Mais l'enfant a échappé à toutes nos recherches. Ceux qui l'ont enlevé ont su le bien cacher. Et peut-être le dernier Bluthaupt a-t-il subi le sort de sa famille entière. »

Hans se tut et appuya sa tête sur sa main.

Les convives avaient espéré mieux de cette histoire, que leur imagination avait entourée d'avance de mystérieuses merveilles. Johann parut désappointé.

— Comme cela, dit-il brusquement, le Fils du diable est mort?

— Il y a gros à parier, du moins, ajouta Hermann; et puisque les autres sont bâtards, c'est une famille finie!

On entendit une demi-douzaine de gros soupirs autour de la table : c'était l'oraison funèbre de Bluthaupt.

Hans tourmentait de la main les masses épaisses de ses cheveux grisonnants.

— Je ne sais, murmura-t-il répondant à

sa propre pensée; mon Dieu, je ne sais! Jamais je n'ai vu de ressemblance pareille! Et je ne puis chasser ce visage d'enfant qui sourit toujours au-devant de mes yeux.

— Il n'a pas tout dit, grommela Johann; il y a quelque chose, bien sûr.

— Si c'était lui! reprit Hans dont l'œil s'animait de plus en plus; si j'avais revu l'héritier des comtes!

Hermann ouvrit la bouche pour questionner.

— Chut! fit Johann en clignant de la paupière.

Hans joignit ses mains et leva son regard vers le ciel.

— Plus j'y pense, reprit-il, et plus je crois. Ce doit être lui. Ce ne peut être que lui!

— Et où est-il? demanda Hermann incapable de se retenir davantage.

L'enthousiasme de Hans tomba, son front redevint pâle.

— Fou que je suis! murmura-t-il avec un sourire triste. Buvez, mes compagnons, et ne me demandez point à partager mes chimères. J'ai vu aujourd'hui un beau jeune homme qui m'a rappelé la comtesse Margarethe, voilà tout. Jamais fils ne ressembla si parfaitement à sa mère, c'est vrai; mais alors même que ce bel enfant serait mon petit Gunther, faudrait-il se réjouir?

— Nous sommes là une douzaine, dit Hermann avec chaleur, et nous avons de bons bras. L'enfant ne manquerait de rien.

— Merci pour ce mot-là, voisin Hermann! répliqua Hans; si jamais vous avez besoin d'un ami, frappez à ma porte. Mais nos bras ne peuvent rien pour l'enfant dont je parle, ajouta-t-il avec sa tristesse revenue. Dans quelques heures, tout sera dit pour lui peut-être. D'ailleurs nous serions de pauvres soutiens pour le fils des comtes... ses protecteurs naturels ne sont plus là; les lourdes portes de la prison de Francfort se ferment entre les bâtards et la liberté.

Il secoua la tête et tendit son verre à Johann; celui-ci versa dedans le reste de la dernière bouteille et sortit pour descendre à la cave.

Un moment de silence suivit le départ du cabaretier; Hans avait la tête basse et oubliait son verre dans sa main.

— Folie! folie! s'écria-t-il enfin avec une sorte d'emportement. Les fils d'Ulrich ne sortiront jamais des cachots de la Prusse. Qu'importe que l'enfant vive ou qu'il meure!

Il leva son verre. Au moment où il l'approchait de sa lèvre, un doigt toucha son épaule par derrière. Il se tourna et bondit sur ses pieds.

Il y avait là un homme que personne n'avait vu entrer. C'était un cavalier de grande taille, enveloppé d'un manteau poudreux et coiffé d'un large chapeau.

Sous ce chapeau apparaissait la figure pâle qui s'était montrée quelques minutes auparavant aux carreaux de la fenêtre.

Un nom vint à la lèvre de Hans stupéfait, mais il ne le prononça point, parce que l'étranger lui imposa silence d'un geste impérieux et lui fit signe de le suivre.

VII

UN REVENANT

Quand l'étranger se fut retiré, suivi de Hans Dorn, les convives de *la Girafe* demeurèrent un instants muets et comme interdits.

Puis ils se regardèrent à la ronde en hommes qui ont tous la même pensée. Aucune voix ne s'éleva pour demander le nom du nouveau venu.

— Quand on parle du loup, on en voit la queue, grommela le marchand de franges; l'avez-vous entendu ouvrir la porte, vous autres?

Tout le monde répondit négativement.

Hermann se leva et fit rouler deux ou trois fois la porte sur ses gonds qui crièrent.

Cette épreuve faite, Hermann revint s'asseoir et but le reste de son verre de vin.

— La porte crie, poursuivit-il, et d'habitude les bottes fortes font du bruit sur le carreau. Pourtant, quand le diable y serait, celui-là n'est pas de taille à passer par le trou d'une serrure!

— L'avez-vous bien reconnu, vous, Hermann? demanda l'un des buveurs.

— J'en mettrai ma main au feu quand on voudra! répondit l'ancien laboureur.

— Lequel est-ce?

— Oui, lequel des trois?

— Voilà le hic! Il y a bien vingt ans que je ne les ai vus, et je n'ai jamais su les distinguer l'un de l'autre.

Johann reparut sur le seuil avec des bouteilles pleines. Par une sorte d'accord tacite, tous les convives se turent à la fois, et pas une allusion ne fut faite à ce qui venait de se passer.

Seulement on se regardait de temps à autre à la dérobée, et l'on échangeait des signes d'étonnement muet.

Nul ne fit fête au vin apporté par le maître de *la Girafe*. Une contrainte lourde pesait désormais sur l'assemblée. Johann avait beau faire, chacun gardait quelque chose sur le cœur. Fritz tout seul continuait de boire sans relâche et ne prenait aucune part à la préoccupation générale.

Il balbutiait dans son verre une sorte de monologue fréquemment interrompu. Il parlait de la Hœlle de Bluthaupt et d'un cri d'agonie qui retentissait au fond de sa mémoire; il disait voir le visage d'un meurtrier lâche, aux rayons de la lune.

Mais chaque fois que Fritz s'enivrait, c'était toujours la même histoire. Il avait le vin lugubre. Personne ne s'avisait de donner attention à ses noires lubies.

Hans Dorn et l'étranger marchaient avec lenteur le long de la rue du Petit-Thouars. Les rayons pâles des réverbères éclairaient la haute taille du baron de Rodach, drapé dans les plis sombres de son manteau.

C'était lui qu'on avait aperçu naguère, épiant du dehors ce qui se passait à l'intérieur du cabaret de *la Girafe*.

Depuis le moment où il avait frappé à la porte de cette maison neuve qui remplaçait l'ancienne demeure de Hans, dans la petite rue de Beaujolais, le baron avait continué sa recherche avec patience. La rue de Beaujolais n'est pas longue; il était entré successivement dans toutes les maisons et n'y avait trouvé personne qui connût le marchand d'habits Hans Dorn.

Il y a aux abords du Temple tant de marchands d'habits et tant de noms tudesques!

La nouvelle demeure de Hans était séparée de la rue de Beaujolais par toute la longueur de la place de la Rotonde.

A Paris, les gens domiciliés aux deux extrémités d'une place de cette étendue s'ignorent aussi parfaitement que si la mer était entre eux.

Une fois au bout de la rue Beaujolais, le baron de Rodach sentit diminuer son espoir. Il ne savait plus où diriger ses efforts. Peut-être Hans Dorn avait-il quitté le Temple; peut-être n'était-il plus à Paris; il y était mort peut-être...

L'idée lui vint tout de suite de s'adresser aux nombreux cabarets qui entourent le marché; mais il connaissait l'ancien page de Bluthaupt, nature distinguée et fière, qui ne pouvait avoir pris que les vertus de l'état social où le sort l'avait placé. Rodach devinait que le cabaret n'était point la retraite favorite de Hans. Néanmoins il se résolut à faire le tour des bouchons voisins.

— La première figure allemande que je rencontrerai, se dit-il, je prendrai langue et j'aurai bien vite des nouvelles.

Il s'arrêta devant le marchand de vins qui fait le coin de la rue Forez, *le Camp de la Loupe*. Il y vit des femmes ivres et se réjouissant avec ces fafioteurs qui sont la terreur de la Courtille.

Car le Temple a ses forts, ni plus ni moins que la Halle, et l'on cite deux frères, négociants en savates de la Forêt-Noire, dont la vaillance est si exagérée, qu'ils se mettent réciproquement la mâchoire en compote, les jours où ils ne trouvent point d'étrangers à *casser menu*.

Parmi ces figures rougies et brutales qui entouraient le comptoir, Rodach ne vit personne à sa convenance. Il passa outre, et après avoir donné un coup d'œil à deux ou trois bouges inconnus, il arriva devant l'illustre devanture des *Deux Lions*, sous le péristyle de la Rotonde.

Le Tortoni du Temple était au grand complet. L'aristocratie du marché s'y pressait comme toujours. Malgré le jour et l'heure, on y causait d'affaires; de vieux habits circulaient de mains en mains et se vendaient dix fois avant d'arriver à leur propriétaire définitif.

La plupart des marchands de vin du Temple sont prêteurs en même temps que cabaretiers. Ce que nous avons recueilli sur le taux de l'intérêt en usage dépasse toutes les limites du croyable et sera relaté autre part.

Le baron passa encore, augurant qu'il serait mal venu au milieu de cette foule affairée. Il vit *l'Éléphant*, *le Lion d'or*, *les Deux Boules*, et cette guinguette aimable où les dames du Temple se réunissent pour prendre leur café.

Ce fut seulement dans la rue du Puits, où il s'était engagé de guerre lasse, qu'il trouva enfin ce qu'il cherchait.

A travers les carreaux jaunis d'une guinguette, il aperçut Hans et ses compagnons. Le mouvement de Johann saisissant un bâton pour s'élancer au dehors ne lui échappa point; il s'éloigna précipitamment et laissa quelques minutes se passer avant de revenir.

Au bout de ce temps, il entra dans la première salle, où la Girafe distribuait gracieusement des canons et des sourires. Il se fit servir un verre de vin sur le comptoir. Les gens qui étaient là causaient à tue-tête et formaient des groupes bruyants.

Le baron, dont l'entrée avait excité d'abord une certaine sensation, finit par n'être plus remarqué. Il prit son temps, entr'ouvrit, par un effort insensible, la porte de la salle réservée, et profita de la sortie de Johann pour s'y introduire sans être aperçu.

C'était juste à l'instant où Hans Dorn parlait du jeune homme inconnu et de l'étrange impression qu'il avait éprouvée à sa vue.

Une fois dehors, Hans et le baron marchèrent un moment côte à côte et en silence. Hans était ému profondément; il ne pouvait trouver de paroles. Le baron méditait.

— Que Dieu soit loué, mon gracieux seigneur! commença enfin le marchand d'habits; je n'espérais plus vous revoir.

Le baron, qui pressait le pas involontairement sous l'effort de son agitation intérieure, s'arrêta tout à coup. Hans regardait avec un respect mêlé d'amour son mâle et noble visage que voilait à demi l'ombre de son chapeau rabattu.

Au moment où Hans allait poursuivre, le baron l'interrompit du geste.

— Parlez-moi du jeune homme, dit-il.

— Si vous avez entendu ce que j'ai dit là-bas, répliqua Hans, je ne puis ajouter que bien peu de chose. Il est venu chez moi ce soir, et quand mes yeux sont tombés sur lui, j'ai cru que la comtesse Margarethe était sortie du tombeau.

Les traits de Rodach devinrent plus pâles.

— Il lui ressemble, reprit le marchand d'habits. Ce sont ses yeux et c'est son doux sourire...

— Je le sais, dit Rodach; je l'ai vu.

— Et qu'en pensez-vous?

— C'est lui!

Hans mit ses deux mains sur son cœur.

— Alors, murmura-t-il, c'est Dieu qui vous a envoyé!

— Vous a-t-il dit son nom? reprit Rodach.

— Il se nomme Franz.

Le baron ne put retenir un mouvement de joie.

— Vous voyez bien! s'écria-t-il, c'est un nom allemand!

Hans secoua la tête.

— Si nous n'avons que cet indice, mon gracieux seigneur, répliqua-t-il avec tristesse, nous pouvons nous tromper, car le jeune homme se dit Français et ne sait pas notre langue.

L'expression de joie qui était sur le visage du baron s'évanouit.

— Je crois que c'est lui, dit-il pourtant; j'en suis sûr... mon cœur me le crie! La main de Dieu s'est appesantie sur nous assez longtemps, et le sort nous doit une revanche. Qu'est-il venu faire chez vous?

— Vendre ses habits.

— Il est donc pauvre?

— Il n'a plus rien. J'ai causé avec lui dix minutes et je sais toute son histoire. C'est un loyal cœur, étourdi comme un enfant et brave comme un soldat. Il a été quelque temps commis dans une grande maison de banque dont les chefs l'ont tout à coup chassé sans motif; il a vécu un mois ou deux des économies qu'il avait. Les habits qu'il m'a vendus sont sa dernière ressource et il compte en dépenser le prix cette nuit.

— Cela fait-il beaucoup d'argent? demanda le baron.

— Deux cent cinquante francs.

— A quoi veut-il dépenser tout cela?

— Il a bien des choses à faire, répondit Hans. D'abord quelques petites dettes à payer, deux louis à peu près; secondement, un costume de bal masqué à louer et un déjeuner à payer au *Café Anglais*.

— Ensuite?

La voix de Hans devint plus basse.

— Il se bat demain à six heures, reprit-il. Il n'a jamais touché à une épée, et il veut prendre une leçon d'armes pour se tenir comme il faut sur le terrain.

En écoutant les détails donnés par le marchand d'habits, le baron de Rodach avait souri involontairement. Il se représentait avec une sorte de complaisance paternelle ce bel enfant, étourdi comme son âge, et tout prêt à jeter son dernier louis pour une nuit de folie.

Mais, au mot de combat, son front se rembrunit tout à coup. La fierté de son regard s'adoucit jusqu'à peindre la sollicitude la plus tendre.

— Un duel! murmura-t-il, si jeune! Et avait-il l'air effrayé?

— Du duel? à peu près autant que du bal! répliqua Hans. Il riait en me confessant son ignorance de l'escrime, et il me disait que son adversaire, tout expert qu'il est en fait d'armes, aurait du fil à retordre avec lui.

— Son adversaire est habile? dit Rodach dont le sourcil se fronça.

— Une des meilleures lames de Paris.

— Savez-vous son nom?

— Le jeune homme ne l'a point prononcé devant moi.

Rodach fit quelques pas avec agitation. Involontairement son esprit se reportait à cette conversation qu'il avait entendue quelques heures auparavant au coin de la rue des Fontaines. Hans le suivait la tête basse.

Le bon marchand d'habits songeait, et sa rêverie était pleine de découragement. Il y avait dix à parier contre un que ce sauveur, dont il avait d'abord salué si joyeusement la venue, était arrivé trop tard.

Comment retrouver l'enfant parmi la cohue bariolée qui allait envahir Paris dans cette nuit d'allégresse folle? Et, au bout de cette nuit, il y avait un duel à mort, une bataille inégale où le jeune Franz se présentait sans peur, mais sans espoir de vaincre, et comme une victime résignée à tomber.

Dans quelques heures, il n'y aurait plus personne à protéger, et l'espoir réveillé allait être anéanti pour toujours!

Le baron de Rodach avait les mêmes pensées, et l'inquiétude de Hans n'arrivait pas à la dixième partie de son angoisse.

Il avait bien souffert en sa vie; mais ce moment résumait toutes ses tortures passées.

En cet enfant que la mort menaçait se concentraient tous ses espoirs et tous ses souvenirs.

Mais les années de sa jeunesse et de son âge mûr avaient été une longue lutte contre le malheur; tout choc, si rude qu'il fût, le trouvait fier et ferme.

Au bout de quelques minutes, il s'arrêta brusquement et se tourna vers son compagnon.

— Et vous ne l'avez pas dissuadé de son dessein? dit-il.

— Souvenez-vous de vos dix-huit ans, répliqua le marchands d'habits; qu'eussiez-vous répondu à celui qui vous aurait parlé raison la veille de votre premier duel?

— J'étais un fou! murmura le baron.

— C'est le même sang bouillant et superbe qui coule dans ses veines, poursuivit le marchand d'habits; Satan lui-même ne le ferait pas reculer d'une semelle!

L'œil de Rodach eut un rapide éclair.

— Tant mieux! tant mieux! dit-il comme malgré lui.

Hans poussa un gros soupir, et l'enthousiasme du baron tomba.

Il croisa ses bras sur sa poitrine; sa botte éperonnée frappa violemment le pavé.

— Il faut pourtant que je le trouve! reprit-il. J'ai toute une nuit pour cela!

— Moi, je cherche depuis quinze ans! murmura le pauvre Hans.

Rodach souleva son chapeau et passa ses doigts dans ses longs cheveux noirs; puis, tout à coup, sa tête se redressa.

— Vous avez parlé d'une leçon d'armes? dit-il vivement.

— Après son costume de bal, répliqua Hans, c'était ce qui semblait lui tenir le plus au cœur.

— Ne vous a-t-il point dit à quelle salle il comptait se présenter?

Hans se gratta le front.

— Peut-être, répliqua-t-il; mais je ne m'en souviens pas.

— Cherchez! cherchez! répéta Rodach impétueusement; songez qu'il s'agit de sa vie!

Le pauvre Hans fit un appel désespéré à sa mémoire.

— Attendez donc! balbutia-t-il; mon Dieu! je crois pourtant qu'il m'a dit quelque chose! mais je ne connais rien à tout cela, moi : j'ai beau faire, je ne m'en souviens pas!

Il se pressa le front à deux mains.

— Attendez donc! attendez donc! répéta-t-il; il me semble bien qu'il a dit : « Je vais aller dans la première salle d'armes... »

— Il a dû prononcer un nom.

— Ce nom, je l'ai maintenant sur la lèvre, s'écria le marchand d'habits qui faisait des efforts surhumains pour maîtriser ses souvenirs rebelles. C'est un nom que j'ai entendu déjà, que je connais! Quel est le plus célèbre des maîtres d'armes?

— Grisier?

— Grisier! s'écria Hans qui fit un bond de joie. C'est cela!

Rodach respira longuement.

— Depuis quelques heures que je suis à Paris, dit-il, Dieu semble me conduire par la main. Ami Hans, je crois que notre étoile n'est pas tombée du ciel pour toujours.

— Grisier! répétait le marchand d'habits; c'est bien ce nom-là, j'en suis sûr!

— L'enfant sera sauvé, reprit Rodach; si c'est celui que nous cherchons, le ciel en soit loué à genoux! Si c'est un étranger, tant mieux pour lui!

Il toucha la main de Hans, jeta le pan de son manteau sur son épaule et s'éloigna à grands pas dans la direction du boulevard.

Hans voulut lui parler encore, mais il se perdait déjà dans l'ombre lointaine.

On voyait seulement sa haute silhouette noire passer de réverbère en réverbère, et l'on entendait tinter sur le pavé l'acier de ses éperons sonores.

VIII

UN INTÉRIEUR PATRIARCAL

Les bureaux de la maison de Geldberg, Reinhold et compagnie étaient situés dans la rue de la Ville-l'Évêque, au faubourg Saint-Honoré.

C'était un fort bel hôtel, bâti par quelque grand seigneur au commencement du règne de Louis XVI, et tombé de révolutions en chutes dans le domaine de la finance.

A part les bâtiments principaux qui vous avaient un grand air d'aristocratie et ne déparaient nullement ce quartier fastueux, patrie du sport parisien et des splendeurs exotiques, M. de Geldberg avait fait construire de spacieuses dépendances, où d'innombrables commis égratignaient, avec des plumes de fer, le papier réglé des livres de banque.

Ces commis s'estimaient trois fois plus que des sous-chefs de ministère. La haute considération dont jouissait la maison de Geldberg déteignait jusque sur ses employés, qui étaient des personnages.

Les expéditionnaires avaient de ces tournures qui commandent le respect; les teneurs de livres vous eussent inspiré une vénération sans égale; les chefs de correspondance ne pouvaient être comparés qu'à des avoués près la cour royale ou à des sous-préfets, tant ils avaient bonne mine.

C'était merveille que de voir la tenue de ces bureaux modèles. Les garçons de recettes étaient de vieux braves de l'Empire. Les papas des surnuméraires siégeaient au palais Bourbon. Quant aux dignitaires des bureaux, ils avaient leurs noms à l'*Almanach Bottin*, et au-devant de leurs noms deux ou trois signes d'imprimerie indiquant les décorations les plus flatteuses.

Là tout inspirait la confiance, tout avait

BIBLIOTHÈQUE NATIONALE BF IMPRIMÉS

Auprès de lui, assise sur des coussins, se tenait Sara, sa fille aînée. (Page 141, col. 1.)

un aspect rangé, calme et digne. Les bottes vernies criaient sur le plancher ciré. L'œil, ébloui par les cravates blanches, se mirait avec délices dans les lunettes vertes.

Les doigts des caissiers étaient de velours; les écus, comptés lestement, rendaient une harmonie honnête et discrète.

Tout ce qui tient de près ou de loin à la banque parisienne a gardé sans doute un souvenir pieux à la maison de Geldberg, Reinhold et Cie. Dans le fond du cœur, chacun s'associera aux éloges assurément incomplets que l'on accorde ici à ce comptoir recommandable.

En 1844, la maison était gérée par le jeune M. Abel de Geldberg, concurremment avec deux associés principaux : le chevalier de Reinhold et un riche médecin étranger, qui avait placé ses fonds dans le commerce. Ce médecin, qui n'exerçait plus qu'en amateur, se nommait don José Mira.

M. de Geldberg le père était très-vieux, et surtout considérablement usé par les fatigues d'une existence laborieuse. C'était un de ces hommes industrieux et inquiets qui s'agitent dans la vie, qui s'évertuent, qui se fatiguent et qui ne jouissent point du fruit de leurs efforts. Ces hommes ressemblent à des vers à soie filant le coton qui doit leur servir de tombe. Ils filent des millions, et leurs héritiers reconnaissants les taillent en marbre au Père-Lachaise.

Il y avait déjà plusieurs années que M. de Geldberg s'était retiré complétement des affaires. Ses enfants et ses associés, qui lui vouaient une sorte de culte, prétendaient que le bon vieillard jouissait avec délices de ce calme heureux qui remplaçait les labeurs de sa vie. Ceci était grandement vraisemblable.

Pourtant il circulait à ce sujet, dans les bureaux et au dehors, des rumeurs vagues qui semblaient mettre en doute la prétendue félicité du vieux banquier.

On disait que s'il était retiré de la vie active, ce n'était pas tout à fait de son plein gré.

Le commerce est, après le jeu, la plus entraînante de toutes les occupations. S'il nous était permis de donner un pendant au fameux mot-mulet *bureaucrate*, et de risquer un bâtard grammatical moitié grec, moitié français, nous dirions que la traficomanie est un mal dont nul ne se guérit. Le joueur agonisant voit des atouts à travers sa prunelle troublée; le marchand suppute à sa dernière heure, et la suprême caresse de son esprit mourant est pour l'opération rêvée, qui emplit sa pauvre tête de chiffres surchargés et d'additions usurières.

On savait que le vieux M. de Geldberg était le négoce incarné. Comment admettre ce subit amour du repos? L'abdication est possible chez un empereur : on conçoit Dioclétien, Charles-Quint, Casimir de Pologne. Mais chez un banquier, c'est la chose invraisemblable. Qui plume-t-on, en effet, à planter des choux?

On disait que le respectable vieillard avait cédé plus ou moins à un petit complot de famille. Tout le monde s'en était mêlé : ses deux associés, son fils le brillant Abel de Geldberg, madame de Laurens, la comtesse Lampion et Lia, la douce enfant qui entourait ses derniers jours de soins si bons et si tendres.

Si violence il y avait eu, elle était toute dans l'intérêt du vieillard : ceci restait hors de doute. Les trois filles de M. de Geldberg, anges de piété filiale, ne pouvaient avoir que de vertueuses pensées.

M. Abel valait pour le moins ses sœurs, et quant aux deux associés, c'étaient de si braves gens!

On avait voulu forcer le vieux banquier à se reposer, voilà tout; on avait éloigné de lui des fatigues qui, vraiment, ne convenaient plus à son grand âge. Il était toujours le chef nominal de la maison, et Dieu sait qu'on lui payait en respect le double de ce qu'on lui enlevait en pouvoir.

Ses associés étaient à ses genoux; ses enfants l'adoraient; c'était pour tous une idole, — mais une idole qu'on avait mise sous cloche.

Il s'était résigné. Les affaires de la maison ne le regardaient plus. Il ne savait rien de ce qui se passait, et quand ses associés lui demandaient un conseil, par hasard, il leur refusait tout net l'appui de sa vieille expérience.

La retraite de M. de Geldberg avait eu lieu vers la fin de 1838, au plus fort de ces saturnales industrielles qui mirent toute la France en émoi. Jusqu'alors, la maison ne s'était point écartée du droit sentier de la vieille banque. Elle avait tondu le prochain selon la méthode antique; elle n'avait rien risqué. Ses bénéfices étaient clairs; ses comptes étaient nets; elle jouait à coup sûr, et le niveau de sa caisse, qui montait lentement, ne subissait jamais de reflux.

Après la retraite du vieux Moïse, un changement notable se fit dans les errements de la maison. La commandite, tenue à distance, se glissa bien doucement par la porte entre-bâillée. Le bitume entra en fraude sous le paletot blanc du chevalier de Reinhold ; Abel et madame de Laurens servirent de chaperons aux actions des chemins de fer. Geldberg et Cie furent imprimés en grosses lettres à la quatrième page des journaux, et leur caisse, transformée en tonneau des Danaïdes, engloutit des millions qui coulèrent on ne sait où...

La maison n'en garda pas moins sa réputation de proverbiale austérité. Le sens des mots change quand on l'applique au commerce, et la gêne seule peut transformer du jour au lendemain l'honneur mercantile en infamie. Néanmoins les anciens correspondants se disaient que les choses auraient été autrement, si le vieux Moïse n'avait point pris sa retraite.

Ils ajoutaient que ce brave homme ne pouvait ignorer entièrement ce qui se passait autour de lui, et qu'il en éprouvait un vif chagrin.

M. de Geldberg, en effet, semblait bouder comme Achille dans sa tente.

Tant que les bureaux de la maison dont il avait été le chef restaient ouverts au public, il s'enfermait dans son appartement particulier, et personne, pas même ses enfants, pas même son valet de chambre, n'avait le droit de l'y venir troubler.

Il voulait être seul, absolument seul, depuis neuf heures du matin jusqu'à cinq heures du soir.

Ce qu'il faisait chaque jour durant ce long espace de temps, nul ne pouvait le dire..

Et ce n'était pas faute de chercher! Ses enfants avaient fait tout le possible pour découvrir le mot de cette énigme et n'y avaient point réussi.

Toutes les questions étaient inutiles, toutes les ruses se trouvaient déjouées par le silence obstiné du vieillard.

Depuis six ans, chaque jour, sans exception aucune, sa porte se fermait et se rouvrait à la même heure.

Dans les bureaux et dans l'office, on causait volontiers tout bas de ce mystère étrange, et le dénouement de ces entretiens était invariablement le même.

— Que peut-il faire? se demandait-on.

Là était l'inconnu.

Que pouvait-il faire?

Il n'y avait rien dans son appartement qui pût occuper sa solitude. Il n'était ni peintre, ni serrurier, ni tourneur; les livres de sa bibliothèque, qui se composaient exclusivement d'ouvrages hébreux, gardaient sur leurs tranches supérieures une couche épaisse de poussière : il ne lisait point. Son lit restait intact : il ne dormait point. Il n'avait ni piano, ni violon, ni métier à tapisserie, ni Italien, ni danseuse.

Écrivait-il ses Mémoires?

Que faisait-il? — que faisait-il?

Le problème restait insoluble.

A cinq heures, il descendait au salon. Il recevait, comme si de rien n'eût été, les caresses empressées de ses filles. Il présidait au repas et s'asseyait, après le dîner, au milieu de ses enfants réunis.

Sa vie, de cinq heures à minuit, était celle d'un patriarche.

Mais jusqu'à cinq heures, depuis le matin?...

Une partie du rez-de-chaussée de l'hôtel avait été affectée à l'état-major des bureaux : on voyait là le cabinet des gérants et les caisses des diverses sociétés par actions. Le salon officiel, où se réunissaient les trois associés, et qu'on appelait pompeusement la *chambre du conseil*, était situé au premier étage.

Le reste du rez-de-chaussée servait d'habitation au docteur José Mira, sauf deux pavillons, en retour sur le jardin, qui étaient réservés aux dames de Geldberg.

Au premier étage, M. de Geldberg occupait l'aile droite, donnant sur la rue d'Astorg. L'aile gauche était habitée par la comtesse Lampion et Lia. Le corps de logis contenait les salons communs.

Au second étage, le jeune M. Abel s'était arrangé un pied-à-terre somptueux, ce qui ne l'empêchait point d'avoir son hôtel en ville.

Le chevalier de Reinhold logeait aussi au second étage.

Derrière l'hôtel, il y avait un beau jardin qui longeait la rue d'Astorg. Au bout de ce jardin s'élevaient deux kiosques isolés, où l'on n'entrait guère, et dont l'un avait une sortie au dehors.

Ce dernier kiosque avait dans les bureaux une joyeuse renommée. On racontait volontiers aux commis nouveaux qu'il avait servi de petite maison au fameux duc de Barbansac, vétéran de la Régence et premier propriétaire de l'hôtel.

On ajoutait que la porte basse qui donnait sur le dehors avait servi autant à la femme qu'au mari pour le moins, et que madame la duchesse rentrait bien souvent par là dans l'hôtel à des heures téméraires.

Ce duc de Barbansac n'avait, en conscience, que ce qu'il méritait.

La petite porte était admirablement située pour un exercice de ce genre. Elle s'ouvrait, tout au bout du jardin, sur un passage étroit qui existait encore en 1844, et qui rejoignait tortueusement la rue d'Anjou, à laquelle il empruntait son nom.

De la porte à la rue, il n'y avait absolument qu'un saut. La rue d'Astorg n'était guère fréquentée, et, dans ce court trajet, il eût fallu du malheur pour attirer le regard des curieux.

Pourtant cela n'était pas impossible, et le pavillon avait une chronique plus récente.

Un vieux commis prétendait avoir vu, par une matinée de brouillard, un homme emmitouflé dans un manteau, qui se glissait hors du pavillon et enfilait précipitamment le passage.

Le vieux commis était susceptible d'avoir des lubies, comme il arrive à ses pareils ; on lui insinua qu'il avait la berlue, et il voulut tirer le fait au clair.

Il revint le lendemain matin et les jours suivants se poster devant le pavillon, à l'angle du passage et de la rue d'Astorg.

Il ne vit rien. L'histoire tomba dans l'eau.

Il était environ huit heures du soir, et la famille de Geldberg était réunie dans un petit salon, au premier étage de l'hôtel. C'était là que le vieux Moïse aimait à se tenir après dîner.

Il y régnait un luxe digne et bien entendu, qui convenait à la haute position de fortune occupée par la maison de Geldberg.

Quelques tableaux de maîtres, suspendus entre les riches moulures de la boiserie, représentaient des scènes de l'Ancien Testament. Les meubles affectaient des formes orientales, et le pied foulait doucement l'étoffe moelleuse d'un tapis constellé.

La pièce était éclairée par deux candélabres à branches, suivant la coutume juive. A l'extrémité la plus éloignée du foyer, il y avait une sorte d'encensoir d'or où quelques parfums brûlaient lentement et jetaient dans l'air leurs vapeurs suaves et tièdes.

Auprès de la cheminée, M. de Geldberg était assis sur l'unique fauteuil qui se trouvât dans la chambre.

C'était un vieillard souffreteux et usé. De rares cheveux, blancs comme la neige, couronnaient son crâne luisant. Son visage était jaune et sillonné d'innombrables rides. Il se tenait courbé ; son menton touchait sa poitrine.

En somme, son aspect était vénérable. Une seule chose eût pu faire reconnaître en lui Mosès Geld, l'ancien usurier de la Judengasse.

Cette chose, c'étaient ses petits yeux gris, dont l'âge avait modéré les roulements inquiets, mais qui parfois lançaient encore à l'improviste de vifs regards, par-dessous la frange blanche de ses sourcils.

Il était immobile dans son grand fauteuil, rembourré douillettement, et il jetait des regards contents sur ses enfants, réunis autour du foyer.

Auprès de lui, assise sur des coussins, se tenait Sara, sa fille aînée, madame de Laurens.

Nous qui ne l'avons vue qu'une seule fois, devant l'entrée du Temple, nous l'eussions à peine reconnue, tant la lumière des bougies la changeait à son avantage.

Sous ce jour nouveau, sa peau brune prenait un éclat extraordinaire. Le feu de ses yeux noirs éblouissait; les nattes brillantes de ses cheveux, où couraient quelques rangs de corail, achevaient de nuancer sa beauté, et lui donnaient cette voluptueuse couleur dont la poésie revêt les prêtresses des plaisirs orientaux.

Elle était demi-couchée sur les coussins, et son coude s'appuyait au bras du fauteuil de son père. Sa pose avait un abandon exquis et développait toutes les perfections de sa taille.

Comme elle était très-petite et que ses membres déliés s'arrondissaient en de suaves contours, sa grâce était celle de la première jeunesse.

Au Temple, vous eussiez jugé qu'elle côtoyait ces limites néfastes où la femme trébuche au seuil de sa trentième année; ici, vous l'eussiez prise pour un enfant, connaissant l'amour d'hier et ne sachant pas éteindre encore la flamme imprudente de sa prunelle.

Elle tenait à la main un livre, et faisait, à voix basse, une lecture à son vieux père.

Derrière elle, un homme d'une quarantaine d'années causait avec Esther, la seconde fille de Mosès Geld.

Cet homme était d'apparence débile; il avait la souffrance peinte sur son visage, et des tics nerveux agitaient fréquemment la peau décolorée de sa face.

Quand ses traits demeuraient au repos, sa figure était belle et portait un cachet de distinction; mais ces moments de calme étaient bien rares, et, le plus souvent, il grimaçait, impuissant à repousser de brusques secousses névralgiques.

Tout en causant avec la comtesse, il jetait de fréquents regards vers Sara, laquelle lui rendait ses œillades, et arrêtait parfois sa lecture pour lui abandonner sa blanche main.

Cet homme était l'agent de change Léon de Laurens, marié à la fille aînée de M. de Geldberg.

Le vieux Moïse éprouvait un plaisir évident à les contempler tous deux. Quand les mains s'unissaient, il souriait, et quand Sara reprenait sa lecture interrompue, il faisait à son gendre un petit signe heureux.

Sara était la plus aimée de ses filles; il l'appelait *Petite*, comme aux jours de son enfance, et toute la famille, imitant cet usage, gardait ce doux sobriquet à madame de Laurens.

Au signe du vieillard, l'agent de change répondait par un sourire silencieux; Moïse n'y voyait que du bonheur.

Dans ce sourire, il y avait pourtant de la tristesse, une tristesse contenue, mais mortelle.

On y lisait cette torture patiente et en vain combattue de l'homme qui n'a plus d'espoir.

Ceux qui le voyaient ainsi avec sa femme, les mains unies et les regards croisés, se disaient que l'amour devait être un baume pour sa souffrance secrète : Sara était si charmante, et ils semblaient tous deux s'entendre si bien !

Leur vue faisait aimer le mariage. On devinait dans leur intérieur une sympathie douce et cette communauté de cœur qui guérit toute peine.

On était conduit à penser que la tristesse de l'agent de change venait uniquement de sa maladie; il se voyait mourir et souffrait d'autant plus qu'il avait plus de bonheur à regretter dans la vie.

Esther, qui causait avec lui en ce moment, ne ressemblait point du tout à sa sœur : c'était une grande et belle femme, dans tout l'éclat de la jeunesse. Ses traits étaient plus réguliers que ceux de Sara; mais leur ensemble avait moins de charme. Sa taille, forte et proportionnée admirablement, laissait à désirer cette grâce féminine qui est le vernis de toute beauté. Sa physionomie était immobile, et il semblait que la pensée manquait sous la courbe harmonieuse de son front.

Esther était comtesse, mais comtesse Lampion. Le titre lui allait; le nom lui pesait.

Ses ennemis seuls l'appelaient madame Lampion, et ceux qui voulaient se faire bien venir d'elle laissaient de côté le nom malencontreux de feu le général pair de France.

On disait : la comtesse Esther.

A l'autre coin de la cheminée, la plus jeune fille de Mosès Geld brodait.

Lia n'avait que dix-huit ans. Sa taille, déjà formée, était plus parfaite que celle d'Esther et plus gracieuse que celle de Sara. Le type juif s'effaçait doucement sur son visage délicat et pensif. Son front développait la belle pureté de ses lignes sous la soie abondante d'une chevelure noire, à reflets châtains.

Il y avait autour de sa bouche un sourire sérieux et rêveur.

Ses petits doigts de fée maniaient son aiguille avec une lenteur distraite. Quand elle relevait ses longs cils recourbés qui faisaient à sa paupière comme une large bordure de velours, l'œil se fixait ébloui sur sa prunelle d'un bleu sombre, si limpide et si pure, qu'on croyait voir au travers le fond de son âme de vierge.

Lia n'avait point le teint bruni des races orientales; ses cheveux bouclés retombaient en grappes flexibles jusque sur ses épaules, et encadraient sa joue blanche que colorait un fugitif incarnat.

Il eût été difficile de trouver une tête plus délicieuse sur un corps plus charmant. Mais la beauté de Lia n'était pas tout entière dans ses perfections extérieures. La pensée brillait sur son front. A travers ses rares sourires, on voyait son cœur bon et sincère. Son âme, qui vivait de tout ce qui est pur et noble, envoyait à ses traits comme un reflet rayonnant.

Si jeune, elle avait déjà des souvenirs sans doute, car ses doigts arrêtaient parfois sa tâche commencée, et le poids de sa tête qui rêvait inclinait son cou gracieux. Sa paupière se baissait alors, et un peu de pâleur remplaçait l'incarnat léger de sa joue.

Un peintre, un poëte plutôt, l'eût choisie pour rendre sensible ce souffle vague qui trouble pour la première fois la conscience de la vierge, ce premier vent de la mélancolie, ce fardeau inconnu qui vient peser à l'improviste sur les jeunes fronts attristés.

Quand Sara interrompait un instant sa lecture, son regard, après avoir porté une carresse à M. de Laurens, glissait parfois jusqu'à sa jeune sœur.

En ces moments, l'œil noir de Petite avait comme un aiguillon méchant, et quelque chose de perfide se mêlait à son sourire.

Lia ne la voyait point. Elle ne voyait rien. L'entretien de l'agent de change et d'Esther passait autour de ses oreilles comme un murmure vain.

Elle causait avec son cœur, et son cœur ne disait qu'un nom.

Une fois déjà, nous nous sommes arrêté pour jeter un coup d'œil sur la belle jeune fille. Si nous plaçons ici son portrait, ce n'est pas qu'elle soit pour le lecteur une inconnue.

Mais, au Temple, elle ne faisait que passer, mystérieuse et craintive. A peine avons-nous eu le temps de l'y entrevoir.

Lia était la jeune fille du remise, que nous avons trouvée dans la boutique de madame Batailleur...

La jeune fille que l'arrivée de Sara avait remplie d'épouvante.

Elle avait un secret. Sara ne l'aimait pas, et madame Batailleur était la créature de Sara...

Au milieu de la chambre, une table de jeu ouverte supportait un trictrac. M. le chevalier de Reinhold jouait avec le docteur Mira.

Le jeune M. Abel de Geldberg regardait la partie d'un air sincèrement ennuyé.

Le jeune M. Abel de Geldberg était le second enfant de Mosès Geld. Il entrait dans sa vingt-huitième année.

C'était un superbe garçon, chevelu, barbu, mais pas trop, et doué d'une moustache valant dix mille écus de rente. Il portait merveilleusement notre costume fashionable, que si peu de gens savent passablement porter. Son pantalon avait une coupe enviable; son gilet descendait comme il faut, ouvrant à point ses deux becs et s'échancrant sur la poitrine de manière à montrer les précieuses dentelles d'une chemise de millionnaire. Sa cravate avait un nœud d'élite; ses bottes célébraient un cordonnier de génie.

Pour la figure, il ressemblait un peu à la comtesse Lampion. Il était facile de voir que sa partie brillante n'était point l'intelligence; mais il possédait amplement ce vernis mondain qui donne de l'esprit aux sots et qui rend les gens d'esprit stupides.

La société qu'il fréquentait avait déteint sur lui. Le Jockey-Club lui laissait des reflets d'élégance britannique. Il retenait quelques bons mots du charmant comte de Mirelune, qui lui-même les avait appris ailleurs, et Amable Ficelle, auteur de *la Bouteille de champagne*, lui fournissait des calembours. Il n'en abusait point, du reste, et sa tenue favorite était le silence gourmé de l'homme qui sait l'anglais des chevaux.

En ce moment, il était de corvée. Un usage que personne n'enfreignait commandait aux membres de la maison de Geldberg deux ou trois heures de faction, après dîner, dans l'appartement du vieillard.

Abel bâillait, mais il restait.

Il occupait son loisir à songer aux jambes de quelque dame ARTISTE, ou bien au trot méritant de *Victoria Queen*, sa jument de sang pur.

Le chevalier de Reinhold et le docteur avaient du moins quelque chose pour tuer le temps.

Nous n'avons pas besoin de parler du chevalier, dont nous avons décrit l'aimable tournure et le paletot blanc dans l'un des chapitres qui précèdent.

Quant au docteur José Mira, ces vingt dernières années avaient glissé sur sa personne sans produire aucun effet. Il n'avait ni vieilli ni rajeuni. C'était toujours ce même homme maigre, jaune et froid, dont l'âge pouvait se poser en problème.

Il secouait le cornet où s'agitaient les dés, de ce même air grave et pédant qu'il mettait jadis à verser le fameux breuvage de vie dans le gobelet d'or du pauvre châtelain de Bluthaupt.

De temps à autre, entre les coups, il se tournait tout d'une pièce et jetait un regard austère sur madame de Laurens.

En ces occasions, Reinhold souriait dans sa barbe et donnait à ses petits yeux une expression de maligne raillerie; mais il ne disait rien, à cause du jeune M. Abel qui bâillait à côté de lui.

Au bout de trois quarts d'heure de lecture, la voix de madame de Laurens s'étouffa, soit par fatigue véritable, soit par l'effet de sa volonté.

Le vieux Mosès mit sa main ridée sur les beaux cheveux noirs de sa fille.

— Assez, Petite, assez! dit-il avec caresse; tu es lasse, repose-toi.

Madame de Laurens ferma le livre et baisa la main de Mosès.

— A ton tour, Lia, dit-elle en se levant.

La jeune fille quitta aussitôt sa broderie et vint s'asseoir sur les coussins, aux pieds du vieillard.

Abel, profitant de ce mouvement, prit la

place abandonnée par sa jeune sœur, et mit ses bottes vernies sur les chenets.

Petite se rapprocha de la table de jeu, où le regard inquiet de l'agent de change la suivit.

Elle s'assit auprès du chevalier de Reinhold. Les yeux caves de Mira se fixèrent sur elle avec une expression étrange et n'en bougèrent plus.

IX

BON MÉNAGE

Le chevalier choisit, pour accueillir madame de Laurens, le plus aimable de tous ses saluts.

— Continuez votre partie, dit Petite, cela ne nous empêchera pas de causer... Bonsoir, docteur !

José Mira s'inclina gravement.

— Eh bien ! chevalier, reprit Petite, donnez-moi donc des nouvelles de votre mariage.

Reinhold mit son cornet sur la table et passa ses doigts dans les boucles de son toupet pommadé.

— Belle dame, répliqua-t-il, cela va très-bien... très-bien, très-bien ! Mademoiselle Denise d'Audemer n'a pas encore accepté définitivement ma recherche, mais sa mère...

— Fi ! chevalier, s'écria Petite en riant, un homme comme vous a-t-il besoin de prendre ces chemins battus par la vieille école ?

— Eh ! eh ! eh ! fit Reinhold.

— En êtes-vous à faire le siége de la mère pour arriver à la fille ?

— Le moyen peut être vieux, belle dame, mais il est sûr.

— Fi ! vous dis-je ! un homme comme vous !

Le chevalier ouvrit la bouche en un sourire flatté, ce qui montra toute la rangée de ses dents osanores.

— Vous me feriez croire, poursuivit Petite, que vous avez peur de quelque amourette.

— Oh ! fit Reinhold, Denise est si jeune !

— Elle est si jolie, chevalier ! Mais reprenez votre cornet, je vous en conjure, ou M. de Laurens va venir réclamer son contingent de douceurs conjugales.

Reinhold éclata de rire, et lança gaiement ses dés sur la table de palissandre.

La longue figure de Mira resta immobile et sévère.

L'agent de change regardait toujours sa femme à la dérobée ; Abel bâillait à cœur-joie ; Lia lisait, et la comtesse Lampion semblait une belle statue de l'Ennui.

— En tout cas, reprit Petite, je vous souhaite bonne chance, chevalier. Mademoiselle d'Audemer est fort riche, et ce sera un excellent parti !

— Pour avoir attendu un peu, dit Reinhold, il est certain que je n'aurai pas perdu : mais n'est-il pas temps que je goûte enfin les bonheurs du ménage ?

Petite sourit et se retourna. Son regard rencontra celui de l'agent de change, et sa jolie tête s'inclina en un signe amical.

— Voyez ! dit Reinhold, belle dame, vous me mettez l'eau à la bouche !

La lèvre du docteur se releva, et sa grande figure prit une expression diabolique.

BIBLIOTHÈQUE NATIONALE R.F.

Madame, murmura M. de Laurens, épargnez-moi; vous voyez ce que je souffre! (Page 151, col. 1.)

— Vous avez raison, répliqua Petite sans perdre son sourire. M. de Laurens est un homme bien heureux!

Elle regarda Reinhold en face, et sa prunelle, brillante comme un diamant noir, eut un rayonnement aigu.

— Je vous souhaite un bonheur pareil, ajouta-t-elle.

Le chevalier ne put s'empêcher de baisser les yeux, comme on fait sous une brusque menace, lâchée à brûle-pourpoint.

Le docteur agitait son cornet lentement, et son œil ne pouvait se détacher de Sara.

Celle-ci rapprocha son fauteuil de la table, et se serra tout contre Reinhold.

— Et notre jeune homme? reprit-elle à voix basse; est-ce fini?

— Quel jeune homme? demanda le chevalier.

— Le Fils du diable.

Reinhold tressaillit et regarda en dessous le docteur, qui faisait mine d'être tout à son jeu.

— Eh bien! fit madame de Laurens, êtes-vous muet?...

— Belle dame... balbutia Reinhold, j'ignorais que vous fussiez au fait...

— Je suis au fait de tout, chevalier! Je sais bien des choses sur vous et sur d'autres.

— Avec vous, reprit galamment le chevalier, je sens bien qu'il est difficile de garder un secret; mais il y a des choses qu'il vaudrait mieux ne point dire aux dames.

Petite haussa les épaules avec impatience.

— Cela me regarde autant que vous, monsieur, dit-elle, et je suis, croyez-moi, tout aussi incapable que vous de commettre une imprudence. D'ailleurs je ne connais point ce jeune homme, et j'approuve complétement le moyen imaginé par vous pour l'envoyer là-bas, dans les domaines de son père.

— Comment! son père? répéta Reinhold qui ne comprenait point.

— Le diable! grommela le docteur enchanté de cette plaisanterie sinistre.

Reinhold était mal à l'aise. Les paroles de madame de Laurens avaient trait à Franz et à la mission confiée à Verdier. Le chevalier s'était avancé dans cette affaire au delà des limites que lui prescrivait sa prudence habituelle. Il avait payé de sa personne, et s'était mis en rapport direct avec le spadassin chargé d'attirer Franz dans une lutte inégale.

Cette démarche, divulguée, pouvait le mener très-loin. Et voilà que son secret était entre les mains d'une femme!

D'une femme qui, d'un instant à l'autre, pouvait devenir son ennemie, qui l'était déjà peut-être, et qui, sous le manteau drapé habilement de sa réserve, était habituée à tout oser!

Mais il n'était plus temps de feindre. Sara savait; il fallait l'accepter pour confidente, et le moins dangereux était de se confesser avec bonne grâce.

— Je pense que vous excuserez ma franchise, madame, reprit Reinhold, et que vous ne m'en voudrez point si je me suis exprimé sans détours : encore une fois, j'aimerais mieux que ce secret fût resté le mien; mais puisqu'on a jugé à propos de vous instruire, ajouta-t-il en flagellant du regard le Portugais qui resta impassible, je vais répondre en deux mots à votre question. La maison de Geldberg peut être bien tranquille : ce jeune homme, quel qu'il soit en réalité, fût-il même le Fils du diable, comme vous l'appeliez tout à l'heure, ne pourra bientôt plus rien contre nous.

— Ce n'est donc pas fait encore? dit madame de Laurens.

— Ce sera fait demain matin.

Petite renversa sa tête charmante sur le dossier de son fauteuil.

— Ça traîne bien! murmura-t-elle avec nonchalance ; il me semble, à moi, que si je voulais la mort d'un homme, je saurais bien me passer d'aide.

— Ce serait un doux trépas, belle dame... commença Reinhold déterminé à s'engager dans un périlleux compliment.

Petite se leva tout à coup et l'interrompit.

— Quelle partie interminable! dit-elle; excusez-moi, chevalier, si je vous enlève votre partenaire. Mais, comme vous avez pu le voir tout à l'heure, le docteur m'est très-utile, et je ne cause jamais avec lui sans être de moitié plus savante.

Le Portugais recula son fauteuil et se mit sur ses pieds. Reinhold se retira en faisant un grand salut.

Petite appuya sa main blanche sur le bras du docteur.

— Qu'y a-t-il de nouveau? dit-elle.

— Rien, répondit Mira.

— A-t-on toujours des craintes pour la prochaine échéance?

— Beaucoup de craintes.

— Van Praët a-t-il écrit?

— Deux fois depuis hier.

— Et la maison de Londres?

— Yanos Georgyi menace d'en venir aux dernières extrémités, s'il n'est pas payé le 10.

— Combien lui doit-on?

— Neuf cent mille francs.

— Et à Van Praët?

— Près du double.

— Et combien avons-nous en caisse?

— Quelques centaines de louis.

Ces paroles étaient échangées rapidement, et comme si l'entretien eût roulé sur des choses indifférentes.

Les réponses succédaient aux demandes avec une précision froide.

Mira se tenait droit et calme; Petite s'appuyait paresseusement sur son bras.

Elle garda le silence durant deux ou trois secondes, puis elle reprit tout doucement :

— Ces quelques centaines de louis que vous avez en caisse, je les veux.

— Vous les aurez demain, répliqua le docteur sans sourciller.

Sara ne le remercia point.

— Je suis à vous, mon ami, dit-elle bien tendrement pour répondre au regard obstiné de son mari qui l'interrogeait de loin.

Mais, au lieu de quitter le docteur, elle lui serra le bras avec une vigueur imprévue.

— Ne trouvez-vous pas que M. de Laurens va mieux? dit-elle.

— Non, répondit Mira.

— Regardez-le bien... regardez encore... Vous qui êtes un homme savant, sauriez-vous me dire le temps qu'il peut vivre encore?

Mira tourna ses yeux mornes vers l'agent de change, qui éprouvait en ce moment une sorte de crise, et dont la figure pâle se contractait douloureusement.

Mira secoua la tête d'un air doctoral.

— Un an peut-être, répliqua-t-il; peut-être un mois...

Petite poussa un gros soupir, et ses sourcils froncés contractèrent son sourire.

Le docteur la contemplait fixement. Son bras tremblait ; ses tempes étaient froides et mouillées. Son émotion, contenue jusqu'alors et cachée derrière le voile immobile de sa physionomie, devenait visible.

— Vous aimez donc bien! prononça-t-il d'une voix rauque et pleine d'angoisse.

— Oui, répondit Sara.

Un éclair s'alluma dans l'œil cave du docteur, et sa joue creuse devint plus livide.

Petite lui lâcha le bras tout à coup et partit d'un pétulant éclat de rire.

C'était un bruit inusité dans le grave salon de Geldberg.

Abel coupa en deux un bâillement pour voir ce dont il s'agissait ; Esther se retourna endormie à demi; Reinhold se rapprocha, et l'agent de change sourit de confiance.

Le docteur demeurait droit comme un piquet, surpris et interdit.

Sara continuait de rire de tout son cœur.

— Ah! ah! ah! s'écria-t-elle enfin en se laissant tomber sur un fauteuil. Le docteur est charmant! Léon, savez-vous ce qu'il me disait? Je vous le donne en mille!

L'agent de change n'avait garde de deviner; il renonça.

Petite continuait de rire.

— Le docteur, reprit-elle en coupant ses mots comme si son accès de gaieté l'eût épuisée, le docteur veut me conduire au bal masqué !

Mira recula de trois pas.

— Bravo ! dit Abel.

— Bravissimo ! appuya Reinhold.

— Eh bien ! s'écria l'agent de change égayé franchement, pourquoi non?

Le docteur avait repris son immobilité roide; ses yeux étaient baissés et n'osaient se relever.

Il n'avait vraiment pas l'air d'un danseur.

— Vous vous moquez de moi, monsieur de Laurens, dit-il en remuant à peine ses lèvres pâlies, mais je ne vous en veux pas, car si l'on me raille, on vous tue!

Ces derniers mots se perdirent en un murmure indistinct.

Neuf heures sonnèrent à la pendule.

C'était la fin de la faction. Abel se frotta les mains; Esther s'éveilla; Lia ferma son livre.

Le vieux Mosès mit un baiser sur le front de chacun de ses enfants, et deux sur la belle chevelure de Petite. Il gagna son appartement, l'heureux père, et s'endormit dans le calme de sa conscience. Ses rêves lui montrèrent les doux sourires de ses filles.

Il n'avait rien à désirer en ce monde, et sa vieillesse était entourée de bonheur.

Le jeune M. Abel partit pour le club au galop de ses chevaux anglais.

Au moment de monter en voiture, Petite s'approcha d'Esther et lui dit tout bas :

— Vas-tu venir?

— Oui, répondit Esther.

— Alors, à bientôt!

Les deux sœurs se séparèrent, et Petite s'assit auprès de son mari, sur les coussins de sa calèche.

De l'hôtel de Geldberg à la rue de Provence, elle ne dit pas une parole.

— Vous n'allez nulle part ce soir, Sara? demanda M. de Laurens au moment où la voiture s'arrêtait.

— Je ne suis point décidée, répondit Petite du bout des lèvres.

On descendit, et quelques minutes après le mari et la femme étaient assis l'un vis-à-vis de l'autre, au coin de leur feu, dans la chambre à coucher de madame de Laurens.

C'était une pièce mignonne et toute gracieuse, que Petite avait meublée suivant son goût. Petite était une femme d'esprit et de tact qui ne manquait pas même d'un grain de poésie.

Tout ce dont elle s'entourait avait comme un parfum de grâce. Elle possédait au plus haut degré cet art féminin qui consiste à savoir s'enchâsser.

Le silence qui avait commencé dans la voiture continuait au coin du feu. M. de Laurens semblait éprouver un moment de calme, et sa figure, naguère encore tourmentée par ses nerfs en révolte, se reposait pour quelques instants.

Il regardait sa femme, qu'on venait de déshabiller, et qui avait jeté une robe de chambre sur ses épaules nues. Il y avait dix ans qu'il l'avait épousée, dix ans que la rumeur des salons parisiens le désignait comme le plus heureux des maris; et chacune de ces dix années avait ajouté pour lui un charme à la beauté de Sara. Tous les jours il la trouvait plus belle; tous les jours il la voyait plus jeune.

Il l'aimait uniquement et passionnément.

En ce moment où son mal lui donnait trêve, son visage était beau. Son regard, fixé sur Petite, disait son amour sans bornes; il y avait dans ce regard une sorte de soumission vaincue et des timidités d'esclave.

Petite était renversée dans son fauteuil et semblait avoir oublié parfaitement la présence de son mari; ses yeux étaient au plafond, et son joli pied battait le tapis en mesure.

Dix heures étaient sonnées depuis longtemps. Petite regarda la pendule et appela sa femme de chambre.

M. de Laurens attendit inquiet.

La femme de chambre entra.

— Vous pouvez vous coucher, lui dit Petite.

La figure de M. de Laurens s'épanouit, et il respira comme s'il eût échappé à un grand danger.

Sara remit ses yeux au plafond, et son petit pied recommença ses battements périodiques.

Un peu avant onze heures, elle consulta de nouveau la pendule, et ramena son regard vers M. de Laurens, qui restait toujours en contemplation devant elle.

Ce regard était doux, presque caressant. Il descendit comme une goutte de baume jusqu'au fond du cœur de l'agent de change.

— A quoi pensez-vous, Léon? dit Petite d'un air enjoué.

— Je pense à vous, répondit M. de Laurens.

— Toujours à moi! murmura la jeune femme qui tira du fond de sa poitrine un soupir sentimental.

M. de Laurens se leva et vint s'asseoir auprès d'elle; il prit une main que Petite lui abandonna de la meilleure grâce du monde, et la baisa longuement.

— Toujours à vous, répéta-t-il, toujours! Vous avez beau faire, Sara, vous ne pouvez pas m'empêcher de vous aimer!

Le regard de Petite se fit plus doux et presque tendre.

— Pauvre Léon! murmura-t-elle, que vous êtes bon, et que je voudrais vous faire heureux!

— Cela vous serait si facile, Sara! Un mot, un regard, un sourire, un rien! tout ce qui vient de vous me donne du bonheur!

La tête de Petite se pencha sur son épaule, et ses doux cheveux noirs vinrent frôler la joue de l'agent de change, qui pâlit, tant il avait de joie.

— Vous êtes beau, Léon, murmura-t-elle; vous êtes bon, noble et généreux; vous avez tout ce qu'il faut pour être aimé!

M. de Laurens mit la main sur son cœur, qui battait délicieusement.

La voix de Petite prit des inflexions encore plus tendres.

— Sais-je, moi, poursuivit-elle en secouant sa jolie tête avec lenteur, pourquoi je ne vous aime pas!

L'agent de change tressaillit, et un frisson courut par ses veines, comme s'il eût reçu un coup de poignard dans la poitrine.

Petite abaissait toujours sur lui son regard suave et tranquille.

Ce regard était comme le poison, qui reste dans la blessure après le coup porté.

— Vous êtes cruelle! dit M. de Laurens avec un accablement profond, mais sans colère. Vous savez bien que vous me tuez, Sara. Ayez une fois pitié, je vous en conjure, et ne me dites plus ces paroles qui me font tant souffrir!

Sa figure, tout à l'heure encore si régulière, se contractait maintenant en de brusques secousses. Sa paupière subissait des tiraillements soudains, et son front se couvrait de rides.

Petite souriait doucement.

— Je suis franche, dit-elle, et c'est mal de m'en vouloir, parce que je me confesse à vous! Mais ne parlons plus de cela, puisque ce sujet vous blesse... Ouvrez la fenêtre, je vous prie.

L'agent de change obéit sans demander pourquoi.

Tandis qu'il gagnait la croisée, l'œil de Petite le suivait par derrière. Elle gardait toujours sa pose nonchalante et abandonnée; mais il y avait maintenant dans sa prunelle une flamme sournoise et méchante.

M. de Laurens ouvrit la fenêtre, et une bouffée d'air froid traversa la chaude atmosphère de la chambre à coucher.

La rue de Provence était, comme toujours à cette heure, déserte et silencieuse.

— Que voyez-vous? demanda Petite.

— Je ne vois rien, répondit l'agent de change, si ce n'est un coupé qui attend de l'autre côté de la rue.

— C'est bien, dit Sara; il fait froid, refermez la fenêtre.

M. de Laurens obéit encore.

Quand il se retourna pour regagner sa place auprès du foyer, il vit sa femme debout et arrangeant ses cheveux devant la glace.

Il prit cela pour un signal et n'osa point se rasseoir.

— Vous allez vous reposer, Sara? dit-il. Il est temps que je me retire.

— Comment trouvez-vous cette coiffure? demanda Petite au lieu de répondre.

— Charmante, comme tout ce qui est à vous!

— Sans flatterie?

— Puis-je flatter?

Sara lui lança une œillade coquette.

— Restez, dit-elle; je vous prie de rester.

M. de Laurens se rassit tout heureux.

Petite donna un dernier coup à sa coiffure, et ouvrit une armoire où elle prit un domino de satin noir avec un masque de velours.

Le pauvre agent de change se mit à trembler.

— Madame! madame! balbutia-t-il, que voulez-vous faire de cela?

Sara étendit le domino sur une chaise, et procéda longuement au choix d'une robe parmi toutes celles qui composaient sa nombreuse collection.

— Qu'en fait-on d'ordinaire? répliqua-t-elle d'un accent léger. Ce coupé qui attend de l'autre côté de la rue est à moi.

Le sourcil de Laurens se fronça, et une parole impérieuse vint jusque sur sa lèvre. Sa conscience révoltée lui cria qu'il avait le droit de commander; mais c'était le courage qu'il n'avait pas.

L'amour avait brisé patiemment sa volonté; la passion avait mis dix ans à le faire esclave, dix ans de luttes navrantes et de batailles sans merci, dix ans qui pesaient sur sa tête comme un demi-siècle!

Il avait résisté, il avait été fort; mais sa force s'était usée à un frottement sans trêve, et l'attaque obstinée avait dompté sa résistance.

Ce n'était plus qu'un cœur débile dans un corps appauvri, et sa souffrance physique, qui faisait compassion au monde, n'était que le signe extérieur de son supplice moral.

Il se tut. Petite jeta son peignoir et vint

se mettre devant la glace pour serrer son corset.

M. de Laurens souffrait le martyre. Sa face tiraillée grimaçait horriblement, et, parmi les secousses convulsives imprimées à chacun de ses muscles, il gardait toujours le silence. Son regard seul disait toute sa détresse.

Les doigts déliés de Petite tiraient prestement le lacet de soie de son corset. Sa taille se dessinait à chaque instant plus souple et plus fine. Quand le dernier œillet se fut tendu sous la pression de sa main, elle passa la robe choisie et s'efforça de l'agrafer par derrière.

M. de Laurens se sentait perdre le souffle. Il se leva, chancelant, et voulut échapper à cette scène qui le faisait mourir.

— Restez, Léon, restez, dit Petite; j'ai besion de vous, mon ami.

— Madame, murmura M. de Laurens d'une voix éteinte, épargnez-moi; vous voyez ce que je souffre !

— Quel enfantillage! s'écria Petite avec son plus gracieux sourire; réfléchissez, Léon! les domestiques sont indiscrets; si je sonne ma femme de chambre, tout Paris saura demain *notre* secret.

Elle appuya sur le mot *notre* avec une affectation impitoyable.

L'agent de change s'arrêta indécis.

— Venez m'aider, reprit Sara; je ne puis agrafer cette maudite robe, et mes doigts me font mal.

Laurens, pâle comme un mort, s'approcha d'elle. Le monde le croyait heureux, et il attachait à cette croyance un prix inestimable. Le bonheur qu'on lui supposait eût été si grand dans la réalité, que le semblant même lui en était plus cher que la vie.

Si un doute eût pu s'élever, s'il eût surpris sur son passage un de ces sourires dont la signification se devine, une de ces paroles chuchotées qui blessent comme la morsure d'un serpent, c'eût été le dernier coup!

Il s'approcha, complice en ce moment de l'audace de Sara, et sa main tremblante saisit en frémissant les agrafes de la robe.

Il essaya de les rejoindre ; mais ses mains étaient faibles et tremblaient trop.

— Je ne peux pas, madame, dit-il en un gémissement, sur mon honneur! je ne peux pas!

Sara se retourna et l'encouragea d'un signe de tête, comme elle eût fait à un enfant maladroit.

L'impatience mettait de vives couleurs à sa joue; ses yeux brillaient; jamais Laurens ne l'avait vue si belle!

Ses jambes affaiblies mollirent; il tomba sur ses deux genoux.

— Je ne peux pas! répéta-t-il sans savoir ce qu'il disait.

— Essayez encore, répliqua Sara. Allons, monsieur, un peu de complaisance!

L'agent de change joignit ses mains avec un geste désespéré; une larme brûlante jaillit de son œil.

— Écoutez, dit-il, je sais que je ne vivrai pas longtemps désormais. Donnez-moi quelques mois, Sara! quelques semaines, si vous voulez! Quand je ne serai plus là, vous serez libre.

Petite haussa les épaules avec un sourire mutin.

— Vous vivrez cent ans! répliqua-t-elle. Tout le monde sait qu'une névralgie est un brevet de longévité! Pour Dieu! monsieur, ne perdons pas ainsi notre temps!

— Sara! Sara! reprit le malheureux qui suppliait toujours, vous savez bien que je fais tout ce que vous voulez! vous avez une passion que le monde eût jugée sévèrement : je l'ai favorisée. Je vous aidai bien des fois à quitter notre demeure au milieu de la nuit comme ce soir... Mais c'était pour le jeu que vous sortiez, Sara; et que m'importe un vice quand ce vice est à vous! Je vous aimais joueuse; je vous aimerais criminelle... mais aujourd'hui, mon Dieu! ce n'est pas pour jouer que vous sortez!

Sara fit une petite moue d'enfant, et prit les deux mains de son mari pour le relever.

— Voyons, dit-elle, est-ce fini?

Laurens porta ses deux mains à son front en feu.

— Madame, dit-il en se relevant d'une voix affermie par l'indignation, je ne veux pas que vous sortiez!

Petite recula d'un pas et croisa ses bras sur sa poitrine. Son sein bondissait, son œil brûlait; elle était effrayante à voir.

— Vous ne voulez pas! répéta-t-elle d'une voix qui vibra longuement dans le silence de la chambre à coucher.

L'agent de change ne répondit point.

Durant une seconde, il soutint le regard fixe et perçant de sa femme. Puis ses yeux se baissèrent fascinés.

Le sourire revint au lèvres de Petite, qui marcha vers lui en jouant.

Laurens agrafa sa robe.

Elle revêtit son domino, et prit sur la cheminée une bougie qu'elle mit dans la main de son mari.

— Éclairez-moi, dit-elle.

Au lieu de prendre le chemin du grand escalier qui descendait à la porte cochère, elle gagna l'appartement de M. de Laurens. Dans le cabinet de celui-ci, il y avait un escalier en colimaçon communiquant avec ses bureaux, situés au rez-de-chaussée. Les bureaux avaient une porte sur la rue.

En passant par le cabinet, Petite prit une clef sur la cheminée. Évidemment, ce n'était pas la première fois qu'elle suivait ce chemin.

La clef lui servait à ouvrir la porte de la rue. Avant de sortir, elle tendit la main à son mari.

La main de l'agent de change lui donna froid, comme si elle eût touché un morceau de glace.

— A demain! dit-elle en sautant gaiement sur le trottoir de la rue d'Astorg.

Quand elle fut partie, M. de Laurens resta longtemps à la même place, immobile et pâle comme un spectre.

— Si je la suivais! murmura-t-il enfin.

Mais il ne bougea pas, et il reprit presque aussitôt :

— Non! oh! non! voir cela, ce serait mourir!

Il remonta l'escalier péniblement, et en s'accrochant à la rampe.

Au lieu de rester dans son appartement, il regagna la chambre à coucher de Petite.

Il se laissa choir sur le fauteuil où Petite était assise naguère, et dont le dossier supportait son peignoir abandonné.

Au bout de quelques minutes, durant lesquelles sa poitrine étouffée râlait, il saisit le peignoir et le colla sur sa bouche avec un enivrement plein de folie.

— Elle m'a tout pris, dit-il, ma fortune, mon honneur et ma vie! mais je l'aime! oh! je l'aime!

Franz retomba en garde et la leçon se reprit. (Page 159, col. 1.)

X

LA SALLE GRISIER

Le cœur de Franz était plein. Son amour pour mademoiselle d'Audemer était un sentiment sérieux, sous des apparences frivoles. En pensant à Denise, il se sentait devenir homme; il concentrait les pétulances de sa joie d'enfant; il se recueillait en lui-même et savourait jalousement son bonheur.

Denise lui avait dit son secret; Denise était à lui; elle l'aimait : tout s'effaçait devant cette pensée, son duel du lendemain et les plaisirs promis de sa dernière nuit de carnaval.

Cela dura une demi-heure; puis sa nature mutine se révolta contre ces langueurs inaccoutumées. Il se fit honte à lui-même de ses soupirs, et secoua vaillamment sa rêverie.

— Elle aura ma dernière pensée, murmura-t-il; si je meurs, son nom viendra le dernier sur ma lèvre; mais d'ici là, morbleu! il faut vivre, et vivre rondement!

Tout en songeant, il avait suivi la ligne des boulevards, où la foule se renouvelait sans cesse. Il entra dans le premier restaurant venu et fit un fort léger repas, parce que, malgré sa rébellion fanfaronne, le souvenir de Denise le tyrannisait toujours, et aussi parce qu'il ne voulait point écorner son trésor.

Au dessert, son émotion était un peu calmée. Denise n'avait plus guère que la moitié de sa rêverie; le reste se divisait entre une multitude de choses : des épées, un brillant costume de bal, du champagne qui pétillait dans un long verre, et de grands yeux noirs qui le regardaient en souriant.

Il y avait une sorte de profanation dans ce partage.

Denise, si pure et si aimée, ne pouvait rester longtemps dans l'esprit de Franz en parallèle avec ses songes fous, évoqués de parti pris. Franz écarta de force la pensée de mademoiselle d'Audemer, et fit comme ces superstitieux, demi-pécheurs, demi-dévots, qui voilent l'image sainte de leur chevet, à l'heure de Vénus.

Sa tête se redressa mutine et cavalière, secouant les boucles blondes de ses cheveux. Il n'avait plus de frein : il se retrouvait dans sa jeunesse indomptée, prêt à courir vers toutes les joies comme à braver tous les périls.

En sortant du restaurant, son premier soin fut d'aller chez un costumier de la rue Vivienne, afin de n'être point pris au dépourvu à l'heure du bal.

Parmi la foule des costumes, dessinés selon la tradition antique du carnaval ou inventés par l'imagination inépuisable de Moreau, Franz choisit un habit de page qui avait dû tenter plus d'une gentille lorette.

C'était un costume mignon, où le velours, la soie et l'or se mariaient, sans trop de respect pour les souvenirs de l'histoire, mais avec un merveilleux goût. Pour le porter, il fallait être Franz ou une jolie femme.

Franz l'essaya et se regarda dans la grande glace banale, où viennent se mirer ces soirs-là tant de têtes à l'envers. La glace lui montra une taille fine et hardie, un vrai sourire de page et des yeux à damner un demi-cent de châtelaines.

Le beau Narcisse ne voyait rien assurément de plus joli dans le cristal de sa fontaine mythologique.

Mais Franz aimait trop autrui pour s'adorer lui-même.

La costumière se mit à rire et lui présenta un billet de dame.

— Il faut prendre un masque, dit-elle, vous entrerez pour rien.

Franz acheta un masque.

— Je viendrai m'habiller ici à minuit, dit-il quand il eut remis son pantalon et sa redingote.

La costumière sortit derrière lui pour le regarder, pendant qu'il remontait le trottoir.

Elle avait vu dans la journée tant de courtauds laids et tant de lions hideux, qu'elle éprouvait à se dédommager un plaisir véritable.

Franz traversa la place de la Bourse et longea le bout de la rue Notre-Dame-des-Victoires qui conduit au boulevard.

Au coin du boulevard et du faubourg Montmartre, il est un passage étroit, long comme une rue, et devant lequel stationnent d'ordinaire trois ou quatre équipages. Franz s'y engagea et dit quelques mots au concierge, qui lui indiqua le numéro 3 dans la cour.

Il faisait nuit, et le gaz n'est pas prodigue de ses rayons dans le passage. Franz, qui n'y était jamais venu, aurait pu chercher longtemps le numéro 3, si la cloison de planches qui remplaçait les fenêtres d'une salle de rez-de-chaussée n'eût laissé échapper un cliquetis caractéristique.

Franz prêta l'oreille et distingua facilement le grincement des fleurets qui se croisent et le flafla éclatant des sandales.

Il frappa, et comme on tardait à lui répondre, à cause du bruit qui se faisait à l'intérieur, il entra. Il se trouva dans une chambre de grandeur moyenne, encombrée jusqu'en ses moindres recoins par des gens caparaçonnés de cuir. Quelques-uns seulement gardaient le costume bourgeois et jouaient le rôle de spectateurs.

Franz était dans la salle de Grisier, le maître d'armes littéraire qui a mis des épées entre les mains des fils les plus chéris d'Apollon, le maître heureux dont les élèves sont des poëtes ou des princes, le maître savant qui a donné au fleuret une pensée, et qui a fait entrer l'escrime parmi les arts de l'intelligence.

Franz s'était arrêté timidement à l'entrée du petit couloir qui précède la porte ; il regardait. En ce premier moment, la salle lui présentait un aspect de désordre confus où il ne pouvait se reconnaître.

C'était un bruit assourdissant : des conversations croisées, des fers qui se choquaient, des sandales qui détonnaient et le cri vainqueur des champions.

Au milieu de la salle, sur un sol de salpêtre battu, trois couples de messieurs, cuirassés jusqu'au menton, et portant un treillage de fer sur la figure, se prodiguaient des coups avec une libéralité digne d'éloges. Aucun d'eux n'y allait, en vérité, de main morte. Les fleurets se pliaient en deux comme les fines baleines d'un corset de dame, ou se brisaient comme verre ; les cheveux ruisselaient de sueur, et l'on entendait sous le masque le souffle haletant des adversaires.

Autour de la bataille, un double cercle se rangeait. Les uns costumés pour la fête, le fleuret en main, le masque relevé comme la visière d'un casque antique, attendaient impatiemment leur tour ; les autres, simples juges du camp, portaient le paletot ou l'habit noir, et tenaient à l'œil le lorgnon amateur. D'ordinaire, on se représente une salle d'armes comme un lieu où règne le sans-gêne et les façons décolletées de l'estaminet ; mais chez Grisier, sauf le luxe qui fait complétement défaut, on est dans un salon. Les paroles s'y mesurent, courtoises et réservées : la cigarette proscrite n'y charge jamais l'atmosphère de ses parfums controversés, et quelque grande dame ayant fantaisie de voir des hommes se battre peut oublier son flacon dans son boudoir, quand elle vient de prendre place sur les banquettes austères du successeur de Saint-Georges.

Et, ce faisant, elle ne déroge guère, car les gens qui l'entourent forment un public d'élite. Ces deux jeunes gens, dont l'un secoue sa longue chevelure et porte des coups furieux, tandis que l'autre manie son épée avec une sorte de grâce coquette, sont les neveux d'un premier ministre de Russie ; cet autre, qui a des cris aigus et des mouvements brusques comme la foudre, est le fils d'un grand d'Espagne. Voici un Irlandais de famille ducale qui n'est pas catholique et qui n'aime pas O'Connell. Celui-ci est le marquis de G..., le député fashionable, qui se fait battre par le comte, son frère ; celui-là est le baron de..., sportman digne d'estime, dont la race est presque aussi pure que le sang de son cheval. Voici deux ou trois membres de l'aristocratie anglaise, un parent du président Polk et un cousin du cardinal Lambruschini. Voilà, plus loin, Alexandre Dumas, le puissant esprit, qui fait sortir des volumes tout reliés de sa tête, rien qu'en se grattant le front ; il sourit à son fils qui l'égalera. Voici Roger de Beauvoir, le chroniqueur élégant ; Hippolyte Castille, le charmant conteur ; voilà Grimm le ressuscité, Grimm qui nous a ramené la critique brillante, spirituelle, excentrique, Grimm qui est romancier aussi, et des meilleurs, sous son vrai nom d'Amédée Achard.

Voici enfin, comme partout, Mirelune et Ficelle, tous deux le lorgnon dans l'œil, faisant foule, l'un gai, l'autre triste, et donnant gratis le spectacle de leur généreuse amitié.

Le gentilhomme applaudit dans la main du vaudevilliste qui lui bâille cordialement au nez, en élaborant un couplet.

Au moment où Franz faisait son entrée, la salle était au grand complet, parce que Eugène Grisier, le neveu du professeur, venait de faire assaut avec un maître d'armes de régiment qu'il avait coupé en six parties égales, aux applaudissements de la galerie.

Franz demanda Grisier à ses voisins. On lui montra un homme en habit bleu qui surveillait du coin de l'œil les assauts des élèves, tout en faisant lui-même assaut de calembours avec le comte de Mirelune.

Franz se coula entre les joueurs et le vestiaire, pour aborder le professeur.

Il lui dit quelques mots à voix basse. Grisier l'examina de la tête aux pieds.

— Monsieur, répliqua-t-il, je suis à vos ordres.

Il mit bas son habit bleu, boucla son plastron et se coiffa de son masque.

Mirelune désigna du doigt le nouvel arrivant à son Pollux Ficelle. Celui-ci essaya de faire une pointe sur le jeune homme, mais il ne put pas.

Ce qui manque dans la salle Grisier, c'est la place. Il fallut attendre que deux combattants fissent trêve. Franz regardait tous ces gens manier l'épée avec aisance; il regardait Eugène, ferme sur ses jarrets d'acier, l'œil au guet, la main rapide comme la foudre, et il ne pouvait se défendre d'une secrète envie.

Au bout de quelques minutes d'attente, Grisier le planta en garde solidement et lui mit un fleuret dans la main.

— Nous allons causer tout à l'heure, lui dit-il; mais maintenant il y a trop de monde. Attention, s'il vous plaît!

Sous l'habile démonstration du professeur, Franz apprit en un clin d'œil la logique des deux gardes, des marches et des retraites. Cette première leçon dura un quart d'heure.

— Êtes-vous fatigué? demanda Grisier.

— Non, répondit Franz.

Et, en effet, son visage d'enfant se colorait à peine d'un incarnat plus vif. Il n'y avait point de sueur sous ses cheveux bouclés, et son poignet restait ferme.

Grisier souriait sous son masque.

— Vous avez du sang-froid, dit-il, et je ne vous croyais pas si robuste. Je pense que *notre* adversaire n'aura pas facilement raison de nous!

— C'est mon avis, répondit Franz. Je compte faire de mon mieux. Reprenons, je vous prie.

Grisier le remit en garde et prit son épée par la pointe, afin de lui faire décrire un cercle complet.

— Cela s'appelle le contre de quarte, dit-il, et cela pare tous les coups. Marchez et parez!

Franz obéit, gauchement d'abord, puis avec plus de certitude. Après une douzaine d'essais, Grisier lui dit que c'était bien.

— Alors, répliqua Franz, apprenez-moi à frapper maintenant.

— Patience! patience! dit Grisier sous son masque; nous n'en sommes pas encore là!

L'heure avançait, Gorisse, le bon prévôt, qui serait le meilleur tireur de Paris si Eugène Grisier n'existait pas, avait donné sa dernière leçon. L'étroit vestiaire s'encombrait de gens qui échangeaient leurs costumes d'assaut contre l'habit de ville.

Une certaine curiosité avait été soulevée dans la salle, lorsqu'on avait vu le professeur prendre son plastron et son masque à cette heure avancée.

On avait regardé ce jeune homme si beau et d'apparence si frêle, qui semblait toucher un fleuret pour la première fois.

Chacun avait deviné qu'il s'agissait d'une leçon de duel.

Mais les leçons de duel ne sont point chose rare, en définitive, et personne ne se fût permis une question indiscrète.

Il y eut un calembour fait de compte à demi par Mirelune et Ficelle. Ce fut tout.

La salle se vidait lentement, et si les suppositions allaient leur train, c'était à voix basse ou une fois la porte passée.

Une bonne partie des assistants s'était retirée déjà, lorsque la porte s'ouvrit et donna passage à un nouvel arrivant.

Il entra délibérément et comme un homme connaissant les êtres de la salle. Il tourna court au sortir du petit couloir, passa derrière Franz sans exciter l'attention, et disparut sous les rideaux du vestiaire.

Cet homme était enveloppé dans un grand manteau, dont les collets relevés lui cachaient le visage.

Une fois dans le vestiaire, il s'assit sur un tabouret et demeura immobile.

A travers les interstices des rideaux, ses yeux se fixèrent sur le jeune Franz, qui continuait de prendre sa leçon.

— Êtes-vous fatigué? demandait encore Grisier en ce moment.

— Non, répondait Franz dont la main semblait être devenue de fer.

Dans la salle, cependant, il faisait une chaleur étouffante, et, derrière les rideaux, cette chaleur était encore augmentée par le poêle embrasé.

Le nouveau venu rabattit les collets de son manteau pour respirer à l'aise. Eugène, qui s'habillait en ce moment à ses côtés, lui tendit la main comme à une vieille connaissance et le salua du nom de baron de Rodach.

— Voilà longtemps que vous n'étiez venu à la salle? dit-il.

— J'ai voyagé, répondit le baron.

Puis il se remit à contempler le jeune Franz par la fente des rideaux entr'ouverts.

Franz commençait enfin à sentir la fatigue. Il baissa son fleuret et secoua sa main endolorie.

— Vous allez me lasser avant que je sache attaquer, monsieur! dit-il.

— Patience! répliqua Grisier, nous avons jusqu'à demain matin.

— Non pas! interrompit le jeune homme vivement; j'ai, ma foi! bien d'autres choses à faire cette nuit!

Il n'y avait plus que deux ou trois retardataires dans la salle, et autant derrière le rideau.

Grisier fit asseoir Franz sur le divan non élastique qui règne le long de la muraille.

— Causons un peu, dit-il, pendant que vos jarrets et votre main vont se reposer. Avez-vous bonne envie de tuer votre adversaire?

Franz ne s'était assurément point fait cette question-là,

— Ma foi! répliqua-t-il, cela m'est à peu près égal.

— Vous n'êtes pas l'insulté? reprit Grisier.

— Si fait... mais je suis l'insultant aussi. On m'a dit : Vous trichez! J'ai jeté mon verre à la figure de l'insolent.

— Au café?

— Au café.

Grisier fit une grimace. La figure douce et enfantine de Franz lui avait fait espérer une querelle plus futile, et Grisier est le plus grand arrangeur d'affaires qui soit à Paris.

— Et votre adversaire, poursuivit-il gardant encore un peu d'espérance, est sans doute quelqu'un de vos camarades?

— Non, répondit Franz. C'est un de ces gaillards dont on aperçoit de temps en temps la figure dans les endroits où l'on boit et où l'on joue. Je n'ai su son nom qu'au moment où il m'a donné sa carte.

— Et peut-on vous demander ce nom?

— Verdier, répondit Franz.

Grisier tressaillit. Le baron de Rodach, qui s'était avancé doucement jusqu'à l'angle du vestiaire, tressaillit plus fort que Grisier.

— Verdier, murmura Rodach cherchant à fixer un souvenir. Où donc ai-je entendu ce nom?

Son front se ridait sous l'effort qu'il faisait pour éclairer sa mémoire.

Tout à coup ses bras tombèrent et il se redressa.

— Je me souviens! je me souviens! pensa-t-il; c'est l'homme de la rue des Fontaines! Quelque chose me disait que ses paroles me touchaient de près. Ah! ah! sa figure est gravée ici, ajouta-t-il en passant sa main sur son front; je n'aurai pas de peine à le reconnaître.

— Verdier! répéta à son tour Grisier dont le visage s'était rembruni; c'est un tireur de seconde force! le savez-vous?

— Je le croyais de première, répondit Franz.

— Qu'espérez-vous en vous battant contre lui?

— Pas grand'chose, mais je ne crains rien.

En disant cela, il avait toujours sur la lèvre son sourire d'enfant, et ses grands yeux bleus attachaient sur Grisier leur regard limpide et doux.

Celui-ci baissa la tête.

— Monsieur, dit-il, dans mon opinion, un duel semblable est un assassinat; je ne peux pas y prêter mon concours.

— Monsieur, répondit Franz d'un ton délibéré, ce duel me plaît tel qu'il est. Vous n'avez aucun moyen de l'empêcher, puisque votre honneur est engagé à me garder le secret. Me refuser votre concours, c'est donc purement et simplement m'arracher la dernière chance que j'ai d'échapper au péril.

Grisier demeura un moment pensif.

— Réfléchissez, reprit Franz; si vous ne voulez pas, je ne prendrai point la peine d'aller chercher d'autres leçons. Demain matin, je me rendrai sur le terrain, et au petit bonheur!

Grisier ne répondit point encore.

Franz se leva.

— Dois-je me retirer? dit-il.

Grisier regarda autour de lui; tout le monde avait quitté la salle. Le vestiaire était vide également, il ne s'y trouvait plus que le baron de Rodach caché derrière les rideaux.

Grisier fit signe à Franz de rester. Il traversa la salle à pas lents et décrocha deux épées nues qui pendaient à côté de l'établi du prévôt.

Franz déposa son fleuret et prit une de ces épées, dont la pointe était recouverte d'un bouton.

L'épée que tenait Grisier était, au contraire, aiguë et effilée.

Franz voulut remettre son gant fourré.

— Point de gant! lui dit Grisier, et point de masque! demain, vous n'aurez rien de tout cela, et une pointe d'épée brillera devant votre visage. Vous êtes brave, monsieur, j'en suis sûr; mais ces premières menaces du fer étonnent les plus braves. Habituez-vous!

Franz retomba en garde, et la leçon se reprit. Grisier mettait à dessein sa pointe dans les yeux du jeune homme, qui marchait et parait avec une étonnante précision.

La main exercée du professeur se lassait avant celle de l'élève.

Quand on passa des parades aux attaques, la fougue de Franz, à grand'peine contenue, fit irruption tout à coup au dehors. Impossible de le retenir! il se fendait sur l'épée avec une ardeur folle, et Grisier dépensait toute sa proverbiale adresse à ne point le blesser

— Si vous attaquez ainsi, dit-il enfin, vous serez tué à la première passe.

Franz s'était échauffé insensiblement; son œil, si doux naguère, brillait d'un éclat terrible. Il y avait dans son cerveau une sorte d'ivresse.

— Je tuerai plutôt! s'écria-t-il en rejetant par derrière les boucles humides de ses cheveux blonds. Demain, je vous jure sur l'honneur que j'aurai du sang-froid! Je parerai comme un bonhomme de soixante ans; je romprai, je jouerai contres de quarte et demi-cercles, et le reste. Mais maintenant j'apprends à frapper. Attention, mon professeur! essayez de parer vous-même, et ne ménagez rien.

Il croisa le fer, et, mettant en usage le dégagement qu'on venait de lui enseigner, il lança son épée roide comme une balle de mousquet. Grisier voulut parer, mais l'épée se brisa en pièces sur son plastron.

Une exclamation vint à la lèvre de Rodach, qui s'agitait, impatient, derrière le rideau.

Sa tète était en fièvre, et sa main comprimait les battements de sa poitrine.

— Qu'il est beau, pensait-il, et qu'il est brave! Comme le cœur de ses pères étincelle dans son regard! Oh! c'est bien lui! c'est bien lui!

Durant une seconde, Grisier resta étonné devant ce vaillant coup qui l'avait atteint en plein pectoral; puis il se mit à sourire,

Il se sentait pris d'amitié soudaine pour cet enfant inconnu.

— Touché! dit-il en s'inclinant; prenez une autre lame et continuons.

Franz avait jeté le tronçon de son épée. Il se retourna et consulta la pendule.

— Je n'en sais peut-être pas encore assez, répondit-il, mais il se fait tard et je n'ai plus le temps. D'ailleurs je me fatigue, et, si nous poursuivons, je n'aurai plus la force de danser.

Grisier le regarda comme s'il n'eût point compris. Franz remit son gilet et sa redingote.

— Danser! grommela Grisier scandalisé.

— Il est onze heures et demie, continua Franz, et je dois être demain, à sept heures, dans les fourrés qui sont à droite de la porte Maillot. On dit que c'est un bon endroit. Mon cher maître, quand on ne peut plus disposer que de sept heures, on devient avare de son temps; pardonnez-moi si je vous quitte avec tant de brusquerie.

Il boutonnait rapidement sa redingote, qui dessinait sa taille élégante et souple.

Rodach écoutait d'une oreille avide et notait chacune de ses paroles au fond de sa mémoire.

— Souvenez-vous bien, dit Grisier résumant sa leçon; mettez-vous en garde à distance, de manière à ce que votre pointe touche à peine celle de votre adversaire... marchez, parez en marchant, ripostez et rompez de suite!

— Je sais tout cela, répondit Franz; cette nuit, je vais tâcher de l'oublier pour m'en souvenir au point du jour.

— Vous ferez mieux d'y songer... commença Grisier.

— Non, non, répliqua Franz, je veux ma nuit tout entière. Et si ma nuit n'était pas prise, ajouta-t-il plus bas, ce ne serait pas à cela que je songerais!

La pensée revenue de Denise mit de la mélancolie dans son sourire.

Il étouffa un gros soupir et tendit la main à Grisier.

— Adieu et grand merci, mon cher professeur, dit-il; si j'ai du bonheur demain matin, je viendrai vous conter l'aventure. Si vous ne me revoyez pas...

Sa phrase inachevée se ponctua par un geste tout plein d'insouciance.

Il se dirigea vers la porte. Grisier le suivait malgré lui et sans savoir ce qu'il faisait.

Lui, le maître d'armes émérite, qui avait vu la mort suspendue sur tant de têtes, il était ému jusqu'à sentir ses yeux battre et sa voix trembler dans son gosier.

— Souvenez-vous! répétait-il machinalement; variez les contres pour ne pas laisser deviner votre jeu... ne marchez jamais sans avoir une parade toute prête...

Franz avait dépassé le seuil.

— Merci! merci! répliqua-t-il, et adieu!

Grisier le regardait descendre le passage en courant.

— Écoutez, s'écria-t-il, je ne puis vous laisser partir ainsi. Avez-vous des témoins?

Franz avait parcouru déjà la moitié du passage; sa réponse arriva comme un écho lointain.

— J'en trouverai au bal masqué! dit-il.

Grisier rentra, l'œil attendri et souriant malgré sa tristesse.

— Quel brave et joyeux enfant! se dit-il; quel tireur cela ferait! Quel cœur! et quel bras!

Le baron de Rodach était debout au milieu de la salle; Grisier, préoccupé, ne l'apercevait point.

— Ma foi! dit-il en débouclant son plastron, je ne sais pas si je me trompe, mais je crois qu'il en reviendra!

— Moi, je vous le promets sur mon honneur! prononça la voix mâle et grave de Rodach.

Grisier fit un soubresaut de surprise et se retourna.

Il vit un pan de manteau qui flottait en dehors du couloir, et il entendit sur le carreau un son métallique de bottes éperonnées.

Il s'élança une seconde fois en dehors.

La haute taille du baron se confondait déjà avec les demi-ténèbres de la voûte qui termine le passage.

XI

L'HOMME AUX TROIS COSTUMES

Il était trois heures du matin. La salle Favart tremblait sous des polkas effrénées.

Tout ce monde changeant et bigarré qui fait foule aux bals travestis, qui se mêle, qui court, qui crie, qui s'évertue, était là au grand complet et se donnait un mal d'enfer pour se divertir.

Les gens sans façons, commis, grisettes, étudiants, petits officiers, lorettes de second ordre et mères de famille en débauche, dan-

BIBLIOTHÈQUE NATIONALE R.F. RENNES!

Il portait un brillant costume de majo à mille boutons d'argent. (Page 163, col. 2.

saient à perdre haleine et fêtaient les quadrilles de Musard l'ancien. Les gens bien élevés, les clercs d'huissier, les familiers du boulevard de Gand, les jeunes journalistes gâtés par toutes sortes de succès, et les domestiques de confiance possédant la clef de la garde-robe de leur maître, se promenaient gravement en habits noirs.

Il est bien entendu que M. le comte de Mirelune et Amable Ficelle, auteur de *la Bouteille de champagne*, ne faisaient point défaut à la fête. Ficelle creusait sa cervelle vide. Mirelune *intriguait*.

C'est-à-dire qu'il déchirait les dominos en tirant dessus, et glissait sous les capuchons de satin ces triomphantes paroles :

— Toi, je te connais, marquise!

Ficelle avait un nez de carton camard sur son nez pointu, et Mirelune avait un nez de carton pointu sur son nez camard.

On eût dit qu'ils avaient opéré un échange et qu'ils y avaient perdu tous les deux.

Ils étaient là dans leur centre, les deux charmants garçons. Les femmes sans préjugés les appelaient par leurs noms, ce dont ils étaient bien fiers. Ils fascinaient les petits commis déguisés en seigneurs du temps de Louis XIII.

Autour d'eux, le bal s'agitait.

Les peureux s'essayaient timidement à quelque bonne fortune de hasard et perdaient leurs gauches compliments dans la cohue; les téméraires offraient leur cœur et leur souper à toute venante; les provinciaux faisaient du bruit et prenaient le menton des femmes laides, ce qui est encore *intriguer;* les experts voyaient sous le masque et choisissaient.

L'amour était le sujet de toutes les conversations, courtes ou longues; on se jetait des cœurs à la tête; tout homme était conquérant, toute femme était aimée. Il allait falloir des flots de champagne pour éteindre cet incendie.

Il y a de tout à ces bals de nos grands théâtres, et c'est là le piquant. Les classes fashionables y sont, comme chacun sait, fort amplement représentées; les classes moyennes y envoient des députés innombrables; la boutique s'y pavane; l'échoppe s'y glisse, et plus d'un billet tombe des hauteurs du salon jusqu'au fond de la loge qui en profite.

Telle duchesse, égarée dans ce paradis banal, est éclipsée par la fille de son suisse, et surprend M. le duc intriguant chaudement sa propre camériste, qui est une femme libre.

Depuis tant de siècles, le carnaval n'a point dérogé à sa folle origine. C'est bien toujours la saturnale antique qui fait les valets maîtres et les maîtres esclaves.

Cette nuit, l'Opéra-Comique n'avait point de rival; l'Académie royale de musique se reposait de sa fête de la veille. Pour trouver un autre bal, les fidèles de la mazurka eussent été obligés de descendre jusqu'aux latitudes ultra-bourgeoises de l'Ambigu, ou d'affronter les abords mal connus de l'Odéon.

La salle était comble; on se battait à la porte. De mémoire de sergent de ville, on ne se souvenait point d'avoir vu pareille presse. Pour rencontrer un terme de comparaison, il fallait remonter jusqu'à ces nuits magiques où le théâtre de la Renaissance, encombré de velours et d'or, entassait Paris tout entier dans sa salle et menaçait ruine sous le galop fanatique de trois mille débardeurs.

C'est à peine si l'on pouvait se mouvoir dans le foyer trop étroit. La foule ondulait, compacte et serrée, et jetait dans la lourde atmosphère son murmure confus, formé de chuchotements, de petits cris de femmes et de gros éclats de rire.

Au beau milieu de la presse, il y avait un couple qui se frayait passage de son mieux et semblait chercher des compagnons perdus. C'était un grand jeune homme aux traits réguliers et doux, portant sur un pantalon à la hussarde le frac d'officier de marine. Il semblait avoir vingt-cinq ou vingt-six ans. Son visage, animé par le plaisir, exprimait la franchise, et une sorte de faiblesse, non point cette faiblesse qui a peur, mais celle qui se laisse entraîner à tout vent, qui croit trop vite et que l'on trompe.

Il était beau; son sourire avait de la noblesse et du charme; son cœur prompt à aimer, sincère et trop facile, se peignait dans la douceur de son regard.

C'était le frère de notre belle Denise, le jeune vicomte Julien d'Audemer, enseigne de vaisseau en congé, qui était arrivé à Paris depuis quelques heures seulement, — et qui avait soupé.

Il donnait le bras à un page masqué de velours, qui semblait trop grand pour être une femme et trop gracieux pour être un homme.

— C'est entendu, disait le vicomte en tâchant de voir par-dessus les têtes de ses voisins. Je vous servirai de témoin, Franz, puisque vous ne voulez pas me laisser mettre ce misérable coquin à la raison. Au demeurant, vous êtes plus jeune que moi, mais vous en savez aussi long que personne, et vous passez comme une anguille là où je suis embarrassé. Mais où diable se sont cachées nos dames?

— Je les voyais encore tout à l'heure, répondit Franz, quand ce grand gaillard en costume allemand s'est mis entre elles et nous. Avez-vous remarqué comme il me regardait, Julien?

— J'ai remarqué qu'il serrait de près mon domino bleu, répondit l'enseigne. Je voudrais parier qu'ils sont gens de connaissance. Mais je sais flairer les jolies femmes, moi. Celle-là est charmante et je la soufflerais au roi!

On dit que l'officier de marine à jeun est généralement un peu fat. Julien, en descendant de voiture, avait passé une heure aux Frères-Provençaux. Il se sentait de force à aimer tous les dominos du bal.

Franz baissait la tête d'un air distrait.

— Son regard me suit! murmura-t-il en se parlant à lui-même. Il me semble le voir encore. C'est un fier cavalier, ma foi! Quand j'aurai son âge, je voudrais avor une tête comme cela!

— Bah! fit Julien, ce costume allemand vous donne des airs de héros de théâtre! Mais j'y songe, Franz : ma mère est de plus en plus liée avec la maison de Geldberg, et moi-même vous savez que j'ai quelque crédit au moins sur un des membres de la famille.

— Est-ce que vous songez toujours à épouser la comtesse Esther? demanda Franz.

— Toujours, répliqua l'enseigne; nous sommes constants, sinon fidèles, nous autres marins. Esther est la plus belle femme de Paris! Mais il ne s'agit pas de cela : je voulais dire qu'on pourrait bien tenter une démarche auprès des Geldberg et vous réconcilier avec eux.

— Non, répondit Franz.

— Cependant vous venez de me faire votre confession : vous n'avez pas de fortune...

— Je n'ai rien, mais je ne veux pas.

— A votre aise! c'est pourtant cet entêtement-là qui m'a fait vous aimer, petit Franz! Vous n'étiez qu'un enfant quand je vous ai rencontré pour la première fois dans les salons de Geldberg; mais déjà vous disiez : « Je veux; » et moi qui ne sais guère vouloir...

Franz l'interrompit en lui serrant le bras.

— Regardez! dit-il.

Son doigt étendu montrait l'autre extrémité du foyer.

— C'est notre Allemand! s'écria Julien dont l'œil avait suivi la direction indiquée; seulement il a changé de costume...

— Et il cause avec elles! dit Franz.

Julien mit sa main devant ses yeux pour mieux voir.

Le personnage que venait de désigner Franz causait en effet avec deux dames enfouies dans des dominos de satin, l'un bleu, l'autre noir. C'était un homme jeune encore, d'une figure remarquablement belle et dont la physionomie pétillait de gaieté. Il portait un brillant costume de majo à mille boutons d'argent, avec l'écharpe frangée et l'inévitable résille.

Les dames qu'il avait arrêtées, et qu'il semblait entretenir vivement, étaient reconnaissables, non-seulement par les couleurs de leurs dominos, mais aussi par la différence de leurs tailles.

Le domino noir était tout petit, tout gracieux, tout mignon. Le domino bleu avait une tournure imposante; les plis indiscrets du satin laissaient deviner une taille riche et irréprochable.

— Ce sont bien elles, dit Franz; un effort! je suis fou de cette femme et cet homme, m'intrigue... il faut les rejoindre.

Julien ne demandait pas mieux.

— Parbleu! s'écria-t-il, moi aussi je suis fou! Voyez, Franz! c'est la reine du bal! Si c'est à elle que ce coquin de majo fait la cour, nous allons rire!

Ils se frayèrent un passage à grande force. Au contraire de ce qui aurait eu lieu sur le pont d'un navire, l'enseigne jouait des coudes et Franz gouvernait.

Ils avançaient difficilement. A moitié route, ils virent leurs deux dames prendre chacune un bras du majo et disparaître dans le corridor qui mène à la salle.

Ils s'arrêtèrent désappointés.

— Nous sommes collés! dit Julien qui savait jouer au billard.

— Il y a dix à parier contre un, ajouta Franz, que nous ne les reverrons pas de sitôt. Si nous prenons le même chemin qu'elles, ça pourra même durer toute la nuit; le plus sûr est de sortir par la porte opposée et d'aller à leur rencontre. Au petit bonheur!

— Soit, répliqua l'enseigne. Je suis sûr que la mienne est belle comme un ange!

— Et la mienne donc! s'écria Franz; figurez-vous, Julien, ajouta-t-il en rougissant légèrement, que je suis amoureux, amoureux sérieusement et pour toute ma vie...

— Ah! bah! fit le jeune vicomte; du domino noir?

— Pas du tout! d'une jeune fille qui est aussi pure que jolie...

— Aussi sainte que belle! déclama Julien; c'est connu!

Franz le regarda en dessous comme s'il eût fait effort pour retenir un éclat de rire.

— Aussi sainte que belle, répéta-t-il; en vérité, vous l'avez dit, Julien, et malgré cela ce diable de domino noir m'a ensorcelé!

— La sainte est-elle au bal masqué? demanda l'enseigne.

— Fi! répliqua Franz. Je vous dis que c'est une douce enfant, Julien, un cœur d'ange comme vous vous représentez votre sœur, ou votre mère au temps où elle était jeune fille.

Ce qu'on voyait du visage de Franz, sous son masque de velours, était coloré vivement. Il détourna la tête et garda, durant quelques secondes, l'attitude embarrassée de l'homme qui craint d'en avoir trop dit.

Mais Julien d'Audemer n'avait rien compris au delà de ses paroles et ne prenait point garde à son trouble.

— Voilà que sans le vouloir vous renouvelez tous mes remords, dit-il; je suis encore un écolier, Franz! En arrivant, j'ai vu sur les murailles l'affiche de ce diable de bal, et au lieu de me rendre chez ma mère qui m'attend, je me suis costumé du mieux que j'ai pu en descendant de voiture... Dites-moi, Franz, Denise est-elle toujours bien jolie?

— Adorable! répondit Franz à demi-voix.

— Et ma mère compte-t-elle toujours la marier au chevalier de Reinhold?

Franz baissa la voix encore davantage.

— J'ai entendu parler de cela, répliqua-t-il, mais je n'y ai jamais cru. Mademoiselle d'Audemer est si belle, et le chevalier est si vieux!

— Mais non, dit Julien, il a tous ses cheveux...

— Une perruque!

— Toutes ses dents...

— Un râtelier!

— Il est frais comme une rose...

— Du fard!

— Sa taille est bien prise...

— De l'étoupe!

— Il est riche à millions.

— Contre ceci, je n'ai rien à dire. Mais, depuis que j'ai quitté la maison de Geldberg, je ne vais plus guère dans le monde et je ne sais plus ce qui s'y passe. Vous-même, Julien, êtes-vous sérieusement décidé à épouser la comtesse?

— Ma foi, très-cher, répondit l'enseigne, ma mère m'y pousse fortement. Elle a une fortune magnifique, et je crois, en conscience, que je suis amoureux d'elle.

Franz retint un mot qui se pressait sur sa lèvre. Il garda le silence.

Ils arrivaient auprès de la porte opposée à celle par où les deux dames et le majo étaient sortis.

Au moment de franchir le seuil, Franz se retourna pour jeter un dernier regard dans le foyer.

— Ah çà! suis-je fou! s'écria-t-il en s'arrêtant brusquement. Voyez! Julien, voyez!

L'enseigne poussa un cri de surprise.

A la place même que venait de quitter le beau majo, le cavalier allemand se tenait debout et promenait ses regards calmes sur la foule.

— Il aura changé de costume! dit Julien stupéfait.

— C'est à peine s'il en a eu le temps, répondit Franz. Et puis, voyez! autant il était gai tout à l'heure, autant il semble triste maintenant.

— C'est vrai...

— Et c'est bien le même pourtant! il n'y a pas à s'y tromper.

— C'est bien le même!

— Je voudrais gager qu'il y a là-dessous quelque bizarre histoire, et j'ai bonne envie...

Franz s'interrompit, et sa vivacité tomba brusquement.

— Mais que me fait cela? murmura-t-il en secouant sa tête blonde. Je n'ai pas le temps de m'embarrasser dans des énigmes. Reprenons notre chasse, Julien, poursuivit-il. Nos dames doivent être libres et nous cherchent peut-être.

Ils descendirent l'escalier dont les marches invisibles disparaissaient sous les pieds de la foule. Julien se retournait fréquemment pour voir si le majo, déguisé en cavalier bavarois, ne le suivait point. Franz songeait.

— Vous êtes gentilhomme, vous, Julien, dit-il comme ils entraient dans le bal, et vous devez avoir des idées plus sévères que nous autres enfants du hasard. Si vous aimiez une femme riche, belle et noble comme vous, et qu'il vous arrivât de la rencontrer en un de ces lieux faciles où toute vertu reçoit quelque accroc en passant, donneriez-vous volontiers le nom de votre père à cette femme?

— De quel lieu parlez-vous?

— Il y en a vingt : un bal masqué, par exemple.

La figure de l'enseigne devint sérieuse.

— Et pourquoi me demandez-vous cela? murmura-t-il.

— Pour savoir.

Julien réfléchit un instant.

— Je n'ai jamais aimé qu'une femme en ma vie, répondit-il enfin; cette femme est Esther de Geldberg, que je connaissais avant son mariage, alors que ma famille était pauvre et que j'étais votre collègue dans les bureaux de la rue Ville-l'Évêque. C'est une bien vieille affection à laquelle je pense toujours et dont je parle rarement. Si je voyais Esther au bal, je partirais demain et je me rembarquerais, laissant ici tous mes espoirs d'être heureux. Si quelqu'un me disait l'y avoir vue, je lui répondrais qu'il ment et je le tuerais.

La voix de Julien d'Audemer était grave et ses yeux exprimaient une résolution inattendue. Ce qu'il y avait en lui de mollesse insoucieuse avait fait place à une soudaine fermeté.

Une parole se pressait sur les lèvres de Franz, qui la refoula énergiquement.

— Mais si l'homme qui viendrait vous dire cela était votre ami? murmura-t-il.

Les sourcils de l'enseigne se froncèrent. Il se tut durant une seconde et regarda son compagnon en face.

— Est-ce que vous l'avez vue? prononça-t-il tout bas et sans desserrer les lèvres.

Franz hésita un instant, et sa physionomie, cachée sous le masque, ne put parler à défaut de sa voix.

Le résultat de sa réflexion fut un éclat de rire un peu contraint.

— Quelle folie! s'écria-t-il; la comtesse Esther dort bien tranquillement à l'hôtel de Geldberg, et ce n'est pas vous qui me tuerez, monsieur le vicomte!

Le visage de celui-ci se rasséréna. Il ne demandait qu'à croire.

— Vous m'avez fait peur, dit-il en souriant. Pour votre peine, vous allez me donner quelques détails sur nos deux dominos, car je suis bien sûr que vous les connaissez tous les deux.

— Je les connais peut-être, répliqua Franz, mais je ne puis rien dire.

— Bravo! vous êtes discret.

— Ce sont deux grandes dames.

— Je l'aurais parié! Après?

— Voilà tout. Le secret du domino noir m'appartient à moitié; c'est pourquoi je le garde. Le secret du domino bleu ne me regarde pas; pourquoi le dévoiler?

— Est-elle jolie?

— Charmante!

— Vous en êtes sûr?

— Parfaitement.

— C'est tout ce qu'il me faut! s'écria l'enseigne qui avait recouvré toute sa gaieté. Le reste m'importe peu, en définitive... Mais n'est-ce pas l'une d'elles que j'aperçois là-bas, tout là-bas, au fond du théâtre?

— Le domino bleu! s'écria Franz; elle donne le bras... sur mon honneur! ajouta-t-il, c'est encore le majo!

— Et le domino noir tient l'autre bras! dit l'enseigne. Il faut que nous voyions enfin si nous avons la berlue! Écoutez, Franz, faisons une manœuvre savante. Prenez à gauche pendant que je prendrai à droite. Nous ne les perdrons pas de vue, et, de quelque façon qu'elles s'arrangent, l'un de nous les rencontrera.

— Accordé! dit Franz; bonne chance!

Ils se séparèrent et commencèrent à percer la foule dans des directions opposées. Ils y allaient de tout leur cœur; mais, une fois engagés dans la cohue, ils perdirent bien vite leur boussole et se dirigèrent seulement d'après la configuration de la salle.

Non-seulement ils n'apercevaient plus les deux dominos, mais ils ne se voyaient pas l'un l'autre.

Tandis que Franz s'évertuait, un bras se passa doucement sous le sien.

— Veux-tu mon cœur, beau page? dit à ses côtés une voix d'homme joyeusement ébriolante.

Franz ne pouvait divorcer entièrement avec sa nature espiègle et gaie. Sans trop prévoir le dénouement de l'aventure, il garda le silence et tourna discrètement la tête comme une femme en quête d'aventures, qui veut serrer un peu l'hameçon.

L'autre n'était pas homme à s'effaroucher de ces obstacles connus.

— Beau page, reprit-il, je suis à tes trousses depuis une heure ; ce marin qui te donnait le bras à l'instant est un sot, puisqu'il t'a quittée. Regarde-moi, je suis plus beau garçon que lui.

Franz étouffait pour ne pas rire et tournait obstinément la tête.

Il sentait la marche vacillante de son galant et le devinait ivre, rien qu'au son de sa voix.

Ce dernier lui serrait le bras fort amoureusement et lui glissait dans l'oreille des déclarations étourdissantes. Enhardi par le silence de Franz, il s'émancipa bien vite, le prit par la taille et lui planta un gros baiser sur la joue.

Franz lui rendit un coup de poing pour son baiser, un de ces glorieux coups de poing qu'on improvise au bal dans la métropole des nations civilisées, et qui tueraient net un taureau.

Sans la foule, le galant serait tombé ; mais un mort se fût tenu debout dans la cohue. Au lieu de tomber, le galant écrasa le nez de M. le comte de Mirelune, et aplatit le pauvre Ficelle, qui en perdit la pointe de son couplet.

Il se tenait les côtes et riait à gorge déployée.

— Parbleu! dit-il, c'est dommage que vous soyiez un homme, mon jeune monsieur! je donnerais cent ducats pour trouver une femme capable d'appliquer un coup de poing pareil!

Franz restait là devant lui, le masque soulevé, la bouche béante et les bras tombants.

Sa figure exprimait l'ébahissement le plus complet. Ce galant ivre qui venait de le prendre pour une femme était encore le cavalier allemand!

Et le cavalier allemand avait encore changé une fois de costume. Il portait une robe rouge à l'arménienne, demi-ouverte et laissant passer la batiste de sa chemise débraillée.

Franz tourna ses yeux tout autour de lui, comme s'il eût cherché quelqu'un à qui demander l'explication de ce mystère étrange. Il n'y avait là qu'un quadruple rang de spectateurs inconnus qui regardaient en riant cette scène, bien commune dans les bals masqués, mais toujours réjouissante.

Il reporta ses regards vers l'Arménien et tâcha de découvrir sur son visage une différence, un signe quelconque qui le distinguât du cavalier et du majo. Mais l'évidence sautait aux yeux. C'était manifestement le même homme, calme et grave sous le costume allemand ; léger, brillant, rieur sous la veste étincelante de l'Espagnol ; et, maintenant, lourdement ivre, portant l'apathie sur son visage, et riant de ce rire épais des gens pris de vin.

XII

DEUX DOMINOS

L'Arménien riait toujours et se tenait les côtes en regardant notre jeune page. Celui-ci ne songeait point à se fâcher ; son étonnement profond absorbait en lui toute autre pensée. Il ouvrait de grands yeux pour contempler cet homme étrange qui se transformait comme Protée et qui semblait se multiplier au-devant de ses pas.

Et, bien qu'il eût la ferme volonté de donner tout entières au plaisir les heures de cette nuit suprême, il oubliait le bal et la sirène qui l'attirait pour se creuser l'esprit et se demander où était la clef de ce mystère.

Pourquoi toutes ces métamorphoses? Était-ce une gageure? Ce bizarre personnage prenait-il tant de peine seulement pour se divertir?

Ou bien avait-il un but sérieux? et quel était ce but?

Les curieux qui s'étaient groupés autour de l'Arménien avaient entamé avec lui une lutte de paroles bouffonnes. M. le comte de Mirelune demandait des dommages-intérêts pour son nez écrasé. Ficelle, le mélancolique, cherchait des choses très-drôles et ne trouvait que les vieux calembours de *la Bouteille de champagne*, vaudeville en un acte et mêlé de couplets, représenté pour la première fois au théâtre des Nouveautés, le 2 avril 1827. L'Arménien, au contraire, jouait de la langue passablement. Franz mesurait la distance qui existait entre cette joyeuse face de buveur et la figure pensive qu'il avait vue déjà deux fois.

En ce moment, un cri perçant, et d'espèce particulière, s'éleva parmi le tumulte du bal.

La physionomie de l'Arménien changea comme par magie; son sourire lourd disparut, et son œil brilla sous la ligne tendue de ses sourcils.

En même temps, sa taille affaissée et vacillante se redressa dans toute sa hauteur.

Toute différence entre le viveur au costume d'Arménien et l'austère cavalier bavarois se trouva effacée par ce brusque changement.

Si Franz avait pu garder un doute, ce doute aurait dû s'évanouir en ce moment.

L'Arménien, droit sur ses jambes, les reins cambrés, la tête jetée en arrière, avait la pose d'un homme qui écoute attentivement. Son ivresse semblait faire trêve ; ses muscles amollis avaient repris leur ressort, et un rayon d'intelligence perçait le brouillard somnolent qui voilait naguère sa prunelle.

Il ne répondait plus aux lazzi de ses voisins.

Au bout de deux ou trois secondes, un autre cri, pareil au premier, se fit entendre encore.

L'Arménien s'élança au plus fort de la foule et la perça en ligne droite, dans la direction indiquée par les deux cris entendus.

C'était un signal; Franz le devinait.

Il voulut s'élancer à son tour et suivre l'Arménien, car ce mystère piquait sa curiosité de plus en plus, mais la cohue se refermait plus compacte. Elle serrait ses rangs, violemment ouverts par l'effort irrésistible de l'Arménien, et présentait une sorte de muraille qu'il eût été malaisé de franchir.

Deux ou trois minutes se passèrent de la part de Franz en tentatives vaines. Pendant cela, l'homme qu'il prétendait poursuivre avait fait du chemin ; Franz ne pouvait plus l'apercevoir.

De guerre lasse, il retourna sur ses pas, et se dirigea vers le côté de la salle où il avait cru voir de loin les deux dominos, en compagnie du majo.

Il ne s'était point trompé; la grande et la petite femme étaient ensemble au fond de la salle. Elles se promenaient en se tenant par le bras; mais il n'y avait point d'homme avec elles.

Du reste, si le majo leur avait servi un instant de cavalier, elles se taisaient sur son compte.

C'était de Julien et de Franz qu'elles s'entretenaient.

— Quelle imprudence! disait le domino bleu en se penchant pour mettre sa bouche à portée de l'oreille de sa compagne plus petite. Si Julien allait me reconnaître!

— Bah! fit le domino noir avec un nonchalant mouvement d'épaules, M. le vicomte d'Audemer est marin et non point sorcier, ma chère enfant. Il n'y verra que du feu, et ce petit danger donne du piquant à notre escapade : sans cela, je m'ennuierais horriblement pour ma part.

Ces excellentes raisons ne paraissaient point faire une impression très-grande sur l'esprit du domino bleu, qui répondit en secouant la tête :

— Il vous est facile d'être brave, ma sœur ;

BIBLIOTHÈQUE NATIONALE RF IMPRIMÉS

Si, dans trente minutes, j'entends sonner cinq heures au lieu de six, cet argent est à vous. (Page 174, col. 2.

ce petit Franz vous connaît seulement sous le nom qu'il vous a plu de choisir. Vous êtes madame Louise de Ligny, et le monde ne mettra point sur votre compte les péchés mignons de cette dame; mais moi, Julien me connaît, et il ne faudrait qu'un regard indiscret pour me perdre.

— L'aimez-vous? demanda le domino noir.

— Il est joli garçon...

— L'aimez-vous?

— Il a un beau nom et un titre...

— L'aimez-vous?

— Il a de la fortune et je ne déteste pas ses aiguillettes d'officier de marine.

Elles étaient dans un coin retiré. Un groupe de promeneurs en habit noir formait autour d'elles une sorte de rempart. La chaleur était accablante et leurs masques les étouffaient.

Elles s'assirent sur la banquette voisine et soulevèrent à la fois leurs loups de velours, garnis de longues barbes de dentelles.

Il n'y avait plus entre leurs traits et le regard des curieux que le satin de leurs capuchons.

Malgré cet obstacle, les vifs rayons des lustres se glissaient jusqu'à leurs visages.

Sous le domino bleu, nous eussions reconnu la figure régulièrement belle de la comtesse Esther; sous le domino noir se cachaient la fine taille et les traits mobiles de madame de Laurens, la fille aînée de ce respecté patriarche, M. de Geldberg.

Elle attachait en ce moment sur sa sœur un regard plein de moquerie.

— Je ne vous demande plus si vous l'aimez, Esther, reprit-elle; vous aimez sa tournure, son nom, son titre, sa fortune et ses aiguillettes : on a vu des passions moins motivées que celle-là. Quant à moi, j'ai été folle de ce jeune Franz, vous savez?

— Il est charmant!

— C'est un petit garçon! ces choses-là ne peuvent avoir qu'un temps : après cette nuit, je compte ne plus le revoir.

— Mais il vous cherchera...

Sara fit un geste de dédain suprême.

— Je sais que vous avez des ressources, reprit Esther; mais il ne faudrait qu'un hasard pour que M. de Laurens...

Sara l'interrompit par un geste nouveau et plus dédaigneux encore.

— Franz ne connaît que madame de Ligny, répondit-elle, et madame de Ligny est veuve.

Petite se trompait en ceci assez notablement. Franz, qui avait été commis de la maison de Geldberg, ne pouvait manquer de connaître les filles du vieux banquier. C'était tout bonnement Sara qui ne connaissait pas Franz.

Au temps où il servait dans les bureaux de l'opulente maison de banque, les salons de Geldberg s'étaient ouverts plus d'une fois pour lui ; mais c'était un enfant de bien peu d'importance; Sara, la brillante femme, la reine des riches fêtes de la finance, avait bien pu ne point remarquer cet obscur commis, perdu dans la foule.

Il est un proverbe qui dit que le soleil ne voit pas tous ceux qui le regardent.

Par rapport à Franz, Sara était le soleil.

C'était ailleurs que dans les salons de son père qu'elle avait rencontré le commis devenu libre. Il était beau; son caractère avait ce mélange charmant de hardiesse et de timidité qui réveille le désir au fond des cœurs fatigués d'hommages. Sara l'avait aimé d'un caprice emporté, fougueux et court.

Et Franz lui avait rendu exactement la monnaie de sa pièce. Pour un caprice de coquette expérimentée et connaisseuse, il lui avait donné le caprice d'un enfant, la fantaisie d'un cœur qui s'ignore à demi et qui s'élance étourdiment au-devant de tout amour.

Seulement le caprice de Franz durait encore que celui de la juive se mourait déjà sous l'ennui.

Sara était si charmante et savait si bien la coquetterie qui entraîne! L'enfant était fasciné; il voulait boire jusqu'à la dernière goutte le philtre enivrant où sa lèvre vierge s'était trempée.

L'avantage restait donc à madame de Laurens, comme cela devait être dans une lutte engagée entre un adolescent tout neuf et une coquette de trente ans, rompue à tous les secrets de la diplomatie féminine. Mais cet avantage n'était qu'apparent, parce que la coquette avait à garder un secret et que l'adolescent savait ce secret par hasard.

Elle se croyait à l'abri de toute attaque et n'en était que plus vulnérable, comme ce chevalier des poëmes héroïques de l'Italie, qui se présente au combat avec une armure à l'épreuve, mais dont les pièces, dévissées, se détachent une à une à l'heure du péril.

Il y eut un instant de silence entre les deux sœurs; puis la comtesse Esther reprit la parole de ce ton leste et indifférent qu'emploient les femmes pour dire la chose qui justement leur tient le plus au cœur.

— Le petit Franz a sans doute un rival plus heureux, dit-elle.

— Peut-être bien, répliqua madame de Laurens.

— Est-ce que vous connaissez beaucoup ce baron de Rodach, Sara?

— Passablement... et vous?

— Assez. Peut-on vous demander où vous l'avez rencontré?

— A Hombourg, il y a deux saisons. Et vous?

— A Bade, il y a aussi deux saisons.

Les deux sœurs se regardèrent par-dessous la dentelle de leurs capuchons.

— Je pense une chose, poursuivit Esther; ne serait-ce point M. le baron de Rodach qui vous fait tout à coup si cruelle pour ce pauvre petit Franz?

Sara n'avait jamais vu sa sœur si pénétrante.

— Ne serait-ce point M. le baron de Rodach, répliqua-t-elle, qui vous fait aujourd'hui si curieuse, Esther?

La belle veuve rougit et remit son masque. Sara eut un malin sourire.

Elle ouvrait la bouche pour continuer l'entretien, lorsqu'elle aperçut à quelques pas d'elle le jeune vicomte d'Audemer, qui regardait tous les dominos et qui cherchait en conscience.

Elle remit précipitamment son masque à son tour.

— Ah! ah! s'écria l'enseigne qui les découvrait en ce moment, je vous tiens, belles dames, et je ne vous lâche plus!

En ces occasions, il est d'usage d'éclater de rire. Le bal masqué est une chose si gaie!

Julien, le domino noir et le domino bleu éclatèrent de rire à l'unisson.

— Et votre beau majo, qu'en avez-vous fait, mesdames? demanda l'enseigne; c'est un drôle de corps qui change de costume des pieds à la tête en moins de temps qu'il ne m'en faudrait à moi pour nouer ma cravate.

— Qu'entendez-vous par là? demanda le domino noir.

— Eh pardieu! s'écria l'enseigne, depuis que vous nous avez quittés, nous l'avons vu, Franz et moi, tantôt en Allemand, tantôt en Espagnol. Je ne désespère pas de le voir en Turc avant la fin du bal.

— Vous avez raison, dit Franz qui arrivait en ce moment; je viens de le voir en Arménien, plus ivre qu'un Polonais.

— Ah bah! fit Julien.

— Et j'ai bien vu d'autres choses encore! reprit Franz, mais je vous dirai mon histoire à table. Mesdames, ajouta-t-il en se tournant vers les deux sœurs, nous avons une si grande frayeur de vous perdre encore que nous allons vous enlever.

Sara ne s'amusait plus; elle donna son bras à Franz. Esther était habituée dès longtemps à suivre l'exemple de sa sœur, qui lui avait montré la route où elle marchait maintenant grand train et sans lisières. Elle donna son bras à l'enseigne.

La peur d'être reconnue la faisait trembler légèrement. Julien sentait contre son flanc un frémissement doux qui le transportait d'aise.

Les deux couples se mirent en marche à travers la foule, et se dirigèrent vers la sortie du bal.

Franz et Julien jetaient les yeux de tous côtés, mais ils n'aperçurent nulle part le fantastique personnage qui leur était apparu sous une triple forme. Il ne restait désormais dans la salle ni Allemand, ni majo, ni Arménien...

Il y avait foule sur le perron du théâtre comme dans la salle. Le flot des arrivants montait sans cesse et obstruait le passage; Franz et Julien d'Audemer eurent toutes les peines du monde à gagner le pavé, encore ne purent-ils pas choisir le côté de la place où était leur voiture. La foule a des courants comme la mer; ils furent poussés irrésistiblement vers la rue Favart, et durent s'engager sous ce péristyle latéral, tout plein de parfums impurs, et dont l'usage est déclaré *shoking* par les gentlemen et par les ladies.

Ce couloir mène au boulevard, en passant devant l'entrée des artistes.

Il était encombré comme tout le reste. Nos deux couples suivaient le flux et ne songeaient point à regarder en arrière.

Franz avait ôté son masque pour remplir définitivement son office de cavalier. Il marchait sur les talons de l'enseigne, qui protégeait de son mieux sa belle compagne contre les coups de coude et les poussées de tout genre.

Dans ce passage, il régnait une demi-obscurité qui devait sembler ténèbres en comparaison des éblouissantes clartés du bal. Les arcades faisaient ombre, et la lumière des becs de gaz n'arrivait que par échappées.

Derrière Franz et Sara, il y avait trois hommes, le nez dans leurs manteaux. Il faisait froid; ces gens ne se distinguaient en rien du reste de la foule.

Franz ne les avait point regardés; s'il les eût regardés, son attention n'aurait probablement point été excitée.

Comme on arrivait au bout du couloir, devant l'entrée des artistes, Franz, qui ne parlait point en ce moment, saisit quelques mots prononcés derrière lui à voix basse.

— C'est comme un fait exprès! murmurait-on. Il ne se retournera point! Je n'ai pas encore aperçu son visage.

— Chut! fit une autre voix; il va vous entendre. Faites attention, plutôt, et quand il passera sous le gaz, avancez la tête, vous le verrez.

Franz n'eut point l'idée que ces paroles pussent avoir trait à lui. Néanmoins il lui sembla que le son de la première voix ne lui était point tout à fait inconnu.

Il se retourna pour voir qui avait parlé.

Les trois hommes s'arrêtèrent en même temps, et deux d'entre eux laissèrent échapper un cri de surprise.

— C'est son vivant portrait! dirent-ils à la fois.

Puis l'un d'eux ajouta :

— C'est mon diable de page!

— Et il est avec mes deux adorées! murmura l'autre.

Franz ne voyait que leurs yeux noirs et brillants, derrière les collets relevés de leurs manteaux.

Il n'y avait plus à douter du sens de leurs paroles. C'était bien de lui qu'ils s'occupaient. Franz fit un mouvement nouveau comme pour quitter le bras de Sara et les aborder; mais ils tournèrent le dos tous à la fois, et le flot qu'ils avaient séparé se referma sur eux.

— Qu'avez-vous donc? demanda madame de Laurens; nous allons perdre votre ami!... Venez!

Franz était intrigué, pour le coup. Durant toute cette nuit, une comédie mystérieuse s'était jouée autour de lui, et il n'avait point le mot de l'énigme, incessamment proposée.

Il se laissa entraîner. On rejoignit Julien d'Audemer, qui attendait au coin du boulevard.

Les trois inconnus avaient quitté le passage, et s'entretenaient tout bas dans la rue.

— Il y avait bien longtemps que je n'avais pleuré, disait l'un d'eux d'une voix émue; mais voilà que j'ai des larmes dans les yeux...

— Il m'a semblé voir sa mère! ajouta le second, sa pauvre mère, alors qu'elle souriait et qu'elle était heureuse!

— Et comme il est fort! Si vous aviez entendu son coup de poing sonner sur ma poitrine!

— Il faut qu'il soit riche, cet enfant-là!

— Riche et noble!

— Riche, noble et heureux! Il faut qu'il ait en cette vie tous les bonheurs que n'eut point sa mère!

Le troisième inconnu n'avait rien dit jusqu'alors. Il prit la main des autres et se mit au milieu d'eux.

— Il faut qu'il soit sauvé d'abord, murmura-t-il enfin; ses ennemis sont puissants, et son existence est pour eux une perpétuelle menace. Bénissons Dieu d'être arrivés à temps, car demain il eût été trop tard!

Il se tourna vers celui des deux inconnus qui était à sa droite.

— Suivez-le, reprit-il, entrez avec lui dans le restaurant qu'il choisira. Faites-vous servir à souper dans un cabinet voisin du sien, et ne le quittez pas d'une minute. Vous, ajouta-t-il en s'adressant à l'autre, vous ferez sentinelle devant la porte du restaurant. Le rendez-vous est à sept heures au bois de Boulogne. Je ne veux pas qu'il soit exact. Il me faut une demi-heure pour achever ma besogne de cette nuit. Je vous quitte. Arrangez-vous!

Ils se serrèrent la main en silence et se séparèrent.

XIII

L'ARMÉNIEN

Il était environ cinq heures et demie du matin. Dans un petit cabinet du *Café Anglais*, il y avait un homme en tête-à-tête avec trois ou quatre bouteilles vides.

Dans le cabinet voisin, on riait, on devisait et on chantait.

L'homme attablé avait la figure enluminée et le sourire aux lèvres. Son aspect seul disait franchement que les quatre bouteilles avaient passé de son verre dans son estomac spacieux.

Auprès de lui, sur une chaise, un grand manteau était étendu. Un chapeau à larges bords pendait derrière lui à une patère.

Son costume consistait en une robe rouge à l'arménienne, ouverte sur la poitrine, et faisant voir une chemise de fine batiste, frippée et comme tordue.

A ses côtés, le cordon d'une sonnette, agité récemment, se balançait contre la muraille.

Un garçon entra.

— Un flacon de margaux, dit l'homme.

Le garçon jeta un coup d'œil sur les quatre bouteilles vides, et releva un regard d'admiration vers le convive solitaire.

— Voilà un crâne! pensa-t-il, qui trinque à lui tout seul, et qui n'a pas besoin de camarade pour se mettre très-bien! Deux francs que c'est un Anglais!

Il tourna sur ses talons pour aller chercher le bordeaux demandé.

— Garçon! dit le prétendu Anglais habillé en Arménien.

— Monsieur, voilà!
— Êtes-vous adroit?
— Il en tient! pensa le garçon.

Puis il ajouta tout haut et d'un air aimable :

— Pourquoi monsieur me demande-t-il cela?
— Parce que j'ai une fantaisie à passer et une demi-douzaine de louis à jeter par la fenêtre.
— C'est un Russe! pensa le garçon.
— Comment vous appelle-t-on, mon ami?
— Pierre, monsieur; mon nom est sur la carte.

L'Arménien fouilla dans la poche de sa longue robe et atteignit une bourse de soie.
Pierre pensa que c'était peut-être un Américain.

— Je suis aux ordres de monsieur, dit-il à tout hasard.

L'étranger ouvrit sa bourse et mit six pièces d'or sur la table.

— Vous avez ici près deux joyeux compagnons, mon ami Pierre, reprit-il.
— Deux messieurs, monsieur, avec leurs dames.
— C'est cela même. Ils sont un peu de ma connaissance, et je voudrais...

L'Arménien hésita.
Pierre le regarda en dessous.

— Bête que je suis! grommela-t-il ; il est Français tout uniment et marié!
— Vous m'entendez bien? poursuivit l'homme aux quatre bouteilles; c'est une petite plaisanterie... une gageure.
— Oui, oui, dit Pierre, nous connaissons cela.

Il sourit avec tout plein de malice.

— Alors, vous comprenez? dit l'Arménien.
— Parfaitement.
— De quoi s'agit-il? Voyons!

Le sourire de Pierre se fit niais tout à coup, de malin qu'il était.

— Je ne sais pas, dit-il.

L'Arménien tira sa montre.

— Je vais vous expliquer la chose, poursuivit-il. Vous avez de l'autre côté une pendule excellente, que j'entends sonner comme si j'étais auprès. Il est cinq heures et demie juste. Si, dans trente minutes, j'entends sonner cinq heures au lieu de six, cet argent est à vous.

Le garçon se gratta l'oreille.

— Ça ne serait pas bien difficile, répondit-il, si c'était seulement faisable, mais on ne peut pas retarder les pendules sans faire tout le tour du cadran. Après ça, si monsieur y tient, je vais faire sonner toutes les heures les unes après les autres...
— Non pas! non pas! interrompit l'étranger; il faut que la chose passe inaperçue.
— Alors, dit Pierre, le mieux serait d'arrêter tout bonnement le balancier.

L'Arménien croisa ses deux mains sur la table.

— Mon ami Pierre, dit-il, vous êtes un gaillard de ressources. Arrêtez le balancier, et si la pendule ne sonne pas avant une heure, vous aurez vos six louis. N'oubliez pas mon flacon de margaux.

Le garçon sortit.
L'Arménien s'en alla ouvrir la fenêtre.
Sur le boulevard, il y avait un homme,

drapé dans un grand manteau, qui se promenait de long en large.

L'Arménien s'accouda sur l'appui de la fenêtre et le contempla durant quelques secondes avec une sincère pitié.

— Ferme à son poste, ce bon Albert! grommela-t-il; si on pouvait seulement lui passer un verre de bordeaux! Ma foi, je suis bien ici, moi, et j'ai le bon rôle!

Le froid du dehors le saisit; il frissonna et ferma précipitamment la croisée.

— Chacun travaille suivant ses moyens, reprit-il. Il a fait si souvent sentinelle sous de jolis balcons, que c'est un vrai plaisir pour lui de marcher les pieds dans le verglas. Quant à moi, je vaux mieux dans les maisons et dans les emplois où il s'agit de boire.

Le garçon rentra tenant à la main la bouteille de margaux. Il s'approcha de l'Arménien sur la pointe des pieds et il lui dit à l'oreille, avec un geste appris à la Porte-Saint-Martin:

— C'est fait!

L'Arménien posa un doigt sur sa bouche, et mit un air tragique à se verser un grand verre de bordeaux.

— C'est bien! répliqua-t-il; allez-vous-en, mon ami Pierre, et soyez discret comme un sépulcre!

Le garçon jeta une œillade d'amour aux six louis, et se retira.

L'Arménien resta seul avec sa cinquième bouteille.

Dans le cabinet voisin, Franz, Julien d'Audemer et les deux dominos étaient attablés. Le champagne avait sauté convenablement, les paroles étaient vives et les gestes ne le cédaient point aux paroles.

Julien avait son beau domino bleu assis auprès de lui, sur un petit divan; le domino noir passait ses doigts effilés dans les blonds cheveux de Franz. On parlait avec cette éloquence amoureuse qui vient, à l'heure inspirée du dessert, glisser sur le vermillon des lèvres souriantes. Les longs verres, couronnés d'une mousse fugitive, se choquaient; les mains se cherchaient; les yeux allumés brillaient.

Elles allaient bien, nos juives!

Cela faisait un tableau de genre assez avancé; du satin noir sur des peaux blanches où l'enthousiasme du champagne mettait de chauds reflets, des poses abandonnées, et le velours des masques doublant l'éclat diamanté des œillades...

Car nos deux belles dames avaient gardé leurs masques, et rien n'est si charmant que cette enveloppe sombre qui laisse passer l'éclair du regard, et met de la fraîcheur aux joues de toute femme.

Ce qu'on voit du front en devient plus pur, le menton se veloute, la gorge éblouit, et la bouche, ombragée, laisse deviner des perles enchâssées dans la pourpre des gencives.

Il y a des peintres qui ne sont pas des Raphaël, mais qui excellent à jeter ces jolies choses sur des toiles coquettes, dont la vue rajeunit de quarante ans les patriarches du jury de peinture. Ces toiles sont toujours admises au Salon.

Et quel succès!

Les étudiants en parlent dans les estaminets voisins du Panthéon; le concierge les raconte à son épouse ébahie; la mère les montre à sa demoiselle, et les petits enfants des gardes nationaux à cheval pleurent pour les aller voir.

Les singes savants ne sont pas plus *tendrement* aimés!

Depuis une demi-heure, Julien d'Audemer lutinait le domino bleu et tâchait de voir son visage. Esther n'avait garde d'y consentir. Le déjeuner avait été vaillant, et la belle comtesse en portait les traces. Elle était émue; son sein battait, ses yeux papillotaient. Vous n'eussiez point reconnu en elle cette statue immobile qui s'endormait, la veille au soir, dans le salon de Geldberg.

On ne voyait point ses traits, mais dans sa pose et dans son regard on devinait sa nature sensuelle. Elle était toute entière au plaisir; elle se donnait sans réserve aux joies du moment, et son cerveau lourd s'exaltait en une sorte d'ivresse volontaire.

Mais, au milieu de ce transport, elle gardait une prudence instinctive. Vous eussiez dit Marguerite de Bourgogne, donnant à ses amants de hasard tous les droits, sauf celui de lire son nom sur son visage.

Et Julien d'Audemer n'était pas, à beaucoup près, aussi pénétrant que Buridan. Sa tête était en feu. Les fumées du vin tourbillonnaient dans son cerveau. Entre son regard ivre et les traits de la comtesse, il y avait deux voiles, dont le plus épais n'était pas le masque de velours.

Sara conservait également son loup; mais Franz n'essayait point de le lui ôter. Il y avait entre eux un accord tacite. Franz, évidemment, n'avait point de voile à soulever.

Les heures passaient souriantes et enivrées. Un vent de volupté glissait dans l'air. Sauf les couronnes de roses qui ceignaient le front des convives antiques, c'était un banquet digne de Rome efféminée, et où la muse latine, dévote à Vénus, eût trouvé des inspirations.

Le premier rayon du jour, douteux et faible, donna de la transparence aux rideaux du cabinet.

La fatigue venait. Madame de Laurens, dont la passion factice s'était un instant rallumée aux premiers feux de cette nuit de plaisir, sentait revenir la satiété et l'ennui.

Sa jolie bouche avait étouffé déjà un bâillement sous la barbe de son masque.

Esther, un peu refroidie, avait peur. Son ambition était d'échanger sa noblesse toute neuve contre un vieux titre. Elle tenait à Julien, ou plutôt au vicomte d'Audemer. Elle se repentait de cette folie où l'avait entraînée sa sœur; et, lasse de plaisirs, elle revenait à son vrai caractère qui était passablement calculateur.

Julien seul ne se ralentissait point. Il était amoureux et piqué au jeu. Sa fantaisie restait dans toute son ardeur, et il eût donné ses aiguillettes d'enseigne pour voir seulement le visage de sa belle inconnue.

Mais ses empressements ne suffisaient point à ranimer la fête refroidie, et au bout de quelques minutes Sara prononça cette question mortelle qui est comme le dernier souffle du plaisir agonisant :

— Quelle heure est-il?

Franz se tourna vivement vers la pendule, car lui aussi avait intérêt à ne point oublier l'heure.

— Nous venons d'arriver, dit Julien en riant; cette pendule avance.

— Elle dit cinq heures et demie, ajouta Franz; nous avons le temps.

Sara interrogea du regard la comtesse, qui lui répondit par un léger signe de tête.

Le charme était rompu; l'amour avait replié ses ailes : on était *au lendemain.*

Dans le cabinet voisin, l'Arménien consultait aussi sa montre, et sa montre marquait six heures et demie passées.

Sa cinquième bouteille était vide; il avait l'air heureux comme un roi.

Il sonna le garçon.

— Mon ami Pierre, dit-il, vous avez gagné vos six louis; apportez-moi un flacon de laffite.

Pierre prit les six louis et salua jusqu'à terre.

BIBLIOTHÈQUE NATIONALE R.F.

Dans une petite clairière, deux hommes, l'épée à la main. (Page 183, col. 2.)

— Si vous voulez gagner six autres louis, reprit l'Arménien, quand ces joyeux enfants qui se divertissent ici près vous demanderont la carte, vous serez une demi-heure à faire l'addition.

— Ça se peut, répondit Pierre dont l'œil était rayonnant.

En ce moment même, la sonnette du cabinet où nos quatre personnages étaient réunis se prit à retentir.

— Le petit coquin est exact! grommela l'Arménien entre ses dents; mon ami Pierre, ajouta-t-il tout haut, apportez-moi mon laffite, et manœuvrez en garçon d'esprit que vous êtes.

— Mesdames, disait Franz de l'autre côté de la muraille, en toute autre circonstance, nous ne vous laisserions pas vous esquiver ainsi, mais nous avons aussi nos petites affaires.

— Rien ne presse, répondait l'enseigne.

Il ajoutait, en essayant de prendre la taille de la comtesse qui se défendait maintenant:

— Ma belle Anna, quand vais-je vous revoir?

La comtesse se nommait Anna, cette nuit, comme madame de Laurens s'appelait Louise.

— Je ne sais, répondit-elle. Je suis bien retenue, et mon mari est sévère; le mieux serait d'oublier cette folle nuit.

Julien se récria énergiquement.

— Quant à moi, dit Franz, je ne vous demande pas quand je pourrai vous revoir, Louise.

— Ne m'aimez-vous plus? répliqua Sara en minaudant.

— Je ne sais; ce qui est bien sûr, c'est que votre caprice à vous est déjà passé depuis longtemps.

— Quelle idée!

— Ne niez pas, cela importe si peu! Il y a dix à parier contre un que nous ne nous reverrons jamais.

Il lui baisa la main.

— Laissez-moi vous remercier, Louise, ajouta-t-il; je n'ai jamais vu de femme si jolie que vous, sauf une seule, qui ressemble aux anges. Vous avez fait comme si vous m'aimiez, et j'ai été bien heureux quelques jours. Merci pour la joie que vous m'avez donnée; merci encore pour la froideur que vous me montrez maintenant. J'aurais trop souffert, ma belle Louise, s'il m'avait fallu regretter deux amours!

— Que signifie tout cela? murmura Petite qui ne comprenait point.

— C'est l'heure de parler sans détours, reprit Franz en lui pressant la main doucement; je sais toute l'étendue de mon bonheur, madame. Je sais que j'avais droit d'être bien fier de ma conquête...

Il sentit la main de Sara se roidir dans la sienne.

— Je vous connais, madame, poursuivit-il en souriant; j'ai été employé dans la maison de Geldberg...

Sara devint pâle comme une morte sous son masque. Elle garda le silence.

— Certes, continua Franz, ce n'est pas une bonne fortune ordinaire que d'être l'amant de madame de Laurens!

— Plus bas! murmura Petite d'une voix étouffée; plus bas! par pitié!

— Soyez tranquille, Louise, répondit le jeune homme en secouant la tête avec mélancolie: votre honneur était en bonnes mains... Mais alors même que je serais un indiscret, vous n'auriez pas le temps d'être trahie.

Le regard de Petite, qui tombait, morne et fixe dans le vide, se releva vivement.

— Je n'ai pas peur de vous, Franz, dit-elle en faisant sa voix caressante; je sais bien que vous êtes généreux et bon, mais il ne s'agit pas de moi... vous parlez comme un homme qui n'espère plus, Franz; je vous aime et vous me faites peur. Que m'importe le hasard qui vous a appris mon nom? Je vous l'aurais dit, si vous me l'aviez demandé, car je suis toute à vous. Mais vous, Franz, qu'avez-vous, et que dois-je craindre pour vous?

Franz la regarda d'un air attendri.

Il croyait à tout et ne demandait qu'à aimer. C'était un enfant, toujours prêt à jeter son secret à qui voulait l'entendre. Il ignorait ces graves délicatesses que l'âge enseigne et qui font l'homme.

Il n'avait point frayeur de mourir, mais son duel lui revenait en mémoire, et il était habitué à ne rien cacher de ses impressions.

Son duel l'occupait: il fallait qu'il parlât de son duel.

— En vous quittant tout à l'heure, dit-il, je vais me rendre sur le terrain.

— Ah! fit Sara vivement.

Puis elle ajouta avec plus de froideur :

— Quelque dispute de bal?

— Non pas, Louise. Une insulte grave, un duel à mort!

— Avec un enfant comme vous?

— Avec un spadassin fieffé : un homme qui va me tuer comme une alouette!

Les yeux de Sara eurent un éclair de joie, tandis que sa voix se faisait compatissante.

— Mon pauvre Franz! murmura-t-elle.

Elle mit sa tète tout contre celle du jeune homme et ajouta d'un ton mignard :

— Je ne veux pas que vous vous battiez, Franz!

Celui-ci porta une seconde fois la jolie main de Petite à ses lèvres.

— Merci! dit-il encore. Vous avez un bon cœur, Louise, mais un homme ne peut écouter ces sortes de prières.

Sara garda le silence; elle était tombée dans une subite rêverie et regardait Franz fixement.

— Si c'était cela?... murmura-t-elle enfin, sans savoir qu'elle parlait.

— Cela, quoi? demanda Franz.

Madame de Laurens tressaillit, puis elle essaya de sourire.

— Je ne sais, dit-elle; vous m'avez mis du noir au cœur, Franz. Cet homme est donc bien redoutable?

— Vous ne le connaissez pas, Louise, parce que vous êtes une femme; mais sa réputation est faite parmi nous autres hommes. C'est égal! ajouta-t-il gaiement, je vous promets que je vais m'escrimer de mon mieux!

Il prit son couteau de table et tourna deux ou trois fois le poignet.

— Marchez, parez le contre de quarte et ripostez vivement! dit-il en riant de tout son cœur. Ah! ah! morbleu, nous allons voir! Le père Grisier est un drôle de corps.

Petite rêvait toujours.

— Mon Dieu! dit-elle en hésitant, je suis toute saisie! Quel est donc le nom de cet homme?

— Verdier, répondit Franz.

Petite sauta sur son fauteuil et le bas de sa figure s'empourpra, pour devenir pâle aussitôt après.

Sa main brûla les doigts de Franz.

— Qu'avez-vous donc? demanda celui-ci.

Les yeux de la juive jetaient un éclat étrange par les trous de son masque; mais son sang-froid était déjà revenu.

— Rien, répondit-elle d'une voix calme et libre. Je n'ai jamais entendu parler de ce Verdier.

Julien, pendant cela, répétait à Esther des déclarations échevelées.

Pierre attendait sur le carré.

Il entr'ouvrit la porte du cabinet voisin.

— Est-il temps de donner l'addition? demanda-t-il tout bas.

L'Arménien avait sa montre posée à côté de lui.

— Pas encore, répondit-il.

Franz agita la sonnette et cria :

— La carte à payer !

Le garçon ne bougea pas.

Le jour grandissait et faisait pâlir les bougies. Les deux dames étaient levées déjà, et jetaient la chaude soie de leur mante par-dessus leur toilette de bal.

Julien d'Audemer, qui servait de camériste au domino bleu, était plus pressant que jamais, et demandait avec feu un autre rendez-vous.

Franz et Sara ne causaient plus. Franz regardait le jour grandir avec une impatience visible, et maugréait contre le garçon. Petite l'examinait à la dérobée. Si l'on avait pu soulever son masque en ce moment, on aurait vu sur son visage pâle et fatigué, mais charmant toujours, tantôt une sorte de compassion irréfléchie, tantôt un triomphe froid et impitoyable.

Dans ce cabinet où il y avait naguère tant de joie folle et un amour si prodigue, il ne restait rien que lassitude et ennui.

Ce qu'il y a de triste en ces comédies, c'est le dénouement. Des mains engourdies et tirées, des fronts pâles, des yeux creux, des bouches qui voudraient bâiller, des bouteilles vides sur une nappe souillée.

Et le jour, implacable, pour éclairer toutes ces ruines !

— Morbleu ! dit Franz, on se moque de nous, ici !

Il tira si violemment la sonnette, que le cordon lui resta dans la main.

Le garçon ne pouvait faire davantage la sourde oreille ; il entra, et Franz lui arracha la carte à payer.

— C'est juste mon affaire ! dit-il en examinant le total.

Il fouilla dans la poche où il avait mis le reste de l'argent de Hans ; sa poche était parfaitement vide.

Les bals masqués sont sujets à ces sortes d'accidents, malgré l'excellente compagnie que l'on y trouve.

Franz demeura très-déconcerté, parce que Julien d'Audemer lui avait déclaré d'avance que sa bourse était restée parmi ses bagages.

Julien l'observait du coin de l'œil et devinait son embarras. Tout en balbutiant des paroles d'amour à l'oreille de sa belle conquête qui ne l'écoutait plus, il tremblait à la pensée du ridicule menaçant.

Machinalement, et comme on fait dans les cas extrêmes, Franz cherchait dans son autre poche où il était bien sûr de n'avoir rien mis. Le garçon commençait à le considérer avec inquiétude. L'enseigne faisait mine d'être tout entier à son domino bleu et de ne rien voir.

Franz cependant trouvait quelque chose au fond de la poche qu'il croyait vide. Un étonnement profond remplaçait l'embarras qui était naguère sur son visage.

Il retira sa main, et, avec sa main, une bourse pleine de pièces d'or.

C'était une étrange bascule. Pendant qu'on l'avait dévalisé d'un côté, de l'autre on l'avait enrichi.

La surprise de l'enseigne fut presque aussi grande que celle de Franz.

— On nous a fait des cadeaux, à ce qu'il paraît, pensa-t-il gaiement ; voyons le mien !

Il plongea sa main dans sa poche en riant et n'y trouva rien, sinon un petit morceau de papier où quelques mots étaient griffonnés au crayon.

Il rit plus fort et tâcha de déchiffrer ces caractères effacés à demi.

Mais, en lisant, il devint pâle, et ses sourcils se froncèrent avec violence.

— Qu'est cela? demanda le domino bleu.

L'enseigne ne répondit point et serra précipitamment le chiffon de papier.

Franz demeurait ébahi. Cette circonstance le reportait tout d'un coup aux événements déjà oubliés de la nuit. Il se souvint de ces personnages mystérieux qui l'avaient approché si souvent dans le bal.

Le cavalier allemand surtout l'avait suivi pendant plus d'un quart d'heure, et avait marché quelque temps à ses côtés.

Il vida l'un des côtés de la bourse dans sa main, qui s'emplit de souverains allemands.

Son front s'inclina, pensif.

Mais il n'avait pas le temps de songer. Il secoua la tête avec brusquerie et jeta le montant de la carte sur la table.

— Allons, Julien, dit-il, partons!

— Déjà! répliqua le jeune vicomte d'Audemer avec distraction. Il n'est que cinq heures et demie.

L'œil de Franz suivit le doigt de son camarade qui désignait la pendule.

L'aiguille marquait en effet cinq heures et demie, mais le balancier était immobile.

— Elle est arrêtée! s'écria Franz en pâlissant; le jour est tout grand! l'heure est passée, peut-être!

— Allons donc!... commença l'enseigne.

Avant qu'il eût achevé sa pensée, un timbre argentin résonna dans le corridor. Sept heures sonnaient à la pendule d'une salle voisine.

Franz écouta en retenant son souffle. Quand le dernier coup frappa son oreille, il saisit le bras de Julien et l'entraîna violemment vers la porte.

L'enseigne voulait résister, il n'avait pas encore obtenu son rendez-vous.

Mais Franz avait en ce moment une force invincible. Il entraîna au dehors le vicomte d'Audemer, qui eut à peine le temps de jeter derrière lui à sa belle conquête un adieu plein de regrets.

Les deux dames restèrent seules et libres de commenter cette fugue précipitée. Sara comprenait, mais Esther restait étonnée.

Comme elle ouvrait la bouche pour demander des explications, l'Arménien sortit de son cabinet et montra sur le seuil sa face enluminée.

Il fit deux grands saluts orientaux, puis il se retira.

— Le baron de Rodach! s'écrièrent les deux femmes en même temps.

L'homme qui faisait sentinelle au dehors, sur le boulevard, était toujours à son poste.

Il l'avait quitté une seule fois pour aller chercher une voiture à la station voisine, et cette voiture était arrêtée maintenant devant le *Café Anglais*.

Notre homme et le cocher avaient eu quelques minutes d'entretien, après quoi le cocher, souriant et hochant la tête d'un air d'intelligence, avait reçu deux louis.

En sortant du *Café Anglais*, Franz avisa la voiture et y monta sans dire gare, suivi par Julien d'Audemer, qui tournait la tête et regardait encore les fenêtres du bienheureux cabinet où il avait laissé ses belles amours.

— Bois de Boulogne, porte Maillot! s'écria Franz. Brûlez le pavé!

D'ordinaire, les cochers de fiacre ne brillent point par une activité dévorante, mais celui de la voiture en question était bien le plus lent de tous les cochers.

Il ôta méthodiquement les sacs de toile humide qui pendaient aux naseaux de ses rosses; il visita les traits, éprouva les guides et mit deux bonnes minutes à jeter sur ses épaules le sextuple collet de son gros carrick.

— Allez donc! criait Franz.

L'enseigne regardait mélancoliquement l'entre-sol du *Café Anglais* et ses croisées closes.

Le cocher vint à la portière. Il tira de sa poche une boîte de fer-blanc microscopique, qu'il fit semblant de vouloir ouvrir. Ses énormes gants de tricot l'embarrassaient, et la petite boîte ne s'ouvrait point.

— Allez donc! malheureux! criait Franz qui s'agitait sur les durs coussins du fiacre.

— Bourgeois, répondit le cocher, c'est le numéro.

— Que le diable vous emporte avec votre numéro! Je vous dis de marcher et que vous serez content du pourboire!

— J'entends bien, bourgeois, mais j'ai une femme et trois pauvres petits enfants; faut donner du pain à toute c'te marmaille, et nous sommes mis à pied quand nous ne fournissons pas de numéros.

Tout en parlant, il s'escrimait toujours contre sa boîte de fer-blanc qui continuait de glisser entre ses doigts gantés.

L'Arménien, dont la robe rouge se cachait maintenant sous les plis de son ample manteau, avait rejoint l'homme chargé de faire sentinelle. Ils se tenaient tous deux au coin de la rue Favart et regardaient cette scène en riant à gorge déployée.

Enfin le cocher se décida à monter sur son siége, mais il était sept heures et dix minutes.

Franz respira longuement.

— A présent, dit-il, à moi, ma leçon d'armes et les chansons de Grisier! Pensez à vos amours, Julien; moi, je vais prendre une petite répétition.

Il s'enfonça dans un des coins de la voiture et se mit à remuer laborieusement son poignet, cherchant à se rappeler toutes les positions enseignées.

De temps à autre, il murmurait entre ses dents :

— Je marche un petit pas, je pare le contre de quarte vivement, et je riposte comme un lion! Puis je romps : en garde, morbleu! Ah! coquin de Verdier!

Au plus fort de sa verve batailleuse, il s'apercevait que le fiacre ne marchait point.

— Au galop, cocher! au galop! criait-il par la portière.

Le cocher faisait la sourde oreille; il répétait, lui aussi, sa leçon.

Par derrière, l'Arménien et son compagnon marchaient bras dessus bras dessous et suivaient le fiacre à leur aise.

Mais il est bien difficile, en définitive, de barrer longtemps la route à un homme de cœur qui sent son honneur en question.

Au milieu des Champs-Élysées, Franz serra le bras de Julien, qui commençait à secouer les impressions de la nuit.

— Nous arriverons en retard, dit-il.

— Cela me paraît clair, répondit l'enseigne.

— Verdier ne sera plus là.

— J'en ai peur.

Franz mit la tête hors de la portière et regarda, durant une seconde, le pas languissant des chevaux, que dépassaient les promeneurs matiniers.

— Julien, dit-il en rentrant à l'intérieur, vous sentez-vous de force à courir tout d'une haleine d'ici jusqu'au bois de Boulogne?

— On peut essayer, répondit l'enseigne.

Franz ouvrit brusquement la portière et sauta sur la chaussée; Julien l'imita.

Puis ils se mirent à courir tous deux, à perdre haleine, dans la direction de la barrière de l'Étoile. Au bout de trois cents pas, ils se retournèrent pour voir ce qu'ils avaient pris d'avance sur le fiacre. Le fiacre était à côté d'eux, suivant leur course au grand trot.

L'Arménien et son compagnon s'étaient installés commodément à l'intérieur.

Franz eut une énorme envie de rompre les os au cocher, qui le regardait d'un air goguenard; mais le temps pressait, et que lui importait cet homme?

Il hâta sa course davantage. Quelques minutes après, il franchissait la grille de la porte Maillot.

Julien et lui s'enfoncèrent immédiatement dans le fourré, à droite de l'allée qui conduit à la porte d'Orléans.

Le fiacre s'était arrêté auprès de la grille; l'Arménien et son compagnon se dirigèrent aussi vers le fourré.

Franz marchait rapidement entre les arbres dépouillés. Il ne connaissait pas précisément le lieu indiqué par Verdier; mais la lisière du bois située entre l'allée et le mur d'enceinte est si étroite, qu'il ne pouvait manquer de rencontrer bientôt son adversaire.

Au bout de quelques minutes de marche, un cliquetis d'épées parvint jusqu'à son oreille.

— Oh! oh! fit Julien, il y a partie carrée ce matin à la porte Maillot. A moins que ce ne soit notre homme qui ferraille avec ses témoins pour se faire le poignet.

— Voyons cela, dit Franz.

Il s'élança vers l'endroit d'où partait le bruit, et aperçut bientôt dans une petite clairière deux hommes, l'épée à la main, qui se chargeaient vivement.

— C'est Verdier! s'écria-t-il.

— Et c'est le cavalier allemand! ajouta Julien stupéfait.

DEUXIÈME PARTIE

LA ROTONDE DU TEMPLE

I

TOILETTE DE GERTRAUD

Cette nuit, on avait dansé au fond des rues sombres comme dans les quartiers opulents. Valentino avait fait concurrence à la salle Favart, l'Ambigu-Comique avait disputé les polkeurs au Prado, et les flonflons de Musard avaient éveillé les échos tragiques de l'Odéon étonné. On avait entendu le son des orchestres le long des larges voies du faubourg Saint-Germain ; le silence fashionable de ces nobles avenues qui bordent les Champs-Élysées avait été rompu. Les invalides s'étaient endormis au bruit des contredanses du Gros-Caillou ; les valses du faubourg Saint-Antoine avaient bercé le sommeil des Quinze-Vingts et des prisonniers de la Roquette.

De la Chaussée-d'Antin au quartier Mouffetard, de la porte Saint-Denis au Champ-de-Mars, ç'avait été une longue et large fête, des chansons sans fin, de joyeuses batailles, d'interminables éclats de rire.

On avait dansé à la Courtille, au Wauxhall, à l'Ermitage, à tous les Tivolis, à toutes les Chaumières, jusque dans les bouges étouffants de la Cité.

Le cornet à piston n'avait fait défaut à personne, et il s'était trouvé des violons négrophiles pour mettre en branle les sombres grooms de nos nababs et les noires caméristes des créoles émigrées.

Païens et chrétiens, nègres et blancs, riches et pauvres, voleurs et honnêtes gens s'en étaient tous donné à cœur-joie.

Maintenant tout était fini ; le jour s'était levé sur ces lubriques mystères ; le blafard soleil de nos hivers regardait la ville toute chagrine et toute lasse à force de plaisirs.

Après ces nuits de bal, où la moitié de Paris s'est ruée follement vers la jouissance offerte, la ville prend un air contrit et honteux ; son réveil est maussade comme celui d'un buveur à la suite d'une orgie.

Le long du boulevard, vous ne voyez que passants de mauvaise humeur, traînant la jambe et roulant des yeux sans pensée. Çà et là, une voiture, bourrée de gens ivres, vomit par ses portières d'ignobles invectives et des cris enroués. Quelque paletot trop court laisse passer la frange ternie d'un costume de débardeur : c'est un étudiant en droit de quarante ans, maltraité par la fortune, qui regagne son lit froid, en songeant aux conquêtes qu'il aurait pu faire. A chaque pas, on se détourne pour éviter un malheureux qui chancelle sous le vin à six sous, et à qui les sergents de ville trop cruels ne permettent point de se coucher dans le ruisseau.

BIBLIOTHÈQUE NATIONALE RF

Il songeait, il aimait; le secret de sa mélancolie n'était qu'à lui. (Page 187, col. 1.)

Tout cela est laid, triste, repoussant.

C'est le revers odieux d'une médaille qui n'a vraiment point de beau côté.

Pendant que ces malades vont cuver leurs joies frelatées, le Paris laborieux s'éveille bien tristement aussi, hélas! car cette aurore qui se lève est le signal du travail ingrat et de la tâche détestée.

Entre ces deux camps innombrables, les oisifs imbéciles et les travailleurs jaloux, combien y a-t-il de sages, combien y a-t-il d'heureux?

Encore, parmi ces sages si rares, il y a beaucoup de goutteux; quant aux heureux, on en cherche.

Le Temple n'était point ouvert encore. Sa population des deux sexes avait fourni un ample contingent à la fête; mais ici le plaisir ne nuit jamais au travail: l'avidité endémique qui règne parmi ce peuple de petits marchands lui tient lieu de courage et de vertu.

Il est dur à lui-même et ne se donne point de trêve.

Les revendeuses du carré du Palais-Royal employaient le temps qui leur restait, entre le bal et l'ouverture du marché, à plier minutieusement leur robe de soie changée en domino, à serrer le peigne doré qui fixait leurs cheveux, à renfermer dans l'écrin conservateur les boucles d'oreilles, le collier, la broche et le bracelet qui venaient de les faire si ressemblantes à des princesses : car les marchandes du Palais-Royal ont tout cela et bien d'autres choses encore, quoiqu'elles mangent des ragoûts à trois sous la portion et qu'elles boivent du moka tout sucré à un sou la tasse.

L'avarice est comme la misère : elle fait généralement bon ménage avec la vanité.

Les commerçantes du pavillon de Flore, moins élégantes que leurs voisines, avaient moins de besogne. Il n'y avait qu'un pas entre leur toilette de bal et leur costume de tous les jours.

Quant aux danseuses que produisent le Pou Volant et la Forêt-Noire, il n'en faut point dire de mal; mais l'aristocratie du Temple affirme qu'elles ne font pas partie de la bonne société.

Quoi qu'il en soit et sans acception de carré, on aurait pu reconnaître parmi les premières marchandes installées à leur place les dames les plus intrépides du Wauxhall et de l'Ambigu.

Presque toutes les échoppes avaient pris part à la fête. La journée allait se passer à raconter longuement les succès obtenus et les conquêtes accomplies.

Ce qu'on désire surtout au Temple, c'est d'être pris pour ce que l'on n'est point. Sous le masque, on se fait passer pour la femme d'un avocat, pour l'épouse d'un huissier, pour la compagne d'un garde du commerce; quelques-unes se disent baronnes ou droguistes de la rue des Lombards. Les plus ambitieuses usurpent hardiment le titre de lorettes.

Et toutes s'amusent tant qu'elles peuvent, d'abord pour s'amuser, ensuite pour raconter, avec une abondance de langue au-dessus de tout éloge, comme quoi elles se sont amusées.

Il y avait pourtant une maison, donnant sur le marché du Temple, où le vent de folie n'avait point pénétré cette nuit.

C'était la demeure du marchand d'habits Hans Dorn.

Hans habitait d'un côté de la cour et la famille Regnault de l'autre. Hans avait un appartement composé de plusieurs pièces et annonçant une espèce d'aisance; les Regnault n'avaient qu'une seule chambre, pauvre et misérable réduit où couchaient à la fois la vieille femme, Victoire, sa bru, et son petit-fils Geignolet, l'idiot.

Jean Regnault, le joueur d'orgue, se retirait dans un petit trou attenant à la pièce principale et dont la croisée donnait sur la cour.

Quand Jean Regnault ne courait pas la ville, le corps courbé en deux sous sa lourde manivelle, il restait accoudé contre l'appui de son étroite fenêtre, et laissait aller son regard au-devant de lui.

Les heures pouvaient se passer sans que la direction du regard de Jean changeât, parce que la croisée de la jolie Gertraud était juste en face de la sienne.

Et Jean Regnault aimait tant la jolie Gertraud!

C'était un brave enfant, au cœur franc et honnête. Il avait pour son aïeule et pour sa mère, dont il savait mesurer la souffrance, un dévouement plein de respect et d'amour. Il aimait Joseph, dit Geignolet, son pauvre frère, à qui Dieu avait refusé l'intelligence; il serait mort à la tâche volontiers pour procurer à ces trois êtres chers un peu de bonheur ici-bas. Mais sa pensée était à Gertraud. Il adorait Gertraud de tout cet amour naïf et profond qui n'échauffe l'âme qu'une fois en la vie, et dont on se souvient jusqu'aux jours de la vieillesse.

Il l'avait aimée, enfant, sans savoir, et comme on respire. Elle était si bonne et si jolie! Sa petite main cachait si discrètement l'aumône offerte au malheur, tandis que sa joue devenait plus rose et que des larmes émues souriaient dans ses yeux!

Jean Regnault voyait tout cela de sa fenêtre. Il ne faisait point l'aumône, lui, car il était bien pauvre, mais il enviait Gertraud, qui descendait chaque fois qu'un mendiant se présentait dans la cour.

Hans Dorn et sa fille étaient de braves gens, doux à la misère et secourables autant que le permettait leur médiocre aisance.

Chaque fois qu'elle donnait, Gertraud semblait si heureuse! Quand le joueur d'orgue s'en allait dans la ville, il emportait avec lui tout au fond de son cœur la pensée de la jeune fille.

C'était un enfant rêveur. Sa vie, errante et solitaire au milieu de la foule, augmentait son penchant à la méditation. Dans les chants que disait son pauvre instrument, il écoutait de pures mélodies. Dieu l'avait fait musicien et poëte, non pas de ceux qui produisent, mais de ceux qui sentent.

Il songeait, il aimait, et le secret de sa mélancolie n'était qu'à lui.

Gertraud s'était accoutumée à le voir souvent à sa fenêtre. Il était beau; son sourire intelligent et doux allait au cœur. Quand Gertraud était tout enfant, elle s'en souvenait bien, Jean Regnault s'arrêtait dans la cour pour lui jouer des chansons et lui montrer les petits hommes de cuivre qui valsaient en mesure sur la table de son orgue.

Il était complaisant et bon. Tout ce qu'elle voulait il le faisait, et il obéissait en esclave à ses tyrannies enfantines. En ce temps, il la caressait.

Plus tard, il n'osa plus.

Quand il passait dans la cour maintenant, il ôtait sa casquette à Gertraud comme à une dame; il rougissait rien qu'à la voir, et il s'esquivait dès qu'il l'avait vue.

Pour la contempler de sa fenêtre, il se cachait derrière le lambeau de toile quadrillée qui lui servait de rideau.

Pour qu'il revînt, il fallait que Gertraud le rappelât elle-même.

Un jour elle lui dit :

— Jean, vous ne m'aimez donc plus?

Le pauvre joueur d'orgue eut envie de pleurer, mais c'était de joie.

A dater de ce moment, il redevint brave, il ne se cacha plus pour regarder Gertraud. Quand il rentrait après sa journée quotidienne, il jouait un petit air dans la cour, et Gertraud, attentive à ce signal, s'empressait d'accourir. On échangeait quelques bonnes paroles; on parlait vaguement de l'avenir qui pouvait amener bien du bonheur.

Jean Regnault oubliait son présent triste, et il souriait à l'espoir.

Dans ces furtifs rendez-vous, on ne parlait guère d'amour. Les deux enfants n'avaient point souci de donner un nom à ce qu'ils ressentaient; ils s'aimaient sans se le dire, et ils s'aimaient chaque jour davantage.

Plus Gertraud voyait Jean malheureux et trop faible pour éloigner le besoin de sa pauvre maison, plus elle le chérissait. Jean devinait cela; sa tendresse à lui s'imprégnait de profonde gratitude. Gertraud lui parlait de sa mère, de sa vieille aïeule et de son frère idiot; Gertraud aimait tous ces gens pour l'amour de lui.

Lorsque la vieille femme, pliant sous le poids de ses chagrins, tombait malade, Gertraud veillait à son chevet; elle la soignait, elle la consolait, et si, parfois, les lèvres ridées de madame Regnault retrouvaient un fugitif sourire, c'était parce que le doux visage de Gertraud était devant ses yeux.

Victoire, au contraire, ne pouvait pas la regarder sans tristesse. Elle avait deviné l'amour des deux enfants. Hans Dorn était bon voisin, mais il connaissait mieux que personne la misère des Regnault, et comment espérer qu'il voulût marier son aisance à cet absolu dénûment? C'était encore du malheur qui menaçait.

Victoire n'avait garde de faire partager sa crainte à sa belle-mère, dont la vieillesse était si dure et qui souffrait si cruellement!

Ce n'était pas, en effet, la misère seule et

la maladie qui pesaient sur les derniers jours de madame Regnault. Elle avait un secret, qui faisait sa peine la plus amère, et qui parfois s'échappait à demi de sa poitrine torturée. Elle parlait alors d'un fils, dont quelques vieilles marchandes du Temple se souvenaient encore vaguement, et qui l'avait abandonnée autrefois, emportant avec lui toutes les ressources de la famille.

Ce fils s'appelait Jacques. Il était l'enfant chéri de la maison : sa mère l'adorait; son père lui avait donné une éducation au-dessus de sa fortune.

Ceux qui avaient connaissance de cette histoire disaient que la fuite de Jacques avait porté au père Regnault un coup fatal, et que c'était le désespoir qui l'avait tué.

On ajoutait que depuis ce temps la main de Dieu s'était appesantie sur la malheureuse famille. La misère était entrée dès lors dans la maison pour n'en plus sortir jamais. Les frères de Jacques étaient morts à la peine. De tous les enfants qui s'asseyaient jadis au foyer du vieux Regnault, il ne restait que la femme de son fils aîné, Victoire, qui, sur deux enfants, avait donné le jour à un être méchant et privé de raison.

Tout ce qui portait le nom de Regnault semblait maudit. Dans le Temple, on avait pitié d'eux un peu, parce que la vieille aïeule était la doyenne des marchandes, et que son enseigne restait à la même place depuis plus de trente ans; mais on avait répugnance aussi : on disait que les Regnault avaient du malheur et qu'ils portaient malheur.

Chacun craint la contagion mortelle de la misère.

L'opinion générale, parmi la population du marché, était que ce Jacques Regnault, le fils fugitif, avait péri on ne savait où. Des gens charitables ajoutaient cependant qu'il avait été pendu en Angleterre.

Mais la vieille aïeule laissait échapper parfois des paroles qui donnaient à penser que son fils vivait encore : c'étaient des mots sans suite et mystérieux qui jaillissaient de son cœur, au plus fort de l'angoisse.

Quand on l'interrogeait, elle ne répondait point.

Il faisait grand jour déjà. C'était à peu près au moment où Franz et Julien d'Audemer sortaient du *Café Anglais* pour se rendre au bois de Boulogne.

Hans Dorn était éveillé depuis bien longtemps; il n'avait guère dormi cette nuit, et ses souvenirs, ravivés tout à coup par les événements de la soirée, l'avaient retenu assis sur son séant pendant plusieurs heures.

Ce qu'il avait vu lui semblait presque un rêve. Il y avait si longtemps qu'il n'espérait plus, et que toute l'activité de son existence se reportait uniquement sur l'avenir de sa gentille Gertraud !

Ce matin, son esprit revenait avec un irrésistible entraînement vers les pensées du passé. Il revoyait Bluthaupt, le château magnifique, tout plein encore de grandeurs souveraines, et, dans cet immense palais, il voyait deux belles jeunes femmes, l'une qui se penchait déjà triste vers la mort, l'autre qui souriait, heureuse et forte.

Margarethe et Gertraud !

La noble dame et la fidèle servante, la fille des seigneurs, courbée sous son précoce martyre, et la fille des pauvres tenanciers, brillante de jeunesse et de gaieté.

Hélas ! elles étaient mortes toutes les deux : la comtesse sur sa couche sculptée, entre les broderies opulentes de ses rideaux de soie; la servante dans un pauvre lit du quartier du Temple.

Toutes les deux jeunes, toutes les deux plus belles, à l'heure où Dieu jaloux les rappelait à lui !

Gertraud avait laissé une fille qui portait son nom, qui avait son doux cœur et son charmant visage; elle s'était endormie du dernier sommeil entre son mari et son enfant; Margarethe avait laissé un fils qui ne connaissait point sa mère.

Gertraud revivait ici, protégée et chérie, Gertraud l'enfant d'un pur amour, la seule joie de son père !

Mais où était en ce moment le fils de Margarethe, l'héritier de Bluthaupt?

Hans sentait un frisson courir en lui de veine en veine.

Le dernier Bluthaupt, à cette heure-là même, était peut-être blessé, mourant...

Hans s'était laissé choir au pied de son lit. Sa bonne figure était pâle, ses yeux peignaient l'effroi ; ses mains froides se croisaient sur ses genoux.

Des fantômes passaient à chaque instant devant sa vue troublée.

Ce qu'il voyait, c'était un beau jeune homme, à la figure délicate et féminine, qui tenait à la main une grande épée, trop lourde pour son bras. Une autre épée venait croiser la sienne; l'oreille de Hans tintait et entendait comme un grincement de fer. Le jeune homme tombait, et son visage pâle se renversait dans ses grands cheveux blonds, comme la tête de Margarethe expirante.

Une sueur glacée coulait le long des tempes de Hans. Il joignait les mains et il prononçait le nom du baron de Rodach, comme on implore la Providence dans la détresse suprême.

De l'autre côté de la cloison, Gertraud serrait son corset dans sa petite chambre proprette. Sa main mignonne et potelée pesait à peine sur le lacet, et la toile, tendue sans effort, dessinait les jeunes perfections de sa taille.

Ses reins souples se cambraient; sa bouche rose souriait à son étroit miroir.

La toilette de Gertraud n'était pas bien longue à faire. Un cordon détaché laissa tomber la brune richesse de ses cheveux, qui vinrent inonder à longs flots sa gorge et ses épaules. Les dents du peigne passèrent deux ou trois fois à travers ces ondes soyeuses ; puis elle les saisit de sa main, trop étroite pour contenir leur prodigue abondance, et les roula derrière sa tête.

Une robe, lestement agrafée, recouvrit son corset blanc.

Elle était prête.

Avant de vaquer aux soins de son petit ménage, elle alla coller son œil à ses rideaux. Jacques Regnault était à son poste, accoudé sur l'appui de sa croisée; son regard, obstinément fixé sur la fenêtre de Gertraud, était plus triste encore que d'habitude.

Le sourire de la jeune fille se voila de mélancolie.

— Pauvre Jean! murmura-t-elle, que je voudrais le faire heureux!

Elle revint vers son lit, et s'agenouilla devant une image de la Vierge que sa mère avait apportée d'Allemagne. Elle pria Dieu pour Jean, pour son père Hans, qui l'aimait si tendrement, et pour tous les malheureux qui ont besoin d'être consolés.

Sa prière, courte et naïve, monta vers le Ciel comme un encens.

Quand elle se releva, sa figure avait repris son expression d'espiègle gaieté; elle alluma un fourneau de fer, et se mit à souffler son feu en chantant.

II

LE BONHOMME ARABY

La voix de Gertraud, fraîche et sonore, emplissait sa petite chambre.

Quand le charbon allumé pétilla dans le fourneau, elle sortit et rentra presque aussitôt après, tenant à la main un pot de terre qu'elle posa en équilibre sur le brasier. Pendant qu'elle vaquait à ces soins de tous les jours, ses mouvements avaient une grâce vive et gaie. Tantôt sa voix éclatait à son insu en joyeuses roulades, tantôt elle s'affaiblissait jusqu'à ressembler à un murmure. Parfois même son chant se taisait tout à coup.

Alors sa jolie tête s'inclinait, pensive, et ses bras paresseux tombaient le long de son corps. Elle songeait ; la rêverie des jeunes filles passait sur son front et le courbait.

Puis, tout à coup, elle se redressait plus allègre ; sa chanson vibrait de nouveau mieux éveillée ; le nuage qui voilait son regard brillant était dissipé.

Pendant que le pot de terre chauffait sur le feu, elle retourna les matelas de sa couche et disposa les plis de ses rideaux, blancs comme la neige. Cette seconde toilette ne fut pas beaucoup plus longue que la première ; en un clin d'œil, la chambrette, rangée, prit un petit air de coquetterie, et montra ses carreaux luisants comme autant de miroirs.

Le pot de terre qui chauffait au-dessus du fourneau contenait le déjeuner de son père et le sien. C'était une bonne grosse soupe allemande, si bravement épaisse qu'une cuiller, plantée au milieu, s'y serait tenue debout. Gertraud l'assaisonna d'une main experte et y puisa d'abord une pleine écuelle, qu'elle recouvrit d'une assiette de faïence.

Cela fait, elle noua sur ses beaux cheveux un fichu de mousseline, et descendit lestement l'escalier en tenant sa tasse à la main.

En arrivant au seuil de la cour, elle leva la tête vers la fenêtre de Jean Regnault, qui la guettait du regard. Elle lui adressa un petit signe de tête, et la figure de Jean s'épanouit, comme si un rayon de soleil l'eût soudain éclairée.

Gertraud ne fit que passer. Elle traversa la longue allée qui conduisait sur le carreau du Temple, et se dirigea d'un pas léger vers le bâtiment de la Rotonde.

Les échoppes commençaient à s'ouvrir. De tous côtés, les cabaretiers du voisinage versaient la goutte du matin à leur clientèle altérée, et le péristyle de la Rotonde recevait sa parure journalière de vieux uniformes et d'habits rapetassés.

La plupart des fripiers étaient à leur poste. Çà et là seulement quelques boutiques paresseuses tardaient encore à s'ouvrir.

Tous les petits bazars qui donnent sous le péristyle de la Rotonde, qu'ils soient occupés par des refaçonneurs, par des marchands d'uniformes ou par des revendeurs de chapeaux vulgairement appelés *niolleurs*, sont bâtis sur un plan identique. A cette règle, il n'y a d'exception que pour l'établissement du marchand de vin à l'enseigne des *Deux Lions*, et deux places ouvrant sur le pavé désert qui fait suite à la rue du Petit-Thouars.

Le cabaret a réuni plusieurs échoppes en une seule ; les deux places, au contraire, sont prises sur la même boutique, coupée en deux par une cloison.

Dans leur état normal, les places ne sont point trop larges : réduites à moitié, celles dont nous parlons formaient deux boyaux étroits, rejoignant un arrière-magasin, tranché pareillement en deux portions égales.

La première était occupée par un refaçonneur, trop pauvre pour louer une boutique entière ; la seconde avait pour maître un des personnages les plus considérables du Temple de 1844.

Elle montrait au dehors la même physionomie que sa voisine, et même une physionomie plus pauvre, s'il est possible. Au devant de la porte pendaient, à demeure, un pantalon rouge, orné d'une bande d'azur fané, et deux ou trois habits bleus, avec des broderies de cuivre.

C'était l'enseigne, et l'enseigne mentait.

Mais chacun savait, au Temple, ce que vendait le maître de cette loge, et les haillons de l'étalage ne trompaient personne.

Quand on avait passé sous les pantalons et les vieux habits qui se balançaient au vent depuis des années comme des pendus à une potence, on se trouvait dans une petite antichambre de forme carrée, et l'on avait devant soi une forte cloison de chêne, percée d'un trou en demi-lune.

La cloison avait une porte, mais cette porte était toujours fermée.

Derrière la cloison, depuis dix heures du matin jusqu'à quatre heures de l'après-midi, se tenait un vieillard nommé Araby, qui prêtait sur gages et garanties, et qui rendait aux marchands du Temple les mêmes services que certains banquiers philanthropes rendent au pauvre commerce de Paris.

Seulement les banquiers font leur trafic en plein jour et se fâchent quand leurs victimes les appellent usuriers. Araby, lui, ne se montrait guère; il arrivait à bas bruit tous les jours à la même heure, se glissait dans son trou et n'en sortait plus.

On avait cru longtemps qu'il couchait derrière cette cloison de planches, qui défendait l'accès de son sanctuaire. A quatre heures, quatre heures et demie, le trou percé en demi-lune, qui lui servait de bureau, se fermait, ainsi que la porte d'entrée donnant sous le péristyle.

Mais on ne voyait point Araby se retirer.

Peut-être attendait-il la nuit; peut-être s'esquivait-il par quelque autre côté de la Rotonde : ce qui est certain, c'est que le lendemain, vers neuf heures et demie, on l'apercevait, marchant d'un pas mal assuré, mais vif et rapide encore, le long des rues du Puits et de la Petite-Corderie. Il débouchait par cette dernière, sur la place de la Rotonde, et gagnait son trou immédiatement.

On connaissait Araby comme le loup blanc dans le marché et aux alentours. Pour mieux dire, on connaissait sa tournure et son costume, car bien peu de gens pouvaient se vanter de l'avoir vu face à face.

Été comme hiver, il portait des pantalons à pieds dans de grands souliers lacés, d'où sortaient des flocons de laine, une houppelande de castorine râpée à grand collet de fourrure, et une casquette de peau, dont la visière énorme descendait sur ses yeux.

Le tout était recouvert d'un manteau court, taillé comme ceux des cochers de fiacre.

Ceux qui prétendaient l'avoir vu avaient dû s'approcher de bien près pour le regarder sous le nez. Ils parlaient d'une face jaune et ridée comme une pomme de conserve au mois d'avril, d'un nez crochu, d'une bouche mince et sans dents, de deux yeux petits et vifs, qui clignotaient derrière de larges lunettes bleues.

Ils ajoutaient que le bonhomme devait bien avoir cent ans, et qu'ils n'avaient rien vu jamais de si cassé, de si plissé, de si caduc ni de si décrépit.

Il n'était pas un marmot, depuis la rue de Vendôme jusqu'au monument expiatoire de Louis XVI, qui ne connût parfaitement les jambes maigres et le dos voûté du bonhomme Araby. Les mères se faisaient un épouvantail de son nom comme de celui de Croque-Mitaine. On riait de lui tout haut dans les cabarets qui entourent le marché, mais il inspirait en réalité une vague frayeur aux esprits crédules.

Il y avait bien des marchands qui n'eussent point voulu passer, après minuit sonné, devant la Rotonde endormie. On disait, en effet, qu'à ces heures nocturnes où nul pied ne foule le carreau désert le bonhomme Araby ou son ombre errait lentement devant les *Deux Lions*, et se penchait vers la terre pour ramasser les sous perdus entre les pavés.

Et vingt autres mystérieuses histoires! Quelques-uns allaient jusqu'à dire qu'il était cet Hébreu maudit de Dieu, connu dans tout l'univers, depuis des siècles, sous le nom de *Juif errant*.

Quoi qu'il en fût de ces superstitions, moitié goguenardes, moitié sérieuses, et moins rares qu'on ne pense dans la capitale du monde civilisé, en notre âge lumineux, personne ne se faisait faute d'avoir recours au bonhomme Araby dans les occasions pressantes. Dieu sait que ces occasions arrivent fréquemment pour les négociants du Temple!

Il y a bien le Mont-de-Piété; mais le Mont-de-Piété, malgré son excellent caractère, est encore trop formaliste pour certaines exigences.

Le bonhomme Araby donnait peut-être un peu moins que les commissionnaires, et l'intérêt de ses avances était beaucoup plus dur, mais il ne demandait rien, sinon son gage.

Les passe-ports lui importaient peu; les quittances de loyer ne le regardaient point; il ne vous demandait pas même votre nom, le brave homme, et vous pouviez lui apporter en toute sûreté une montre *trouvée*, une chaîne acquise par droit d'aubaine, ou quelques aunes de drap, conquête d'une adresse illégitime.

En outre, il prêtait au-dessous de trois francs; il prêtait ce qu'on voulait, depuis cent louis jusqu'à dix sous.

A droite du petit carré qui précédait la cloison de planches se trouvait une porte basse qui conduisait à un magasin obscur, tenant la place affectée d'ordinaire à l'arrière-boutique des loges de la Rotonde.

Dans ce magasin, il y avait toutes sortes d'objets étiquetés bien proprement, et que le bonhomme Araby faisait vendre sur le carreau, au bout de quinze jours, quand ses débiteurs ne lui rapportaient pas le double de la somme prêtée.

Ceci était la règle. Quelquefois il prenait davantage, mais alors il fallait des conventions particulières.

Outre le carreau du Temple, il n'était pas sans avoir d'autres débouchés. Plusieurs marchands de la haute ville entretenaient avec lui des relations fructueuses, et l'on eût reconnu des objets sortant de son trou dans les magasins les mieux achalandés de Paris, comme dans les échoppes poudreuses des quartiers inconnus.

Bien que les trois ou quatre loques pendues au-devant de sa porte ne fussent un leurre pour personne, bien qu'il eût pris de l'argent aux trois quarts et demi des marchands du Temple, personne ne songeait à le dénoncer.

Il est une chose qui protégera éternellement l'usure, c'est le besoin.

Les gens dépouillés s'irritaient d'abord et juraient la perte du vieux larron; mais ils réfléchissaient ensuite : la gêne menaçait toujours, et le cas pouvait se présenter où l'on serait heureux encore d'entrer dans le coupe-gorge d'Araby.

Un joueur a-t-il jamais dénoncé le tripot qui changea son aisance en misère?

Les pauvres emprunteurs ressemblent en ceci aux amants malheureux de la roulette : ils menacent, ils trépignent, ils tempêtent; mais ils n'ont garde de se venger.

D'ailleurs il y avait une croyance commune parmi les marchands du Temple. On eût regardé comme inutile de signaler à la police le commerce clandestin du bonhomme Araby. Chacun pensait que la police n'ignorait rien à ce sujet, et que le vieil usurier payait aux agents chargés de surveiller le marché quelque mystérieuse patente.

Pour ces causes ou pour d'autres, il menait son trafic bien tranquillement. Les agents n'approchaient jamais de son trou, que les emprunteurs encombraient sans cesse.

C'était vers la boutique d'Araby que se dirigeait la jolie Gertraud, en sortant de la maison de son père.

La boutique n'était point ouverte encore; les auvents fermés présentaient leurs planches vermoulues, reliées par des crampons mangés de rouille.

Gertraud y frappa deux ou trois petits coups avec ses doigts.

— Qui est là? demanda une voix faible à l'intérieur.

— C'est moi, Gertraud.

— Oh! ma bonne demoiselle, merci, merci! dit la voix avec un accent joyeux; attendez un peu, je vais vous ouvrir.

Il se fit un bruit confus derrière les plan-

Oh! moi aussi, je vous aime, dit-elle. (Page 202, col. 2.)

ches, comme si une main trop faible eût essayé d'ébranler les lourds crampons. Enfin une planche céda, livrant un étroit passage.

Gertraud entra.

Elle se trouva dans une petite chambre carrée, où le jour sombre du péristyle avait pénétré devant elle.

Il y avait là un être humain, une pauvre enfant maigre et pâle qui était la domestique d'Araby.

Les quelques pieds carrés de l'antichambre formaient toute sa demeure; sa couche était un matelas plat et dur, jeté sur le sol humide.

Le long du matelas, il y avait place à peine pour poser ses pieds.

L'enfant se nommait Noémie. Au Temple, on appelle *Galifards* les petits garçons de boutique chargés de faire les courses et de porter les menus fardeaux. Noémie remplissait à peu près ces fonctions chez l'usurier, et, dans le quartier, elle était presque aussi connue que le bonhomme Araby lui-même, sous le nom de Nono la *Galifarde*.

Dans l'univers entier, on n'eût point trouvé un état plus misérable que le sien. Par les plus froides nuits d'hiver, elle couchait dans ce pauvre réduit où nous la trouvons maintenant, sans autre couverture que sa petite robe d'indienne. Le vent passait à travers les planches mal jointes de la devanture; les portes du bureau d'Araby et du magasin, fermées par de lourds cadenas, l'empêchaient de chercher un asile ailleurs. L'usurier l'accablait de travaux au-dessus de ses forces; il ne la payait point, et lui donnait à peine de quoi manger.

Quand elle sortait, les marchandes du Temple, émues de pitié à l'aspect de sa petite face pâle et souffreteuse, lui faisaient l'aumône de quelques morceaux de pain; mais elle avait un ennemi qui la poursuivait sans cesse, et qui savait la dépouiller avec une adresse diabolique.

L'idiot Geignolet se tenait toujours aux aguets sur son passage. Il l'attendait aux détours des rues et dans l'embrasure des portes; il restait là, immobile et l'œil ouvert comme un chien en arrêt, et quand la petite Galifarde arrivait toute joyeuse, rongeant le morceau de pain convoité, l'idiot s'élançait sur elle à l'improviste, lui arrachait sa proie de force et la frappait.

Nono s'enfuyait en pleurant. Les gens des cabarets se mettaient sur la porte pour regarder cela et riaient, car c'était drôle. Geignolet, tout fier de son triomphe, se mettait à cheval sur une borne et chantait sa chanson, la bouche pleine. On lui donnait la goutte, pour encourager sa vaillance à d'autres exploits pareils.

Et il recommençait le lendemain, parce qu'il ne trouvait point autour de lui un être plus inoffensif et plus faible qu'il pût opprimer impunément.

De même qu'on faisait sur le bonhomme Araby cent et une histoires assez fantastiques, de même on s'occupait volontiers de sa petite servante. Le vieillard menait une vie complétement solitaire, et personne au monde ne connaissait ses habitudes; la petite fille venait on ne savait d'où, elle n'avait point de parents, et, sans la pauvre place qu'elle occupait chez l'usurier, elle n'aurait point eu d'asile.

A part Gertraud, qui lui apportait chaque matin à déjeuner, avant l'arrivée du bonhomme, elle avait pourtant une autre protectrice. Madame Batailleur, marchande de *frivolités*, au carré du Palais-Royal, l'appelait chaque fois qu'elle passait. Et l'on citait à ce propos un fait bizarre.

Un jour, la petite Galifarde avait été attaquée aux environs du Palais-Royal par son ennemi Geignolet. Il l'avait battue cruellement, et l'aurait assommée cette fois, si elle ne s'était réfugiée dans la boutique de madame Batailleur.

Il y avait chez la marchande une belle dame qui achetait des dentelles.

Nono la Galifarde s'assit dans un coin, essoufflée et tout en larmes.

La belle dame la regarda; elle posa sa dentelle sur le petit comptoir, et parla bas à la marchande.

Nono était alors bien plus petite et bien plus faible que maintenant. Elle continua de pleurer dans son coin, durant quelques minutes, puis elle mit sa tête dans sa main et ferma ses yeux fatigués de larmes.

Elle s'endormit.

Voici ce qu'on affirmait : la belle dame s'approcha tout doucement et resta un instant penchée au-dessus d'elle.

Pendant qu'elle la contemplait ainsi, les yeux de la belle dame avaient des regards émus.

Avant de se relever, elle baisa au front Nono la Galifarde.

Madame Batailleur déclarait n'avoir point souvenir de cela. Elle ajoutait que si ses voisines Olga Machu, Zéphirine Blouard et madame Alfred s'étaient occupées de leurs affaires, elles n'auraient point vu plus clair qu'elle-même dans sa propre boutique.

Nono pouvait avoir quinze ans; mais la misère avait retardé sa crue. Elle était grêle, et ses pauvres petits membres montraient leur faiblesse à travers les trous de sa robe d'indienne. Sa poitrine ne se développait point; ces contours, délicats et à peine indiqués, gracieuse promesse qui sourit déjà chez la vierge adolescente, ne soulevaient point encore l'étoffe affaissée de sa robe.

Tout son corps avait cette maigreur uniforme qui révèle la détresse et le besoin.

Mais, malgré cette apparence misérable, la taille de Nono, élancée et flexible, attirait l'œil et plaisait aux regards. Il y avait une sorte de charme dans la pitié qui vous venait au cœur en la voyant si faible et si malheureuse. Ses traits étaient réguliers et fins. Il y avait sur son visage pâle une expression de souffrance résignée et soumise.

La pauvre enfant savait sourire au travers de ses larmes. Ses beaux yeux noirs, creusés par le chagrin, s'animaient et alors vous jetaient un regard plus pénétrant et plus doux.

C'était comme un fugitif rayon de soleil éclairant une morne matinée d'hiver.

Quiconque eût dit dans le Temple que la Galifarde était belle aurait passé pour un fou. On ne voyait en elle que sa pâleur maladive et les trous mal dissimulés de sa robe en lambeaux. Ce qu'elle inspirait, c'était beaucoup de mépris et un peu de compassion.

Elle était belle pourtant, comme la souffrance muette qui se résigne.

L'auréole du martyre couronnait son front d'enfant, et, poëte, vous eussiez rêvé longtemps au contact de sa silencieuse tristesse.

Elle s'était assise sur son dur matelas et mangeait avidement le déjeuner que Gertraud venait de lui apporter.

Le jour, qui se faisait vif, pénétrait dans l'étroit réduit par l'ouverture récemment improvisée.

C'était un contraste étrange et qui avait sa beauté. La lumière glissait sur les cheveux de Gertraud, éclairant de profil son front radieux, où brillaient la force et la joie de la jeunesse. Puis elle tombait d'aplomb sur le visage amaigri de la Galifarde, qui était heureuse en ce moment, et qui levait vers sa jolie compagne son regard mélancolique et reconnaissant.

Au dehors, comme pour donner à ce tableau de charité douce un énergique repoussoir, on apercevait la face hâve de l'idiot Geignolet, qui se glissait entre les piliers du péristyle et qui grondait sourdement, parce qu'il voyait la proie hors de sa portée.

III

NONO LA GALIFARDE

Après avoir rôdé pendant une ou deux minutes au devant de la boutique d'Araby, l'idiot Geignolet s'arrêta derrière un des piliers du péristyle.

Son regard suivait avec avidité chaque mouvement de la petite Galifarde, qui portait la cuiller à ses lèvres. On eût dit un roquet gourmand, en extase devant le déjeuner de son maître.

— Tu avais grand'faim, ma pauvre Nono! dit Gertraud, qui la regardait manger en souriant.

— Oh! oui, répondit l'enfant, j'avais grand'faim! et je crois que je mourrais si vous n'aviez pas pitié de moi, mademoiselle Gertraud; car mon maître devient chaque jour plus avare, et, toutes les fois qu'on me donne du pain, Geignolet me le prend.

— Quand tu as faim, ma pauvre Nono, viens chez nous.

— Je ne peux pas quitter la boutique. Mon maître est bien vieux, mais il a encore assez de force pour me battre. Et puis, pour aller chez vous, ma bonne demoiselle, il faut passer par cette longue allée noire où je rencontrerais Geignolet!

— Tu as donc bien peur de lui? dit Gertraud.

La Galifarde frissonna de la tête aux pieds.

— Une fois, répliqua-t-elle en cessant de manger, il m'a trouvée le soir, dans un coin de la place de la Corderie. Mon Dieu! mademoiselle Gertraud, il est aussi méchant que vous êtes bonne! Il me prit par les cheveux; il me renversa sur le pavé, il me battit avec ses pieds et avec ses mains en grondant de rage. Et plus il me battait, plus il avait de fureur! Sans Hermann, l'ami de votre père, qui vint à passer là par hasard, je crois qu'il m'aurait tuée.

Le sein de la Galifarde se gonflait, et ses yeux baissés étaient pleins de larmes.

Gertraud, émue, s'assit auprès d'elle sur le matelas.

Geignolet se renfonça derrière son pilier.

— Mais que lui as-tu donc fait, Nono, demanda Gertraud, pour qu'il te déteste ainsi?

— Mon Dieu! répondit l'enfant, je lui ai pris sa place, et Dieu sait pourtant que la place n'est pas bonne! Avant moi, il était le *galifard* de M. Araby, qui l'a renvoyé parce que Geignolet le volait.

Gertraud prit la petite main froide de Nono et la réchauffa entre les siennes.

— Dépêche-toi, dit-elle, ma pauvre fille; mon père m'attend.

Nono porta de nouveau la cuiller à ses lèvres, et l'écuelle se vida en quelques instants.

Quand l'écuelle fut vide, l'idiot poussa un sourd grognement.

— La Galifarde a tout mangé! grommela-t-il; elle n'a rien laissé pour Geignolet.

Il se pencha en dehors du pilier; Nono l'aperçut et fit un geste d'épouvante. Gertraud se retourna vivement; elle vit l'idiot qui s'enfuyait, en montrant le poing à sa victime.

Gertraud se leva et reprit son écuelle.

— C'est un pauvre insensé, murmura-t-elle; il faut lui pardonner.

— Oh! je lui pardonne! s'écria vivement l'enfant, dont les grands yeux s'éclairèrent d'un reflet angélique; je lui pardonne à cause de vous, mademoiselle Gertraud, et à cause de son frère que vous aimez. Je prie Dieu pour lui et pour tous ses parents qui souffrent comme moi.

Un incarnat plus vif vint aux joues de Gertraud.

— Adieu, Nono, prononça-t-elle tout bas; tu n'as rien à me dire?

La Galifarde hésita durant une seconde; elle baissa les yeux, et ses longs cils noirs se collèrent sur sa joue amaigrie.

— J'ai quelque chose, répondit-elle enfin; mais j'ai peur de vous rendre triste, ma bonne demoiselle.

Gertraud, qui avait un pied sur le seuil, se rapprocha. Nono prit sa main et la baisa.

— J'aime tant à vous voir sourire! poursuivit-elle; et quand il y a du chagrin dans vos yeux, je suis si malheureuse!

— Parle vite! dit Gertraud.

— Hier, madame Regnault est venue; elle a pleuré, la pauvre vieille dame, et je l'ai entendue qui suppliait monsieur de lui prêter de l'argent.

— Combien d'argent? demanda Gertraud.

— Oh! beaucoup! beaucoup! répliqua l'enfant : hier matin, je vous ai dit qu'elle n'avait pas payé sa place; mais ce n'est rien, cela! d'après ce que j'ai entendu depuis, il paraît qu'elle doit au *bausse*, et le bausse est un homme sans pitié. Si elle ne le paie pas, elle ira en prison!

Les fraîches couleurs de Gertraud s'évanouirent.

— Et Araby n'a pas voulu lui donner d'argent? demanda-t-elle.

Nono haussa les épaules.

— Elle n'avait pas de gage, répliqua-t-elle. Monsieur l'a chassée en lui disant des injures.

La tête de Gertraud se pencha sur son sein; un instant, elle parut réfléchir.

— Il faut que je trouve un moyen... dit-elle enfin en se parlant à elle-même. Adieu, Nono; je reviendrai demain.

Quand elle fut partie, l'enfant leva les yeux au ciel, et pria Dieu de lui donner du bonheur.

Gertraud n'était pas encore entrée dans l'allée obscure qui conduisait à la maison de son père, lorsqu'un maigre vieillard, empaqueté dans une houppelande à fourrures et coiffé d'une énorme casquette de peau dont la visière retombait en abat-jour, déboucha par la rue de la Petite-Corderie.

Il allait, chancelant, trottinant et glissant sur le pavé humide.

Derrière lui, quelques enfants ameutés jetaient en chœur ce cri de carnaval qu'il n'est point possible d'écrire.

Il traversa la place de la Rotonde en branlant la tête, et en s'appuyant sur une longue canne à pomme de corne noire.

C'était le bonhomme Araby, qui gagnait son bureau plus matin que d'ordinaire, parce qu'il s'était donné une heure de vacance le jour précédent.

En entrant dans la petite antichambre, il jeta sur sa pauvre servante un regard de mauvaise humeur.

— Paresseuse, grommela-t-il; êtes-vous ici pour user mes matelas jusqu'à huit heures du matin? Je vous ai donné de la laine pour tricoter, quand je ne suis pas à la maison. Où est votre ouvrage, fainéante?

Nono ne répondit point, et resta debout devant son maître, la soumission peinte sur le visage.

— Faites votre chambre, continua l'usurier.

Nono, obéissante, roula son matelas et le prit entre ses bras, qui fléchirent sous le fardeau.

Le bonhomme lui ouvrit la porte du magasin. La chambre était faite.

Araby tira ensuite de sa poche deux grosses clefs, qu'il introduisit dans la serrure de son bureau. La porte tourna sur ses gonds en grinçant; le vieillard disparut, et l'on entendit à l'intérieur le bruit des serrures refermées.

Au bout de quelques minutes, une planche, qui fermait le trou en forme de demi-lune, glissa brusquement dans sa rainure; la visière velue d'Araby apparut dans une sorte de clair-obscur. Le bureau était ouvert.

— Fainéante! dit l'usurier à travers son trou, allez me chercher mon déjeuner, et ne vous amusez pas en chemin!

Il mit une pièce de six liards sur la planche ronde et noircie par l'usage, qui avançait en dehors du trou. Nono prit la pièce et sortit en courant.

Au bout d'une minute, elle revint avec un tout petit morceau de pain et une toute petite croûte de fromage, mise au rabais pour cause d'avarie.

Araby reçut le tout dans ses mains crochues. Il atteignit un vieux couteau usé jusqu'au dos par de trop longs services, et commença son repas.

Les bouchées de pain et les bouchées de fromage passaient ensemble sous la grande visière poilue; on ne voyait guère que le menton de l'usurier qui suivait les mouvements de sa bouche, et semblait se trémousser d'aise.

Tout en grignotant son déjeuner avec de sensuelles lenteurs, l'usurier disait :

— Fainéante! vous ne pouvez pas avoir faim de si bonne heure, vous qui dormez la grasse matinée comme une grande dame! Faites de la place dans le magasin pour ce que Dieu va nous envoyer aujourd'hui! Ne gâtez rien, et ne volez rien, petite fille! Si je suis content de vous, à midi vous aurez du pain avec le reste de mon fromage.

Nono entra dans l'arrière-boutique.

Araby poursuivit son festin, l'œil au guet dans son trou noir, et ressemblant à un vieux singe voluptueux qui ronge une noix volée.

Gertraud avait regagné la maison de son père. Dans la petite cour, Jean Regnault l'attendait, son orgue sur le dos.

Elle passa devant lui rapidement.

— Attendez-moi, dit-elle; je vais revenir tout à l'heure.

Elle monta en courant l'escalier de sa chambre, et ne donna pas même un regard à la marmite de terre dont le contenu bouillait à gros bouillons sur le fourneau embrasé.

Elle ouvrit la modeste armoire de noyer qui contenait sa modeste toilette. Dans un des tiroirs, elle prit une bourse renfermant une demi-douzaine de pièces d'or, toutes neuves et toutes brillantes, que son père lui avait données une à une.

Puis elle redescendit en courant, comme elle était montée.

Au lieu d'entrer dans la cour, elle s'arrêta sur le seuil et fit signe au joueur d'orgue d'approcher.

Jean Regnault était tout heureux de la voir, mais il y avait sur son visage une tristesse plus grande que d'habitude.

Gertraud mit sa petite main blanche sur la veste de velours du pauvre garçon, et le regarda en face durant quelques secondes sans parler.

Ce n'était plus la jeune fille insoucieuse et frivole, passant de la prière aux chansons, et se révoltant contre la tristesse enfantine de ses rêveries.

Il y avait dans son regard un intérêt sérieux et profond.

— Jean, murmura-t-elle d'un accent de reproche, vous me dites bien souvent que vous m'aimez, et pourtant vous n'avez pas confiance en moi.

Le joueur d'orgue avait les yeux baissés, la joue pâle, et un sourire contraint autour de la lèvre.

— Si j'avais du bonheur, Gertraud, répondit-il d'une voix qui tremblait légèrement, Dieu sait qu'il serait tout à vous! Mais j'aime tant à vous voir heureuse et gaie! pourquoi vous mettre de moitié dans ce que je souffre?

Les sourcils de la jeune fille se froncèrent.

— Vous m'avez menti, dit-elle; vous ne m'aimez pas!

Le pauvre Jean Regnault joignit ses mains, et tout son amour dévoué, respectueux, sincère, vint se peindre dans son regard.

— Oh! Gertraud! balbutia-t-il doucement, ne me dites pas cela! Je fais mal de vous aimer, peut-être, car je n'ai rien à vous donner, sinon mon chagrin et ma misère, mais je vous aime, mon Dieu! je vous aime comme un pauvre fou, et malgré moi!

Gertraud fit semblant d'avoir plus de colère encore; sa jolie tête se détourna pour cacher l'émotion qui la gagnait.

— Quand on aime quelqu'un, dit-elle en faisant effort pour garder sa froideur, on se confie à lui. Il me semble que si je souffrais, moi, je me consolerais à vous parler de mes peines; mais, pour vous, il n'en est pas ainsi, Jean : vous ne me dites rien, et c'est par des étrangers que j'apprends le danger qui menace votre mère!

Le joueur d'orgue cacha son visage entre ses mains.

— Est-ce donc déjà la nouvelle du Temple? s'écria-t-il avec amertume; moi, je ne le sais que d'hier, Gertraud! mais il est des gens qui aiment à deviner la détresse d'autrui! Qui vous a dit cela, et que vous a-t-on dit?

La voix de Jean Regnault exprimait une angoisse si amère, que les larmes vinrent aux yeux de Gertraud.

Elle balbutia. Des paroles confuses tombèrent péniblement de sa lèvre.

Jean Regnault comprit, car ses jambes chancelèrent, et ses mains couvrirent de nouveau son visage bouleversé.

Il mit à terre son orgue qu'il ne pouvait plus soutenir, et s'assit, faible, sur la première marche de l'escalier.

Gertraud vint s'asseoir auprès de lui.

— Est-ce donc bien vrai? murmura-t-elle.

— C'est bien vrai, répliqua le joueur d'orgue, en poussant un gémissement; la pauvre grand-maman a l'air d'être bien vieille, mais elle n'a pas l'âge encore qui exempte de la prison. Hier soir, ma mère m'a dit tout cela en pleurant. Je croyais qu'elle n'avait besoin que du prix de sa place, et j'étais bien joyeux, car ce prix je l'avais gagné dans la journée. Mais, mon Dieu! mon Dieu! il faudrait des semaines et des mois de bonne chance pour gagner la somme dont la mère Regnault a besoin.

Il s'arrêta, et un sanglot convulsif souleva sa poitrine.

— La prison! reprit-il, la prison! à son âge! Moi, je suis fort, ajouta-t-il en relevant le front; je n'ai pas peur des mépris du monde. Tout ce que je demanderais à Dieu, c'est qu'on me prît à sa place pour m'enfermer et me faire souffrir. Vous, du moins, vous ne me mépriseriez pas, Gertraud, et vous sauriez que je suis encore un honnête homme.

— Un honnête homme et un bon fils, Jean, mon pauvre Jean! dit la jeune fille, qui serrait les mains du joueur d'orgue entre les siennes; un bon fils et un noble cœur, que je suis fière d'aimer!

Le regard de Jean était triste et charmé à la fois; ses yeux, humides encore, souriaient.

— Merci! murmura-t-il.

Puis il secoua la tête brusquement.

— Mais pourquoi parler de cela? dit-il. Ce n'est pas moi qui ai besoin d'être consolé, ma Gertraud aimée. Je vais travailler. Si je puis trouver une besogne moins ingrate, je vendrai mon orgue... mon pauvre compagnon! ajouta-t-il en caressant l'instrument de la main, qui m'a consolé bien des fois quand j'étais triste, et dont j'ai choisi les airs parmi tous ceux que j'aime! Mais je le vendrai! oh! je le vendrai! et je voudrais pouvoir sacrifier davantage!

Il se leva et prit la courroie de l'orgue pour la passer sur son épaule.

Gertraud le retint par le bras.

— Restez, murmura-t-elle, restez encore un peu, j'ai quelque chose à vous dire...

Jean obéit, comme toujours, mais Gertraud ne parla point : elle semblait ne plus oser.

Ils étaient là, les deux beaux enfants, serrés l'un contre l'autre, et assis sur la marche poudreuse d'un pauvre escalier.

Bien d'autres rendez-vous, donnés et reçus la nuit précédente, avaient lieu sous les draperies de soie, dans le discret silence des boudoirs et sur le velours élastique des divans.

Mais nulle autre part on n'aurait trouvé plus de dévouement et plus d'amour; nulle autre part on n'eût trouvé des cœurs plus généreux et plus sincères.

Jean et Gertraud s'aimaient de toute la force de leur âme. Sur cette marche vermoulue, entre les murs humides et gris du misérable escalier, il y avait ce qu'on n'eût point rencontré peut-être en de plus riches demeures : un cœur de vierge, délicat et pur, un cœur de jeune homme, fier et franc, une tendresse partagée, un dévouement pareil, deux consciences qui n'avaient rien à cacher, qui pouvaient montrer avec orgueil leurs plus intimes mystères.

Pourtant Gertraud hésitait toujours à prendre la parole. Elle changeait de couleur, et sa bouche tremblait, comme si elle avait eu honte du secret qui se pressait sur sa lèvre.

Jean la regardait avec inquiétude.

— J'ai quelque chose à vous dire, répéta-t-elle après un silence; c'est une prière, et, si vous me refusez, je serai bien fâchée.

— Comment pourrais-je vous refuser, Gertraud?

La jeune fille essaya de sourire, et ses doigts se glissèrent dans son sein.

Jean ne prit point garde à ce mouvement.

— Vous me promettez de dire : Oui? poursuivit Gertraud d'une voix caressante.

— Je vous le promets, répondit le joueur d'orgue.

Gertraud tira vivement de son sein ses doigts qui tenaient une bourse; le sourire, ébauché sur la lèvre de Jean Regnault, disparut.

— Vous m'avez promis de ne pas me refuser, dit Gertraud les yeux baissés et d'un ton de prière; prenez cet argent et allez le donner à votre mère.

Jean ne répondit point; il regardait la bourse d'un air effrayé.

— J'aurais dû craindre cela, murmura-t-il. Oh! la pauvreté! la pauvreté! ce qui est joie pour les autres empoisonne davantage notre souffrance. Gertraud, je vous remercie du fond du cœur, mais votre père est riche en comparaison de nous. Les femmes du marché ne disent-elles pas déjà que c'est par intérêt que je vous aime?

— Vous! s'écria Gertraud indignée, par intérêt!

— Nous sommes si pauvres! prononça le joueur d'orgue avec un découragement amer.

Gertraud baissa la tête; une fois encore elle n'osait plus.

Au bout de quelques secondes, elle releva la tête; sa physionomie, où souriait d'ordinaire l'espiègle gaieté de l'enfance, avait pris un caractère ferme et presque hautain.

— Jean, poursuivit-elle à voix basse et avec lenteur, je ne sais pas ce que disent les marchandes du Temple, mais si mon père souffrait, et si vous veniez à moi comme je viens à vous, je vous jure, devant Dieu

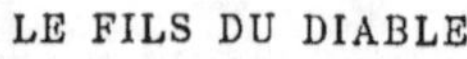

Il posa son orgue contre la muraille, et d'un bond gagna le lit de son aïeule. (Page 206, col. 2.

qui nous entend, que je ne refuserais point votre aide.

— Je suis un homme, murmura le joueur d'orgue ; et vous êtes une jeune fille, Gertraud !

— Et vous ne voulez rien me devoir ! s'écria celle-ci dans un soudain mouvement de colère. Allez ! vous êtes un orgueilleux ! vous ne m'aimez pas et vous n'aimez pas votre mère !

Jean resta muet devant cette accusation, et l'angoisse de son âme vint se peindre sur son visage.

Gertraud avait pitié ; pourtant elle continua :

— Non, vous ne m'aimez pas ! vous ne songez pas au chagrin que vous me faites ! vous ne songez pas à votre vieille aïeule que vous pourriez sauver !

— Oh ! mon Dieu ! mon Dieu ! soupira le pauvre Jean, les mains jointes et prêt à défaillir.

— Vous n'avez point pitié des autres! reprit encore Gertraud, et vous ne pensez qu'à vous!

Le joueur d'orgue lui adressa un regard suppliant.

— Écoutez, dit-il d'une voix entrecoupée; tout ce que vous voulez, je le veux, Gertraud, et je donnerais ma vie pour soulager ma vieille mère. Mais vous êtes une enfant, ma pauvre Gertraud, et l'argent que vous avez appartient à votre père!

— Il est à moi! s'écria la jeune fille dont le regard brilla d'espoir; oh! je ne mentirais pas, même pour vous sauver, Jean! Il est à moi, tout à moi! c'est mon petit trésor! Et comme je remercie Dieu de l'avoir gardé jusqu'à ce jour!

Jean Regnault avait bien de la joie dans le cœur, parmi sa détresse. La tendresse de Gertraud se montrait à lui si naïve et si dévouée! Il souffrait cruellement, mais il était heureux comme un roi.

Et il ne se sentait plus la force de refuser longtemps. La douce voix de Gertraud plaidait éloquement auprès de sa conscience, et la pensée de son aïeule au désespoir venait en aide à la voix de Gertraud.

— Je ne veux pas, dit-il encore faiblement; non... non, je ne peux pas.

Un éclair de pétulant courroux brilla dans les yeux de Gertraud; puis elle se laissa glisser sur ses deux genoux.

Elle mit ses mains dans celles de Jean et leva sur lui son beau regard humide.

— Je vous en prie! murmura-t-elle.

Jean l'attira vers lui et la serra passionnément contre son cœur.

— Oh! que je vous aime, Gertraud! dit-il.

La bourse, acceptée, passa dans la poche de sa veste de velours.

Gertraud, folle de joie, bondit sur ses pieds en riant et en pleurant.

Elle jeta ses deux bras autour du cou de Jean et couvrit son front de baisers.

— Oh! moi aussi, je vous aime! dit-elle. Mon pauvre Jean, je ne vous ai jamais tant aimé! Merci! merci!

Jean la croyait encore entre ses bras, qu'elle sautait déjà de marche en marche, légère comme un oiseau, et qu'elle lui jetait du haut de l'escalier un dernier baiser avec un dernier sourire.

IV

LES REGNAULT

Vis-à-vis des croisées de la maison de Hans Dorn, de l'autre côté de la petite cour, s'ouvrait une chancelante croisée aux vitres étroites et poudreuses. Des morceaux de papier huilé avaient remplacé un bon tiers des carreaux; sur les châssis branlants, une toile jaunâtre et mille fois rapiécée tombait à plat en guise de rideaux.

Derrière cette toile, il y avait une chambre de médiocre étendue, meublée d'un banc de bois, d'un vieux fauteuil de paille, et de deux grabats étiques.

Cette chambre présentait un aspect de misère qui donnait froid et serrait le cœur. Il n'y avait dans la cheminée ni feu ni cendre. Le long des murailles nues, on ne voyait point cette pauvre armoire qui est le dernier meuble de l'indigence.

Rien qu'à regarder les planches ruinées des deux grabats, on devinait la raison qui avait empêché de les vendre.

Personne ne les aurait achetés.

C'était la demeure des Regnault. L'aïeule

et sa bru Victoire couchaient ensemble dans le plus grand des deux lits; l'idiot Geignolet reposait dans l'autre.

A droite de la cheminée, une porte basse donnait entrée dans le trou qui servait de retraite à Jean Regnault.

La vieille femme était encore au lit et demeurait immobile, assise sur son séant. Victoire piquait des bretelles auprès de la croisée. Elle activait de son mieux son travail ingrat, et l'œil avait peine à suivre les mouvements rapides de sa main exercée.

Mais bien souvent elle s'arrêtait à bout de courage. Sa main tombait; sa paupière se rabattait sur son œil morne et sans rayons.

L'idiot, à cheval sur le banc de bois, la contemplait alors avec moquerie, et ajoutait un nouveau couplet à sa bizarre chanson, pour l'accuser de paresse.

L'idiot était de mauvaise humeur. Il revenait de son expédition sur le carreau du Temple, et regrettait amèrement de n'avoir point pu voler le déjeuner de la petite Galifarde.

Il y avait bien un pain de quatre livres sur la planchette de la cheminée; mais en fait de pain sec Geignolet aimait seulement celui qu'il arrachait à la pauvre servante du bonhomme Araby.

— Où est notre fils Jean? dit la vieille femme, qui, depuis le matin, n'avait pas encore prononcé une parole.

— Je crois qu'il est parti pour sa tournée, répondit Victoire.

— Oh hé! Fili! cria l'idiot en imitant l'intonation grotesque des masques du ruisseau.

Puis ses yeux hébétés prirent une expression de malice, et il ajouta en chantant :

Oui, oui, oui, oui,
Mon grand frère Jean fait sa tournée,
Il tourne autour de la petite voisine,
Et ils rient tous deux,
Pendant que la mère Regnault pleure
Sur son vieux lit.....
Oh hé! Fili!

Victoire jeta sur le pauvre insensé un regard où se peignait tout son désespoir de mère.

L'aïeule remit sa tête grise sur l'oreiller.

— Je suis bien malade aujourd'hui! murmura-t-elle. Ma pauvre fille, il me semble que je ne serai pas longtemps à souffrir avec toi.

Victoire se leva et porta le fauteuil de paille au chevet du grabat.

— Bonne mère, dit-elle, ne parlez pas ainsi; nous sommes bien malheureuses, mais Dieu n'est pas pour nous sans pitié, puisque Jean, notre fils, a un bon cœur et qu'il nous aime.

— C'est vrai! c'est vrai! dit la vieille femme; Jean est un brave enfant, nous pourrions être plus malheureux encore.

Elle essaya de sourire, mais une larme vint sur les cils blanchis de sa paupière.

Ses mains sèches et plissées sortirent de ses draps pour cacher son visage.

Victoire cessa de travailler.

L'aïeule sanglotait.

L'idiot fouettait son banc à tour de bras, et interrompait sa chanson interminable en criant à tue-tête :

— Hue! bourrique! hue donc! Suzon!

— Mon Dieu, murmurait la vieille femme, je voudrais ne pas vous abandonner, mes pauvres enfants, mais c'est que je suis bien âgée pour tant souffrir, et bien usée par la peine! Sais-tu, Victoire, qu'il y a vingt-cinq ans que je pleure toutes les nuits. Jacques! Nous l'aimions si tendrement, son père et moi! son bon père qui est mort en l'appelant et en priant Dieu de le bénir!

Victoire s'accoudait sur le maigre matelas. Elle cherchait comment rompre cet entretien qui revenait chaque jour, et où la vieille femme perdait ce qui lui restait de force.

— Il y a vingt-cinq ans, reprit cette dernière en se découvrant le visage, nous étions riches, ma fille, et tout le monde disait : « Les Regnault ont du bonheur. » J'avais de beaux enfants, tu t'en souviens. Pierre, ton mari, que tu aimais tant! Joseph, mon second fils, le brave, l'honnête Joseph! Jean qui a donné son nom à ton aîné... Et mes filles, comme elles étaient jolies! Dans tout le Temple et dans toute la ville, on n'en aurait point trouvé de pareilles. Oh! c'était la vérité : les Regnault avaient du bonheur!

— Cela reviendra, bonne mère, balbutia Victoire.

L'aïeule la regarda en face.

— Les morts ne reviennent point, répondit-elle.

Puis son œil éteint s'alluma aux feux d'un éclair fugitif.

— Ils étaient jaloux des Regnault! reprit-elle, et il y avait de quoi! Quand une riche aubaine tombait sur le Temple, c'était pour les Regnault! Ils étaient bien honnêtes, ma fille; mais ils avaient beaucoup d'argent, et l'eau va toujours à la rivière. Il n'y a que les pauvres qui ne peuvent point espérer dans le hasard... Te souviens-tu de cela? J'avais la place du coin que nous occupons encore, et qui va nous être enlevée. (Elle poussa un long soupir de regret.) Pierre, ton mari, avait les deux places qui suivaient. Jean venait ensuite, puis Joseph, puis mes filles. Il y avait des Regnault depuis la place de la Rotonde jusqu'à la rue du Puits : des Regnault qui étaient heureux, à leur aise, bien portants, et qui avaient une bonne conscience...

Elle s'interrompit et passa le revers de sa main sur son front, qui devenait humide de sueur.

— Ma mère! ma bonne mère! murmura Victoire.

— Tais-toi, ma fille, reprit la vieille : je rajeunis, en parlant du bonheur passé. Oh! que nous nous aimions tendrement, et que de joie il y avait autour de notre table, les bons soirs du dimanche! Mon aînée, la pauvre Marthe, avait une bien douce voix; elle nous chantait des chansons au dessert, et son père disait qu'il aimait mieux l'entendre que d'aller au grand Opéra écouter les chanteuses couvertes de soie et de diamants.

« Hélène, la cadette, nous lisait des historiettes dans de beaux livres, des histoires qui faisaient pleurer les yeux et battre le cœur; mes garçons causaient tout bas avec leurs femmes qu'ils aimaient, et il y avait autour de la table de chers petits enfants à qui l'avenir promettait du bonheur. Mon Dieu! mon Dieu! où sont passées toutes ces joies et toutes ces espérances! »

L'aïeule cacha son visage entre ses mains. Victoire se tourna pour essuyer une larme furtive.

L'idiot entonna :

> C'est aujourd'hui lundi,
> Et maman Regnault n'a pas trente-trois sous
> Pour payer sa place.
> On va nous mettre sur le pavé.
> *La bonne aventure, ô gué!*

— Ils sont morts! poursuivait la vieille femme d'une voix entrecoupée par les sanglots; ils sont tous morts! les fiers garçons, les douces filles qui souriaient, tous morts, les uns après les autres, avec la misère assise à leur chevet! Goignolet a raison, le pauvre enfant : la mère Regnault n'a pas trente-trois sous pour payer le petit coin qui lui restait dans le Temple! Elle n'a plus rien; ses enfants souffrent, et ses derniers jours vont s'éteindre en prison.

Goignolet ouvrit de grands yeux stupides.

— Oh! oh! oh! dit-il en riant, maman Regnault sera avec les voleurs!

Victoire, pâle et désolée, n'avait plus de parole.

L'aïeule se pencha vers elle et lui serra les bras convulsivement. Son visage était livide, ses lèvres se contractaient en un sourire amer.

— C'est que j'avais un autre fils, murmura-t-elle d'une voix changée ; un fils dont il ne faut pas prononcer le nom ; un fils qui a tué son père et mis le malheur irréparable à la place de nos joies. C'était celui que nous aimions le mieux. Nous lui avions donné l'éducation d'un noble; il savait tout ce que nous ignorions; c'était notre gloire et notre orgueil! Hélas! ma fille, l'orgueil est un péché que Dieu punit toujours, même l'orgueil des mères! Jacques nous méprisait, il avait honte de nous, et bien souvent je l'ai vu se détourner de moi, le rouge au front et l'œil baissé, dans les rues où quelqu'un de ses amis eût pu le surprendre disant bonjour à la pauvre marchande du Temple qui était sa mère.

« Oh! s'il n'avait fait que cela, mon Dieu!

« Mais, un jour, le tiroir où mon mari mettait son argent avec celui de toute la famille se trouva vide. On nous avait volé tout ce que nous possédions au monde, le petit trésor amassé si péniblement et avec tant de lenteur!

« Et le voleur était notre enfant. »

La voix de l'aïeule devenait sourde et presque inintelligible. A ces derniers mots, elle s'interrompit pour respirer, car elle perdait le souffle.

L'idiot n'écoutait plus et tourmentait son banc, qu'il frappait et caressait tour à tour.

Victoire se résignait à entendre ce récit répété mille fois.

D'ordinaire, lorsque l'aïeule arrivait au dénouement, elle s'affaissait en un morne silence, et s'arrêtait épuisée.

Cette fois encore, elle se tut; mais au bout de quelques secondes elle se souleva sur le coude, et pencha sa figure ridée en dehors du lit.

— Victoire, dit-elle, hier, je suis allée à Sainte-Élisabeth, et j'ai parlé à un prêtre. Tu ne sais pas ce que je lui ai demandé?

Victoire fit un signe de tête négatif.

— Je lui ai demandé, reprit la vieille femme de cet accent qu'on prend pour révéler un grand secret, si Dieu ne punirait pas un fils qui chasserait sa vieille mère.

Victoire ne comprenait point; l'aïeule poursuivit en se penchant davantage :

— Le prêtre m'a répondu que ce fils serait maudit dans ce monde et dans l'autre. Penses-tu qu'il ait dit vrai, Victoire?

— Ma mère, je le pense.

La vieille femme se jeta en arrière et recula sa tête jusqu'à l'autre extrémité du grabat. Elle se prit à prononcer des paroles dont Victoire ne saisissait pas le sens.

— Moi aussi, moi aussi, disait-elle, je crois que Dieu le maudirait! et pourtant il faut bien que je le voie! Mais n'est-ce pas un crime, hélas! que d'attirer le châtiment sur la tête de son fils? Ah! voilà bien longtemps que je veux aller vers lui et le voir. Les autres ne le reconnaissent point; il passe parmi ceux qui l'ont vu enfant, et personne ne sait mettre le nom de son père sur son visage. Mais le changement qu'apportent les années peut-il tromper le regard d'une mère? Je l'ai reconnu, moi, je l'ai reconnu tout de suite ; je sais où il est et ce qu'il est. Il est bien riche! et si je n'ai pas osé lui demander l'aumône, c'est que j'ai peur de la malédiction de Dieu — pour lui!

Ces paroles n'arrivaient pas toutes jusqu'aux oreilles de Victoire, qui était absorbée par sa propre rêverie et n'essayait point de comprendre. Quand l'aïeule venait à parler de ce fils ingrat qui avait été la cause de tous les malheurs de la famille, elle semblait craindre d'être entendue; mais elle parlait de lui longtemps. Son âme, trop pleine, versait involontairement sa douleur au dehors.

— Personne ne sait cela, poursuivit-elle; et fasse le ciel que personne ne le sache jamais! Il a des millions, et il s'est fait noble avec sa richesse. Mais moi, sa mère, il fallait bien que je susse d'où lui venaient tous ces trésors. J'ai cherché, j'ai interrogé, tout cela en vain durant des années... et j'ai fini par surprendre son secret!

Sa voix devenait de plus en plus murmurante, et lors même que Victoire eût voulu l'écouter, elle aurait pris une peine inutile.

Tout à coup, ce fut comme un réveil. La vieille femme se dressa frémissante, et interrogea le visage de sa bru d'un regard inquiet.

— M'avez-vous entendue, Victoire? demanda-t-elle en tremblant. Ai-je dit le secret d'où dépend sa vie?

Victoire crut qu'elle délirait.

— La vie de qui? dit-elle.

— Ne m'interrogez pas! s'écria maman Regnault avec une agitation croissante; ne me demandez jamais rien là-dessus, ma fille! ces pensées me font mourir! Oh! non, non, je ne veux pas aller vers lui! Plutôt la prison mille fois! car je le connais, il me chasserait, et le prêtre m'a dit hier : « Dieu ne pardonne point aux fils qui repoussent leurs mères. »

Elle se renversa, faible, sur son grabat; ses yeux fatigués se fermèrent. Victoire arrangea l'oreiller sous sa tête, et le chant monotone de l'idiot troubla seul le silence de la pauvre demeure.

Ce silence dura quelques minutes. Au bout de ce temps, la porte, mal jointe, s'ouvrit brusquement, et Jean Regnault s'élança dans la chambre. Il posa son orgue contre la muraille et gagna en deux bonds le lit de son aïeule.

Une rougeur vive lui couvrait le visage; ses yeux humides brillaient.

— Maman Regnault, s'écria-t-il en se mettant à genoux auprès du grabat: de la joie! de la joie! le bon Dieu a eu pitié de nous et vous n'irez pas en prison!

La vieille femme souleva sa paupière à demi, pendant que Victoire interrogeait son fils d'un regard étonné.

— J'ai de l'argent! reprit Jean que son émotion faisait sourire et pleurer à la fois.

— De l'argent! répéta Victoire dont la voix trahit une nuance d'inquiétude.

— De l'argent! répéta l'idiot qui cessa de chanter; oh! oh! moi, j'ai grand'soif.

L'aïeule restait encore insensible.

Jean Regnault ouvrit sa main, qui contenait le don de Gertraud, et fit sauter en l'air la bourse de soie.

L'inquiétude de Victoire augmenta visiblement; mais l'aïeule tressaillit au son de l'or, et un peu de vie se ralluma dans sa prunelle.

— Oh! oh! fit tout bas Geignolet dont l'œil s'écarquilla, plein d'un désir avide.

Il se coucha le long de son banc et fit semblant de dormir; mais son regard cauteleux ne quitta plus la bourse dont les mailles laissaient briller le jaune reflet de l'or.

Les deux femmes ouvrirent la bouche à la fois.

— D'où tenez-vous cet argent? demanda Victoire d'un ton sévère.

— Combien y a-t-il? disait la pauvre vieille femme.

Ce fut à elle que Jean répondit.

Il fit glisser les coulants de la bourse et versa dans sa main les six pièces d'or.

— Des jaunets! grommela l'idiot sur son banc; je veux de quoi remplir ma bouteille!

— Cent vingt francs! murmura la vieille femme; il y avait bien longtemps que je n'avais vu la couleur de l'or.

Victoire mit la main sur le bras de son fils.

— Jean, dit-elle, au nom de Dieu, où avez-vous pris cela?

— Et de l'autre côté de la bourse, demanda l'aïeule, combien y a-t-il?...

Jean courba la tête; il devinait que la somme apportée était insuffisante.

— Il n'y a rien, répliqua-t-il; c'est tout ce que j'ai!

— Il en faudrait trois fois autant, dit l'aïeule qui reprit son immobilité morne, pour m'empêcher d'aller en prison.

Pendant cela, Victoire regardait Jean, et ses traits pâlis exprimaient toute l'angoisse de sa sollicitude maternelle.

Ils étaient si pauvres, et depuis si longtemps! D'où venait cette somme inattendue? Le joueur d'orgue était sorti les mains vides; en quelques minutes, pouvait-il avoir gagné tant d'argent?

— Jean, mon fils, reprit-elle, je vous en prie, je vous en supplie, dites-moi d'où vous vient cette bourse?

Le jeune homme, tout entier à sa joie, n'avait point pris garde jusqu'alors à l'inquiétude de sa mère. La pauvre vieille était dans le même cas. Elle avait tant de peur de la prison! L'espoir d'échapper à ce malheur suprême absorbait toutes ses pensées depuis l'arrivée de son petit-fils.

Mais les paroles de Victoire la frappèrent. Les scrupules de sa vieille probité s'éveillèrent en elle énergiquement. Elle eut honte de sa préoccupation égoïste, et son regard se fixa sur Jean, sévère et inquiet, comme celui de sa bru.

Elles avaient maintenant toutes les deux la même crainte.

Jean baissait les yeux sous leurs regards croisés, et un rouge plus épais montait à son visage.

Les scrupules qu'il avait eu tant de peine à vaincre se révoltaient au fond de sa conscience.

Il n'osait point répondre.

— Parlez! Jean, dit l'aïeule d'un accent d'autorité.

Jean ne parla point.

— Mon fils, mon pauvre enfant! murmura Victoire d'une voix étouffée; ce malheur-là serait le plus grand de tous!

Devant cette accusation vaguement formulée, Jean se redressa offensé, mais, au fond de son cœur noble, il avait tous les instincts de pudeur, et ce fut le front bas comme un coupable qu'il balbutia le nom de Gertraud.

L'idiot éclata de rire.

Victoire respira longuement.

— Et cet argent est bien à elle! poursuivit le joueur d'orgue; c'est le fruit de son travail, ajouté aux dons de son père.

Il n'osait point relever les yeux. Sa mère l'attira contre son cœur et le baisa au front.

— Jean, mon pauvre Jean! murmurait-elle, pardonne-moi de t'avoir soupçonné!

Jean lui rendit ses baisers et se sentit absous devant son sourire.

L'aïeule était rentrée dans sa méditation.

Elle avait fait trêve un instant à la pensée qui la dominait sans cesse, mais cette pensée revenait victorieuse et ne lui laissait point le temps de se réjouir à la vue de son petit-fils pur de tout reproche.

Geignolet plantait le goulot de sa bouteille entre ses grosses lèvres et humait tant qu'il pouvait, mais la bouteille était vide.

— Des jaunets! grommelait-il, c'est chez Hans qu'on en trouve des jaunets! j'irai en chercher pour remplir ma bouteille.

Victoire avait fait une place à Jean sur son fauteuil. Elle regardait son fils en souriant et s'épanouissait à le voir si beau. Cette joie donnait à son front pâli comme un reflet de force et de jeunesse.

— Comme il nous aime, le pauvre enfant! pensait-elle en caressant les boucles blondes qui tombaient sur le collet de Jean, comme il est bon! et que j'ai grande honte de l'avoir soupçonné! Mon Jean bien-aimé, tu me pardonnes, n'est-ce pas? ajouta-t-elle tout haut; c'est pour avoir trop souffert, mon fils, que je suis toujours prête à croire au malheur.

Jean couvrait ses mains de baisers.

Le sourire de Victoire se teignit de mélancolie.

— Je ne connais point de jeune fille plus charmante et plus douce, dit-elle en se penchant à l'oreille de son fils. Elle t'aime, voilà bien longtemps que je le sais, bien longtemps que je prie Dieu pour elle chaque matin et chaque soir, parce qu'elle a donné son cœur à mon pauvre Jean, à mon fils, à celui qui m'empêche de blasphémer la Providence et de désespérer! Si tu savais comme je l'aime, moi aussi, et comme j'ai envie de l'embrasser en l'appelant ma fille! je rêve d'elle, je vous vois assis tous deux l'un près de l'autre, et je suis heureuse.

— Oh! que vous êtes bonne! que vous êtes bonne, ma mère! dit Jean qui savourait délicieusement chacune de ces paroles.

Le front de Victoire se rembrunit.

— Si j'étais comme les autres mères, reprit-elle en étouffant un soupir, demain tu serais son mari. Les mères donnent à leur fils de quoi se marier. Dieu l'a voulu : le bonheur des enfants vient de leur père et de leur mère. Mais moi, je n'ai rien à te donner, mon pauvre Jean. Ton père est mort et tu n'auras de nous que de la misère. Si tu étais seul, tu as de bons bras et du courage, tu travaillerais; tu deviendrais riche peut-être et tu épouserais la petite Gertraud...

Elle le pressa contre son cœur avec un mouvement plein de passion.

— Mais nous pesons sur toi, poursuivit-elle sans pouvoir retenir ses sanglots davantage; nous t'accablons de notre malheur. Tout ce que tu gagnes est pour nous et vient s'engloutir dans notre misère. Écoute, Jean, mon bon fils, tu ne sais pas! il faut nous quitter, il faut t'en aller bien loin, bien loin. Quand nous ne serons plus là pour te porter malheur, je suis sûre que tu deviendras riche!

« Et quand tu seras riche, Hans Dorn, qui est un homme juste et bon, te donnera sa fille. »

Jean cherchait à l'interrompre et ne pouvait y réussir.

La parole de Victoire était rapide et pleine d'exaltation; elle avait l'éloquence que l'amour donne aux mères.

Ce fut la voix de l'aïeule qui l'arrêta.

Celle-ci s'était retournée vers la ruelle de son lit et s'était redonnée tout entière, durant cette scène, à ses réflexions désespérées.

— Ma fille! dit-elle tout à coup, préparez ma robe du dimanche; je vais sortir.

BIBLIOTHÈQUE NATIONALE R.F.

Gertraud entendait quelques mots, mais elle ne comprenait point. (Page 212, col. 2.)

Victoire se leva aussitôt et alla prendre dans un coin, qui servait d'armoire, un paquet enveloppé d'une toile en lambeaux.

L'aïeule s'assit sur son séant. Depuis la veille elle semblait vieillie de dix ans.

Victoire retira du paquet une robe de laine sombre, dont l'étoffe, amincie par le temps, était devenue presque transparente, mais gardait un aspect de propreté.

L'aïeule s'en revêtit et sortit de son grabat.

Quand elle fut habillée, elle se mit à genoux afin de réciter sa prière quotidienne; mais sa mémoire égarée la trompait, et parmi les paroles latines de l'oraison elle disait, la pauvre femme :

— Il faut bien que je le voie! Mon Dieu, faites qu'il ne chasse pas sa mère!

Elle ne voulut pas dire à Victoire où elle allait ainsi, parée de ses habits des grands jours.

Elle sortit sans prononcer un mot.

L'idiot Geignolet la suivit jusque sur les marches de l'escalier en chantant. Puis il revint se placer contre la fenêtre et souleva un coin de la toile, pour fixer ses yeux hagards sur les croisées de Hans Dorn.

— C'est là qu'il y a des jaunets! grommelait-il. J'irai en chercher.

Au moment où Gertraud rentrait triomphante et toute joyeuse d'avoir vaincu enfin les scrupules de Jean Regnault, elle entendit la voix de son père qui l'appelait dans la pièce voisine.

Elle s'élança vers le fourneau, pour servir tout de suite le déjeuner de Hans Dorn; mais le fourneau s'était éteint en son absence, et la soupe, épaissie, refroidissait au fond du pot de terre.

Gertraud rapprocha les charbons, couverts de leur cendre blanchâtre, et se mit à souffler de tout son cœur.

On entendait le marchand d'habits qui arpentait sa chambre d'un pas rapide et irrégulier. Il gardait le silence une minute, puis il s'écriait, comme s'il se fût éveillé d'un rêve :

— Gertraud! Gertraud!

La jeune fille soufflait de son mieux. Elle se sentait en retard, et faisait une petite moue chagrine; mais le sourire reprenait bien vite le dessus; elle avait, malgré tout, le cœur léger, et sa conscience ne lui reprochait rien.

C'était une bonne matinée. Elle croyait voir encore le sourire ému de Jean Regnault; elle l'aimait doublement, pour le service qu'elle venait de lui rendre.

Le marchand d'habits, n'obtenant point de réponse, reprenait sa promenade. Après quelques instants de silence, il appelait de nouveau; et Gertraud se pressait, Dieu sait comme! Le fourneau s'emplit bientôt d'une braise ardente, et le pot de terre, replacé sur ce foyer, regagna en peu de minutes la chaleur perdue.

Hans appelait pour la troisième fois lorsque Gertraud, tenant à la main une tasse pleine, ouvrit la porte de sa chambre.

Elle s'attendait à être réprimandée, et sa joue était plus rose encore que de coutume.

— Bonjour, père! dit-elle en s'arrêtant devant le marchand d'habits.

Celui-ci était debout au milieu de sa chambre; sa lèvre effleura le front de Gertraud avec distraction, et quand la jeune fille releva sur lui son regard, elle fut frappée de la pâleur qui lui couvrait le visage.

La physionomie de Hans exprimait d'ordinaire une gaieté ronde et franche. Lorsque Gertraud venait lui offrir sa joue chaque matin, il y mettait un gros baiser et prenait à pleines mains la tête bouclée de la jolie fille, pour la regarder longuement et lui sourire avec la joie enorgueillie de l'amour paternel.

Aujourd'hui, point de sourire, à peine un baiser; des sourcils froncés sous des rides profondes, des yeux fixes qui ne voyaient point.

Gertraud recula d'un pas, surprise et inquiète.

— Il n'est venu personne? murmura Hans avec un accent étrange que Gertraud ne lui connaissait point.

— Personne, répondit-elle.

— Je vous ai appelée bien des fois, ma fille!

Et comme Gertraud, embarrassée, balbutiait une explication, il ajouta sans l'écouter :

— L'heure avance, et il ne vient pas!

— Ne voulez-vous point déjeuner, mon père? lui dit Gertraud.

— Si fait, répliqua Hans, donnez.

Gertraud mit la tasse sur le petit bureau,

derrière lequel Hans Dorn avait reçu la visite de Franz, au commencement de la soirée précédente. Hans s'assit à la place où nous l'avons trouvé la veille faisant ses comptes de la journée, et porta une cuillerée de potage à ses lèvres.

Il n'en porta qu'une.

La cuiller resta dans la tasse pleine.

V

L'ATTENTE

— Vous trouvez votre déjeuner mauvais? dit Gertraud à son père.

Elle songeait aux mésaventures du pot de terre, et faisait intérieurement un acte de contrition.

Hans secoua la tête; Gertraud s'approcha tout doucement et s'assit auprès de la table.

— Petit père, reprit-elle en essayant une caresse timide, êtes-vous fâché contre moi?

Au lieu du baiser attendu, Gertraud ne reçut qu'une marque de mauvaise humeur. Hans Dorn haussa les épaules.

— Mon Dieu! poursuivit Gertraud qui rapportait à elle-même cette colère, je sais que j'ai bien tardé à venir, mais c'est que j'ai porté le déjeuner à la pauvre petite Galifarde.

— Que m'importe cela! dit Hans qui frappa du pied.

Gertraud ne l'avait jamais vu ainsi.

— Mon bon père, reprit-elle encore avec des larmes dans les yeux, je vous demande pardon, cela ne m'arrivera plus.

— Quoi? demanda Hans qui la regarda d'un air absorbé.

Gertraud eut peur de ce regard.

— Seriez-vous donc malade? demanda-t-elle en tremblant.

Hans donna un coup de poing sur la table.

— Ne puis-je avoir un instant de repos! s'écria-t-il. Laissez-moi! je veux être seul!

Gertraud obéit et se dirigea tristement vers la porte.

Comme elle approchait du seuil, la voix de son père s'éleva de nouveau.

— Personne! disait-il; peut-être n'aura-t-il pas su trouver ma maison!

Il s'interrompit. Son regard venait de tomber sur son registre, ouvert à la page où il avait relaté, la veille, l'achat fait au jeune Franz.

Ç'avait été le dernier marché de la journée. Les deux ou trois lignes qui en faisaient mention venaient les dernières sur le registre.

L'œil de Hans semblait ne pouvoir se détacher de ces lignes : c'était comme une fascination.

Une expression de douleur soudaine et profonde remplaçait la colère qui était tout à l'heure sur son visage.

— Ce sont ses dépouilles! murmura-t-il d'une voix étouffée. Pauvre enfant! pauvre enfant!

Son œil s'attendrit par degrés, jusqu'à devenir humide. Puis, tout à coup, il ferma le registre avec violence et le repoussa loin de lui.

Il tira de sa poche une large montre d'argent.

— Comme le temps passe! murmura-t-il; neuf heures et demie! Cette montre avance, j'en suis sûr. Gertraud, quelle heure avez-vous dans votre chambre?

Gertraud alla consulter un petit cadran, collé à la muraille, vis-à-vis de son lit.

— Neuf heures et demie, répondit-elle.

Hans fit un geste de découragement, et appuya ses deux coudes sur sa table. Il demeura ainsi quelqes minutes, immobile en apparence, mais tressaillant au moindre bruit, et tendant l'oreille, chaque fois qu'un pas d'homme résonnait au dehors sur le pavé de la cour.

Gertraud n'osait plus entrer, mais son regard, plein de sollicitude, surveillait son père à travers l'ouverture de la porte entrebâillée.

Au bout de quelques instants, elle vit le marchand d'habits se lever brusquement, comme il faisait toutes choses ce matin, et reprendre sa course agitée. Il ne donnait nulle attention à la jeune fille, dont la tendresse inquiète le surveillait toujours.

La promenade circulaire de Hans le ramenait périodiquement devant la porte. Au premier tour, ses traits étaient contractés violemment; au second tour, Gertraud crut voir son front se dérider quelque peu; au troisième, le changement était sensible : il y avait en lui désormais une idée bienfaisante, qui grandissait et qui chassait devant elle la sombre angoisse de sa rêverie.

Ses sourcils se détendaient; ses yeux se ranimaient; il y avait comme un sourire autour de ses lèvres.

— Fou que je suis! dit-il; ce retard ne prouve rien! *Il* m'a promis de venir, c'est vrai, mais il doit avoir bien autre chose à faire que de visiter un pauvre homme comme moi. Ne sais-je pas qu'*il* peut tout? et pour quelle cause plus chère eût-il réservé son pouvoir?

Gertraud entendait quelques mots çà et là, mais elle ne comprenait point. Seulement, elle était heureuse et rassurée, parce qu'elle ne voyait plus sur le visage de son père ce masque sombre qui lui avait donné tant d'effroi.

Hans l'aperçut et lui fit signe d'approcher.

— Te souviens-tu de *lui*, ma fille? dit-il, comme s'il n'eût point eu besoin de prononcer le nom de l'homme qui dominait si complétement sa pensée.

— De qui? demanda Gertraud.

— Tu ne peux pas l'avoir oublié; ceux qui l'ont vu, ne fût-ce qu'une fois, se le rappellent toute leur vie. Il vint ici, voilà deux ans déjà; mon cœur s'élança vers lui, et tout un passé de joies ressuscita devant mes yeux.

Il s'interrompit pour donner le temps à Gertraud de dire : « Je me souviens. » Mais la jeune fille ne savait pas.

— C'est étrange! reprit-il avec une sorte d'impatience, comme les enfants oublient! As-tu donc vu beaucoup de gens avec cette taille noble et fière, ce front royal, ce regard qui commande et ce sourire qui séduit?

— Je n'ai vu qu'un seul homme qui m'ait semblé plus beau que les autres hommes, dit Gertraud; mais il n'y a pas deux ans : cela date d'hier.

L'œil de Hans, qui brillait d'enthousiasme, se voila sous sa paupière baissée.

— L'enfant qui est venu me vendre des habits? murmura-t-il.

Gertraud dont le front était devenu tout rose, fit un signe de tête affirmatif.

— C'est vrai! dit Hans Dorn d'une voix

adoucie; tu as raison, ma fille. Celui-là aussi est un fier et beau jeune homme. La fille de ta mère doit l'admirer et l'aimer.

L'œil de Gertraud, naïvement interrogateur, demandait le sens de ces paroles; mais Hans Dorn se taisait maintenant, et semblait retombé dans sa rêverie mélancolique.

Il y eut un silence, pendant lequel Gertraud médita longuement cet étrange précepte qui lui commandait d'admirer et d'aimer un jeune homme inconnu, un petit fou qui avait voulu l'embrasser malgré elle, et qui venait vendre sa garde-robe au Temple, comme un raffiné du pays latin.

— C'est de l'autre que je te parle, ma Gertraud, reprit Hans de ce ton caressant que l'on prend pour rendre la mémoire aux enfants troublés; tu sais bien, celui qui vint me voir il y a deux ans, et dont je baisai la main comme s'il eût été un prince.

— Oui, dit enfin la jeune fille éclairée par cette circonstance. Un homme enveloppé dans un grand manteau de couleur rouge.

— C'est cela, ma Gertraud! je te disais bien que tu n'avais pu l'oublier! son regard descend jusqu'au fond de l'âme, pour l'emplir de tendresse et de respect.

— Son regard brillait comme un éclair, murmura Gertraud avec un léger frémissement; il me fit peur!

— Vous avez peur de tout, vous autres jeunes filles, mais il n'est terrible qu'aux méchants et aux forts. Le regardas-tu bien, Gertraud?

— Tant que j'osai, mon père.

— Ne vis-tu point en lui quelque chose d'étrange et de surnaturel? un signe que je ne puis pas dire, et qui semble indiquer une puissance supérieure à celle des autres hommes?

— Je ne me souviens pas d'avoir vu cela, répliqua la jeune fille.

— Les enfants ne voient rien! murmura le marchand d'habits avec humeur; moi, quand il me regarde, je sens qu'il est maître de ma conscience et de ma volonté. Je sens que je ne m'appartiens plus. Sur un mot de lui, je jetterais au vent tout ce que je possède. Sur un signe, je briserais ce qui m'entoure et moi-même!

Les joues de Hans étaient pourpres; les veines de son front se gonflaient; il parlait avec feu et s'exaltait davantage à chaque mot qui sortait de sa bouche. On eût dit une soudaine ivresse.

Au plus fort de son enthousiasme, la petite pendule de la chambre voisine sonna. Hans s'arrêta pour écouter. Il compta les coups frappés sur le timbre aigu, et pendant que l'heure sonnait Gertraud le vit changer deux ou trois fois de couleur.

— Dix heures! murmura-t-il d'une voix grave et profondément émue; qui sait si l'homme et l'enfant sont encore de ce monde?

Il prit Gertraud par la main et la conduisit jusqu'auprès de son lit, devant un petit crucifix d'ébène.

— Mettez-vous à genoux, ma fille, dit-il, et priez du fond de votre cœur pour ceux qui sont en danger de mourir.

Depuis le matin, les paroles de Hans étaient pour sa fille autant d'énigmes inexplicables; à ces derniers mots seulement, elle put attacher une signification, et leur sens, deviné, la rendit plus triste.

— Est-ce donc le jeune homme d'hier, murmura-t-elle, qui est en danger de mort?

— Lui-même, répondit Hans, et un autre.

— Oh! mon Dieu! dit Gertraud, lui qui était si joyeux et si gai! lui qui parlait de bal et qui semblait ne songer qu'à sa nuit de fête...

— Priez, ma fille, priez, interrompit Hans.

Gertraud joignit les mains avec ferveur et obéit.

— L'un des deux aimait bien votre mère, reprit Hans dont le front était humide de sueur ; et, si votre mère vivait encore, elle donnerait tout son sang pour l'autre.

Gertraud poursuivait pieusement l'oraison commencée. Hans Dorn n'avait pas la force de prier.

Au moment où la jeune fille se relevait en faisant le signe de la croix, on entendit un bruit de pas retentir sur le pavé de la cour.

Ce n'était pas le son lourd des gros souliers du Temple, c'était ce bruit sec et lestement arrêté que produit le talon pointu des bottes élégantes en touchant la pierre.

Hans fit un pas vers la fenêtre ; mais il s'arrêta l'œil fixe et la bouche béante.

Gertraud elle-même restait, la main appuyée sur le lit, dans la position où le bruit l'avait surprise. Elle ne comprenait pas tout, mais ce qu'elle savait suffisait à son bon cœur pour partager avec énergie les espoirs et les craintes de son père.

Le pas s'assourdit en entrant dans l'allée, puis on l'entendit choquer le bois des marches de l'escalier.

Hans avait la tête penchée en avant et les deux mains sur sa poitrine.

— Il vient ici ! murmura-t-il. Écoutez ! écoutez !

On frappa rondement une demi-douzaine de coups à la porte de l'escalier.

Hans Dorn chancela sur ses jambes.

— Il ne frapperait pas ainsi ! pensa-t-il.

Au lieu d'aller ouvrir, il se laissa tomber sur son siége.

Les coups redoublèrent au dehors.

— Faut-il ouvrir, mon père ? demanda Gertraud.

— Fais ce que tu voudras, répondit Hans Dorn dont la tête, alourdie, s'appuya sur sa main.

Gertraud traversa lentement les deux chambres, et tira le loquet.

La porte s'ouvrit aussitôt brusquement, et un baiser retentissant tomba sur la joue de la jeune fille. Elle se recula, éperdue, et ce furent les deux bras de Franz qui l'empêchèrent de tomber à la renverse.

— Mon père ! mon père ! murmura-t-elle ; venez vite ! c'est lui !

Mais sa voix était bien faible et le marchand d'habits n'entendait pas.

Franz ne savait trop à quoi attribuer toute cette émotion ; mais il n'était pas homme à se creuser la tête, et il caressait en souriant les beaux cheveux de Gertraud, demi pâmée entre ses bras.

— Comment se porte le joueur d'orgue ? dit-il. C'est un heureux gaillard, et je voudrais presque être à sa place ! Vous êtes plus charmante encore au jour qu'à la lumière, ma jolie petite demoiselle. Oh ! les doux cheveux, les doux cheveux ! et quel plaisir ce coquin de joueur d'orgue doit avoir à les baiser quand vous lui souriez !

Gertraud mit un doigt sur sa bouche, et montra, de son autre main étendue, la porte ouverte de la chambre du marchand d'habits.

— Le père est là, dit tout bas Franz dont le frais visage semblait plus espiègle encore et plus joyeux que la veille ; et il ne sait pas nos petites amours ? N'ayez pas peur, ma jolie demoiselle, je suis discret comme un sourd et je ne dirai plus rien. D'ailleurs je vois tout au fond de vos grands yeux noirs que l'indiscrétion même n'aurait rien à dire sur votre compte. Vous êtes bonne et pure autant que jolie, et moi je suis un fou, méchant et bavard, puisque je vous force à baisser les yeux et à rougir.

Il prit la petite main de Gertraud dans les siennes et la porta jusqu'à ses lèvres, avec la grâce hardie qui était dans tous ses mouvements.

— Vous ne vous doutez pas de cela, ma jolie demoiselle, reprit-il d'un accent doux et presque sérieux, mais je vous aime presque autant que si vous étiez ma sœur. L'amitié me vient vite, à moi, comme l'amour. Hier, pendant que votre père était en train de me renvoyer, j'ai vu vos yeux se fixer sur moi. Quelle bonne pitié il y avait dans votre regard ! Je suis sûr que c'est vous qui m'avez porté bonheur. Cette nuit, j'ai pensé à vous deux ou trois fois, et pourtant, Dieu sait que cette nuit j'avais bien des choses à faire ! et, ce matin, quand je me suis cru sur le point de quitter ce monde, votre douce figure est venue me dire adieu, parmi celles que j'aimais.

— Vous avez donc évité le danger qui vous menaçait? demanda Gertraud que la surprise et l'émotion avait rendue muette jusqu'alors.

Franz fronça le sourcil, puis il éclata de rire.

— Oui, oui, répondit-il, je pourrais avoir beaucoup de duels semblables et vivre au-delà de cent ans. Il y a du bon et du mauvais dans tout cela ; ce qui est certain, c'est que je n'y comprends pas grand'chose.

— Et mon père qui attend ! dit Gertraud. Oh ! si vous saviez comme il était inquiet, et comme il m'a fait prier Dieu pour vous !

— Pour moi? s'écria Franz étonné.

Gertraud le tira par le bras et tâcha de l'entraîner vers la chambre de Hans.

— Venez, venez, reprit-elle tout bas ; s'il savait que vous êtes là, il me gronderait. Il y a plus d'une heure qu'il vous attend.

Cette petite scène n'avait pas duré une minute, et pourtant le pauvre Hans n'espérait plus. Il était toujours à la même place, les coudes appuyés sur sa table de travail et la tête entre ses deux mains.

Les paroles prononcées dans la chambre voisine arrivaient à son oreille comme un murmure. Il savait bien que celui qu'il attendait ne s'arrêterait pas à causer en chemin.

Au premier moment, il n'avait pas osé aller lui-même vers la porte, tant son espoir mêlé de crainte l'avait saisi violemment au cœur. Puis, le premier moment passé, espoir et crainte s'étaient évanouis à la fois.

Puisque le nouveau venu s'arrêtait dans la chambre de Gertraud, ce n'était pas Rodach.

Le reste importait peu à Hans Dorn.

Il était retombé dans son atonie morne, et ne prêtait l'oreille qu'aux bruits du dehors.

Franz se laissait entraîner par Gertraud.

— Ah çà ! disait-il, votre père est décidément la perle des hommes ! Hier, il m'a donné ce que j'ai voulu de ma garde-robe, et ce matin il m'a valu vos prières qui doivent être si douces à l'oreille de Dieu...

— Venez ! venez ! répétait Gertraud.

En dépassant le seuil de la chambre, elle dit bien doucement :

— Mon père, le voilà, c'est lui !

Hans se retourna lentement. Quand il aperçut la belle et souriante figure de Franz, il poussa un cri et se leva de son haut.

Tous ses membres tremblaient, et il semblait qu'il ne pouvait supporter sa joie trop forte.

— Gunther! murmura-t-il. Mon Dieu! soyez béni!

Il croisa les bras sur sa poitrine et leva les yeux au ciel avec une reconnaissance passionée.

VI

L'HISTOIRE D'UNE NUIT

Le jeune Franz fut étonné de cette grande émotion que montrait le brave marchand d'habits. Il soupçonna d'abord quelque méprise, car il n'était point possible de penser que toute cette joie fût pour lui, Franz, inconnu de la veille, et qui n'avait jamais eu avec Hans d'autres rapports que ceux du vendeur à l'acheteur.

Il est vrai que, tout en vendant sa garde-robe, il avait causé avec Hans Dorn, et que celui-ci avait paru prendre à son histoire un singulier intérêt; si bien qu'après avoir refusé tout net le marché Hans avait fini par donner la somme demandée, sans en rabattre un centime.

Mais c'est qu'apparemment son histoire était intéressante, et que le marchand d'habits aimait les histoires.

Franz, on peut l'affirmer, ne s'était point creusé la tête pour chercher une autre explication.

S'il revenait ce matin chez Hans Dorn, c'était pour un motif des plus simples. Il avait vendu ses habits, en cas de mort, comme disent les avoués; maintenant que l'heure fatale était passée et qu'il se sentait plein de vie, il voulait ravoir sa garde-robe.

S'il n'avait pas parlé encore du motif de sa visite matinale, c'est qu'il avait trouvé sur sa route le charmant sourire de Gertraud et qu'il s'était amusé en chemin.

D'ailleurs il n'avait point eu besoin d'expliquer sa venue. On l'avait reçu comme un homme attendu. Gertraud avait la joie peinte sur le visage, et le marchand d'habits semblait prêt à se pâmer d'aise.

— Les bonnes gens que voilà! se disait Franz, et comme ils tiennent à leurs pratiques!

Il n'en pensa pas beaucoup plus long que cela. Il était trop jeune et trop franc de cœur pour que la défiance pût entrer ainsi de prime abord dans son esprit. Il trouvait bien la dose d'intérêt excité un peu exagérée, mais, en définitive, c'était tant mieux, et il n'avait qu'à faire un retour sur lui-même pour expliquer ces chaudes et soudaines impressions.

Il avait si souvent jeté sa confiance à la tête du premier venu, en amitié comme en amour! il s'était tant pressé! Il n'avait, pour juger autrui, que sa propre mesure, et ce brusque intérêt qu'on lui montrait à l'improviste ne dépassait point pour lui les bornes du vraisemblable.

C'était ainsi qu'avaient commencé ses liaisons, presque toujours éphémères et qui, pour la plupart, n'avaient point laissé de traces en son souvenir, mais qui, mortes comme elles étaient nées, sans cause et par hasard, n'avaient point ralenti l'élan de sa franchise étourdie.

Il s'étonnait un peu, mais c'était tout.

— Mon brave monsieur, dit-il en allant vers Hans, si c'est ma vue qui vous cause toute cette joie, cela me fait plaisir et je vous en remercie.

Hans le regardait avec des yeux charmés et ne trouvait point de paroles pour répondre. Il restait debout, le dos tourné à sa table de travail, et son regard ne pouvait se détacher du visage hardi et gracieux de Franz.

— Comme le voilà grand! se disait-il en

BIBLIOTHÈQUE NATIONALE RF

Et ce Verdier, dit une douce voix derrière son oreille, était-il donc mort? (Page 222, col. 1.)

dedans de lui-même; comme le voilà fort! Et pas une blessure! ajoutait-il, tandis que son œil le parcourait des pieds à la tête. Oh! j'étais bien fou de craindre! Le maître ne m'avait-il pas dit que l'enfant serait sauvé? et ce qu'il veut, ne le fait-il pas toujours?

Franz, qui avait continué de s'approcher, lui tendit la main en souriant. Au contact de cette main, le marchand d'habits eut comme un frisson de plaisir.

— Ma foi! mon brave monsieur, dit le jeune homme, je ne croyais pas qu'il y eût au monde un homme pour s'intéresser si franchement à moi. Je ne sais pas si c'est la sympathie, mais il me semble que vous êtes pour moi un ami de longtemps. J'ai oublié votre nom, que je n'ai entendu prononcer qu'une seule fois dans le Temple; je n'ai jamais su celui de votre jolie fille, et pourtant je ferais pour elle tout ce qu'on fait pour une sœur, et j'aurais confiance en vous comme en un père.

Hans serrait sa main entre les siennes, et mille questions se pressaient sur ses lèvres.

— Ah çà! poursuivit Franz qui avança un siége et qui prit place sans façon, vous m'avez interrogé hier, et je vous ai répondu, comme je fais à tout le monde. Je crois n'avoir rien à cacher, mais maintenant que je réfléchis, une idée me vient : je suis dans une position où peu de chose suffit pour mettre martel en tête! il faut me pardonner, si je crois toujours trouver des gens qui en savent sur moi beaucoup plus long que moi-même. Si c'est une folie, chassons-la tout de suite, et dites-moi bien franchement que la curiosité seule inspirait vos questions d'hier.

Hans Dorn hésita un instant. Pendant qu'il hésitait, l'expression de sa physionomie changea presque complétement. Un observateur expert eût deviné sans peine le sens de cette transformation subite. Évidemment, le marchand d'habits s'était laissé aller, jusqu'alors sans défiance, au courant de ses impressions; maintenant il recouvrait sa présence d'esprit, et son sang-froid, revenu, lui montrait un danger à éviter ou un secret à garder.

— Je n'ai pas le droit de parler, pensait-il. Le maître ne m'a pas dit quels sont ses projets sur ce jeune homme.

« Monsieur Franz, reprit-il tout haut en tâchant de donner à sa voix un accent calme, je ne vous avais jamais vu avant-hier au soir. Si je vous ai fait des questions, c'est que la loi nous oblige à prendre des renseignements sur nos vendeurs, bien plus de renseignements que je ne vous en ai demandé; car j'ai confiance en vous, et je n'ai exigé aucune preuve.

— C'est vrai, dit Franz, et je vous en remercie, mais je cherche votre nom depuis une heure!

— Hans Dorn, répondit le marchand d'habits.

— Hans Dorn? répéta Franz, eh bien! c'est le nom d'un honnête et digne homme. Et ma protectrice, qui avait bonne envie de plaider ma cause hier?...

— Gertraud, répondit de loin la jeune fille qui était allée s'asseoir de l'autre côté de la porte et qui brodait à la main une belle collerette.

— Gertraud! répéta encore Franz; Hans et Gertraud! il ne faut plus que j'oublie cela, car je n'ai pas beaucoup d'amis.

Il fit un signe de tête à la jolie brodeuse, qui se recula coquettement et cacha sa tête souriante derrière la porte.

Hans regardait ce petit manége à la dérobée, et l'émotion chassée revenait dans ses yeux.

La conduite de Franz n'éveillait point en lui la jalouse inquiétude du père. On eût dit que, de lui au jeune homme, le soupçon était chose impossible.

Quand Franz se retourna de son côté, il reprit gauchement son masque d'indifférence et de froideur.

— Au lieu de me donner les renseignements que je vous demandais, poursuivit-il allongeant dans son trouble une explication que l'on n'exigeait plus, vous m'avez conté en deux mots toute votre histoire. Vous m'avez parlé de danser et de vous battre, vous m'avez dit en souriant que la nuit d'hier était votre dernière nuit. J'aime les enfants qui vous ressemblent, monsieur Franz. Je me suis pris d'intérêt pour vous, pauvre jeune homme isolé dans ce grand Paris. Si vous étiez mort, je vous aurais pleuré... Je ne sais, quand vous parlez, c'est votre cœur qui parle. Vous avez un nom allemand et je suis d'Allemagne ; et puis, vous savez, il est de vagues ressemblances qui vont remuer tout au fond de l'âme des souvenirs lointains et chers : vos traits m'ont rappelé ceux d'un maître que j'ai servi autrefois; un jeune homme comme vous, monsieur Franz, qui n'avait d'autre nom que celui du baptême, et qui, comme vous encore, souriait à vingt ans à la pensée de mourir! voilà pourquoi votre vue m'a réjoui ce matin. Je ne vous connais pas, je ne sais rien sur vous, sinon ce que j'ai appris de vous-même; mais quand j'ai touché votre main tout à l'heure, il m'a semblé que je retrouvais un ami, et j'ai remercié Dieu.

Franz lui secoua la main.

— Eh bien! père Hans, dit-il avec un grand sérieux, si je n'étais pas amoureux comme un fou, je crois que j'épouserais votre fille. Vous êtes la perle des marchands d'habits, et je suis sûr qu'il n'y a pas dans toute la ville un si brave homme que vous. Sur ma foi! je reviendrai vous voir souvent et j'apporterai une belle croix d'or à ma petite amie Gertraud, qui fait la moue dans son coin, et qui me trouve le garçon le plus fat du monde! En attendant, puisque je ne suis pas mort, je vous apporte de l'argent, pour que vous me rendiez ma garde-robe.

— Vous n'avez donc pas dépensé vos deux cent cinquante francs?

— Par exemple! s'écria Franz scandalisé; j'ai dépensé le double.

— Mais alors... commença le marchand d'habits.

— Ah! père Hans, père Hans! interrompit le jeune homme, si je vous disais tout ce qui m'est arrivé cette nuit, vous ne voudriez pas y croire, car cela ressemble à un rêve de malade. Moi-même, il y a des instants où je me demande si j'étais bien éveillé!

Il sortit de sa poche la bourse pleine de souverains allemands et en jeta une vingtaine sur la table.

— Cet or est-il de bon aloi? dit-il.

Hans prit un des souverains et l'examina longuement. Pendant qu'il le retournait en tout sens, un demi-sourire était autour de sa lèvre, et ses yeux brillaient sous sa paupière baissée. Évidemment ce n'était pas la pièce d'or seule qui le préoccupait, et son esprit voyageait ailleurs.

— Cet or est bon, murmura-t-il, et chacune de ces pièces vaut dix florins treize kreutzers d'Autriche. Les auriez-vous trouvées?

— Mieux que cela! dit Franz. C'est la partie gaie de mon histoire. Figurez-vous que j'avais mis le prix de ma garde-robe dans la poche droite de mes chausses de page : j'étais en page cette nuit, ajouta-t-il en se tournant vers Gertraud, qui avançait sa tête éveillée et regardait curieusement l'or étalé sur la table; un bien joli costume, mademoiselle, et qui vous irait à ravir! Ce matin, dans ma poche gauche, il n'y avait plus rien du tout. Il paraîtrait que les voleurs vont aussi au bal masqué : une main subtile et très-adroite m'avait enlevé mon petit trésor. Jusque-là rien que de très-ordinaire, mais pendant que ma poche droite se vidait, ma poche gauche s'était remplie, et vous voyez que je n'ai pas perdu au change!

Contre toute attente, la figure du marchand d'habits n'exprima qu'une surprise très-modérée. Le joli visage de Gertraud laissait voir, au contraire, un étonnement naïf et une curiosité croissante.

— N'est-ce pas que c'est fantastique, reprit le jeune homme, une main qui se fourre dans votre poche tout exprès pour la bourrer d'or?

— Ce n'est pas commun, dit Hans Dorn froidement.

— Vous autres Allemands, reprit Franz, vous êtes difficiles à émouvoir. Pardieu! non, ce n'est pas commun, père Hans, et si c'était commun, les tailleurs ne pourraient pas suffire à confectionner des costumes de page pour tous les gueux de Paris! Mais vous avez beau ne vous étonner de rien, je parie, moi, que je vais vous surprendre! Voulez-vous que je vous conte mon histoire?

— Volontiers, répondit Hans Dorn qui continuait de cacher son empressement sous une indifférence affectée.

Gertraud souleva sa chaise sans bruit, et se glissa en dedans de la porte, pour écouter mieux.

Franz se recueillit un instant. Les événements de la nuit emplissaient sa mémoire, mais ils s'y mêlaient confus et voilés. Toutes ces choses qu'il avait vues et qu'il ne comprenait point éblouissaient en quelque sorte sa pensée; il ne savait par où commencer l'histoire promise.

Enfin il entama son récit au hasard, et dès les premiers mots l'aiguille de Gertraud devint immobile.

Il raconta son entrée au bal Favart et sa rencontre avec le jeune Julien d'Audemer, qu'il avait connu jadis, employé comme lui, dans une maison de banque, à une époque où la famille d'Audemer vivait dans un état voisin de la pauvreté.

A ce nom d'Audemer, Hans Dorn devint plus attentif encore s'il est possible, mais il ne fit aucune question.

Franz parla ensuite du cavalier allemand qui s'était attaché à ses pas, durant la première partie du bal, puis le cavalier allemand se changea dans son récit en brillant majo; puis le majo revêtit la robe rouge de l'Arménien ivre.

Et cet homme, qui se transformait ainsi à chaque instant, avait trois physionomies pour un seul visage. Franz le montrait grave et fier sous le manteau allemand, leste et rieur sous la veste courte du majo, apathique et débonnaire sous la robe débraillée de l'Arménien.

Et il le montrait partout à la fois : au bras de madame de Laurens, dont lui, Franz, n'avait garde de prononcer le nom, dans le foyer, derrière les draperies des embrasures, sous les portes encombrées, et parmi la foule hurlante de la salle.

Partout!

Et sa parole vive donnait à ce tableau une couleur si étrange, que la jolie Gertraud l'écoutait, bouche béante, et retenait son souffle.

Elle demeurait suspendue aux péripéties du récit; c'était pour elle comme un roman mystérieux et entraînant, dont le dénouement, retardé sans cesse, met en fièvre l'imagination du lecteur.

Son âme était dans ses oreilles. Elle saisissait chaque mot au passage, et quand Franz s'arrêtait pour reprendre haleine, elle respirait, elle aussi, longuement, comme si sa curiosité l'eût oppressée.

Elle cherchait à deviner. Cette trinité fantastique l'intriguait et lui apparaissait toute pleine d'incompréhensibles mystères. Son esprit allemand se complaisait en ces choses inexplicables. C'étaient, pour elle, les miracles d'une légende germanique transportés au cœur de Paris; c'était la poésie ténébreuse des ballades éclairée par la lumière ruisselante de nos lustres et jetée au grand jour de la civilisation.

Il n'y avait ni vieilles murailles pour cacher les fantômes, ni arceaux gothiques pour répéter d'échos en échos les mystérieuses paroles. L'ombre des grands arbres manquait; les pâles rayons de la lune, amie des choses de l'autre monde, faisaient défaut; il n'y avait rien des accessoires obligés du surnaturel, mais le surnaturel, ainsi mis à nu, et passant tête levée parmi les splendeurs d'une fête, n'en était que plus saisissant.

Gertraud frissonnait, et ses yeux s'ouvraient tout grands, son sein soulevé agitait sa robe. Elle croyait voir cet homme étrange se multiplier et surgir partout sur le passage de Franz, comme un bon ou comme un mauvais génie.

Et quand le jeune homme reprenait la parole, elle cessait de penser et se redonnait tout entière aux émotions du récit.

Sa chaise glissait malgré elle sur le carreau; elle s'approchait insensiblement et sans savoir, si bien que la distance qui la séparait de Franz était diminuée de moitié au milieu de l'histoire.

Hans, au contraire, écoutait calme et froid.

Parfois on eût dit qu'il comprenait le récit bien mieux que le narrateur lui-même.

Mais les impressions éprouvées passaient comme un vent sur son visage, qui reprenait aussitôt son immobilité.

Franz, piqué au jeu, redoublait d'efforts. Les événements bizarres se pressaient dans sa bouche; plus il avançait, plus son récit animé prenait des apparences diaboliques.

Il raconta son tête-à-tête avec l'Arménien, qui le prenait pour une femme, la sortie du bal, et ces trois hommes, demi-cachés dans l'ombre, qui épiaient sa retraite et qui parlaient de lui à mots couverts.

La pendule du cabinet du *Café Anglais* s'était arrêtée comme par magie; le fiacre où il était monté avec son témoin était visiblement ensorcelé...

Et quand il était descendu avec Julien sur le trottoir des Champs-Élysées, pour courir à pied vers la porte Maillot, ce même fiacre, endormi tout à l'heure, avait soudain brûlé le pavé.

Par la portière, il avait cru entrevoir la face empourprée de l'Arménien.

Mais c'était encore une illusion menteuse, car la première personne qu'il avait rencontrée dans le bois de Boulogne, c'était l'homme mystérieux lui-même, avec son grand manteau roulé autour de son bras et une épée nue à la main.

— Et il se battait à votre place? interrompit Hans Dorn incapable de se contenir à ce coup.

Gertraud joignit les mains et pencha sa jolie tête en avant, pour entendre la réponse de Franz.

Celui-ci regarda le marchand d'habits avec défiance.

— Qui vous a dit cela? murmura-t-il en fronçant le sourcil.

Hans rajusta de son mieux son masque de froideur.

— J'ai cru le deviner, répondit-il.

Le soupçon de Franz s'en alla comme il était venu.

— Ma foi! s'écria-t-il gaiement, vous avez deviné juste, père Hans! il était là en face de Verdier, mon adversaire, et Dieu sait que, malgré la leçon de Grisier, il se battait mieux que je n'aurais pu le faire! Tudieu! quelles parades et quelles ripostes! quel sang-froid et quel poignet d'enfer! Au moment où nous arrivions, il reçut une légère blessure, et ce fut par ma faute, car un cri de surprise m'échappa à sa vue, mais il me sembla que l'épée de Verdier rebondissait sur sa chair, comme si sa peau eût été une armure d'acier. Deux ou trois gouttes de sang, voilà tout! puis des attaques rapides, des feintes dont j'ignore le nom... Ah! c'est lui qui sait parer le contre de quarte! mais, par exemple, il ne rompt jamais! Verdier, le pauvre diable, n'y voyait que du feu; il se débattait comme au hasard, et j'avais pitié de lui. Mais, lors même que j'aurais voulu le secourir, le temps manquait, père Hans; car, trois secondes après notre arrivée, Verdier tombait à la renverse, avec un grand coup d'épée dans la poitrine.

— Et le cavalier allemand? dit Hans dont nul effort humain n'aurait pu contenir l'enthousiasme dans ce moment.

— Dieu sait où il est, répliqua Franz; vous sentez bien, père Hans, que tout cela ne me plaisait qu'à demi. Je ne suis plus un enfant, pour avoir besoin de défenseur; et cet homme-là, quel qu'il soit, aura un compte à me rendre quelque jour. Mais, dans ce premier moment, j'étais comme ébahi et incapable d'agir. Tout ce que je puis vous dire, c'est que le cavalier allemand salua de la main les témoins de Verdier, essuya son épée sur l'herbe et disparut derrière les arbres.

VII

LA GARDE-ROBE DE FRANZ

Hans Dorn faisait encore ce qu'il pouvait pour garder un aspect d'indifférence et de froideur, mais sa physionomie, franche et vive, trompait tous ses efforts; on y pouvait lire aisément le puissant intérêt qu'il prenait au récit de Franz.

Celui-ci avait gagné, bien mieux qu'il ne le croyait lui-même, la gageure proposée; il avait parié que son histoire étonnerait le marchand d'habits, et le résultat allait au delà de ses prévisions : Hans était profondément ému.

Mais Franz n'était point tout à fait dans le secret de cette émotion. La pensée de Hans Dorn n'était pas seulement captivée par le récit lui-même, mais encore par les choses qu'il entrevoyait au dehors du récit.

Ce qui restait pour Franz mystérieux et inexplicable, Hans Dorn le comprenait.

Bien qu'il eût, lui aussi, une imagination allemande, cette longue série d'événements fantastiques n'avait pour lui rien que de naturel.

Il possédait une formule infaillible pour résoudre tous ces problèmes.

— *Il* avait promis de le sauver! se disait-il avec une sorte de foi superstitieuse.

Et rien ne peut rendre l'emphase que ce pronom «*il*» prenait dans sa bouche.

Franz l'observait à la dérobée; il triomphait en constatant l'effet produit.

— Et ce Verdier, dit une douce voix derrière son oreille, était-il donc mort?

Franz se retourna vivement. Gertraud, qu'il croyait toujours de l'autre côté de la porte, était là tout près de lui.

— Oh! oh! ma bonne petite Gertraud, dit-il en souriant, c'est donc à Verdier que nous nous intéressons? Le pauvre diable n'était pas mort, mais il n'en valait guère mieux. Quand nous nous approchâmes, Julien et moi, nous le trouvâmes étendu sur l'herbe, sans mouvement et sans voix. Ses deux témoins déchiraient sa chemise pour examiner sa plaie. Mais comme vous voilà pâle, Gertraud, et que vous avez mis d'adresse à vous approcher de nous sans être entendue! Père Hans, voyez un peu votre fille! l'émotion l'étouffe, comme si elle avait passé huit heures à voir quinze actes de la Porte-Saint-Martin! C'est là un succès, ou je ne m'y connais pas!

La pâleur de Gertraud fit place à une rougeur subite. Le charme était rompu. Elle jeta sur Franz un regard de reproche et baissa la tête sur sa broderie oubliée.

— Et vous, père Hans, reprit le jeune homme, vous ne dites rien de tout cela?

— Je dis que vous avez eu cette nuit des aventures fort bizarres, monsieur Franz, répliqua le marchand d'habits sur un ton de gaieté; ces choses-là n'arrivent jamais qu'aux bons garçons de votre âge! Mais d'où vint cette bataille entre votre adversaire et le fameux cavalier allemand.

— Voilà justement ce que je ne sais pas bien, répliqua Franz, et ce qui m'intrigue le plus en tout ceci. Quand nous arrivâmes auprès de Verdier, Julien et moi, le pauvre garçon était couché sur l'herbe et ne donnait plus guère signe de vie. Ce n'était pas le cas de lui demander une explication. Après qu'on l'eut mis dans un fiacre avec un de ses témoins, l'autre témoin resta près de nous. Il nous dit que le cavalier allemand les avait accostés à trente pas de la porte Maillot, que Verdier avait tressailli à son aspect, que l'Allemand l'avait pris par le bras et entraîné à l'écart, sans que Verdier songeât à faire résistance.

« Le témoin n'entendait pas ce qu'ils se disaient dans ce premier moment. L'Allemand semblait commander; Verdier baissait l'oreille, mais ses gestes indiquaient un refus.

« Au bout de deux ou trois minutes, la voix de l'Allemand s'éleva jusqu'au diapason de la colère. Les témoins commencèrent à entendre; des paroles de mépris écrasant vinrent jusqu'à leur oreille. C'était le cavalier allemand qui les prononçait.

« — Si vous ne voulez pas, s'écria-t-il enfin en tirant son épée de dessous son manteau, c'est avec moi que vous allez vous battre!

« — Qu'à cela ne tienne,» répliqua Verdier qui se croyait parfaitement sûr de son affaire.

« Ils revinrent vers les témoins et se les partagèrent.

« Ils se mettaient en garde au moment où Julien et moi nous entrions dans le fourré. Leur combat ne dura pas plus d'une minute, et le pauvre Verdier reçut tout de suite ce qu'il comptait si bien me donner :

« Un bon coup d'épée!

« Comme j'étais encore tout plein de mes aventures nocturnes et des embarras calculés qui avaient retardé mon arrivée au rendez-vous, je dis au témoin :

« — Pensez-vous, monsieur, que cet homme eût des motif pour se battre avec M. Verdier? »

« Le témoin me regarda en souriant.

« — Le connaissez-vous? me demanda-t-il.

« — Je l'ai vu cette nuit pour la première fois.

« — Vous a-t-il parlé?

« — Jamais.

« — Eh bien! alors, s'écria le témoin, comment penser qu'il se soit battu pour vous? Je ne sais pas bien ce que vous avez fait à Verdier, mais il venait là dans la ferme intention de vous tuer. Il doit y avoir entre vous autre chose que le verre de bière jeté à la figure.

« — Rien que je sache.

« — Il faut croire alors qu'il a de la rancune; car, toute la nuit, il s'est escrimé pour se refaire la main, et il nous disait en route qu'il voulait vous planter six pouces de fer sous l'aisselle.»

« Voilà tout ce que j'ai pu tirer de ce témoin, ajouta Franz; il n'en savait pas davantage lui-même, et il nous quitta au bout des Champs-Élysées pour se rendre auprès de Verdier... Voyons, père Hans, vous qui êtes un homme de jugement, donnez-moi votre avis là-dessus. Pensez-vous que j'aie été pour quelque chose dans la conduite de cet Allemand?

— Moi, j'en suis sûre! s'écria étourdiment Gertraud.

Le marchand d'habits lui imposa silence d'un geste furtif et rapide.

— Moi, je n'en crois rien du tout, dit-il à son tour. D'après votre récit, l'Allemand connaissait ce Verdier, qui se troubla en l'apercevant à la porte Maillot. Il est évident qu'il n'a fait là que ses propres affaires.

Franz regarda successivement Gertraud, qui baisssait la tête sur son ouvrage, et le marchand d'habits, dont la figure ouverte exprimait une nuance d'embarras.

Durant quelques secondes, il garda le silence et parut réfléchir.

— Ma foi! s'écria-t-il ensuite, en secouant brusquement sa tête blonde, j'ai beau chercher, je m'y perds! Les regards de ce grand gaillard-là avaient une expression étrange pendant qu'il m'épiait au bal. Il fallait bien qu'il eût une raison quelconque pour me guetter ainsi, et rien ne m'empêchera de croire qu'il est pour quelque chose dans tous ces mystérieux obstacles qui se sont mis entre moi et l'épée de Verdier. Mais, en définitive, père Hans, j'aime mieux être vivant que mort; je ne vois pas pourquoi je ferais semblant d'entrer en grande colère, parce qu'on m'a empêché d'être tué par un coquin. Je suis allé là de franc jeu; ma conscience ne me reproche rien. Et si ce grand gaillard d'Allemand s'est battu pour moi, je lui vote des remerciements à tout hasard.

Franz disait cela d'un air moitié gai, moitié résigné. Évidemment, il faisait bon visage à sa mésaventure, et le dénouement de l'affaire lui laissait quelque chose sur le cœur.

Sa main tourmentait les belles boucles de ses cheveux, et il avait perdu son sourire.

— D'ailleurs, reprit-il répondant à une objection que lui faisait sa fierté, il faudra bien que je revoie cet homme quelque jour, et alors je lui demanderai quel droit il a de me protéger!

Un nuage plus sombre passa sur sont front.

— Ce droit, il peut l'avoir, poursuivit-il à voix basse; il y a, je le pense, des gens qui me connaissent et que je ne connais point. Ceux qui m'ont jeté tout seul et sans secours dans la vie savent où je suis, sans doute, et ils ont peut-être un remords.

Hans se détourna pour cacher son trouble et ne point répondre.

Les doux yeux de Gertraud était fixés sur Franz, qu'elle se sentait aimer davantage en le devinant plus malheureux.

L'embarras du marchand d'habits et le tendre intérêt de sa jolie fille échappaient également à Franz, dont les mains s'étaient croisées sur ses genoux et qui songeait.

Les enfants qui, comme lui, ne connaissent point leur père, ont des pensées à eux et que les autres jeunes gens ne soupçonnent pas. Quels que soient leur caractère et leur nature, il y a toujours comme un fond de tristesse mêlée d'ardents espoirs dans leurs réflexions. Franz était gai, frivole, étourdi, ami du plaisir; mais la rêverie le transformait parfois, pour un moment, et mettait de sérieuses méditations au fond de son cœur.

Il voyait sa mère, et qu'il se la représentait belle!

Il voyait son père: un noble visage et une âme vaillante.

Son cœur, capable de tous les amours, s'élançait, brûlant, vers ces fantômes chers.

Puis des larmes cruelles jaillissaient de ses yeux, parce qu'il se disait:

— Ils sont morts, peut-être!

En ce moment, Franz venait de tomber dans cette rêverie amère, mais aimée, qui le prenait *chaque jour aux heures de solitude*. Ces événements de la nuit précédente, qu'il tâchait en vain de comprendre, avaient éveillé en lui des craintes vagues et de plus vagues espoirs.

Une voix s'élevait au dedans de lui, qu'il ne pouvait point étouffer, et qui lui parlait de son père.

Mais l'homme de cette nuit était bien jeune pour être son père!

Et pourquoi l'eût-il abandonné pendant si longtemps, pour venir à son secours juste à l'heure du péril?

Pourquoi ce silence et ces précautions mystérieuses?

Le vent de sa méditation tournait; il se reprochait de s'être ému; il se raillait lui-même et s'accusait de folie.

Il n'y avait plus rien dans tout cela, sinon les bizarreries d'une nuit de carnaval. Le hasard avait tout fait: le beau rêve s'enfuyait, et Franz se retrouvait seul.

Et sa nature mutine se révoltait énergiquement contre l'émotion vingt fois repoussée de ce songe qui venait toujours l'assaillir.

BIBLIOTHÈQUE NATIONALE R.F. IMPRIMÉS

Madame la vicomtesse Hélène d'Audemer était assise entre ses deux enfants, Julien et Denise. (Page 233, col. 2.)

Il se redressa tout à coup et rappela son sourire décidé.

— Allez me chercher mes habits, père Hans, dit-il; je ne suis pas venu ici pour raconter des histoires larmoyantes. Parbleu! je me sens de l'argent plein mes poches et je ne l'ai pas volé : que me faut-il de plus? Je serais bien bon de me creuser la tête à chercher l'impossible!

Hans se leva sans mot dire et se dirigea vers un cabinet noir où étaient pendues, sous une toile, les plus précieuses de ses marchandises.

Franz était seul de nouveau avec Gertraud.

La jeune fille avait repris son aiguille, et ses doigts déliés suivaient le dessin de sa broderie.

— Est-ce pour vous, cette collerette, Gertraud? demanda Franz pour dire quelque chose.

— Oh! non, répondit la jeune fille; je ne suis pas assez riche pour porter cela.

— Et pour qui est-ce?

— Pour une demoiselle que vous pouvez bien connaître, car vous avez prononcé son nom tout à l'heure.

— J'ai prononcé le nom d'une demoiselle? commença Franz qui ne se souvenait point.

— Le nom de son frère, du moins, dit Gertraud.

— C'est pour Denise?... s'écria Franz vivement.

Et tout de suite, après avoir parlé, il se repentit et se mordit la lèvre en rougissant.

Gertraud avait relevé sur lui ses grands yeux limpides, qui semblaient interroger.

— Elle est bien jolie! murmura-t-elle; oh! et bien bonne, mademoiselle Denise d'Audemer! Il y a longtemps que mon père connaît sa famille, et je vais la voir quelquefois. Bien que je ne sois qu'une pauvre petite ouvrière, elle cause avec moi comme si j'étais son amie. Si vous saviez, monsieur Franz, comme elle est douce et comme elle a bon cœur!...

Franz rougissait à chaque instant davantage, et ses efforts ne servaient qu'à rendre son trouble plus marqué.

Les yeux de la gentille Gertraud s'éveillaient, comme si une pensée soudaine eût traversé son esprit. Son sourire s'imprégnait de malice joyeuse.

— Elle me dit ses petits secrets, reprit-elle doucement; nous avons joué ensemble au temps de notre enfance, et mademoiselle Denise s'en souvient. Ah! monsieur Franz, celui qu'elle aimera sera un homme heureux.

Franz laissa échapper un gros soupir; sa langue le démangeait, mais il ne parla point.

Gertraud fit semblant de reprendre son travail; mais, tout en poussant son aiguille avec une adresse agile, elle glissa un regard sournois vers Franz, qui était debout devant elle.

Elle vit la figure du jeune homme s'épanouir et ses yeux briller, comme si on eût mis du bonheur plein son âme.

Au moment où Franz s'applaudissait et se déclarait lui-même un héros de discrétion, la petite Gertraud éclata de rire.

— Monsieur Franz! monsieur Franz! dit-elle en remettant sur lui ses yeux espiègles mais bons, hier, en vous voyant, j'ai pensé tout de suite que je vous avais rencontré quelque part! j'ai cherché longtemps, et voilà que je me souviens: c'est sous les fenêtres de mademoiselle Denise que je vous ai rencontré, monsieur Franz!

Le jeune homme, pris à l'improviste, voulut nier.

— Non, non, poursuivit Gertraud, je sais bien que je ne me trompe pas! vous étiez dans la rue et vous regardiez... Oh! comme vous regardiez, monsieur Franz! Et, quand je montai, je trouvai mademoiselle Denise qui soulevait un petit coin de son rideau et qui vous regardait aussi.

— Est-ce bien vrai? s'écria Franz.

Au moment où Gertraud allait répondre, le marchand d'habits rentra, tenant à la main la garde-robe achetée.

La jeune fille reprit son travail avec ardeur, comme si elle eût voulu réparer le temps perdu.

Franz compta le prix de sa garde-robe, et reçut en échange un paquet confectionné artistement.

Il tendit sa main à Hans Dorn, qui la serra cordialement, et prit congé.

En passant auprès de Gertraud, il se pencha jusqu'à son oreille.

— Si vous la voyez, lui dit-il bien bas, dites-lui que ce duel n'a pas eu de suites.

Gertraud fit un petit signe de tête, et Franz sortit en disant:

— A bientôt!

Le marchand d'habits ouvrit la croisée pour le voir encore, tandis qu'il traversait la cour. Et quand la taille de Franz, élégante et leste, se fut perdue dans l'ombre de l'allée, Hans revint s'asseoir et appuya sa tête sur sa main.

Il n'avait plus besoin de se contraindre; ses yeux, qui exprimaient une joie profonde et recueillie, étaient humides.

Quant à Gertraud, elle pensa un instant au joli secret qu'elle venait de surprendre; puis son esprit revint, par une pente insensible, à la mystérieuse histoire racontée par Franz, et comme le silence de son père la laissait entièrement à elle-même, l'impression de la gaieté récente s'effaça bien vite. Gertraud retomba dans ses frayeurs enfantines; les spectres évoqués se dressèrent de nouveau devant ses yeux. Sa tête se pencha toute pâle.

Elle avait peur.

Elle avait peur surtout de ce terrible cavalier allemand, à qui son imagination prêtait une puissance surnaturelle.

Elle le voyait tel que Franz l'avait décrit, avec sa haute taille drapée dans les plis longs de son manteau, avec son feutre qui faisait ombre sur son visage, avec le feu sombre et profond de son regard.

Comme elle songeait ainsi, on frappa pour la seconde fois à la porte extérieure.

Gertraud tressaillit, puis elle hésita dans sa frayeur folle.

Enfin, sur un signe de son père, elle se leva pour aller ouvrir.

Quand la porte tourna sur ses gonds, Gertraud poussa un cri et s'appuya, chancelante, à la muraille.

Sa terreur semblait avoir appelé le fantôme.

Le cavalier allemand était sur le seuil.

VIII

LA CASSETTE

Gertraud reconnut d'un seul coup d'œil ce personnage mystérieux et terrible, qui jouait un rôle si étrange dans le récit de Franz.

Elle resta immobile et comme ébahie devant la porte, ne cherchant point à dissimuler sa frayeur.

— C'est ici la demeure de Hans Dorn, le marchand d'habits? demanda le cavalier allemand avant de franchir le seuil.

En même temps, il souleva son chapeau avec une courtoisie grave et découvrit son front hautain, où cette nuit de veille n'avait laissé aucune trace de fatigue.

C'était un front pur et sans rides, couronné par les anneaux d'une belle chevelure noire.

Gertraud, la pauvre fille, voyait ce visage noble et fier à travers son épouvante; elle baissait les yeux et n'osait point répondre.

Le baron de Rodach fit un pas au delà du seuil. Son regard, en tombant sur Gertraud, était doux comme celui d'un père.

— Ma belle enfant, dit-il, me voici entré chez vous sans attendre votre réponse. Vous m'avez oublié peut-être, mais moi je vous reconnais, parce que je me souviens de votre bonne mère, dont vous avez les traits et sans doute le cœur.

Gertraud leva sur lui son regard timide. Rodach souriait.

Dans ce sourire, il y avait comme une tendresse caressante et protectrice.

Si la peur de Gertraud n'eût été que le farouche embarras de son âge, elle eût été bien vite rassurée par ce sourire, tout plein de franchise et de bonté; mais Gertraud avait en ce moment la tête trop remplie de fantastiques terreurs.

Sa paupière se baissa de nouveau.

Rodach la contempla encore.

— Pauvre Gertraud! murmura-t-il en songeant, non point à cette enfant qui était là, devant lui, brillante de jeunesse et de force, mais à l'autre Gertraud, à la pauvre fille d'Allemagne, qu'il avait vue autrefois belle aussi, et jeune et souriante, et qui était morte maintenant.

Tout un passé lointain revenait vers lui avec cette pensée; mais il n'avait point de loisir à donner à des rêves, et, après quelques secondes de silence, il reprit :

— Où est votre père, ma fille?

Gertraud lui montra du doigt la porte entr'ouverte de la chambre de Hans.

Le baron de Rodach se pencha et mit un baiser sur le front de la jeune fille, qui devint plus pâle et qui chancela, comme si tout son sang s'était retiré vers son cœur, au contact de cette bouche redoutée.

Rodach entra dans la chambre de Hans. Gertraud alla s'asseoir dans un coin, où elle demeura muette et pétrifiée.

A la vue de Rodach, Hans Dorn se leva, respectueux et empressé; le baron prit le siége où Frantz s'asseyait naguère; le marchand d'habits se tint debout devant lui.

— Gracieux seigneur, dit-il, l'enfant vient de venir...

— Je le sais, répondit Rodach. Au moment où il montait dans sa voiture, la mienne s'arrêtait devant votre maison.

— Vous a-t-il vu?

— Non. J'ai baissé précipitamment le store, et, avant de descendre, je lui ai laissé le temps de s'éloigner.

— Il m'a tout raconté, reprit Hans. J'ai deviné ce qu'il ne pouvait point comprendre. Vous aviez dit que vous le sauveriez et vous l'avez sauvé. Mais vous avez reçu une blessure?...

— L'épée m'a effleuré l'épaule, répondit Rodach, quelques gouttes de sang sur ma chemise, et voilà tout. Fermez la porte, ami Hans; nous avons à causer de choses plus sérieuses.

Le marchand d'habits attira le lourd battant et poussa le verrou.

Il revint vers Rodach, qui passait la main sous son manteau comme pour assurer un objet retenu entre son bras et son flanc.

— Vous pouvez parler sans crainte, gracieux seigneur, dit Hans. Ici, personne ne peut vous entendre ni vous voir.

La première partie de cette assertion était d'une rigoureuse exactitude : la porte, en effet, avait une grande épaisseur, et la pauvre Gertraud n'avait garde d'y venir prêter l'oreille; quant au reste, le marchand d'habits se trompait.

Pendant qu'il attendait dans la matinée, inquiet et tourmenté par la crainte, il s'était mis à la fenêtre bien des fois pour jeter un regard vers l'allée obscure qui conduisait à la place de la Rotonde.

La croisée était restée ouverte à demi, personne n'y avait fait attention, parce que le poêle de fonte suffisait à tenir l'atmosphère tiède, malgré l'air frais du dehors.

L'ouverture était d'ailleurs bien petite; mais le vent passait par cette fente étroite, et soulevait de temps en temps le rideau de grosse mousseline chargé d'intercepter les regards curieux du voisinage.

Et chaque fois que le vent soufflait ainsi, deux yeux écarquillés et fixes plongeaient avidement dans la chambre du marchand d'habits.

Ces yeux appartenaient à l'idiot Geignolet, qui n'avait pas quitté son poste depuis une grande heure, et qui regardait tant qu'il pouvait, espérant toujours découvrir l'endroit où Hans Dorn mettait ses *jaunets*.

Depuis qu'il avait vu les pièces d'or entre les mains de son frère, cette idée avait pris possession de son cerveau malade; il n'avait pas d'autre pensée, et son pauvre esprit s'enivrait à rêver des tiroirs pleins d'or.

Et il avait la fièvre, car il savait vaguement que ces petites pièces brillantes valent chacune un monceau de gros sous!

Il aimait passionnément les sous, qui servent à acheter l'eau-de-vie.

Dans la nuit de ces intelligences viciées, la faculté de faire le mal se développe parfois avec une incroyable puissance. A défaut du raisonnement, ces malheureux ont l'instinct de la brute, l'instinct aiguisé, agile, pénétrant, qui étonne parfois les calculs de la pensée.

Ils ont la ruse lente, qui se glisse comme une couleuvre là où ne passerait point la force; ils ont le sens subtil du sauvage qui rampe sur la trace de sa proie. Rien de ce qui refrène la passion des autres hommes ne leur fait obstacle; rien ne les distrait de l'objet convoité; ils n'ont point la pudeur qui retient, et ils ont la patience implacable.

Geignolet se tenait sur ses deux genoux, immobile comme une souche, et l'œil collé aux vitres de la fenêtre.

A l'aide de son doigt mouillé, il avait fait une éclaircie dans la couche épaisse de poussière qui recouvrait les carreaux; il avait soulevé un tout petit coin du rideau de vieille toile, et il guettait.

Il guettait sans cesse ni relâche.

L'attente n'abattait point sa fringale. Il restait là comme un loup à l'affût.

De temps en temps sa voix sourde grondait tout bas un couplet de sa bizarre chanson, où il parlait de jaunets et d'eau-de-vie.

Il avait vu Franz assis à côté du marchand d'habits; mais, lorsque le jeune homme avait compté le prix de sa garde-robe, le rideau immobile lui avait caché la vue de l'argent.

Il n'avait rien aperçu encore de ce qu'il cherchait, et il attendait.

Quand le marchand d'habits se fut placé de nouveau en face de Rodach, celui-ci entr'ouvrit son manteau et mit sur la table un petit coffret à couverture de cuir bordé de clous d'argent.

Pour la première fois depuis qu'il était à son poste, l'idiot vit briller quelque chose, et son regard s'alluma; mais, en ce moment, le vent faible qui se faisait sentir par intervalles cessa de souffler, et le rideau retomba le long des vitres de la fenêtre de Hans.

L'idiot poussa un grognement étouffé; son œil roula dans son orbite creuse, et il fit un mouvement comme pour s'élancer en avant.

Puis il ramassa ses jarrets sous lui et colla de plus près ses sourcils au carreau.

Durant quelques minutes, il ne vit plus rien que la grosse mousseline dont les plis immobiles interceptaient son regard.

Rodach avait mis sa main étendue sur la petite cassette de cuir.

— Parlons d'abord de l'enfant, dit-il; vous aviez raison ami Hans, c'est un cœur vaillant et intrépide. Je l'ai vu à l'œuvre, et je jurerais sur mon salut que nous ne nous sommes point trompés. J'étais dans la salle d'armes, au moment où il a pris sa leçon de duel. Quand sa main a touché l'épée nue, il m'a semblé voir dans son œil l'éclair soudain qui animait jadis le regard de son père. Je n'ai nulle preuve nouvelle, mais tout mon amour s'élance vers lui et le sang des grands comtes a frémi dans mes veines, à sa vue.

— La voix du cœur ne ment point, répliqua Hans; ce que vous avez ressenti, je l'ai moi-même éprouvé. Vous êtes du sang des seigneurs, et je ne suis, moi, qu'un pauvre vassal. Je n'ai pas le droit de dire que j'aime l'enfant autant que vous; seulement, s'il lui faut ma vie, je la lui donnerai.

Le baron lui tendit la main, mais, au lieu de la serrer, Hans la porta jusqu'à ses lèvres.

— Il a grand besoin de l'amour des serviteurs de ses pères, reprit Rodach ; votre dévouement sera mis à l'épreuve, ami Hans, car il y a dés piéges semés autour de lui, et il tombera dans toutes les embûches avec la confiance aveugle de son âge. Avez-vous quelques compagnons sur qui vous puissiez compter?

Hans ne répondit pas tout de suite. Il cherchait.

— J'ai des camarades, répliqua-t-il enfin, à qui je confierais tout ce que j'ai amassé par mon travail, tout ce que je destine au bonheur de ma fille.

— Quels sont-ils?

— Des Allemands comme moi, et d'anciens serviteurs de Bluthaupt : Hermann, qui était fauconnier du schloss ; Fritz, le courrier; Johann...

Il s'arrêta et parut réfléchir.

— Je ne sais, reprit-il; à Johann aussi je confierais peut-être ma fortune, mais ce qui regarde l'enfant est plus précieux que de l'or!

— Et après Johann? demanda le baron.

Hans prononça encore quatre ou cinq autres noms qui étaient ceux des convives rassemblés, la veille, pour fêter le dimanche gras, au cabaret de *la Girafe*.

— C'est bien, dit Rodach, ces noms sonnent comme il faut à mon oreille, et nous devons louer Dieu d'avoir réuni tant de braves Allemands loin de la patrie. Parlez-leur séparément et avec prudence ; sondez-les ; sachez au juste jusqu'à quel point ils sont dévoués et fidèles à des souvenirs qui vont s'affaiblissant chaque jour, et hâtez-vous de faire tout cela, car, je vous le répète, la vie de l'enfant est toujours en péril.

Hans, qui avait repris son joyeux visage depuis le départ de Franz, redevint soucieux et inquiet.

— Ce duel n'est-il pas bien fini? demanda-t-il.

— Le malheureux qui devait se battre contre lui, répondit le baron, est pour longtemps hors de combat, mais j'ai appris bien des choses depuis que je vous ai vu, ami Dorn ! toute cette nuit a été laborieuse, et mon travail n'est pas resté sans fruit. Ce duel n'était point une bataille ordinaire : c'était un assassinat prémédité froidement.

— Un assassinat! s'écria le marchand d'habits.

— A cet égard encore, répliqua le baron, je n'ai point de preuves positives ; mais je ne suis arrivé que d'hier, et tout ne peut pas se faire en une seule nuit. Ce matin même, mes soupçons, je l'espère, seront changés en certitude.

Le baron se tut. Hans n'osait lui adresser de questions directes, mais son regard l'interrogeait mieux que n'eussent fait des paroles.

— C'est encore là une raison de croire, reprit le baron répondant à ses propres réflexions: si on l'attaque, c'est qu'on le craint, et pourquoi le craindrait-on, pauvre enfant obscur et abandonné, si quelque mystère, deviné, ne lui donnait de l'importance? Ces gens sont riches et tout-puissants ; il n'a rien il ne peut rien. Comment expliquer cette haine?

Rodach repoussa du coude la cassette et appuya sa tête sur sa main.

— Voilà vingt ans écoulés depuis lors,

reprit-il en baissant la voix. Ils ne me reconnaîtront pas. Quand ils m'ont vu, leurs yeux étaient troublés par la terreur ; d'ailleurs, dussent-ils me reconnaître, il faut que je sache! Avec de l'or, ils trouveront sans cesse de nouveaux bras prêts à servir leur lâche perfidie. Verdier terrassé, un autre se lèvera, et je ne serai pas là toujours pour mettre ma poitrine au-devant de leurs épées.

— Gracieux seigneur, dit Hans, je ne sais pas de qui vous parlez.

Rodach le regarda, comme s'il n'eût point compris la question.

— Geldberg et Cie, demanda-t-il au lieu de répondre, demeurent-ils toujours rue de la Ville-l'Évêque, à leur ancien hôtel?

— Toujours, répliqua Hans.

Les yeux de Rodach devenaient fixes et accusaient l'effort de sa méditation laborieuse.

— Et puis, reprit-il tout à coup, l'épée n'est qu'un moyen. Pour tuer un homme, on a dix expédients plus sûrs et moins faciles à déjouer. Il faut savoir! il faut savoir et commencer la lutte tout de suite!

Sa main étendue saisit l'une des poignées de la cassette et l'attira à lui d'un geste brusque.

Il fixa sur Hans Dorn ce regard, perçant et grave à la fois, qui allait réveiller au fond du cœur du bon marchand d'habits tout un monde de sentiments et de souvenirs.

— Ceci est l'espoir de Bluthaupt, murmura-t-il.

Hans se pencha involontairement. Rodach reprit :

— Ce sont les seules armes que je possède pour combattre ces hommes qui détiennent l'héritage des comtes. Ils sont bien forts et ils ne reculent devant rien. Mais, à l'aide de ce talisman, j'espère les vaincre.

Hans ouvrit de grands yeux et regarda la cassette, comme si c'eût été un objet surnaturel.

— Je crois en vous, ami Dorn, continua le baron de Rodach sans cesser de le regarder en face : si je connaissais au monde un homme plus fidèle et plus dévoué que vous, j'irais le trouver pour lui confier mon trésor.

Hans mit sa main sur sa poitrine et dit avec une gratitude recueillie :

— Gracieux seigneur, merci! je suis tout à vous, et le dépôt confié par le fils de votre père ne me quittera qu'avec la vie.

— Je le crois, répondit Rodach, et je remets à votre garde l'espérance de Bluthaupt. Soyez discret, Hans Dorn, même auprès de votre fille! Je vais entamer une lutte dont les chances ne se peuvent point prévoir. Avec moi, cette cassette serait trop exposée. J'ai confiance en vous comme en moi-même ; gardez-la : quand il en sera temps, je viendrai vous la redemander, et alors le nom de Bluthaupt sera bien près de reconquérir son ancien éclat.

Hans s'inclina respectueusement.

— J'accepte le dépôt, dit-il ; et, sur la mémoire de mon père, je m'engage à vous le rendre dès que vous l'ordonnerez.

Rodach se leva et rejeta son manteau sur son épaule pour sortir.

— Cela me pesait, dit-il en redressant sa haute taille ; j'ai une responsabilité de moins, maintenant, et je me sens le cœur plus léger. Voyons, avant de vous quitter, ami Dorn, n'ai-je plus rien à vous dire?

Il sembla chercher au fond de sa mémoire, puis il s'écria tout à coup :

— Je savais bien que j'oubliais quelque chose! il me faut l'adresse de ce jeune Franz.

Hans venait d'ouvrir la porte, et il se trouvait en ce moment dans la chambre de Gertraud.

— Malheureux que je suis! murmura-t-il, je n'ai pas songé à demander cette adresse!

Gertraud était toujours dans son coin : elle jetait, par derrière, sur le baron des regards sournois et assez peu rassurés; son trouble, néanmoins, n'était plus de l'épouvante, et lorsqu'elle vit l'embarras de son père, elle se sentit assez forte contre sa timidité pour venir à son aide.

— Cette adresse, prononça-t-elle bien bas, je pourrai l'avoir.

— Comment cela? demanda Hans Dorn.

Gertraud rougit; elle s'était avancée à l'étourdie, et, pour répondre, il fallait trahir maintenant un secret qui n'était pas le sien.

Le secret de Franz et de Denise.

Car c'était à mademoiselle d'Audemer qu'elle pensait, lorsqu'elle avait dit : Je puis avoir cette adresse.

Heureusement, les jeunes filles, si pures et si simples qu'elles soient, ont déjà pour un peu le génie de la femme.

Gertraud réfléchit une seconde, puis elle répondit :

— Monsieur Franz nous a parlé du vicomte Julien d'Audemer.

— C'est vrai! s'écria le marchand d'habits tout consolé; si vous voulez attendre, monsieur le baron, nous allons avoir cette adresse dans un quart d'heure.

Rodach consulta sa montre.

— Je ne puis, répondit-il. Je reviendrai.

Il salua Gertraud, qui fit une belle révérence, et sortit. Gertraud, à demi revenue de sa frayeur, le suivit d'un regard curieux.

Hans l'accompagna jusqu'au bas de l'escalier, puis il revint précipitamment pour serrer la cassette confiée.

Il se hâta de la placer dans une armoire dont lui seul avait la clef.

Au moment où il la posait avec précaution sur la plus haute planche, un pâle rayon du soleil d'hiver se glissa par l'ouverture de la fenêtre et vint tomber d'aplomb sur la cassette, dont les clous reluisirent comme autant de louis d'or.

Cette circonstance porta les regards du marchand d'habits vers la fenêtre, et il s'aperçut seulement alors qu'elle était ouverte.

Il lui semblait que l'univers entier convoitait le précieux coffret, et il s'élança vers la croisée pour réparer son imprudence.

Le vent soufflait en ce moment et le rideau flottait.

Comme il saisissait les châssis de la fenêtre pour les joindre et la fermer, son œil se leva par hasard vers la pauvre demeure des Regnault.

Dans un coin de vitre, à la croisée qui lui faisait face, il aperçut deux gros yeux qui brillaient d'une manière étrange.

Ce fut l'affaire d'un instant.

Lorsque le marchand d'habits mit sa main au-dessus de sa paupière pour se garantir du soleil et regarder mieux, il ne vit plus rien que la toile grisâtre qui servait de rideau à sa pauvre voisine.

IX

UNE FÊTE PROMISE

On était à déjeuner chez madame d'Audemer, veuve de ce vicomte Raymond que

BIBLIOTHÈQUE NATIONALE R.F.

Que vous dire?... Je l'aime encore, je l'aime autant que jamais, et je ne sais plus s'il convient que je l'épouse. (Page 242, col. 1.)

nous vîmes passer dans les premières pages de ce récit, marchant vers l'*Enfer de Bluthaupt*, où il devait trouver la mort.

La salle à manger donnait sur le derrière de la maison, et le bruit des rares voitures qui traversent, à de longs intervalles, les rues de Beaujolais et de Bretagne, ne parvenait point jusqu'aux oreilles des convives.

C'était, au milieu de Paris, le silence qui règne dans les calmes campagnes; les mille voix de la ville bavarde s'étouffaient au loin : on eût dit que cent lieues séparaient cette tranquille retraite du pavé retentissant des boulevards.

Madame la vicomtesse Hélène d'Audemer était assise entre ses deux enfants, Julien et Denise.

Le visage de la vicomtesse était doux et gardait des traces de beauté. Ses cheveux blonds se bouclaient encore autour de son front, où l'œil attentif aurait eu de la peine à découvrir quelque ride naissante.

Elle avait dû ressembler dans sa jeunesse à sa sœur Margarethe, non point à la pauvre femme que nous vîmes mourante et couchée sur son lit d'agonie, mais à Margarethe, heureuse et brillante, souriant aux espoirs de ses belles années.

Il y avait vingt ans que Margarethe n'était plus. Ceux qui l'avait connue auraient pu trouver encore néanmoins quelques vagues rapports entre les traits bien conservés d'Hélène et le visage charmant de la malheureuse dame de Bluthaupt.

Mais ce rapport devenait frappant, lorsque le regard quittait la mère pour se reporter sur sa fille.

A part la couleur de ses cheveux, Denise était comme un vivant portrait de sa tante. C'était, sur sa riante figure, la même expression douce et bonne, la même grâce et le même charme.

Quand elle souriait, c'était le sourire de Margarethe.

Bien peu de gens avaient pu remarquer cette ressemblance, car la vie de Margarethe s'était passée dans la solitude, et l'on était à Paris, loin de l'Allemagne, qu'elle n'avait jamais quittée.

Ceux qui étaient à même de constater cette ressemblance par hasard ne s'en étonnaient point : ceux-là connaissaient la famille de Bluthaupt, et savaient que cette noble race jetait, pour ainsi dire, tous ses enfants dans un moule pareil.

Ils avaient vu dans les salons du vieux schloss les portraits des filles et des fils de Bluthaupt, qui, depuis des siècles, se ressemblaient d'une façon extraordinaire; ils avaient vu Gunther, Ulrich, Hélène et Margarethe qui, sauf l'âge et le sexe, avaient tous des traits semblables; ils n'étaient pas sans savoir, par ouï-dire ou autrement, que la même particularité se reproduisait à un degré plus frappant encore chez les trois bâtards de Bluthaupt, qui expiaient maintenant dans la prison de Francfort le meurtre du sénateur Zachœus Nesmer.

Madame la vicomtesse d'Audemer était habillée un peu en jeune femme, et l'on voyait que, malgré l'heure matinale, elle avait passé du temps déjà devant la glace de sa toilette. Ses cheveux, qui se faisaient rares, étaient arrangés avec recherche; sa robe, étroitement serrée, combattait, non sans quelque avantage, les développements trop généreux d'une taille qui avait dû être parfaite autrefois.

Elle portait, en guise de broche, un médaillon pareil à celui que nous avons vu jadis entre les mains de Raymond d'Audemer, au bureau des postes de Francfort, chez le juif de la Judengasse, Mosès Geld, et pour la dernière fois dans les profondeurs de la Hœlle.

Ce médaillon renfermait les cheveux de Julien enfant et le portrait du vicomte.

Hélène gardait un culte tendre à la mémoire de son mari.

Rien qu'à la voir, du reste, on devinait son cœur et son esprit. C'était une excellente femme, douce, charitable et incapable de haine; mais c'était une femme faible, d'intelligence médiocre et de volonté presque nulle.

Dans le monde, elle passait pour spirituelle, mais l'intelligence, dans le sens propre du mot, a peu de choses à faire avec l'esprit du monde.

On y a vu des gens d'esprit qui n'étaient pas des sots. Accorder au delà de cet aveu généreux serait prodigalité pure.

Madame la vicomtesse d'Audemer avait été bien longtemps pauvre, après la mort de son mari. Elle ne savait rien à cette époque des affaires de Raymond d'Audemer, qui était parti un jour sous prétexte de recueillir la succession d'Ulrich, et qui n'était jamais revenu.

Une lettre d'Otto, le bâtard de Bluthaupt, lui avait appris la mort du vicomte, sans lui donner d'autres détails, et lorsque les bâtards avaient passé depuis à Paris, Otto avait affecté sur ce sujet un complet mystère.

Les deux autres, Albert et Goëtz, n'en disaient jamais plus long qu'Otto, et sa volonté semblait être la règle suprême de leur conduite.

Hélène, ignorant les événements qui avaient précédé le départ de son mari, et ne connaissant pas même ce Jacques Regnault, qui était le principal instrument de sa ruine, fit faire des démarches en Allemagne. Elle apprit tout à la fois que la succession de son père lui avait été volée en entier, et que les immenses domaines de Gunther de Bluthaupt, son oncle, étaient tombés légalement entre des mains étrangères.

Elle n'avait plus rien à espérer de ce côté. La famille de son mari lui était à peu près inconnue, et Raymond lui-même avait dit bien souvent devant elle que tous ses parents étaient aussi indigents que lui.

Elle restait seule avec le petit Julien, qui avait six ans, et Denise, qui venait de naître.

Ce furent de rudes années. La pauvre femme n'aurait point pu supporter ce fardeau trop lourd, si les bâtards n'étaient venus à son aide.

Otto, Albert et Goëtz n'avaient rien que leurs manteaux rouges en lambeaux, et ils mangeaient du pain noir dans les fermes de l'Allemagne; mais ils savaient toujours trouver quelques ducats lorsqu'il s'agissait d'une bonne œuvre à faire.

Hélène éleva ses enfants comme elle put: elle était bonne mère : son amour maternel lui donna les ressources qu'elle n'avait point. Julien et Denise reçurent une éducation suffisante.

Vers le temps où Julien atteignit sa dixhuitième année, un ami de la famille d'Audemer vint proposer à Hélène de le placer dans une des premières maisons de banque de Paris. C'était, il est vrai, une maison nouvelle, mais dont la réputation n'avait point de rivale et qui possédait un crédit européen.

Hélène y consentit avec joie, et Julien devint commis de la maison de Geldberg, Reinhold et Compagnie.

Ce fut une occasion pour M. le chevalier de Reinhold de s'introduire auprès de la vicomtesse.

A cette époque, elle était bien belle encore, et les visites du chevalier, qui se faisaient de plus en plus fréquentes, n'avaient peut-être pas un but entièrement désintéressé. Mais Hélène, qui songeait à l'avenir de son fils, fermait les yeux et continuait de tenir sa porte ouverte au chevalier.

Il est probable, du reste, que les témérités de ce dernier ne dépassèrent point une certaine limite, car la vicomtesse, qui était une femme de cœur, ne vit pas d'obstacle plus tard à lui promettre la main de sa fille.

M. de Reinhold se présenta, en effet, un beau jour, pour être le mari de la jolie Denise.

Mais quand il fit sa demande, les choses avaient bien changé. Julien n'était plus commis d'une maison de banque : il montait un vaisseau de l'État en qualité d'élève de première classe; Denise, brillante de jeunesse et de beauté, sortait d'un des premiers pensionnats de Paris.

Ce n'était plus seulement une charmante fille, c'était encore une héritière. Contre toute attente, madame d'Audemer avait fait un opulent héritage, à la mort de quelque parent éloigné de son mari, qu'elle n'avait jamais vu durant sa vie.

C'était une famille relevée.

La vicomtesse, cependant, avait gardé de son indigence passée un respect profond pour la richesse. Le chevalier de Reinhold était riche; quelles que pussent être sur lui les opinions personnelles d'Hélène, elle l'accepta pour gendre avec empressement.

Elle alla même plus loin, et fit quelques ouvertures touchant le mariage de son fils avec la comtesse Esther.

Il y avait bien la différence des religions et des origines; mais, après tout, Esther était la veuve d'un pair de France, et madame d'Audemer n'avait jamais eu le cœur chevaleresque des Bluthaupt.

Son indigence l'avait faite bourgeoise. Pendant quinze ans de sa vie, elle eût donné le blason de ses pères, avec les titres de son mari, pour quinze cents francs de rente.

D'ailleurs Julien aimait la comtesse Esther, ou du moins il le croyait.

Les deux affaires marchaient de front et assez bien. Seulement Denise, qui n'avait point été consultée encore officiellement, ne paraissait pas avoir une impatience très-marquée de joindre son sort à celui de M. le chevalier de Reinhold.

Bien plus, sa répugnance à rencontrer le chevalier était si grande, qu'elle avait cessé presque entièrement de fréquenter l'hôtel de Geldberg, où elle avait pourtant une amie.

Lia et elle ne se connaissaient que depuis un an, mais elles s'aimaient, et il fallait que la répulsion de Denise fût bien vive, pour qu'elle abandonnât ainsi la pauvre Lia dans sa solitude.

Elle connaissait les projets de sa mère, et quand celle-ci lui touchait quelques mots de mariage, elle devenait triste.

Mais les jeunes filles sont toutes ainsi faites; c'est du moins ce que disent les femmes qui, côtoyant la quarantaine, ont intérêt à ne plus se souvenir.

Ce matin, le visage de Denise était plus mélancolique encore que de coutume. Ce qu'il y avait en elle de faible et de frêle s'accusait davantage; sa taille trop svelte s'inclinait; ses grands yeux alanguis s'entouraient d'un cercle bleuâtre; son front pâle se courbait sous le poids d'une peine mystérieuse.

Denise s'asseyait ainsi parfois au déjeuner, avec un air de fatigue et de souffrance. Madame d'Audemer la déclarait alors malade, et lui faisait boire des potions.

Le lendemain, Denise revenait souriante et fraîche, et plus belle; la jeunesse avait repris le dessus. Madame d'Audemer pensait l'avoir guérie.

Mais, aujourd'hui, Denise était si changée, que les potions accoutumées devaient avoir fort à faire. Elle ne mangeait point; elle parlait à peine, malgré la présence de son frère, dont la vue lui avait arraché un sourire contraint.

Et pourtant il y avait plus d'une année que Julien était absent, et Dieu sait combien de fois les vœux de la jeune fille avaient hâté son retour!

De temps en temps, elle semblait reprendre possession d'elle-même tout à coup et faisait effort pour paraître gaie; mais c'était une tâche vaine : il y avait en elle une pensée accablante qu'elle ne pouvait point secouer.

Il est des mères bien habiles à sonder le secret des cœurs : vous diriez des fées, possédant ce magique miroir où vient se refléter tout mystère. Mais il y en a d'autres qui épaississent à plaisir le bandeau attaché sur leurs yeux et se font aveugles. Madame la vicomtesse d'Audemer serait entrée en grand courroux contre quiconque lui aurait dit : Votre fille aime.

Il n'y avait qu'une heure que Julien était arrivé.

Julien n'était pas un observateur de première force, et pourtant il avait deviné déjà ce que sa mère ne voulait pas voir.

Julien, lui aussi, du reste, était fatigué, distrait, presque maussade. Le plaisir de la nuit ne lui avait laissé d'autre impression que beaucoup de lassitude et encore plus de dépit. Maintenant que les fumées du champagne étaient dissipées, il songeait à cette femme inconnue du bal Favart avec une sorte de terreur. Il l'avait abordée en sortant d'un souper copieux; l'intrigue s'était nouée à la hâte, sous la double influence de l'ivresse et du bal; tant qu'avait duré cette nuit de folie, Julien, emporté par une véritable fièvre, avait aimé au hasard, désiré avec emportement.

La fièvre éteinte, sa raison avait eu son réveil. Il avait jeté un coup d'œil en arrière, et un doute avait traversé son esprit.

Un doute qu'il n'avait eu ni au bal, ni au souper, une pensée qui l'assaillait maintenant à l'improviste, lorsqu'il n'était plus temps de savoir!

C'était comme une intuition bizarrement retardée. Tant que cette femme avait été là, près de lui, ses sens tout seuls avaient parlé; maintenant, il semblait que ses souvenirs étaient plus précis que la réalité même; il voyait de loin ce qu'il n'avait point vu de près; cette femme inconnue, il croyait la reconnaître.

Les circonstances se groupaient dans sa mémoire interrogée; il se rappelait une parole de Franz, qui lui avait dit, peut-être par hasard : « Que feriez-vous, si vous rencontriez sous le masque la femme que vous aimez? »

Il s'indignait contre lui-même, et s'accusait d'être insensé; mais, sous le masque de sa belle conquête de la nuit précédente, il entrevoyait désormais un visage connu; et, sur les doux rêves qui avaient charmé pour lui les longues heures de l'absence, il y avait comme un voile de deuil.

Néanmoins il ne faudrait point poétiser outre mesure les sentiments qui agitaient le jeune enseigne, ni grandir un dépit chagrin jusqu'à la taille du désespoir. Après une nuit de veille, qui n'a ses pensées noires? Quand la tête est lourde, quand les yeux brûlent, quand les reins se plaignent, nous voyons tout sous des couleurs assombries, et la mauvaise humeur étend autour de nous ses fantasques brouillards qui découragent et qui énervent.

Julien avait le spleen.

Il ne mangeait pas plus que sa sœur, et sa main, passée sous le revers de son frac, tourmentait au fond de sa poche ce petit morceau de papier dont la lecture l'avait fait pâlir, dans le cabinet du *café Anglais*.

Ceci était plus sérieux que le soupçon tardif qui l'assaillait à l'endroit de son domino bleu.

Julien savait par cœur les paroles griffonnées sur le petit morceau de papier, et c'était pour lui comme une menace, vibrant incessamment à son oreille.

Julien était fort malheureux, et faisait triste figure à ce déjeuner d'arrivée. Madame d'Audemer seule avait un visage serein. Elle était joyeuse de revoir son fils sous ce brillant costume d'enseigne, qui fait l'orgueil des mères. Elle voyait l'avenir tout diapré de parures de noces, et croyait ouïr un lointain écho de contredanses exécutées à de beaux bals de mariage.

— Il faut excuser votre sœur, mon cher Julien, dit-elle en nuageant sa tasse de thé; elle est plus gaie que cela d'ordinaire, et je la crois souffrante.

— Je suis bien sûr que Denise a du plaisir à me revoir, répliqua l'enseigne d'un air distrait.

La jeune fille lui tendit la main en essayant de sourire.

— Je connais ces indispositions, reprit madame d'Audemer; un peu de tisane, et nous n'y penserons plus. Mais que vous arrivez à propos, Julien! Si votre congé eût tardé d'un mois seulement, vous manquiez la belle fête que les Geldberg vont donner à leur château d'Allemagne.

— Quelle fête? demanda l'enseigne.

— Ne vous l'ai-je point écrit? dit madame d'Audemer avec vivacité. Une fête comme on n'en a jamais vu, mon cher enfant! une fête qui coûtera des sommes incalculables! Ceux qui n'y seront pas invités ne s'en consoleront jamais; votre sœur doit y aller. N'est-ce pas, Denise?

— Oui, ma mère, répondit la jeune fille qui n'avait pas écouté.

— Elle emportera douze robes de bal, reprit la vicomtesse avec un enthousiasme croissant, quatre costumes de genre et le reste à l'avenant. C'est moi qui ai réglé tout cela; car, Dieu merci! je m'occupe d'elle plus que de moi-même et plus qu'elle-même! Ah! mon cher enfant, que j'aurais été désespérée, si vous aviez manqué cette fête! On en parlera pendant dix ans, voyez-vous!

— Et Denise, demanda Julien, est-elle bien contente?

— Si elle est contente! s'écria la vicomtesse; et comment ne le serait-elle pas?

Elle s'interrompit pour regarder Denise, qui ne répondait point.

— Chère petite, dit-elle avec une nuance de dépit dans la voix, Julien vous demande si vous êtes contente d'aller au château de Geldberg?

Denise rappela son sourire morne et distrait.

— Bien contente! murmura-t-elle.

Julien remarqua peut-être combien le ton de sa sœur contredisait ses paroles, mais il avait, lui aussi, ses préoccupations. D'ailleurs madame d'Audemer ne lui laissa pas le temps d'aborder ce sujet.

— Les invitations ne sont pas encore lancées, poursuivit-elle d'un air d'importance; mais la chose a transpiré bien vite, et c'est à qui pourra se procurer une lettre. Je sais des gens qui paieraient cinquante louis pour être engagés. Mais ce sera une réunion tout à fait choisie : il n'y aura que des gens titrés et des millionnaires.

— Je ne sais pas où est situé le château de Geldberg, fit observer le jeune vicomte; mais il me semble que ce doit être un peu loin pour une fête parisienne.

— C'est là le beau! s'écria madame d'Audemer. C'est là l'excentrique, le splendide, le royal! La maison de Geldberg se charge de transporter tous ses invités jusqu'au fin fond de l'Allemagne. Il y aura râfle de chevaux de poste! Véfour sera chargé de préparer des étapes sur la route, et, au lieu des repas d'auberge, on dînera comme au Palais-Royal.

— Ma foi! dit l'enseigne, je conviens que cela mérite d'être vu.

— Vous sentez bien, repartit madame d'Audemer en clignant de l'œil légèrement, qu'il n'y a rien encore d'officiel, mais nous avons les premières nouvelles ici; ce que je vous dis là, nous le tenons du chevalier de Reinhold lui-même, qui vient nous voir à peu près tous les jours. N'est-ce pas, Denise?

La jeune fille s'inclina en signe d'affirmation; mais cette fois elle eut beau s'efforcer, sa bouche pâle et contractée ne put parvenir à ébaucher un sourire. Son malaise semblait augmenter à chaque instant. Il y avait sur son visage défait un air de souffrance, et l'on devinait le travail de sa volonté aux abois qui tâchait d'arrêter ses larmes à l'entrée de sa paupière.

Tandis que sa mère parlait, elle pensait. Une idée accablante pesait sur son cœur. Il n'y avait plus à s'y méprendre, sa détresse croissante et longtemps comprimée se faisait jour au dehors.

Mais madame la vicomtesse d'Audemer ne voulait pas prendre garde. Elle était amoureuse de la maison de Geldberg, qui dépensait des centaines de mille francs à donner une fête.

Depuis deux ou trois jours qu'elle était dans le secret des magnificences promises, elle ne pouvait songer qu'à son voyage, à ses toilettes, à celles de sa fille, et au glorieux bonheur qu'il y aurait à s'unir par les liens du mariage à cette famille de Geldberg, si riche et si puissante.

D'ailleurs, en bonne conscience, il n'est pas prudent de s'occuper trop des petits malaises qui prennent les jeunes filles. L'attention qu'on y donne ne fait que les aggraver, et le meilleur est de fermer les yeux sur ces caprices nerveux ou autres qui se calment bien vite, alors qu'on ne les irrite point.

Telle était l'opinion de la vicomtesse, qui était assurément une bonne mère, et qui se fût dévouée de grand cœur pour ses enfants.

En somme, que pouvait avoir Denise? Le docteur répondait de sa santé; elle avait toutes les robes qu'elle voulait; tous les chapeaux, toutes les fleurs, toutes les dentelles; on ne lui refusait rien; on la menait au bal; volontiers l'eût-on forcée de se divertir.

Ces pâleurs qui lui venaient, c'était le mal des jeunes filles; ces tristesses devaient avoir le terme commun; et si elle souffrait, c'est que vraiment elle y mettait du mauvais vouloir!

Et pourtant la vicomtesse avait eu dix-huit ans! L'angoisse d'amour avait pâli jadis ses fraîches couleurs de vierge.

Bien des nuits, elle avait pleuré sans pouvoir trouver le sommeil, dans son lit blanc du beau château de Rothe!

Mais, encore une fois, tant de choses s'oublient! Nos hommes graves de vingt-cinq ans prennent en pitié profonde les collégiens qui dansent; les viveurs se font usuriers; les radicaux obtiennent des bureaux de tabac, et les chauves se demandent comment on peut pousser le romantisme jusqu'à porter des cheveux!

Madame la vicomtesse d'Audemer se donnait tout entière à la description des féeries annoncées. Julien, d'abord indifférent, commençait à écouter avec plus d'intérêt; il était jeune, et on lui parlait de plaisir. D'ailleurs tout ce qu'on disait se rapportait indirectement à la comtesse Esther, sa belle fiancée.

Il s'animait par degrés, et son attention, réveillée, se détournait de plus en plus de Denise.

— Et savez-vous quel est le jour fixé? demanda-t-il en remplissant son verre pour la première fois.

— Si le jour était fixé, répondit la vicomtesse, je le saurais, sans aucun doute. Le chevalier de Reinhold ne nous laisse rien ignorer; mais M. Abel de Geldberg, qui est le grand ordonnateur, n'a pas encore déterminé l'époque. Il faudra vous précautionner de tout ce qui est nécessaire, Julien : costume de chasse, deux ou trois travestissements pour le moins, car on nous promet des bals délicieux; quelques habits simples et de bon goût pour la promenade, votre uniforme pour les grandes occasions... et puis... voyons, est-ce tout?

— Je crois que c'est tout, répliqua l'enseigne en souriant.

— C'est que, mon cher enfant, répliqua madame d'Audemer avec gravité, rien n'est ridicule comme d'être pris au dépourvu. Tous les tailleurs de Paris ont des noms allemands, mais cela ne veut pas dire qu'il y ait des tailleurs en Allemagne, et pensez donc, Julien! au milieu de cette réunion brillante, il faut que nous fassions figure. Votre mariage dépend probablement de l'effet que vous produirez à Geldberg.

— Mon mariage! répéta l'enseigne dont les sourcils se froncèrent.

La vicomtesse le regarda d'un air surpris et chagrin.

— Auriez-vous changé d'avis? demanda-t-elle.

Et comme Julien tardait à répondre, elle reprit avec volubilité :

— Certes, mon cher enfant, c'est une action sérieuse, et la fortune n'est pas tout dans un ménage; mais réfléchisez, je vous en conjure : pour donner des fêtes pareilles, il faut vraiment rouler sur des millions!

Julien gardait encore le silence. Madame d'Audemer ajouta, d'un accent emphatique et pénétré :

— J'ai fait le calcul : au bas mot, cela ne

peut pas leur coûter moins de quatre cent mille francs!

Julien rêvait.

— On dit qu'elle est toujours bien belle! murmura-t-il.

La vicomtesse se prit à sourire. Elle était rassurée.

Deux grosses larmes s'échappaient de la paupière de Denise, et roulaient lentement sur sa joue.

Depuis quelques minutes, la pauvre enfant était seule avec elle-même. Des idées navrantes l'assaillaient et lui brisaient le cœur.

A ce moment où, trop faible contre son martyre, elle cessait de combattre et laissait des larmes emplir ses yeux brûlants, la porte du salon s'ouvrit.

— La brodeuse Gertraud demande à parler à mademoiselle, dit une femme de chambre qui était sur le seuil.

Denise se leva précipitamment, heureuse de pouvoir cacher ses larmes.

La vicomtesse et son fils restèrent en tête-à-tête.

X

LES JEUNES FILLES

Pendant que Denise gagnait la porte, la vicomtesse la suivait d'un regard souverainement satisfait.

— Vous voyez bien, dit-elle à Julien, la chère petite a comme cela des airs mourants; mais dès qu'on lui parle de chiffons, la voilà bien vite guérie.

— Je la trouve changée, répondit Julien.

— Un bon mariage, reprit madame d'Audemer, voilà le vrai remède!

— Il me semble, dit encore Julien, que je l'ai vue pleurer.

— Mon Dieu! mon ami, s'écria la vicomtesse, cela ne m'étonnerait point : les jeunes filles sont capables de tout!

Elle poussa un long soupir, et murmura en levant les yeux au ciel :

— Ah! les jeunes filles! les jeunes filles!

Elle quitta la table et alla s'asseoir sur une causeuse.

— Venez ici, Julien, continua-t-elle; parlons un peu raison, maintenant que nous sommes seuls.

L'enseigne vint s'asseoir à son tour. La vicomtesse mit ses deux mains, blanches encore et potelées, sur l'épaule de son fils, et le contempla quelques secondes en silence. Elle avait ce bon sourire de la mère qui aime et qui est heureuse.

— Que vous voilà revenu bel homme, mon Julien! dit-elle enfin d'une voix douce et toute imprégnée de tendresse; mais nous parlions de la mélancolie de votre sœur. N'êtes-vous point triste aussi, mon fils? Il me semble que vous n'avez plus vos gais sourires d'autrefois, et que vous revenez avec un chagrin que vous ne voulez point dire.

Elle prit la tête de l'enseigne à deux mains, et lui mit un baiser sur le front.

— Savez-vous que je suis bien fière de votre conduite! reprit-elle. On a vu votre nom trois fois dans les journaux, l'été dernier. Tout le monde me parlait de vous. « Voilà ce qui s'appelle porter un titre comme il faut! » me disait-on. « Il y a eu un baron d'Audemer, chef d'escadre sous Louis XV,

BIBLIOTHÈQUE NATIONALE R.F. IMPRIMÉS

Mon frère! mon bon petit frère! s'écria-t-elle, que je suis aise de vous revoir! (Page 247, col. 2.)

votre Julien, madame, sera pour le moins contre-amiral. » Jugez si j'avais de l'orgueil! Merci! mon cher enfant, merci pour toute la joie que vous m'avez donnée!

Julien lui rendait ses baisers, et souriait à ses sourires; mais il gardait cet air distrait qu'il avait eu durant tout le déjeuner.

— Mon Dieu! dit madame d'Audemer qui l'examinait attentivement, vous avez quelque chose, Julien; ne me le cachez pas, je vous en prie! Seriez-vous mécontent de votre service? quelque chef injuste ou trop sévère...

— Je me plais à bord, interrompit l'enseigne, et je suis l'ami de mes chefs.

— C'est que vous n'avez besoin ni d'eux ni de personne, mon fils, répliqua la vicomtesse; on dit que les jeunes gens comme vous, qui ont le cœur fier, sont malheureux parfois sur les vaisseaux de la marine royale. Je ne veux pas que mon Julien soit malheureux, au moins! Au premier dégoût, nous donnerons bien vite votre démission, et vous nous reviendrez ici à Paris. En définitive, vous avez déjà deux campagnes, et c'est bien assez pour un gentilhomme qui n'est pas forcé d'en faire son métier. N'est-ce pas votre avis, Julien?

— Ma mère, la marine me plaît, et...

— Et quoi?

— Si je n'épouse pas Esther...

— Et pourquoi ne l'épouseriez-vous pas, mon Dieu! Vous l'aimez : je crois savoir que vous ne lui déplaisez pas; vous avez une jolie fortune; elle est puissamment riche. Vous êtes noble, ce qui est beaucoup à ses yeux; car, mon cher enfant, elle a des goûts éminemment distingués. Vous êtes beau garçon; c'est une ravissante femme! Encore une fois, pourquoi ne l'épouseriez-vous pas?

Julien secoua la tête lentement.

— Tout ce que vous dites est bien vrai, madame, murmura-t-il. Mais...

— Mais...? répéta la vicomtesse en battant du pied le tapis.

L'enseigne baissa les yeux et garda le silence.

Il songeait au bal Favart, et ses doutes lui revenaient plus vifs en ce moment.

Mais il n'osait point parler de ses doutes à sa mère, et n'avait garde de lui conter l'aventure gaillarde qui en était l'origine.

Il voulait pourtant se plaindre, ne fût-ce que pour être rassuré.

Il hésitait. Madame d'Audemer, impatientée et presque en colère, le pressait de questions.

— Mon Dieu! madame, dit enfin l'enseigne, vous avez bien deviné : je suis triste, et ma tristesse vient justement d'Esther.

— Comment cela?

— Que vous dire? Je l'aime encore, je l'aime autant que jamais, et je ne sais plus s'il convient que je l'épouse.

— Mais vous avez un motif? dit la vicomtesse déterminée à ne pas abandonner ainsi la bataille.

Julien demeura sans réponse : il avait honte de ses soupçons, qu'il conservait pourtant, et qui même prenaient sur lui plus d'empire à mesure qu'il réfléchissait. Il eût mieux aimé se taire et passer condamnation que de mettre au jour ce doute qui le rendait si malheureux.

Ce doute avait réellement, par lui-même, un aspect extravagant. La réputation des dames de Geldberg était si bien établie; leur sagesse était si austère ; leur vie était si parfaitement au-dessus de la vulgaire médisance et de ces mille bruits qui effleurent en passant la renommée du commun des femmes à la mode!

Dans son trouble, Julien s'agitait sur la causeuse, et sa main tourmentait les revers de son uniforme.

En un moment où les questions de la vicomtesse redoublaient, plus pressantes, les doigts de Julien rencontrèrent ce petit papier qu'il avait trouvé dans sa poche, au déjeuner du *café Anglais*.

Dès qu'il le sentit sous sa main, son trouble s'évanouit, mais, en même temps, l'expression de son visage devint plus triste.

Le chiffon de papier était, en effet, à la fois une réponse aux questions embarrassantes de la vicomtesse, et un obstacle de plus entre Esther et lui.

Il releva les yeux sur sa mère, et tira le papier de sa poche.

— Madame, dit-il d'un ton solennel et grave, j'ai tardé à vous répondre, parce que j'ai à vous révéler une chose étrange. Mieux que moi, vous pourrez juger la valeur de cette accusation, portée contre la maison de Geldberg.

— Une accusation! murmura madame d'Audemer; contre la maison de Geldberg! Je puis affirmer d'avance que c'est une infâme calomnie!

Julien lui tendit en silence le papier qui était froissé dans tous les sens, et déchiré vers son milieu, de manière à couper la phrase écrite. Les caractères en étaient presque illisibles.

Madame d'Audemer fut bien une minute à le déchiffrer.

« Ta sœur va épouser le meurtrier de ton père, » lut-elle enfin tout haut sans le vouloir, « et toi, la fille de... »

C'était après ce mot que le papier se déchirait.

Julien s'attendait à voir sa mère hausser les épaules avec mépris, et rejeter bien loin cette accusation bizarre ; mais il en fut tout autrement.

La vicomtesse relut par deux ou trois fois le contenu du billet, puis elle le remit à son fils.

Ses mains se croisèrent sur ses genoux ; elle se renversa contre le dossier de la causeuse, et tomba dans une rêverie muette.

Son regard était triste ; ses sourcils se fronçaient au-dessus de sa paupière baissée.

Il y avait vingt ans que son mari était mort ; mais Hélène, dont le cœur et l'esprit pouvaient se tromper trop souvent, était bonne par nature ; elle se souvenait, et, chaque fois que la pensée du vicomte Raymond revenait la visiter, sa douleur renaissait au fond de son âme.

Julien la regardait et se taisait.

— Ce n'est pas la première fois que j'entends parler de cela, murmura-t-elle enfin avec effort, mais c'est une erreur, une calomnie. Ton pauvre père est mort, mon Julien, comme tant d'autres avant lui, dans ce précipice que l'on nomme l'Enfer de Bluthaupt, au pays où demeurait notre oncle Gunther. M. le chevalier de Reinhold est un honnête homme, je l'affirmerais devant Dieu. Je l'ai interrogé bien des fois, j'ai mis toute mon adresse à le sonder sur ce sujet, et je me suis convaincue que le chevalier n'a pas même connu mon pauvre Raymond. Il n'y a en tout ceci qu'un hasard fâcheux et une ressemblance de nom. Ton père était lié, en effet, vers l'époque de sa mort, avec un homme de mœurs frivoles et dissolues, qui se nommait M. de Regnault. Dans notre langue allemande, ce nom devient, comme tu sais, Reinhold.

— Mais ce Regnault lui-même... interrompit Julien dont l'œil était devenu menaçant et sombre.

La vicomtesse l'arrêta du geste.

— Laisse-moi parler, dit-elle : ce Regnault lui-même était peut-être un homme sans honneur, mais non point un assassin. Je ne puis te dire sur cette histoire que ce que j'en sais moi-même, et c'est bien peu de chose. Ton père avait fait la connaissance de ce Regnault par hasard, et je crois que cette intimité lui faisait honte jusqu'à un certain point, car il me la cachait. Dans notre ancienne demeure, ton père habitait une chambre tout à fait séparée de mon appartement : c'était là qu'il recevait les visites de M. de Regnault. Souvent j'ai entendu parler de lui dans le monde, où il passait pour un prodigue et pour un fou ; mais je ne me souviens pas de l'avoir vu jamais. Raymond mourut dans la Hœlle de Bluthaupt. Tes trois oncles, Otto, Albert et Goëtz, vinrent à Paris, vers cette époque, et accusèrent vaguement M. de Regnault. Mais l'histoire qu'ils me racontèrent ressemblait à un roman. Les informations que je fis demander en Allemagne m'apprirent que ce gentilhomme, qui jouissait d'ailleurs d'une bonne renommée, n'avait fait que passer à Francfort-sur-le-Mein, et s'en était allé mourir dans quelque ville de l'Autriche.

Hélène se tut.

La mère et le fils demeurèrent quelques instants silencieux, sous l'impression de ces souvenirs pénibles, évoqués à l'improviste.

— Ma mère, dit enfin l'enseigne, vous avez fait ce que vous avez pu. Vous étiez femme, et vous restiez seule, pauvre, avec deux enfants. Je ne vous reproche point de ne m'avoir pas dit ces choses plus tôt; car j'étais bien jeune lorsque je partis pour le vaisseau-école. Mais je suis un homme maintenant, et je vois ici un devoir à remplir. Il faut que j'aille en Allemagne, ma mère, et il faut que je sache si ce M. de Regnault est bien mort.

La vicomtesse lui tendit la main pendant qu'une larme venait à ses yeux.

— Vous irez en Allemagne, mon fils, dit-elle. Dieu m'est témoin que j'aime votre père comme au temps où il était là près de moi et où j'étais si heureuse. Vous irez, nous irons ensemble; nous profiterons de notre séjour au château de Geldberg pour faire toutes les recherches qui seront en notre pouvoir.

Cette pensée de fête, qui venait se mêler à de douloureux souvenirs, froissa le cœur du jeune homme. Sa mère ne s'en aperçut point.

C'était une bonne âme, mais le sens des intimes délicatesses lui manquait.

— Vous souvenez-vous de vos trois oncles, Julien? reprit-elle tout à coup, après un nouveau silence.

— C'est du plus loin que je me rappelle, répliqua l'enseigne; mon père vivait encore; je vis, une fois, entrer dans sa chambre trois jeunes gens qui portaient des manteaux écarlates, et que le vicomte embrassa tendrement.

— C'est bien cela! murmura madame d'Audemer avec un sourire où il y avait de l'amertume; mes pauvres frères! toujours amoureux du bizarre et ne faisant jamais rien comme les autres!

— Vous les aimiez bien pourtant autrefois, ce me semble, dit Julien.

— Mon Dieu, je les aime encore; ce sont de bons frères, et sans l'aide qu'ils m'ont donnée, je n'aurais point pu traverser les années de malheur qui ont suivi votre enfance. Mais ce sont des esprits étranges, mon pauvre Julien, des têtes renversées! Je ne puis oublier que ce fatal voyage d'Allemagne, qui causa la mort de votre père, fut entrepris d'après leur conseil. Depuis lors, je les ai revus, à quatre ou cinq reprises différentes, et je dois dire que leur présence, bien qu'ils fussent pauvres et persécutés, m'apporta toujours une consolation ou un secours. Ils ont de dignes cœurs, mon fils, je le proclame; et pourtant je les accueillais froidement. S'ils n'étaient point venus jeter leurs idées folles dans l'esprit de votre père, ce malheureux voyage n'aurait point eu lieu, et Raymond serait peut-être là, entre nous deux, à l'heure où je vous parle. Je ne sais si ma froideur les blessa, mais depuis bien longtemps ils ne sont pas revenus.

Les paroles de madame d'Audemer produisaient sur Julien un effet qu'elle ne pouvait attendre. Ce portrait qu'elle faisait des trois bâtards, afin de motiver sa froideur, inspirait au jeune homme une croissante sympathie. Il avait entendu parler bien des fois de ses parents inconnus et malheureux, qui subissaient fatalement le double tort de leur naissance, comme bâtards et comme fils d'un proscrit; mais jamais il n'avait écouté leur histoire avec tant d'intérêt qu'aujourd'hui.

— D'où vient que je ne les ai jamais vus, depuis la mort de mon père? demanda-t-il.

— Vous étiez au collége, répondit la vicomtesse, et, s'il faut l'avouer, je m'arrangeais pour qu'ils ne vous rencontrassent point à la maison, parce que je craignais leur influence sur votre jeune cœur. Comprenez-moi bien, mon cher enfant, ils sont incapables de nuire avec connaissance de cause; mais ils se jettent à corps perdu dans toutes les entreprises téméraires; le danger semble les attirer; ils ont ces croyances politiques qui perdirent le malheureux comte

Ulrich, votre aïeul. Pauvres comme ils l'étaient, et ne sachant pas bien souvent où ils reposeraient leur tête, n'allez pas croire qu'ils s'occupaient d'eux-mêmes et qu'ils avaient l'idée de se livrer à un travail lucratif! Ils se mêlaient aux luttes sourdes qui agitent l'Allemagne; ils combattaient comme de vrais chevaliers errants contre de prétendus ennemis de notre famille, des fantômes! Je les crois un peu fous.

— Et que font-ils maintenant? demanda Julien.

— Vous n'avez point su cela, répondit la vicomtesse, parce que vous étiez en mer. Leur conduite extravagante a enfin porté ses fruits, et je tremble en songeant que, si je vous avais remis entre leurs mains, autrefois, vous auriez pu suivre leurs traces.

— Mais, enfin, que sont-ils devenus?

— Ils sont en prison, Julien, en prison, sous une accusation de meurtre.

— A Vienne?

— A Francfort.

— Et Francfort est-il loin du château de Geldberg?

— Quelques lieues seulement, je pense. Pourquoi cela?

— Parce que je compte, ma mère, aller visiter dans leur prison mes oncles, Otto, Albert et Goëtz de Bluthaupt.

La vicomtesse le regarda étonnée.

— Vous ferez ce que vous voudrez, Julien, dit-elle, vous êtes d'âge maintenant à juger leurs conseils. Moi, tout en les aimant de bon cœur, comme je le dois, je me défie; et, pour en revenir à ce qui nous a mis sur ce sujet, je regarde comme une fable indigne cette accusation dirigée contre le bon chevalier de Reinhold. Du reste, vous le connaissez comme moi; quel est votre avis?

— Mon avis est le vôtre, madame, répondit Julien qui était devenu rêveur.

— Et vous savez qui vous a remis ce chiffon?

— Non, madame.

— Vous savez à tout le moins où vous l'avez reçu?

Julien hésita durant une seconde, puis il répondit :

— Au bal masqué de l'Opéra-Comique.

— Cette nuit?

— Cette nuit.

La vicomtesse le regarda en face, et partit d'un éclat de rire qui n'avait rien de forcé.

— Et moi qui le plaignais! s'écria-t-elle, et qui m'inquiétais bonnement de son air fatigué! Nous savons maintenant d'où vous vient cette pâleur, monsieur le vicomte! Vous avez bien employé, ma foi! les premières heures de votre congé; cela promet!

Elle l'attira vers elle et le baisa gaiement.

— Grand enfant! reprit-elle, et vous venez m'entretenir sérieusement de vos folies de bal masqué! Vous ne voyez pas qu'on s'est moqué de vous et que ce billet part de la main d'un envieux de votre bonheur! Mais, mon pauvre Julien, Esther est belle; elle est riche; elle est aimée! Vous avez des rivaux! Je vous en connais plus de vingt pour ma part. Comment! vous n'avez pas su deviner le motif de cette calomnie anonyme?

Madame d'Audemer parlait avec feu; elle plaidait une cause à moitié gagnée déjà, dans le cœur de Julien, par le souvenir d'Esther.

— Mais, répondit-il, pourtant, il ne s'agit pas de moi seulement; on parle surtout de ma sœur et du chevalier de Reinhold.

Madame d'Audemer haussa les épaules avec pitié.

— On voit bien que vous revenez des antipodes, mon pauvre Julien! répliqua-t-elle; si je vous ai parlé de la jalousie des jeunes gens à marier, bon Dieu! qu'eussé-je pu dire pour les demoiselles! Soyez juste; pensez-vous que toutes les jeunes filles de la finance puissent voir sans envie votre sœur épouser l'un des chefs de la plus forte maison du faubourg Saint-Honoré? Elles en sèchent de dépit, les chères petites, et si les femmes se battaient, Denise aurait eu déjà une demi-douzaine de duels!

— A vrai dire, murmura Julien, elle n'a pas l'air d'apprécier très-vivement son bonheur.

— Ne vous y fiez pas, mon ami, croyez-moi! Il faut être femme, et vieille femme, pour deviner à peu près ce qui se passe dans le cœur des jeunes filles. Vous allez voir Denise revenir tout à l'heure aussi joyeuse qu'elle était triste pendant le déjeuner; elle va sauter à votre cou, comme si elle ne faisait que de vous apercevoir; elle va vous accabler de caresses, et c'est tout au plus si vous la reconnaîtrez. Ces mélancolies, voyez-vous, cela vient on ne sait d'où, et cela s'en va on ne sait où; c'est nerveux, dit-on; cela se traite avec une contredanse, un tour au Bois, un peu de soleil ou mieux encore avec une robe neuve.

— Denise est-elle donc devenue plus enfant qu'autrefois? demanda l'enseigne avec un accent de reproche.

— Les jeunes filles, mon ami! murmura madame d'Audemer; les jeunes filles! ah! si vous saviez ce que c'est! Mais notre entretien s'égare et je ne vous laisse pas quitte comme cela au sujet de la pauvre Esther. Voyons, Julien, dites-moi que vous l'aimez encore!

— Qui sait si elle ne m'a pas oublié? murmura l'enseigne.

— Vous oublier, Julien! s'écria madame d'Audemer; mon Dieu, que les hommes sont injustes! Toutes les fois qu'Esther m'a rencontrée dans le monde, toutes les fois, entendez-vous, sans en excepter une seule! elle est venue me demander de vos nouvelles, et c'est le ton qui donne le prix à ces choses! Fiez-vous à moi, mon fils, je m'y connais: la comtesse Esther vous aime, et tout ce que je crains, c'est que vous ne l'aimiez pas assez.

— Est-ce bien vrai? murmura l'enseigne avec un sourire charmé.

— Vous mentirais-je, mon pauvre enfant? N'ai-je pas été à même de constater les mille détours qu'elle prend pour parler de vous? Les femmes qui aiment sont bien adroites, mais les mères sont clairvoyantes, et combien de fois n'ai-je pas pris plaisir à dérouter ses petites ruses et à lui faire désirer longtemps le nom que son cœur attendait! J'étais aussi impatiente qu'elle, car je ne parle jamais assez à mon gré de mon cher fils. Mais je voulais voir jusqu'où allait sa tendresse, et je puis vous le dire, Julien, elle vous aime presque autant que moi!

Julien prit les mains de sa mère et les serra doucement.

— Merci, murmura-t-il; vous me rendez bien heureux, car moi aussi je l'aime.

— Enfin! s'écria madame d'Audemer qui l'embrassa sur les deux joues avec une véritable allégresse; mon bon Julien, je ne puis vous dire toute la joie que vous me faites. J'aime Esther comme si elle était ma fille déjà, et ce mariage a toujours été mon rêve le plus cher.

Julien avait le cœur plein, son regard ému rendit grâces à sa mère. En ce moment, il n'avait plus de doutes, et les soupçons qui avaient traversé son esprit lui semblaient des misères honteuses.

Esther l'aimait. Quel témoignage meilleur pouvait-il avoir que celui de sa mère? et, une fois acquise la preuve de cet amour, que lui manquait-il pour être le plus heureux des hommes?

Pendant qu'il se recueillait en lui-même, fêtant sa confiance revenue et s'étonnant d'avoir douté, la porte du salon s'ouvrit brusquement. Denise, qui était partie les larmes aux yeux, revenait le sourire aux lèvres.

Il semblait que le hasard prît à tâche de réaliser le plus complétement possible la prédiction de madame d'Audemer. Les jolis yeux de Denise pétillaient de contentement. Julien avait beau rappeler ses souvenirs d'enfance, jamais il ne l'avait vue si joyeuse ni si belle.

Sa mère et lui échangèrent un regard. Le sien n'exprimait que de la surprise; celui de la comtesse triomphait.

— Que vous disais-je? murmura-t-elle.

Denise traversa le salon d'un pas leste et bondissant, et vint donner son front à madame d'Audemer; puis elle se jeta au cou de Julien, qu'elle embrassa de tout son cœur.

— Mon frère! mon bon petit frère! s'écria-t-elle, que je suis aise de vous voir!

— Que disais-je? murmura encore la vicomtesse.

Et, de fait, la grande devineresse, mademoiselle Lenormand elle-même, n'aurait pas plus exactement pronostiqué.

— Ah çà! qu'aviez-vous donc ce matin, petite sœur? demanda Julien, tout en lui rendant caresse pour caresse.

— Je souffrais, répliqua Denise; je souffrais tant, que je ne sentais rien.

— Et mademoiselle Gertraud, ajouta la vicomtesse avec un accent de bienveillante moquerie, vous a sans doute apporté un remède souverain?

Ces paroles, prononcées au hasard, exprimaient si complétement la vérité, que Denise devint toute rose. La comtesse ne savait pas si bien dire.

Gertraud, en effet, avait apporté un souverain remède.

Elle avait parlé de Franz.

De Franz qui était sauvé.

Denise balbutia des paroles inintelligibles; elle se croyait devinée.

— Et pourrait-on connaître, chère petite, reprit la vicomtesse, ce baume miraculeux qui a si vite calmé votre souffrance?

La rougeur de mademoiselle d'Audemer s'épaissit davantage.

— Je ne sais ce que vous voulez dire, madame, répliqua-t-elle tout bas; Gertraud m'a apporté la broderie que je lui avais commandée pour les fêtes du château de Geldberg.

La vicomtesse éclata de rire.

— Que vous disais-je, Julien? s'écria-t-elle pour la troisième fois; des broderies, des chiffons, des dentelles! Ah! les jeunes filles! les jeunes filles!...

XI

L'ANTICHAMBRE

En montant dans sa voiture, au sortir de la maison de Hans Dorn, M. le baron de Rodach avait dit au cocher:

— Rue de la Ville-l'Évêque, à l'hôtel de Geldberg!

Il n'était pas encore midi, les magnifiques bureaux de la maison de Geldberg, Reinhold et Compagnie avaient leur armée de commis au grand complet. Bien que ce fût en quelque sorte jour de fête, on travaillait dans toutes les cages à employés; les plumes de fer grinçaient sur le papier réglé des gros registres, et l'argent, compté à grand fracas, envoyait sa stridente musique jusque dans la rue.

Les passants, attirés par ce bruit, jetaient des regards envieux vers les fenêtres du rez-de-chaussée de l'hôtel, et quelque pauvre diable, arrêté devant les barreaux de fer qui défendaient chaque croisée, s'enivrait au son des écus de cinq francs, comme les Auvergnats affamés s'enivrent à la savoureuse fumée des cuisines souterraines du Palais-Royal.

On se disait : « C'est la grande maison de Geldberg! la maison du juif! dont la caisse contient de quoi acheter Paris et la France! »

On faisait le compte des capitaux remués par cette puissance commerciale, et beaucoup avouaient que, si le sort leur donnait à choisir, ils aimeraient mieux être héritiers du vieux M. de Geldberg que fils du roi.

Cinq ou six voitures armoriées stationnaient devant la porte cochère, qui était ouverte, et donnait passage incessamment à des garçons de caisse portant les livrées de diverses banques parisiennes.

Parmi toutes ces livrées, celle de Geldberg était reconnaissable par son bon goût et sa tournure aristocratique.

Chaque garçon qui sortait tenait sur son épaule une sacoche enflée.

La caisse de Geldberg était comme ces fontaines publiques où chacun vient puiser, tant que le jour dure, et qui ne tarissent jamais.

Un fiacre, qui venait du côté des boulevards, arriva au trot inégal de ses rosses étiques, et arrêta son coffre de sapin terne et crasseux derrière la caisse éblouissante d'une calèche, qui sentait d'une lieue son faubourg Saint-Germain.

Le cocher du fiacre descendit de son siége, et ouvrit la portière à M. le baron de Rodach, qui sauta sur le trottoir.

Pour arriver à la porte de l'hôtel, le baron fut obligé de s'ouvrir un passage à travers les groupes de laquais poudrés qui causaient affaires et politique en attendant leurs maîtres.

Sous les carricks couleur de cuir et sous les longues redingotes blanches à boutons blasonnés, il y avait là vraiment des mines assez impertinentes pour faire florès dans de certains salons — et fortune à la Bourse.

Le baron, que l'on avait vu sortir de son malheureux fiacre, fut toisé comme il faut par toute cette valetaille, qui a des goûts d'artiste romantique, et tient au plus bas de son mépris la modeste bourgeoisie.

Il se faufila de son mieux, dérangeant ces messieurs le moins possible, et parvint à la porte des bureaux, où l'attendait un autre obstacle.

Il y avait là un flux et un reflux d'entrants et de sortants; il fallait prendre tour.

Le baron parvint enfin à saisir un petit passage entre deux sacoches perchées sur des épaules grises et s'introduisit sans heurter personne.

Dans l'antichambre, il y avait ce bel homme dont les commerçants plus modestes font l'économie, en écrivant sur leurs portes : *Tournez le bouton, s'il vous plaît.*

Ce bel homme ne servait à rien non plus que l'antichambre.

Il fallait entrer, en effet, dans une seconde pièce pour trouver à qui parler.

C'était une chambre toute carrée et toute nue qu'entouraient des banquettes de maroquin vert.

Nous appellerons cette seconde pièce l'antichambre réelle et sérieuse, l'autre n'était évidemment que surnuméraire.

Sur les banquettes, dix ou douze personnages étaient assises et attendaient.

Un monsieur en habit noir se promenait de long en large, avec une prestance fière et digne.

C'était tout bonnement un domestique, mais vous l'eussiez pris pour un notaire.

— Monsieur de Geldberg? demanda le baron en entrant.

Le garçon de bureau, habillé en avoué, le salua avec une politesse hautaine.

BIBLIOTHÈQUE NATIONALE RF

C'est là qu'ils sont? interrompit Rodach. (Page 255, col. 1.)

— Est-ce M. de Geldberg le père que monsieur demande? prononça-t-il d'une voix de basse-taille embellie par un fort accent allemand, ou M. Abel de Geldberg?

— M. de Geldberg le père.

— Fort bien. M. de Geldberg le père n'est pas visible, monsieur.

— Veuillez me dire son heure.

— Il n'a pas d'heure.

— Comment fait-on pour le voir?

— On ne le voit pas.

Rodach regarda ce grave personnage avec un commencement d'impatience. Il n'était pas éloigné de croire qu'on se moquait de lui.

A peine eut-il aperçu le visage du valet que sa colère tomba tout à coup. Il réprima un mouvement de surprise, et tourna la tête, comme s'il eût voulu cacher ses traits à une personne connue.

Cette précaution était, du reste, fort inutile, car le valet, costumé comme un président, ne lui faisait point l'honneur de le regarder.

— Eh! bien reprit Rodach en affectant

un ton d'indifférence, si on ne peut pas voir M. de Geldberg le père, je demande M. de Geldberg le fils.

— Fort bien, monsieur, répliqua le domestique; ceci est différent. M. Abel de Geldberg est en affaires...

— Pour longtemps?

— Peut-être bien.

— Et M. le chevalier de Reinhold?

— En affaires.

— Et don José Mira?...

— En affaires.

Rodach réfléchit un instant, puis il se dirigea vers la banquette circulaire.

— J'attendrai, murmura-t-il.

— Monsieur, lui dit honnêtement le valet en reprenant sa promenade interrompue, veuillez vous donner la peine de vous asseoir.

Rodach avait devancé l'invitation.

Ceux qui attendaient comme lui s'étaient assis le plus près possible de la porte des bureaux, qui faisait face à l'entrée. Rodach ne suivit point leur exemple, et prit place à l'écart, au centre de la banquette.

Chaque fois que la promenade du valet en habit noir mettait ses traits au jour, le baron l'examinait attentivement et semblait mieux le reconnaître.

Quand il l'eut bien examiné, il ne lui resta plus d'autre ressource que de regarder la pièce où il se trouvait et les figures de ses copatients, mais ces figures ne signifiaient rien du tout; restait la pièce.

C'était un grand carré, nu comme toute antichambre, chauffé par un poêle de faïence et pavé de marbre.

A part l'entrée qui donnait au dehors et celle des bureaux, il y avait trois autres portes.

Sur la première, une plaque de cuivre verni portait cette inscription :

« La Cérès, *banque générale des agriculteurs.* »

Sur la seconde on lisait en longues lettres noires :

« *Emprunt argentin.* »

Sur la troisième, des ouvriers étaient occupés à fixer une plaque dorée qui portait en caractères enjolivés :

« Chemin de fer de Paris à***.

« **Compagnie des grands propriétaires.** »

Ceci était une entreprise toute nouvelle et qui était à peine *lancée* dans le public.

M. le baron de Rodach regardait cela fort attentivement, et, à mesure qu'il regardait, ses réflexions semblaient devenir plus profondes.

Il ne s'ennuyait point, et les heures de l'attente passaient pour lui sans impatience.

Une seule chose apportait de la distraction à sa rêverie, c'était lorsque la porte des bureaux s'ouvrait. Son regard plongeait alors dans la longue galerie, coupée en petites cases, que fermaient des grillages; il semblait compter le nombre des commis et admirer l'ordre parfait qui régnait parmi leur multitude.

Une expression de contentement apparaissait sur son visage : on eût dit un créancier venant examiner la maison de son débiteur, et la trouvant plus riche qu'il ne pouvait l'espérer.

La porte des bureaux retombait poussée par son silencieux ressort, et Rodach reprenait ses méditations.

Depuis son entrée, beaucoup de ses compagnons d'attente, qui avaient affaire à de simples commis, avaient été expédiés tour à tour. D'autres les avaient remplacés, et le même nombre de postulants, à bien peu de chose près, s'asseyait toujours sur les banquettes de l'antichambre.

Parmi les nouveaux venus se trouvait une vieille femme habillée de noir, et dont le costume propre, mais usé jusqu'à la corde, indiquait de longues luttes entre les soins d'une fierté courageuse et la misère obstinée.

Cette femme était si triste, que son aspect seul serrait le cœur. On découvrait bien sur son visage jaune et défait l'effort de la résignation qui essayait de combattre encore, mais la résignation était faible sous le double fardeau de la douleur et de la vieillesse.

La pauvre femme semblait courbée sous sa peine ; ses yeux rougis brûlaient au milieu de sa face hâve, et accusaient la lente amertume des larmes que nulle consolation ne vient jamais tarir.

Elle avait la timidité profonde de l'indigence ; ses paupières enflammées n'osaient point se lever, et c'était à la dérobée qu'elle essuyait parfois les pleurs honteux qui coulaient, malgré elle, dans les rides de sa joue.

Elle avait ouvert craintivement la porte de l'antichambre, et ne s'était décidée à entrer que sur l'invitation formelle du grave valet allemand, qui tenait à ne rien perdre de la chaleur du poêle.

Elle avait demandé, d'une voix tremblante et basse, M. le chevalier de Reinhold. L'austère Germain lui avait fait la même réponse qu'au baron de Rodach, et la pauvre vieille femme était allée s'asseoir tout au bout de la banquette, dans le coin le plus retiré de l'antichambre.

Il y avait de cela une demi-heure.

Depuis lors, elle demeurait immobile et la tête baissée. Parfois, lorsque le bruit de l'argent tintait plus vif dans la caisse voisine, elle relevait la tête à demi, et ses yeux éteints s'ouvraient tout grands, pour jeter un regard fasciné sur la porte du bureau.

Il y avait comme une plainte navrante dans cette pantomime involontaire. C'était le regard de l'affamé qui dévore, à travers les carreaux, l'étalage d'une boulangerie.

On devinait que, pour guérir sa douleur désespérée, il eût suffi d'un peu de cet or, remué à pleines mains tout près d'elle.

A mesure que le temps passait, une inquiétude plus grande venait se peindre sur son visage.

— Monsieur, dit-elle saisissant le moment où la promenade du garçon d'antichambre se rapprochait de son coin, ne pourrai-je pas voir bientôt M. le chevalier de Reinhold?

— Attendez, ma brave dame, attendez, répondit l'Allemand sans s'émouvoir.

— C'est que je n'ai pas le temps d'attendre, murmura timidement la vieille femme.

— Alors n'attendez point.

L'Allemand tourna le dos et se dirigea vers l'autre bout de l'antichambre.

La bonne femme fit appel à tout son courage ; quand le domestique repassa auprès d'elle, elle se releva et s'avança vers lui.

— Je viens apporter de l'argent, dit-elle.

Le valet s'arrêta.

— Alors, s'écria-t-il, vous n'aviez pas besoin d'attendre ! Donnez-vous la peine de passer à la caisse.

— C'est que, mon bon monsieur, ce n'est qu'un petit à-compte.

— Ah ! diable ! fit l'Allemand dont l'accent germanique se renforça d'instinct ; Geldberg et Compagnie ne reçoivent jamais d'à-compte !

— C'est pour cela que je voudrais voir M. le chevalier en personne.

— Je conçois ça, mais c'est impossible pour le moment.

— Je ne sais, reprit la vieille femme en hésitant ; mais je l'ai connu jadis, et je crois bien qu'il se souvient de moi. Si vous alliez lui dire que madame Regnault désire le voir...

Elle n'acheva pas, parce que le roide visage du garçon d'antichambre eut un sourire à la fois naïf et moqueur.

Suivant une bonne habitude, commune à

presque tous ceux qui voient cent figures nouvelles chaque jour, il ne regardait jamais personne; mais il trouva cette dame Regnault si originale de croire que son nom ultra-plébéien allait lui ouvrir la porte de M. le chevalier, qu'il ne put s'empêcher de tourner les yeux sur elle.

Ce regard ne lui apprit rien; il ne la connaissait pas.

— Ma foi! ma bonne dame, répliqua-t-il, ce que vous dites là n'est pas absolument impossible, mais j'ai ma consigne, voyez-vous, et je ne puis pas aller déranger ces messieurs. Prenez patience!

La mère Regnault poussa un gémissement sourd et se rassit sur la banquette.

Le baron de Rodach avait suivi de loin cette scène; mais il n'avait pu saisir le nom prononcé par la pauvre femme. Seulement un vague souvenir s'était éveillé en lui à son aspect, et il lui semblait qu'il ne la voyait point pour la première fois.

Mais cette circonstance était trop indifférente par elle-même, et les motifs qui l'amenaient à l'hôtel de Geldberg étaient d'une nature trop grave pour qu'il perdît son temps à chercher au fond de sa mémoire.

La porte sur laquelle on venait de clouer cet écriteau portant : « Chemin de fer de Paris à ***. Compagnie des grands propriétaires, » s'ouvrit avec fracas, et trois ou quatre messieurs, amplement décorés, sortirent en discutant tout haut. Ils traversèrent l'antichambre le chapeau sur la tête, sans plus s'occuper des assistants que s'ils eussent été dans la rue.

— Ça peut faire une affaire, disait l'un.

— Bon titre! disait l'autre. Et la maison Geldberg a, Dieu merci! les reins forts.

— Avec les accointances qu'ils ont, reprenait un troisième, la concession pourra être enlevée.

Le quatrième se retourna et toucha du bout de sa canne l'écriteau tout neuf.

— Voilà un commencement d'exécution, dit-il. Le plus fort est fait.

Ils se prirent à rire en chœur et regagnèrent leurs équipages qui les attendaient dans la rue.

C'étaient peut-être de grands propriétaires.

— Est-ce bientôt mon tour? demanda Rodach de sa place.

Le garçon, qui avait salué de tout son respect les quatre messieurs qui venaient de passer, ne s'arrêta point et répondit seulement :

— Je ne crois pas.

Le baron attendit encore dix minutes, durant lesquelles la porte du chemin de fer s'ouvrit à deux reprises, pour donner passage à deux figures vénérables qui portaient le mot *actionnaire* écrit en grosses lettres sur le front.

XII

LE TONNEAU DES DANAIDES

Quand ils furent partis, une sonnette s'agita au-dessus du poêle, et le garçon d'antichambre hâta son pas solennel pour s'élancer à l'ordre.

Presque aussitôt après, il revint et il dit :

— Ces messieurs ne recevront plus aujourd'hui.

La vieille femme joignit ses mains desséchées, et demeura comme frappée de la foudre dans son coin.

Une ou deux personnes, qui attendaient leur tour pour être introduites, s'éloignèrent en murmurant.

Le garçon d'antichambre se mit en devoir de rentrer dans l'intérieur des bureaux.

— Klaus! dit en ce moment le baron à voix basse.

Le garçon s'arrêta court, la main sur le bouton de la porte. Il restait immobile et l'oreille ouverte ; mais il ne se retourna point, parce qu'il croyait avoir mal entendu.

— Klaus! répéta M. de Rodach.

Le garçon se retourna cette fois, et vivement; il ne fit qu'un bond jusqu'au milieu de la chambre.

Jusqu'alors il n'avait pas plus regardé M. de Rodach que les autres; dès qu'il eut jeté les yeux sur cette figure, il poussa un cri de surprise.

Rodach mit un doigt sur sa bouche.

Klaus se tut aussitôt et ses traits seuls continuèrent d'exprimer son étonnement.

— Approche ici, lui dit le baron.

Klaus obéit.

— On m'avait bien dit, reprit Rodach, que je te trouverais dans la maison du juif, mais on ne m'avait pas dit que tu avais oublié les traits de tes anciens maîtres.

La pâle et grave figure de l'Allemand se colorait d'un rouge vif; ses paupières tremblaient, et il y avait dans ses yeux une émotion profonde.

— Gracieux seigneur... commença-t-il.

— Chut! fit Rodach ; ces titres, qui ne m'appartiennent point, sont ici un danger. Je m'appelle le baron de Rodach, et tu ne me connais pas.

— Comment! je ne vous connais pas! s'écria l'ancien chasseur de Bluthaupt.

— Je suis le baron de Rodach, te dis-je, et il ne faut point que tes nouveaux maîtres puissent soupçonner mon véritable nom. Tu as mon secret : es-tu capable de le garder?

Klaus mit sa main sur son cœur.

— Je suis capable de faire tout ce que vous ordonnerez, gracieux seigneur, répondit-il. Non, oh! non, sur ma foi de chrétien! je n'ai oublié ni vous, ni votre noble père. Je suis un pauvre homme, et je loue mon travail à qui veut le payer, mais mon cœur est à mes anciens maîtres, et si vous me voulez pour serviteur, vous n'avez qu'un mot à dire.

— Voilà qui est bien parlé, mon garçon, répliqua Rodach ; tu es un brave cœur, et je te reconnais pour un des nôtres. Touche là.

Klaus mit sa main dans celle du baron, de l'air d'un vassal qui ferait hommage lige à son suzerain. Il n'avait plus cette allure roide et empesée que nous lui avons vue naguère : c'était là son masque officiel. Il revêtait ce visage grave en même temps que son grand habit noir, qui lui donnait la tournure d'un éligible.

Maintenant il avait une figure naïve et bonne, où se peignait toute la sincérité de son dévouement.

— Avez-vous quelque chose à m'ordonner? demanda-t-il.

— J'ai besoin d'être introduit sur-le-champ auprès des chefs de la maison de Geldberg, répondit M. de Rodach.

— Je vais être chassé comme un chien, pensa Klaus.

Mais il n'hésita pas un seul instant, et se dirigea vers la porte des bureaux, en priant Rodach de le suivre.

Le baron se leva et ils quittèrent tous deux l'antichambre.

La mère Regnault les regarda sortir d'un air triste et envieux.

— Et moi, dit-elle, et moi, je n'entrerai donc jamais!

La porte des bureaux retomba; la vieille femme était seule. Elle leva au ciel ses yeux humides, puis sa tête se pencha de nouveau.

Elle demeura immobile dans un coin, pliée en deux, et les mains croisées sur ses genoux qui tremblaient.

M. le baron de Rodach et Klaus, son introducteur, traversèrent en silence les bureaux de Geldberg.

L'ancien chasseur de Bluthaupt marchait le premier, revêtu de son bel habit noir. Il avait repris son air grave et digne.

A ne considérer que le costume, l'avantage ne demeurait certes point à M. de Rodach, et l'on aurait pu s'étonner de voir le respect témoigné par un homme si bien mis au voyageur, vêtu encore de son manteau poudreux, et gardant à ses bottes grises la poussière de la veille.

Le baron, en effet, depuis le soir précédent, n'avait point trouvé le loisir de changer de costume. Il avait passé la nuit debout, et tel nous l'avons vu descendre de voiture, au milieu de la foule, devant le Château-d'Eau, tel nous le retrouvons dans les riches bureaux de Geldberg, Reinhold et Compagnie.

Pendant qu'il passait, les commis lui jetaient ce regard morne des oiseaux en cage. Lui, au contraire, examinait tout ce qui l'entourait avec une satisfaction évidente.

Il admirait cet ordre parfait, cette régularité active, ces silencieuses évolutions du travail. Toutes ces choses avaient une bonne odeur d'opulence, qui semblait flatter ses sens et le mettre en joie.

Si les employés eussent été des observateurs, ils auraient pensé sans doute que ce personnage à mine exotique était un associé nouveau qui arrivait à la maison de Geldberg.

Il est vrai que ses habits n'étaient pas faits pour donner une haute idée de son portefeuille; mais les habits trompent souvent, et les millions sont connus pour mépriser la toilette.

Dans la dernière salle, où se trouvaient un monsieur respectable, chargé de la correspondance, et ses aides, qui étaient de jeunes lions, il y avait un escalier tournant, montant à l'étage supérieur.

Klaus et le baron prirent cette voie.

L'escalier débouchait dans une petite pièce servant d'antichambre, où un valet tout pareil à Klaus veillait.

Sa consigne était probablement de barrer le passage, car il se mit au-devant de la porte.

— Vous savez bien, dit-il, que ces messieurs ne reçoivent plus.

— Je sais ce que je sais, répliqua Klaus de ce ton suffisant des gens qui ont une mission de confiance. Rangez-vous, s'il vous plaît, monsieur Durand: ces messieurs attendent monsieur.

M. Durand fit volte-face en grondant avec mauvaise humeur. Il lui semblait étrange et désobligeant qu'un autre sût ce qu'il ne savait point lui-même.

Klaus traversa l'antichambre en étouffant son pas sur le tapis. Il affectait un grand air d'assurance; mais le diable, comme on dit, n'y perdait rien, et le pauvre garçon avait la chair de poule sous son magnifique habit noir.

Il frappa trois petits coups à une porte sur laquelle se croisaient deux rideaux de laine.

— J'avais, pourtant, ma consigne! murmura-t-il; s'il ne s'agissait pas de vous, gracieux seigneur...

— C'est là qu'ils sont? interrompit Rodach.

Klaus, qui était tout pâle, fit un signe de tête affirmatif.

Rodach l'écarta et mit sa main sur le bouton de la porte.

— Sois tranquille, dit-il avant d'entrer, on ne te chassera point, et si l'on te chasse, je te prendrai à mon service.

La grave figure de l'ancien chasseur de Bluthaupt s'illumina de joie. Il frappa ses mains l'une contre l'autre, et fut obligé de faire appel à sa dignité pour ne point gambader sur le tapis.

Rodach entra et referma la porte derrière lui.

Il se trouva dans une pièce de grande étendue, meublée avec un luxe sévère et à l'extrémité de laquelle un vaste bureau d'ébène reposait sur ses pieds sculptés. Autour de la cheminée en marbre noir, ornée de colonnes torses et de sujets taillés en demi-relief, cinq ou six fauteuils en désordre semblaient annoncer qu'il y avait eu là naguère assez nombreuse compagnie.

Rodach conjectura que les places vides étaient celles des messieurs décorés qu'il avait vus traverser l'antichambre, en riant et en causant, quelques minutes auparavant.

Quoi qu'il en soit, il ne restait personne dans la chambre, et le bureau, qui était couvert d'un pêle-mêle de papiers, restait à la merci du premier venu.

Le regard de Rodach se tourna d'abord de ce côté, mais il eut à peine le temps de déchiffrer sur plusieurs imprimés jetés là au hasard le fameux en tête *Chemin de fer de Paris à***. Compagnie des grands propriétaires;* car, en ce moment même, un bruit de voix s'éleva dans la chambre voisine, dont la porte était entr'ouverte.

Rodach se retourna vivement. Il ne put rien apercevoir. La porte ne présentait qu'une étroite ouverture, et ceux qui parlaient se trouvaient en dehors de la direction où pouvait percer son regard.

Il lui restait la faculté d'écouter.

Ceux qui parlaient semblaient être au nombre de quatre. Il y avait une voix jeune et lourde, qui amenait les mots du gosier avec un léger accent allemand; une voix flûtée, française au premier chef; une voix grave et pédante, ornée de l'emphase méridionale, et qui pouvait bien appartenir à un habitant de la péninsule espagnole; enfin une bonne voix de vieillard, plaintive, consternée, honnête, qui n'avait d'autre accent que celui de la rue Saint-Denis.

C'était cette dernière voix qui parlait.

— Messieurs, disait-elle, ça me brise le cœur de voir tomber une si belle maison! Mon Dieu! quand je pense aux affaires que nous faisions du temps du vieux M. de Geldberg, le brave homme! C'était simple, c'était clair, c'était loyal! Les bénéfices venaient sans qu'il y eût une seule chance de perte, et nous arrivions au bout de l'année avec une balance qu'on pouvait montrer à ses amis et à ses ennemis...

— Affaires mesquines, mon bon monsieur Moreau! dit la voix flûtée.

— Vieux système! ajouta l'accent allemand.

Le baron de Rodach était tout oreilles, et son visage exprimait une inquiétude soudainement venue.

— Est-ce que la maison serait moins solide qu'autrefois? se disait-il.

— C'était le bon système, reprit dans l'autre chambre le brave homme qu'on avait appelé M. Moreau; en ce temps-là, notre caisse était toujours pleine, et Dieu sait qu'à présent il n'en est pas de plus creuse dans Paris!

La basse-taille péninsulaire toussa. La voix flûtée et l'accent allemand grommelèrent des paroles que le baron n'entendit point.

— Et comment ne serait-elle pas creuse? reprit encore M. Moreau qui s'animait et parlait de plus en plus haut; je ne suis caissier que de nom; ce que je mets sous clef la veille est enlevé le lendemain!

Il y eut de la part des trois voix comme une protestation confuse. A chacune de ces trois voix, Rodach donnait un nom : la basse-taille était le docteur José Mira; la voix flûtée appartenait au chevalier de Reinhold, et l'accent allemand au jeune M. Abel de Geldberg.

— Ah çà! mon cher Moreau, dit ce dernier, nous étions en affaire sérieuse, ces messieurs et moi; êtes-vous monté exprès pour nous tancer, comme si nous étions des échappés de collége?

— Je suis venu pour vous dire, répliqua le caissier, que j'avais laissé vingt-deux mille francs en caisse samedi soir, et que j'ai fait argent hier de nos valeurs de complaisance pour une somme de quarante-cinq mille francs; or il y avait pour soixante mille francs environ à payer aujourd'hui...

Le caissier s'interrompit, et personne ne lui répondit, mais Rodach entendit qu'un mouvement se faisait parmi les trois associés, et il lui sembla que quelque chose se mouvait à l'autre extrémité de la chambre.

Son regard, qui se porta instinctivement de ce côté, rencontra, dans une glace, quatre figures groupées : un front chauve et débonnaire qu'il reconnut facilement pour le caissier; un visage fade, orné d'une barbe dessinée admirablement; une figure hâve, roide, sévère, qui eût fait la fortune d'un traître de mélodrame, et enfin un visage plâtré comme celui d'une vieille coquette qui abuserait du fard.

Rodach n'avait jamais vu le fils de M. de Geldberg. Quant au docteur portugais et au chevalier de Reinhold, il les avait aperçus chacun une fois, dans une de ces circonstances qui gravent les traits des gens tout au fond de la mémoire. Mais il y avait de cela bien longtemps.

Néanmoins, soit qu'il devinât, soit qu'il eût souvenir, il ne se trompa point en faisant mentalement la part de chacun des associés, qu'il avait déjà classés pour ainsi dire au son de leur voix.

Ils étaient tous debout, ainsi que le caissier, qui tenait un registre à la main. Ils avaient tous les trois un air de malaise, et il était facile de lire sur leur visage une forte envie de renvoyer à sa caisse le bon M. Moreau.

Mais celui-ci n'avait pas fini.

— Par conséquent, reprit-il en poursuivant son raisonnement commencé, la caisse devait contenir sept mille francs de trop pour les échéances du jour, mais quand je suis arrivé ce matin, j'ai trouvé la caisse absolument vide.

Rodach vit les trois associés s'entre-regarder en silence.

— Ce n'est pas moi, murmura le jeune M. de Geldberg.

— Ni moi, dit M. de Reinhold.

— Ni moi, ajouta le docteur portugais.

Le caissier releva sur eux son regard où le respect commercial faisait place à la colère.

— C'est donc moi! s'écria-t-il en jetant violemment son registre sur la table; ma caisse est, Dieu merci! comme un tonneau qui aurait quatre trous! Vous en avez une clef, monsieur le docteur; vous aussi, mon-

BIBLIOTHÈQUE NATIONALE R.F. IMPRIMÉS

Rodach s'était laissé tomber dans un fauteuil, au coin du feu. (Page 266, col. 1.

sieur Abel; vous aussi, monsieur le chevalier! moi, j'ai la quatrième; je ne sais pas si vous avez l'espérance de me faire croire que c'est moi qui ai emporté les vingt-deux mille francs!

Rodach écouta et fronça le sourcil.

— Vingt-deux mille francs! pensait-il; moi qui croyais qu'on ne parlait ici que par millions!

Comme si le hasard eût voulu répondre à sa pensée, son œil qui se tournait vers le bureau abandonné rencontra les prospectus tout neufs de la Compagnie des grands propriétaires pour le chemin de fer de Paris à***, et lut : *Capital social,* CENT QUATRE-VINGT-DIX MILLIONS DE FRANCS.

— Voyons, mon excellent monsieur Moreau, disait dans la chambre voisine la voix prétentieuse du chevalier de Reinhold, est-il bien convenable de venir faire du bruit jusque chez nous pour une pareille misère? Envoyez dix mille écus à l'escompte, et qu'il n'en soit plus question!

— C'est que vos bonnes valeurs sont à longues échéances, répondit le caissier, et que votre crédit, si grand qu'il fût autrefois, ne résistera pas à ces effets de fabrique.

— Cela nous regarde, reprit Abel en haussant les épaules.

— Cela me regarde aussi, monsieur de Geldberg, reprit le caissier dont la voix devint grave, tandis que sa tête chauve se penchait sous le poids d'une pensée décourageante; j'ai eu confiance dans le crédit de la maison, vous le savez bien. Il y a sur la place de Paris plus de trois cent mille francs de mes acceptations, qui ne portent même pas vos endos, tant je croyais aveuglément en vous! Je suis sans fortune, messieurs, et j'ai une nombreuse famille.

— Ah! monsieur Moreau, monsieur Moreau! interrompit le chevalier, au nom du ciel, faites-nous grâce de ces détails!

— Je sais bien que la maison possède encore des ressources puissantes, poursuivit le caissier; je ne craindrais rien, si je pouvais voir clair dans la comptabilité générale, mais vous tenez des livres à part; nous ignorons en bas, dans les bureaux, où en est le compte de la maison Yanos Georgyi, de Londres.

— Cela me regarde, dit le chevalier de Reinhold.

— Le compte de la maison Van Praët, d'Amsterdam... continua Moreau.

— C'est mon affaire, répliqua le jeune M. de Geldberg.

— Et le compte de Léon de Laurens, de Paris, ajouta le caissier.

— Ne vous en inquiétez pas, dit à son tour le docteur José Mira.

— En outre, poursuivit encore le caissier, à supposer même que ces comptes particuliers soient à jour, ce que Dieu veuille! restent les charges courantes de la maison; et ces charges, vous les avez faites bien lourdes! Vous me demandiez tout à l'heure pourquoi je suis monté : j'ai longtemps hésité à vous le dire, messieurs, car voilà vingt ans que je sers la maison de Geldberg, et il me semble que sa prospérité m'est plus chère que ma propre vie...

Le vieux commis s'arrêta, et Rodach, qui suivait cette scène avec un intérêt croissant, crut voir les yeux de Moreau battre et se baisser, comme si son émotion allait jusqu'aux larmes.

— Remettez-vous, mon brave ami, dit le chevalier de Reinhold d'un ton de haute protection; nous sommes prêts à convenir que vous êtes un digne serviteur.

— Oui, oui, monsieur le chevalier, je suis un serviteur fidèle, reprit le caissier dont la voix retrouva de l'assurance, et c'est pour cela que je dois vous parler sans détour. La maison marche à sa ruine; je ne veux pas y assister, et, s'il ne vous convient point de me remettre à l'instant même vos comptes particuliers et les clefs de la caisse que vous avez gardées depuis la retraite de M. de Geldberg le père, je vais prendre congé de vous à l'instant même, en vous priant de chercher un autre caissier.

M. Moreau mit son livre sous son bras, salua respectueusement et sortit.

Les trois associés restèrent seuls, penauds et déconcertés.

Durant quelques minutes, ils gardèrent le silence.

— Nous avons besoin de lui, dit enfin le chevalier de Reinhold; c'est une boutade de grognard trop fidèle, et, avec une concession, il serait facile de l'apaiser.

— Il faudrait d'abord, et avant tout, lui descendre ces vingt mille francs dont il a besoin, opina le jeune M. de Geldberg; or je déclare que je n'ai pas une obole disponible!

— Ni moi!

— Ni moi! dirent tour à tour les deux associés.

— Messieurs, reprit Reinhold, il y a du vrai, pourtant, dans ce qu'avance le pauvre Moreau, et, pour ma part, je confesse avoir pris six mille francs dans la caisse, samedi soir.

— Et moi, cinq cents louis dimanche matin, ajouta Abel.

— Et moi, grommela le docteur de mauvaise grâce, j'ai pris le reste cette nuit ; j'en avais besoin.

— Avec un système pareil, s'écria le chevalier qui éclata de rire, il est de fait que l'état de caissier doit être rempli de déceptions ! Mais avisons, messieurs, poursuivit-il plus sérieusement ; il ne faut pas jouer avec le crédit, et si Moreau sort de chez nous, bien des petites choses seront connues.

— On ne peut empêcher les chefs d'une maison, objecta le docteur, de puiser à leur propre caisse...

— Ceci est une question, répondit Reinhold ; je sais pour et contre de bonnes raisons, mais il s'agit maintenant des vingt mille francs qui manquent à la caisse et qu'on peut venir réclamer d'un instant à l'autre. Allons, faites appel à votre imaginative, mes chers associés. Avez-vous un moyen de vous procurer à l'instant cette somme ?

Le docteur et Abel firent semblant de réfléchir.

— Je connais le vieux Moreau, dit enfin Abel, et je parie que la somme est dans son tiroir. Tout cela est pour nous effrayer.

— Mais si c'était sérieux ?

— Eh bien, empruntons, parbleu !

— A qui ? demanda Reinhold.

— Nous avons des amis...

— Sans doute ; mais en ces circonstances il faudrait avoir ses amis sous la main.

Au moment où le docteur Mira ouvrait la bouche pour placer un mot, il se fit un léger bruit du côté de la porte. Les trois associés se tournèrent à la fois dans cette direction, et demeurèrent ébahis à la vue d'un personnage inconnu qui se tenait sur le seuil.

Celui-ci les salua gravement.

— Messieurs, dit-il, le hasard vous sert à souhait, vous avez besoin d'un ami : me voilà !

XIII

LES TROIS ASSOCIÉS

Le baron de Rodach prononça ces paroles d'un air grave et sérieux, sous lequel perçait néanmoins malgré lui une nuance de hautaine raillerie.

A son apparition imprévue, les trois associés restèrent muets d'étonnement.

S'il y avait une règle rigoureusement observée dans la maison de Geldberg, c'était l'inviolabilité de leur bureau privé. Personne n'entrait jamais sans leur consentement formel dans cette pièce, dont Klaus avait livré la porte au baron de Rodach. C'était comme un sanctuaire réservé, où les chefs de la maison pouvaient tout dire et tout faire, sans craindre le regard curieux de leurs subordonnés.

Le caissier lui-même, à qui sa charge donnait pourtant certains priviléges, ne pénétrait point jusque dans ce haut lieu décoré pompeusement par le respect des bureaux du nom de *Chambre du conseil.*

Quand M. Moreau avait à parler confidentiellement à ses patrons, il s'arrêtait dans la pièce voisine où nous l'avons vu tout à l'heure, et qui communiquait avec la caisse par un escalier particulier.

La chambre du conseil ne s'ouvrait guère qu'aux gens du dehors, aux courtiers de choix qui menaient pour le compte des trois associés des affaires sortant du programme d'une maison de banque, à des capitalistes, à de nobles personnages dont on voulait faire des actionnaires.

A l'heure des réceptions, personne n'y entrait sans avoir été annoncé à l'avance, et quand les réceptions étaient finies, la porte, sévèrement défendue, devenait aussi infranchissable que celle d'une forteresse.

Les trois associés devaient donc se croire à l'abri de toute surprise. L'arrivée d'un étranger en ce moment était pour eux un véritable coup de théâtre.

Une maison comme la leur, si mortelle que soit la maladie qui la ronge, reste bien longtemps debout sur les fortes bases de son vieux crédit et peut agoniser durant des années, en gardant tous les signes extérieurs de l'opulence.

Ce qui est terrible et fatal, c'est un symptôme de détresse aperçu au dehors. Tant que le doute n'est point éveillé, il semble impossible; le colosse commercial vit et marche, et semble à tous plein de vigueur. Tant que son mal secret ne lui a point arraché une plainte, il se dresse, soutenu par un faisceau de confiances aveugles, et soutenu encore par les haines envieuses qui témoignent de sa force, en se liguant dans l'ombre contre lui.

La veille d'une faillite, telle maison reçoit encore des millions ; jamais le flux de l'or ne monta si haut dans sa caisse; on croit en elle, on l'exalte, on la proclame inébranlable à l'heure même où l'édifice entier chancelle sur ses fondements dégradés.

Le lendemain, la foudre est tombée. Il n'y a plus rien que des ruines. — et un homme qui fuit au grand galop de ses chevaux de poste.

Au contraire, telle autre maison, solide et vigoureusement constituée, arrête tout à coup son essor. Vous la voyez languir sous le poids d'une sorte de malédiction; les chalands s'éloignent d'elle, comme si l'on gagnait la peste dans ses bureaux déserts.

C'est qu'un bruit a couru, timide d'abord et rasant le sol, comme la calomnie de Beaumarchais, un bruit, moins qu'un bruit, un murmure.

Il n'en faut pas davantage. Les poëtes comparent la réputation d'une jeune fille à la corolle blanche d'un lis, que ternit le moindre contact, à cette poussière brillante et fugitive de l'aile des papillons que le moindre souffle fait évanouir, et à mille autres choses fragiles, insaisissables.

Mais si, par le plus grand de tous les hasards, un poëte, à bout de sujets, allait s'imaginer de parler commerce, où irait-il, bon Dieu! chercher ses comparaisons?...

La maison de Geldberg était forte encore et n'avait point à beaucoup près épuisé ses ressources; mais depuis longtemps déjà elle marchait de crise en crise. L'incroyable conduite de ses chefs, qui tiraient chacun à soi et se livraient à une sorte de pillage organisé, la précipitait vers une catastrophe plus ou moins éloignée, et il fallait pour la sauver un de ces miracles industriels que la Bourse opère volontiers de nos jours.

Positivement, les trois associés comptaient sur ce miracle; mais il fallait attendre et vivre.

Or, au milieu des embarras qui l'accablaient, la maison suivait un train pénible et n'existait que par son incomparable crédit. Ce que nous avons dit touchant la réputation commerciale était vrai pour elle encore plus que pour toute autre; le moindre signe de faiblesse pouvait la perdre : elle était littéralement à la merci d'un mot.

Ce mot, les associés eux-mêmes venaient de le prononcer, et il s'était trouvé des oreilles étrangères pour l'entendre!

Qu'on juge si M. le baron de Rodach, apparaissant tout à coup au milieu de leur entretien confidentiel, devait être le bienvenu!

Ils avaient travaillé comme il faut dans la matinée. Les fondements d'une entreprise gigantesque avaient été jetés; *cela marchait;* la Compagnie des grands propriétaires était déjà plus qu'un mot. On allait en parler à la Bourse, et du premier coup les promesses d'actions devaient se coter en prime.

Ceci était immanquable, parce que, à part

son immense crédit commercial, la maison de Geldberg avait de bonnes accointances et donnait pour l'adjudication prochaine de légitimes espoirs.

Des rumeurs habilement jetées touchant cette fête babylonienne promise au beau monde de Paris, dans un vieux château d'Allemagne, arrivaient juste à point pour faire parler de l'énorme fortune de Geldberg.

Le crédit est quelque chose, mais rien ne vaut les immeubles, et la maison dont on peut dire : « Elle possède un domaine qui formait autrefois toute une principauté, » a bien bon air sur la place.

Personne n'était forcé de savoir pour quelle somme ledit domaine était grevé d'hypothèques.

Encore une fois, tout allait à souhait. Loin de s'écrouler sous le poids des malversations de ses chefs, la maison de Geldberg allait monter d'un cran et prendre une place définitive parmi les comptoirs les plus importants de l'Europe. Et c'était justement à cette heure favorable que le hasard ou la trahison jetait en présence des trois associés une vivante menace !

Ils ne s'étaient point émus aux plaintes de leur caissier, ils avaient traité comme en se jouant les misérables embarras de leur situation financière, parce que leurs yeux étaient fixés sur le brillant avenir.

Mais maintenant un nuage voilait tout à coup cet avenir : le secret, qui était pour eux la fortune, ne leur appartenait plus.

Pendant toute une longue minute, ils restèrent consternés et pâles de colère.

Le regard du baron de Rödach tombait sur eux, calme et froid. Sans qu'ils pussent s'en douter, il observait curieusement leurs physionomies et cherchait à les juger en ce premier moment de trouble.

Sur les trois, le docteur José Mira fut le moins longtemps à se remettre ; mais il ne jugea point à propos de prendre la parole.

Reinhold faisait évidemment appel à son sangfroid qui le fuyait, et cherchait des mots pour dominer tout à coup l'intrus.

Mais M. le chevalier de Reinhold avait un ennemi acharné au dedans de lui-même. Il était lâche comme au temps où il se nommait Jacques Regnault, et, s'il osait quelquefois, c'était en fermant les yeux et en grisant sa faiblesse.

Il n'était point de ceux que le succès amende. Vingt ans de prospérités ne l'avaient point fait meilleur. C'était toujours l'esprit fin, mais étroit, astucieux, mais frivole de l'aventurier que nous avons vu au schloss de Bluthaupt.

A vieillir, il n'avait rien perdu ni rien gagné, pas même de la prudence.

Il restait cet être incomplet que son étourderie même rendait plus dangereux et masquait davantage : être nul pour le bien, primesautier à l'égard du mal, machinant sans avoir besoin de penser et comme on respire, possédant pour les choses mauvaises une aptitude innée, tirant sur le génie.

Le docteur José Mira, au contraire, aurait été susceptible peut-être d'amender sa conduite, sinon ses principes. Il avait rêvé autrefois la vie extérieurement honnête avec les bénéfices du crime. Il s'était arrangé un avenir paisible, tout plein de jouissances douces et de repos, pour prix des labeurs de son passé homicide ; il savait d'avance que ses souvenirs ne le gêneraient point, car sa conscience n'avait plus de voix depuis les jours de sa jeunesse.

Heureux à sa manière et assis au but qu'il avait convoité, José Mira eût été inoffensif, sinon vertueux ; il ne faisait le mal, en effet, que par intérêt, et c'était un avantage qu'il avait sur M. le chevalier de Reinhold, dont la vocation bien décidée était de nuire.

A cela près et quant au résultat, ils ne valaient pas mieux l'un que l'autre.

Car le docteur José Mira n'avait point atteint son but et restait en dehors de la tranquillité souhaitée. Il était riche ; bien qu'il ne pratiquât plus comme médecin, sa réputation de savant était presque de la gloire; sa position d'associé de la maison de Geldberg lui donnait une influence considérable, et les joies de l'ambition étaient à sa portée.

D'autre part, un voile profond et impénétrable couvrait l'origine de sa fortune. Il était à l'abri du soupçon; il était même à l'abri du remords, ce suprême châtiment des coupables que la justice humaine oublie.

Mais il y avait une de ses fautes, la plus vénielle de toutes aux yeux du monde, peut-être, qui pesait sur sa vie entière. Ce meurtrier, froid et dur, qui avait suivi d'un œil curieux l'agonie de ses victimes, et dont nul rêve sanglant ne venait jamais troubler les nuits, avait une fois lâché la bride à ses passions contenues : il avait déshonoré une jeune fille, presque une enfant, et cette jeune fille, devenue femme, était pour lui l'instrument de la colère vengeresse de Dieu.

Il aimait. Derrière son aspect glacé, il y avait un feu ardent et toujours jeune. Une tyrannie sans contrôle le courbait esclave : il n'avait ni jouissances ni peines qui ne fussent en cet amour. Et, depuis des années, il se roidissait en une lutte amère et vaine.

Il se sentait haï, méprisé, raillé : il aimait davantage; le dédain l'aiguillonnait; l'insulte l'attirait; on lui ordonnait des choses insensées, à lui, l'homme du calcul précis et de la raison droite. Et il obéissait!

Son tyran ne lui donnait ni repos ni trêve. Cette fortune qu'il avait gagnée par le crime n'était point à lui, et, bien qu'il menât une vie d'anachorète, il puisait à la caisse commune avec plus d'âpreté qu'Albert de Geldberg lui-même, le jeune homme prodigue et fastueux. Ses mains n'étaient qu'un canal. L'or enlevé coulait entre ses doigts; et, pour prix de tant de sacrifices, il récoltait çà et là une parole amère, un sourire moqueur, une insulte.

C'était assurément justice : la femme qui châtiait ainsi était plus perverse encore que lui peut-être; mais ici elle ne faisait que se venger.

Il est, dit-on, deux sortes de serpents venimeux, ceux qui se jettent sur tout venant, et ceux qui gardent leurs morsures pour le moment de la colère. Reinhold était de la première espèce, et José Mira de la seconde.

Reinhold mordait à l'étourdie, il faisait le mal en prodigue; Mira fût devenu inoffensif, faute de motif pour nuire; mais il y avait derrière lui cette femme dont la tyrannie l'excitait, et le venin revenait sous sa dent.

Une fois en train, il était capable d'aller plus loin que le chevalier lui-même, parce qu'il savait penser et se taire.

Il était la tête de l'association. Reinhold, impudent et hardi quand il ne s'agissait point de braver un danger matériel, en était le bras.

A présent, comme autrefois, le chevalier se mettait toujours en avant de grand cœur; il besognait intrépidement et en artiste. Quand l'intrigue manquait, il montait des entreprises commerciales pour son propre compte, et mettait à combiner des chances usuraires toutes les ressources de son esprit pointu et mesquin. Mais ces petites déprédations, demi-légales, ne pouvaient l'intéresser qu'à demi, et sa nature, audacieuse vis-à-vis de certains périls, avait vraiment besoin de luttes plus émouvantes.

Le masque du docteur n'était pas à beaucoup près aussi heureux que celui de son associé. Sa physionomie lugubre repoussait au premier aspect. Quoiqu'il eût les façons d'un homme du monde, et que la gravité poussée même jusqu'à l'excès aille bien à certaines positions, son aspect seul mettait en défiance. Il avait l'abord glacial, la parole emphatique et pénible à la fois; on eût dit qu'il y avait toujours un mensonge derrière son geste faux et une trahison sous sa phrase embarrassée.

Quant au jeune M. de Geldberg, il n'avait point comme ses deux associés un poids de sang sur la conscience. Il ignorait le crime qui avait enrichi sa famille, et ne savait rien du passé. C'était tout bonnement un jeune seigneur du commerce, rompu aux stratagèmes acceptés à l'aide desquels les trafiquants se pipent entre eux et plument les autres. L'usure l'avait bercé ; il ne savait d'autre vertu que le gain, et sa morale était l'arithmétique. On lui avait donné pourtant une éducation brillante ; il lui en restait beaucoup de vide dans l'esprit et dans le cœur, une très-magnifique écriture de registres et la science des quatre règles, perfectionnée jusqu'à l'abus.

Tous les lions ne sont pas des fats, mais quand ils le sont c'est merveille : il était lion et fat.

Il aimait les danseuses, et il adorait les chevaux ; il pariait britanniquement, et dessinait ses gilets lui-même.

Les gens comme lui deviennent parfois quelque chose, en dépit de l'axiome : De rien, on ne peut rien faire.

Ce fut Albert de Geldberg qui rompit le premier le silence. Pendant que José Mira se taisait prudemment et que le chevalier de Reinhold cherchait ce qu'il allait dire, il mit gaillardement le lorgnon à l'œil et regarda l'intrus d'un air mauvais.

— Que signifie cette parole, demanda-t-il de l'accent le plus dédaigneux qu'il pût trouver, et que peut nous vouloir cet homme ?

— Cet homme vous veut toutes sortes de choses, monsieur Abel de Geldberg, répondit le baron avec un second salut, aussi grave et aussi courtois que le premier; il y a bien longtemps que cet homme connaît votre maison, et qu'il désire entrer avec vous en relations d'affaires.

Abel toisa le baron des pieds à la tête, et ne vit en lui qu'un grand garçon, revêtu d'un manteau poudreux et chaussé de bottes non cirées.

Il haussa les épaules et se tourna vers ses associés. Mira regardait l'étranger en dessous avec beaucoup d'attention. Il y avait sur le visage de M. de Reinhold un étonnement qui semblait ne plus se rapporter à la brusque apparition de cet hôte inattendu, et une sorte de doute éveillé vaguement.

On eût dit qu'il cherchait à voir au fond de sa mémoire, et qu'il rappelait avec effort des souvenirs rebelles.

— Ce doit être un fou ! dit Abel s'adressant à ses deux associés.

— Évidemment, murmura le chevalier de Reinhold qui essayait de garder son ton léger.

— Le plus simple est de sonner pour le faire mettre dans la rue.

— Sans doute, dit encore le chevalier du bout des lèvres.

D'un mouvement rapide, il se rapprocha du docteur Mira qui était à deux pas en arrière.

— Je crois avoir vu ce visage-là quelque part, murmura-t-il.

— Non pas ce visage-là, répliqua le Portugais dont les yeux étaient baissés, mais deux autres qui lui ressemblaient beaucoup, en effet.

— Il doit y avoir longtemps.

— Bien longtemps!

— Aidez-moi donc, docteur! cela est important pour savoir la contenance qu'il faut prendre, et nous faisons ici de fort ridicules figures.

— Il y a vingt ans, dit tout bas le docteur.

— Du diable si je me souviens!

Mira prononça tous bas deux noms :

— Ulrich ! Gunther !

Le chevalier frappa dans ses mains, et ses traits se rassérénèrent tout à coup.

— Les comtes! s'écria-t-il, c'est pardieu bien cela!

Il ajouta :

—Ma foi! je craignais pis, car il est certain que le vieux Gunther n'a pas pu ressusciter et rajeunir. Ces coquins de hasards vous mettent toujours martel en tête. Eh bien! Abel, reprit-il en se tournant vers son jeune associé, vous avez parlé de sonner et je n'y vois pas d'empêchement.

Pendant les deux ou trois secondes qu'avait duré ce rapide entretien du docteur et du chevalier, Rodach était resté sur le seuil, immobile et les bras croisés.

— Je viens de loin, dit-il, en ce moment, et tout exprès pour vous voir, messieurs. Je vous préviens que, si vous me faites chasser avant de m'avoir entendu, vous vous en repentirez toute votre vie.

Abel éclata de rire et se dirigea vers la sonnette; le chevalier voulut rire aussi, mais ce fut de mauvaise grâce. José Mira garda son sérieux mortuaire.

Au moment où le jeune de Geldberg mettait la main sur le cordon de la sonnette, la bouche du docteur s'entr'ouvrit, et il laissa tomber deux ou trois paroles comme à contre-cœur.

— Ne vous pressez pas, Abel, dit-il; le plus prudent serait de savoir.

— Savoir quoi? s'écria le jeune homme en agitant la sonnette dont le tintement aigre retentit au dehors.

— Savoir au moins le nom de celui que vous chassez, monsieur de Geldberg, répondit le baron de Rodach en élevant la voix légèrement; savoir si cet homme est un fou, comme vous dites, ou bien un sage, un mendiant, comme il peut en avoir l'apparence, ou bien un homme plus riche que vous.

— Que nous fait tout cela? interrompit Abel.

Reinhold et Mira se consultaient du regard.

— Savoir encore, reprit Rodach sans se presser, si cet inconnu, qui apparaît au milieu de vous malgré vous, n'a point le droit d'entrer comme chez lui dans votre chambre du conseil; savoir enfin s'il n'apporte pas dans une de ses mains de quoi perdre votre maison, fût-elle au faîte des prospérités, et dans l'autre de quoi la sauver, fût-elle sur le penchant de sa ruine.

La porte par où était sorti le caissier Moreau s'ouvrit à ces dernières paroles, et un domestique en livrée s'y montra.

— Ces messieurs ont sonné? dit-il.

Le jeune M. de Geldberg étendit sans façon le doigt vers Rodach, afin de le désigner au valet et d'ordonner son expulsion.

Mais, à l'instant où il ouvrait la bouche, le docteur José Mira le prévint en disant brusquement :

— Qu'on défende sévèrement notre porte, et qu'on empêche de monter même les employés de la maison. Sortez!

Le jeune M. de Geldberg demeura bouche béante, et le domestique disparut.

— Maintenant, monsieur, dit José Mira qui fit un pas en avant, soyons bref, je vous prie. Qui êtes-vous et que voulez-vous?

— Pardieu! docteur, s'écria Abel en tournant le dos avec dépit, mon expédient était, je pense, tout ce qu'il y a de plus bref au monde, et si vous m'aviez laissé faire, monsieur serait déjà au bas de l'escalier.

— Je vous donne un quart d'heure, mon jeune monsieur, répondit Rodach, pour

BIBLIOTHÈQUE NAT.

Le geôlier de Francfort est un habile homme. (Page 271, col. 1.)

chanter la palinodie et remercier don José Mira des paroles sages qu'il vient de prononcer. Quant à être bref, ajouta-t-il en se tournant vers ce dernier, tout ce que je puis vous promettre, c'est d'y faire mes efforts, car nous avons plus d'un compte à débrouiller ensemble. Avant de commencer, je vous prie de ne point vous formaliser si je prends la liberté de m'asseoir.

Il n'y avait point de siéges dans la petite chambre où se trouvaient les trois associés. Rodach rentra dans la pièce principale, et se dirigea vers le foyer, entouré d'excellent fauteuils.

Les associés restèrent seuls durant une seconde, et Rodach put les entendre chuchoter vivement. Lorsqu'ils entrèrent à leur tour, M. le chevalier de Reinhold avait pris un sourire tout affable. Abel de Geldberg n'avait plus l'air impertinent qu'à moitié ; il n'y avait que le docteur Mira qui n'eût point changé de physionomie.

Dès l'abord, il avait senti ce qu'il y avait d'imprudent et de dangereux dans la conduite de son jeune associé. Cet inconnu, qui arrivait ainsi à l'improviste, lui inspirait de graves inquiétudes, qu'il venait de faire partager à ses compagnons. La réserve et la prudence étaient désormais à l'ordre du jour.

Rodach s'était laissé tomber dans le meilleur fauteuil, au coin du feu.

— Mille fois pardon, messieurs, reprit-il, si j'en use ainsi à mon aise ; mais j'ai fait une longue route hier, et je n'ai point fermé l'œil cette nuit; je suis très-las. Veuillez vous asseoir et m'écouter : j'ose espérer que nous allons parfaitement nous entendre.

Il s'arrangea commodément dans son fauteuil et approcha du feu ses grosses bottes de voyage.

Les trois associés prirent place ; ils s'apercevaient vaguement que l'étranger, si mal accueilli d'abord, gagnait peu à peu le dessus. Ils étaient chez eux, et avant que cet homme eût parlé seulement, il s'emparait, pour ainsi dire, de la présidence, ne leur laissant qu'un rôle secondaire.

Il était à l'aise, et le trouble restait pour eux.

Deux minutes ne s'étaient pas écoulées depuis qu'on avait agité la question de savoir s'il ne fallait point le chasser comme un misérable, et maintenant il semblait le maître.

— J'étais là pendant que vous causiez avec votre caissier... reprit-il.

— Et vous vous êtes permis d'écouter? interrompit le jeune M. de Geldberg, qui eut comme une dernière velléité de hauteur.

— Je ne puis dire non, répliqua M. de Rodach; j'ai entendu à très-peu de chose près tout ce que vous avez dit à votre caissier, et tout ce que vous vous êtes dit entre vous après le départ de ce brave homme. Mais que cela ne vous désole pas, mes chers messieurs ; vous avez été en tout ceci remarquablement discrets, et si je n'en savais pas plus long que cela, mon Dieu! vous n'auriez pas besoin de me craindre!

— Avons-nous donc à vous craindre? demanda M. de Reinhold sans perdre son sourire.

— Oui, monsieur le chevalier. Ce caissier me paraît un digne serviteur, mais un peu exigeant. Il a cependant oublié un compte parmi ceux qu'il vous a demandés.

— Comment cela? dit Reinhold.

— Il a réclamé, ce me semble, le compte Van Praët, d'Amsterdam; le compte Yanos Georgyi, de Londres, et le compte Laurens, de Paris. Mais il n'a point parlé du compte Zachœus Nesmer, de Francfort-sur-le-Mein.

La figure de José Mira s'assombrit davantage. Le jeune M. de Geldberg devint sérieusement attentif.

— Mais, dit encore Reinhold qui avait de la peine à garder son sourire, notre correspondant et ami le patricien Zachœus Nesmer est mort.

— C'est vrai, monsieur le chevalier.

— Et il n'a point laissé d'héritier.

— Si fait, monsieur, un neveu, fils de sa sœur, qui est encore enfant, et à qui les lois ont donné un tuteur. Pour en revenir à votre caissier, mon arrivée vous met à ce sujet hors de peine. Si vous renvoyez le bonhomme, je m'offre en effet à le remplacer; si vous tenez à le garder, je puis vous fournir à l'instant même les vingt mille francs qu'il demande.

— Mais, monsieur, murmura le chevalier, la maison de Geldberg n'a pas besoin...

— Cartes sur table, s'il vous plaît! interrompit le baron qui changea de ton tout à coup; j'en sais aussi long que vous-mêmes sur la maison de Geldberg, qui peut m'avoir, à son choix, pour ami ou ennemi.

Reinhold et Mira le regardèrent avec une visible épouvante. Abel de Geldberg ne comprenait plus.

Rodach tira de sa poche un portefeuille, et y prit vingt billets de banque qu'il mit sur la cheminée.

— Veuillez sonner, monsieur de Geldberg, dit-il, et envoyer cet argent à la caisse.

Abel obéit machinalement.

Un domestique entra, qui emporta les vingt billets.

Le baron ouvrit un autre pli de son portefeuille, et y choisit quatre ou cinq bandes de papier, froissées par d'innombrables attouchements.

— Je dois vous avouer, poursuivit-il, que je ne m'attendais pas, en arrivant ici, à trouver la maison dans un si triste état. Je venais pour toucher à la caisse de Geldberg cent trente mille francs de traites exigibles, que voici.

— Cent trente mille francs! répétèrent en chœur les trois associés.

— Échéance de mars dernier, continua le baron de Rodach, présentées et non payées. Je possède, en outre, des traites pour une somme double, exigibles au 1er mars prochain.

— Mais nous étions en compte avec Zachœus Nesmer, notre ami, s'écria Reinhold, et ces effets ne représentent point une dette réelle!

— S'il y a procès, répliqua froidement le baron, vous ferez valoir vos moyens, mes chers messieurs; mais pour le moment ne vous préoccupez point de cela : l'héritier de Zachœus peut attendre, et son intérêt, comme le mien, est de soutenir la maison de Geldberg.

— Le vôtre? murmura le docteur. Quel peut-il être?

— Il vous souvient sans doute, messieurs, reprit Rodach en fermant son portefeuille, d'une lettre que vous reçûtes il y a un an, à peu près six semaines après la mort du patricien Zachœus Nesmer. Cette lettre vous annonçait la venue du baron de Rodach, qui avait eu la confiance du patricien Nesmer durant sa vie, et qui se trouvait chargé des intérêts de la succession après sa mort.

— C'est moi-même qui reçus cette lettre, répondit Abel de Geldberg; je ne connaissais point ce baron de Rodach, et les faits qu'il avançait me semblaient sujets à contestation; mais je me réservais de le recevoir comme il convient à un gentilhomme. Il n'est jamais venu.

— Il s'est fait attendre un peu, c'est vrai, répliqua l'étranger; les voyages l'ont retenu. Il a parcouru la Suisse et l'Italie, mais enfin le voilà : je suis le baron de Rodach en personne.

XIV

LES TROIS CLEFS

Au nom de Rodach, les trois associés saluèrent, et le jeune M. de Geldberg aussi bas que les autres.

— Si monsieur le baron avait eu la bonté de nous dire son nom tout de suite... balbutia-t-il.

— Mon jeune monsieur, répliqua Rodach, j'ai vu bien des négociants en ma vie, et je me formalise seulement dans un salon ou dans la rue : jamais dans un comptoir. Ne prenez pas la peine de vous excuser, puisque le mal vient de moi. Comme je vous le disais dans ma lettre, dont, à ce qu'il paraît, vous gardez un souvenir très-vague, j'ai fait pendant un an toutes les affaires de votre correspondant et ami Zachœus Nesmer. Cet honnête homme n'avait pour moi aucun secret... je connaissais sa vie présente et passée, et je n'ignore rien des rapports excessivement intimes (il appuya sur ces derniers mots) qui existèrent à une autre époque entre lui, ces deux messieurs et Mosès de Geldberg.

Le sourire de Reinhold se changea en grimace; Mira lui-même ne put retenir un léger froncement de sourcils.

— Je sais tout, reprit Rodach, absolument tout, depuis la mort du comte Ulrich jusqu'à celle de Nesmer lui-même!

La voix de Rodach eut comme un tremblement imperceptible en prononçant le nom d'Ulrich de Bluthaupt; mais sa physionomie demeura calme et ferme.

— Ce qui me manquait, poursuivit-il, c'était la connaissance de ce qui s'est passé dans cette dernière année. Je suis venu pour m'informer et savoir; le hasard m'a servi, j'ai appris ce que vous auriez voulu me cacher peut-être, les dangers sérieux qui menacent la maison de Geldberg.

— Monsieur le baron, répliqua Reinhold, ces dangers sont plus apparents que réels. En somme, la maison a des espérances magnifiques, qui ne peuvent guère lui échapper.

— C'est justement sur ce point que je désirais vous interroger. Mais, encore une fois, pas de réticences, je vous conjure; vous êtes les plus forts débiteurs de la succession Nesmer, et notre intérêt évident est de vous soutenir. Ainsi, regardez-moi d'avance comme un de vos associés, et parlez-moi comme à un homme dont le temps, l'influence et la bourse sont momentanément tout à vous.

Reinhold se leva dans un accès subit de gratitude, et tendit sa main au baron, qui la toucha. Il sentit la main du baron froide et toute frémissante; mais il n'y prit point garde et la secoua le plus cordialement qu'il put.

Abel et Mira crurent voir en ce moment un voile de pâleur tomber sur le visage de Rodach.

— Messieurs, s'écria Reinhold en se tournant vers eux, je pense qu'il ne peut y avoir chez nous qu'un seul avis; l'offre que M. le baron nous fait avec tant de franchise doit être acceptée de même.

— C'est mon opinion, dit le docteur Mira.

Il y avait dans cette conversation beaucoup de choses que le jeune M. de Geldberg ne saisissait point; mais il crut devoir faire semblant de comprendre, et répéta en s'inclinant :

— C'est mon opinion, et, pour mon compte, j'accepte avec reconnaissance.

— Avec cette aide inespérée que notre étoile nous envoie, poursuivit M. de Reinhold qui retrouvait sa faconde de beau parleur, nous sortirons d'un pas difficile et nous parviendrons à nous acquitter envers l'héritier de notre correspondant et ami le patricien Nesmer. Puisque ces messieurs me donnent carte blanche, je vais vous dire tout au long le beau côté de notre situation. Personnellement, ma position est pleine d'avenir; en dehors de la maison, j'ai fondé quelques petites entreprises qui prospèrent à souhait. Ma centralisation des loyers du Temple surtout, — œuvre à la fois philanthropique et commerciale, — donne déjà de beaux bénéfices, auxquels je suis prêt à faire participer l'association, moyennant une indemnité convenable. Je suis en outre sur le point de contracter un très-riche mariage. Ainsi, comme vous le voyez, monsieur le baron, vous n'avez pas tout à fait affaire à des mendiants, et les avances que vous pourrez nous servir ne courent assurément aucun risque.

Rodach fit de la main un geste qui voulait dire :

— Passez.

— Quant à la maison elle-même, continua M. de Reinhold, elle a l'emprunt argentin, qui lui assure d'énormes rentrées dans un temps peu éloigné ; la *Cérès*, banque générale des agriculteurs, dont les actions sont en hausse, comme vous pourrez le voir à la Bourse ; enfin l'affaire des affaires, le grand coup qui doit changer tout notre cuivre en or, le railway de Paris à***, Compagnie des grands propriétaires !

— Est-ce organisé ? demanda Rodach.

— Pas encore. Ah ! ah ! cher monsieur, cela ne s'organise pas comme vous paraissez le penser ! il y a des difficultés. Les chemins de fer sont en baisse, et, s'il faut l'avouer, le manque de fonds nous arrête ici comme partout. Mon Dieu ! il faut bien le dire, puisque nous parlons ici à cœur ouvert, sans la retraite de notre respectable ami et associé, Moïse de Geldberg, ce serait par centaines de millions que la maison compterait aujourd'hui. Et notez que je n'exagère point, cher monsieur ; la preuve, c'est que l'opinion du monde nous donne encore cette puissante fortune.

— C'est la vérité, dit Rodach ; moi-même je croyais...

— Cher monsieur, interrompit Reinhold, ce sera notre salut ; mais la vérité est que nous sommes passablement déchus. Ne me faites pas de signes, docteur : je sais ce que je dis, et une entière franchise peut seule nous mériter la confiance de M. le baron.

Abel fit un geste de complet assentiment.

Le chevalier reprit :

— Cette Compagnie des grands propriétaires s'assied déjà sur d'excellentes bases, et doit nous faire remonter, j'en suis sûr, au point d'où nous sommes descendus... descendus, hélas ! par notre faute, ajouta Reinhold avec un gros soupir. Si l'entreprise réussit, comme c'est probable, nous redonnons à la maison une importance européenne, et tous nos péchés sont expiés. Pour cela, croyez-nous, nos mesures sont assez bien prises ; rien n'a été négligé ; nous avons dépensé une bonne part de notre actif à donner de ces preuves d'opulence qui valent presque l'opulence elle-même, aux yeux de la plupart des hommes. Jamais Geldberg n'avait été plus somptueux, plus prodigue ! Nos employés dépensent autant d'argent que des fils de famille. On parle de nos fêtes dans les journaux, et nos salons n'ont guère de rivaux à Paris.

— Le fait est, dit le jeune M. de Geldberg en relevant sa moustache avec tout plein de complaisance, le fait est, monsieur le baron, que nous sommes les lions cette année.

Le docteur ne prenait aucune part à l'entretien et semblait perdu dans ses réflexions. Son œil morne, qui paraissait comme enfoui dans les profondeurs de son orbite, était fixé à demeure sur la figure de M. de Rodach.

— Mais cela ne suffisait plus, reprit le chevalier de Reinhold ; on a beau jeter l'argent par les fenêtres, un bal est toujours un bal, et il y en a tant ! Pour faire du nouveau dans ce genre, il faudrait, je crois, aller danser au Père-Lachaise !

— Ah çà ! fit le baron, je ne vois pas parfaitement le rapport qu'il y a entre vos bals...

— Et la Compagnie des grands propriétaires ? s'écria Reinhold en éclatant de rire.

— On voit bien que M. le baron n'est pas de Paris ! dit Abel avec ce ton orgueilleusement modeste d'un homme qui croit faire un bon mot.

— Ah ! cher monsieur, cher monsieur, reprit le chevalier, nous ne sommes pas ici dans votre vertueuse Allemagne ! Nos bals sont ici la grosse caisse et le tambour. C'est bien un peu usé ; tout le monde le dit, mais tout le monde s'y laisse prendre. Il y a cent ans qu'on connaît cela, et dans cent ans la recette sera encore en usage. Quoi qu'il en soit, nous avons voulu perfectionner le procédé, innover quelque peu dans cette voie brillante mais trop battue, frapper un coup, enfin, qui pût réellement étonner et éblouir. Nous avons résolu d'inviter Paris à notre château d'Allemagne!

— Au château de Bluthaupt? dit le baron d'une voix sourde.

— Au château de Geldberg, si vous le permettez, interrompit Abel.

— Ce sera un moyen, poursuivit le chevalier, d'utiliser cet immeuble, qui ne nous rapporte presque rien à cause de la mauvaise volonté des anciens vassaux de Bluthaupt, et qui représente, en définitive, un immense capital. On peut dire qu'en ceci notre vieil ami Moïse de Geldberg a contribué, pour sa part, à la décadence de la maison; car c'est ce domaine de Bluthaupt, conservé par nous en dépit de tout bon sens, qui est l'origine de ces créances dont vous êtes porteur, ainsi que de nos dettes envers Yanos Georgyi et meinherr Van Praët. Mais enfin il n'importe; dans cette circonstance, à tout le moins, le vieux schloss nous sera bon à quelque chose. Nous y donnerons une fête qui durera quinze jours.

— Il faudra pour cela une somme considérable, dit le baron.

— Une somme énorme, cher monsieur, énorme! Mais ce sera étourdissant!

— On n'aura jamais rien vu de pareil! dit Abel en se frottant les mains; des bals dans le parc!...

— Des pêches de nuit comme en Écosse!

— Des chasses aux flambeaux, comme celles du surintendant Fouquet!

— Des tournois plus beaux que celui de lord Erlington!

— Des promenades féeriques! des courses au clocher! des laisser-courre comme on n'en voit point dans les forêts royales!

— Et je veux qu'au retour, s'écria Reinhold avec un élan de véritable enthousiasme, toutes les actions de notre chemin de fer soient souscrites par des noms qui enlèveront l'adjudication!

Le baron de Rodach réfléchit pendant un instant.

— J'approuve cette idée, dit-il enfin, et je vous aiderai.

— Vous êtes notre providence! s'écria Reinhold, car c'étaient les fonds qui nous manquaient.

— Je vous aiderai volontiers, répéta Rodach; mais les paroles de votre caissier ne sont point faites pour m'inspirer une confiance excessive, et, si vous videz votre caisse à mesure que je la remplirai...

— Nous prendrons l'engagement formel... commença Reinhold.

— Cela ne me suffit pas, dit le baron; il me faut d'autres garanties.

— Lesquelles? demanda Reinhold.

— Je veux que vous me remettiez vos clefs de la caisse.

Les trois associés se récrièrent à la fois.

— Messieurs, reprit Rodach d'un ton de courtoisie froide, vous venez, je l'espère, de me parler sans détours. Avec ce que vous m'avez dit et ce que je savais à l'avance, je vous connais comme si nous étions en relations depuis vingt ans. Il me plaît de m'unir à vous en ce moment et de vous soutenir de toutes mes forces. Croyez-moi, ne me refusez pas.

— Assurément, monsieur le baron, commença le chevalier de Reinhold en prenant des façons diplomatiques, nous sommes fort honorés...

— C'est à prendre ou à laisser, interrompit Rodach; en définitive, si je voulais employer contre vous des moyens de rigueur et poursuivre par les voies légales le payement de mes traites, il y a vingt à parier contre un que la maison de Geldberg ne se laisserait pas mettre en faillite pour si peu...

— Sans doute, murmura Abel; mais...

— Permettez! Il se trouve, au contraire,

que mon bon plaisir est de ne point augmenter les embarras de la maison. Bien plus, je lui offre ma bourse et tout ce que je puis posséder de pouvoir. Cela me donne des droits, messieurs, et j'en use.

Il tira sa montre de sa poche et regarda l'heure.

— J'ai encore plusieurs choses à vous dire, ajouta-t-il, et il se fait tard déjà. Veuillez vous décider, je vous prie.

Les trois associés se consultèrent du regard.

Contre toute attente, ce fut le docteur José Mira qui s'exécuta le premier.

— A bien réfléchir, dit-il en pesant ses mots comme d'habitude et en tenant ses yeux baissés, la demande de M. le baron me semble juste.

Abel et Reinhold se regardèrent avec surprise.

Mira se leva et remit sa clef à Rodach avec un solennel salut.

— Ma foi! dit le jeune M. de Geldberg après un instant de silence, puisque M. le baron alimente notre caisse, il peut bien en avoir les clefs !

— Soit, ajouta Reinhold ; j'ai, pour ma part, toute confiance en la loyauté de M. le baron.

Il se pencha vers Rodach, et tout en lui présentant sa clef avec beaucoup de bonne grâce, il ajouta tout bas :

— Je désirerais avoir quelques minutes d'entretien particulier avec monsieur le baron, et, si ce n'était abuser de son obligeance, je le prierais de monter à mon appartement avant de quitter l'hôtel.

Rodach accepta le rendez-vous par un signe de tête, et tendit la main vers le jeune M. de Geldberg, qui se penchait vers lui de l'autre côté.

— S'il était possible à monsieur le baron, murmura le jeune homme avec rapidité, de m'accorder un instant d'audience, je serais charmé de le recevoir chez moi, lorsqu'il mettra fin à cette entrevue.

Rodach accepta d'un second signe de tête.

En ce moment, on frappa doucement à la porte de l'antichambre, et le camarade de Klaus entra, tenant deux lettres à la main.

Pendant qu'Abel et Reinhold se tournaient vers le domestique, Rodach sentit un doigt toucher légèrement son épaule, et la voix de José Mira lui glissa ces mots à l'oreille :

— J'aurai l'honneur de vous parler dès que nous pourrons nous trouver sans témoins.

Reinhold prit les deux lettres des mains du domestique.

L'une de ces lettres était de Paris. Rodach reconnut de loin, sur l'adresse de l'autre, avec un certain sentiment d'inquiétude qu'il se garda de laisser paraître, le timbre de poste de Francfort-sur-le-Mein.

XV

LA PREMIÈRE LETTRE

Abel de Geldberg n'avait point les mêmes motifs que ses associés pour accepter l'intervention forcée de M. le baron de Rodach. Il n'y avait aucune menace dans son passé, et sa conscience ne gardait d'autre charge que les peccadilles communes à tous les fils du commerce.

Néanmoins il ne songeait déjà plus à se

révolter. Les traites renfermées dans le portefeuille de Rodach étaient, à elles seules, une arme suffisante. Le jeune M. de Geldberg devinait d'ailleurs vaguement qu'il y avait entre la maison et Rodach un secret qui doublait la portée de cette arme. Enfin le baron, qui aurait pu frapper, se donnait au contraire un rôle de sauveur. Abel voyait en lui un associé nouveau, qui pourrait diminuer sa part de bénéfice dans l'avenir, mais qui était pour le présent une manière de Providence.

Loin de nourrir des pensées hostiles contre le nouveau venu, Abel songeait à l'utiliser pour son propre compte et à s'appuyer sur lui de son mieux.

Reinhold et le docteur avaient à peu près des idées pareilles. Ils avaient, en outre, la conscience entière de leur sujétion et de l'impuissance où ils étaient de combattre avec espoir de vaincre.

Il leur semblait que le baron avait absolument les mêmes intérêts qu'eux, et c'était là leur espoir.

Le baron se présentait aux lieu et place du patricien Zachœus, ancien associé de la maison; les ennemis de la maison étaient par conséquent ceux de M. le baron, et quels que fussent ses sentiments personnels, il ne pouvait être pour Geldberg qu'un allié.

Ce passé, qu'il paraissait connaître, et que les allusions de sa parole avaient effleuré, appartenait à Zachœus Nesmer comme à Geldberg et Cie; les deux fortunes avaient une source pareille, et la position même du baron de Rodach le faisait en quelque sorte solidaire de ce passé commun.

Restait la question de savoir jusqu'à quel point M. de Rodach était bien véritablement le représentant de la succession Nesmer.

De ce fait, il n'avait apporté d'autre preuve que son dire et les traites qui étaient en sa possession.

Les associés n'avaient jamais entendu parler de ce neveu de Zachœus, dont Rodach se prétendait le tuteur; mais il faut bien convenir que le moment eût été mal choisi pour exiger rigoureusement des explications qu'on ne leur offrait point.

Le baron avait trop d'avantages. D'ailleurs il offrait la paix; ce n'était pas le moment de soulever un cas de guerre. Tant qu'il s'agissait seulement de recevoir son argent et d'user de son influence offerte, on pouvait bien fermer les yeux quelque peu, sauf à les rouvrir plus tard, en temps opportun.

A tout prendre, si le baron portait avec lui une crainte, sa présence inattendue amenait aussi des espoirs. Sa conduite semblait annoncer un esprit confiant et prodigue; chacun des associés se promettait de le sonder en tête-à-tête, et chacun espérait faire servir le hasard de cette arrivée à son intérêt particulier.

Pour toutes ces causes, il y avait dans cette entrevue, dont le début annonçait une bataille, une sorte de cordialité tôt venue, étrange quant au résultat, explicable quant aux causes.

Depuis le peu de temps qu'elle durait, cette entrevue, les trois associés avaient fait bien du chemin. On n'eût retrouvé sur leurs visages affables nulle trace de ce mépris hostile qui avait accueilli l'entrée de Rodach, nulle trace de l'effroi qui avait suivi la première surprise.

Les choses s'arrangeaient; tout était pour le mieux.

Le baron seul restait toujours le même, et sa physionomie n'avait point changé.

Maintenant qu'il avait, pour ainsi dire, bataille gagnée, il ne paraissait pas plus à l'aise qu'au début de l'entretien. C'était toujours le même front calme et digne, le même regard plein de franchise et de fermeté.

Une seconde avait suffi pour faire disparaître le léger trouble que lui avait causé la vue d'une lettre portant le timbre de poste de Francfort-sur-le-Mein. Aucun des associés n'avait eu le temps de remarquer le nuage qui venait de passer sur ses traits.

Je trouvai un enfant misérablement couvert. (Page 283, col. 1.)

— C'est de Bodin? dit le jeune M. de Geldberg.

— Je le pense, répliqua Reinhold en examinant l'adresse. Si monsieur le baron veut bien le permettre, nous allons nous en assurer à l'instant.

— Faites, messieurs, dit Rodach.

Reinhold déchira l'enveloppe avec une certaine précipitation, et se mit à lire tout bas.

Tandis qu'il lisait, ses sourcils se fronçaient et ses épaules avaient des mouvements de dépit.

— C'est, en effet, de Bodin, dit-il; et le pauvre garçon n'est pas plus avisé qu'autrefois! La bonté que nous témoigne monsieur le baron lui donne le droit de connaître toutes nos affaires, les petites comme les grandes... Bodin, ajouta-t-il en se tournant vers Rodach et en reprenant son sourire, est un de nos employés que nous avons dépêché au château de Geldberg pour surveiller les préparatifs de notre fameuse fête. Comme il devait passer par Francfort, nous lui avions donné mission de s'informer un peu et de savoir ce que devenaient les trois bâtards de Bluthaupt dans leur prison.

— Ah! dit Rodach en exagérant, sans y penser, son air d'indifférence.

— Oui, reprit Reinhold; ce n'est pas à vous qu'il faut apprendre, monsieur le baron, que ces trois aventuriers sont les ennemis les plus acharnés de la maison de Geldberg!

— En effet, répliqua Rodach, il y a bien longtemps que j'ai entendu parler de cela pour la première fois Eh bien! que vous dit cet employé?

— Rien du tout! s'écria Reinhold qui haussa les épaules; il s'est présenté à la prison de Francfort, et il prétend qu'on n'a pss voulu lui en ouvrir les portes.

— Voilà tout?

— A peu près. Il ajoute cependant qu'il a pris des renseignements dans la ville, et que l'opinion commune est que cette fois-ci les bâtards ne s'échapperont point. Vous savez, ils se sont évadés déjà de presque toutes les prisons d'Allemagne...

— On le dit.

— C'est un fait.

— Il paraît, ajouta le jeune M. de Geldberg, que ce sont trois gaillards résolus que rien n'arrête!

On le dit, répéta le baron. Et qu'ajoute encore votre employé?

— Que le geôlier de Francfort est un habile homme, tenant énormément à sa charge, et veillant nuit et jour sur ses captifs.

— Maître Blasius mérite assurément ces éloges. Après?

— Bodin n'en dit pas davantage.

Le baron se renversa sur le dossier de son fauteuil.

— C'est peu de chose, en effet, murmura-t-il du bout des lèvres; et, s'il vous plaît d'en savoir plus long sur ce sujet, je me mets à vos ordres.

Le docteur Mira, qui avait repris sa place et se tenait, suivant sa coutume, depuis quelques minutes, dans l'attitude d'une grave et silencieuse méditation, releva ses yeux tout à coup et parut écouter attentivement.

— Connaîtriez-vous donc ces hommes? demandèrent à la fois Reinhold et Abel.

— Je les connais, répondit Rodach, et j'arrive, moi aussi, de Francfort.

— Vous les avez vus depuis qu'ils sont en prison?

— Plusieurs fois et depuis moins longtemps que cela. Vous n'êtes pas sans avoir entendu dire que l'un de ces messieurs, Otto, a été fort avant dans la confiance de feu le patricien Zachœus Nesmer, sous le nom d'Urbain Klob?

— Nous avons entendu parler de cela, dit Reinhold, mais seulement depuis la mort de notre correspondant Zachœus, et c'est à peine si nous pouvions y croire!

— C'était la vérité pourtant. Ce prétendu Klob avait été si loin dans l'amitié de notre commun patron, qu'il en savait plus long que moi-même. A cause de cela, j'ai eu occasion de pénétrer jusqu'à lui, de temps à autre, afin d'obtenir certains renseignements qui me manquaient et dont j'avais besoin dans ma position nouvelle. En le voyant, j'ai vu ses frères.

Il y avait des émotions diversses sur les traits des trois associés. Abel était pâle et son visage exprimait une sorte de terreur. Reinhold et José Mira examinaient le baron avec une curiosité avide.

— Est-il vrai qu'ils se ressemblent trait pour trait? demanda Reinhold.

— Il y a bien quelque chose comme cela,

répliqua Rodach, mais, vous savez, on exagère toujours.

— Et ressemblent-ils au comte Ulrich leur père? demanda le docteur dont l'œil était en feu en ce moment.

— Non, répondit Rodach sans hésiter.

— Et que disent-ils? demanda Reinhold.

— Ils disent qu'ils ont tué le patricien Zachœus Nesmer, l'un des assassins de leur père.

Reinhold et Mira baissèrent les yeux à la fois.

— Comment! s'écria le jeune de Geldberg, ils avouent!

— Pas devant la justice. Mais ils l'ont avoué devant moi; je dirai plus, ils s'en font gloire.

— Ce sont des scélérats endurcis! murmura le jeune homme.

— Ce sont des hommes résolus, dit le baron en fixant son regard froid sur les deux autres associés, et qui ne comptent qu'avec leur conscience.

— Êtes-vous donc leur ami? balbutia Reinhold.

Le baron fronça le sourcil, et son œil hautain eut un éclair.

— Je suis le baron de Rodach, répliqua-t-il en relevant la tête; leur père m'a refusé autrefois la main de sa fille Margarethe qui m'aimait, et je déteste tout ce qui touche de près ou de loin au sang de Bluthaupt!

Ces paroles, prononcées avec une énergie soudaine, ramenèrent le sourire aux lèvres du chevalier de Reinhold; la lugubre figure du docteur Mira lui-même se rasséréna quelque peu.

— Vous nous parlez de bien longtemps, monsieur le baron, dit Reinhold, mais maintenant que j'y pense, il me semble, en effet, avoir ouï compter cette histoire. On vous refusa la jeune comtesse Margarethe pour la donner au vieux Gunther le sorcier...

Le baron prit cet air de mélancolie grave qu'amènent les douloureux souvenirs évoqués subitement.

— J'étais presque un enfant, murmura-t-il, quand je la vis partir; il me sembla que l'avenir se voilait pour moi; mon sang se glaça. Oh! oui, je souffris cruellement, et ce premier malheur a pesé sur toute ma vie. Je quittai l'Allemagne. La vue du château de Rothe me brisait le cœur. Voilà vingt ans que ces choses sont passées, et depuis lors je n'ai pas dormi une seule fois sous le toit de mon père.

Il y avait un profond accent de vérité dans ces paroles, prononcées avec lenteur et tristesse. Mira poussa un soupir, comme si son esprit eût été déchargé tout à coup d'un lourd poids d'inquiétude; son front sinistre se dérida; il eut presque un sourire.

— Eh bien! monsieur le baron, dit Reinhold qui tendit pour la seconde fois sa main à Rodach avec une explosion de contentement, voici une circonstance qui nous rapproche plus que dix années d'intimité! Nous aussi, nous détestons tout ce qui touche à Bluthaupt, et nous avons pour cela nos raisons que vous connaissez en partie. Mais pour en revenir à ces bâtards maudits, je suis sûr qu'ils font des projets dans leur prison.

— Beaucoup de projets, répondit Rodach.

— Qu'espèrent-ils?

— S'évader d'abord.

— Tous les prisonniers en sont là! dit Abel qui s'habituait à la situation et reprenait son ton de suffisance fade; mais voilà douze mois bientôt qu'ils sont sous clef, et cela prouve en faveur des murailles de la prison de Francfort.

— Mais à supposer qu'ils s'évadent... reprit Reinhold.

— Ils ne font point mystère de leurs intentions, répondit Rodach; leur œuvre est commencée, ils ont la ferme volonté de l'achever. Meinherr Fabricius Van Praët y passera le premier.

Abel ouvrit de grands yeux, et les deux autres associés laissèrent échapper une exclamation étouffée.

— Le Magyare Yanos Georgyi viendra ensuite, poursuivit Rodach dont la froideur semblait aller croissant; après le Magyare, ils auront accompli la moitié de leur tâche.

Le chevalier faisait des efforts désespérés pour garder son sourire. Mira était immobile et glacé comme un bloc de pierre.

— Le reste se fera, continua Rodach, à moins que la mort n'arrête les bâtards en chemin. En procédant par rang d'âge, ils commenceront par Moïse de Geldberg.

— Mon père! s'écria Abel stupéfait en se dressant sur ses pieds.

— Mon jeune monsieur, dit Rodach, si vous ne connaissez point l'histoire de votre famille, ce n'est pas moi qui me chargerai de vous l'apprendre. Ce que vous ne pouvez manquer de connaître, c'est que votre beau château de Geldberg s'appelait Bluthaupt autrefois.

— Mais nous l'avons acheté! repartit vivement le jeune homme, et mon père l'a payé!

— Comme ce n'est point moi qui compte tuer monsieur votre père, répliqua le baron de Rodach avec un sourire calme, il est inutile de plaider sa cause auprès de moi. Nous parlons des trois bâtards, nos ennemis communs, et, sur votre demande, je vous dis ce qu'ils veulent faire.

Abel se rassit et passa le revers de sa main sur son front en disant :

— J'oubliais qu'il y a de bonnes murailles entre les assassins et mon pauvre vieux père!

— Après Moïse de Geldberg, continua Rodach qui salua le docteur avec courtoisie, ce sera probablement le tour de don José Mira.

La face du Portugais prit des reflets livides.

M. de Reinhold perdait le souffle; ses yeux, qui étaient fixés sur Rodach, peignaient une épouvante indicible.

— Après don José Mira, poursuivit le baron, il n'y a plus à choisir.

— Assez, monsieur, assez! balbutia le chevalier d'une voix défaillante.

Le baron se tut incontinent.

Un assez long silence suivit. Chacun des trois associés combattait son trouble à sa manière; une impression pénible pesait sur eux et les affectait à des degrés inégaux.

Le jeune de Geldberg aimait beaucoup son père, mais il s'aimait lui-même davantage; il était le moins difficile à consoler.

Mira, grâce au bénéfice de sa physionomie lugubre, faisait à peine plus triste figure que d'habitude; la détresse de Reinhold était la plus complète et la plus évidente.

Ils se taisaient tous les trois, et leurs regards baissés semblaient mutuellement se fuir.

En face de ce trouble, dont il était la cause innocente ou volontaire, M. le baron de Rodach restait froid comme un terme. Ses yeux erraient indifférents de l'un à l'autre des associés; ses traits impassibles ne disaient ni plaisir ni peine.

Au bout de quelques minutes, Reinhold secoua par un visible effort la frayeur qui l'oppressait. En définitive, ce péril annoncé ne pouvait être tout proche, et Reinhold, dont la nature comportait une forte dose d'étourderie, savait être brave devant une menace lointaine.

Il s'agissait de mort, mais quand? A supposer que la menace dût se réaliser jamais, les circonstances lui laissaient de la marge.

Il redressa la tête brusquement et s'efforça de rire aux éclats.

— Pardieu! monsieur le baron, s'écria-t-il, vos renseignements sont de l'espèce la plus funèbre!

— Vous m'avez interrogé, monsieur de Reinhold, et j'ai cru devoir vous répondre.

— Mille grâces, cher monsieur! Avant de vous interroger, nous y regarderons à deux fois désormais. Peste! c'est à ces jolies choses que messieurs les bâtards occupent leurs loisirs là-bas à la prison! Eh bien! si le hasard veut qu'ils s'évadent, nous serons sur nos gardes!

— C'est pour cela, dit Rodach, que je vous ai prévenus.

— Mille autres fois merci, cher monsieur! Ma foi! au demeurant, les bâtards pourront trouver leur tâche malaisée. Meinherr Van Praët est adroit; j'ai vu le temps où le brave Magyare Yanos aurait fait d'eux six moitiés d'hommes avec son sabre, aussi facilement que vous écraseriez une mouche, monsieur le baron! C'est maintenant un négociant sage et respectable, mais il doit avoir sa vieille lame quelque part dans un coin de son bureau. Quant à nous, il est certain que nous nous défendrons de notre mieux, n'est-ce pas, docteur?

— Oui, répondit Mira.

— Et, tout d'abord, poursuivit le chevalier, nous profiterons de notre prochain voyage en Allemagne pour recommander ces messieurs à l'autorité militaire de Francfort et les faire garder à vue comme des bêtes rares.

— Bonne idée! dit Abel.

Le chevalier avait retrouvé toute sa gaieté.

— Je n'ai que de bonnes idées, mon jeune ami, répliqua-t-il en riant; et, pour preuve, en voici une autre qui est excellente.

— Voyons-la!

— C'est de demander l'appui de M. le baron en cas de guerre, et de conclure avec lui, contre les bâtards, une ligue offensive et défensive.

— Bravo! s'écria Abel de Geldberg.

— Monsieur le baron, reprit Reinhold qui suivait son idée, ayant la possibilité d'entretenir avec ces messieurs des relations à peu près amicales, nous pourrions être instruits de leurs projets à l'avance et déjouer leurs stratagèmes. Qu'en dit monsieur le baron?

Rodach sembla hésiter.

— La chose répugne peut-être à sa loyauté, reprit Reinhold; mais je lui ferai observer qu'en bonne morale tout est permis contre des assassins.

Une lueur passa dans le regard du baron.

— Tout est permis contre des assassins, répéta-t-il de sa voix lente et grave; vous avez bien raison, monsieur de Reinhold, et vous me décidez. D'ailleurs votre ruine serait désormais ma ruine; ainsi, pour cela comme pour autre chose, vous pouvez compter sur moi.

Le chevalier se frotta les mains; Abel rendit grâce, au nom de son père, et don José grommela une manière de remerciement.

Trois heures sonnèrent à la pendule; Abel et Reinhold se levèrent à la fois.

— Monsieur le baron voudra bien m'excuser, dit le jeune de Geldberg, si je prends ainsi congé brusquement ; mais j'ai rendez-vous pour notre grande affaire, et maintenant moins que jamais je voudrais y manquer, puisque la maison va recevoir une impulsion nouvelle.

— Je suis dans le même cas, ajouta Reinhold.

Abel salua et sortit. Le chevalier voulut en faire autant ; mais M. de Rodach, qui ne s'était nullement opposé au départ du jeune homme, arrêta Reinhold d'un geste.

— Monsieur le chevalier, dit-il, je vous demande dix minutes encore. Il y a une question bien importante que je n'ai point abordée, à cause de la présence de votre jeune associé, qui me paraît ignorer vos principaux secrets.

— Je suis à vos ordres, monsieur, répliqua Reinhold en reprenant son siége.

— Il s'agit, continua le baron, de cet enfant dont l'existence pourrait saper par la base votre maison.

— Quel enfant? dit le chevalier feignant de ne point comprendre, afin de se donner le temps de réfléchir.

— L'enfant qui vint au monde la nuit de la Toussaint, au château de Bluthaupt.

Reinhold fit semblant de comprendre tout à coup, et se prit à rire en regardant le Portugais, dont le front jauni se dérida.

— Le fils du diable? s'écria-t-il.

— Le fils du diable! grommela le docteur.

— Le fils du diable, répéta M. de Rodach, s'il vous plaît de le nommer ainsi. Veuillez me dire ce que nous avons à craindre à son égard.

TROISIÈME PARTIE

LA MAISON DE GELDBERG

I

LA SECONDE LETTRE

Le chevalier de Reinhold, au premier mot du fils du diable, avait fouillé dans sa poche machinalement, et comme d'instinct; puis la conscience de ce qu'il cherchait lui était venue.

— La lettre! s'écria-t-il; qu'ai-je donc fait de la lettre?

— Quelle lettre? demanda Mira.

Le chevalier continuait de retourner ses poches.

— Je n'ai pas rêvé cela pourtant! murmura-t-il; il y avait bien deux lettres, une de Paris et l'autre de Francfort; une de Bodin et l'autre de Verdier!

Il cherchait toujours et ne trouvait point.

Au nom de Verdier, une imperceptible ride s'était creusée entre les sourcils de M. de Rodach.

— Je ne me suis point pressé d'ouvrir cette lettre de Verdier, reprit Reinhold, parce que je sais par cœur d'avance tout ce qu'il peut me dire. Il a fait une besogne, il m'en réclame le prix : c'est trop juste.

— Mais si la besogne n'est faite qu'à moitié? dit le docteur qui se mit à chercher de son côté.

— Laissez donc! s'écria le chevalier; si j'ai envie d'avoir cette lettre, c'est qu'il ne serait pas bon de laisser traîner une missive de ce genre; car, pour ce qui est de son contenu, je ne conserve pas l'ombre d'un doute. Mais où donc ai-je pu fourrer ce diable de chiffon?

Ses poches avaient été retournées l'une après l'autre, sans succès aucun.

— C'est M. le baron qui est la cause de cela! dit-il en cachant son dépit sous une apparence de plaisanterie; mon attention a d'abord été absorbée par les nouvelles attendues de Francfort; puis ce cher M. de Rodach nous a dit des choses tellement intéressantes, que cette maudite lettre a passé pour moi inaperçue.

— Je voudrais savoir, interrompit M. de Rodach, le rapport qui existe entre le jeune homme en question et cette lettre perdue.

Reinhold sourit avec vanité.

— Ceci est un petit tour de ma façon, murmura-t-il.

— Je voudrais savoir surtout, reprit le baron de son ton le plus calme, comment il se fait que M. le chevalier de Reinhold et don José Mira, sans parler du vieux M. de Geldberg, qui, paraîtrait-il, ne se mêle plus d'affaires, n'ont point trouvé encore le moyen d'envoyer le fils du diable chez son père.

Cette banale plaisanterie était tout à fait en désaccord avec l'accent et les manières de M. de Rodach; elle eut néanmoins un très-remarquable succès auprès des deux associés. Reinhold éclata de rire, et Mira fit cette grimace qui exprimait chez lui l'hilarité.

— Excellent! baron, excellent! s'écria le chevalier. Ah! ah! ce fils du diable qu'on renvoie à son père me paraît du dernier joli! Au fait, je conçois que l'existence de ce petit drôle doit vous sembler très-bizarre.

— Eu égard surtout à votre habileté reconnue, répliqua Rodach; je pense que cet enfant était moins difficile à faire disparaître que le vieux Gunther de Bluthaupt et sa femme Margarethe.

— Il y a du pour et du contre, dit José Mira d'un ton de profond connaisseur.

— Il y a du pour et du contre, répéta Reinhold; d'abord nous ne savions pas du tout à qui nous avions affaire.

— Et puis, ajouta le docteur avec un soupir de regret, nous ne sommes plus ici en Allemagne! Ah! monsieur le baron, quelle différence entre Paris et ce bon vieux schloss, encombré de serviteurs stupides ou vendus, à qui l'on faisait croire tout ce que l'on voulait!

— Ici, reprit Reinhold, il faut changer d'allures! Notre ami Nesmer vous a sans doute raconté les moyens employés par nous auprès de Gunther de Bluthaupt?

— Il m'a tout raconté, répondit Rodach, et j'ai trouvé votre conduite à tous les six aussi adroite qu'audacieuse.

Reinhold se rengorgea, et le docteur reprit un instant son air de pédantisme bouffi.

— Mais, en cette circonstance, poursuivit le baron, vous avez démenti quelque peu, je l'avoue, la bonne opinion que j'avais de votre savoir-faire.

— Permettez! voulut interrompre Reinhold.

— Et je vois bien, continua le baron, qu'il faudra que je vous vienne en aide, si je veux en finir avec ce jeune homme, qui met perpétuellement en question notre avenir à tous et notre fortune!

Le docteur éprouvait une jouissance évidente à entendre Rodach s'exprimer ainsi. Son visage, défiant et cauteleux tout à l'heure encore, exprimait maintenant quelque chose comme de la sympathie. A chaque mot, Rodach faisait manifestement un pas de plus dans son estime.

Le chevalier, au contraire, souffrait dans son amour-propre; il était singulièrement sensible au reproche d'impuissance contenu dans les derniers mots de Rodach.

— Certes, monsieur le baron, dit-il d'un air piqué, votre aide nous sera toujours très-précieuse; mais dans cette circonstance, je suis forcé de vous le dire, elle vient un peu tard.

— Comment! s'écria Rodach qui réussit à donner à son visage une expression de joyeuse surprise, ce jeune garçon serait-il...?

— Il est auprès de monsieur son père, interrompit Reinhold avec triomphe.

Rodach se frotta les mains; le masque de froideur qu'il avait conservé obstinément jusqu'alors donnait, par le contraste, une force singulière à ce mouvement de joie.

Mira le contemplait avec bonheur, et Reinhold jouissait orgueilleusement de ce mouvement d'allégresse.

Cette joie si franche et si vive était une profession de foi que l'on ne pouvait révo-

BIBLIOTHÈQUE NATIONALE RF IMPRIMÉS

C'était plus qu'il n'en fallait : rendez-vous fut pris pour le lendemain. (Page 285, col. 2.)

quer en doute. A supposer que les deux associés eussent gardé quelque atome de défiance, et ce n'était point le cas de Reinhold, ils devaient être pleinement rassurés à ce coup. L'homme était des leurs et de leur trempe ; il ne valait pas mieux qu'eux ; il était à eux.

Dès l'abord, il y avait bien quelques raisons pour le juger tel. Le confident de Zachæus Nesmer ne pouvait avoir une conscience très-scrupuleuse ; mais, en définitive, quelques doutes pouvaient surnager dans ces esprits, pour qui la défiance était une nécessité. Maintenant, plus de craintes ! Rodach était décidément quelque chose de mieux qu'un aventurier ordinaire, et il avait tout ce qu'il fallait pour entrer de plain-pied dans la digne confrérie des associés de Geldberg.

C'était un examen qu'il venait de subir ; au fond de leur cœur, Reinhold et Mira lui décernaient un glorieux diplôme.

— Foin de mon rendez-vous ! s'écria gaiement le chevalier. J'arriverai une demi-heure trop tard, mais je ne puis résister au plaisir de vous donner les renseignements les plus complets sur ce petit jeune homme, à qui vous paraissez porter un si touchant intérêt.

Reinhold cligna de l'œil ; le nez grave de Mira eut des contorsions joyeuses ; Rodach s'inclina en souriant.

— Si j'avais cette coquine de lettre, poursuivit le chevalier en cherchant sous les fauteuils, ce que je vais vous dire prendrait une apparence bien plus authentique ; mais, pour le moment, il faut nous en passer. Figurez-vous que ce petit drôle a été, pendant plusieurs années, commis de la maison de Geldberg.

— De la maison de Geldberg ! répéta Rodach avec tous les signes de l'étonnement.

— Gros comme le bras, cher monsieur ! Il était là, sous nos yeux ; il mangeait notre pain à notre barbe ; il dansait à nos bals, et nous ne nous doutions de rien ! de rien absolument ! Mais c'est toute une histoire, et ma foi ! au risque de faire attendre mes hommes dix minutes de plus, je vais vous la dire en quelques mots :

Vous n'êtes pas sans savoir que le 1er novembre 1824, au moment où nous avions lieu d'espérer que tout était fini, les bâtards d'Ulrich nous jouèrent un tour pendable, là-bas, au château de Bluthaupt...

— Ils enlevèrent l'enfant, dit Rodach.

— Ils sortirent de dessous terre, s'écria le chevalier, comme des demi-démons qu'ils sont ! Nous avions veillé toute la nuit et fait une de ces besognes qui ne laissent point l'esprit tranquille. Quand nous les vîmes là, rangés entre les deux cadavres et le berceau, avec leurs grands manteaux rouges, ma foi ! nous eûmes peur. Le brave Yanos, lui-même, laissa échapper son sabre et s'enfuit en hurlant comme un fou. Nous suivîmes son exemple, et les bâtards eurent beau jeu. Il est bien certain que, s'ils n'avaient pas été proscrits déjà dès ce temps-là, nous aurions eu un mauvais compte à débrouiller avec la justice allemande.

Mais, heureusement, la police avait pour eux autant de haine que d'amitié pour nous. Ils n'osèrent pas.

Ils se bornèrent à emporter l'enfant dans ses langes.

C'était beaucoup. Ils avaient avec eux une servante et un page qui pouvaient, le cas échéant, témoigner contre nous et causer à notre association de rudes embarras...

— Excusez-moi si je vous interromps, monsieur le chevalier, dit Rodach ; Zachœus Nesmer m'a conté bien souvent toute cette partie de l'histoire. Le page et la servante se retirèrent de l'autre côté de Heidelberg avec l'enfant. Les bâtards leur donnaient de l'argent qu'ils prenaient on ne sait où...

— Sur les grands chemins peut-être, grommela le docteur.

— Peut-être sur les grands chemins. Vous cherchâtes, vous trouvâtes, et vous parvîntes à enlever le fils du diable à votre tour.

— Ce fut le Magyare, dit Reinhold.

— Ce que j'ignore, reprit Rodach, c'est le sort de l'enfant après cet enlèvement.

— Eh bien ! repartit Reinhold, l'enfant avait quatre ou cinq ans à cette époque, peut-être moins, car voilà quinze ans que nous sommes à Paris, et nous ne songions point encore à quitter l'Allemagne. On le fit passer en France.

Notre camarade Yanos a toujours eu des délicatesses stupides ! Il voulut absolument conserver la vie à l'enfant ; il le confia, en arrivant à Paris, à une femme qui est marchande au Temple maintenant, et qui vendait en ce temps-là du drap en morceaux sous les piliers des Halles. Cette femme se nomme madame Batailleur. »

Rodach fit un mouvement. Reinhold poursuivit sans y prendre garde :

— L'enfant resta chez elle deux ou trois années ; puis il s'échappa un beau jour, et la femme Bataillour, qui attendait encore le quartier de la pension promise, ne se donna point la peine de le chercher.

Ce qu'il devint alors, vous le devinez sans qu'on vous le dise : il vagabonda par toute la ville, menant tous les petits métiers des enfants pauvres et demandant peut-être l'aumône...

Une fois, je sortais de la Bourse avec un portefeuille rempli de billets de banque et de valeurs. En montant dans ma voiture, il me sembla entendre une voix d'enfant qui m'appelait, mais je crus que c'était un mendiant, et j'ai pour système de ne point encourager la paresse vicieuse en faisant l'aumône.

Ma voiture allait au grand trot, et j'entendais toujours comme un cri d'enfant derrière moi ; cela m'inquiétait peu : je pensais à mille choses toutes très-intéressantes.

En arrivant au coin de la rue Ville-l'Évêque, un dernier cri vint jusqu'à mon oreille, et il me sembla que la voix qui le poussait était épuisée.

Ma voiture s'arrêta dans la cour de l'hôtel. Comme je mettais le pied sur les marches du perron, un geste d'habitude porta ma main au revers de mon habit, pour tâter la place où devait être mon portefeuille.

Je ne sentis rien à cet endroit, qui résistait sous ma main d'ordinaire ; je fouillai précipitamment dans ma poche : elle était vide.

Alors le souvenir de la voix entendue me revint et je retournai sur mes pas, poussé par un vague espoir.

Je n'allai pas bien loin. Au coin de la rue de la Ville-l'Évêque, à l'endroit même où j'avais entendu le dernier cri, je trouvai un enfant misérablement couvert, assis sur une borne et pressant à deux mains sa poitrine haletante. La sueur inondait son visage; il semblait rendu de fatigue au point de ne plus pouvoir bouger.

Mais dès qu'il m'aperçut il bondit sur ses pieds et s'élança vers moi, en brandissant mon portefeuille au-dessus de sa tête.

Ma foi! cher monsieur, l'enfant avait une jolie figure, et je tenais beaucoup aux billets de banque de mon portefeuille qui contenait en outre certains papiers pouvant me nuire. Que voulez-vous? il y a des moments où les plus sages deviennent idiots! Il n'y a pas à dire, je m'y laissai prendre ; je fus attendri comme un bourgeois; je mis l'enfant chez un maître d'écriture, et l'enfant devint employé de Geldberg.

— Ah! monsieur le chevalier, dit Rodach qui avait repris toute sa froideur, je ne vous reconnais pas là!

— Certes, répliqua Reinhold cherchant de bonne foi à s'excuser, cela m'étonne moi-même quand j'y pense. Mais, encore un coup, il est des moments où le mieux avisé ne sait pas ce qu'il fait. D'ailleurs, qui sait si tout cela ne s'arrangea pas pour le mieux? Si l'enfant était resté dans la rue, il aurait grandi loin de nos regards, et quelque méchante aventure aurait pu toujours le jeter au-devant de nous, tandis que maintenant...

— C'est vrai, dit Rodach; à quelque chose imprudence est bonne. Mais comment sûtes-vous plus tard que c'était lui?

— Ce ne fut pas tout de suite. On était, ma foi! fort content de lui dans les bureaux; il allait admirablement, et je me sentais un faible pour lui. Mais j'ai toujours eu du bonheur, et, neuf fois sur dix, quand je fais une sottise, le hasard se charge de la réparer. Voilà que notre petit coquin devient amoureux un beau jour, et de qui? de la jeune fille que je prétends épouser moi-même!

— De mademoiselle Denise d'Audemer? dit Rodach vivement.

— Vous l'avais-je donc nommée? demanda le chevalier; précisément, c'est de mademoiselle d'Audemer qu'il devint amoureux. Je crois, Dieu me pardonne! que la petite demoiselle n'était pas sans le trouver joli garçon. C'était dangereux; je me gardai d'en parler à la vicomtesse, car la chère femme est si simple, qu'elle eût été capable de prendre les deux jouvenceaux par la main et de les marier bel et bien. Ce fut sur Franz lui-même que je voulus agir.

Il y avait place pour lui dans la maison de Van Praët ou dans celle de notre camarade Yanos, et je résolus de l'éloigner de Paris.

Un soir, après l'heure des bureaux, je me rendis dans le petit appartement qu'il occupait rue d'Anjou; il n'était pas encore rentré. La portière de la maison me laissa monter de confiance, et je m'introduisis dans sa chambre à coucher.

Maître Franz était joueur. Ses appointements ne lui profitaient guère, et son logis n'avait pas grande mine. Je m'assis pour l'attendre. Tout en l'attendant, et sans penser à mal, je faisais l'inventaire de son petit mobilier.

Tout à coup mes regards s'arrêtèrent sur un médaillon, large comme une pièce de cinq francs, qui brillait, pendu à la muraille, dans la ruelle de son lit.

Dans ce médaillon, il y avait une peinture que je pris pour le portrait de mademoiselle d'Audemer.

Je me trompais : quand vous verrez Denise, si vous avez gardé souvenir de la comtesse Margarethe, vous comprendrez qu'on pouvait se tromper à moins. Denise a tout le visage de sa tante, et le portrait était celui de la comtesse Margarethe.

Je reconnus même autour de la peinture une boucle de cheveux blonds qui ne pouvait avoir appartenu qu'à la comtesse ou à sa sœur Hélène, car vous savez combien elles se ressemblaient toutes deux au temps de la jeunesse.

— Comme tout ce qui sort de la souche de Bluthaupt, interrompit le baron d'un ton indifférent; moi-même, qui descends par les femmes d'une comtesse de Bluthaupt, épouse de mon aïeul Albert de Rodach, on dit que j'ai pour un peu les traits de la famille.

— Étonnamment! murmura le docteur; c'est au point que l'idée m'était venue...

Il s'arrêta comme s'il n'eût point voulu achever sa pensée.

— Ma foi! s'écria Reinhold, je ne trouve pas beaucoup de ressemblance entre M. le baron et les Bluthaupt que j'ai connus. Mais ce qui est certain, c'est que ce petit Franz avait tous les traits de la comtesse Margarethe, et, par conséquent, ceux de mademoiselle d'Audemer. Je ne puis pas comprendre comment cela ne m'avait pas frappé plus tôt.

Pour revenir à notre histoire, au lieu d'attendre mon jeune homme, je descendis l'escalier quatre à quatre. Mes idées avaient changé. Ce n'était plus en Angleterre ni dans les Pays-Bas que je voulais l'envoyer, c'était beaucoup plus loin.

— L'avez-vous donc reconnu à cette seule circonstance du médaillon? demanda M. de Rodach.

— Moralement, c'était tout ce qu'il me fallait, répondit Reinhold; cela suffit à me dessiller les yeux. Les traits du jeune homme me revinrent à la mémoire; bref, je fus persuadé, dès ce moment, autant que je le suis aujourd'hui; mais j'avais un moyen de parfaire ma conviction et je l'employai.

Le hasard m'avait fait retrouver au marché du Temple, où j'ai des intérêts assez considérables, cette femme Batailleur à qui notre ami le Magyare avait confié l'enfant, quatorze ou quinze ans auparavant.

Je me rendis chez elle le soir même, et je l'interrogeai. Elle me dit que l'enfant qu'on lui avait apporté autrefois avait nom Franz, en effet : Franz tout court.

Il y a plus, elle se souvenait du médaillon; à telles enseignes qu'elle en avait vendu jadis le cadre d'or, pour mettre à sa place un petit cercle de cuivre.

Le lendemain, je fis chercher querelle à Franz par son chef de bureau, et il fut congédié tout doucement.

Vous trouverez peut-être qu'il était imprudent de brusquer ainsi les choses ; mais il vient ici tous les jours des gens d'Allemagne. Le hasard pouvait amener quelque rencontre fâcheuse.

D'ailleurs, pour avoir quitté la maison, il n'en était pas moins sous ma main. Bien qu'il eût changé de demeure, je le faisais surveiller de près, et je connaissais toutes ses démarches.

Mon Dieu ! le pauvre garçon allait d'un train à se perdre bien vite lui-même, et je n'aurais pas senti le besoin de m'en mêler, s'il ne m'était pas revenu des bruits très-alarmants par le canal d'un brave homme qui fait mes affaires au Temple.

C'est une chose fort bizarre, monsieur le baron, et qui mérite d'être rapportée : il y a dans le Temple tout un noyau formé des anciens serviteurs et vassaux de Bluthaupt.

— En vérité? dit Rodach.

— Ils sont au moins deux douzaines, reprit le chevalier en exagérant un peu pour donner plus de piquant à l'anecdote, et ce sont tous bonnes gens encroûtés, amoureux de leurs anciens maîtres qui les menaient comme des chiens, et possédés d'une haine stupide contre les propriétaires actuels du schloss. Il est certain qu'ils ne peuvent pas grand'chose ; mais, dans telles circonstances données, si, par exemple, ils pouvaient mettre la main sur le fils de Gunther, leur mauvais vouloir acquerrait de l'importance.

Actuellement, cela me paraîtrait assez difficile ; mais alors notre jeune homme était plein de vie.

Mon agent, qui est justement comme eux un ancien serviteur de Bluthaupt, était chargé par moi de savoir un peu quels étaient leurs projets et leurs espérances. C'est un homme très-adroit, qui est resté l'ami de ses compatriotes, et qui me vend à bon marché leurs petits secrets.

— Vous l'appelez ? dit négligemment Rodach.

— Johann, répondit le chevalier ; il demeure rue de la Petite-Corderie, et tient avec sa femme le cabaret de *la Girafe*, où l'on boit d'excellent vin bleu. Si vous avez par hasard quelqu'un à surveiller parmi ce lourd troupeau d'Allemands, je vous recommande Johann : vous en serez content.

— Merci, répliqua le baron ; à l'occasion, je pourrai me servir de ce brave homme. Mais poursuivez votre récit, je vous prie.

— Vers ce temps, reprit Reinhold, Johann avait à me compter les redevances de mes clients du Temple ; il vint chez moi et me dit que des rumeurs sourdes couraient parmi les Allemands. On prétendait que le fils de Bluthaupt était à Paris ; on faisait dessein de le chercher activement et de le soutenir par tous les moyens, au cas où on le trouverait.

Je ne fis paraître aucune inquiétude devant Johann, mais cette révélation me donna beaucoup à penser, et je résolus d'en finir une bonne fois avec ce petit homme, dont l'existence menaçait depuis vingt ans la maison de Geldberg.

Le docteur Mira, qui garde un silence modeste, ne fut pas étranger au plan que je conçus, et me donna, dans cette occurrence, des conseils excellents.

Le petit Franz voyait fort mauvaise compagnie et passait ses jours à l'estaminet. J'allai trouver un drôle de mes créatures, nommé Verdier, et je lui promis une bonne récompense s'il pouvait amener le jeune homme à une querelle. Verdier ne demandait pas mieux ; c'est un ancien prévôt de salle, qui aime passionnément à tuer quelqu'un de temps à autre. Il connaissait Franz pour l'avoir rencontré parfois dans les tripots. Il se rendit à l'estaminet que je lui indiquai et réussit, je ne sais plus comment, à se faire jeter une chope de bière à la figure.

C'était plus qu'il n'en fallait. Rendez-vous fut pris pour le lendemain, qui était aujourd'hui, et, comme ils se sont battus ce matin au lever du soleil, il y a maintenant dix heures à peu près que le dernier Bluthaupt est allé faire connaissance avec ses aïeux.

— Du moins vous l'espérez ainsi, dit Rodach.

— Cher monsieur, j'en suis sûr.

— Vous ne pouvez le désirer plus que moi. Mais, en définitive, vous n'avez nulle certitude, et les chances d'un duel...

— Ah! cette lettre! cette maudite lettre! s'écria Reinhold avec dépit; si je pouvais la retrouver, vous seriez bientôt convaincu!

Il se leva et chercha encore dans tous les endroits qu'il avait visités déjà. Son regard tomba sur un objet blanc qui se montrait sous le socle de la pendule.

Il poussa un cri de triomphe et le saisit avidement. C'était en effet la lettre, qui, jetée avec négligence, avait glissé entre le marbre de la cheminée et le socle.

Reinhold l'éleva au-dessus de sa tête.

— Cinq cents louis que le petit homme est mort! dit-il.

— Je ne parie jamais, répliqua Rodach; voyons ce qu'il en est, je vous prie.

Reinhold abaissa la lettre jusqu'à la portée de son œil et la contempla en souriant; puis il déchira l'enveloppe avec lenteur.

Rodach suivait tous ses mouvements et imposait à son visage une expression de curiosité avide.

II

LES AMOURS DE JOSÉ MIRA

M. de Reinhold jouait complaisamment avec la prétendue impatience du baron. Il mettait à déchirer l'enveloppe de la lettre de Verdier une lenteur calculée et souriait malicieusement; il jetait en dessous à M. de Rodach des œillades triomphantes et taquines.

Ce dernier remplissait si parfaitement son rôle de curieux, que le docteur craignit de le voir perdre à la fin patience, et se crut obligé de lui venir en aide.

— Allons! chevalier, dit-il, votre enfantillage n'est pas de saison. Il s'agit d'une chose sérieuse, et M. le baron vous attend.

— Oh! certes, il m'attend! s'écria Reinhold en riant; cela se voit de reste! Mais, sans ce maudit rendez-vous qui me talonne, je n'aurais point pitié de M. le baron, et je le ferais attendre encore, pour lui apprendre à douter de notre savoir-faire. Mais voyons! je suis décidément trop en retard.

Il jeta l'enveloppe et ouvrit la lettre.

A peine son œil fut-il tombé sur les premières lignes que son vaniteux sourire s'évanouit comme par enchantement. Il pâlit sous son fard; ses sourcils se froncèrent, et les rides de son front soulevèrent l'arête artistement découpée de sa chevelure postiche.

— Eh bien! eh bien! dit le docteur effrayé par ces symptômes de triste augure; aurait-on découvert quelque chose?

— Il paraît, à tout le moins, murmura Rodach froidement, que la lettre n'apporte pas tout ce qu'on en attendait.

Reinhold gronda un blasphème, et son poing fermé menaça le vide.

— Ah! le scélérat! s'écria-t-il, le misérable coquin! il est couché sur son grabat avec un coup d'épée je ne sais où, et il me prie de venir à son secours! Le plus souvent que je lui donnerai un centime! Ah! le honteux bandit! je lui revaudrai cela!

Sa voix bredouillait dans son gosier; sa face était pourpre; ses lèvres écumaient.

— Comment! dit le baron, votre spadassin s'est laissé enferrer par l'enfant!

Reinhold froissa la lettre dans ses mains avec rage.

— Peut-on savoir? répliqua-t-il; le drôle me fait tout un roman. Ah! le misérable! le misérable! Qui se fût attendu à cela?

— Mais, enfin, que dit-il? demanda José Mira.

Reinhold, au lieu de répondre, lança la lettre dans le foyer, d'un geste violent. Le papier, mal dirigé, rebondit contre le marbre de la cheminée et vint rouler entre les jambes du baron.

Celui-ci se baissa le plus naturellement du monde et le ramassa.

— Tenez-vous à ce que cette lettre soit brûlée, demanda-t-il, ou voulez-vous me permettre d'en prendre connaissance?

— Pardieu! répondit Reinhold en haussant les épaules, faites comme vous voudrez, monsieur le baron! Ah! le coquin! le coquin!

Rodach déplia le papier froissé et se prit à le lire à voix haute :

— « Mon cher monsieur... »

— Mon cher monsieur! répéta Reinhold en grinçant des dents, de la part d'un personnage pareil! et qui a manqué son coup! Je trouve cela superbe!

Le baron reprit :

— « Mon cher monsieur,

« Je croyais avoir une bonne nouvelle à vous annoncer ce matin, mais je comptais sans un infernal contre-temps qui me coûte assurément plus cher qu'à vous. »

— Plus cher qu'à moi! siffla Reinhold; avez-vous vu un maraud pareil!

— « Toutes nos mesures étaient bien prises, comme vous savez, continua de lire M. de Rodach; le jeune homme en question et moi nous devions nous rencontrer à sept heures au bois de Boulogne : j'y étais le premier, comme c'était mon devoir, mais au lieu du blanc-bec attendu... »

— Il plaisante, encore! grinça Reinhold.

— « Au lieu du blanc-bec attendu, poursuivit le baron, j'ai trouvé un grand escogriffe d'Allemand avec qui j'avais eu quelques querelles de jeu autrefois. A vrai dire, je n'avais pas grand'chose à refuser à ce diable d'homme, qui en sait assez long sur mon compte pour m'envoyer là où je ne veux point aller... »

— Au bagne, l'atroce fripon! grommela encore Reinhold.

— « Cependant, poursuivit le baron, quand il m'ordonna de laisser notre jeune homme en repos, je refusai tout net. Il me fit mettre alors l'épée à la main, malgré moi, et me planta un dégagé dans la poitrine... »

Le baron s'interrompit à cet endroit et hocha la tête en homme qui médite profondément.

— Tâchez de vous calmer, monsieur le chevalier, dit-il d'un ton presque sévère; nous avons besoin de réfléchir mûrement. Ceci est grave, voyez-vous, et tendrait tout bonnement à prouver que le jeune homme a des protecteurs occultes.

— C'est vrai! dit José Mira qui prit un aspect plus sinistre.

— Sans doute, c'est vrai! ajouta Reinhold; mais qui sait si ce drôle de Verdier ne nous trompe pas?

— Quel intérêt aurait-il à vous tromper? demanda le baron.

Reinhold ouvrit la bouche pour lancer de nouveaux anathèmes contre son bravo malheureux ; mais à mesure que sa colère tombait la raison revenait en lui, et il voyait l'aventure sous un tout autre aspect.

L'observation de M. de Rodach l'avait poussé vers un nouvel ordre d'idées.

— C'est vrai, dit-il enfin ; si Verdier ne ment pas, ceci nous amènera plus d'une tempête. Quel peut être ce mystérieux défenseur !

Le baron ouvrit les deux mains avec ce geste d'épaules qui est un aveu d'ignorance.

— Voyons la fin de la lettre, dit-il.

« Quand l'Allemand m'eut fait ce cadeau-là, il partit comme il était venu et me laissa couché sur le dos dans le bois de Boulogne.

« On m'a rapporté dans ma mansarde, tant bien que mal ; mais je n'ai pas le sou, mon cher monsieur de Reinhold, et je viens faire appel à votre générosité. »

Le chevalier fit un signe de tête énergiquement négatif.

— « Vous savez bien ce que vous m'avez promis, poursuivait la lettre de Verdier. En définitive, c'est pour vous que j'ai attrapé ce coup d'épée, et vous me devez bien une indemnité ; d'ailleurs une autre fois nous serons plus heureux.

« En attendant votre visite ou l'avantage de votre réponse, mon cher monsieur, je me dis votre bien dévoué.

« J.-B. Verdier,

« 9, rue Pierre-Lescot. »

Le baron déchira la lettre en tout petits morceaux et les jeta au feu, en ayant soin pourtant de garder dans le creux de sa main le carré où se trouvait l'adresse de Verdier.

Cela fait, il croisa ses bras et se renversa dans son fauteuil.

Reinhold était tout à fait déconcerté. Ce coup le blessait à l'improviste, et venait le frapper au milieu de son triomphe. Il n'était pas homme de grande ressource, et n'agissait guère que d'après les suggestions d'autrui. En ce moment, il n'avait pas une idée ; son esprit épouvanté voyait vaguement tout un avenir de luttes nouvelles et de dangers incessants.

L'enfant, qu'on avait cru si faible et si facile à écraser, avait des protecteurs inconnus !

Et il fallait que ces gens fussent puissants et zélés pour avoir découvert la trame qui menaçait le dernier des Bluthaupt.

Et s'ils étaient puissants, pouvait-on espérer qu'ils se borneraient longtemps à la défensive ?

Le docteur avait les mêmes pensées ; seulement il les creusait davantage et arrivait à une conclusion.

— Il faut serrer notre jeu, dit-il après quelques secondes de silence ; et tout d'abord il faut se bien garder de mécontenter ce malheureux, qui pourrait nous susciter de grands embarras.

— J'allais émettre justement une opinion pareille, ajouta le baron de Rodach ; et, s'il m'était permis de parler comme étant de la maison, je dirais que nous devons ménager ce Verdier et aller au-devant de ses exigences. On ne sait pas ce qui peut arriver.

— Je serais d'avis, opina le docteur, que M. de Reinhold se rendît au plus tôt chez ce Verdier, pour obtenir de lui des explications plus précises.

Il y avait du vieil enfant chez ce Reinhold.

— Que je retourne auprès de ce misérable coquin, moi ! dit-il en retrouvant toute sa puérile colère ; il peut bien mourir dix fois

Sara était belle comme une perle d'Orient. Elle entrait dans sa quinzième année (Page 292, col. 2.)

dans son taudis, sans que je me donne la peine d'en monter les cinq étages! Il m'a trompé indignement, et je ne veux plus entendre parler de lui!

— Mais... commença le docteur.

— Tout ce que vous pourrez dire sera parfaitement inutile! je ne veux pas! Qui sait si d'ailleurs cette lettre n'est pas un piége, et si je ne rencontrerai pas quelque guet-apens dans sa mansarde?

— Ceci ne serait pas impossible, dit M. de Rodach; mais j'ai eu dans ma vie des aventures bien plus effrayantes que celle-là, et si vous voulez m'en donner la mission, j'irai trouver moi-même ce Verdier de votre part.

Reinhold s'inclina de mauvaise grâce, tandis que don José Mira remerciait au contraire avec chaleur.

— Maintenant, reprit Rodach, je ne retiens plus M. le chevalier de Reinhold, à qui je demande pardon d'avoir retardé si longtemps son rendez-vous. Je ne voudrais pas néanmoins qu'il nous quittât sous l'impression pénible causée par la lecture de cette lettre. J'offrais, il y a quelques instants, mon aide à la maison de Geldberg; je la lui offre encore, et, sans promettre positivement de réussir, je puis donner néanmoins de bonnes espérances.

— Avez-vous donc quelque moyen?... demanda vivement Reinhold.

— C'est encore un peu vague dans mon esprit, répliqua Rodach; mais j'ai soulevé des obstacles plus lourds que celui-là, et je puis vous dire : Ayez l'esprit tranquille.

Reinhold ne demandait pas mieux que de prendre confiance ; il se leva d'un front rasséréné déjà, et secoua cordialement la main de Rodach.

— Vous êtes notre providence, monsieur le baron! dit-il tout haut.

Puis il ajouta en se penchant à son oreille :

— Mais n'oubliez pas, je vous prie, que je vous attends chez moi dans une heure.

Rodach s'inclina, et Reinhold sortit.

Dès que la porte fut retombée derrière lui, le docteur avança son fauteuil et tâcha de se donner un air tout aimable.

Ce fut, à peu de chose près, sans succès, il faut bien le dire. Néanmoins son visage prit une teinte beaucoup moins sinistre, et ses yeux caves eurent presque un sourire.

Quand il eut approché son siége à la distance jugée par lui convenable, il sortit de sa poche une large tabatière d'or, qu'il caressa d'un air méditatif.

Cela dura une seconde. Au bout de ce temps, il mit la tabatière sur le marbre de la cheminée et se frotta les mains avec activité, en clignant des deux yeux tour à tour.

Le baron attendait.

Le docteur toussa, mangea une tablette contre le rhume et lissa du doigt ses rudes sourcils.

Rodach attendait, plus grave et plus froid que jamais.

— Oui, oui, dit enfin le docteur qui sembla soulever une montagne; oui certes, monsieur, c'est positivement mon opinion.

— Quoi donc? demanda Rodach.

— A savoir, monsieur le baron, que vous êtes en ce moment la providence de la maison de Geldberg. Quand vous êtes arrivé, je ne vous cacherai point qu'un soupçon m'est venu.

— Quel soupçon?

— C'est à peu près sans importance ; car, je ne vous le dissimulerai point, eussiez-vous même été ce que je craignais, je me serais encore appuyé sur vous de bon cœur, tant je méprise ces pauvres gens que vous venez de voir.

— Vos associés?

— Mes associés! répliqua le docteur avec un gros soupir ; hélas! oui, monsieur le baron, mes associés!

La glace était rompue. Mira le taciturne se sentait des paroles plein le gosier ; il n'avait plus que l'embarras de choisir.

— Mais nous reviendrons à ces messieurs, reprit-il ; j'en étais à parler de vous, et je disais qu'au premier moment je vous avais pris pour un envoyé de nos ennemis... peut-être pour un de nos ennemis en personne. Mais tous mes soupçons se sont évanouis l'un après l'autre. Depuis que vous avez passé le seuil de cette chambre, je vous examine avec un soin scrupuleux; ce que j'ai vu, ce que j'ai deviné me donne confiance. Si la maison de Geldberg peut encore être sauvée, c'est assurément vous qui la sauverez!

Rodach salua silencieusement.

— Votre intérêt vous y porte, poursuivit le docteur; et cela me réjouit véritablement de voir enfin un homme parmi nous!

— Dois-je penser que vous avez des sujets de plainte contre ces messieurs? demanda le baron.

— J'ai mieux que cela, reprit don José en baissant la voix; je les déteste et je les méprise. Ne vous étonnez pas, monsieur de Rodach, si je ne ménage nullement mes expressions vis-à-vis de vous; je veux que la maison soit sauvée, et il me paraît indispensable que vous sachiez à quoi vous en tenir sur les associés de Geldberg. Le vieux Moïse, comme vous le savez, vit tout à fait retiré de ce monde ; c'est une tête bien organisée pour le commerce, mais Dieu sait à quoi il s'occupe maintenant! il ne faut plus compter sur lui. Son fils Abel est un pauvre garçon orgueilleux et faible, myope d'esprit, mou, fât, et gâté par le hasard qui lui a donné une certaine réputation d'habileté parmi les niais de la Bourse.

— Vous me semblez sévère, dit le baron.

— Je suis juste. Monsieur le chevalier de Reinhold serait un homme assez complet, si le sort l'eût laissé à sa place d'aventurier vulgaire. Il ment avec une adresse passable, et son effronterie réussit à tromper quelquefois; ses manières sont une contrefaçon à peu près réussie des allures du grand monde, et j'ai vu un nombre considérable de bourgeois qui le regardaient comme le type du grand seigneur. Malheureusement, il s'est trouvé à la tête d'une maison immense, et sa position l'a écrasé. Si le *gracioso* des Funambules débutait au Théâtre-Français, on le sifflerait; de même tel aigrefin qui brillerait à la Bourse, parmi les prestidigitateurs de troisième ordre, ne sait point porter les millions. La pauvre tête de Reinhold a sauté; il s'est cru un grand économiste; il s'est agité follement pour cacher son impuissance, et a poussé jusqu'au grotesque les prétentions de sa vanité puérile. C'est lui qui est cause en grande partie de la retraite du vieux Moïse. Il s'est jeté dans mille et une spéculations absurdes dont l'idée ne pouvait fermenter que dans son cerveau étroit...

— Ses tentatives ont dû discréditer la maison? dit M. de Rodach.

— Mon Dieu! pas précisément, répliqua le docteur; Reinhold possède à ce sujet une certaine adresse. Ses spéculations, d'ailleurs, s'attaquent généralement à la misère, et la misère, qui ne sait pas se défendre, n'a pas même la force de se plaindre. Ce serait tout profit pour un homme de tête! Occupez-vous de prendre au pauvre la moitié de son pain quotidien, et l'on vous déclarera philanthrope. L'affaire du Temple, qui est, en définitive, une damnable usure, puisque Reinhold, sous prétexte de payer le loyer de ces malheureux, leur prend une bonne part de leurs bénéfices, lui a donné une réputation de charité fort remarquable. Ce qui est dangereux, c'est la multiplicité folle de ses entreprises et le droit qu'il a de puiser à notre caisse pour réaliser toutes ses pauvres lubies. Reinhold est pour la maison un fardeau inutile, une excroissance odieuse qui peut devenir mortelle, si on ne l'extirpe pas à temps.

— Et en votre qualité de docteur, demanda Rodach, auriez-vous l'envie d'essayer cette cure?

— Monsieur le baron, répondit Mira, j'ai des propositions fort importantes à vous soumettre, et j'espère que vous ne vous repentirez point de m'avoir accordé quelques minutes d'audience. Mais, auparavant, il me paraît indispensable de vous dire un mot au sujet des trois filles de M. de Geldberg :

La plus jeune est encore une enfant. Elle ignore tout ce qui se passe dans la maison, et ses sœurs n'ont pas eu le temps de la perdre...

Pour la première fois, depuis le début de l'entretien, l'œil de Rodach s'anima légèrement et laissa percer de l'intérêt.

— La seconde, poursuivit le docteur, serait une excellente femme peut-être, si elle n'avait point de sœur aînée ; cette sœur aînée a pour mari un agent de change qui était riche et qu'elle a ruiné. Elle est belle comme un ange et méchante comme un diable. Si un compte pouvait s'établir entre elle et la maison, nous aurions bien, à l'heure qu'il est, quinze millions en caisse.

— Avait-elle donc une quatrième clef? demanda le baron.

— Non, répondit Mira, mais elle se servait de celle de l'un de nous.

— Et que pouvait-elle faire de tout cet argent?

— Elle est joueuse, mais elle gagne plus souvent qu'elle ne perd, et je la crois riche. Elle doit avoir dans Paris un agent qui place sous un nom d'emprunt les sommes énormes qu'elle détourne journellement. C'est une femme étrange : un caractère fort, un esprit d'élite, et point de cœur... ou du moins pas de pitié! se reprit le docteur en appuyant son front contre sa main ; car il y a en elle un amour profond, qui aurait pu être une vertu, et qui l'a poussée plus avant dans le vice. C'est un être bizarre qui a deviné le mal et qui a compris le bien, une nature audacieuse et résolue, sachant tout oser et tout feindre, femme par le caprice désordonné, par la passion emportée, homme par la volonté indomptable, démon par l'astuce froide et la patience de tromper.

Le visage du docteur avait perdu ce masque de pédantisme glacé qui le couvrait d'ordinaire. Il y avait autour de ses lèvres un sourire amer et triste; ses yeux rêvaient, et les paroles tombaient malgré lui de sa conscience.

— Je l'ai connue enfant, poursuivit-il avec lenteur et d'une voix adoucie. Je crois que c'était une belle âme... Je l'ai connue jeune fille, et j'ai pu lire parfois dans le livre vierge de sa pensée. Sait-on ce que sont les femmes, et y a-t-il un Dieu? Quand je songe à ces jours, je doute, voilà tout. Durant quelques mois, elle resta en équilibre entre ces deux voies ouvertes que les hommes ont appelées le bon et le mauvais. Livrée à elle-même, quelle route eût-elle choisie, je ne peux pas le dire. Ce qui est certain, c'est qu'il y eut une voix pour murmurer des paroles de séduction à son oreille. Un homme se trouva sur son chemin pour lui dire que la vertu n'est qu'un mensonge, et qu'il n'y a rien au ciel : un homme à la parole railleuse, au doute sincère et profond ; un homme qui se fit un bonheur de glacer ses jeunes élans et de façonner l'âme de la jeune fille à l'image de son âme, à lui, qui était usée et flétrie. Cet homme l'aimait d'un amour impossible à peindre, et il la posséda.

Le docteur s'interrompit pour respirer avec force ; sa poitrine semblait s'élargir ; un éclat fauve s'allumait dans son œil.

— Ce fut un triomphe plein d'enivrement, reprit-il d'un accent ému. Sara était belle comme une perle d'Orient. Elle entrait dans sa quinzième année. Jamais fille d'Ève ne fut si comblée de grâces et de charmes. L'homme qui fut son maître un instant avait dépassé déjà depuis bien des années les limites de la jeunesse, il aurait pu être le père de sa maîtresse ; mais cet homme, depuis les jours de son adolescence, comprimait les élans de son cœur et se donnait tout entier à des labeurs solitaires. Cet homme n'avait jamais aimé ; il ne savait que les misères de la passion et ces poignants désirs qui tourmentent l'anachorète. Ce fut le paradis ouvert!...

Rodach écoutait, les mains croisées sur ses genoux ; sa physionomie et son attitude peignaient la plus sincère indifférence. Le docteur, au contraire, était ému jusqu'à l'angoisse.

Cela formait un contraste bizarre. Le Portugais, d'ordinaire si calme et si roide, laissait parler l'unique passion de sa vie, qui s'exhalait en une plainte triste et presque poétique ; mais cette plainte glissait sur l'âme de son compagnon comme un vain bruit.

Rodach ne témoignait nulle impatience; son regard ne donnait nul signe d'intérêt.

Et le docteur poursuivait, emporté sur la pente de ses souvenirs ; on ne l'encourageait point, et il continuait d'épancher son âme, comme un enfant trop faible pour garder un secret, lui dont la conscience close ne s'était jamais ouverte aux regards d'un ami.

C'était un étranger qu'il choisissait pour confesseur ; c'était presque un inconnu, c'était peut-être un ennemi...

— Cela dura deux ou trois mois, reprit-il. On peut vivre des années seul et triste, après quelques jours d'un si grand bonheur! Monsieur le baron, avez-vous deviné qui était cet homme?

— Non, répondit Rodach d'un air distrait.

José Mira le regarda un instant en silence.

On eût dit que ses yeux caves, et dont la prunelle morne n'avait jamais reflété peut-être un sentiment de pitié, allaient pleurer.

— C'était moi! continua-t-il d'une voix étouffée.

Le baron ne manifesta point de surprise.

— Entendez-vous, monsieur! s'écria le docteur avec une sorte d'emportement, c'était moi! Je m'étais glissé auprès de l'enfant sans défiance; j'avais dépensé des années à façonner ce cœur à ma guise, et pour ce long travail j'eus deux mois de bonheur! Devinez-vous? Après ces deux mois, je restai amoureux, plus amoureux! je devins fou ; on me fit esclave! et depuis ces deux mois quinze ans se sont écoulés!

Les lèvres de Mira tremblaient convulsivement, et la pâleur de sa joue était livide.

III

JEUDI 8 FÉVRIER, A MIDI

— Monsieur, dit Rodach à Mira, je pense que vos confidences doivent se rapporter plus ou moins à l'état présent de la maison de Geldberg; mais je ne saisis pas le lien, et je vous prie de me le rendre sensible.

Une fois en sa vie, le docteur avait mis son âme à nu ; il la referma froissée.

Il venait de confesser un crime odieux, comme on raconte les épisodes parfumés d'un premier amour. C'étaient ses beaux jours à lui, ses souvenirs aimés, son âge d'or.

Il eut de l'indignation à voir le baron rester froid devant sa confidence.

— Comme vous le dites, monsieur, répliqua-t-il en rappelant brusquement son calme habituel, cela se rapporte à la maison de Geldberg. Je ne me serais pas permis de prendre vos moments pour écouter un récit qui n'eût regardé que moi seul. Un mot vous fera tout comprendre : Sara me doit plusieurs millions.

— Et vous avez sans doute des titres?

— Je n'ai rien.

Le baron attendit que Mira s'expliquât davantage.

La figure de celui-ci exprimait maintenant de la défiance, et il semblait au regret de s'être avancé; mais il n'était plus temps de reculer.

— Monsieur le baron, reprit-il d'un ton chagrin, je ne puis dire que j'aie conservé tout l'espoir qu'avait fait naître en moi votre venue : la froideur avec laquelle vous accueillez mes ouvertures me donne à craindre de m'être trompé sur vos véritables intentions. Néanmoins j'irai jusqu'au bout. Je suis fou, je vous l'ai dit, et ma folie est incurable, car j'aimerai toujours cette femme, qui me hait et qui désire ma ruine. Mais toute folie a ses heures lucides. Quand je suis loin d'elle et que je réfléchis, je me révolte, je désire ardemment me soustraire à son joug; mes pensées d'ambition, que sa tyrannie tue, renaissent plus vivaces et plus fortes! la fortune qu'elle m'a prise, je veux la regagner! La maison de Geldberg qu'elle a minée d'un côté, tandis que Reinhold et Abel la sapaient de l'autre, je veux la relever, la relever à mon profit, à mon profit et au vôtre, monsieur le baron de Rodach, s'il vous plaît d'abandonner mes deux collègues, pour devenir exclusivement mon allié.

Il était dit que le baron ne s'étonnerait de rien.

— Cela ne me paraît pas impossible, monsieur le docteur, répliqua-t-il le plus naturellement du monde; veuillez seulement vous expliquer tout à fait.

Le docteur José Mira ne gardait aucune trace de l'émotion qui l'avait surpris naguère, mais son visage n'avait pas non plus en ce moment cette expression d'immobilité morne que nous lui avons vue jusqu'ici.

Il regardait le baron en face, et ses yeux avaient un rayon vif d'intelligence et de volonté.

Rodach attendait, impassible et prêt à tout.

— La maison de Geldberg est à nous, poursuivit le docteur, si nous voulons agir de compagnie. Le rendez-vous que je vous ai demandé n'avait pas d'autre objet que celui-là.

— Monsieur le docteur, je vous écoute.

— Vous arrivez d'Allemagne avec des traites sur nous pour une somme considérable; vous nous tenez; il se trouve que votre intérêt est de nous ménager et même de nous soutenir; mais votre intérêt pourrait être tout autre, et, en ce cas, Dieu sait que la maison serait bien malade!

Suivez, je vous prie, avec attention. Abel n'a rien qu'une demi-douzaine de chevaux qu'il croit de race : Reinhold, malgré son adresse et son absence de préjugés, n'a que des dettes. Madame la comtesse Lampion est riche, mais sa fortune ne nous regarde pas. Quant au vieux Moïse, je ne sais trop que dire; il y a autour de lui un mystère que je n'ai point deviné. Cette solitude où il se confine doit cacher quelque chose, mais que cache-t-elle?

J'ai acquis la certitude que personne, dans la maison, n'en sait plus long que moi à ce sujet; ses employés, son fils, ses filles partagent la même ignorance.

En tout cas, quel que soit son secret, il est évident que la maison ne peut point compter sur lui.

Et la caisse sociale est vide... Je pense que vous me comprenez?

— Je commence... veuillez achever.

— Mon Dieu! il ne me reste pas grand'-chose à ajouter, sinon que madame de Laurens me doit une somme énorme, et qu'avec de l'adresse je puis la recouvrer.

— Après?

— La somme recouvrée, je me trouve riche vis-à-vis de mes associés pauvres. Vous arrivez menaçant; moi seul je possède les moyens de vous satisfaire. Il est évident que si nous nous liguons la maison est entre nos mains.

— C'est vrai, dit Rodach ; mais n'est-elle pas déjà entre les miennes?

— Permettez! Je puis avoir mon argent dans quelques jours. Si la maison solde votre compte, vous perdez en réalité la seule arme qui puisse nous faire peur; car, soit dit entre nous, monsieur le baron, les secrets que vous avez pu surprendre sont graves, mais il y a bien longtemps que tout cela est passé, le château de Bluthaupt est bien loin de Paris, et il faudrait des preuves...

— J'ai des preuves, interrompit le baron ; quelque part, dans Paris, j'ai déposé ce matin une petite cassette apportée d'Allemagne, et qui contient de quoi vous faire monter tous les trois sur l'échafaud, messieurs les associés de Geldberg.

Le docteur recula instinctivement son fauteuil et attacha sur Rodach son regard épouvanté.

— Je n'ai point parlé de cela devant ces messieurs, reprit-il, parce qu'ils ont baissé pavillon tout de suite, et que la menace m'a paru superflue vis-à-vis de gens qui s'avouaient vaincus d'avance. A vous, monsieur le docteur, je vous en parle, mais froidement, remarquez-le bien, et sans intention de vous effrayer. La preuve, c'est que je vous dis volontiers tout de suite que je ne suis pas éloigné d'accepter votre alliance.

Le front de Mira s'éclaircit un peu.

— Pourrait-on savoir ce que contient cette cassette? murmura-t-il avec un reste de crainte.

— Je n'ai nulle raison pour en faire un mystère. Elle contient des lettres de vous, monsieur le docteur, datées du château de Bluthaupt en 1823 et 1824. Ces lettres sont rédigées, je dois le dire, avec une extrême prudence, mais elles se trouvent expliquées ou à peu près par d'autres lettres de Van Praët, du Magyare, de M. de Reinhold et de Mosès Geld lui-même, écrites à diverses époques.

— Et comment avez-vous pu vous procurer tout cela? murmura le Portugais.

— C'est la chose du monde la plus simple. Zachœus Nesmer était votre associé à tous, mais non votre ami. Il vivait incessamment dans la pensée qu'un conflit pouvait, d'un jour à l'autre, s'élever entre vous et lui, et, depuis la première heure de votre association, il se préparait des armes pour le moment de la bataille.

— Depuis plus de vingt ans! dit Mira.

— Mon Dieu! oui. Ces têtes germaniques ont la bosse de la prudence. Si jamais nous en venons à une discussion, docteur, je vous donnerai des détails beaucoup plus satisfaisants sur le contenu de ma cassette, car je suis loin de vous en avoir fait l'inventaire complet. Mais aujourd'hui nous sommes en paix et nous pouvons reprendre notre négociation sans nous préoccuper d'un cas de guerre qui pourra ne jamais venir.

Le docteur avait compté d'abord sur une réussite tout aisée; puis il avait presque désespéré, tant la batterie démasquée tout à coup par son adversaire lui avait semblé redoutable. Maintenant, il reprenait espoir; ces armes, si terribles qu'elles fussent, Rodach hésitait à s'en servir; donc il avait un intérêt à ne point entamer la guerre.

Pendant que le docteur réfléchissait, faisant au dedans de lui-même une manière de bilan de ses périls et de ses bonnes chances, Rodach reprit, comme s'il avait eu l'intention de le rassurer:

— Établissons bien la situation, je vous prie. Je suis fort, mais quelle raison pourrais-je avoir de vous nuire gratuitement?

Mon intérêt est manifeste : je veux recouvrer pour mon pupille les créances de la succession Nesmer, et en même temps, si la chose n'est pas impossible, me créer à moi-même, en tout bien tout honneur, une petite fortune.

Le front du Portugais se rasséréna tout à fait. Le baron découvrait enfin un côté faible. On allait s'entendre.

— Il est bien évident, reprit Rodach, que je n'ai pas attendu ce moment pour comprendre le véritable état des choses : la preuve, c'est que j'ai déjà tiré vingt mille francs de ma poche et que je me suis mis complétement à la disposition de la maison. Pour moi, le principal, c'est que la maison vive et ait de quoi payer. Maintenant vous m'offrez personnellement quelque chose de mieux, un partage à deux au lieu d'un partage à quatre. Avant d'accepter, j'ai voulu seulement vous faire bien sentir que je pourrais exiger la part du lion...

— Et que vous êtes généreux en ne prenant que moitié, interrompit le docteur. Je vous accorde cela, monsieur de Rodach, d'autant plus aisément que c'est sur vous que je compte pour obtenir mon apport dans notre nouvelle société.

— Cette fois je ne comprends pas du tout, dit le baron.

— Ne vous ai-je pas avoué que j'aime cette femme, murmura le docteur, que je l'aime d'une passion incurable et insensée ! Ne vous ai-je pas avoué que je suis son esclave, et qu'un mot d'elle suffit pour me faire tout oublier! Si je me rends vers elle moi-même, je suis sûr d'avance d'être vaincu, et je n'espère qu'en votre aide.

— Mon aide vous est acquise, répliqua Rodach sans hésiter ; donnez-moi les moyens de plaider votre cause, et je la plaiderai.

Le docteur rapprocha son fauteuil, tant il eut de contentement à voir la négociation marcher ainsi sur des roulettes.

Il caressa de nouveau sa large boîte d'or, et recommença toute la pantomime que nous avons décrite au début de cette entrevue.

C'était pour lui une manière d'exorde muet et par insinuation.

Au bout de quelques secondes, il mit ses deux coudes sur ses genoux et se pencha en avant ; puis il reprit la parole d'une voix discrète et toute confidentielle.

Rodach l'écoutait attentivement.

Cela dura dix minutes, au bout desquelles le baron se leva.

. . . .

— C'est une affaire entendue, monsieur le docteur, dit-il. Je n'ai point encore pris de rendez-vous à Paris depuis mon arrivée : par conséquent l'heure et le jour me sont indifférents.

— Il faut songer aux échéances, répondit Mira ; c'est jour de payement le 10. S'il vous plaît, je prendrai rendez-vous pour le 8.

— Pour le 8, soit.

— A midi, si l'heure peut vous convenir.

— Midi me convient parfaitement.

— N'oubliez pas surtout! jeudi prochain, 8 février, à midi, vous serez chez madame de Laurens.

— Je m'y engage, monsieur le docteur.

— Monsieur le baron, je compte sur vous, et je vous prie d'accepter mes remerciements bien sincères.

Mira tendit sa main que Rodach toucha.

Ils se séparèrent, et, au moment où Rodach passait le seuil, il put entendre la voix du docteur qui répétait par excès de précaution :

— Jeudi, 8 février, à midi...

C'était dans une sorte de boudoir, meublé avec un luxe fort coûteux, mais privé jusqu'à

BIBLIOTHÈQUE NATIONALE R F IMPRIMÉS

Il se promenait bras dessus bras dessous avec le chevalier de Reinhold. (Page 301, col. 2.)

un certain point de ce goût qui donne du prix à toutes choses.

Il y avait des meubles magnifiques, affectant des formes bizarres et des façons prétentieuses de se tenir sur leurs quatre pieds. Le tapis valait son pesant d'or; les rideaux éblouissaient, et les draperies qui habillaient les murailles se cachaient presque sous une profusion de cadres guillochés. On voyait là quelques tableaux de maîtres, et beaucoup de croûtes achetées un prix fou. Les billets de banque ne savent point donner le sentiment d'artiste, ni même ce tact irraisonné qui était, dit-on, l'apanage des vrais grands seigneurs.

Un pain de sucre enveloppé de brocart est toujours un pain de sucre, et Turcaret a beau faire.

Outre les tableaux, il y avait des statuettes, des vases du Japon et toutes sortes de chinoiseries.

La cheminée était encombrée, la console regorgeait, les étagères fléchissaient.

C'était un de ces réduits où l'on ne peut point entrer, quand on a le caractère bien fait, sans dire : « C'est un petit musée ! Quelle nature d'artiste vous avez! C'est un vrai sanctuaire! délicieux! ravissant! adorable!» — et autres.

L'impôt est fixé; il faut dire cela ou ne point passer le seuil.

La divinité du temple était ici tout bonnement le jeune M. Abel de Geldberg.

Au moment où nous soulevons un coin de la draperie de soie qui tombait à plis chatoyants sur la porte d'entrée, Abel était assis au coin de son feu, vis-à-vis du baron de Rodach.

Le jeune M. de Geldberg avait une robe de chambre inouïe, et des babouches comme il n'est point possible d'en rêver.

Dans l'impuissance où nous sommes de peindre convenablement les suavités de sa chauffeuse favorite, nous faisons appel à l'imagination de nos lecteurs.

Il n'y avait pas plus d'une minute que le baron avait été introduit. Abel venait d'achever les compliments préliminaires et lui offrait des cigares de la Havane dans un étui O-jib-be-was.

Le baron accepta le cigare, sans trop regarder l'étui.

— Mon Dieu! monsieur le baron, dit Abel en lui tendant du feu dans une cassolette fabriquée aux sources du Nil, j'ai pris la liberté de vous faire venir dans ma pauvre mansarde, et j'espère que vous voudrez bien m'excuser.

Le baron lui rendit la cassolette, et lança une bouffée tout affirmative.

Il était peut-être le premier mortel qui fût entré dans le sanctuaire sans dire une sottise en lorgnant les merveilles du lieu.

Abel lui en gardait de la rancune; mais le peu d'esprit qu'il avait lui suffit à comprendre que la rancune serait ici en pure perte.

— C'est fort aimable à vous, monsieur le baron, reprit-il en mettant à manier le meuble abyssinien toute l'aisance d'un connaisseur, d'avoir bien voulu vous souvenir de ma petite requête.

— Je suis venu, monsieur, répondit Rodach, parce que, dans la position où nous nous trouvons vis-à-vis l'un de l'autre, j'ai pensé que vous pourriez avoir à me faire quelque ouverture importante.

Abel s'était improvisé à l'avance toute une série de façons cavalières; mais la froideur de M. de Rodach dut changer ses allures et couper court à toute tentative de familiarité prématurée.

— Monsieur le baron, répliqua-t-il, vous ne vous êtes point trompé; j'ai, en effet, une proposition à vous faire, et je désire vivement qu'elle vous agrée. Dans la crainte d'abuser de vos moments, j'entrerai, s'il vous plaît, tout de suite en matière.

Rodach approuva d'un geste courtois et s'arrangea commodément pour écouter.

— Voici le fait, poursuivit Abel; déjà, depuis fort longtemps, j'ai cru m'apercevoir que le docteur Mira et M. le chevalier de Reinhold ont un ou plusieurs secrets auxquels ils ne me font point l'honneur de m'initier. Aujourd'hui, quelques mots prononcés par vous ont changé mes doutes en certitude. Je ne vous demande aucune révélation à ce sujet, monsieur le baron; mais il est évident pour moi qu'il y a dans le passé de Reinhold et de Mira quelque ténébreuse histoire où se trouve mêlé, de manière ou d'autre, M. de Geldberg, mon père.

— Il y a en effet quelque chose comme cela, répondit Rodach.

Abel attendit une seconde, croyant que son compagnon allait ajouter quelques mots d'explication; il n'en fut rien.

Le baron brûlait son cigare avec la lenteur d'un adepte, et lançait au plafond de belles spirales de fumée.

— C'est donc un fait acquis, poursuivit Abel ; eh bien! monsieur, malgré mon ignorance entière à cet égard, je puis vous affirmer hardiment que mon pauvre père fut une dupe entraînée et non point un coupable. Je connais sa nature faible et bonne, et je connais le caractère de messieurs mes associés. Il est inutile de chercher ici ses phrases : Reinhold est un misérable que rien n'arrête, et ce lugubre coquin de docteur ne vaut pas mieux que Reinhold !

— Est-ce pour me dire cela que vous m'avez donné un rendez-vous? demanda Rodach en secouant du petit doigt la cendre de son cigare.

— Non, monsieur, répondit Abel ; je vous ai demandé une entrevue, parce que votre intérêt m'a semblé le même que celui de la maison, et parce que j'ai voulu mettre en vos mains une affaire dont l'issue est pour nous tous, je parle commercialement, une question de vie ou de mort.

Abel se recueillit un instant pour se rappeler les termes de son discours ; puis il poursuivit :

— Meinherr Fabricius Van Praët, d'Amsterdam, a sur nous une créance exigible de près d'un million et demi.

— Ah ! fit Rodach négligemment, tant que cela?

— Je puis mieux que personne en donner le chiffre, puisque je suis chargé de traiter directement avec la maison Van Praët. Voilà déjà plusieurs mois que ce correspondant, à bout de patience, nous a fait parvenir des menaces : s'il n'a point usé encore de rigueur envers nous, je puis l'attribuer sans vanité à la diplomatie que j'ai déployée dans cette affaire. Mais toute chose a un terme. J'ai lieu d'être convaincu que le dernier délai de quinzaine accordé sur mes sollicitations pressantes ne sera désormais prolongé sous aucun prétexte.

— Et quand expire ce délai? demanda le baron.

— Samedi prochain.

— Vous auriez encore le temps d'écrire.

— J'ai trop écrit! une lettre nouvelle ne servirait absolument à rien. Je sais que les pouvoirs de la maison Van Praët sont chez un agréé de Paris, et que les poursuites commenceront, en cas de non-payement, samedi dans la journée.

Le baron tira son cigare de sa bouche et le considéra fort attentivement.

— Mon cher monsieur, dit-il, vous m'annoncez là une nouvelle excessivement fâcheuse. Mais il me semble que je n'y puis rien.

— Peut-être, répondit Abel. J'ai lieu de croire que meinherr Van Praët serait disposé à nous traiter moins rigoureusement, s'il n'avait été poussé contre nous dans le temps par Yanos Georgyi et le patricien Nesmer lui-même. En définitive, son intérêt bien entendu ne serait point de faire tomber la maison. Je me rendrais bien auprès de lui de ma personne, mais, s'il faut vous dire toute la vérité, je crains de quitter Paris et de laisser la maison entre les mains de ces deux hommes, qui l'ont déjà entraînée si près de sa ruine.

— Je conçois cela, dit Rodach très-sérieusement.

C'était le premier mot que l'on pût prendre pour un encouragement, et le jeune M. de Geldberg s'en trouva tout regaillardi.

— Tandis que vous, monsieur le baron, reprit-il, je ne sais pas pourquoi je vous confierais tout ce que je possède au monde!

— C'est bien de l'honneur.

— Non pas! Je suis doué, à ce qu'on dit, d'un esprit singulièrement pénétrant ; je vous ai jugé tout de suite, et la rudesse même de votre franchise vous a gagné mon estime. Et puis vous êtes gentilhomme : entre gentilshommes, on se comprend bien mieux et bien plus vite. Si ces misérables, que je suis forcé d'appeler mes associés, avaient une goutte de sang noble dans les veines...

Rodach eut la vertu de ne point sourire.

— Il me semble que M. le chevalier de Reinhold... commença-t-il.

Abel haussa les épaules avec pitié.

— Bourgeois, cher monsieur, répliqua-t-il, bourgeois depuis les cheveux de sa perruque jusqu'à la plante de ses pieds plats! Vous n'avez pas d'idée de ce que je souffre! mais, pour en revenir, il est certain que votre position vis-à-vis de nous vous rend excessivement fort. Moi, d'un autre côté, je porte le nom auquel se rattache tout le crédit de la maison. Si une fois l'affaire Van Praët est heureusement arrangée, je regarde la crise comme finie, et je crois que l'avenir est à nous. Je vous parle avec une complète franchise, veuillez me répondre de même. Ne pensez-vous pas que nous pourrions éliminer ces deux hommes, que nous méprisons également, et former à nous deux une association?

— Si fait, répliqua le baron.

La figure d'Abel s'éclaira.

— Parbleu! s'écria-t-il, je suis enchanté de vous entendre parler ainsi, cher monsieur: ces deux êtres me pèsent plus encore que je ne puis le dire, et il me sera au contraire infiniment honorable d'avoir pour associé un homme tel que vous!

Rodach salua.

— Je ne fais pas ici de compliments, poursuivit le jeune homme, et, pour vous donner une preuve de la profonde confiance que j'ai en vous, je suis prêt à remettre entre vos mains cette affaire Van Praët, qui est tout l'avenir de la maison. Consentiriez-vous à vous en charger?

— Très-volontiers, répliqua Rodach. Nos intérêts sont ici évidemment les mêmes, et certaines connaissances que j'ai pu tirer de Zachæus Nesmer, mon ancien patron, me donneront, je l'espère, quelque autorité auprès de notre correspondant hollandais.

Abel eut un sourire où il tâcha de mettre beaucoup de finesse.

— J'ai bien un peu compté là-dessus, dit-il; malgré mon ignorance de tous vos secrets, je fais mes petites observations, et j'agis en conséquence.

— Zachæus me l'avait dit bien souvent, riposta Rodach avec son grand sérieux; le jeune M. de Geldberg a un mérite au-dessus de son âge.

Abel prit cet air trop modeste où perce la naïveté de l'orgueil.

— Pur compliment! murmura-t-il; mais entendons-nous pour l'affaire de Van Praët. Nous sommes au lundi, il faut deux jours pour recevoir des lettres d'Amsterdam. Si vous n'êtes pas chez Van Praët jeudi, 8 février, dans la matinée, le contre-ordre n'arrivera pas à temps.

— Rien ne m'empêche, répliqua Rodach, d'être en Hollande, chez Van Praët jeudi dans la matinée.

— Vous n'avez pas d'affaire à Paris?

— Aucune; j'arrive.

Abel se frotta les mains.

— C'est au mieux! s'écria-t-il; j'avais peur de quelque obstacle; mais maintenant j'ai votre parole et je ne crains plus rien. J'ai vu tout à l'heure, dans notre chambre du conseil, la manière dont vous traitez les affaires, et je parierais ma tête que vous aurez un plein succès!

— Je l'espère ainsi, dit Rodach.

— Quand vous reviendrez, nous nous occuperons de nos chers associés; pendant votre absence, je me charge de préparer les voies.

Rodach se leva et jeta dans le foyer le reste de son cigare.

— Je compte sur votre habileté, mon cher monsieur, dit-il, et, quant à moi, je ferai de mon mieux.

— Souvenez-vous qu'il faut être rendu à Amsterdam jeudi prochain, 8 février, à midi au plus tard!

— Je partirai demain en poste, et je prends l'engagement formel de frapper jeudi prochain à la porte du digne Van Praët avant que midi ait sonné.

— Voulez-vous que je vous fasse la conduite jusqu'au premier relai? demanda Abel.

— Si ce n'est point pour vous trop de peine, j'accepte avec reconnaissance.

— Comme cela, pensa le jeune homme, je serai bien sûr qu'il partira! En vous conduisant, poursuivit-il tout haut, je vous apporterai ma procuration, tous les dossiers de l'affaire; et je vous donnerai les derniers renseignements qui pourront vous être utile. A demain donc, cher monsieur!

— Cher monsieur, à demain!

Les deux nouveaux associés se serrèrent la main d'amitié grande, et M. le baron de Rodach prit congé.

Quand il fut sorti, le jeune de Geldberg se frotta les mains d'un air triomphant.

— Quelle corvée de moins! s'écria-t-il; voilà un brave homme qui se croit sans doute bien profondément diplomate, avec son air grave et sa froideur d'emprunt! Il n'en est pas moins vrai qu'il a fait tout ce que j'ai voulu.

Il eut un rire machiavélique, et se regarda dans sa glace pour voir s'il ressemblait aux portraits de feu de M. de Talleyrand.

Il y avait dix minutes environ que Rodach avait quitté le sanctuaire du jeune Geldberg.

Il se promenait bras dessus bras dessous avec M. le chevalier de Reinhold sur une petite terrasse communiquant avec l'appartement de ce dernier.

Ils poursuivaient une conversation commencée.

— Je savais bien que nous nous entendrions à merveille, disait le chevalier; d'abord vous avez trop d'esprit pour n'être pas entièrement de mon avis sur ce petit sot d'Abel, et *sur ce malheureux docteur*, qui me représente toujours un traître de mélodrame. Évidemment, il faut les éliminer tous les deux. En second lieu, vous êtes trop habile pour ne pas sentir l'extrême importance de cette démarche auprès du Magyare Yanos. Mais il ne suffit pas de reconnaître tout cela, et le temps nous presse furieusement.

— Je ne demande pas mieux que d'agir, répliqua Rodach.

— A la bonne heure! Voyez-vous, il est pour moi manifeste que le seigneur Yanos et meinherr Van Praët se sont entendus pour nous attaquer en même temps. Ils ont fixé tous les deux au 10 de ce mois leur dernier délai. Eh bien! parons le coup qui me regarde, et laissons cet étourneau d'Abel se débrouiller comme il pourra!

— Cela me va.

— Il ne pourra rien contre les poursuites de son gros Hollandais, et nous ne l'en trouverons que plus facile à écraser.

— C'est clair comme le jour.

— Mais il ne faut pas nous endormir, savez-vous! nous n'avons que tout juste le temps, et pour bien faire, baron, il faudrait que vous fussiez à Londres... attendez donc!

Il compta sur ses doigts, puis il reprit :

— Jeudi prochain, 8 février, avant midi.

— C'est au mieux, dit Rodach.

— Voyons, réfléchissez bien. N'avez-vous nul empêchement?

— J'arrive d'Allemagne, et je n'ai encore vu personne.

— Alors vous pouvez me donner une certitude?...

— Je puis prendre l'engagement très-sérieux, interrompit M. de Rodach, de me trouver à Londres jeudi prochain, 8 février, avant l'heure de midi.

IV

LE CHEVALIER DE REINHOLD

José Mira et Abel de Geldberg avaient, certes, d'excellentes raisons pour se concilier l'aide du baron de Rodach. Mira se sentait faible contre un amour de vingt ans, d'autant plus puissant qu'il avait duré davantage et qu'il trônait au fond d'un cœur vide, où tout autre sentiment s'était éteint. Abel voulait rester à Paris, où le retenaient impérieusement sa danseuse et ses chevaux d'abord, puis la crainte de quelque coup pendable, monté, en son absence, par ses deux dignes associés.

Le docteur et Abel voyaient en outre que la maison était entre les mains de M. de Rodach. L'avance d'argent qu'il avait faite de lui-même et sans y être poussé leur donnait une haute idée de sa position financière, et faisait en même temps supposer chez lui une facilité de caractère dont il serait aisé de profiter.

De là les offres d'association. Et ces offres n'étaient point, comme tout le reste, une comédie jouée.

Abel et Mira souhaitaient bien sincèrement enter leur faiblesse attaquée sur la force de cet homme, qui semblait riche et ferme.

Mais ni Abel ni Mira n'avaient, pour ce faire, des motifs aussi pressants que ceux de M. le chevalier de Reinhold.

Celui-ci était, en effet, dans la même situation qu'eux; en outre, il avait à régler une affaire difficile et dont sa poltronnerie s'exagérait les dangers réels.

L'échec qu'il venait de subir, dans le duel de Verdier, contre le jeune Franz, diminuait de beaucoup sa confiance en lui-même, et laissait subsister des embarras dont il avait cru se délivrer.

Il était malade d'esprit, et voyait tant d'obstacles surgir le long de sa route, que le découragement lui venait; il lui fallait absolument un auxiliaire.

En ce moment où sa faiblesse morale était doublée par l'insuccès, la seule pensée d'affronter le Magyare Yanos lui donnait le vertige, et ce voyage de Londres l'épouvantait à tel point, qu'avant de l'entreprendre il eût regardé, les bras croisés, la ruine de la maison de Geldberg.

Ce Magyare était un terrible homme. Vingt ans écoulés n'avaient point changé sa nature batailleuse. Il avait fait fortune, mais il avait gardé ses colères sauvages, et ne savait point dénouer une discussion autrement qu'avec le sabre.

Cela même lui avait fait une renommée dans la cité de Londres. Il était lion de par ses grands pistolets. Dans la ville anglaise, où toutes les sortes d'excentricités sont appréciées, on admirait fort ce marchand qui avait eu cinquante duels et jamais de procès.

Le pauvre chevalier de Reinhold aurait mieux aimé avoir cinq cents procès qu'un seul duel.

Aussi, à voir le baron de Rodach accepter si aisément ses ouvertures, il ne se sentait pas de joie.

C'était là un succès! Le baron allait affronter la bataille à sa place, et lui retirer les marrons du feu. Quel digne homme que ce M. de Rodach!

Comme il était venu à propos avec ses grands airs de menace qui avaient abouti à toutes sortes de gracieusetés! Il payait les dettes de la maison; il promettait de l'argent pour cette fête d'Allemagne qui était comme le va-tout du jeu hardi que jouaient les associés de Geldberg; il se faisait fort de réparer quelque jour la maladresse de ce coquin de Verdier; enfin il acceptait une mission diabolique qui pouvait réussir, mais où il y avait assurément des balafres en perspective.

Et tout cela pour recouvrer des créances auxquelles, la prospérité une fois revenue, on tâcherait bien de ne point faire honneur!

Le digne homme! l'excellent homme! et que le patricien Zachœus Nesmer avait eu raison de mourir!

Ce bravo M. de Rodach menaçait bien quelquefois, et il avait en main des armes qu'on ne pouvait point dédaigner; mais c'étaient des armes courtoises; il n'en voulait point faire usage, et, au lieu de frapper, il aidait! le charitable cœur!

Reinhold se moquait de lui au fond de l'âme, et riait sous cape tant qu'il pouvait.

— Il est évident, monsieur le baron, dit-il, que vous avez compris d'une façon toute supérieure le fort et le faible de votre position vis-à-vis de nous. D'autres auraient essayé follement des mesures rigoureuses, mais votre haute raison vous en a montré le danger. Avec la marche que vous suivez, vous êtes bien sûr non-seulement d'être payé intégralement, mais encore de vous faire l'un des chefs de la maison de Geldberg, qui, j'en ai l'espérance, ne connaîtra bientôt plus que deux chefs, vous et moi, monsieur le baron.

— J'en accepte l'augure, répliqua Rodach.

— A merveille! pensait Reinhold, garde tant que tu voudras cet air rogue et froid, mon camarade!... Tu as, ma foi, bien le droit d'être fier, et la besogne que tu fais te vaut ma sincère estime!...

— On se rend à Londres en trente-six heures, reprit-il tout haut, mais personne ne peut compter sur la mer, et pour être sûr d'arriver à temps, vous feriez bien de partir dès demain matin.

— Je n'ai absolument rien à faire à Paris, répliqua le baron, sinon quelques commissions de peu d'importance, qui prendront à peine ma soirée d'aujourd'hui. Je partirai quand vous voudrez.

Reinhold lui serra le bras fort amicalement.

— Vraiment, baron, il faut vous admirer! s'écria-t-il. Toujours prêt! Jamais d'obstacles! Comme tout marchera merveilleusement, quand nous dirigerons à nous deux les affaires de la maison! Pour ma part, je me sens disposé à être non-seulement votre associé, mais votre ami, dans toute la force du mot!

Reinhold mit une belle chaleur à prononcer cette déclaration.

Il y eut comme un tressaillement léger dans les muscles du visage de M. le baron de Rodach, qui était resté jusqu'alors impassible. Sa paupière se baissa, mais pas assez rapidement pour cacher un vif éclair qui scintilla dans son œil; une ride amère se creusa sous sa moustache rabattue.

Ce fut l'affaire d'une seconde. Le chevalier de Reinhold n'eut pas le temps de s'en apercevoir.

Tout ce qu'il remarqua, ce fut l'accent

bizarre que prit la voix du baron, tandis qu'il répondait :

— Entre associés, monsieur de Reinhold, il est toujours fort bon d'être amis, et rien ne s'oppose à ce que je sois le vôtre.

Le chevalier releva les yeux avec défiance, tant le ton de M. de Rodach contrastait avec ces pacifiques paroles. Il s'attendait presque à rencontrer un visage devenu hostile et de menaçants regards.

Mais les traits du baron avaient repris instantanément leur immobilité froide.

— Avant de nous séparer, poursuivit-il, je vous prierai de me donner tous les renseignements nécessaires pour mon voyage de Londres, et les papiers qui peuvent avoir trait à la mission dont je me charge.

Reinhold rentra dans son appartement et se dirigea vers son secrétaire. Au moment où il mettait sa clef dans la serrure, une réflexion parut le retenir.

— C'est que cela va être bien long! dit-il ; les comptes sont un peu compliqués. Je pense vous avoir touché quelques mots de certain mariage qui est pour moi une affaire capitale. Je suis auprès de la jeune fille, et surtout auprès de sa mère, dans toute la ferveur de ces empressements bucoliques qui précèdent les fiançailles. Or, voici venir l'heure où je me rends chaque jour chez madame la vicomtesse d'Audemer. Vous serait-il indifférent de me donner un instant dans la soirée?

— Impossible, répliqua Rodach ; ce voyage, sur lequel je ne pouvais compter, va faire de moi un homme excessivement occupé jusqu'à la nuit.

— A cela ne tienne, cher monsieur! Si vous voulez me laisser votre adresse, je me rendrai chez vous aussi tard que vous voudrez.

Le baron hésita un instant avant de répondre.

— Cher monsieur, dit-il enfin, je suis un homme à manies ; j'aime à être absolument libre en voyage, et je ne donne jamais mon adresse.

Le chevalier eut un malicieux sourire, et fit du doigt une menace espiègle.

— Quelque histoire amoureuse, je gage! s'écria-t-il. Nous ne sommes pas sans savoir qu'il y a de belles dames en Allemagne ; et M. le baron n'est sans doute pas seul.

— Permis à vous de donner carrière à votre imagination, monsieur le chevalier.

— Mille pardons si j'ai été indiscret! Mais il faut pourtant que vous ayez ces documents avant votre départ.

Il réfléchit deux ou trois minutes.

— Voici bien une chose qui arrangerait la difficulté, reprit-il, mais j'ai peur de déranger encore vos habitudes...

— Voyons, dit Rodach.

— D'ici à Boulogne, la diligence va plus vite que la malle-poste.

— Je vais arrêter ma place en sortant d'ici.

— Si vous n'y voyiez pas d'empêchement, j'aurais l'honneur de vous conduire jusqu'aux Messageries et nous causerions en chemin.

Tout en parlant, Reinhold se faisait le même raisonnement qu'Abel de Geldberg, et il se disait, lui aussi :

— Comme cela, je serai bien sûr de mon homme et tout faux-bond sera impossible.

Mais Rodach n'avait nulle envie de se soustraire à cette épreuve.

BIBLIOTHÈQUE NATIONALE R.F.

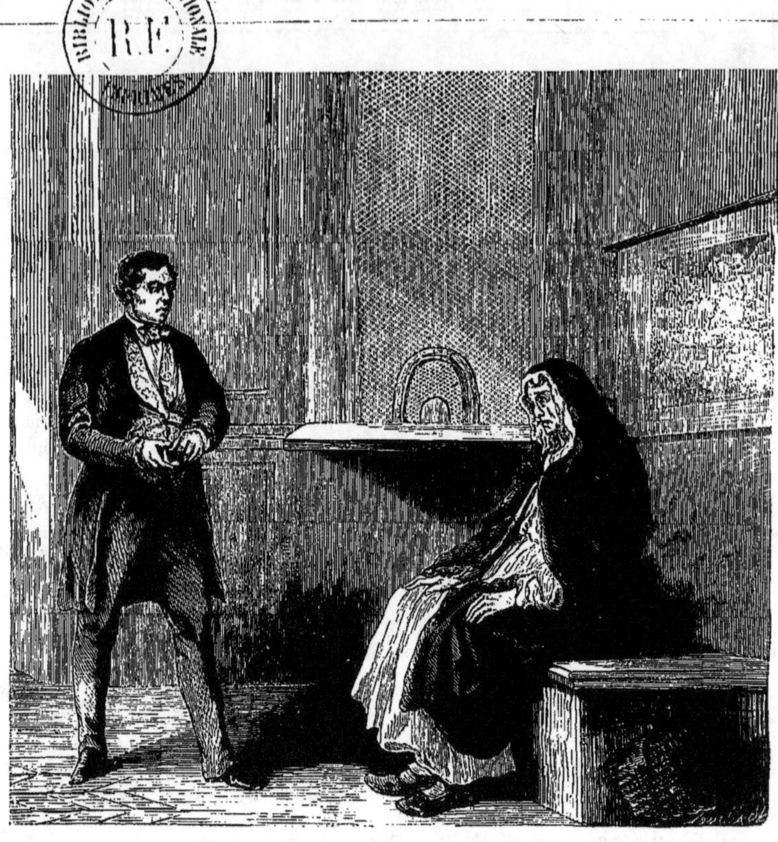

La vieille marchande ne détachait point de lui ses yeux. (Page 311, col. 2.)

— Cela m'arrange parfaitement, répondit-il ; je serai chez vous demain de bonne heure, et nous partirons ensemble. Maintenant, je vous laisse à vos affaires, monsieur le chevalier, et je vous souhaite bonne chance.

Il se dirigea vers la porte ; Reinhold, afin de lui faire les honneurs de la maison, le suivit en continuant la conversation commencée, et voulut l'accompagner jusque dans la cour.

Ils descendirent ensemble l'escalier principal et traversèrent les bureaux, où les employés étaient en train de plier bagage.

Dans l'antichambre, il n'y avait plus qu'une seule personne assise sur les banquettes de maroquin vert.

Klaus continuait de s'y promener de long en large, avec son grave habit noir.

La personne qui attendait encore, à cette heure avancée, se tenait dans le coin le plus reculé de la pièce ; c'était la pauvre mère Regnault, qui restait là depuis plus de trois heures, immobile, silencieuse, et tâchant de se faire oublier, avec cette timidité d'instinct qui est l'apanage de la misère.

Au moment où Rodach et le chevalier passaient le seuil des bureaux, Klaus venait de répéter à la mère Regnault, pour la vingtième fois peut-être, qu'elle n'avait nulle chance de voir le chevalier.

La vieille femme ne répondait point, et demeurait comme affaissée sous son désespoir.

Klaus commençait à croire qu'elle avait l'intention de coucher dans l'antichambre.

La pauvre femme avait vu bien souvent, durant sa longue attente, la porte des bureaux s'ouvrir et des figures étrangères apparaître sur le seuil. A chaque nouvelle épreuve, elle se disait : Si la première personne qui sort n'est pas lui, je m'en irai.

La première personne qui sortait passait sans lui accorder un regard ; ce n'était pas M. le chevalier de Reinhold ; et pourtant la pauvre mère Regnault restait toujours.

Il lui semblait qu'en quittant cette maison, elle laissait sa dernière espérance. Au dehors la honte inévitable l'attendait ; puis c'était l'agonie entre les murs d'une prison !

Cette fois encore, quand la porte s'ouvrit, elle releva vivement ses yeux fatigués de pleurer, elle crut rêver ; tout ce qui lui restait de sang vint rougir sa joue ; elle se dressa sur ses jambes chancelantes, et un cri de joie s'étouffa dans sa poitrine.

Reinhold et M. de Rodach tournèrent à la fois leurs regards vers le coin d'où partait le cri. Ils virent la vieille femme qui tendait en avant ses bras tremblotants, et qui semblait affolée.

La figure du chevalier devint toute blême. Il s'arrêta court, comme s'il eût été près de marcher sur un serpent.

Rodach avait reconnu d'abord la vieille femme pour sa compagne d'attente. C'était tout. Mais lorsqu'il reporta ses yeux vers le chevalier, le trouble de ce dernier ne put lui échapper.

Qui pouvait causer ce trouble subit, sinon la pauvre femme? Rodach l'examina de nouveau et plus attentivement.

Il remarqua sa pose suppliante et l'émotion profonde qui était sur ses traits flétris. Ce visage éveilla vaguement ses souvenirs.

Il ne pouvait point encore lui donner un nom, mais un travail confus se faisait en sa mémoire ; il se rappelait, il était sûr d'avoir vu la vieille femme quelque part.

Celle-ci contemplait le chevalier avec des yeux humides.

Le chevalier ne bougeait pas ; il clouait ses regards au sol, comme si la tête de Méduse eût été devant lui.

Le regard de Rodach allait du chevalier à la bonne femme, et de la bonne femme au chevalier. Une idée était au seuil de son esprit, mais il ne comprenait point encore.

Klaus s'était arrêté à l'autre bout de l'antichambre. Il faisait des efforts inutiles pour garder cet air impassible et grave qu'il revêtait d'ordinaire en même temps que son bel habit noir. Il regardait de loin cette scène muette avec de gros yeux effarés, et se demandait ce qu'il pouvait y avoir de commun entre M. le chevalier de Reinhold, si fier, si riche, si insolent, et cette malheureuse vieille, qui osait à peine, naguère, lui adresser la parole, à lui, Klaus.

Madame Regnault, pour lui, ne valait guère mieux qu'une mendiante, avec son air humble et ses vêtements usés jusqu'à la corde. Comment expliquer l'effet étrange que produisait sa vue sur l'un des associés de la puissante maison de Geldberg?

Car il n'y avait pas à s'y tromper, il ne restait là que la vieille femme et lui, Klaus ; c'était bien elle qui pétrifiait ainsi M. le chevalier de Reinhold.

Comme de raison, Klaus avait beau s'interroger, son esprit ne lui faisait aucune réponse. C'était là, pour lui, un mystère inexplicable ; il restait planté comme un mai, les bras tombants et les yeux hors de la tête.

A mesure que ce silence et cette immobilité se prolongeaient, le malaise de M. de Reinhold devenait plus visible. Ses lèvres pâlies s'agitaient en de légers tressaillements, son front sillonné de rides soudaines prenait tour à tour des tons blafards et pourpres.

La vieille femme s'appuyait d'une main à la muraille, et contenait de l'autre sa poitrine soulevée : elle était trop faible contre les émotions navrantes qui lui emplissaient le cœur; le poids de son corps faisait fléchir ses genoux, et des larmes coulaient le long des sillons de sa joue.

Ses lèvres s'entr'ouvrirent enfin. Elle murmura un nom d'une voix plaintive et brisée.

M. le baron de Rodach dressa l'oreille à ce nom, qui éclaira son esprit tout à coup.

Le chevalier voulut faire semblant de ne l'avoir point entendu, mais sa détresse augmenta, et quelques gouttes de sueur percèrent sous sa fausse chevelure.

La vieille femme se soutint encore durant une seconde, puis sa poitrine rendit un sanglot déchirant. Elle chancela et se laissa choir comme une masse inerte sur la banquette.

Rodach s'élança pour la secourir. Durant une minute entière, il la tint entre ses bras.

Reinhold ne bougeait point.

Quand la vieille femme eut repris un peu de force, Rodach se pencha à son oreille.

— Vous êtes madame Regnault? dit-il tout bas.

Elle fit un signe affirmatif.

— Pauvre mère! murmura le baron, dont le regard s'émut de pitié.

— Monsieur le chevalier, reprit-il à voix haute en regagnant le milieu de l'antichambre je ne permettrai pas que vous me conduisiez plus loin. Voici une pauvre dame qui voudrait vous parler en particulier. Je vous laisse avec elle.

La paupière de Reinhold se souleva pour lancer au baron un coup d'œil incisif et perçant.

Il semblait chercher un sens détourné aux paroles de M. de Rodach; mais le visage de celui-ci était ce que nous l'avons vu depuis son entrée à l'hôtel, sérieux et calme.

— Je connais cette bonne dame, poursuivit-il en saluant pour prendre congé; c'est une marchande du Temple, nommée madame Regnault. Elle est malheureuse plus que je ne puis vous le dire, et si ma recommandation vaut quelque chose auprès de vous, je vous prie instamment, monsieur le chevalier, de ne point la repousser sans l'entendre.

— Certes, monsieur le baron... balbutia Reinhold qui ne savait plus ce qu'il disait.

Le baron était déjà auprès de la porte de sortie.

Il fit un léger signe de tête à Klaus et disparut.

Une fois dans le couloir qui formait comme une antichambre, il demeura un instant pensif et prêtant l'oreille à ce qui se passait derrière lui.

Sa tête s'était relevée plus hautaine; il fronçait les sourcils, et les lignes de sa bouche fière exprimaient un indicible dédain.

Le silence régnait dans la chambre qu'il venait de quitter. Il attendit un instant encore, puis il mit la main sur le bouton d'une porte qui se trouvait auprès de lui.

Cette porte n'était pas celle qui donnait sur le vestibule. Le baron, distrait et préoccupé, ne s'aperçut point qu'au lieu de sortir de la maison il entrait dans une chambre inconnue.

Il crut que le vestibule était au bout de cette pièce, et la traversa, sans même jeter un regard aux objets qui l'entouraient.

Une seconde porte se présenta, il l'ouvrit encore, et s'engagea dans un corridor de peu d'étendue qui devait, selon lui, communiquer avec la cour.

Ce corridor, dont le carreau disparaissait sous un tapis épais, le mena tout droit à un vitrage, recouvert intérieurement par des rideaux de soie.

Derrière ce vitrage, il entendit deux voix de femmes qui s'entretenaient.

Et parmi les paroles échangées entre les deux femmes, il crut entendre son nom prononcé plusieurs fois.

V

PAUVRE MÈRE

Le chevalier de Reinhold resta immobile et comme abasourdi après le départ de Rodach. Les dernières paroles prononcées par le baron avaient mis le comble à son malaise. Rodach avait dit : Je connais cette femme.

Quelques heures seulement s'étaient passées depuis qu'il était entré dans la maison de Geldberg; on l'avait vu sortir de terre, pour ainsi dire, et déjà il exerçait sur les trois associés une autorité presque absolue.

Il savait tout : les événements d'hier comme les choses dès longtemps passées. Il avait exhumé des secrets enfouis depuis vingt ans.

Mais, entre toutes les lacunes que M. le chevalier de Rheinhold aurait voulu laisser dans l'histoire de sa vie, il en était une qui lui tenait principalement au cœur... Il eût donné bien de l'argent, et même quelques-uns de ses autres secrets, pour cacher certain mystère qui avait trait à la pauvre femme affaissée là, sous le poids de la douleur, dans un coin de son antichambre.

Sa confession générale aurait été longue et chargée. Dans le récit de ses actions, depuis les jours de sa jeunesse, il y avait assez de honte pour faire rougir un front d'airain; mais aucun aveu n'eût égalé pour lui, en amertume, l'aveu de sa basse origine.

Ce qui le préoccupait n'était point la pensée d'une faute ou d'un crime ; il n'y avait dans son angoisse ni remords ni pudeur ; au fond de son âme sourde, ce qui se révoltait, c'était un orgueil puéril, et il ne souffrait que de sa vanité blessée.

Mais il souffrait cruellement, et, pour la première fois depuis bien des années, il sentait son cœur battre au-dedans de sa poitrine.

Le baron, cet homme qui semblait doué de seconde vue, avait-il deviné le suprême mystère de sa conscience?

Il restait là embarrassé, irrésolu, n'ayant pas le courage de faire face à la situation, et n'osant point s'enfuir.

Klaus sentait vaguement le péril de sa position de témoin dans cette circonstance, fâcheuse pour son maître; il détournait la tête d'un air effrayé ; il aurait donné un bon mois de gages pour se trouver tout à coup transporté, par magie, à l'autre bout de Paris.

La vieille marchande du Temple ne voyait rien de tout cela. Elle attachait sur le chevalier de Reinhold un regard où se lisaient à la fois une tendresse sans bornes et une poignante douleur.

Elle s'était aperçue de l'absence du baron, en ce sens seulement qu'elle s'était dit, la pauvre vieille :

— Maintenant que le voilà seul, peut-être qu'il va venir à moi.

Et, tout au fond de son cœur navré, un peu d'espoir s'était ranimé, un espoir bien faible. Mais les voyageurs ont dit les délices d'une goutte d'eau sur leurs gosiers éprouvés par la longue soif du désert.

Pour ceux qui ont souffert longtemps, l'espérance agit à petites doses. Le malheureux, habitué à la nuit de son cachot, prend les lueurs pâles du crépuscule pour le brillant soleil.

Elle attendit longtemps. Durant ces minutes de silence, un monde de souvenirs s'éveillait dans son âme.

Elle se voyait jeune et forte, conduisant par la main un blond enfant qui souriait.

L'enfant était espiègle et semblait attiré vers le mal ; mais quelle mère croit à ces pronostics funestes?

Elle voyait l'enfant grandir et dominer ses camarades dans les parties bruyantes qui se jouaient sur la place de la Rotonde ; elle le voyait partir un jour pour le collége ; et comme elle était fière ! c'était le premier Regnault qui mettait le pied au collége !

Dans les échoppes voisines de la sienne, que ne disait-on pas? Le petit Jacques en savait déjà trop long, et point n'était besoin de lui en apprendre davantage ; mais la jalousie fait parler.

Mon Dieu ! comme elle se riait en ce temps des méchantes prédictions de l'envie! L'enfant se corrigera, répétait-elle ; celui qui est trop sage à douze ans devient benêt à vingt et imbécile à trente; il faut qu'enfance se passe.

Enfance se passa. Jacques devenait joli garçon; il frisait ses cheveux et serrait sa taille tant qu'il pouvait : c'était le lion du Temple. Au collége, il n'avait pas appris grand'chose, mais il avait fait la connaissance de quelques camarades plus riches que lui, et le père Regnault trouvait déjà de temps en temps de petits déficits dans son comptoir.

Les mauvais jours arrivaient. La pauvre mère voyait le jeune homme indocile rentrer dans la demeure paternelle après l'orgie, et opposer l'insolence railleuse aux reproches du vieux Regnault, qui l'aimait tant!

Elle croyait entendre encore les condoléances triomphantes de ses voisines, qui lui disaient : « Ce n'est pas faute d'avoir été avertie, maman Regnault ! Nous vous avions bien dit que vous auriez du chagrin avec ce garnement-là ! »

Que tous ces souvenirs étaient vifs au fond de sa mémoire !

Puis venait la première blesssure portée par le mauvais fils au cœur de sa mère ; la fuite de Jacques avec tout l'argent de la maison ; la maladie et la mort de Regnault le père, et, depuis lors, le malheur, le malheur toujours !

Et cet enfant qui l'avait si cruellement blessée, cet enfant qui avait été pour elle et pour sa famille une malédiction vivante, elle le revoyait après plus de vingt ans écoulés !

Vingt ans de misère! vingt ans de détresse qui étaient son ouvrage !

Et son pauvre cœur de mère s'élançait vers lui ardemment ; elle l'aimait autant, elle l'aimait plus qu'au jour lointain où elle était heureuse.

L'enfant s'était fait homme et presque vieillard ; nul autre œil que celui de sa mère n'aurait pu le reconnaître ; mais, au travers du présent, les mères voient le passé.

Sous cette taille épaisse et ramassée, la vieille femme apercevait l'adolescent svelte dont elle avait suivi tant de fois du regard la marche vive en souriant. Derrière les rides de ce visage, elle retrouvait des joues de dix-huit ans, vermeilles et potelées.

C'était son Jacques, son fils préféré, le plus cher de tous ses amours.

Elle songeait ainsi. Son âme s'éveillait rajeunie ; la longue misère lui semblait un rêve douloureux et menteur.

Au bout de quelques minutes, la réalité disparut pour elle ; une illusion chère la plongea dans une sorte d'extase.

Ses mains se joignirent ; ses yeux se noyèrent; sans savoir, elle murmura bien doucement :

— Jacques ! Jacques, mon pauvre enfant !

C'était la première parole qu'elle prononçait. Le chevalier tressaillit, comme on fait au choc soudain d'une décharge électrique.

Son regard erra, craintif et cauteleux, tout autour de l'antichambre, et se fixa sur Klaus, qui faisait mine de ne rien entendre et de ne rien voir.

— Allez-vous-en ! dit-il d'une voix étouffée.

Il parlait si bas que Klaus ne comprit point.

Sa face livide devint pourpre.

— M'entendez-vous? s'écria-t-il en fermant les poings avec rage; allez-vous-en! allez-vous-en!

Klaus, épouvanté, s'enfuit, sans oser regarder en arrière.

Le chevalier, comme s'il n'eût attendu que cet instant, se dirigea d'un pas pénible vers la porte des bureaux; mais il ne put arriver jusque-là, et il fut obligé de s'asseoir sur la banquette.

Ses sourcils étaient froncés, et la colère, impuissante, contractait sa lèvre. Comme si ses paupières baissées n'eussent point été un bandeau suffisant pour sa vue, il mit sa main au-devant de ses yeux.

La mère Regnault était bien vieille. L'âge et la misère s'étaient réunis pour affaiblir ses facultés. L'émotion trop forte la plongeait en une sorte de délire tranquille et doux.

Elle eut ce regard inquiet des mères qui surprennent chez un fils aimé le premier symptôme de souffrance. Autour de sa lèvre décolorée, un sourire attendri vint errer.

— Pauvre Jacques! murmura-t-elle encore.

Et l'illusion faisant revivre des souvenirs de vingt-cinq ans, elle ne vit plus M. le chevalier de Reinhold, mais bien l'enfant du Temple, qui cachait son visage entre ses mains, et qu'il fallait consoler.

Elle se leva sans bruit. Ses jambes brisées tremblaient, mais elle ne s'en apercevait point.

Elle se glissa, en s'appuyant à la muraille, tout le long de la banquette, et parvint jusqu'au chevalier.

Celui-ci fouillait sa cervelle troublée, et cherchait un expédient pour mettre fin à cette situation qui l'écrasait. Il ne trouvait rien.

Sa préoccupation l'empêcha d'entendre le pas lent de la vieille femme, qui s'assit sur la banquette à quelques pas de lui.

Elle le contemplait avidement, et s'approchait de lui d'un mouvement insensible, comme si une main que l'on ne voyait point l'eût attirée en avant.

Quand elle fut tout près de lui, ses mains s'élevèrent et s'ouvrirent pour le toucher; mais elle n'osait pas encore.

Durant deux ou trois secondes, elle demeura ainsi, les doigts étendus à deux pouces de l'épaule de Reinhold, immobile, muette et retenant son souffle.

Au bout de ce temps, sa poitrine amaigrie souleva brusquement l'étoffe usée de sa robe. Ses yeux s'emplirent de larmes.

— Jacques, dit-elle; tu souffres, mon petit Jacques!

Reinhold se recula épouvanté.

Ses yeux grands ouverts exprimaient de l'horreur et comme de la folie.

— Il y a bien longtemps que je ne t'ai vu de si près! reprit la mère Regnault; mais tu aurais pu changer davantage encore, je t'aurais toujours reconnu. Mon Jacques! mon enfant chéri! si tu pouvais savoir comme je t'aime!

Reinhold la regardait, ébloui, fasciné: mais il ne répondait point.

La vieille femme passa le revers de sa main sur son front.

— Je ne sais plus pourquoi je suis venue, murmura-t-elle en se parlant à elle-même. Oh! Jacques, que Dieu est bon, puisqu'il m'a permis de te revoir! d'être là tout près de toi! de te parler, mon fils, comme au temps où tu m'appelais ta mère!

Elle regardait toujours M. de Reinhold, mais on eût dit qu'elle ne le voyait point tel qu'il était là devant elle ; il y avait comme un voile menteur entre elle et la réalité. L'effroi dénaturé du chevalier, sa répugnance et cette angoisse qui mettait du livide à sa joue échappaient à la pauvre femme, ou du moins la fièvre de son émotion transformait tout cela pour elle.

Ce qu'elle voyait, ce n'était point le présent triste, la vérité cruelle, mais bien ses anciens espoirs qui prenaient une forme, et ses souvenirs rappelés.

— Jacques, reprit-elle, je suis venue bien des fois jusqu'à la porte de ta maison. Je cherchais dans la grande cour où il y avait des équipages, attelés de leurs brillants chevaux. Tout cela est-il à toi, mon fils? Je regardais aux fenêtres où il y a tant de tulles brodés, de velours et de soie! Chez nous, Jacques, dans la chambre où tu es né, il n'y a jamais eu ni soie ni velours; mais, autrefois, tu dois t'en souvenir, nos carreaux se cachaient sous de la percale bien blanche. La percale s'est usée, mon pauvre enfant, et la serpillière que j'ai mise à sa place a maintenant trop de trous pour cacher le vide de notre demeure. Je me disais toujours : Si Jacques savait cela, il viendrait dans la maison de son père pleurer avec nous et nous secourir. Mais je n'osais pas entrer ici; j'avais peur de te faire honte. Quand je regardais les beaux habits de tes domestiques, je perdais mon courage, et je me trouvais trop pauvre pour les aborder.

Reinhold poussa un gros soupir ; il était à la torture.

— D'autres fois, poursuivit la vieille femme, j'allais t'attendre dans la rue. Je sais les endroits où tu passes, et bien souvent ton regard distrait est tombé sur moi, qui me cachais, honteuse, dans la foule. Il me semblait toujours que tu allais me reconnaître. Et mon cœur battait; mes yeux, qui ont tant pleuré, retrouvaient des larmes!

Elle souriait comme font les gens heureux en racontant les douleurs passées; il semblait que sa souffrance était finie, et qu'elle trouvait du bonheur à évoquer les souvenirs de sa détresse.

L'expression du visage de Reinhold changeait lentement; son trouble s'en allait pour faire place à l'impatience et à la colère.

Ses lèvres serrées n'avaient pas laissé tomber encore une seule parole.

La vieille marchande du Temple ne détachait point de lui ses yeux, et ses yeux voyaient peut-être un fils aimant, que l'émotion et le repentir faisaient silencieux!

Il y avait trente ans qu'elle souffrait. Ses facultés, affaiblies et comme mortes, renaissaient en une sorte de folie douce. Elle rêvait éveillée.

Pendant trente ans, ses nuits sans sommeil avaient eu cette vision heureuse qui séchait ses larmes et lui rendait le paradis au milieu de son martyre.

Pendant trente ans, son insomnie malade lui avait montré son fils, son fils à qui étaient toutes ses pensées. Elle avait tant prié Dieu! Dieu lui devait cette joie implorée. Elle se croyait heureuse.

Mais, au milieu de son prétendu bonheur, une idée sombre vint à passer. Son front se rembrunit et ses yeux se baissèrent.

— Oh! Jacques! dit-elle encore d'une voix assourdie, que de jours dans trente ans! Et pas un seul jour je n'ai omis de prononcer ton nom dans ma prière. Tu nous as fait bien du mal, enfant; mais ton père t'a pardonné sur son lit de mort, et je t'avais pardonné avant ton père. Tes frères, tes sœurs, tout ce que nous aimions s'en est allé. Le nom de Regnault est écrit sur bien des croix au cimetière! Mais si tu n'es pas revenu nous plaindre et nous soulager, mon pauvre fils, ce n'est pas mauvais cœur. Oh! non! c'est que tu ne savais pas!

Reinhold détourna la tête, et prit cet air

de résignation qui montre le dépit à son comble.

— Non, non! murmura la mère Regnault dont le front devenait de plus en plus triste; ce n'est pas cela qui m'a fait le plus de mal. Il y a beaucoup d'Allemands dans le Temple, et je savais que tu avais habité l'Allemagne. Je passais mes jours à m'informer, à demander, à chercher. Et si tu savais tout ce que l'on m'apprenait, mon pauvre enfant!

Le chevalier dressa l'oreille et son regard devint attentif. Depuis quelques minutes, sa cervelle travaillait pour trouver un moyen de retraite. Nous ne pouvons pas dire que la présence de sa mère le laissât libre de toute émotion, mais son émotion, s'il en avait, se rapportait à lui-même, et le tableau des misères de sa famille le mortifiait sans l'attendrir.

Il n'avait pas de cœur. Ce qui, pour d'autres, eût été un atroce supplice, n'était pour lui qu'un châtiment vulgaire, une tuile, comme on dit, qui lui tombait sur la tête, mais qui l'écrasait en tombant.

La torture se rapetissait en arrivant jusqu'à lui; le fer rouge se changeait en une poignée de verges; on l'attachait à la roue, et il souffrait tout au plus comme si on lui eût donné le fouet!

Mais il craignait, et il voulait sortir d'embarras à tout prix.

Les dernières paroles de madame Regnault firent trêve au travail de son imagination; il écouta.

— Je crus longtemps que c'étaient des calomnies, reprit la vieille femme, et je le crois encore, maintenant que je te revois, mon fils. Les gens qui venaient d'Allemagne me disaient que tu avais gagné la fortune par des moyens criminels! Mon Dieu! que de fois je vous ai offert ma vie pour expier les fautes de mon enfant! Ils me disaient que tu avais fait partie d'une association meurtrière, et que l'or t'avait coûté du sang!

La paupière du chevalier tremblait.

Il haussa les épaules.

— Ce n'est pas vrai, n'est-ce pas? s'écria la marchande du Temple dans un élan de tendresse passionnée; tu n'as pas souillé le nom de ton pauvre père, tu n'as jamais volé que nous!

Cette parole si poignante n'était pas même un reproche dans la bouche de la mère Regnault, car elle reprit aussitôt après :

— Nous, mon fils, tu pouvais tout nous prendre, puisque tout ce que nous avions était à toi. Ils ont menti, ceux qui t'accusaient, et je regrette les larmes que j'ai versées! Ne sais-je pas bien qu'ils ont toujours été jaloux de toi! tu étais le plus beau! Ils ne pouvaient pas te pardonner cela, mon pauvre Jacques, et ils venaient me dire que tu étais un méchant!

Elle se tut; sa rêverie avait tourné. Au lieu des accusations homicides dont elle avait parlé d'abord, elle songeait maintenant aux plaintes qu'on lui faisait de son fils enfant, dans le marché du Temple.

Reinhold attendait qu'elle s'expliquât davantage, pour savoir au juste ce qu'il devait craindre.

Mais le cerveau affaibli de la vieille femme ne savait point suivre une idée.

Reinhold se reprit à songer au moyen de l'éconduire.

En ces sortes d'occurrences, il n'y a réellement qu'un moyen, et l'imagination la plus fertile n'en pourrait point trouver d'autre. Mais, si misérable et si vicié que fût le cœur de Reinhold, il hésitait avant de descendre à cette infamie, et il cherchait.

Depuis que ses yeux s'étaient levés tout à l'heure sur la vieille femme pour la com-

Mais, une fois dans la rue, elle tomba épuisée sur une des bornes de la porte de l'hôtel. (Page 315, col. 2.)

prendre mieux et tâcher de savoir, quelque chose avait remué au dedans de lui; il avait senti tressaillir, bien faiblement, hélas! tout au fond de son âme, une fibre inconnue.

Cette pauvre femme, aux traits flétris par la douleur, c'était sa mère. Il n'avait peut-être pas songé à elle deux fois en sa vie; mais, si perdu que vous supposiez un homme, il ne reverra jamais impunément ce front de mère qui se pencha au-dessus de son berceau, ce visage ami qui vit son premier sourire, ce regard tendre qui répondit à son premier regard.

Reinhold sentit comme un vague souvenir de son enfance; sa nature glacée s'attiédit. Il prononça au dedans de lui-même ce nom de mère dont l'homme se souvient, alors même qu'il a oublié le nom de Dieu.

La pensée lui vint de faire quelque chose pour cette malheureuse femme dont il avait rendu la vieillesse si douloureuse. Qu'était une poignée d'or de plus ou de moins? Reinhold était si extraordinairement amendé à cette heure, qu'il eût jeté volontiers une vingtaine de louis à sa mère!

Si sa mère avait voulu s'éloigner bien vite et lui promettre de ne jamais revenir!

Mais cet attendrissement insolite dura

peu. Cette pensée mourut en naissant, et, quelques minutes après, Reinhold se fût sincèrement étonné de l'avoir conçue.

La vieille marchande, cependant, sentait ses idées vaciller dans son cerveau, et tâchait laborieusement à ressaisir le fil égaré de son discours.

— C'est cela! murmurait-elle croyant peut-être que Reinhold l'avait interrogée comme un fils doit le faire, c'est cela, mon enfant : j'en étais à te dire que tes valets me faisaient peur, et que je n'avais jamais osé, jusqu'à présent, franchir le seuil de ton hôtel. Mais pourquoi donc ai-je pris le courage de venir jusqu'à toi après avoir si longtemps hésité? Mon Dieu! je suis bien vieille et il fait nuit dans ma mémoire! je savais cela tout à l'heure, et voilà que je l'ai oublié!

Ses regards errèrent un instant au plafond, puis sa face ranimée devint d'une pâleur mortelle.

— Jacques! oh! Jacques! dit-elle tout à coup comme on crie miséricorde; voilà que je me souviens, mon fils! Ils veulent me mettre en prison, et la prison me tuerait. C'est pour te demander la vie que je suis venue!

Pas un muscle ne bougea sur la figure de Reinhold.

La vieille femme se glissa le long de la banquette, afin de s'approcher de lui encore. Elle avait les yeux pleins de larmes, mais elle souriait, tant son illusion obstinée lui laissait d'espoir.

VI

DEUX SŒURS

Reinhold s'était reculé tant qu'il avait pu, et il était adossé à la muraille, dans un coin de l'antichambre.

Le jour commençait à devenir plus sombre, et l'obscurité croissante aidait à l'illusion de la mère Regnault. Mais cette illusion n'avait pas besoin d'aide; en plein midi, elle eût été aussi forte qu'à présent.

En ce moment, Reinhold, poussé jusqu'en ses derniers retranchements, aurait eu bonne envie de produire cette secousse qui devait amener le réveil; mais il avait désormais gardé si longtemps le silence, qu'il hésitait à prendre la parole.

Il avait bonne volonté de mal faire; mais, en face de cette situation, comme ailleurs, il était lâche.

— Hélas! je suis si vieille, reprit madame Regnault; Jacques, c'est pour te prier que je suis venue; mais Dieu m'est témoin que ce n'est pas pour moi seulement que je veux te prier. Toutes tes sœurs et tous tes frères sont morts. Il ne reste plus avec moi que Victoire, la femme de mon bon Joseph, avec ses deux enfants. Oh! Jacques, ils n'ont pas de pain; mon malheur est trop pesant pour eux. Mon fils, sois leur sauveur, et je mourrai bien heureuse!

Elle s'était avancée peu à peu jusqu'à toucher Reinhold.

— Écoute, reprit-elle avec un sourire, maintenant que j'y pense, je n'ai plus peur, car c'est toi qui me poursuivais sans le savoir, mon pauvre Jacques. Ton homme d'affaires Johann, qui ne peut pas savoir que je suis ta mère, n'a pas eu de pitié.

C'est aujourd'hui que les recors vont venir me prendre pour me conduire en prison. Jacques, mon bon fils! tu n'auras qu'un mot à dire. Et quelle joie, mon Dieu! de te devoir mes derniers jours de repos!

Le chevalier se collait toujours à la muraille.

En ce moment d'émotion profonde, la

vieille femme ouvrit ses bras et voulut le presser contre son cœur.

Jacques Regnault se dressa sur ses pieds, froid comme un bloc de pierre.

Il échappa aux étreintes de sa mère, et se tint debout à quelques pas d'elle.

— Madame, dit-il à voix basse, mais sans trouble apparent, je ne sais ce que vous voulez dire, et je ne vous connais pas.

La mère Regnault ne comprit pas tout de suite le sens de ces paroles, tant la chimère de son esprit la dominait puissamment!

— Sa voix! murmura-t-elle en joignant les mains; tu ne m'avais pas encore parlé, Jacques! Oh! comme mon cœur bat, et que je reconnais bien ta voix!

Reinhold frappa du pied. Le sentiment de son infamie était en lui, malgré la profondeur de sa chute, et cela lui donnait de la rage.

— Je vous dis que je ne vous connais pas! s'écria-t-il avec emportement. M'entendez-vous bien? je suis le chevalier de Reinhold, natif de Vienne. Tout ce que vous venez de dire est folie ou imposture.

La vieille femme demeura muette, durant quelques secondes. Elle faisait effort pour rester aveuglée et ne point comprendre, mais son angoisse fut plus forte que sa volonté.

— Folie! répéta-t-elle lentement. Imposture! mon Dieu! mon Dieu! c'était vous qui m'aviez inspiré cette crainte! et je ne vous ai pas entendu! Imposture! imposture! Mon fils a renié sa mère mourante qui venait lui demander la vie!!!

Le chevalier se sentit un frisson par tout le corps. C'était comme une malédiction mystérieuse qui passait en lui; mais il demeura froid et obstiné dans sa cruauté lâche.

Madame Regnault tremblait et chancelait; sa poitrine oppressée rendait des plaintes déchirantes.

Et pourtant elle espérait encore.

Elle se laissa tomber sur ses genoux.

— Écoutez-moi, dit-elle d'une voix qu'on entendait à peine; si vous vous repentez, Dieu vous pardonnera. Jacques, mon fils, ayez pitié de vous-même!

Comme Reinhold ne répondait point, elle se traîna vers lui, sur ses genoux, en sanglotant.

A mesure qu'elle s'avançait ainsi, Reinhold se reculait; en se reculant, il atteignit la porte des bureaux.

Il mit la main sur le bouton; il fut une seconde avant d'ouvrir.

— Mon fils! mon fils! murmura la pauvre mère en un suprême gémissement, mon fils!

Reinhold avait les sourcils froncés, et tous ses traits se retiraient convulsivement. Y avait-il un combat au dedans de son âme? Au bout d'une seconde, un sourire impitoyable vint à sa lèvre.

— Je ne vous connais pas! dit-il pour la troisième fois.

Et la porte, ouverte avec violence, retomba sur lui.

La mère Regnault était seule.

Elle se releva toute droite et gagna la porte opposée d'un pas ferme.

Elle traversa sans chanceler la première antichambre et la cour.

Mais, une fois dans la rue, cette vigueur factice s'évanouit tout à coup: elle tomba, brisée, sur une des bornes plantées en terre à la porte de l'hôtel.

Sa bouche s'ouvrit; ce ne fut point pour maudire.

— Mon Dieu! murmura-t-elle avec ce qui lui restait d'ardeur, punissez-moi et prenez pitié de lui!...

Il y avait à l'hôtel de Geldberg un vaste et beau jardin, dont le mur d'enceinte longeait la rue d'Astorg et l'étroit passage menant à la rue d'Anjou. Le troisième côté de l'enclos confinait à d'autres jardins.

Le long du mur côtoyant la rue d'Astorg, il y avait une serre magnifique, attenant d'un côté à ce kiosque, dont nous avons parlé plus haut, et qui avait servi jadis à cacher les fautes mignonnes d'une jolie duchesse. De l'autre côté, la serre rejoignait la maison, ou du moins l'un des deux pavillons en retour qui flanquaient l'arrière-façade.

Le rez-de-chaussée de ce pavillon servait de boudoir à Lia de Geldberg, la plus jeune des trois sœurs, qui avait pour promenade, dans les jours froids de l'hiver, la serre tiède, toute pleine des belles fleurs qu'elle aimait.

Le rez-de-chaussée du second pavillon formait un charmant petit salon, où les deux filles aînées du vieux Moïse se tenaient d'ordinaire, lorsqu'elles étaient à l'hôtel. Les associés de Geldberg, M. de Laurens et le vieux juif lui-même, venaient les y rejoindre quelques minutes avant le dîner, et c'était de là qu'on partait pour se rendre à table.

M. et madame de Laurens, la comtesse Esther Lampion, Abel, le docteur et Reinhold faisaient rarement défaut au repas de famille. C'était là une des mille coutumes patriarcales qui donnaient de loin une si vertueuse tournure à la maison de Geldberg.

En face du kiosque d'érotique mémoire qui s'ouvrait sur le passage d'Anjou, un autre kiosque s'élevait pour la symétrie. On ne racontait rien sur celui-ci, et il servait seulement à faire partie carrée avec son camarade et les deux pavillons en retour.

De la maison, il était presque impossible de l'apercevoir, car le jardin de Geldberg n'était point un de ces préaux malheureux, ornés d'un gazon pelé qu'ombragent cinq ou six acacias maigres et que les Parisiens désignent sous le nom d'endroits *délicieux ;* un de ces trous malsains où les lilas viennent jaunes, où les roses s'étiolent, où la vigne malade produit des groseilles vertes, un de ces paradis bourgeois, fertiles en sciatiques, protégés par six étages contre le soleil, où toute chose languit, sauf les fourmis et les araignées.

C'était un vrai jardin, avec de larges pelouses et de grands arbres, qui n'eussent point fait honte à un parc.

Dans le pavillon de droite, madame de Laurens et la comtesse Esther étaient réunies. Esther, en toilette du matin, nonchalamment étendue sur une causeuse, chauffait ses pieds, et levait le bras de temps à autre avec indolence pour respirer le parfum d'un gros bouquet de violettes de Parme. Elle était pâle ; un cercle bleuâtre cernait ses yeux alanguis : le plaisir fou de la nuit avait laissé sur sa beauté des traces visibles. Sara, au contraire, assise à l'autre coin de la cheminée, était aussi fraîche que d'habitude, et semblait avoir donné sa nuit à un tranquille sommeil.

Pour quiconque eût été initié aux joyeux mystères du bal Favart et du café Anglais, ç'aurait été miracle. Les fatigues avaient été les mêmes ; on avait partagé l'orgie ; ces deux femmes s'étaient amusées vaillamment, ne reculant devant aucun effort, et traitant la lassitude du bal par le champagne du déjeuner.

L'une était forte ; sa riche taille unissait la perfection à la vigueur ; ses formes accusaient la jeunesse exubérante ; la santé florissait sur sa joue veloutée. L'autre était frêle ; toute sa personne présentait un modèle exquis de gentillesse gracieuse, mais débile : il semblait qu'un effort dût la briser, un souffle la courber, un excès l'anéantir.

Et c'était la femme forte qui fléchissait. L'autre se montrait plus vive que jamais et plus accorte ; sa taille mignonne n'avait rien perdu de son élasticité ; ses yeux étaient brillants, son teint uni, et sa physionomie exprimait le bien-être le plus complet.

Il y a des natures qui passent au travers du plaisir comme la salamandre parmi les flammes. La jouissance mortelle les vivifie ; elles viennent respirer l'air étouffant de la cohue nocturne, comme le malade humer, dans les jours du printemps, les brises bonnes de la campagne en séve. C'est dans la fièvre même qu'elles se mettent au vert.

Esther était arrivée la première ; on voyait encore auprès d'elle, sur la tablette de la cheminée, le livre commencé qu'elle avait essayé de parcourir.

C'était un roman anglais, une étude de thé et de sandwiches : chose fade qu'on met sur les meubles, et qu'on ne lit pas.

Petite tenait à la main une charmante lorgnette de spectacle qui n'était pas pour elle tout à fait un jouet inutile ; deux ou trois fois déjà, depuis sa venue, elle s'était, en effet, levée pour braquer la jumelle sur les fenêtres du pavillon de gauche, où se tenait sa jeune sœur Lia.

En ce moment, elle avait repris sa place au coin de la cheminée, et c'était elle qui parlait.

— Vous êtes une grande enfant, Esther, disait-elle avec un peu de mépris dans la voix ; vous avez peur de tout, et, avec la bonne envie de jouir de la vie, vous restez dans votre coin comme une nonne !

— Le bal d'hier en est la preuve ! murmura la comtesse en souriant.

Petite haussa les épaules.

— Ne voilà-t-il pas un bel exploit ? s'écria-t-elle ; le bal d'hier ! on dirait que vous avez soulevé une montagne !

— Je ne sais pas ce que j'ai fait, répondit Esther dont la voix se rembrunit légèrement, mais je suis bien sûre d'avoir commis une folie. S'il m'avait reconnue, Sara !

Petite éclata de rire.

— Mon Dieu ! que j'aurai de la peine à vous former, ma sœur ! dit-elle ; vous avez peur de votre ombre, et il vous semble que tous les yeux sont fixés sur vous, dès que vous quittez le coin de votre feu. Vous êtes veuve pourtant, et nul n'a le droit de contrôler vos actions. Que feriez-vous donc, bon Dieu ! si vous étiez à ma place ?

— Cela dépend, reprit la comtesse.

— Assurément. Il est sous-entendu que vous n'aimeriez pas votre mari.

— Si j'épouse Julien, je l'aimerai, ma sœur.

— Quelque temps, je ne dis pas. Mais c'est justement pour cela que vous devriez vous dédommager par avance.

— Me dédommager de quoi, dit Esther, si je dois être heureuse ?

— Hélas ! ma pauvre chère, le bonheur est si ennuyeux ! S'aimer, se le dire, se regarder, bâiller tendrement, avoir toujours devant soi le même visage, ne jamais rien désirer, trouver la félicité à heure fixe. Je ne sais pas, mais il me semble que ces délices me tueraient tout net.

Esther sourit encore.

— Comme tu arranges tout cela, Petite ! dit-elle ; tu n'aimes que le fruit défendu, et tu voudrais, en bonne sœur, le partager avec moi.

— C'est la vérité ! s'écria Petite. Tu es belle, ma pauvre Esther, tu es jeune, et tu t'ennuies ! Je voudrais t'intéresser à la vie, parce que je t'aime. Je voudrais te donner la moitié de mes plaisirs et te faire si heureuse, que tu dirais quelque jour : Merci, Petite ; je ne connaissais rien, c'est toi qui m'as appris la vie.

Sa voix était insinuante comme une caresse, et son regard tentateur avait plus d'éloquence encore que ses paroles.

Esther avait eu bien longtemps cette vertu

négative des natures paresseuses : au fond de l'âme, elle était plutôt bonne que mauvaise; ce qui entraîne d'ordinaire les femmes avait sur elle peu d'empire, parce que son indolence lui était une sauvegarde et une égide. Pourtant le feu de la jeunesse était chez elle, couvert, mais non pas éteint; il y avait, derrière sa nonchalance un peu lourde, une sensualité robuste. Son enveloppe de paresse une fois brisée, la flamme jaillissait; elle se lançait, ardente au plaisir, et se livrait aux voluptés offertes avec une sorte d'emportement.

C'était Petite qui jusqu'alors s'était chargée toujours de briser à propos cette enveloppe d'indolence; tout ce qu'Esther avait fait de mal en sa vie, elle pouvait, à bon droit, le rejeter sur sa sœur.

La propagande est une nécessité de toute âme perdue. Sara, belle et gracieuse pécheresse, voulait inoculer le péché à tout ce qui l'entourait. Elle jouissait à entraîner d'autres âmes dans sa chute; son bonheur était d'étendre autour d'elle sa perversité contagieuse, et de faire des prosélytes à la religion du mal.

Sara était tombée depuis l'enfance. Dès ses premières années, un souffle impur avait flétri son cœur adolescent. On lui avait enseigné à renier Dieu et à railler la voix de sa conscience. Elle était athée comme son maître le docteur Mira; elle était comme lui froidement audacieuse, et, comme lui encore, impitoyable.

Mais elle était femme, et, dans le mal comme dans le bien, la femme sait aller plus loin que l'homme : Petite avait surpassé son maître.

C'était sur ceux que l'on aime d'ordinaire et pour qui l'on se dévoue que s'étendait sa sphère malfaisante. Nous l'avons vue auprès de son mari; nous la voyons auprès d'Esther, sa compagne d'enfance; nous la verrons auprès de Lia, sa jeune sœur, dont l'âme pure et forte avait repoussé son influence empoisonnée.

Elle se jouait de tout. Franz, ce pauvre enfant qu'elle avait rencontré un jour sur son chemin, et qui s'était pris au piége de sa beauté admirable, ne trouvait pas plus grâce auprès d'elle que son mari lui-même. Elle s'était amusée durant quelques semaines à ses soupirs timides, suivis de témérités étourdies; elle avait joué avec cet amour tout neuf, plein d'ignorance ardente et de passion naïve, puis elle s'était assise auprès de l'enfant sans défiance, qui avait le pied sur le bord de l'abîme. La satiété venait; au lieu d'arrêter Franz, elle s'était réjouie.

Elle s'était réjouie, même avant de savoir que Franz avait le secret qui pouvait la perdre!

Et, si le pied de l'enfant n'eût point trébuché assez vite sur le bord du précipice, volontiers sa blanche main eût aidé au meurtre.

Mais maintenant que Franz était au fait de sa vie mystérieuse, maintenant qu'il savait son nom, c'était une guerre déclarée; vivant ou mort, elle le haïssait. Et si, par hasard, l'épée de Verdier ne faisait point son devoir, Franz avait désormais un ennemi mortel, plus acharné que les assassins de Bluthaupt eux-mêmes, et surtout plus dangereux.

Mais à cette heure Petite n'avait garde de penser au pauvre Franz, qu'elle croyait mort, et bien mort.

Elle était de bonne humeur; le souper de la veille, assaisonné à la fois par le danger qui pesait sur son amant et par la position d'Esther vis-à-vis de Julien, lui laissait de jolis souvenirs.

Il y avait bien longtemps qu'elle ne s'était si complétement amusée.

M. de Laurens était d'ailleurs plus mal, et cette nuit, toute de plaisir pour Petite, avait pesé sur lui autant qu'une longue année de souffrance.

Petite était de bonne humeur.

Et rien de ce qui était au dedans d'elle n'apparaissait au dehors. A la voir, vous l'eussiez jugée comme la jugeait le monde, vive, spirituelle et fine, mais pleine de bontés gracieuses. A peine l'auriez-vous soupçonnée d'être coquette ; et encore parlons-nous ici seulement de cette coquetterie décente et choisie, qui est un défaut quelquefois, souvent une vertu, et toujours une parure.

— En fait de dangers, reprit-elle, je ne connais que la peur. Quand on a peur, on est à demi perdu, j'en conviens, mais aussi, pourquoi craindre? Dans notre situation, le soupçon est presque une impossibilité. Qui donc s'aviserait de penser que la comtesse Esther, par exemple...

Elle s'arrêta pour sourire.

— C'est ce qui nous sauve! poursuivit-elle. Représente-toi une grisette fiancée à un ouvrier. L'ouvrier rencontre au bal une pierrette qui lui paraît ressembler à sa promise : à bas le masque aussitôt! ces bonnes gens n'y mettent point de façons; mais voici le vicomte Julien d'Audemer qui se promène avec toi pendant trois heures, qui cause avec toi, qui soupe avec toi...

Esther était toute pâle à ce souvenir.

— Et qui ne te reconnaît pas! s'écria Petite d'un accent de triomphe; ceci, vois-tu bien, vaut une démonstration en règle. Une petite bourgeoise est moins exposée qu'une grisette; la femme d'un notaire est moins exposée qu'une petite bourgeoise; une vraie dame est moins exposée encore que la femme d'un notaire. Mais une grande dame! Une grande dame n'est pas exposée du tout.

— On ne peut pas toujours avoir un masque et un domino... commença Esther.

Petite haussa les épaules.

— Hélas! hélas! dit-elle, quelle raison vous me donnez là, Esther! Un masque et un domino ne cachent point les personnes de peu. Je ne sais pas, pour ma part, de meilleur voile que la prudence, soutenue par une bourse pleine. M'a-t-on découverte jamais, moi qui vous parle?

— Ce petit Franz...

— Il est mort.

— D'autres, peut-être...

— Jamais, ma chère! cela est si vrai, que j'ai été obligée de me vanter auprès de mon mari, pour lui mettre en tête un soupçon dont j'avais besoin.

Esther la regarda d'un air effrayé.

— Pauvre M. de Laurens! murmura-t-elle.

— Plains-le! s'écria Petite en éclatant de rire. Il y a dix ans qu'il est le plus heureux époux de Paris! Ceci est de notoriété publique, et vraiment, s'il avait voulu...

L'accent de Sara changea tout à coup; elle s'interrompit au milieu de sa phrase commencée, et et son regard brillant devint rêveur.

S'il eût été possible de lire sur cette physionomie qui savait prendre tous les masques, on aurait cru deviner en elle un élan muet de sensibilité profonde.

Un nom était sur ses lèvres; elle ne le prononça point.

Parfois, tout au fond des cœurs les plus viciés, un sentiment reste debout, comme ces belles colonnes isolées, qui se dressent parmi les ruines d'un temple, et qui marquent la place où l'on adorait Dieu.

Dans l'âme la plus souillée, il est une place parfois gardée chèrement contre l'infamie.

Un souvenir, un amour resté pur, un dévouement de mère...

Petite n'acheva point sa phrase, et ses sourcils se froncèrent.

— Mais il n'a pas voulu! reprit-elle d'un

ton bref et dur; vous ne pouvez pas savoir, ma sœur, ce qu'il y a entre M. de Laurens et moi.

Son air enjoué lui revint tout à coup.

— Et puis, s'écria-t-elle, qui sait? Vous voulez devenir vicomtesse pour tout de bon; pourquoi n'aurais-je pas l'envie d'être marquise?

— Mon mari est mort, murmura Esther.

— Nous sommes tous mortels, reprit Petite; mais savez-vous, chère sœur, que ce n'est pas là une conversation de lundi gras? Je voulais vous parler plaisir, et voilà que nous mettons des crêpes noirs à notre pensée! Fi donc! Laissons là M. de Laurens et ses grimaces de malade. Je vous ai menée au bal masqué : vous êtes-vous amusée?

— Oh! oui, reprit Esther tout bas.

— Eh bien! je sais quelque chose qui vous amuserait davantage encore. Voulez-vous que je vous mène à ma maison de jeu?

Esther baissa les yeux et ne répondit point. De toutes les impressions, la honte est celle qui s'applique à faux le plus volontiers. Suivant les circonstances, on a pudeur du bien comme du mal. En compagnie d'un voleur émérite, tel esprit faible et grossier rougira de n'avoir jamais rien dérobé. Dans cet immonde pâté de masures qui entoure, à Londres, le quartier des gens de loi, la plus piquante insulte que vous pourriez faire à un pauvre homme serait de l'accuser de n'avoir jamais porté de faux témoignage devant la justice.

Dans nos bagnes, quand les malfaiteurs célèbres trouvent le loisir de raconter leurs hauts faits, vous voyez des forçats inconnus qui s'humilient et qui courbent la tête : ces hommes n'ont pas commis assez de crimes pour avoir le droit de lever le front avec orgueil.

Esther, vis-à-vis de sa sœur, était, à peu de chose près, dans une situation analogue.

On lui proposait de l'associer à une faute; c'était l'idée du refus qui la faisait rougir.

Petite attendit sa réponse pendant une minute, tandis qu'Esther, l'hésitation peinte sur le visage, continuait de tenir ses yeux baissés. Sara la contemplait à la dérobée.

Elle ne répétait point sa question. Sa prunelle brillante et demi-voilée sous ses longs cils noirs lançait des éclairs sournois.

Elle guettait, sûre de sa proie. Un sarcasme victorieux et cruel était parmi les grâces mignardes de son sourire.

Elle se leva brusquement, au bout d'une minute, et se dirigea vers la fenêtre qui regardait l'autre pavillon. Puisque la comtesse hésitait, Sara la voyait vaincue; elle ne voulait point, par trop de hâte, compromettre son triomphe.

Elle se plaça debout devant les carreaux, et braqua sa lorgnette de spectacle sur la fenêtre du pavillon de gauche.

Esther, voyant qu'elle gardait le silence, tourna la tête de son côté avec lenteur.

— Qu'y a-t-il donc de si intéressant dans le jardin, Petite? demanda-t-elle.

Petite semblait absorbée dans sa contemplation.

— Vous êtes encore à espionner Lia? reprit Esther retombant à son insu dans la conversation qu'elle voulait éviter; je parie bien que la pauvre enfant ne songe guère aux folies qui nous occupent.

Madame de Laurens abaissa la lorgnette, et secoua le doigt d'un air sérieux, en montrant la fenêtre de Lia.

— Je parie bien, moi, dit-elle en appuyant sur chacun de ses mots, qu'elle songe à quelque chose de pire!

BIBLIOTHÈQUE NATIONALE R.F. IMPRIMÉS

Lia lisait à travers ses larmes, et son âme était pleine de terreur. (Page 323, col. 1.)

VII

UNE LARME ET UN SOURIRE

Dans les dernières paroles de madame de Laurens, il y avait comme une accusation formelle contre sa plus jeune sœur. Esther l'interrogea d'un regard étonné, puis, voyant que Petite gardait le silence, elle se leva à son tour, et vint vers la fenêtre.

En ce moment, la curiosité l'emportait chez elle sur la paresse.

— Qu'avez-vous donc vu? lui demanda-t-elle.

— Rien de nouveau, répliqua Sara; le cher petit ange lit des lettres d'amour, voilà tout!

Elle tendit sa lorgnette à Esther, qui la

braqua sur la fenêtre du pavillon. Voici ce que vit Esther.

Lia était assise auprès d'une petite table couverte de papiers. Elle s'enveloppait dans un peignoir blanc sur lequel ses magnifiques cheveux noirs ruisselaient en longs flots. Elle avait sa tête dans sa main, et son coude s'appuyait sur la table.

Le jour frappait d'aplomb sur son visage; elle était très-pâle : une expression de souffrance se répandait sur tous ses traits.

Ses yeux étaient attachés sur une lettre dépliée.

Elle ne bougeait pas; et, sans les mouvements périodiques de son sein qui agitait doucement l'étoffe légère de son peignoir, on l'aurait pu prendre pour un rêve de poëte taillé dans le marbre de Paros.

— Comme elle est jolie! murmura Esther.

Les sourcils de Petite se froncèrent.

— Elle a dix-huit ans, répliqua-t-elle.

Esther ne sentit point ce qu'il y avait d'amertume jalouse dans cette réponse. Elle rendit la lorgnette à Sara.

— Et qui vous fait croire, demanda-t-elle, que ce sont des lettres d'amour?

— Je n'ai pas dit que je croyais, repartit Petite; j'aime à savoir et je m'informe. Ces lettres sont d'un homme; il y en a beaucoup, et j'en ai lu deux.

— En vérité!

— Mon Dieu! je suis bien mal tombée. Ces deux lettres en disaient juste assez pour me donner envie de connaître le reste; elles étaient courtes; elles n'exprimaient rien; elles ne portaient aucune signature.

— Alors vous ignorez le nom?...

— Jusqu'à présent, oui, interrompit Petite, mais je le saurai. Je vous assure, Esther, que je n'ai rien contre cette petite fille. Elle est notre sœur; nous devons l'aimer, c'est évident; mais je ne puis oublier qu'elle a reçu bien froidement nos premières caresses, et que nos avances ont presque été repoussées.

— Je crois que vous vous trompez, Sara. Les premiers jours, au contraire, Lia semblait toute heureuse de nous parler et de nous voir; c'est plus tard que la froideur est venue.

Petite ne supposait point sa sœur capable de pousser si loin l'observation.

— Qu'importe, dit-elle, que la froideur soit arrivée tout d'abord ou plus tard? il est certain qu'elle est venue. Depuis près d'un an que Lia est à Paris, pouvez-vous citer une occasion où elle se soit volontairement rapprochée de nous?

— Elle est timide, dit Esther.

— Elle ne nous aime pas, répliqua Sara.

— Si fait, mais elle nous connaît à peine; elle a été élevée loin de nous, et sa réserve tient sans doute à l'éducation qu'on lui a donnée. Notre tante Rachel est convertie au christianisme, et sa maison est presque un couvent. Lia n'a pu prendre auprès d'elle que des façons austères et froides.

— Hypocrisie! murmura Petite; elle nous fuit, d'abord parce que nous n'avons pas le don de lui plaire, ensuite parce qu'elle a de quoi s'occuper sans doute. Elle est seule dans cet hôtel, elle est libre autant et plus qu'une femme mariée. Qui sait si elle se borne à écrire de longues lettres et à soupirer comme une colombe éloignée de son tourtereau?

— Avez-vous donc des raisons de supposer...

— Mon Dieu! non, je veux parler seulement des choses que je sais; d'autant plus que ces choses me suffisent pour ne point accorder une confiance très-grande aux reliques de notre petite sainte. Je suis allée hier au soir chez madame Batailleur.

— Ah ! fit Esther avec une répugnance légère mêlée de beaucoup de curiosité.

La répugnance venait de ce que madame Batailleur, dont Petite jetait négligemment le nom au travers de l'entretien, était comme une vivante transition qui devait ramener la maison de jeu sur le tapis. Or la maison de jeu faisait peur à Esther; peur, mais aussi grande envie.

La curiosité avait des sources multiples. Esther savait vaguement qu'entre cette madame Batailleur et Petite il y avait une foule de secrets de toutes sortes. Elle n'avait point l'habileté nécessaire pour deviner ce que Sara voulait cacher, mais la fantaisie de Sara n'était pas toujours d'être discrète, et, bien souvent, elle s'était livrée à demi, pour avoir plus de chance de persuader.

Madame Batailleur était le factotum de Sara, et l'on ne pouvait point assigner de bornes à ses services, élastiques comme ceux des valets de comédie. Elle ne reculait devant rien, elle était capable de tout.

Pour Esther, qui ne la connaissait point, mais qui savait confusément une partie de son histoire, cette femme prenait de loin une physionomie romanesque et presque fantastique.

Son nom arrivait toujours comme le prologue d'un récit bizarre. Elle était le Frontin de Sara. Esther se la représentait comme possédant les ressources fabuleuses que les poëtes comiques donnent à leurs coquins de valets.

Or le tour de la conversation donnait à entendre que madame Batailleur et Lia allaient entrer en scène de compagnie :

La femme vieillie dans l'intrigue, la brocanteuse rompue à tous les genres de tromperie, et la jeune fille ingénue.

C'était curieux ! Esther attendait.

— Je suis allée chez Batailleur, reprit Sara, pour une petite affaire de Bourse. J'ai beaucoup d'actions sous son nom. Devinez qui j'ai rencontré dans sa boutique ?

— Lia? murmura Esther.

— Chère, vous devinez tout ! s'écria Petite en jouant au dépit enfantin ; c'était Lia, en effet, Lia, notre ange pur, qui venait chercher une lettre de son amant.

— C'est donc par madame Batailleur?...

— Voici ce que vous n'auriez pas deviné peut-être ! Lia n'a guère été notre amie que pendant quinze jours, mais, pendant ces quinze jours, j'ai bien eu le temps de faire quelque petite chose. Sans savoir à quoi cela pourrait me servir un jour, je lui ait fait connaître cette bonne Batailleur, qui est si discrète et si complaisante. Je l'avais menée au Temple sous prétexte de choisir des dentelles, et je n'avais pas manqué de lui faire l'éloge de toutes les qualités qui distinguent l'excellente Batailleur. Notre ange m'écoutait, ma foi ! fort attentivement, et il paraît qu'elle ne perdit pas un mot de mon discours, car elle retourna seule au Temple, le lendemain.

— Dès le lendemain?

— Hélas oui ! Elle sut retrouver la boutique de Batailleur, et, tout en rougissant d'une façon virginale et charmante, elle lui fit je ne sais quel conte à dormir debout. Un cousin persécuté par la famille et dont elle avait pitié... des billevesées, ma chère.

—Voyez-vous cela! murmura la comtesse, je n'aurais jamais cru...

— Il faut toujours croire. Bref, elle mit dans la main de Batailleur, qui est la femme du monde la plus incapable de refuser, une jolie petite bourse assez bien garnie, en la priant de recevoir, de temps en temps, des lettres à son adresse.

Cela ne souffrait aucune espèce de difficulté. Seulement lorsqu'arriva la première lettre datée de Francfort-sur-le-Mein, Batailleur m'en toucha quelques mots en riant. A qui s'intéresserait-on, sinon à une sœur ? Ma curiosité fut puissamment excitée.

Batailleur voulut faire la discrète, comme

de raison, mais, en définitive, sa fortune est entre mes mains. C'est grâce à moi qu'elle a vingt ou trente mille écus inscrits au grand-livre, et c'est encore avec mes fonds qu'elle fait aller sa maison de jeu de la rue des Prouvaires...

— Décidément, interrompit Esther, c'est donc elle qui tient la fameuse maison de jeu?

— Folle que je suis! s'écria Petite; ne te l'avais-je pas dit encore! Tu as pu croire, pauvre sœur, que j'avais des secrets pour toi. C'est elle-même, ou plutôt c'est un peu moi, sous son nom.

Un étonnement plus vif se peignit dans le regard d'Esther.

— Oh! tu verras, reprit Petite, je t'expliquerai cela tout à l'heure, et tu comprendras qu'il n'y a rien à craindre. L'intérêt de Batailleur est de se faire mettre en prison vingt fois avant de livrer mon secret. Pour en revenir, j'ai mis deux ou trois mois à vaincre sa résistance, et lorsque enfin elle m'a montré une lettre du galant mystérieux qui écrit à Lia, il s'est trouvé que les tourtereaux n'en étaient plus aux confidences, et que la missive ne contenait rien. La lettre qui vint ensuite était encore plus insignifiante, et j'attends la troisième.

— C'est fini, peut-être, dit Esther.

Petite eut un sourire méchant.

— Peut-être d'un côté, répliqua-t-elle; le galant ne me semble pas en effet fort empressé; mais de l'autre...

Elle n'acheva point, et son doigt tendu désigna la fenêtre du pavillon.

Esther reprit la lorgnette.

Un rayon de soleil d'hiver, passant à travers les branches dépouillées des arbres du jardin, frappait obliquement les vitres du pavillon de gauche et allait tomber en plein sur le joli visage de Lia.

On distinguait, comme si on eût été près d'elle, la pâleur mate de sa joue. Au bout de ses longs cils soyeux, quelque chose brillait et tremblait aux rayons du soleil.

— Elle pleure, dit Esther.

— Pleure-t-elle? s'écria Petite avec une compassion moqueuse; pauvre ange immaculé! Voilà pourtant ce que lui a enseigné notre pieuse tante Rachel, convertie au christianisme, et dont la maison ressemble à un couvent!

Esther ne put s'empêcher de sourire.

Les larmes qui se balançaient naguère aux cils de la pauvre Lia roulaient lentement le long de sa joue décolorée.

La lettre qu'elle lisait portait déjà bien des traces de pleurs.

« ... Le malheur qui est tombé sur moi, lisait-elle, m'a trouvé fort, parce que ma conscience est tranquille. L'œuvre pour laquelle la justice des hommes pèse aujourd'hui sur ma tête est commencée depuis vingt ans, et j'espère que Dieu me permettra de l'achever avant de mourir.

« Mais, quand je pense à vous, Lia, ma pauvre enfant, je suis triste, et j'ai comme un remords. Parfois, votre souvenir apporte la consolation dans ma solitude; je vous vois si belle et si douce! je lis tout au fond de votre cœur pur, et votre image me rend un sourire; mais d'autres fois votre pensée remplit mon âme d'amertume.

« Oh! pourquoi vous ai-je trouvée sur mon chemin, Lia? Pourquoi vous ai-je aimée, moi dont le cœur n'avait jamais battu au nom d'une femme? Pourquoi m'avez-vous aimé?

« Vous êtes presque une enfant; dans quelques années, je serai un vieillard. Vous n'aviez rien à faire dans la vie qu'à être heureuse et qu'à servir Dieu; moi, je marche depuis les jours de ma jeunesse courbé sous le fardeau d'un mystérieux devoir. Vous ne pouvez me donner votre joie, Lia, mon cher amour, et moi je vous ai déjà donné ma tristesse !

« Qu'ils étaient beaux, vos sourires de vierge ! Comme je me sentais rajeuni à vous voir, heureuse et libre, courir par les sentiers verts des montagne du Wurtzbourg !

« Maintenant, il y a des larmes sur les feuillets de vos lettres. Vous avez sauvé la vie du pauvre proscrit, Lia, et, pour prix du bienfait, le proscrit a changé votre bonheur en détresse !

« Je ne puis pas dire : Mieux eût valu ma mort, car je ne vis pas pour moi seul, et il faut que ma tâche soit accomplie. Mais mieux eût valu mille fois la captivité, qui est venue plus tard !

« Je souffrirais peut-être davantage, mais vous seriez encore heureuse.

« Il faut m'oublier, Lia ! je vous en prie, il faut vous dire que je suis mort, et ne plus penser à moi. Écoutez ! ma main est teinte de sang ! que peut-il y avoir de commun entre le meurtrier et l'ange ?

« C'est bien vrai ! j'ai tué ! Le destin me pousse, et Dieu a mis dans ma main l'épée de sa justice ! Oh ! je vous en prie, ne m'aimez plus ! Il me faut, pour remplir ma tâche, la force inflexible et l'impitoyable volonté. Ne m'aimez plus, car je me sens faiblir en songeant que je pourrais être heureux... »

Lia lisait à travers ses larmes, et son âme était pleine de terreurs. Elle frissonnait à ces paroles de meurtre et de vengeance, mais il n'y avait au fond de son cœur aucune pensée de blâme.

Celui qui avait écrit ces lignes était son dieu. L'idée qu'il pouvait faire le mal lui eût semblé un blasphème. Elle l'aimait d'un amour victorieux et sans bornes, fort et jeune comme elle-même, d'un amour qui ressemblait à un culte.

Elle jeta le papier sur la table, où se mêlaient plus de vingt lettres éparses. Les unes étaient de la même écriture que la première, dont nous venons de lire un fragment ; les autres étaient des brouillons inachevés, que la jeune fille avait écrits elle-même, et qu'elle n'avait point envoyés.

Elle n'osait pas tout dire à celui qu'elle aimait. Il était si malheureux ! Elle tâchait de ne lui envoyer que de la joie. Quand son cœur dictait à sa plume des paroles trop tristes, elle jetait loin d'elle la lettre commencée, pour tâcher de la faire plus gaie.

Sa main erra parmi les papiers épars, et son choix tomba sur une lettre, plus souvent relue que les autres, et qu'elle voulait relire encore.

C'était comme un remède qu'elle voulait appliquer sur la blessure vive de son cœur.

« Vous ai-je dit de ne plus m'aimer, Lia ! disait la lettre ; oh ! ne me croyez pas ! je cherche à me tromper moi-même. Que deviendrais-je sans votre amour ! c'est lui, lui seul, qui me donne la force de combattre mon désespoir !

« Ceux qui me connaissaient jadis répétaient que mon âme était robuste, et que nul malheur ne pourrait courber ma volonté de fer ; ils avaient raison ; ma volonté reste inébranlable, et je sais bien que je pourrais mourir sans me plaindre, comme aux jours de ma force.

« Mais qu'est-ce que la mort ? c'est vivre qu'il faut savoir, c'est garder patiemment sa vigueur en réserve pour l'heure du combat ; c'est souffrir, et n'en point être plus faible ; c'est enfouir son ardeur tout au fond de son âme, pour l'en retirer vierge aux jours de la liberté !

« Là est la vaillance. Plus d'une fois déjà les portes d'une prison se sont fermées sur moi ; j'étais plus jeune, peut-être plus fort, du moins je ne désespérais pas. Les heures de ma captivité se passaient à préparer ma délivrance ou à combiner le plan de la bataille qui devait mettre enfin mon pied sur la gorge de mes ennemis.

« Et pas un instant de lassitude ou de doute ! ma main était ferme, ma pensée lucide; le chemin était tracé devant moi; tandis qu'on me croyait enchaîné, je marchais!

« Mon sang est-il refroidi? suis-je plus faible ou moins courageux? Je ne sais; mais, parfois, dans la lente solitude de mes nuits, mon cœur se serre et un voile de deuil s'étend pour moi sur l'avenir.

« Le but que je poursuis n'est pas une stérile vengeance. Quand j'étais jeune et heureux, j'ai risqué plus d'une fois ma vie pour la liberté de l'Allemagne; mon père, qui était un saint homme et un chevalier, est mort pour cette cause.

« Nous étions trois frères qui marchions sur ses traces, et comme il nous avait commandé de donner notre sang à la patrie, nous allions, bravant les séides des rois, et cherchant partout le martyre.

« En ce temps, Lia, les hommes que je combats aujourd'hui n'avaient encore tué que mon père; plus tard ils assassinèrent ma sœur; une douce enfant comme vous, qui avait votre âme sainte, et que j'aimais presque autant que je vous aime!

« Ce sont deux grands crimes à punir, n'est-ce pas? Eh bien! s'il ne s'agissait que de vengeance, je crois que je m'arrêterais. Je ne pourrais point pardonner; mais je briserais mon épée, laissant au Dieu juste le soin du châtiment.

« Ma tâche est autre. Il y avait jadis en Allemagne une race puissante, que les assassins de mon père et de ma sœur ont jetée dans la poussière; cette race, je veux la relever. Avant de vous connaître, tout ce qu'il y a en moi de dévouement et d'amour était à l'héritier unique de cette noble famille. Maintenant que je vous aime, Lia, mon cœur est partagé, mais mon dévouement reste entier, et tout le travail de ma vie appartient encore à cet enfant, qui est le fils de ma sœur Margarethe.

« Longtemps j'ai combattu la passion qui m'entraînait vers vous. Ma conscience me disait qu'aimer était pour moi un crime, et que je n'avais pas le droit de donner mon cœur à une femme, puisque j'étais l'esclave d'un devoir.

« Ce furent de vains efforts et des combats inutiles. Mon cœur était vierge à l'âge où, d'ordinaire, on a de lointains souvenirs d'amour. Il y avait en moi comme un amas de tendresse sans objet; ce que les autres hommes dépensent en ardeurs folles et en caprices d'un jour, depuis l'adolescence jusqu'à l'âge mûr, je l'avais gardé comme un avare capitalise son trésor. Lia, je vous vis; tout cela fut à vous; mon cœur s'éveilla, je vous aimai, je vous aime!

« Et combien je remercie Dieu de vous avoir placée sur ma route! L'enfant dont je me suis fait le père aura en vous une seconde providence. C'est vous qui me soutenez; c'est vous qui êtes ma force et mon courage!

« Quand je souffre trop, je vous appelle; je vois votre visage d'ange qui se penche à mon chevet; j'entends votre voix chère murmurer de douces paroles.

« Oh! vous êtes mon espoir! Sans vous, j'aurais succombé, peut-être, sous le doute qui m'accable; car mes mains sont liées, hélas! et, pendant que je m'épuise à vouloir briser ma chaîne, qui sait ce que devient l'héritier des nobles comtes?

« Vit-il encore? ses ennemis sont puissants; peut-être, en ce moment où je vous écris, est-il près de succomber sous leurs coups!

« Mon Dieu! tant d'efforts perdus! tant de fatigues en vain prodiguées! ant de veilles, de sang et de périls!

« Oh! j'ai besoin de votre pensée, Lia; vous dites que vous priez pour moi: priez pour lui!

« Votre prière doit être bonne à l'oreille de Dieu; je m'attache à vous comme à un ange sauveur, qui me vaudra l'appui du ciel dans ma tâche ardue.

« Aimez-moi, je vous en supplie! tout mon espoir est en vous! Quand votre image me fuit, je désespère; dès qu'elle revient, je crois à la victoire et au bonheur. »

Lia pleurait encore, mais elle souriait à travers ses larmes.

Il y avait sur son charmant visage une joie sérieuse et recueillie.

— Regardez, Petite! s'écria en ce moment Esther, qui prenait goût à l'épier; il me semble qu'elle sourit maintenant!

— Elle sourit comme une bienheureuse! reprit Sara; décidément je n'ai vu que le moins intéressant de la correspondance!

— Et la voilà qui baise le papier! reprit Esther.

Petite lui arracha la lorgnette des mains et regarda d'un œil avide.

— C'est de l'ivresse! murmura-t-elle; et nous allons la voir se mettre à table tout à l'heure, froide et sévère comme une sainte. Fallût-il y dépenser mille louis, j'aurai toutes vos lettres, mon bel ange! ajouta-t-elle en fronçant le sourcil; et je les lirai depuis la première ligne jusqu'à la dernière

VIII

LA TENTATRICE

Lia ne savait pas qu'il y avait des yeux ouverts sur sa rêverie solitaire. Son cœur était avec l'absent; elle se recueillait en son amour et oubliait le reste du monde.

Madame de Laurens avait eu véritablement du malheur! Si elle avait rompu le cachet de la lettre que nous venons de lire, au lieu de tomber sur deux missives insignifiantes, elle n'aurait pas eu grand'peine à deviner le nom de l'amant mystérieux.

Cette lettre était celle que Lia aimait le plus; on y trouvait bien de la tristesse encore, mais on y voyait tant d'amour!

Dans les autres, la passion, combattue, semblait craindre de se montrer. C'était un homme fort et novice à soupirer, qui frémissait sous le joug et qui s'indignait de sa faiblesse.

Dans celle-ci, au contraire, il s'appuyait sur son amour, et il s'applaudissait d'aimer. Il appelait la tendresse de Lia comme un talisman protecteur; le remords, qui venait toujours arrêter ses épanchements, se taisait cette fois. Il espérait, il parlait d'avenir, et Lia était bien heureuse, car cet espoir venait d'elle.

Quand son regard eut épelé la dernière ligne de la lettre, elle porta le papier à ses lèvres et mit sur l'écriture à demi effacée un baiser reconnaissant. Ce baiser ne fut point perdu pour ses deux sœurs aînées, qui l'épiaient toujours.

La lettre resta collée à sa lèvre pendant quelques secondes, puis sa main retomba languissante.

Elle n'avait plus de sourire.

— Mon Dieu! murmura-t-elle, ne m'aime-t-il donc plus! cette lettre, qui me fit si joyeuse, voilà maintenant plus de trois mois que je l'ai reçue! les deux suivantes étaient courtes et ne disaient rien. Il y avait de la froideur dans ces lignes distraites et hâtives, et la dernière a six semaines de date! quarante-deux jours sans m'écrire!

Elle eut un frisson par tout le corps.

— Il souffre tant! reprit-elle; si son malheur trop lourd avait fini par l'écraser! s'il était malade! s'il était...

Elle n'acheva pas, mais une pâleur plus mate couvrit son visage, et sa tête s'inclina sur sa poitrine.

Ses yeux étaient secs; ses lèvres blanches remuaient lentement, murmurant une prière.

De loin, Esther et Sara croyaient qu'elle s'était endormie au milieu de ses rêves d'amour.

Après plusieurs minutes d'un silence immobile, elle se redressa tout à coup.

— Non, non! reprit-elle tandis qu'un rayon d'espérance brillait dans ses yeux. Dieu ne peut pas me faire si malheureuse! Demain, je retournerai chez cette femme, madame Batailleur; demain, je trouverai une lettre. Oh! comme je vous remercierai à genoux, Seigneur! Sainte Vierge! comme je vous bénirai! une lettre, un mot qui me dise : Je ne t'ai pas oubliée!

Au milieu de la table, il y avait une petite cassette fermant à clef, dont la destination évidente était de serrer tous ces papiers dispersés maintenant.

Lia l'approcha d'elle et l'ouvrit; elle y plaça l'une après l'autre toutes les lettres qu'elle repliait à mesure. Tout en les repliant, elle lisait dans chacune un mot, une phrase qui lui en rappelaient le contenu tout entier.

Elle les savait par cœur, bien que son plus cher passe-temps fût de les parcourir sans cesse.

Avec les messages de son amant, elle serrait aussi ces brouillons inachevés qui étaient son ouvrage. Ces lignes tracées par sa main parlaient de lui comme celles qui venaient de Francfort; elle les aimait au même titre.

La cassette était presque pleine, et il ne restait plus sur la table que deux ou trois chiffons froissés par des attouchements de tous les jours.

Lia en prit un pour le mettre à sa place, et son œil tomba, distrait, sur les premières lignes.

Au lieu de le plier, elle le garda ouvert dans sa main. C'était un brouillon qu'elle avait écrit, il y avait bien longtemps déjà, un mois après son arrivée à Paris.

Elle l'avait gardé, parce que son contenu aurait augmenté la souffrance de celui qu'elle voulait consoler.

Involontairement, elle se prit à relire cette page oubliée, qui lui parlait de lointaines tristesses.

« Je ne sais pas où vous êtes, disait-elle en ce temps, et je n'ai pas reçu de vos nouvelles depuis mon départ d'Allemagne.

« Otto, vous qui m'avez promis de m'aimer toujours, ne pensez-vous plus à moi? Que devenez-vous? que faites-vous? Mon Dieu! que je voudrais savoir, et que je souffre à me sentir loin des lieux où vous êtes!

« J'adresse ma lettre au bon Gottlieb, le paysan des environs d'Esselbach qui vous donnait l'hospitalité; ma lettre vous parviendra-t-elle?

« Je suis à Paris, chez mon père, que je connais à peine, avec mes sœurs que je n'avais pas vues depuis ma petite enfance. Nous demeurons dans un hôtel magnifique et je suis entourée d'un luxe nouveau pour moi.

« Tout est beau dans la maison de mon père, rien n'y manque, pas même la verdure, pas même le chant des oiseaux.

« Du pavillon où je vous écris, je vois de grands arbres dont les branches mobiles viennent caresser ma fenêtre, et je pleure quelquefois en les regardant, Otto, parce qu'ils me rappellent ces autres arbres qui croissent, libres, sur la montagne et sous l'ombrage desquels nous nous reposions tous deux.

« Comme vous me sembliez heureux de me voir et de me sentir près de vous! vos baisers sont encore sur ma main! Mon Dieu! je croyais que cette tendresse ne s'éteindrait jamais! me suis-je donc trompée!

« Je vois mon père tous les soirs, il est bon pour moi et je crois qu'il m'aime; je le respecte du plus profond de mon cœur.

« J'ai un frère qui m'a regardée, lors de mon arrivée, au travers d'un lorgnon; il me baise la main comme à une étrangère, et me dit que je suis jolie. Je ne sais pas s'il m'aime.

« J'ai deux sœurs. Si vous saviez comme elles sont belles, Otto! On m'a menée une fois au bal, et je les ai vues entourées d'hom-

Le jour baissait. La fraîcheur du soir avait mis une brume aux vitres du pavillon de Lia. (Page 332, col. 2.)

mages. Tout le monde est à leurs pieds; quand elles ont les épaules nues et le front couvert de diamants, moi-même je ne puis pas les regarder sans être éblouie.

« Mon père, mon frère et mes deux sœurs sont juifs; on n'a mis jusqu'à présent nul obstacle à l'accomplissement de mes devoirs de chrétienne: mais cette différence de culte chagrine mon vieux père; deux ou trois fois, il m'en a fait de doux reproches, et je ne savais que lui répondre.

« Mon frère et ma sœur cadette ne s'occupent point de cela.

« Quant à ma sœur aînée, elle en rit et se moque quand on parle de religion.

« Je suis libre; personne ne contrôle ma conduite; on me dit d'être heureuse et de jouir de la vie. Tous les plaisirs sont à ma portée, je ne sais que faire de l'argent qu'on me donne. Pourtant je suis bien triste, Otto, et je regrette tous les jours davantage la maison modeste de ma pauvre tante Rachel. Je souffre à ne plus voir son visage serein et calme qui me rappelait le doux visage de ma mère; je regrette ma petite chambre qui donnait sur un beau paysage de la montagne, l'air pur, l'horizon vaste et la cloche amie de la chapelle voisine qui sonnait mon réveil au point du jour.

« Je regrette... mais pourquoi me tromper, Otto? c'est vous, vous seul qui êtes au fond de mon souvenir. C'est vous que je regrette, et non point toutes ces choses que votre présence me rendait chères.

« J'aimerais Paris, si vous y étiez, et, si je ne vous trouvais plus aux environs de la maison de ma tante, je serais triste chez elle comme ailleurs.

« Otto, vous n'avez jamais voulu me dire le nom de votre famille, vous ignorez le mien également, et quoique nous ayons échangé notre foi, nous restons étrangers l'un à l'autre. Cela me fait peur; il y a des jours où je voudrais me confier à vous, malgré vous; il me semble que ce serait un lien et je voudrais tant croire à notre union! mais d'autres fois j'hésite et je m'applaudis de notre commune réserve.

« Je suis une fille folle. Je me suis jetée dans vos bras, et, pour m'attirer à vous, il n'a fallu qu'un signe de vous. C'est mal. On dit que ma famille est noble et puissante; il vaut mieux que vous ne sachiez point le nom de la pauvre insensée qui s'est faite votre esclave. Si Dieu laissait tomber sur moi son châtiment le plus cruel, si vous veniez à ne plus m'aimer, au moins mon imprudence resterait un secret pour le monde, et je n'aurais à subir ni la raillerie ni la pitié.

« La dernière fois que je vous ai vu, c'était dans les grands bois de mélèzes qui entourent le château des anciens margraves de Thor. J'étais venue d'Esselbach à cheval et nous nous promenions tous deux dans les sentiers de la montagne, en causant de l'absence prochaine.

« Vous promettiez de revenir dans un mois, mais quelque chose me disait que notre séparation serait bien plus longue. Nous arrivâmes, sans y penser, jusqu'au pied des murailles de la vieille forteresse.

« Ce sont des ruines démantelées, et les grandes salles où s'abritait la puissance des seigneurs n'ont aujourd'hui d'autre toiture que le ciel. Mais ce sont des ruines fières; les remparts sombres parlent encore de prouesses et de batailles; la haute tour qui reste intacte au sommet de la montagne semble un roi géant, debout sur les marches de son trône.

« Je me souviens que vous regardâtes longtemps en silence ces robustes débris d'une gloire passée. Il y avait sur votre front de la mélancolie, et je crus voir une larme tôt séchée trembler au bord de votre paupière.

« Ce n'était point moi qui causais cette émotion, Otto; cette douleur n'était point un avant-goût de l'absence. Je sais bien que dans votre cœur, la première place n'est pas pour moi.

« Et je ne me plains pas! et je prie Dieu ardemment de me garder la seconde!

« Il me plaît de ne point vous arrêter dans votre voie. Le but que vous poursuivez doit être noble et juste comme vous-même; marchez, oh! marchez toujours, sans songer à la pauvre fille qui vous aime; son plus grand malheur serait d'être un obstacle sur votre chemin.

« En regardant les ruines de Thor, vous prononçâtes quelques paroles qui furent pour moi un trait de lumière. Je devinai, pour la première fois, que vous étiez le serviteur d'une race déchue, et qu'un grand dévouement réclamait votre vie.

« Vous m'aviez dit bien souvent : « Je ne m'appartiens pas; » en ce moment, je compris...

« Otto, je ne suis point jalouse de ce que vous donnez à d'autres. J'aime celui que vous aimez, et je serais heureuse de lui dévouer ma vie. Travaillez et combattez! ma prière vous suit. Mais si quelque jour vous êtes vainqueur, pensez à moi et revenez.

« Revenez surtout, si Dieu ne vous donne point la victoire.

. . . .

« Il y a deux jours que ces lignes sont écrites, et je n'ai point fermé ma lettre, parce que j'hésite à vous envoyer des paroles de tristesse.

« Je continue pourtant ; quand je vois votre nom sur le papier, il me semble que vous écoutez ma plainte et que votre voix aimée me console.

« J'ai plus d'une chose à vous dire, Otto ; je crois que je serai malheureuse dans cette maison de mon père. Depuis deux jours, ma crainte est éveillée et je n'ai personne à qui me confier.

« C'est un enfantillage peut-être. D'ordinaire, les choses mystérieuses se font la nuit, et la peur attend les ténèbres.

« Moi, c'est en plein jour que j'entends ici des bruits étranges ; je ne puis les expliquer, et ils m'effrayent.

« Presque toute la journée, je me tiens dans un pavillon dont je vous ai déjà parlé et qui donne sur le jardin de l'hôtel. De ce pavillon, on entre dans une serre qui occupe la longueur du jardin.

« Tous les jours, vers huit heures et demie du matin, j'entends un pas pesant, mais discret, qui semble descendre les marches d'un escalier invisible, situé tout près de moi.

« Il y a des moments où je me retourne, persuadée que les pas se font entendre dans ma chambre même.

« Une porte s'ouvre, alors, à quelques pieds au-dessous du sol du pavillon ; et ne croyez pas que ce soit un rêve ! ces bruits sont distincts : je les ai entendus vingt fois et toujours à la même heure. Le pas reprend sa marche au-dessous de moi. Quand je reste dans ma chambre, il s'assourdit bientôt et s'éteint ; mais à quatre ou cinq reprises différentes j'ai ouvert la porte de la serre et je l'ai suivi.

« On l'entend tout le long du jardin et jusqu'au bout de la serre, qui est terminée par un kiosque où personne n'entre jamais.

« Arrivé là, le marcheur souterrain ouvre une seconde porte et le bruit cesse.

« Le soir, aux environs de cinq heures, la même chose se renouvelle, mais en sens contraire.

« Les pas viennent du jardin, passent sous le pavillon et montent lentement l'escalier qu'ils ont descendu le matin.

« J'ai interrogé le jardinier pour savoir si l'hôtel a des caves de ce côté : le jardinier s'est pris à rire.

« J'ai demandé à ma femme de chambre, qui m'a regardée comme on regarde les gens pris de folie.

« Pourtant ce n'est point une illusion. Quelque chose de bizarre se passe dans l'hôtel, à l'insu de tous.

« La solitude donne des frayeurs superstitieuses, et je suis seule toujours. Je garde l'usage de ce pavillon, parce que personne n'y vient me déranger, mais je n'oserais y demeurer la nuit, et j'ai fait faire mon lit dans une autre partie de l'hôtel.

« ... Pauvre fille que je suis ! Mon esprit est malade ! Me voilà comme ce tyran de mélodrame qui entendait marcher dans son mur ! Ce n'était point de cela que je voulais vous parler, Otto, et si j'avais près de moi une oreille amie, ces frayeurs d'enfant passeraient.

« J'ai bien rencontré ici une jeune fille de mon âge que je pourrais aimer. Elle est presque aussi belle que mes sœurs, et son doux visage annonce une bonne âme. Elle se nomme Denise. Dès la première fois que je l'ai vue, je me suis sentie attirée vers elle, et j'aurais voulu l'appeler mon amie.

« Mais elle semble ne point aimer mes sœurs, et Petite m'a bien recommandé de me méfier d'elle.

« Petite, c'est ma sœur aînée. On ne lui donne ici que ce nom. Je retarde tant que je puis à vous parler d'elle, et c'est d'elle pourtant que je veux vous parler.

« Depuis mon arrivée, mon autre sœur est avec moi indifférente et froide ; Petite, au contraire, a feint tout d'abord un empressement affectueux. Elle a mis une sorte de coquetterie à gagner ma confiance ; j'ai commencé par la juger bonne et véritablement aimante.

« Pour attirer mes confidences, elle m'a fait les siennes, et avec quelle adresse! des peccadilles d'abord, moins que cela, quelques escapades de grande dame qui descend à se conduire comme une bourgeoise.

« Elle me conduisit, en s'accusant bien haut, chez une dame Batailleur, marchande au Temple, qui lui vendait des colifichets au rabais.

« Quand elle vit que cette caravane ne m'effrayait guère, elle fit un petit pas en avant, et sonda le terrain avec plus de hardiesse.

« Elle donna de grandes louanges à cette Batailleur, qui fait mille métiers douteux, mais dont la discrétion est à toute épreuve. A ce propos, Otto, je veux vous dire que j'ai revu cette femme toute seule, et que je l'ai payée pour recevoir vos lettres.

« Elle demeure rue du Vert-Bois, n° 9. Puissé-je trouver bientôt une lettre de vous à cette adresse!

« Je comprenais mal ce que me disait ma sœur aînée, et comme elle me parlait en souriant, je souriais sans lui répondre.

« Comment vous dire cela, Otto, à vous si noble et si fier?

« Petite qui a presque le double de mon âge, et qui aurait dû me servir de mère, voulait me perdre. Sous cette affection jouée, il y avait une sorte de haine dont je ne puis deviner les motifs. Je ne sais si elle est coupable elle-même, mais elle voulait me rendre coupable.

« Elle me parla de plaisirs inconnus et de mystérieuses délices. Son éloquence perfide déroula devant moi mille tableaux de séduction.

« Je trouvai dans ma chambre des livres... que sais-je! je vous en ai dit assez... j'ai le rouge au front, et ma plume tremble. »

Le jour baissait. La fraîcheur du soir avait mis une brume aux vitres du pavillon de Lia. Esther et Petite, qui ne pouvaient plus rien voir, s'étaient assises de nouveau l'une en face de l'autre, auprès du foyer. Elles causaient.

— Et que pouvez-vous craindre, chère? disait madame de Laurens ; tout est prévu ; vous serez là plus en sûreté que sous votre déguisement d'hier. Pensez-vous que je me sois donné pour rien tant de peine? Si j'ai fourni des fonds à Batailleur, si j'ai commandité la maison de jeu, pour ainsi dire, c'est que j'y voulais être maîtresse absolue. Vous verrez avec quelle adresse tout cela est disposé! Auprès du banquier, il y a une sorte de loge grillée que les habitués nomment le *Confessionnal de la princesse.* Ils sont convaincus que derrière le grillage, recouvert d'un rideau de mousseline, se trouve une personne de haute importance, qui vient là satisfaire à huis clos sa passion pour le jeu. On pense même que cette puissante dame pourrait, en cas de surprise, paralyser l'action de la police.

Esther se prit à sourire.

— Depuis quelques jours, poursuivit Petite, Batailleur a fait circuler parmi les habitués une autre version. Le rideau de la loge ne cacherait plus une princesse, mais un grand personnage politique, indigène ou étranger, un ambassadeur, peut-être un ministre. En admettant cette dernière hypothèse, vous pensez bien, chère, que nous n'avons rien à craindre de la part du gouvernement.

— Et c'est vous qui êtes dans la loge? interrompit Esther.

— Pas toujours. La loge est une précaution réservée pour les cas dangereux, un asile. Comme j'exerce un souverain droit de contrôle sur l'admission des joueurs, je sais, avant d'entrer dans la salle, s'il y a chance pour moi d'être reconnue; alors j'ai à choisir entre ma loge et un des fauteuils qui attendent autour de la table. Quand je choisis le fauteuil, c'est qu'il n'y a rien à craindre, mais, par excès de précaution, je donne une tournure exotique à ma toilette, et je mets ma tête entre les mains de Batailleur, qui a trouvé le secret de me faire une physionomie de rechange.

— Elle est donc bien adroite, décidément, cette Batailleur?

— Ma chère, c'est une fée! Une fois assise auprès de la table, l'entraînement commence. Esther, il y a dix ans que je joue et n'ai jamais éprouvé une seconde de lassitude ou de satiété! Juge si l'amour vaut cela! Et puis l'un n'empêche pas l'autre. Écoute! le banquier prononce sa formule : on entend un bruit métallique qui frappe sur les nerfs; quelque chose passe dans le sang, le pouls bat plus vite. Le tapis vert disparaît sous une couche d'or; il y a de l'or partout! De larges pièces d'Espagne, des souverains anglais, des ducats, des louis, que sais-je! de l'or venu de Londres, de Vienne et de Madrid, de l'or de Saint-Pétersbourg, de l'or de Constantinople! Les cartes se mêlent; tous ces hommes attendent anxieux, délirant sous leur apparente froideur; la chance a parlé : j'ai joué, j'ai gagné. Tout cet or qui couvrait la table est là en monceau devant moi!

Le sein de Petite battait; sa voix vibrait, basse et pénétrante.

Esther avait les yeux baissés; quand elle les releva, un éclair brillait dans sa prunelle.

Petite réprima un geste de triomphe.

— Tu es joueuse, murmura-t-elle; tu viendras.

Esther ne répondit point encore.

— Tu viendras, répéta Sara; je te dis que c'est le plaisir suprême!... le plaisir qui dure et ne lasse pas. Tu sais si je suis connaisseuse! J'ai dépensé toute ma vie à chercher le plaisir, à comparer les plaisirs entre eux comme le gourmet goûte et compare les vins des plus excellents crûs. Le plaisir est mon dieu, je n'en connais pas d'autre. Eh bien! crois-moi, puisque tu ne sais pas et que moi je suis savante : pour chauffer le sang jusqu'à la fièvre, pour exalter le cerveau jusqu'au rêve, jusqu'au transport, il n'est au monde qu'une véritable ivresse, c'est le jeu!

Elle fit rouler son fauteuil sur le tapis et l'approcha doucement de celui de sa sœur.

— D'ailleurs, reprit-elle en faisant sa voix plus insinuante encore, il y a autre chose chez nous que le jeu. Autour de la table, les uns sont des aventuriers, mais les autres sont des gentilshommes. Ils viennent de tous pays comme l'or qu'ils apportent. J'ai vu là des Anglais blonds et blancs comme des femmes, des Italiens au regard de feu, des Allemands sérieux et rêveurs, des athlètes russes dont le poing fermé eût broyé le bois de la table.

Petite aiguisa son sourire, et sa voix se baissa encore jusqu'à descendre au murmure.

Elle continua; sa bouche était tout près de l'oreille de sa sœur.

Le sein d'Esther eut à son tour un frémissement; tout son sang vint à sa joue; le sourire de Petite restait calme.

— Fi! dit Esther. Oh! ma sœur! ma sœur! que dis-tu?

— Chère, répliqua Sara, en sommes-nous donc à feindre ensemble?

— Dans le monde, commença la comtesse, je comprends une rencontre, un roman...

— Le monde! s'écria Petite en frappant du pied avec impatience; et vous venez me parler de dangers! mais c'est là qu'est le vrai péril, ma sœur! dans le monde, tout secret transpire; à force de patience et de travail, je m'y suis fait une réputation qui rejaillit sur vous et que vous soutenez, mais, croyez-le bien, Esther, il suffirait d'un souffle pour ternir cette renommée : la moindre intrigue la tuerait, et chaque fois que vous regardez un homme, j'ai peur!

L'œil d'Esther se leva curieux et surpris.

— J'ai peur, parce que vous êtes dans un salon, poursuivit Petite, parce que tous les yeux sont ouverts sur nous, parce qu'il y a là cent femmes qui sont jalouses, cent hommes qui sont oisifs, c'est-à-dire méchants, et qui guettent l'occasion de nous nuire!

Elle s'arrêta et regarda sa sœur en face.

— Voulez-vous être une sainte? demanda-t-elle brusquement.

— Certes... balbutia la comtesse prise hors de garde.

— Tu le voudrais, pauvre chère, s'écria Petite, mais tu ne le peux pas! Tu es jeune, tu es forte; ton cœur parle, tes sens s'agitent... Eh bien! je te dis, moi, que le monde est un large piége où tu iras te prendre, les yeux ouverts. L'argent domine le monde; mais il n'a pu encore tuer tous les préjugés. Si nous étions d'une race historique, si nos pères étaient morts à Bouvines ou à Fontenoy, je ne te parlerais peut-être pas ainsi, mais la faute qu'on pardonne à madame la duchesse, on en écrasera la fille du juif.

— Je suis comtesse... voulut dire Esther.

— Comtesse Lampion, ma bonne! Crois-moi, dans notre position, il faut avoir deux cordes à son arc, deux chemins dans sa vie : l'un qu'on suit à visage découvert et la tête hautaine; l'autre où l'on s'engage à petit bruit, quand nul œil ne vous épie : l'un où l'on est froide, sévère et fermement en selle sur la vertu; l'autre où l'on fait ce qu'on veut. Je sais une petite demoiselle qui dort avec son corset pour se faire une taille de guêpe; elle arrive au bal suffoquée, et bien souvent sa mère est contrainte de desserrer, après la contredanse, le lacet trop tendu. Ne vaudrait-il pas mieux garder la gêne pour les heures que l'on donne au monde, jeter le busc rigide après la parade, et se reposer libre pour mieux supporter la fatigue du soir? Tu es comme la petite demoiselle, ma pauvre Esther : tu veux garder ton corset toujours; il te blesse et c'est sous le regard ennemi du monde que tu iras en desserrer les œillets! C'est trop naïf!

— Je comprends bien ce que tu veux dire, balbutia Esther, mais...

— Mais quoi? En dehors du monde, au contraire, dans cette route où l'on se glisse toute seule et déguisée, que de sécurité! Comme les allures deviennent libres! Les gens qu'on rencontre ne savent point votre nom; on les voit en passant, puis on les perd...

— Mais on peut les retrouver...

— Alors on nie bravement. Pauvre chère, la nature nous a donné, à nous autres femmes, l'à-propos et le sang-froid; c'est apparemment pour que nous en fassions usage! On nie; et si l'œil du monde ne nous a jamais prises en faute, le monde est pour nous... Ces accusations qui lui arrivent du dehors sont comme non avenues. Il ne croit pas à ces choses qu'il ignore; il tient pour invraisemblables et impossibles ces mœurs qui ne sont point les siennes.

— Mais, dit encore Esther qui était à demi convaincue, à la rigueur, le monde peut croire à ces accusations...

— En l'admettant, il serait certain encore qu'on ne risque pas plus, pour toute une vie de plaisirs, que pour quelques instants de joie troublée par la peur, quelques minutes pleines d'épouvante, saisies à la dérobée, et dont le bonheur ressemble à une torture. Car, vous le savez bien, ma sœur, il n'y a point de degrés dans les châtiments du monde; une faute vénielle y est punie comme un crime, et, tant qu'à risquer l'excommunication du monde, au moins faut-il le faire à bon escient. Mais nous raisonnons ici dans le faux, et je prétends que nous discutons l'impossible.

— Cependant, dit Esther, si ce petit Franz avait pu parler...

— Encore ce petit Franz! s'écria madame de Laurens avec un mouvement de colère; quel poids sa parole aurait-elle eu en comparaison de la mienne? et puis toute cette affaire est une exception. J'ai agi comme une folle, et j'aurais mérité d'être punie. Ce petit Franz, paraîtrait-il, avait été employé de Goldberg : j'aurais dû le savoir. Je le vis un jour à la maison de jeu, et certes je ne courais aucun risque, puisque les rideaux de la loge étaient entre moi et son regard... mais il me plut; je ne me rappelle pas avoir eu un caprice plus vif et plus soudain en ma vie! Je perdis toute prudence; ce fut moi qui fis les premiers pas, et, sur mon ordre, Batailleur l'introduisit dans le Confessionnal de la princesse.

Petite dit cela sans rougir. Esther ne se montra point trop scandalisée.

— Voilà votre unique argument, reprit Sara : Franz! toujours Franz! Les faits se sont chargés de me fournir une réponse, et je vous jure bien, chère sœur, que Franz n'élèvera jamais la voix contre moi.

Une servante entra en ce moment; elle avait une lettre à la main.

— De la part de M. le docteur, dit-elle.

Sara prit la lettre; la servante sortit.

Petite défit le cachet avec une répugnance ennuyée.

Son regard tomba sur la lettre ouverte. Une pâleur soudaine couvrit son visage, et une contraction violente plissa la ligne délicate de ses sourcils.

La lettre disait :

« Madame,

« Suivant votre désir, je vous rends compte à la hâte du résultat de notre duel. Le jeune F... en est sorti sain et sauf; c'est V... qui a été blessé. »

Durant une seconde, Petite resta comme pétrifiée. Il y avait en elle une rage sourde et furieuse. Sous ses paupières baissées, sa prunelle brûlait.

— Ils n'ont pas pu! pensa-t-elle, tandis que ses dents serrées refusaient passage à son haleine; ils l'ont laissé vivre! Je vois bien qu'il faudra que j'y mette la main moi-même!!!

Son œil fixé sur le sol avait cette même expression menaçante et terrible que nous lui avons vue lorsqu'elle regardait son mari agenouillé et brisé par la souffrance.

IX

TROIS NOMS

Cela dura une seconde. A peine Esther eut-elle le temps de remarquer l'élan de cette rage contenue.

Petite déchira la lettre en menus morceaux et la brûla.

Avant que le papier eût fini de flamber, elle avait repris son sourire tentateur

Elle était forte et toujours maîtresse d'elle-même; elle savait dominer toute passion et maîtriser toute angoisse.

Son visage était un masque obéissant, même aux heures de trouble. A la lecture du billet, un premier mouvement de colère l'avait emportée, parce que cette nouvelle la frappait à l'improviste : elle n'avait même pas songé jusqu'alors à la possibilité de ce résultat.

Elle avait vu Franz partir le matin pour se rendre au lieu du combat; son adversaire était un pilier de salle d'armes, et lui ne savait pas tenir une épée.

Depuis trois ou quatre heures qu'elle était éveillée, elle songeait à Franz comme à un homme mort, et même, une fois ou deux, elle avait eu comme une velléité de le plaindre, ce pauvre enfant qui était si beau, si hardi, si joyeux, et qu'elle avait vu naguère pâle d'amour entre ses bras. Vraiment, elle s'était attendrie! Au réveil, entre deux bâillements, elle avait secoué sa tête charmante en disant :

— C'est dommage!

Mais, en certaines circonstances, un peu de regret n'exclut point beaucoup de contentement. Sara se sentait toute gaie; Franz savait son secret; il était seul à le savoir, et il l'emportait dans la tombe.

Plus d'indiscrétion à craindre!

Mais, maintenant, il se trouvait que cette tombe ouverte avait été creusée trop tôt. L'enfant n'était point mort; contre toute attente, il avait évité le piége, et la menace était toujours suspendue au-dessus de la tête de Sara.

Menace terrible, car Franz savait bien des choses!

Le plus brave tressaille en sentant l'épée qui perce sa chair; tout ce qu'on peut demander à la vaillance elle-même, c'est de se redresser aussitôt après le coup reçu.

Petite était une manière d'héroïne; elle fit mieux que cela, et la blessure qui la poignait ne l'empêcha point de sourire.

Entraîner autrui sur la pente où elle se laissait glisser était un besoin de sa nature. En ce premier instant de dépit, elle ne raisonna point, sans doute, mais son instinct lui dit que la nouvelle annoncée par Mira n'était pas bonne à divulguer. Esther hésitait encore; il ne fallait point lui fournir un motif d'hésiter davantage.

Esther n'était qu'une femme, faible d'esprit, dépourvue de principes protecteurs, et entraînée par l'élément sensuel qui dominait en elle. Petite la voulait pire que cela, elle prétendait la façonner à son image; il lui semblait que la chute de sa sœur devait amoindrir sa propre chute, et qu'il ne lui resterait que la moitié de la honte partagée.

Ou plutôt, car il ne faut pas essayer d'expliquer ces exceptions qui repoussent ou qui effrayent, elle plaidait la cause du mal par goût, par nécessité, par vocation; elle se dévouait à nuire avec le zèle inspiré d'un démon, comme d'autres se dévouent à secourir et à prier.

Elle y prodiguait ses soins et son travail, et peut-être n'eût-elle point su se dire à elle-même pourquoi elle suivait sa tâche malfaisante avec une ardeur si âpre.

Rien ne l'arrêtait. A cette heure même où elle était frappée rudement et à l'improviste, elle ne déserta point la tentation commencée.

— Une lettre du docteur! murmura-t-elle en poussant du pied dans les cendres le dernier fragment de papier. Je l'avais chargé d'une commission qu'il n'a point su faire.

Elle prit une des mains de la comtesse et la caressa entre les siennes.

— Comme ce sera la première fois, poursuivit-elle, nous prendrons toutes nos précautions. Batailleur elle-même ne saura rien. Nous nous glisserons dans le *confessionnal*, et nous ne bougerons pas. Tu verras toutes ces têtes curieuses se lever au premier bruit que nous ferons derrière le rideau. « C'est la princesse! c'est la princesse! » Il y a un Anglais qui a offert cinq cents guinées à Batailleur pour avoir

Petite avait reconnu en lui le baron de Rodach. (Page 339, col. 2.)

le droit de soulever un coin de la draperie.

Elle s'interrompit et reprit tout bas :

— Viendras-tu?

— Tu es un démon, Sara! murmura Esther.

Petite l'embrassa en riant.

— Tu viendras, dit-elle. Mon Dieu, comme elle aime à se faire supplier! Quand je pense qu'avant un mois elle ne saura comment me remercier... Tu viendras ce soir?

— Impossible! répondit Esther.

— Parce que?...

— J'ai des occupations.

— Un rendez-vous?

— Peut-être.

— C'est respectable, mais ne pourrait-on savoir?...

— Impossible encore!

Les paupières de Petite se baissèrent à

demi; elle regarda la comtesse par-dessous la frange soyeuse de ses cils.

— Pauvre belle, murmura-t-elle; tu as la monomanie du mystère, mais je te devine.

Esther secoua la tête.

— Je parie qu'il s'agit du baron de Rodach, poursuivit Sara dont le regard se faisait plus perçant.

Esther ne répondit pas tout de suite; sa figure prit une expression de défiance et de malaise.

— Décidément, dit-elle enfin avec une intention d'ironie, vous vous occupez beaucoup du baron de Rodach, ma sœur!

— Parce que je vous vois penser beaucoup à lui, ma chère!

Tout en prononçant ces paroles d'un ton léger et enjoué, Petite tourna la tête vivement vers une porte vitrée qui faisait face à la fenêtre et qui donnait sur un corridor conduisant au bureau.

— Qu'est-ce donc? demanda Esther.

— Il m'a semblé entendre un bruit de pas, répliqua Petite.

Toutes deux prêtèrent l'oreille; on n'entendait rien.

— Je me serai trompée, reprit Sara au bout de quelques secondes; mais l'heure avance, et ces messieurs vont venir. Chère, vous ne voulez donc pas me dire que vous avez aimé le baron de Rodach?

— Quelle folie!

— Prenez garde! je vais croire que vous l'aimez encore. Et vraiment, il n'y aurait pas de quoi se défendre! Le baron est un des plus charmants cavaliers que j'aie rencontrés jamais.

— Comme vous parlez de lui avec feu! dit la comtesse dont les lèvres se pincèrent.

— Oh! moi, je suis franche, repartit Petite; je vous avouerai bonnement que je l'ai adoré!

— Ah! fit Esther.

— C'est pour lui que j'ai fait le dernier voyage d'Allemagne. Pendant un mois tout entier, je n'ai pas regardé une carte!

— Et maintenant, l'aimez-vous encore?

— Non, répondit Petite avec un accent de sincérité.

Esther la regarda durant quelques instants, puis elle se prit à sourire.

— Eh bien! dit-elle, je veux imiter votre franchise, Sara; c'est pour lui que j'ai fait mon voyage de Suisse. Mais je ne suis pas si heureuse que vous : je crois que je l'aime encore.

— Quel mal?...

— Voilà Julien revenu!

— Bah! fit Petite du bout des lèvres, prenez que le vicomte est votre mari, et vos scrupules s'en iront.

Ces cyniques paroles étaient prononcées d'une voix douce comme le miel, et de ce joli ton décent des conversations mondaines.

A voir de loin ces deux charmantes femmes, le calme au front et le sourire aux lèvres, on aurait cru qu'elles s'entretenaient de leur toilette du soir.

— Je ne sais comment vous dire cela, reprit Esther; mais il est certain que Julien me plaît. D'un autre côté, je ne puis pas me défaire de cette fantaisie qui m'entraîne toujours vers le baron de Rodach. Il ne pense qu'à jouer et à boire; mais...

— Comment! interrompit Petite, je ne l'ai jamais vu toucher une carte!

— Il se cachait de vous, peut-être...

— Et je l'ai trouvé toujours singulièrement sobre, pour un fils de Heidelberg. Par exemple, c'était don Juan intrépide!

— Mais du tout! s'écria Esther.

— Un duelliste, un coureur d'aventures!

— Je vous jure que vous ne lui auriez pas fait perdre une heure de sommeil pour la plus belle femme du monde!

— Je vous le dépeins tel que je l'ai vu à Hombourg, chère belle.

— Et moi, tel que je l'ai connu à Bade et en Suisse; je pense qu'il n'y a pas deux barons de Rodach!

— Vous l'avez vu hier au bal; c'était bien le mien.

— Et le mien.

Petite regarda la pendule; il était cinq heures moins un quart. Elle se leva et mit un baiser sur le front de la comtesse.

— C'est le tien, ma bonne petite sœur, dit-elle; penses-tu donc que je voudrais être ta rivale? Je veux te voir heureuse autant que tu es belle, voilà tout.

Sa main délicate et blanche lissait les cheveux d'Esther avec de caressantes mignardises.

— Je le veux! poursuivit-elle, entendez-vous bien! et je vous ferai contente malgré vous! Ce soir, après le dîner, nous reparlerons de nos petites affaires. Maintenant, il faut que j'aille faire un peu de toilette, car je suis venue au saut du lit, et il me semble que je sens le Café Anglais d'une lieue.

Elle baisa encore Esther, comme si elle l'eût aimée de passion, et son pas gracieux se dirigea vers la porte vitrée.

Elle sortit. Au moment où la porte retombait sur elle, Esther, qui venait de s'allonger, plus indolente, dans son fauteuil, entendit comme un cri étouffé dans le corridor.

Elle se redressa étonnée, et mit ses deux mains sur les bras rembourrés de son siége pour se lever et aller voir. Mais comme on n'entendait plus rien, sa nonchalance prit le dessus; elle s'étendit de nouveau paresseusement, et ferma les yeux dans un demi-sommeil.

La conversation récente avait porté ses pensées vers le baron de Rodach; l'image du bel Allemand vint visiter sa rêverie.

Le cri qu'elle venait d'entendre avait été poussé par Petite elle-même, qui, de l'autre côté de la porte vitrée, s'était trouvée face à face avec un homme.

La nuit tombait rapidement, mais la lumière d'une fenêtre voisine éclairait le visage de l'étranger, et Petite avait reconnu en lui, au premier coup d'œil, le baron de Rodach.

— Albert! s'écria-t-elle effrayée.

Et son effroi n'était point joué, car cette femme, qui bravait tout, tenait à passer pour une sainte aux yeux de la foule, et surtout aux yeux de son père. L'hôtel de Geldberg était pour elle comme un sanctuaire, à la porte duquel restait son audace.

Rodach, de son côté, celui qu'elle appelait Albert, l'avait reconnue pour la femme rencontrée, la veille au soir, en face du Temple.

Il était là depuis quelques minutes seulement, et le hasard l'y avait conduit, comme nous l'avons expliqué dans notre précédent chapitre.

Parvenu vis-à-vis de cette porte vitrée, Rodach avait entendu son nom, et involontairement il avait prêté l'oreille, avant de retourner sur ses pas.

Le bruit de la conversation était bien arrivé, confus, jusqu'à lui, mais il n'avait point pu en saisir le sens.

Il allait chercher à retrouver sa route, lorsque madame de Laurens apparut brusquement au seuil du pavillon. Il n'était point possible de l'éviter.

— Que faites-vous ici, Albert? reprit-elle d'une voix basse et rapide.

— Vous m'aviez dit de venir vous trouver, répondit le baron, je suis venu.

— Quelle imprudence! C'était chez moi, rue de Provence, et non pas dans cet hôtel, qui est celui de mon père.

— N'êtes-vous pas heureuse de me revoir? demanda le baron qui la considérait curieusement.

— Oh! si fait, mon Albert! Ne savez-vous pas comme je vous aime! Je suis bien heureuse; mais j'ai peur. Si quelqu'un venait!

— Vous avez évité de plus grands dangers que cela, belle dame, répliqua Rodach froidement.

Petite leva les yeux sur lui et le considéra attentivement.

— Comme vous êtes changé, Albert! dit-elle. Hier, vous aviez encore votre regard fanfaron et ce sourire hardi que j'aime tant. Aujourd'hui, vous êtes grave, et vous avez une autre voix.

Au moment où Rodach ouvrait la bouche pour répondre, un bruit se fit dans l'antichambre qui précédait le corridor. Petite devint toute pâle.

— Au nom de Dieu, murmura-t-elle, ne restez pas ici, Albert! Voilà quelqu'un, et j'aimerais mieux mourir que d'être prise en faute dans la maison de mon père!

— Je suis à vos ordres, répondit Rodach.

Petite tourna sur elle-même, jetant à droite et à gauche ses regards effarés. Il n'y avait que deux portes dans le corridor : celle par où Rodach s'était introduit et la porte vitrée, au delà de laquelle était Esther.

Derrière la première, on entendait des voix qui semblaient s'approcher.

Petite hésita pendant une seconde, puis elle mit sa main sur le bouton de la porte vitrée.

— Chacun pour soi! pensa-t-elle. Je n'ai pas à choisir, et, s'il y a quelqu'un d'accusé, il vaut mieux que ce soit elle!

— Entrez ici, Albert, reprit-elle en s'adressant au baron; dans cette pièce, il y a une personne de votre connaissance. Demain vous viendrez me voir... j'y compte; adieu!

Elle entr'ouvrit la porte vitrée, serra la main de Rodach et le poussa dans le pavillon. Puis elle s'enfuit, légère comme une gazelle.

La comtesse Esther était toujours étendue dans son fauteuil; ses paupières étaient baissées; elle songeait.

Au bruit que fit la porte, son regard se releva lentement; sa bouche s'ouvrit muette : elle se frotta les yeux, comme si elle n'eût point voulu croire leur témoignage.

— Goëtz! dit-elle enfin; vous ici! pourquoi n'avez-vous pas attendu à ce soir?

Le premier mouvement de Rodach fut la surprise et l'indécision. A voir sa physionomie, on eût pensé qu'il ne connaissait pas plus cette femme que le lieu où il se trouvait introduit ainsi, à l'improviste.

Il avança néanmoins vers le foyer, la tête haute et le pas délibéré.

Il y avait de la frayeur et à la fois du contentement sur les traits de la comtesse.

— Toujours imprudent! poursuivit-elle avec un reproche souriant; oh! Goëtz! Goëtz! vous ne vous corrigerez donc jamais?

Rodach, qui était arrivé auprès d'elle, s'inclina courtoisement et lui baisa la main.

La comtesse l'examina mieux.

— Mais quel air grave! dit-elle; êtes-vous donc devenu un homme sage, depuis hier, mon beau Goëtz?

— Il y a temps pour tout, madame, répondit Rodach; l'âge arrive...

La comtesse éclata de rire.

— Il vous dit ces choses avec un sérieux! s'écria-t-elle; mais appelez-moi donc Esther, Goëtz! On dirait que vous êtes fâché contre moi!

Elle se leva et s'appuya doucement au bras du baron.

— Voyez comme je vous aime, murmura-t-elle à son oreille; votre présence ici est un véritable danger pour moi, et cependant je ne songe point à vous gronder! il me semble que vous êtes plus beau encore qu'autrefois. Mais comment avez-vous pu oublier l'heure de notre rendez-vous, et quelle idée avez-vous eue de venir me chercher jusqu'ici?

— Le désir de vous voir plus vite... balbutia Rodach à tout hasard.

Esther lui serra le bras tendrement.

— Bon Goëtz! murmura-t-elle.

Puis elle ajouta, sans intention de raillerie aucune, et d'un accent pénétré :

— Le malheur, c'est qu'on ne peut jamais savoir si vous êtes ivre.

Rodach s'inclina en souriant.

— Ne vous fâchez pas de cela, mon Goëtz, reprit Esther, vous savez bien que je vous aime comme vous êtes. Mais gageons que vous avez passé la matinée à jouer et à boire?

— Quand on attend le soir avec impatience, dit Rodach galamment, il faut bien tuer les heures.

Esther le regarda avec admiration.

— Il a beau boire comme un templier, murmura-t-elle, il vous a toujours un grand air de gentilhomme! et de l'esprit! Goëtz, il ne faut vous corriger jamais! Je crois que je vous aime mieux avec vos vices.

Elle se haussa sur la pointe des pieds et tendit son beau front où Rodach mit un baiser de bonne grâce.

La pendule sonna cinq heures.

Esther tressaillit et lâcha précipitamment le bras du baron.

— Mon Dieu! dit-elle, vous me faites aussi folle que vous; à vous voir, j'oubliais le lieu où nous sommes, je ne songeais qu'à mon plaisir. Il faut vous retirer, Goëtz; nous nous reverrons ce soir.

— C'est que, répliqua le baron, je suis arrivé jusqu'ici un peu au hasard, et je ne sais pas si je retrouverais ma route.

Esther montra du doigt la porte vitrée, mais son bras retomba et la parole s'arrêta sur sa lèvre.

— Par là, pensa-t-elle tout haut, il va rencontrer le chevalier ou le docteur!

Puis, regardant l'autre porte :

— Par ici, reprit-elle, c'est la route de mon père, d'Abel et de Lia.

Sa figure exprimait maintenant une inquiétude sérieuse, et qui semblait croître à chaque instant.

— Vous ne pouvez pas rester ici, pourtant! s'écria-t-elle en frappant du pied. Mon Dieu, mon Dieu! comment faire, et pourquoi êtes-vous venu?

Elle appuya sa tête sur sa main et se mit à réfléchir. Tout à coup, elle se redressa épouvantée.

— Écoutez ! murmura-t-elle.

Un bruit léger se faisait du côté de la porte par où était entrée la servante qui avait apporté le message du docteur.

Esther prêtait l'oreille avidement : son trouble formait un contraste étrange avec le calme parfait de M. le baron de Rodach.

— C'est mon père ! dit-elle enfin en joignant ses mains avec détresse; je reconnais son pas. Oh ! Goëtz ! Goëtz ! je vous en conjure, soyez prudent une fois en votre vie ! mon père me croit pure, et je mourrais de honte s'il pouvait savoir...

Elle s'interrompit pour écouter encore. Le pas était tout proche.

Sa nonchalance habituelle avait disparu ; elle ne fit qu'un saut jusqu'à la porte vitrée.

— Trouvez un prétexte à votre présence, murmura-t-elle rapidement ; dites que vous vous êtes égaré en cherchant les bureaux... quelque chose... ce que vous voudrez... Mais que mon père ne se doute pas...

Elle ne put achever. Le bouton de cristal de la grande porte tourna.

Esther avait disparu.

Le baron de Rodach était debout au milieu de la chambre et regardait d'un œil froid la porte où il s'attendait à voir paraître le vieux Mosès Geld.

Le battant sculpté tourna doucement sur ses gonds, repoussant, à mesure, la draperie de la portière.

Au lieu de la face ridée du vieux juif, ce fut une angélique figure de jeune fille qui se montra sur le seuil.

A cette heure, d'ordinaire, toute la famille de Geldberg était rassemblée dans le petit salon. Il faisait sombre déjà ; la jeune fille parut d'abord étonnée de ne voir qu'un homme dans la chambre ; puis elle se recula d'un mouvement involontaire, en découvrant que cet homme était un étranger.

Puis encore elle poussa un cri faible, quand son regard tomba sur le visage de Rodach.

Elle demeura indécise auprès de la porte, les jambes chancelantes, la joue pâle, le sein soulevé.

Rodach semblait plus étonné qu'elle et plus agité; vous n'eussiez pas reconnu en lui l'homme de tout à l'heure; une émotion profonde et qu'il tâchait en vain de contenir avait remplacé le calme froid de son visage.

— Lia ! murmura-t-il bien bas.

Comme si elle n'eût attendu que ce signal, la jeune fille s'élança vers lui et jeta ses deux bras autour de son cou.

Elle riait; elle pleurait.

— Lia ! pauvre enfant ! balbutiait Rodach en la serrant avec passion contre sa poitrine.

Et la jeune fille murmurait parmi ses larmes de joie :

— Otto ! Otto ! mon Dieu, que je suis heureuse !

X

LE PROSCRIT

Lia de Geldberg n'avait pas dix-huit ans ; il y avait onze ans qu'elle avait perdu sa mère. La femme de Mosès Geld, cette belle Ruth que nous avons vue autrefois, au milieu de ses enfants, dans le salon mystérieux de la Judengasse, était morte peu de temps après avoir quitté l'Allemagne.

C'était une créature douce et bonne, qui n'avait jamais trempé dans les trafics ténébreux de son mari. La fortune rapide de Mosès Geld lui faisait peur, loin de l'éblouir. Elle regrettait l'obscure tranquillité des premières années de son mariage et c'était en frémissant qu'elle songeait parfois à la source inconnue de cet or qui ruisselait autour d'elle.

Mosès ne lui avait jamais dit son secret, mais souvent il devenait sombre quand arrivait la nuit, et souvent encore son sommeil agité laissait échapper d'étranges paroles.

Plus d'une fois Ruth s'était éveillée en sursaut à ses cris. Elle l'avait vu, les yeux demi-ouverts, la joue livide, les tempes baignées de sueur; il luttait contre l'angoisse d'un rêve, et sa bouche contractée murmurait :

— Seigneur! Seigneur! c'est pour eux! c'est pour mes pauvres enfants que j'ai tout fait!

Ruth l'éveillait doucement et ne l'interrogeait point.

Elle ne voulait pas savoir, mais elle souffrait, parce que son esprit devinait malgré elle. Et sa souffrance muette, qui n'avait ni consolateur ni confident, la minait lentement.

Les jouissances du luxe qui étaient prodiguées autour d'elle n'avaient rien qui pût l'enivrer ou étourdir sa peine. C'était une femme d'intérieur, une âme modeste; ce faste la repoussait et la magnificence déployée la ramenait fatalement à ce problème qu'elle ne pouvait point résoudre :

« D'où viennent toutes ces richesses? »

Elle s'éloignait du monde le plus qu'elle pouvait, laissant les plaisirs du dehors à ses deux filles aînées, et commençant l'éducation de la petite Lia.

Sa peine n'était que pour elle-même. Mosès Geld la retrouvait toujours souriante et sereine; il venait auprès d'elle se reposer et se consoler, car il n'était point heureux.

A part cette souffrance sourde qui le tenait sans cesse et qui ressemblait à un remords, l'ancien prêteur avait d'autres soucis. Il avait donné tout son amour à ses enfants; c'était pour eux qu'il avait travaillé nuit et jour, qu'il avait amassé florin à florin son premier capital; c'était pour eux qu'il avait fermé son cœur à toute pitié et que son usure implacable avait changé en or les haillons du pauvre. Ses rêves disaient vrai; s'il y avait un crime sur sa conscience, ce crime avait été commis pour ses enfants.

Et il doutait de l'amour de ses enfants! Dès ce temps, il voyait son fils et sa fille aînée, ligués secrètement avec ses associés, qui étaient ses ennemis.

Dieu sait trouver ces châtiments suprêmes.

On voulait l'éloigner des affaires et lui enlever la direction de la maison. Il le devinait; il le savait.

Il y avait bien le prétexte du repos que réclamait son grand âge; mais depuis cinquante ans Mosès Geld vivait dans l'astuce et dans la tromperie; il savait ce que c'était que le mensonge.

Pourtant son esprit faible et rendu paresseux par la vieillesse mettait tout ce qui lui restait de ressort à repousser la certitude de son malheur. Il s'entourait d'illusions volontaires, et s'accrochait aux joies chimériques de cet intérieur patriarcal dont nous avons ébauché l'esquisse au commencement de ce récit.

Il s'y tenait à deux mains, pour ainsi dire; il se criait bien haut à lui-même, quand son cœur ulcéré saignait : « Mes vœux sont accomplis; j'ai fait ma famille riche et puissante; je suis un heureux père! »

Et parfois il parvenait à s'aveugler, au point de sourire béatement à ces félicités illusoires.

Il jouait son rôle dans la comédie de famille. Ces respects menteurs qui l'entouraient l'endormaient comme l'enivrement de l'opium.

Mais le réveil était cruel. Il faut la vertu sincère et la droite loyauté pour servir de base à ces saintes joies de la famille. La copie mensongère que le vice en essaie grimace et raille amèrement.

Étendez sur la fange un tapis de velours, la fange le percera, si épais que vous le puissiez faire.

Et une fois le velours percé, la fange n'en paraîtra que plus hideuse, parmi le brillant de cette soie.

Mosès Geld avait rêvé l'impossible. Sur l'usure et sur le crime, il avait voulu fonder un avenir qui n'est dû qu'à l'homme juste, dont la vie fut bonne.

Il avait vendu son âme et il n'en recevait point le prix.

A ces heures d'amertume terrible où le bonheur espéré se voilait, où la réalité lui apparaissait comme un sarcasme impitoyable, il revenait vers Ruth, la douce femme qui l'avait aimé pauvre. Ruth l'accueillait et tâchait de lui donner courage. Elle lui tendait à baiser le front de la petite Lia, joli ange, dont au moins le sourire n'était pas un mensonge.

Auprès d'elle, Mosès Geld retrouvait le repos perdu; il se sentait comme absous vis-à-vis de cette innocence; l'espoir lui revenait.

Mais, un jour, la pauvre Ruth se coucha sur son lit et ne se releva plus.

Quand elle se sentit tout près d'aller vers Dieu, elle éloigna Lia, qui ne l'avait point quittée, et fit appeler Mosès Geld à son chevet.

— Me voilà qui vais mourir, lui dit-elle; j'aurais voulu rester ici-bas pour vous consoler et vous soutenir, car je sais que vous souffrez. Mais je ne vous oublierai pas, Mosès, dans l'autre vie, et je prierai pour vous, qui m'avez aimée.

Des larmes coulaient sur la joue pâle du vieux juif.

— Écoutez-moi, Mosès, reprit la mourante, dont le visage était calme, et qui retrouvait, à cette dernière heure, comme un reflet de beauté sereine; vous ne m'avez rien refusé durant ma vie; voulez-vous m'accorder une dernière grâce, à ce moment que nous allons nous séparer pour jamais?

Mosès Geld, qui ne pouvait parler, fit un signe de tête affirmatif.

La voix de l'agonisante s'affaiblissait de seconde en seconde.

— Ma sœur Rachel Muller, qui demeure auprès d'Esselbach, poursuivit-elle, aimait bien notre pauvre Lia au temps de son enfance. Je voudrais que notre chère fille fût éloignée de cette maison et confiée aux soins de ma sœur Rachel.

— Pourquoi? murmura Mosès.

Ruth ne répondit point : elle avait peur de Sara, sa fille aînée, dont elle avait dès longtemps deviné le cœur; mais elle ne voulait point accuser à l'heure de mourir.

Mosès Geld hésitait.

— Dieu m'est témoin, dit-il enfin, que je ne voudrais rien refuser à Ruth, ma bien-aimée. Mais Rachel est chrétienne...

—Mieux vaut adorer le Dieu des chrétiens que l'esprit du mal, répliqua Ruth d'une voix à peine intelligible. Mosès, mon mari, je vous en supplie, ne repoussez pas ma dernière prière!

—Lia sera confiée aux soins de notre sœur Rachel, dit le juif.

— Jusqu'à l'âge où la femme apprend à se conduire elle-même, reprit Ruth; promettez-moi que Lia ne reviendra pas à Paris avant sa dix-septième année.

— Je vous le promets, au nom du Dieu saint!

Ruth prit la main de son mari et la posa sur son cœur, qui battait encore. Elle n'a-

C'était de la joie lorsqu'on entendait de loin le trot de son petit cheval. (Page 346, col. 2.)

vait plus de paroles, mais son regard disait sa reconnaissance. Au bout de quelques minutes, son cœur s'arrêta sous la main de Geld ; ses yeux étaient fermés à demi et sa bouche demeurait entr'ouverte. Vous eussiez dit un sommeil souriant.

Elle était morte.

Lia partit pour l'Allemagne.

Peu de temps après cette mort, Moïse de Geldberg, qui avait résisté jusqu'alors aux obsessions de toute sa famille, céda tout à coup et se retira des affaires.

Il demeura d'abord durant quelques mois morose, taciturne et comme affaissé sous le poids de son oisiveté.

Puis, un beau jour, après être resté dehors depuis le matin, il revint, la gaieté au front et le sourire à la lèvre.

Le vieillard qu'on avait vu la veille courbé, morne, immobile, reprenait vie tout à coup et se redressait au contact d'un aiguillon inconnu.

C'était comme une résurrection.

Le lendemain, on ne le vit point paraître au déjeuner de famille. Sa vie de mystérieuse solitude avait commencé.

Depuis ce jour, la porte de son appartement se ferma régulièrement chaque matin à huit heures et demie pour ne se rouvrir qu'à cinq heures du soir.

Et, malgré la bonne envie de chacun, nul ne put savoir jamais à quoi s'occupait son loisir de tous les jours pendant ce long espace de temps.

Il voulait être seul, on le laissait seul.

Lia, cependant, grandissait loin de Paris, et devenait bien belle; elle avait pris la croyance de sa tante Rachel, qu'elle aimait comme une mère.

Rachel, veuve d'un chrétien nommé Muller, et possédant une médiocre aisance, habitait une petite maison de campagne de l'autre côté d'Esselbach. Elle était simple et bonne comme Ruth; elle avait pour Lia une affection toute maternelle.

Mais son esprit borné n'avait point ce qu'il fallait pour guider une jeune fille au delà des années de l'enfance. Lia fut de bonne heure abandonnée à elle-même. Sa nature droite, intelligente et forte n'eut pas besoin d'aide pour se développer dans le sens du bien.

Rachel Muller menait une vie fort retirée. Elle voyait seulement quelques amis de son mari, le curé catholique du village et les pauvres dont elle était l'appui. Lia était bien loin de se plaindre de cette solitude, et quand la bonne dame Muller lui demandait si elle ne voudrait point aller à Esselbach pour partager les plaisirs des jeunes gens de son âge, elle demeurait sincèrement étonnée qu'on pût lui supposer un regret ou un désir.

N'avait-elle pas tout ce qu'il lui fallait dans la maison de sa tante? Que lui importaient ces filles et ces garçons qu'elle ne connaissait point! C'était une petite sauvage; son instinct l'éloignait de la foule.

Elle aimait les bois ombreux, la plaine sans limites, et son bonheur était de courir à cheval par les sentiers ignorés.

Quand elle était bien loin du village, et qu'elle avait égaré sa route à plaisir, elle s'arrêtait, reposant sa vue avec délices sur le paysage inconnu; elle attachait son cheval à un arbre, elle ouvrait un livre, et bien souvent il faisait nuit noire lorsque sa tante, inquiète, la voyait revenir.

Durant ses longues promenades, Lia rêvait, mais ses rêves ne ressemblaient guère aux mélancoliques romans que les jeunes filles bâtissent à l'aide de leur mémoire. Ses songes étaient souriants et doux; elle s'égayait avec la nature fleurie, et les bonnes gens des campagnes qui la rencontraient par hasard se sentaient réchauffer le cœur à la voir si heureuse et si belle.

S'ils étaient riches, elle leur rendait un bonjour cordial pour leur salut respectueux; s'ils étaient pauvres, sa bourse s'ouvrait, et le don qui tombait de sa main charmante ne ressemblait point à une aumône.

On la connaissait à plusieurs lieues à la ronde. C'était de la joie lorsqu'on entendait de loin le trot de son petit cheval. Le père et la mère venaient avec les enfants sur le pas de la porte, et sitôt qu'on apercevait sa taille svelte, serrée dans un corsage de velours sombre, toutes les mains s'agitaient en signe de bienvenue.

Lia Muller, c'était ainsi qu'on l'appelait, était la favorite de tous. Son nom prononcé faisait naître au fond de tous les cœurs des idées de douceur, de grâce et de beauté.

Les petits enfants l'aimaient comme la bonne fée qui venait sourire à leurs jeux; les mères l'auraient voulue pour fille, et, quoiqu'elle fût bien jeune encore, plus d'un beau garçon d'Esselbach s'éveillait en soupirant pour l'avoir vue passer la veille.

Les beaux garçons soupiraient en pure perte. Nulle image aimée ne flottait encore parmi les rêveries de Lia, qui était une enfant.

Elle n'avait pas tout à fait quinze ans.

Une fois, pourtant, elle revint au logis de Rachel avec un nuage sur le front. Les jours suivants, on eût cherché en vain chez elle sa gaieté accoutumée. Pour la première fois, son cœur avait battu à l'aspect d'un homme, et il y avait un souvenir au fond de son âme.

Elle était partie à cheval, de grand matin, pour faire un long voyage à travers champs. Elle avait dépassé les limites ordinaires de ses courses, et, vers midi, elle était arrivée au pied d'une montagne sur laquelle s'élevait un vieux château, vaste comme une ville.

Aux alentours, il y avait de grands bois et des ruines.

Lia s'arrêta, ravie; longtemps elle contempla l'antique manoir, dont les tours crénelées se découpaient sur l'azur d'un beau ciel d'été.

Elle ne se souvenait point d'avoir vu jamais un paysage si noble et si fier. Tout ce qui l'entourait parlait de grandeur et de puissance. Devant elle, les débris d'un chemin couvert gravissaient la pente en zig-zag, montrant çà et là leurs meurtrières moussues, et rejoignaient la maîtresse-porte du château, où l'on apercevait encore les restes d'un pont-levis.

Un paysan passait.

— Comment se nomme ce château? lui demanda la jeune fille.

— C'était autrefois le schloss de Bluthaupt, répondit le paysan.

Ce nom frappa l'oreille de Lia comme un vague souvenir. Il lui sembla qu'elle l'avait entendu prononcer dans son enfance. Mais elle avait quitté Paris si jeune! Et personne, pas même Rachel Muller, ne connaissait les affaires de la maison de Geldberg.

— On lui a donc donné un autre nom? reprit Lia.

Le paysan fit avec sa tête un signe d'affirmation.

— Comment s'appelle-t-il maintenant? demanda encore la jeune fille.

Le paysan jeta sur les vieilles tours un regard mélancolique, puis il souleva son chapeau et s'éloigna sans répondre.

Il semblait que sa bouche répugnât à prononcer le nom qui avait remplacé celui de Bluthaupt.

Lia fit le tour de la montagne afin de trouver un chemin praticable pour son cheval.

Comme elle approchait du pied des murailles, elle vit un homme appuyé contre un des arbres de l'avenue, qui regardait le château avec tristesse. Cet homme avait la taille enveloppée dans les longs plis d'un manteau de couleur rouge sombre; autour de son bras était tournée la bride de son cheval, qui paissait l'herbe rare auprès de lui.

Lia n'osa point troubler la méditation de cet homme.

Elle admira durant quelques minutes encore la hautaine grandeur du vieux château, puis elle prit sa route de l'autre côté de la montagne.

Elle avait oublié l'homme de l'avenue.

A deux ou trois cents pas du manoir, elle entendit dans le bois voisin le galop de plusieurs chevaux. L'instant d'après, une troupe composée de sept à huit cavaliers prussiens passa auprès d'elle comme un tourbillon. Sa monture, effrayée, se cabra; elle essaya en vain de la retenir, et fut emportée à travers les taillis qui suivent l'arête occidentale de la montagne.

Avant de se perdre parmi des arbres, elle eut le temps de se retourner. Elle vit les soldats prussiens se diriger, la carabine au poing, vers l'avenue de Bluthaupt.

L'étranger venait de les apercevoir; il sauta d'un bond sur son cheval, qui partit aussitôt ventre à terre.

Lia n'en vit pas davantage.

Sa course continuait toujours, rapide et désordonnée; son cheval, qui ne sentait plus le mors, coupait le taillis en droite ligne, et redoublait de vitesse à chaque instant. Le taillis fut traversé en quelques secondes.

Elle se trouva dans une sorte de lande plantée çà et là de chênes rabougris, et au bout de laquelle s'étendait à perte de vue une double rangée de hauts mélèzes.

Son cheval courait tout droit vers les arbres.

Sur la lande, il y avait deux ou trois paysans, qui se mirent à pousser des cris de terreur à sa vue.

Mais Lia n'était point effrayée; elle se tenait ferme en selle et attendait tranquillement que son cheval se rendît.

Elle était sur le point d'atteindre la ligne des grands arbres, lorsque l'étranger de l'avenue sortit du bois tout à coup, et vint à la traverse de sa route.

Il avait pris de l'avance sur ceux qui le poursuivaient, et l'on entendait dans le lointain le galop des cavaliers prussiens.

Lia et l'étranger arrivèrent en même temps au pied des arbres; mais leur direction n'était pas la même : le fugitif suivait la ligne des mélèzes, et la jeune fille allait la couper à angle droit.

— Arrêtez! arrêtez! cria l'étranger en passant.

Lia ne savait pas quel danger la menaçait, mais, d'instinct, elle fit un nouvel effort pour retenir son cheval; ce fut en vain.

L'étranger, qui l'avait dépassée, se retourna sur sa selle.

Voyant qu'elle allait toujours, il arrêta sa monture brusquement, sauta sur le gazon et s'élança derrière les mélèzes.

Le cheval de Lia, lancé au grand galop, arrivait sur lui.

La jeune fille fit un geste d'effroi; l'étranger ne bougea pas.

Au moment où le cheval l'atteignait, il le saisit résolûment par la bride qui se brisa dans sa main; le choc fit perdre les étriers à la jeune fille; elle tomba sur l'herbe. — Le cheval, au contraire, fit un dernier bond en avant, et disparut parmi les broussailles enchevêtrées qui cachaient l'orifice du trou appelé l'Enfer de Bluthaupt : la Hœlle.

Lia restait muette d'horreur et couchée sur la lèvre même du précipice. Les soldats prussiens sortaient du bois à leur tour; l'étranger se remit en selle et disparut.

Lia prit un autre cheval dans une ferme du voisinage, et revint au logis de madame Muller. Tout le long de la route, elle songeait, mais autrement que naguère.

Elle avait perdu son insoucieuse gaieté.

Et sa pensée ne s'arrêtait point sur ce danger terrible, évité comme par miracle. Lia était courageuse comme un homme fort; l'idée de la mort n'eût point mis sur son beau visage cette subite mélancolie. Si maintenant ses yeux se baissaient, chargés de pensées, c'est qu'elle voyait sans cesse au-devant d'elle la mâle figure de son libérateur.

Il était là, dans son souvenir, le dos tourné à l'abîme; le vide s'ouvrait sous ses pieds, et il restait confiant en sa vigueur intrépide, tout prêt à supporter le choc d'un cheval furieux; il ne sourcillait pas; son œil restait grand ouvert; il se dressait droit et ferme comme la statue de la Vaillance.

Le galop des cavaliers ennemis s'entendait à chaque instant plus proche; mais il restait calme et fier entre ces deux périls.

Lia voyait comme un rayonnement autour de son beau front.

C'en était fait; cette image restait gravée au fond du cœur de la jeune fille, et ne devait plus s'en effacer désormais.

Un an se passa. Lia n'était plus une enfant. Elle aimait de plus en plus sa solitude chère, où elle s'entretenait avec ses souvenirs.

On ne la voyait plus sourire; et parfois, quand elle s'agenouillait pieusement à l'autel de la paroisse rustique, une larme était dans ses yeux.

Elle priait pour lui, pour lui dont elle ne savait point le nom, pour lui qui était depuis un an son unique pensée.

Elle l'appelait, elle lui donnait sa vie.

Il y avait, à un quart de lieue du village, et tout contre la maison de madame Muller, un brave paysan, établi dans ces environs depuis peu d'années, et qui se nommait Gottlieb.

Ce Gottlieb avait occupé autrefois, disait-on, une bonne charge au château des anciens comtes de Bluthaupt.

Il était pauvre, et bien des fois Lia avait secouru sa femme malade et ses enfants demi-nus.

Un jour que la jeune fille entrait à la ferme de Gottlieb, elle vit un homme s'esquiver par la porte de derrière.

D'un coup d'œil, elle avait reconnu son libérateur.

Elle interrogea, mais personne ne voulut répondre. Pour cette chose seulement, on se méfiait d'elle. On lui soutint qu'elle s'était trompée, et qu'il n'y avait personne dans la maison.

Lia n'avait vu qu'une seule fois son sauveur, mais elle avait pensé à lui tous les jours et toutes les heures de chaque jour, depuis plus d'une année. Elle savait qu'elle ne pouvait point se tromper quand il s'agissait de lui.

Dans un pays que nulles dissensions civiles n'agitent, un homme poursuivi par des soldats ne peut être qu'un malfaiteur; mais en Allemagne, où règne une sorte de conspiration permanente, la première idée qui vient à l'esprit est celle de la proscription politique.

Comment d'ailleurs cet étranger si bon, si beau, si généreux, aurait-il pu être un criminel? Cette pensée ne vint pas même à la jeune fille; il se cachait, donc il était proscrit; un danger le menaçait; il fallait veiller sur lui.

Lia se fit la gardienne de son sauveur; à l'insu de tous, elle veilla, et son sauveur lui dut, à son tour, la liberté, sinon la vie.

Un matin, elle entra chez Gottlieb tout essoufflée.

—Ils vont venir, dit-elle, et celui que vous cachez n'aura pas le temps de s'éloigner. Ne me dites pas que vous ne cachez personne! poursuivit-elle en formant la bouche au paysan d'un geste impérieux; je sais qu'il est chez vous et je veux le sauver. Je viens d'Esselbach, où j'ai entendu les soldats parler de lui et dire qu'ils savaient où le prendre. Ils vont venir de plusieurs côtés à la fois, et au moment où je vous parle, il n'est déjà plus temps de fuir à travers champs.

Gottlieb et sa femme restaient devant elle, irrésolus et interdits.

Comme ils cherchaient leur réponse, la porte de derrière s'ouvrit, et l'étranger parut, tenant à la main une épée dans son fourreau.

— Je vous ai entendue, mademoiselle, dit-il, et je viens vous rendre grâce. Combien sont-ils, je vous prie, ceux qui veulent s'emparer de moi?

Lia secoua la tête, en regardant l'épée avec tristesse.

— Je sais que vous êtes brave, murmura-t-elle; mais ils sont trop!

— Et puis-je vous demander... poursuivit l'étranger.

— Pourquoi je veux vous sauver? interrompit Lia vivement; c'est que je vous dois la vie.

Le visage du proscrit n'exprima que l'étonnement.

Lia baissa les yeux, une larme vint à sa paupière.

— Il ne me connaît pas! pensa-t-elle; il ne m'avait même pas vue!

— Écoutez, reprit-elle en s'éveillant tout à coup à la pensée du danger, je ne puis pas vous expliquer cela maintenant, mais je vous le jure, c'est bien la vérité! sans vous, je serais morte. Le temps presse et les soldats arrivent. Venez, je vais vous donner un asile.

L'étranger regardait avec admiration le beau visage de la jeune fille.

— Où donc? demanda Gottlieb avec un reste de défiance.

— Chez moi, répondit Lia : c'est à deux pas.

— Dans votre chambre ! s'écrièrent à la fois le mari et la femme.

Lia marcha vers le proscrit et le prit par la main.

— Venez dit-elle avec un sourire beau et pur comme son âme.

XI

L'APPARITION

L'étranger sortit avec Lia.

Un quart d'heure après, les cavaliers prussiens mettaient pied à terre à la porte de Gottlieb ; mais il n'y avait plus personne à la ferme, et les Prussiens s'en allèrent comme ils étaient venus.

Le proscrit resta plusieurs jours caché dans la maison de madame Muller, puis il chercha un autre asile. Mais il ne s'éloigna point, et les longues courses de Lia cessèrent d'être solitaires.

Le proscrit était connu sous le nom d'Otto parmi ses partisans, et il en avait beaucoup dans le pays. Il changeait souvent de retraite, et partout où il se présentait on l'accueillait avec une cordialité mêlée de respect. Les polices prussienne autrichienne et bavaroise unissaient leurs efforts et lui tendaient journellement quelque piége. Il savait s'y soustraire sans cesse, et les bonnes gens du pays lui prêtaient leur aide pour dépister les cavaliers qui lui faisaient la chasse.

Lia et lui avaient deux ou trois lieux de rendez-vous dans les parties les plus sauvages de la montagne ; c'était là qu'ils se retrouvaient.

Ils s'aimaient. Il y avait dans leur amour une circonstance étrange : tandis que la jeune fille s'y livrait sans réserve, et avec tout l'entraînement d'une passion non combattue, Otto semblait vouloir résister au sentiment qui l'emportait. On eût dit qu'il avait des remords. C'était de son côté que venaient ces retours bizarres qui agitent d'ordinaire les liaisons amoureuses, et qu'amènent les scrupules de la femme.

Otto avait la beauté d'un jeune homme. Pas une ride à son front, pas un fil d'argent parmi la brune abondance de sa chevelure ; sa taille était fière et souple ; son regard lui-même avait gardé ces étincelles vives que l'âge mûr éteint ou assombrit.

Mais l'apparence ne peut changer le fait. Otto avait dépassé les limites de la jeunesse. Vingt ans de labeurs et de peines le séparaient des jours de son adolescence. Il aurait pu être le père de Lia.

Et son amour pour la jeune fille avait, en de certains moments, quelque chose de paternel. Il se le disait du moins ; il cherchait à se tromper lui-même et mettait un voile volontaire au-devant de sa passion, comme s'il avait eu frayeur d'en mesurer les progrès.

C'était un sentiment fantasque et sujet à se transformer, comme tout sentiment combattu ; il avait des froideurs soudaines, et des élans fougueux que nulle force n'aurait pu comprimer.

Lia ne comprenait rien, la pauvre fille, à ces brusques intermittences. Son amour à elle était de toutes les heures et de toutes les minutes. Elle pensait à Otto toujours ; et comme il n'y avait rien en son âme qui ne fût virginal et pur, son âme ignorait le remords.

Elle aimait naïvement et saintement, sous l'œil de Dieu à qui elle confiait sa tendresse.

Parfois, elle revenait du rendez-vous de la montagne avec des larmes dans les yeux ; elle avait vu Otto triste et sévère ; elle avait essayé en vain de réchauffer sa glaciale froideur. D'autres fois, tout le long de la route, elle avait le sourire aux lèvres et son cœur avait peine à contenir la joie qui le comblait.

Otto avait parlé d'amour, et dans la bouche d'Otto les paroles d'amour brûlaient comme un feu comprimé qui éclate.

D'autres fois encore, la jolie tête de la jeune fille s'inclinait, pensive et courbée, sous le poids de la méditation. Son cheval errait à l'aventure; elle ne voyait point les aspects connus du chemin; elle arrivait à la porte de la maison de sa tante, sans avoir la conscience de l'espace parcouru ni du temps écoulé.

C'est que, en ces heures de recueillement, elle repassait dans sa mémoire les paroles d'Otto, qui lui avait montré un coin de son cœur rempli de tristesse. Elle ne savait pas le secret du proscrit, mais elle devinait en lui la longue souffrance, la résignation héroïque et la force vaillante qui ne sait jamais désespérer.

Il portait haut sa tête environnée de périls; il avait un chemin tracé qu'il suivait sans frayeur ni retard; si la mort se présentait en travers de la route, il donnait son cœur à Dieu et il marchait en avant.

Il y avait dans l'âme de Lia autant d'admiration que d'amour.

Otto, lui, s'accusait bien souvent de faiblesse et de lâcheté; il avait consacré sa vie à l'accomplissement d'une tâche, et il se disait que chaque heure perdue était une trahison sans excuse.

Il se disait encore que, pour toute cette tendresse ardente et dévouée de la jeune fille, il n'avait à donner, lui, qu'une part de son cœur.

Son cœur n'était plus à lui; un devoir impérieux réclamait tous ses instants, et l'amour ne pouvait avoir en son âme qu'une place incessamment contestée.

Il était pauvre, il était proscrit; l'âge, dont sa tête hautaine supportait encore le poids ennemi, allait incliner son front bientôt; sa main était vouée à l'épée et il y avait du sang dans l'œuvre qu'il poursuivait.

Que venait-il troubler la vie heureuse et pure de cette douce enfant?

Sa destinée était une tempête; oserait-il bien couvrir de nuages sombres l'avenir souriant et serein de Lia?

Il voulait fuir, fuir bien loin et à toujours...

Mais, pour la première fois, sa volonté robuste s'amollissait et fléchissait. Quelque chose de plus fort que lui-même l'arrêtait; lui qui n'avait jamais connu d'obstacles en sa vie, il demeurait engourdi par une influence inconnue.

Il restait; il montait à cheval et galopait vers la montagne, où l'attendaient un baiser et un sourire.

Il aimait. C'était son premier amour. Jusqu'alors son existence remplie n'avait point laissé de loisir à son cœur; il avait été tout entier à sa tâche.

Bien des femmes avaient croisé sa route depuis l'âge où, d'ordinaire, le cœur de l'homme naît à la passion, mais son regard avait glissé sur leur beauté, indifférent et froid. Il y avait un souvenir de mort qui s'étendait comme un voile lugubre entre lui et la pensée d'aimer.

Plus la femme était belle, plus elle se rapprochait de l'image funeste gravée au fond de sa mémoire. Un tableau qu'il n'était point possible de chasser venait devant ses yeux éblouis : un grand lit à colonnes antiques, où se couchait une femme pâle qui allait mourir...

Sa sœur, sa sœur chérie, qu'il avait aimée d'une tendresse pleine de passion et qui le gardait contre tout autre amour!

Arrière les molles pensées de volupté qui bercent la jeunesse des autres hommes! Son sort à lui était de venger et de combattre. Il y avait par le monde un enfant qui était le fils de cette sœur adorée et qu'il fallait faire, de mendiant, grand seigneur.

Il y avait une race noble, descendue au

plus bas degré du malheur, et qu'il fallait relever puissante et splendide, comme jadis.

Il y avait, avec le meurtre d'une sœur, l'assassinat d'un père à venger!

C'était assez pour toute la vie d'un homme : Otto se retranchait à l'abri de cette tâche austère et ne croyait point à l'amour. Longtemps l'amour l'oublia ; mais il vint enfin, et cette forte cuirasse, dont Otto croyait son âme défendue, s'évanouit, comme une enveloppe de glace tombe et se fond aux premiers rayons du soleil.

Plus il pensait être invulnérable, moins il prit de précautions; l'amour entra dans son cœur à l'improviste. Quand il voulut combattre l'amour, il n'était plus temps.

Ce furent des luttes vaines, des efforts épuisants, au bout desquels il n'y avait point de victoire possible.

Il gardait en lui un trésor amassé de passion; il aima, en une seule fois, pour toutes ses longues années d'indifférence et de froideur.

Mais la passion victorieuse ne lui fit pas oublier un seul instant son devoir; son cœur se partagea, son large cœur où il y avait place pour deux pensées.

Les mois s'écoulèrent. Otto, toujours poursuivi par les polices allemandes, avait repris son train de vie. Chaque semaine, il donnait quelques heures à Lia qui attendait, impatiente, pendant huit grands jours, ces courts instants de bonheur. Le reste du temps, il vaquait à son travail mystérieux.

Il allait on ne savait où. Certains disaient qu'il passait six jours de la semaine dans la ville libre de Francfort-sur-le-Mein, chez le riche patricien Zachæus Nesmer.

Une fois, la pauvre Lia, qui était allée bien joyeuse au rendez-vous de la montagne, attendit en vain toute la journée.

La semaine suivante, il en fut de même; Otto ne parut point.

Quelques jours après, la nouvelle du meurtre de Zachæus Nesmer arriva jusqu'en ces campagnes reculées.

Lia se rendait chaque semaine sur la montagne, et attendait toujours Otto. Otto ne venait plus.

La dix-septième année de Lia était révolue et la promesse faite au lit de la mourante accomplie. Rachel Muller reçut une lettre du vieux Moïse qui lui redemandait sa fille.

Lia partit bien triste pour Paris.

Tout lui était inconnu dans cette grande maison de Geldberg, où elle arrivait dépaysée. Le fragment de lettre que nous avons trouvé sur sa table nous a initiés à ses premières impressions et aux rapports qu'elle avait eus avec ses sœurs.

Lia y parlait aussi de Denise, qui était sa compagne la plus chère. Les deux jeunes filles s'étaient aimées tout de suite, parce qu'elles avaient la même franchise et la même bonté de cœur; mais l'attachement de mademoiselle d'Audemer semblait combattu par une sorte de répugnance secrète.

Denise se sentait instinctivement repoussée par les autres membres de la famille de Geldberg. Elle n'allait guère à l'hôtel qu'à son corps défendant; et, dès qu'il fut question de son mariage avec le chevalier de Reinhold, elle cessa complétement ses visites.

Ces dernières circonstances étaient de beaucoup postérieures à la lettre de Lia, qui, du reste, n'était jamais sortie de son portefeuille. Lia l'avait remplacée par une autre adressée au paysan Gottlieb qui la fit parvenir à Otto.

Otto répondit par le canal de madame Batailleur et ses lettres parvinrent intactes à la jeune fille, sauf les deux dernières, dont le secret fut violé par madame de Laurens.

Ces lettres échangées ressemblaient à leurs entretiens d'autrefois ; ils ne parlaient guère de leur amour. Bien qu'ils fussent l'un à l'autre de cœur, ils ne se connaissaient point l'un l'autre, parce qu'Otto avait toujours éloigné le chapitre des confidences.

Lia ne savait que le prénom de son amant; Otto croyait, comme les bonnes gens des en-

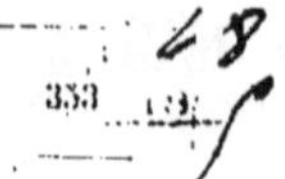

Ses sourcils étaient froncés sous l'effort d'une pensée douloureuse. (Page 354, col. 2.)

virons d'Esselbach, que Lia était la fille de Rachel Muller.

Il y avait maintenant six semaines que Lia n'avait reçu des nouvelles d'Otto. Elle avait passé la journée entière seule avec son souvenir; mais elle s'attendait à tout plutôt qu'à le revoir. Le baron de Rodach, de son côté, entraîné par les événements qui s'étaient succédé depuis la veille, n'avait pu donner suite à son projet de rejoindre madame Batailleur.

Il comptait se rendre dans la soirée chez la marchande du Temple, pour connaître la demeure de Lia.

Cette rencontre était pour lui aussi imprévue que pour la jeune fille.

Mais, dans le premier instant, ils ne réfléchirent ni l'un ni l'autre, et se donnèrent sans réserve au bonheur de se retrouver après la longue absence.

Rodach contemplait Lia, qui renversait sa tête en arrière pour élever jusqu'à lui ses regards charmés; il s'étonnait de la revoir plus belle. Les yeux de la jeune fille, humides et brillants, ne pouvaient point se détacher de lui; elle se pendait à son cou, confiante et ravie.

— Je croyais que vous m'aviez oubliée, Otto, mon cher Otto! dit-elle enfin; mon Dieu! que je souffrais! mais vous voilà, vous vous êtes souvenu de moi, je suis heureuse!...

Rodach mit un baiser sur son front; il gardait le silence, mais ses regards parlaient.

Tout à coup Lia se dégagea de ses bras.

— Vous cachez-vous encore? demanda-t-elle.

— Oui, répondit Rodach.

Elle le prit par la main et l'entraîna vers la porte par où elle s'était introduite elle-même.

— Venez avec moi, dit-elle; cette chambre va être pleine dans quelques minutes, et les gens qui vont s'y rassembler connaissent toute l'Allemagne.

Elle attira Rodach et lui fit traverser les salles du rez-de chaussée, que le départ des commis laissait vide. Elle l'introduisit dans le pavillon de gauche où nous l'avons vue naguère, occupée à relire les lettres du prisonnier.

Elle ferma la porte à clef, et vint s'asseoir auprès de Rodach sur une causeuse.

Elle lui prit les mains; son regard caressant le parcourait des pieds à la tête; sa joie débordait naïve; elle ne songeait point comme ses sœurs à lui demander le motif de sa présence; elle ne songeait à rien qu'à se rassasier de sa vue chère, à l'admirer et à l'aimer.

Ils étaient assis tous les deux vis-à-vis de la fenêtre, auprès du piano de Lia, où se mêlaient éparses quelques mélodies d'Allemagne. La configuration de la pièce était en tout semblable à celle du petit salon où nous avons assisté à l'entretien d'Esther et de Sara. Les ornements seuls différaient. Lia de Goldberg avait décoré suivant son goût sa retraite favorite. Il y avait là comme un parfum de grâce, comme un charme latent où se révélait le sanctuaire de la jeune fille.

C'était un cadre charmant pour une délicieuse figure.

Dans un coin, l'étagère sculptée supportait les livres aimés; non loin du piano, un petit secrétaire, où la nacre et le bois de rose mariaient leurs incrustations délicates, se couvrait de papiers et de lettres inachevées; devant la fenêtre qui regardait le jardin, une table inclinée soutenait l'album ouvert, où les derniers rayons du jour éclairaient l'ébauche d'une aquarelle:

Un site d'Allemagne; de vieux arbres le long d'un sentier montueux; un cavalier et une jeune fille assis sur le bord du chemin et deux chevaux attachés par la bride au tronc fier d'un grand mélèze.

Un souvenir...

Puis c'étaient la broderie commencée; les belles fleurs d'hiver aux tièdes parfums; tout ce qui peut charmer la solitude d'une jeune fille.

La nuit qui tombait lentement mettait comme un voile sur tous ces objets, et les confondait dans une demi-teinte harmonieuse.

C'était bien le lieu propice pour rêver doucement et parler d'amour.

Il y avait une chose étrange. Depuis que le baron de Rodach était entré dans cette chambre où l'accueillait l'hospitalité confiante de Lia, son visage s'était rembruni peu à peu. Au lieu de cette joie vive qu'il avait éprouvée au premier moment de la réunion, il semblait subir l'atteinte d'une inquiétude toujours croissante. Il ne répondait plus aux caresses de la jeune fille. Son regard était toujours fixé sur elle, mais il exprimait un sentiment de plus en plus pénible, et qui arrivait à être de l'angoisse.

Ses sourcils étaient froncés sous l'effort

d'une pensée douloureuse; sa joue était pâle, et il y avait un sourire amer autour de sa lèvre.

Lia, la pauvre fille, ne prenait point garde et continuait de dire éloquemment sa joie.

La souffrance du baron devint enfin si visible qu'elle ne put manquer de l'apercevoir.

Elle s'arrêta, bouche béante, au milieu d'une phrase entamée joyeusement.

— Qu'avez-vous, Otto? murmura-t-elle épouvantée.

Otto fut quelques secondes avant de répliquer. Quand il prit la parole enfin, ce fut pour poser une question dont il ne savait que trop bien la réponse d'avance :

— Lia, dit-il d'une voix creuse et à peine intelligible, d'où vient que je vous trouve dans cette maison?

La jeune fille le regarda, étonnée; puis elle essaya un timide sourire.

— C'est vrai, dit-elle; vous ne savez pas, Otto. Vous me croyez, comme tout le monde, la fille de ma bonne tante Rachel.

Rodach attendait et ne respirait plus.

— Si vous l'aviez voulu, reprit Lia, il y a bien longtemps que vous sauriez tout cela. Cette maison est à mon père.

Une sueur froide mouilla les tempes de Rodach.

— Vous êtes la fille de Moïse de Geldberg? balbutia-t-il avec peine, et comme si chaque mot eût déchiré sa gorge au passage.

— Oui, répondit Lia qui baissa involontairement les yeux sous le regard fixe que lui jetait Rodach.

Celui-ci demeurait droit et roide sur la causeuse; son visage était de pierre; on l'eût dit foudroyé.

Lia voulut reprendre sa main; elle la trouva humide et glacée.

Des larmes lui vinrent dans les yeux.

— Otto! s'écria-t-elle, Otto, je vous en supplie! dites-moi ce que vous avez!

L'œil de Rodach pesait sur elle, morne et lourd; mais il ne la voyait plus.

— Otto! reprenait la pauvre enfant navrée, avez-vous quelque chose contre moi et ne m'aimez-vous plus?

Les sourcils de Rodach se détendirent et son regard s'éleva vers le ciel.

— Mon Dieu, murmura-t-il avec une amertume poignante, étais-je donc trop heureux?

Lia se laissa glisser à genoux au-devant de lui; ses larmes étouffaient sa voix, qui voulait prier.

Otto l'attira contre son cœur, et lui effleura le front d'un baiser.

— Pauvre enfant! murmura-t-il d'une voix grave et profondément triste, je vous disais bien que cet amour vous porterait malheur!

— Mais pourquoi, mon Dieu! pourquoi? balbutia Lia parmi ses sanglots.

Rodach la contempla durant une seconde en silence; son regard s'adoucit; elle était si belle!

— Quoi qu'il arrive, reprit-il, je vous aimerai toujours.

Lia ne comprenait point, mais elle eut un sourire au travers de ses pleurs, parce qu'Otto lui promettait de l'aimer.

Le son d'une grosse cloche retentit tout auprès d'eux dans le jardin; Lia se leva en sursaut.

— C'est le dîner, dit-elle, et si je tarde, on va peut-être venir.

Rodach se mit sur ses pieds à son tour. Il était comme un homme ivre; le coup qui venait de le frapper l'avait touché en plein cœur.

Comme il se dirigeait, étourdi et chancelant, vers la porte, on essaya de l'ouvrir en dehors, puis on y frappa doucement.

Lia devint toute tremblante.

— Lia! chère petite sœur, dit une voix dans le corridor, venez donc, on vous attend.

— C'est ma sœur aînée, murmura la jeune fille; cachez-vous bien vite, Otto. Il fait presque nuit, on ne vous verra pas...

Machinalement et sans penser, Rodach se laissa conduire dans une embrasure où il demeura immobile derrière les rideaux fermés.

— Eh bien, petite sœur! disait-on au dehors.

C'était en effet Sara, dont le flair, éveillé, avait senti quelque chose, et qui venait guetter comme un chien sur le point de démêler la piste.

Lia lui répondit quelques mots au hasard; mais elle ajouta tout bas, en s'adressant à Rodach :

— Je vais laisser la porte ouverte. Quand nous serons parties, vous gagnerez le corridor, qui vous conduira au jardin. Une fois dans le jardin, vous n'aurez que les bureaux à traverser pour vous trouver dehors. Mais dites-moi bien vite : quand vous reverrai-je?

Otto garda le silence.

Petite éleva de nouveau sa voix impatiente et pressée; Lia fut obligée d'aller lui ouvrir.

Au moment où la porte tournait sur ses gonds, Petite jeta son regard avide à l'intérieur.

Elle ne vit rien. Elle cacha son désappointement sous un sourire, et baisa bien tendrement sa jeune sœur; puis elle lui prit le bras, et toutes deux s'éloignèrent.

Rodach resta une ou deux minutes à son poste. Quand il souleva les rideaux pour quitter sa cachette, cette expression de morne inertie que nous avons vue naguère sur son visage avait disparu.

C'était un homme fort contre la souffrance; ce coup qui brisait tous ses espoirs de bonheur l'avait frappé à l'improviste et un instant son cœur avait fléchi, mais il se redressait déjà dans sa vaillance éprouvée, et si les traces de la douleur restaient profondes sur son front, du moins portait-il maintenant la tête aussi haut que jamais.

— Que Dieu la protége! murmura-t-il en traversant la chambre; je l'aime de toutes les forces de mon âme... mais il faut que le sang de Bluthaupt soit relevé!

Il prononça ces mots d'une voix grave et ferme.

Dans la chambre de Lia, les deux fenêtres laissaient parvenir encore un reste de jour; mais une fois que le baron eut franchi la porte, il se trouva dans un couloir où régnait déjà une obscurité complète.

Il se dirigea au hasard dans cette nuit profonde, et bientôt sa main étendue se heurta contre une muraille qui fermait le corridor de ce côté.

Au delà de cette muraille, il entendait comme un bruit sourd et régulier qui semblait s'approcher lentement.

On eût dit un pas pénible, gravissant les marches roides d'un escalier.

Rodach tourna le dos; il n'avait ni le temps ni l'envie de découvrir la cause de ce bruit.

Mais à peine avait-il fait cinq ou six pas dans une direction nouvelle, qu'il se retourna brusquement; une porte s'était ouverte derrière lui, à l'endroit même qu'il venait de quitter.

Le corridor était éclairé maintenant par une lueur assez vive, et une apparition bizarre se montra aux yeux de Rodach.

Il aperçut devant une petite porte voûtée, qui restait encore ouverte, un vieillard tout tremblant et caduc, emmailloté dans une grande houppelande, que bordait une fourrure pelée.

Par-dessus la fourrure s'agrafait un petit manteau court dont le collet droit rejoignait une énorme casquette de peau, à visière en éteignoir.

L'apparition ne dura qu'une seconde, mais elle était trop étrange pour qu'on pût l'oublier.

La lumière qui éclairait maintenant le corridor provenait d'une lanterne que le vieillard tenait à la main. Il portait des lunettes bleues qui cachaient ses yeux, mais ne l'empêchaient probablement pas de voir, car il aperçut le baron de Rodach et souffla précipitamment sa lanterne.

La nuit régna de nouveau dans le corridor.

Rodach entendit des mouvements dans l'ombre; un bruit de portes qui s'ouvraient et se refermaient. Puis le silence se fit.

Rodach restait à la même place, surpris et tout pensif.

— Ce doit être Mosès Geld en personne! murmura-t-il.

Il revint sur ses pas en tâtonnant, et tâcha de retrouver la porte basse; mais il sentit partout le mur.

De guerre lasse, il dut renoncer à sa recherche, et longea le corridor en sens contraire.

Au bout d'une vingtaine de pas, il poussa une porte et se trouva dans le jardin.

Quelques minutes après, il atteignait la rue.

Sous le portail, il y avait un brillant équipage qui rentrait, ramenant M. le chevalier de Reinhold. Rodach attendit que l'équipage eût passé le seuil et s'esquiva, inaperçu.

En dehors du portail, sur une des bornes qui masquaient le coin du trottoir, une pauvre femme était assise, la tête entre ses mains et immobile comme son siége de pierre.

Les laquais du chevalier de Reinhold l'aperçurent en refermant le portail, et la chassèrent.

La pauvre femme se leva sans mot dire, et s'éloigna d'un pas chancelant.

Il y a loin du faubourg Saint-Honoré à la place de la Rotonde. La pauvre femme avait une longue route à faire. C'était la mère Regnault, qui n'avait pas trouvé encore la force de quitter la borne où l'avait jetée l'impitoyable dureté de son fils.

XII

RUE DU VERTBOIS

Le dîner de famille avait eu lieu ce soir-là un peu plus tard que de coutume, à l'hôtel de Geldberg; tout le monde était arrivé au rendez-vous après l'heure ordinaire, excepté le jeune M. Abel, qui, entre autres qualités excellentes, possédait l'exactitude de l'estomac.

Il était entré le premier dans le salon d'attente où avait eu lieu l'entretien d'Esther et de Sara. Le docteur et la comtesse l'y avaient rejoint; puis était venue Petite, amenant sa jeune sœur Lia.

Le paletot blanc du chevalier de Reinhold apparut ensuite sur l'horizon; il ne manquait plus que l'agent de change, Léon de Laurens, et le vieux Moïse de Geldberg.

Mais l'agent de change ne devait point venir. Sara eut le regret d'annoncer à la famille que le pauvre homme était retenu chez lui par une indisposition assez grave.

On plaignit beaucoup Sara. Et vraiment, quand deux cœurs sont bien unis et que la maladie entre dans la maison, ce n'est pas le malade qui souffre le plus.

Pauvre Sara!

L'absence de l'agent de change était du reste un fait qui se renouvelait fréquemment, à cause du mauvais état de sa santé ; on y faisait peu d'attention. Ce qui semblait étrange, c'était le retard du chef de la famille.

Tous les jours, au coup de cinq heures, il ouvrait la porte de sa chambre et descendait au pavillon où l'attendaient ses filles ; aujourd'hui la pendule marquait près de six heures, et il ne venait point.

Ce retard était presque sans exemple; il avait l'importance d'un événement.

A six heures moins le quart, Petite et Abel se déterminèrent à monter à la chambre du vieillard. Ils écoutèrent d'abord, l'oreille contre la serrure, et n'entendirent rien. Ils frappèrent, on ouvrit aussitôt.

Le vieux Moïse se montra sur le seuil avec le costume qu'il portait chaque soir. Il faisait ce qu'il pouvait pour paraître à son aise et libre d'esprit; mais il y avait sur son visage une pâleur inaccoutumée, et tandis qu'il descendait, appuyé sur le bras de sa fille, des tremblements soudains agitaient ses vieux membres.

Son trouble était si visible, que le jeune M. Abel lui-même, qui n'était point pourtant un observateur très-subtil, ne put manquer de s'en apercevoir.

On ne fit au vieillard aucune question.

Le repas fut silencieux; chacun y apportait sa préoccupation; Petite seule était gaie et charmante, comme toujours, au milieu du malaise général.

Les trois associés songeaient, chacun pour sa part, aux graves événements de la journée. Esther se demandait ce qu'avait pu devenir Goëtz. Lia était avec Otto; ce qui s'était passé naguère dans sa chambre restait pour elle une énigme, mais elle se sentait le cœur serré au souvenir du nuage sombre qui avait couvert tout à coup le front de son ami. Sa jolie tête se penchait, rêveuse; une inquiétude qu'elle ne pouvait ni expliquer ni vaincre grandissait au dedans d'elle. Elle voulait être joyeuse et fêter l'arrivée d'Otto au fond de son âme, mais elle n'y trouvait qu'un pressentiment de malheur.

Quant au vieux Moïse, il était immobile et muet à la place d'honneur. Il ne mangeait point. La vivacité de son regard s'était éteinte. A voir son visage morne et frappé, on eût dit qu'un vision effrayante était devant ses yeux.

A deux ou trois reprises pendant le repas, ses lèvres remuèrent; on eût dit qu'il allait parler, mais il n'en fut rien, et c'est à peine si Petite, assise auprès de lui, put saisir le son imperceptible qui tombait de sa bouche.

Une fois elle crut entendre ces mots, murmurés confusément :

— Je l'ai vu! je l'ai vu!..

Ce fut tout.

Après le dîner, au moment où l'on entrait au salon, le vieux M. de Geldberg fit signe au chevalier et au docteur d'approcher. Ils obéirent tous les deux.

Moïse les fit asseoir auprès de lui, de manière à ce que leurs siéges touchassent le sien; son regard inquiet tourna autour du salon, pour voir si personne n'était à portée d'entendre : il prit cet air important et mystérieux de l'homme qui va dire un grand secret.

Reinhold et le docteur attendaient.

La scène resta muette une ou deux minutes.

— Non, non! balbutia enfin Mosès dont l'œil se baissa; pourquoi la tombe s'ouvrirait-elle? Mon esprit devient faible .. Je suis trop vieux!

Il se tut.

Les deux associés attendirent encore une minute, puis Reinhold prit la parole.

— Mon digne ami, dit-il bien doucement et avec un respect affectueux, vous nous avez appelés; vous avez une communication à nous faire!

Le vieillard les regarda tour à tour, et secoua la tête vivement.

— Non, non, répliqua-t-il; que pourrais-je avoir à vous dire? le passé est bien loin; je ne m'en souviens plus. Faites que Lia vienne avec son livre s'asseoir auprès de moi.

Il les éloigna d'un geste plein de fatigue.

L'instant d'après, Lia commençait à haute voix la lecture de chaque soir.

La table de tric-trac était dressée; mais, au lieu de s'asseoir à leur partie quotidienne, Mira et Reinhold durent obéir à un signe de Sara, qui les appelait dans une embrasure.

Esther et le jeune M. Abel étaient assis auprès l'un de l'autre devant le foyer. Ils n'avaient pas grand'chose à se dire, mais il s'opérait entre eux comme un muet et fraternel échange d'ennui : leurs bâillements étouffés se croisaient avec beaucoup de sympathie.

— Que vous a-t-il dit? demandait Petite aux deux associés.

Elle parlait de son père.

— Belle dame, répliqua Reinhold, le respectable monsieur baisse considérablement, à mon sens! Il est à croire qu'il avait en effet quelque chose à nous communiquer, puisqu'il prenait la peine de nous appeler près de lui, mais quand le digne homme nous a tenus tous les deux sous sa main, attentifs et pressés de savoir, son caprice a changé. Il n'avait plus rien à nous dire.

— Est-ce bien vrai? demanda Petite en s'adressant à Mira.

Reinhold s'inclina en souriant pour la remercier de cette preuve de confiance.

— C'est vrai, dit Mira gravement.

Petite lui montra du doigt un siége qu'il alla chercher aussitôt. Petite s'assit au fond de l'embrasure, et les deux associés se tinrent debout devant elle.

Ils se mirent à parler tous les trois à voix basse.

Auprès de la cheminée, on n'entendait pas même le bruit de leurs chuchotements. La voix de Lia s'élevait seule, pure et douce, dans le silence du salon.

D'ordinaire, le vieux Moïse écoutait la lecture avec attention, car il faisait montre d'une piété grande et d'un profond attachement aux pratiques de sa religion. Aujourd'hui, son regard était distrait, et il y avait dans toute sa personne des marques d'agitation. Son front chauve se penchait parfois tout à coup sous le poids d'une pensée pénible; puis ses petits yeux gris se relevaient vifs, inquiets, perçants; ses lèvres remuaient, comme pendant le repas, sans produire aucun son.

Ce n'était point, assurément, la lecture de la Bible qui pouvait ainsi l'émouvoir.

Il y avait un gros quart d'heure déjà que madame de Laurens et les deux associés s'entretenaient; leur conversation était sans doute fort attachante, car ils y mettaient beaucoup de feu.

— Chevalier, disait madame de Laurens

de ce ton péremptoire et sec qu'elle prenait pour parler d'affaires, qu'il y ait danger ou non, il faut recommencer!

— Belle dame, répliqua Reinhold, vous savez si je suis à vos ordres, mais je n'ai pas comme cela plusieurs Verdier de rechange.

— Je l'espère bien ainsi! riposta Petite qui haussa les épaules avec dédain; il ne faudrait qu'un autre Verdier pour tout perdre! Cherchez, messieurs, et trouvez quelque moyen moins naïf!

— On dit du mal des auteurs, murmura Reinhold, après la pièce tombée. Auparavant, c'était un chef-d'œuvre! A parler vrai, belle dame, le moyen n'était pas si mauvais, et sans ce grand drôle, dont parle Verdier dans sa lettre...

— Certes, interrompit Petite avec moquerie, si votre Verdier n'avait pas échoué, nous l'aurions vu réussir: je n'ai jamais prétendu le contraire!

Reinhold aurait pu se fâcher, mais il aima mieux sourire.

— Puisque vous paraissez y tenir, chère dame, reprit-il, je passe condamnation. Mon moyen était mauvais. En savez-vous un meilleur?

Petite jeta un regard vers son frère et sa sœur, qui lui tournaient le dos, assis auprès du foyer; elle voulait voir si, sous prétexte de bâiller, ils n'étaient point l'un et l'autre aux écoutes.

— Je vous préviens, belle dame, reprit Reinhold, que la situation me paraît avoir changé. Ce mystérieux personnage, qui est venu si mal à propos mettre son épée dans la poitrine de Verdier, ne s'est pas rendu, sans doute, au bois de Boulogne, de si grand matin, par hasard et pour se promener. Depuis tantôt, j'ai réfléchi beaucoup à cette diabolique aventure, et il m'est évident que le jeune homme a des protecteurs.

— Nous avons de l'argent, dit Petite.

— Nous en avions... grommela Reinhold.

Petite ramena sur le chevalier son regard froid et brillant. Elle dit:

— A quoi bon tant parler? je veux qu'il meure!

— Moi aussi, répliqua Reinhold, mais...

— Docteur, interrompit Petite, dites-lui comment faire.

Le Portugais jusqu'alors avait gardé un silence grave. Quand Petite levait les yeux, sa paupière se baissait; quand Petite cessait de le regarder, il relevait les yeux, et l'on voyait comme un atome de feu brûler au fond de sa prunelle encavée.

Il ne bougeait point; sa taille se dressait longue et rigide auprès de la taille courte et légèrement obèse du chevalier, qui se trémoussait à chaque parole prononcée.

La demande de Sara était pour lui un ordre.

— Il y a un moyen, répondit-il de ce ton glacial et pédant qui lui était propre.

Petite et le chevalier prêtèrent avidement l'oreille.

— Esther, disait en ce moment M. Abel, qui s'ennuyait de ne point parler, avez-vous vu Meeting, mon cheval du Lincolnshire?

— Non, répondit Esther.

— C'est un bai qui a gagné à Epsom. Je l'ai acheté trois cent cinquante guinées à lord Pursy, héritier de Sa Seigneurie George, comte Herrington.

— Ah! fit Esther.

— Oui, madame. Ce Meeting est fils de Waterloo et de Princesse Maud.

— Vraiment!

— J'ai les titres. Waterloo, comme vous

BIBLIOTHÈQUE NATIONALE IMPRIMÉS

Polyte, dit-elle, va-t'en, mon petit! tu dîneras à vingt-cinq sous, et je payerai. (Page 366, col. 1.)

savez, était fils de Problème et de Chip-of the-old-block.

— Je ne savais pas, murmura Esther, qui n'écoutait point.

— C'est étonnant! dit Abel, tout le monde connaît cela. C'est Chip-of-the-old-block qui fit gagner trente mille guinées à lord Chesterfield, en 1819, aux courses d'Ascott, et son père le fameux Peripatetician...

Esther bâilla. Abel la regarda d'un air indigné et se tut.

Le docteur José Mira fut, suivant son habitude, quelques secondes avant de reprendre la parole. C'était un homme prudent qui pesait chacun de ses dires.

Petite et Reinhold l'interrogeaient du regard.

Quand il les eut fait attendre suffisamment, il baissa les yeux et murmura :

— Il n'y a qu'à l'inviter à la fête.

Petite frappa dans ses mains ; elle avait compris à demi-mot. Reinhold cherchait encore.

— A la fête? répéta-t-il.

— Au château de Geldberg! dit Petite; nous serons là chez nous, et nous n'aurons pas besoin d'un duel.

Reinhold tendit la main au Portugais.

— Docteur, dit-il, vous parlez peu, mais vos paroles valent de l'or! Il est certain que si nous l'amenons jusqu'au château de Geldberg, l'affaire est faite. Mais sous quel prétexte l'inviter, maintenant que nous l'avons chassé des bureaux?

— Je m'en charge, répondit madame de Laurens, et je réponds qu'il viendra.

— C'est au mieux! s'écria le chevalier; alors il faut hâter la fête.

— Et prendre ses mesures d'avance, ajouta le docteur; car vous ne trouverez guère de gens comme il vous les faut, parmi ces sauvages de Wurzbourg.

— C'est encore vrai, dit Reinhold: ah! docteur! quel homme précieux vous faites! Je connais ici un bon garçon qui pourrait bien nous convenir.

— Il en faut plusieurs

— Je connais une femme, dit à son tour Sara qui serait peut-être en position de nous fournir d'excellents sujets...

—Mon homme en amènera tant qu'on voudra dit Reinhold.

A quand la fête? dit Sara.

— Les préparatifs doivent être avancés, répondit le chevalier, et nous serons libres après l'échéance du 10. Quant aux frais, le ciel nous a envoyé un bailleur de fonds auquel nous ne nous attendions pas. On peut lancer les invitations.

—Faites, dit Sara; le plus tôt sera le mieux; moi je vais m'occuper de ce petit Franz.

Elle quitta l'embrasure et se dirigea vers le foyer.

Reinhold regarda le Portugais en dessous d'un air narquois.

— Docteur, dit-il, elle sait le nom et l'adresse du jeune homme, puisqu'elle se charge de l'inviter; le nom, vous avez pu le lui dire, car vous le saviez, mais l'adresse?

Les sourcils du docteur se froncèrent.

— Ah! ah! cher docteur, reprit méchamment le chevalier, comme elle est belle encore, et que ceux qu'elle aime doivent être heureux!

Petite venait de tendre son front au baiser de son père.

— Je vous quitte de bonne heure ce soir, disait-elle; il faut que j'aille tenir compagnie à mon pauvre malade.

Moïse retrouva un sourire pour lui souhaiter la bonne nuit.

Quand elle fut partie, il se retourna vers Reinhold et le docteur qui venaient de se rapprocher du foyer.

— Mon gendre et ma fille ne peuvent pas rester bien longtemps l'un sans l'autre, dit-il; comme ils s'aiment!

Le docteur salua gravement; Reinhold dit une fadeur.

La voiture de Petite galopait vers la rue de Provence.

Un quart d'heure après, elle était assise au chevet de son mari.

Il y avait là un médecin qu'on venait d'appeler.

Petite se plaignit amèrement du devoir impérieux qui l'avait tenue éloignée du lit de son mari malade; elle l'accabla de caresses tendres, et quand le médecin sortit, il était presque en colère contre M. de Laurens, qui avait accueilli avec une froideur triste les marques d'amour de sa charmante femme.

A peine avait-il dépassé le seuil, que Petite se levait à son tour et courait changer de toilette.

Elle rentra bientôt, parée et si belle, que le regard du malade eut un éclair.

— Bonsoir Léon, dit-elle du bout des lèvres; je vous trouve mieux, mon ami. En rentrant, je viendrai peut-être vous faire une petite visite, avant de me coucher.

— Où allez-vous? murmura le pauvre agent de change, qui était pâle au point de ressembler à un mort.

Sara lui fit un petit signe de tête souriant, et s'enfuit sans répondre.

M. de Laurens regarda la porte longtemps, comme s'il eût espéré le retour de sa femme; puis sa paupière se referma.

Il demeura immobile, la tête sur l'oreiller. Autour de ses yeux creusés, il y avait un large cercle bleuâtre; ses traits étaient tirés; des rides amères jouaient au coin de sa bouche.

Au bout de quelques minutes, il tressaillit sous ses couvertures; ses lèvres se froncèrent; son visage entier se crispa convulsivement.

Il poussa un cri de détresse.

Son valet de chambre accourut, et le trouva se tordant entre ses draps. Sa souffrance était horrible. Il pleurait comme une femme. — Et parmi ses sanglots il gémissait le nom de Sara...

De Sara, qui lui versait chaque jour une dose de jalousie, ce mortel poison auquel il succombait lentement!

De Sara, qui le tuait en se jouant et le sourire aux lèvres!

Sara n'était point remontée dans son équipage. Elle avait regagné la rue par l'escalier des bureaux; elle venait de s'installer dans son coupé d'aventures, qui courait maintenant dans la direction du quartier du Temple.

Petite s'était enfoncée dans l'un des coins de sa voiture; une douillette de soie l'enveloppait chaudement.

Elle rêvait.

Et nul remords importun ne venait assombrir sa rêverie.

Son joli visage exprimait une parfaite quiétude; sa conscience était nette; son imagination lui montrait un riant avenir.

Elle était belle encore, belle pour longtemps. Elle était riche. Sa vie commençait.

Le coupé quitta le boulevard à la porte Saint-Martin. Au lieu des larges voies qu'il avait parcourues jusque-là, il s'engagea bientôt dans une rue étroite et mal éclairée dont les boutiques sombres semblaient séparées par tout un monde des brillants magasins du beau Paris. Le coupé roula dans la boue une minute ou deux, puis il s'arrêta. Il était au bout de la rue du Vert-Bois qui avoisine le Temple.

Petite s'éveilla gaîment de son rêve et sauta sur le trottoir étroit. Son pied ne fit qu'effleurer légèrement le granit incessamment enduit de fange. Un autre bond la porta dans une allée obscure, où l'air se chargeait d'humidité. L'allée de Hans Horn, que nous avons peinte si misérable, était un royal corridor auprès de ce boyau noir et glissant.

Petite avant de s'y engager, se retourna vers son cocher.

— Allez m'attendre là-bas! dit-elle

Le cocher remonta sur son siége et partit.

Il venait souvent en ce lieu, et le mot *là-bas* voulait dire pour lui le coin de la rue Phélippeaux.

Petite fit quelques pas en relevant sa robe comme si elle eût été dans la rue. Il régnait autour d'elle une obscurité presque complète; mais elle savait son chemin. Son pied mignon heurta bientôt la première marche d'un escalier tournant qui était le digne voisin de l'allée.

Elle prit sans trop de dégoût une corde grasse qui remplaçait le bec de gaz absent, et commença intrépidement à gravir les degrés hauts et roides de l'escalier.

Elle ne s'arrêta qu'au troisième étage.

Ici, le luxe commençait. Il y avait vraiment un paillasson pour s'essuyer les pieds, et la main de Petite, qui savait les êtres trouva dans l'ombre un beau gland de laine terminant le cordon d'une sonnette.

Elle sonna. Derrière la porte on entendait une conversation bruyante, mêlée d'éclats de rire.

Au retentissement de la sonnette, un bruit de savates se fit à l'intérieur; la porte s'ouvrit et montra une vieille femme, coiffée d'un mouchoir à carreaux et tenant à la main un bougeoir de cuivre, qu'elle levait au-dessus de sa tête pour examiner la nouvelle arrivante.

Cette bonne femme avait une redoutable figure de portière, de gros sourcils sur des yeux rouges, un nez crochu, des moustaches, une bouche rentrée, un menton menaçant.

Sara la salua d'un sourire amical.

— Bonjour, madame Huffé! dit-elle.

Madame Huffé, fit une révérence étudiée, et prit un air civil qui mit encore plus de grotesque sur son visage.

— J'ai bien l'honneur de vous saluer, madame, dit-elle.

— Madame Batailleur est-elle à la maison? reprit Petite.

La Huffé fit une seconde révérence et se mit à marcher à reculons, en répondant d'une voix prétentieuse et flûtée :

— Madame aura l'honneur de recevoir madame.

Petite entra. Madame Huffé lui fit traverser une chambre où régnait une généreuse odeur de cuisine; puis elles pénétrèrent toutes deux dans une seconde pièce, meublée avec une sorte de luxe.

Dans cette pièce, madame Batailleur était à table vis-à-vis d'un garçon d'une vingtaine d'années, mis avec une recherche de mauvais goût, la moustache frisée et les cheveux bichonnés par une perruquier du quartier du Temple.

— J'ai l'honneur d'annoncer madame Louise, dit la Huffé en exécutant une troisième révérence.

Madame Batailleur se leva, la bouche pleine, et tendit la main à Petite, qui la toucha de bonne amitié.

XIII

PETITE

Madame de Laurens avait baissé son voile pour entrer dans la chambre où madame Batailleur et le dandy du quartier du Temple dînaient en tête-à-tête.

Le voile de Petite était très-beau, et si chargé de broderies qu'il valait un masque pour le moins.

Le dandy, qui se nommait Hippolyte, jeta de son côté un regard à la fois curieux et embarrassé. Il ne vit que le voile.

C'était un garçon haut en couleur, avec de grosses mains et de grands pieds, point trop mal de figure et bâti à l'avenant.

Sa redingote de drap fin, odieusement collante, faisait vraiment tort à sa mine; il eût été passable avec une casquette sur la tête et une blouse sur le dos.

Le costume qu'il portait le rendait évidemment très-fier. Il se sentait lion jusqu'au bout de ses ongles d'une propreté douteuse, et son regard s'abaissait de temps en temps avec une complaisance naïve vers les souliers vernis qui gênaient ses pieds noueux.

La position sociale de cet aimable garçon

consistait à remplir le rôle de favori auprès de madame Batailleur.

Il était peut-être fort intéressant dans le tête-à-tête, mais la vue d'une grande dame le jeta hors de son sang-froid. Il devint rouge comme une tomate, toucha ses cheveux, frisa ses moustaches, et finit par planter carrément ses deux mains dans ses poches.

Puis, sentant vaguement que ce geste n'était point *comme il faut*, il remit ses mains au jour avec précipitation et se creusa la tête pour savoir qu'en faire.

Madame Batailleur, elle, était une femme de trente-cinq à quarante ans, fraîche encore et assez jolie. Elle avait la figure ronde et pleine, les joues colorées, de petits yeux souriants, de grandes dents blanches, et cette espèce de cheveux gris-blonds, qui s'ébouriffent sous la casquette des gamins de Paris.

Ce n'était ni le blond doré des belles filles de l'Allemagne, ni le blond perlé des vierges pâles qui nous arrivent de Londres. C'était le blond parisien, cette nuance dont César parle tant de fois dans ses *Commentaires*, et que Julien l'Apostat aimait passionnément.

Un blond qui n'est pas laid, Dieu nous garde de le dire, mais qui semble terne à l'œil, et qui n'a point de reflet; un blond qui serait fade s'il n'était pauvre, et qui choisit d'ordinaire pour les teindre les chevelures étiolées ou crépues.

Ce blond est excessivement rare parmi les femmes qui ont le droit de porter chapeau; il coiffe généralement des têtes de drôlesses; le crâne des Osages de notre boulevard n'a pas d'autre parure.

Les cheveux de madame Batailleur étaient de ce blond-là; elle en avait peu; ils étaient rebelles au fer et insensibles à la pommade.

Ses sourcils étaient de la même couleur, et encore ses cils, courts et mal fournis.

Quoiqu'il en soit, elle avait fait bien des conquêtes en sa vie, et l'audace joyeuse qui brillait sur son visage plaisait encore à plusieurs militaires.

Mais madame Batailleur était de son siècle; elle dédaignait l'uniforme; il lui fallait des dandys.

Elle avait une taille grassouillette, un peu plus élevée que celle de Sara; sa toilette consistait en une robe de satin puce, première qualité, défendue contre les accidents par un grand tablier de cotonnade bleue, tigré de taches de graisse. Autour de son cou potelé, mais légèrement bruni, s'enroulait un magnifique collier de pierres fausses. Elle avait sur la tête un bonnet de dentelles d'un grand prix, gâtées par une profusion de rubans couleur de feu.

De ce bonnet s'échappaient les mèches roides et tortillées de ses cheveux.

Elle riait à tout propos et très-bruyamment; elle tapait volontiers sur le ventre des gens; elle parlait l'argot du Temple avec une voix de caporal.

La table était passablement servie; le linge était beau, l'argenterie luxueuse.

On eût pu remarquer auprès de chacun des deux convives une énorme bouteille sans cachet, mesurant litre, et pleine de ce vin violâtre qui tache les nappes des cabarets populaires.

La chambre était grande et meublée en salon. Il y avait de beaux fauteuils de velours rouge, un divan, des chaises en tapisserie, le tout presque neuf, et n'ayant point trop physionomie d'occasion; on aurait pu se croire dans un salon ordinaire, servant de salle à manger par hasard, sans la profusion de dépouilles disparates qui couvraient une partie des meubles.

On voyait là des pelisses fourrées, des lambeaux de dentelles, de vieux gants attendant le nettoyage, des manchons, des robes, des corsets, et une demi-douzaine de pantalons hors d'usage.

Autour de la tapisserie, semée de fleurs éclatantes, s'alignait un rang pressé de ces petites gravures, enluminées chaudement, qu'on voit aux carreaux des vitriers.

On retrouvait là l'histoire lamentable de Geneviève de Brabant, Héloïse et Abeilard, la Tour de Nesle et l'Enfant prodigue, réduit par sa grande faute à garder des pourceaux peints en bleu !

Sur la cheminée se plaçait une superbe pendule Louis XV, flanquée de deux tasses à douze sous.

La chambre était éclairée par deux chandelles de suif jaune, fichées dans des flambeaux d'un grand prix.

Madame Huffé avança un fauteuil pour Petite, et lui fit une quatrième révérence, en appelant sur ses traits redoutables le plus avenant de tous ses sourires.

M. Hippolyte cherchait toujours où mettre ses mains, et sifflottait une polka nationale pour se donner un parfum de bonne compagnie.

Le métier de favori d'une reine est par tout pays assez triste. Le dîner était à peine commencé. Madame Batailleur montra la porte au grand garçon, d'un air fort amical :

— Polyte, dit-elle, va-t'en, mon petit ! tu dîneras à vingt-cinq sous, et je payerai.

Polyte regarda d'un air mélancolique la table amplement servie ; mais il n'y avait pas de réplique possible. Il se leva sans mot dire, prit dans un coin sa canne à pomme dorée par le procédé Ruolz, et disparut en saluant gauchement.

Madame Huffé le suivit, après avoir eu l'honneur d'exécuter une cinquième révérence.

Petite leva son voile. Madame Batailleur se remit à table et noua sa serviette sous son menton.

— Y a-t-il quelque chose de nouveau ? dit-elle en se remettant à manger sans façon.

— Oui, répondit Sara ; j'ai plusieurs services à vous demander, ma bonne Batailleur.

La bonne Batailleur se versa un large coup de vin bleu, et le but en faisant à madame de Laurens un signe de tête familier.

Au Temple et en public, la marchande savait parfaitement se tenir à distance de la grande dame ; mais le tête-à-tête autorise bien des choses, entre gens qui s'estiment et qui s'aiment.

— Chère madame, reprit la Batailleur, vous ne voulez pas vous rafraîchir un peu ? non ? Eh bien, ce sera comme vous voudrez. Je vais boire à votre santé.

— Faites, ma bonne. Ah çà, vous voyez donc toujours ce petit malheureux d'Hippolyte ?

— M'en parlez pas ! répondit Batailleur, j'attends toujours qu'il *me monte un gandin* pour lui *crever l'œil*, mais il est si *rupin*, si *rupin ! j'ai le béguin pour lui*[1] !

— Ma pauvre Batailleur, dit Petite, j'avoue que je ne vous comprends pas parfaitement…

— Bête que je suis ! s'écria la marchande, je crois toujours que vous savez parler ! Monter un gandin, c'est ce que vous appelez, vous autres gens du beau monde, tirer une carotte, crever l'œil, ça veut dire : Ni ni, c'est fini ! rupin, c'est faraud, un moderne, qui a du beau linge ; avoir le béguin, tenez, chère madame : M. de Laurens a le béguin pour vous. Et rude, encore ! ah ! mâtin !

Petite recevait sans sourciller ce feu roulant de paroles grossières. Elle était fort à son aise, avec sa nature délicate et ses habitudes aristocratiques, vis-à-vis de cette créature qui avait une robe de soie et qui était riche, mais dont la fortune n'avait pu laver la bassesse originelle.

Batailleur était née en fraude de la loi,

1. J'attends qu'il m'ait joué un tour pour lui fermer ma porte, mais il est si bien mis !… j'en suis folle.

dans quelque trou voisin du marché des Innocents. Son éducation, commencée sous les piliers de la Halle, s'était parfaite dans une échoppe du Temple.

Quand madame Huffé avait dîné, à ces moments où les bonnes natures s'échappent, elle disait volontiers qu'il était bien dur pour une femme comme elle, qui avait occupé dans la société des positions *conséquentes* de servir une dame Batailleur.

Une personne qui parlait mal en français, et qui ne savait point se conduire avec les gens bien élevés!

Car madame Huffé était une femme bien élevée, malgré le mouchoir de coton à carreaux qui lui servait de coiffure, et malgré son visage effrayant.

Elle avait servi chez un sénateur du premier empire, et si le cosaque qui l'avait séduite au temps de l'invasion ne l'eût point délaissée avec une sauvage perfidie, elle aurait été, à l'heure où nous parlons, mère de famille honnête dans quelque bon bourg de l'Ukraine.

Autant Batailleur était brusque et sans façon, autant sa vieille camériste se montrait cérémonieusement courtoise.

Aussi se méprisaient-elles réciproquement dans toute la sincérité de leur cœur.

Quant à Petite, elle avait eu le temps de s'habituer aux manières de la marchande du Temple, car il y avait bien des années déjà que cette dernière était son factotum.

Batailleur dîna copieusement; quand elle eut fini son litre, elle fit des emprunts à celui que le départ du pauvre M. Hippolyte laissait à moitié vide. Petite ne troubla point son repas.

On apporta le café, car quelle marchande du Temple peut vivre sans café, et sans petits verres assortis! Quand la demi-tasse fut pleine, Petite demanda à voir l'état de ses affaires.

— Madame Huffé! cria Batailleur d'une voix de tonnerre.

La vieille femme se présenta aussitôt, munie de son inévitable révérence.

— Le registre! dit Batailleur.

— Je vais avoir l'honneur d'aller le chercher, répondit madame Huffé.

La marchande ouvrit le registre entre sa soucoupe et le porte-liqueurs, contenant du parfait-amour, du cher cassis et de l'huile de Vénus.

Elle feuilleta d'une main les pages jaunies du livre, tandis que son autre main remuait dans la tasse le divin mélange connu sous le nom de *gloria*.

— Ça n'a pas mal été tous ces temps-ci, disait-elle; on a fait quelque chose au jeu, là-bas, rue des Prouvaires. Nos Orléans ont monté; nous avons perdu quelque chose sur la rive droite, mais c'est une bagatelle.

— Voyons, dit Petite, il y a longtemps que je ne me suis rendu compte de ma situation.

Elle avança son fauteuil, et mit sa tête tout près de celle de Batailleur.

Les boucles brunes et lustrées de sa magnifique chevelure frôlèrent les tortillons maigres qui sortaient du bonnet de la marchande.

Il y avait plein contraste entre ces deux femmes : l'une était le type de la distinction charmante, l'autre, rougie par le vin et l'alcool, résumait en sa personne les vices grossiers et repoussants de ces parvenus que le hasard tire çà et là des derniers rangs de la populace.

Pourtant la noble dame ne manifestait aucun dégoût. Peut-être n'en éprouvait-elle aucun. La vapeur du *gloria*, toute saturée de parfums hostiles, montait sous ses narines; elle n'y prenait point garde, et son flacon restait dans sa poche.

Sa figure se penchait au-dessus du registre, tout comme celle de la marchande, et de loin vous eussiez dit deux sœurs.

Batailleur commença le compte.

— Il y a trois cent mille francs sur Naples, dit-elle; cinq cent mille francs à mon nom en rentes sur l'État; soixante-dix mille francs sur Rouen, cent quinze sur Orléans, quatre cent cinquante mille...

— Le total? interrompit Petite, dont les yeux noirs brillaient.

On était à peine au commencement. Batailleur tourna trois ou quatre pages, chargées de chiffres mal tracés, et arriva au bas d'une colonne, où l'addition était toute faite.

— Cinq millions trois cent cinquante mille francs, dit-elle.

— Comme c'est long à venir! murmura Petite.

Batailleur joignit les mains.

— Long! répéta-t-elle d'un air scandalisé; mais j'ai des années de plus que vous, moi, ma chère madame! et je n'ai encore pu me ramasser en tout et pour tout qu'une centaine de pauvres mille francs!

Petite ne songea point à s'offenser de la comparaison.

Batailleur avala une bonne gorgée de *gloria*, et remplaça le vide fait dans sa tasse par une nouvelle dose de liqueur.

— Un peu de doux? reprit-elle en offrant la burette à Sara, mais faites excuse : vous n'en usez jamais! moi, d'abord, je ne peux pas m'habituer à voir une dame qui ne prend pas sa petite goutte!

— Il me semble, dit Sara, que nous avions davantage la dernière fois.

Madame Batailleur se mit à humer à petites cuillerées le contenu de sa tasse.

— Chère madame, répondit-elle, vous dites toujours la même chose. Si nous ne nous connaissions pas depuis trop longtemps, je croirais que vous avez défiance de moi!

— Fi donc! s'écria Petite avec un sourire tout aimable; n'ai-je pas remis mon avenir tout entier entre vos mains?

— C'est vrai que j'ai joliment des affaires à vous! répliqua la marchande, et quoique vous ayez pris vos précautions tout de même, vous seriez un peu dérangée si je m'avisais de lever le pied!

Petite voulut sourire, mais son regard exprima une vague inquiétude.

Batailleur lui frappa sans façon sur l'épaule.

— N'est-ce pas vrai? reprit-elle avec un gros rire masculin, moi, ça me ferait un joli *affurt*[1]! mais ce n'est pas avec vous que je voudrais jouer *l'harnache*[2], ma chère madame... vous pouvez dormir sur les deux oreilles. Joséphine Batailleur est une honnête femme, qui ne vous ferait pas seulement tort d'une *croix*[3]!

Sara mit sa petite main gantée dans la main rouge et large de la marchande.

— Je vous crois, ma bonne amie, dit-elle.

— Ah! mais, reprit madame Batailleur en s'échauffant, vous chercheriez longtemps dans le marché, sans trouver ma pareille, voyez-vous bien! rien dans les mains, rien dans les poches! je fais mon affaire comme il faut, et je n'ai pas peur des mauvaises langues, ah mais!

— Ma bonne Batailleur!... voulut dire Petite.

Vous avez rencontré souvent de ces gens qui s'enflamment, dès qu'on ne les contredit point; le plus souvent ces personnes entêtées boivent du vin bleu dans des bouteilles mesurant litre; elles professent pour le *gloria* une estime raisonnée. Elles sont sourdes et aveugles; vous avez beau abonder dans leur

1. Bénéfice.
2. Harnacher ou jouer l'harnache : tromper, duper.
3. Six francs.

BIBLIOTHÈQUE NATIONALE
RF
IMPRIMÉS

Elle mit le matou à la place occupée naguère par Polyte. (Page 374, col. 2.)

sens, elles vous écrasent de leurs absurdes plaidoiries.

Madame Batailleur était sujette à ce travers, après le café. Elle avait raison, du reste, de vanter son honnêteté vis-à-vis de Petite; car il ne lui était jamais venu à l'idée d'abuser des intérêts considérables qu'elle tenait entre ses mains. C'était une créature perdue de vices, mais gardant une sorte de probité relative.

Ses pareils abondent sur le pavé de Paris. Ils naissent on ne sait où; ils croissent dans les ténèbres fangeuses et ignorées qui sont tout en bas de l'échelle sociale. Le hasard fait leur éducation : le premier vent qui les touche est imprégné de corruption et de misère. Ceux qui les entourent souffrent et blasphèment; ils n'ont jamais entendu le nom de Dieu que dans les jurons hideux de l'ivresse.

Pour certaines gens, les règles de la morale humaine remplacent le frein salutaire de la religion; ces gens-là ignorent aussi bien l'une que l'autre; personne ne sut leur dire : « Ceci est bon, et cela est mauvais. » Ils riraient bien, si vous leur parliez sérieusement d'une autre vie! Il n'y a pour eux de vrai que la cour d'assises et la police correctionnelle.

Il faut leur savoir gré, nous le disons en conscience, de n'être que vicieux. Du jour où les enseignements de la philosophie athée ont filtré d'en haut jusque dans leurs bouges, ils ont eu presque le droit d'être criminels.

Au milieu de la nuit profonde où elle avait toujours vécu, faisant tous les métiers douteux et brocantant le mal, madame Batailleur avait par hasard au-dedans d'elle un atome de justice. Il restait quelque chose au fond de sa conscience, et en cela elle était bien supérieure à Petite, qui, sous ses dehors brillants, cachait une corruption volontaire et sans bornes.

Petite, du reste, l'avait jugée avec ce tact sûr et fin qu'elle possédait au degré suprême. Elle savait au juste ce qu'elle pouvait lui accorder de sa confiance, et ne courait point risque de se tromper.

Madame Batailleur avait toutes les affaires de Sara entre les mains. Elle était le centre d'un système de tromperies légales, à l'aide duquel Petite éludait les prescriptions du Code, et ramassait une fortune malgré sa position de femme mariée, pendant que son mari se ruinait.

Madame Batailleur prêtait son nom. Elle avait des rentes, des actions de toute sorte, et jusqu'à des immeubles. C'était elle qui s'abouchait avec les agents de change et les courtiers d'affaires.

Elle était simple revendeuse à la toilette, il est vrai, et certaines gens auraient pu s'étonner de la voir remuer des centaines de mille francs. Mais cela n'inspirait point de méfiance.

Le Temple est un mystérieux purgatoire où le marchand peut rester toute sa vie; mais parfois l'usure y végète quelques années seulement, pour entrer ensuite de plain saut dans le paradis de la fortune.

On ne peut pas savoir. On a vu des faits si étranges! Ce malheureux qui *fafiotait* jadis dans la Forêt-Noire, et dont les savates *rebouisées* faisaient honte aux porteurs d'eau, ne loua-t-il pas un jour l'hôtel d'un duc et pair en déconfiture? Cet autre qui retapait les vieux chapeaux derrière la Rotonde, n'a-t-il pas laissé l'opulence à ses deux fils, qui sont des grands seigneurs?

Nul ne peut dire ce qu'il y a d'or sous cette misère. Le Temple ressemble à ce mendiant qui cache des billets de banque dans la paillasse de son grabat, et qui meurt millionnaire, couché dans ses haillons.

Les agents d'affaires qui traitaient avec madame Batailleur songeaient à ces mille bruits qui courent sur le Temple, et l'envie leur prenait peut-être de se faire marchands de guenilles.

Ce n'était pas une sinécure que l'emploi de factotum auprès de madame de Laurens. Il y avait beaucoup à faire. Batailleur était d'ailleurs la femme qu'il fallait pour cela. Elle avait une activité infatigable; elle menait de front ses propres affaires et celles de Petite, et ne laissait jamais rien en souffrance. Sara le savait bien; Batailleur remplissait admirablement sa tâche, et tenait ses comptes avec une exactitude au-dessus de tout éloge.

Elle voyait les agents; elle voyait les courtiers; elle stationnait souvent parmi ce groupe de femmes à visages avides qui assiégent la grille de la Bourse et convoitent de loin les délices prohibées de l'agiotage. Elle donnait les ordres et passait les contrats. Elle était suffisamment assidue à sa boutique du Temple, et le soir elle tenait une maison de jeu.

Tout cela ne l'empêchait point de dîner à son aise, avec M. Polyte, et de prendre son *gloria*, les coudes sur la nappe, avec toute la lenteur désirable.

C'était une maîtresse-femme, qui avait du temps pour tout et que rien n'étonnait.

— A la bonne heure, ma chère madame, à la bonne heure! dit-elle, quand Petite fut parvenue à la calmer. J'ai eu tort de prendre le *bourdon*, car ça m'a donné mal à la tête, et je vais être obligée de me servir un petit verre de quelque chose pour me remettre. Mais aussi est-il possible de voir les gens se plaindre quand ils ont tant de bonheur! Que vous faut-il donc de plus? vous ne pourrez jamais dépenser tout ce que vous avez.

Petite poussa un gros soupir et se donna une physionomie émue.

— Si c'était pour moi, ma bonne Batailleur, murmura-t-elle, je ne prendrais pas tant de peine; mais ne vous ai-je pas dit vingt fois?...

— Quarante fois, ma chère madame, interrompit la marchande, cinquante fois, si vous voulez! ça, c'est un fait! la petite fille, n'est-ce pas?

— Judith! balbutia Sara.

— Oui, oui, oui, dit Batailleur en clignant de l'œil, l'enfant de l'amour et du mystère!

Madame Batailleur versa du parfait-amour jusqu'à moitié de sa tasse vide, et reprit brusquement avec sa voix d'homme :

— C'est juste que vous m'avez parlé bien des fois de la petite fille; mais, voyez-vous, moi, je ne comprends pas grand'chose à tout ça. En définitive, où diable est-elle, cette enfant-là?

Sara ne s'offensait jamais de ces rudes manières.

— Ma fille! murmura-t-elle en levant les yeux au ciel; ma pauvre Judith! elle est loin de sa mère et confiée à des étrangers, elle souffre.

— Et pourquoi souffre-t-elle? interrompit la marchande.

— Hélas! dit Sara, vous savez bien que j'ai fait tout ce que j'ai pu! je me suis humiliée devant mon mari! je l'ai prié! je l'ai supplié! il ne tenait qu'à lui d'avoir en moi une femme douce et dévouée.

Batailleur, qui ne savait pas se gêner, fit rondement un geste d'incrédulité.

— Oh! croyez-moi, ma bonne Joséphine, reprit Petite, je ne demandais qu'à l'aimer! S'il avait eu pitié de ma pauvre enfant, j'aurais été à lui pour la vie!

Batailleur secoua la tête d'un air sérieux.

— Faut être juste, dit-elle, ces choses-là ne se font pas! Le cher homme vous aimait trop pour prendre l'enfant à la maison, et si j'avais été à sa place...

— Ne dites pas cela! s'écria Petite précipitamment.

On touchait le seul point de son cœur qui eût une apparence de sensibilité.

— Ne dites pas cela! répéta-t-elle; je lui avais tout avoué. Il savait que cet enfant était le fruit d'une séduction odieuse. J'étais si jeune alors! devait-il me faire supporter le châtiment d'une faute qui n'était point la mienne? et s'il voulait me punir, devait-il étendre la peine jusque sur cette créature innocente pour qui je lui demandais pitié! Oh! c'est pour cela que je le déteste, ma bonne! c'est pour elle, pour elle seule! et maintenant qu'il souffre, à mon tour je n'ai pas de compassion!

La figure de Petite avait revêtu cet aspect de dureté implacable que nous lui avons vu prendre plusieurs fois; mais Batailleur n'é-point femme à se troubler pour si peu. Elle regarda Petite en face, intrépidement, et dit en buvant son parfait-amour à petites gorgées :

— Pour tuer un homme, il faut bien un prétexte.

Sara pâlit et ses yeux flamboyèrent.

— Ne vous fâchez pas, chère madame! reprit Batailleur sans s'émouvoir; tout cela ne me regarde guère, mais c'est une idée que j'ai. Il n'y a qu'à voir travailler les ouvriers pour comprendre votre cas. Quand l'ouvrage et trop dur, ils sifflent un bon coup d'eau-de-vie, et ça va! Vous qui n'aimez pas l'eau-de-vie, vous pensez à l'enfant quand le cœur vous manque, ça revient toujours au même, — et vous continuez de piocher!

Le rouge reparut sur la joue de Sara; le bon sens grossier de la marchande avait deviné l'énigme de sa conscience avec une incroyable justesse.

Tout était mensonge en cette femme, à tel point que l'unique sentiment capable de faire battre son cœur se mélangeait de tromperie.

Cet amour pour sa fille, qu'elle faisait sonner si haut, existait en elle, mais ne ressemblait point au bel amour des mères.

C'était comme un contre-coup de haine; elle aimait pour haïr.

Elle savait sa fille malheureuse; elle ne lui prêtait point d'aide, et la laissait souffrir pour pouvoir se dire : Je la venge!

Pour pouvoir se dire : Quand mon mari sera mort, elle ne souffrira plus!

La détresse de l'enfant était profonde et faisait pitié à tous. Petite, abritée par le secret, voyait cette détresse et en jouissait pour ainsi dire.

C'était un aiguillon permanent à sa haine; c'était une main tendue qui la poussait en avant et sans relâche.

Il faut un prétexte pour tuer un homme!

Mais Petite avait épaissi les ténèbres à plaisir sur ce coin de sa conscience. Habituée à tromper tout le monde, elle avait fini par se tromper elle-même; elle ne savait plus distinguer en elle l'amour de la haine. Quel que fût ce sentiment, d'ailleurs, il était ardent et profond. Elle croyait aimer, aimer passionnément.

Les paroles de la marchande éclairèrent tout à coup son âme. Un instant, elle se fit frayeur à elle-même.

Puis son instinct sophistique renoua le bandeau au-devant de ses yeux; elle repoussa la lumière; elle douta; puis elle nia.

Puis encore elle s'indigna contre cette accusation qui la blessait au vif.

— Ma pauvre Batailleur, dit-elle avec mépris et sécheresse, vous ne pouvez point comprendre ces choses, et j'ai tort de me chagriner pour des paroles prononcées à l'étourdie. Mais c'est que je l'aime tant! ajouta-t-elle dans un élan subit de passion, cette chère enfant, qui est mon seul bien sur la terre et mon espoir dans l'avenir! Oh! croyez-moi, tout cet or est à elle! Il y a bien longtemps que je songe à cela : mes plans sont faits et je lui arrange toute une vie de bonheur! Pour sa misère passée, elle aura la richesse. Elle sera belle dès qu'elle ne souffrira plus. Elle sera noble, joyeuse, adorée. Oh mon Dieu! mon Dieu! m'accuse-t-on de ne pas aimer mon enfant!

Batailleur ouvrait de grands yeux; elle était émue : la paupière de Petite s'emplissait de larmes.

— Mais vous ne m'avez donc pas vue, s'écriait-elle d'une voix entrecoupée, serrer dans mes bras cette autre enfant si pâle et si chétive que j'ai rencontrée quelquefois dans votre boutique?

— La Galifarde? interrompit madame Batailleur.

— Sais-je le nom qu'on lui donne? Ce que je sais, c'est qu'elle a l'âge de ma Judith et qu'elle lui ressemble! Ce que je sais, c'est que j'aime mon enfant de toutes les forces de mon âme!

Elle s'approcha de Batailleur et prit une voix recueillie.

— Écoutez, poursuivit-elle en souriant

doucement, je vais vous dire ce que je ferai quand M. de Laurens sera mort.

Il y avait quelque chose de hideux dans ce mélange de sensibilité passionnée et de cruauté froide, dans cette femme souriante qui bâtissait un doux rêve d'amour maternel sur l'assassinat d'un homme.

Mais la marchande ne voyait point ce côté de la question. Son ignorance se laissait prendre aux chaudes paroles de Petite; son bon sens, que nul enseignement ne guidait, faisait fausse route, au premier vent de l'émotion; elle ne voyait que la pauvre enfant et la mère aimante. Elle se repentait de ses paroles; elle croyait à cette tendresse qui s'épanchait brûlante; elle aussi avait des larmes dans les yeux.

Sara y allait de bonne foi; elle ne s'étudiait point en ce moment.

— Je serai libre, reprit-elle; personne n'aura plus le droit de contrôler ma conduite. Je la prendrai chez moi; elle sera demoiselle! et savez-vous, ma bonne, je la ferai passer pour la fille de M. de Laurens! Pauvre chère Judith! au moins héritera-t-elle de cet homme qui l'a faite si malheureuse! Et ma conscience ne me reprochera rien, soyez sûre! Je l'aurai là, près de moi, comme un bouclier contre le remords! Oh! comme je l'aimerai! comme j'irai au-devant de ses moindres caprices! je lui ferai un bonheur nouveau pour chacun de ses jours. Autour d'elle il n'y aura que des caresses! Et dans quelques années son cœur parlera... oh! je le jure! elle sera la femme de celui qu'elle aura choisi! fût-il un mendiant ou un prince, je le lui donnerai!

— Allons! vous êtes bonne tout de même, chère madame! dit Batailleur, en s'essuyant les yeux; ça me fait de l'effet, tout ce que vous me racontez là!

— Je voudrais doubler, tripler ma fortune! poursuivit Petite, et je n'en aurais pas encore assez, puisque cette fortune est pour elle!

Elle s'interrompit à ce moment, et se retourna effrayée. Elle venait d'entendre derrière elle un pas furtif, qui se glissait sur le parquet de la chambre.

Son regard rencontra l'étrange et laide figure de madame Huffé, laquelle fit une magnifique révérence et sourit d'un air agréable.

— J'ai l'honneur de m'informer auprès de madame, dit-elle, s'il est temps de desservir.

Il y avait un étonnement plein d'inquiétude dans les yeux de Petite. Depuis combien de temps la vieille femme était-elle dans le salon? Avait-elle entendu?

La marchande était rouge de colère. Elle versa dans sa tasse le reste de la burette de parfait-amour.

— Vieille folle! s'écria-t-elle avec un juron plus que viril, que venez-vous faire ici? Si je vous vois jamais entrer comme cela, en tapinois et sans être appelée, je vous jette à la porte comme un chien.

Le mot était dur pour une femme qui avait occupé une position dans le monde. Madame Huffé prit un air digne.

— J'ai l'honneur de faire observer à madame... commença-t-elle.

Batailleur rassemblait à une lionne en furie.

— Cachez-vous! s'écria-t-elle en saisissant par le goulot sa bouteille mesurant litre; filez; vieille comtesse! où je vais faire un malheur!

Il était urgent d'obéir, la marchande ne plaisantait pas après dîner; madame Huffé ébaucha une demi-révérence, puis elle eut l'honneur de disparaître.

Sara s'était levée. On n'eût retrouvé sur son visage calme aucune trace de l'émotion récente. Elle était, nous le savons, maîtresse d'elle-même au plus haut degré : en ce moment il ne lui plaisait pas de s'attendrir.

— Nous venons de dire bien des folies, ma bonne, murmura-t-elle d'un ton léger : j'avais à vous entretenir de choses plus importantes; mais je vous reverrai ce soir au jeu. Avant de vous quitter, pourtant, je veux vous demander si vous n'auriez point, parmi vos connaissances, quelques bons garçons pas trop scrupuleux, sur lesquels on pût compter pour un coup de main.

— Des Polytes? murmura Batailleur en souriant.

— Non, dit Petite, plus foncés que cela. Il ne s'agit pas d'une plaisanterie et l'affaire se ferait en Allemagne. On les payerait ce qu'ils vaudraient.

Batailleur baissa les yeux et tourna la tête avec une répugnance manifeste.

— Il y a par-ci par-là des coquins dans le Temple, répondit-elle; je sais qu'ils se réunissent là-bas, derrière la Rotonde, à l'enseigne des *Quatre Fils Aymon* ; mais ces choses-là ne me plaisent guère, ce n'est pas ma partie, et j'aime autant ne point m'en mêler.

Petite rajusta son voile devant la glace et se dirigea vers la porte.

— Nous reviendrons là-dessus, ma bonne, dit-elle, et vous en agirez à votre volonté. Vous savez que je ne demande rien pour rien. Éclairez-moi, je vous prie.

Madame de Laurens reprenait en ce moment, sans y penser peut-être, ses airs de grande dame. La distance qui existait entre elle et Batailleur, comblée un instant par d'intimes confidences, revenait plus large que jamais. La marchande, malgré sa belle robe de satin et son bonnet splendide, n'avait plus l'air d'une compagne, mais d'une suivante. Elle se munit d'un flambeau et reconduisit Petite jusqu'en bas de l'escalier.

— A quelle heure vous reverrai-je? demanda-t-elle.

— Je ne sais pas, répondit madame de Laurens. J'ai plusieurs choses à faire ce soir. Vous m'attendrez.

Elle sortit; la marchande remonta.

En entrant dans sa chambre, elle mit bas son tablier graisseux et planta sur son bonnet le plus éclatant de tous ses chapeaux; puis elle sortit à son tour pour se rendre à la maison de jeu de la rue des Prouvaires.

Deux ou trois minutes après son départ, on eût pu voir entrer dans le salon, madame Huffé, tenant entre ses bras un chat de gouttière d'une grosseur énorme.

Elle mit le matou à la place occupée naguère par Polyte, et s'assit elle-même sur la chaise laissée vide par sa maîtresse.

— Voilà pourtant comme c'est, mon pauvre Minet! grommela-t-elle en bourrant son assiette; après avoir occupé des positions, on se trouve réduite à servir une pas grand'chose. Veux-tu du veau?

Minet voulait du veau.

— Quand je dis une pas grand'chose, reprit madame Huffé, cela signifie une rien du tout, mon ami. Mais patience, patience! on sait ce qu'on sait. Qui vivra verra.

Le chat la regardait avec ses grands yeux jaunes.

Il était à madame Huffé ce que Polyte était à Batailleur, avec cette différence qu'on le traitait avec plus de considération que Polyte.

Il eût fallu l'arrivée d'un empereur pour forcer la vieille femme à lui faire supporter l'avanie que Batailleur venait d'infliger à son favori.

Nul empereur ne vint, et le repas de madame Hufflé s'acheva paisiblement en tête-à-tête avec son chat.

Sara, cependant, avait longé le trottoir boueux de la rue du Vert-Bois et gagné l'enclos du Temple. Un instant elle se dirigea vers l'endroit où son coupé l'attendait; mais au bout de quelques secondes, elle s'arrêta irrésolue.

Puis elle revint sur ses pas, et s'engagea dans la rue Du Petit-Thouars.

Le Temple était désert depuis longtemps.

L'activité s'était réfugiée de l'autre côté de la rue, dans ces boutiques de passementiers où l'on voit des troupeaux de femmes tordre des franges du matin au soir.

Petite s'éloignait le plus possible des magasins, et marchait sur le trottoir qui borde les baraques du Temple.

Comme elle arrivait à la hauteur de la rue du Puits, elle vit, aux lueurs des réverbères, la silhouette vive et svelte d'un jeune homme qui sortait de la place de la Rotonde.

Petite crut reconnaître Franz. Elle hâta le pas pour voir où il se rendait.

Lorsqu'elle eut tourné l'angle de la place, le jeune homme avait déjà disparu, mais on entendait encore son pas dans une allée voisine.

Petite marcha jusqu'à cette allée, qui était celle de la maison de Hans Dorn.

Elle fut un instant sur le point d'entrer, mais elle crut ouïr dans les ténèbres de l'étroit couloir, comme un chant murmurant et confus. Elle n'osa pas.

Elle redescendit vers le carreau solitaire et se glissa sous le péristyle de la Rotonde.

Au moment où elle tournait le dos, une ombre difforme sortit de l'allée et la suivit de loin.

Madame de Laurens s'arrêta devant le trou du bonhomme Araby. De ce côté des galeries, il n'y avait pas une âme. Petite, néanmoins, regarda tout autour d'elle avec précaution. Elle avait cet air cauteleux et craintif de quiconque va commettre un crime.

Elle ne vit rien, elle n'entendit rien, sinon des clameurs rauques et lointaines qui sortaient du cabaret des Deux-Lions, de l'autre côté du péristyle.

Sa tête s'approcha tout contre la devanture d'Araby. Les planches mal jointes laissaient passer une lueur faible.

Petite mit son œil à l'une des fentes.

Elle vit, sur une couche plate et qui n'avait point de couverture, une pauvre enfant demi-vêtue, dont les membres grelottaient de froid.

C'était Nono la Galifarde, à demi couchée sur son matelas. Auprès d'elle, sur la terre, il y avait un tout petit bout de chandelle qui achevait de se consumer.

Elle tenait à la main deux ou trois lambeaux de papier, ramassés çà et là dans la rue, et qui portaient encore des empreintes de boue. Son doigt tendu suivait les lignes, lettre à lettre; elle épelait.

Elle apprenait à lire.

Elle avait la tête penchée. Petite ne pouvait voir son visage, qui était presque entièrement voilé par ses longs cheveux; mais son attitude disait l'attention qu'elle donnait à sa tâche.

Petite la regardait avidement. Vous l'eussiez vue en ce moment, pâle, frissonnante et prise d'une émotion qui n'était point de la comédie.

Son cœur battait; elle avait froid; ses yeux la brûlaient.

Le petit bout de chandelle cependant tirait à sa fin. La mèche pétilla, mouillée par l'humidité du sol. Nono la Galifarde releva brusquement la tête et regarda la lumière près de s'éteindre, avec un regret naïf.

C'est que les nuits glacées étaient bien longues et que la pauvre enfant souffrait chaque soir, en attendant le sommeil.

Le mouvement qu'elle venait de faire avait rejeté en arrière sa longue chevelure; ses traits pâles apparaissaient éclairés par la lueur mourante.

La poitrine de madame de Laurens se serra.

Nono cacha ses papiers sous son oreiller. Elle arrangea sa pauvre robe d'indienne de manière à couvrir le mieux possible sa nudité. Ses grands yeux noirs se levèrent au ciel en une oraison muette, tandis que ses petites mains faibles se joignaient sur sa poitrine. Sa paupière se ferma.

La chandelle jeta une lumière plus vive pour mourir.

Sara ne vit plus rien.

Son visage était inondé de larmes, et des sanglots convulsifs soulevaient sa poitrine.

Ses deux mains se serraient contre les planches, et sa bouche s'avançait comme pour donner un baiser.

— Judith! murmurait-elle, Judith! mon enfant!

Puis elle ajoutait avec une sorte de délire :

— Oh! ne meurs pas encore! attends! sa vie s'en va, et désormais tu n'as plus que quelques jours à souffrir!

A ce moment, elle se redressa épouvantée : derrière elle, à deux pas, retentissait un rauque éclat de rire.

Elle se retourna, mais son trouble l'aveuglait. Pendant qu'elle cherchait à voir, une voix étrange s'élevait dans l'ombre du pilier voisin. La voix chantait :

C'est aujourd'hui lundi;
Ils sont venus chercher maman Regnault
Pour la mener en prison,
Parce qu'elle n'a pas d'argent.
Maman Regnault s'est sauvée;
Mais ils reviendront demain,
Et ils sauront bien l'attraper...
La bonne aventure, ô gué!...

Les yeux de Petite s'habituaient à l'obscurité; elle aperçut un être difforme qui se démenait à cheval sur un tréteau oublié.

Elle s'enfuit. Pendant qu'elle traversait la place de la Rotonde, le chanteur éleva la voix davantage, et cette voix parvint jusqu'aux oreilles de la petite Galifarde, qui frissonna sur son matelas, comme si les planches de la devanture n'eussent point été un rempart assez fort contre la méchanceté cruelle de l'idiot Geignolet.

Sara s'assit, toute tremblante, sur les coussins de son coupé.

Quand son cocher vint lui demander ses ordres, elle fut quelques temps sans pouvoir lui répondre.

— Rue Dauphine, dit-elle enfin, numéro 17.

C'était l'adresse de Franz.

. . . .

La soirée s'avançait. C'était dans un hôtel meublé de la rue Saint-Honoré.

Nous entrons dans une grande chambre où règne une obscurité complète; on entend la respiration égale et bruyante de gens qui dorment paisiblement.

Une bougie s'alluma de l'autre côté de la cour, et une lueur glissa dans la chambre muette.

Les ténèbres s'éclairèrent vaguement.

On eût pu voir de grands manteaux de voyage jetés à terre, des bottes éperonnées, des armes, et sur la tablette de la cheminée, deux ou trois poignées d'or.

A l'autre bout de la pièce, trois lits jumeaux s'alignaient contre la muraille; dans chacun de ces lits, il y avait un homme qui dormait.

La pendule sonna neuf heures. Au chevet de l'un des lits, il y avait une montre à réveil, qui se prit à carillonner.

Un des dormeurs se réveilla en sursaut, et se dressa sur son séant.

C'est des gueuses qui n'ont pas le moyen de payer leurs dettes! Faudrait-il pas prendre des gants avec ça?
(Page 383, col. 2.)

— Déjà! murmura-t-il; après trois nuits de fatigue, deux heures de sommeil sont bientôt passées!

Il se frotta les yeux, il étira ses membres lassés.

Les deux autres dormeurs, éveillés à demi, s'agitaient sous leurs couvertures.

— Mais nos heures sont comptées, reprit le premier; je dois agir dès ce soir; et, avant de sortir, il faut que je les prévienne.

— Frères! ajouta-t-il en élevant la voix.

Il n'eut pas besoin de répéter son appel : ses deux compagnons étaient sur leur séant, se frottant les yeux à outrance et maugréant de leur mieux.

— Frères, reprit celui qui s'était éveillé le premier, il faut que vous soyez prêts à partir de grand matin, tous les deux.

— Déjà! s'écrièrent-ils à la fois.

Puis l'un d'eux ajouta :

— Moi qui avais découvert une superbe

maison de jeu, où l'on dîne comme nulle part!

— Moi qui avais la plus ravissante conquête du monde! ajouta l'autre.

— J'avais déjà combiné ma martingale...

— On m'avait donné un rendez-vous...

Celui qui s'était éveillé le premier n'eut besoin que d'un mot pour interrompre ces doléances.

— C'est pour l'enfant, dit-il.

— Au diable le jeu! s'écria le joueur.

— Au diable les femmes! s'écria l'amoureux.

Puis ils ajoutèrent, d'un ton grave et pénétré :

— Frère, aujourd'hui comme toujours, nous sommes prêts.

QUATRIÈME PARTIE

LE CABARET DES FILS AYMON

I

AFFAIRE CONCLUE

Nous reprenons notre histoire où nous l'avons laissée; nous sommes encore au Temple, le soir du lundi gras de l'année 1844.

Les cabarets qui avoisinent le marché faisaient tous bonne recette. Bien que le lundi gras soit un jour de relâche entre les bombances du dimanche et l'orgie consacrée du mardi, il fait partie du carnaval et demande à être arrosé, ne fût-ce que modérément.

En conséquence, on buvait comme il faut tout autour du Temple : le cidre, la bière et le petit vin blanc prodiguaient leurs flots aqueux. Les cabarets à la mode regorgeaient de chalands, ni plus ni moins que la veille, et déversaient le trop plein de leurs pratiques sur les guinguettes moins illustres, qui prenaient ainsi part à l'aubaine.

C'était à peu près l'heure où madame de Laurens descendait l'escalier roïde et glissant de Batailleur pour gagner la place de la Rotonde. Comme nous l'avons dit, elle s'était arrêtée un instant au bout de la rue du Petit-Thouars, parce qu'elle avait cru reconnaître, à la lueur des réverbères, Franz traversant la place d'un pas rapide et se glissant dans une obscure allée.

Petite était une femme forte, et ces frayeurs vulgaires qui ont coutume d'arrêter son sexe ne la gênaient nullement : elle avait intérêt à joindre Franz, et sans la voix de l'idiot Geignolet, qui vint jeter sa monotone chanson dans les ténèbres de l'allée, Petite se fût engagée intrépidement dans cette route inconnue.

Le chant de l'idiot arrêta son premier mouvement. Était-ce bien Franz, d'ailleurs?

Ces lueurs vacillantes qui tombent des réverbères sont sujettes à tromper. Comme elle hésitait, son regard se tourna vers le bâtiment de la Rotonde et ses yeux demeurèrent fixés sur un point lumineux qui brillait dans l'ombre du péristyle.

Elle n'hésita plus; on eût dit que cette lumière aperçue l'attirait comme un aimant.

Elle traversa la place et s'arrêta devant la boutique du bonhomme Araby.

Nous savons ce qu'elle vit à travers les planches vermoulues.

Au moment où elle collait son œil aux fentes de la devanture, un équipage élégant débouchait au carrefour du Château-d'Eau et s'engageait dans la rue du Temple. Le cocher arrêta ses fringants chevaux à la hauteur de l'église Sainte-Élisabeth; le laquais abaissa le marche-pied et un homme dont le costume disparaissait sous un manteau Mac-Intosh descendit sur le trottoir.

— Attendez-moi, dit-il.

Le laquais referma la portière et se promena de long en large devant l'église. Le cocher, infatigable dormeur comme tous ses pareils, s'arrangea sur son siége et entama un somme.

Le maître remonta le trottoir l espace de quelques pas et tourna l'angle de la rue de Vendôme.

Il était vêtu comme un jeune homme, et la coupe écourtée de son imperméable dénotait de sérieuses prétentions à l'anglomanie, Sa démarche voulait être vive et leste. Sous les petits bords de son chapeau, on voyait briller les boucles de son abondante chevelure.

On ne voyait que cela, parce que les collets de son caoutchouc, relevés britanniquement, cachaient la majeure partie de son visage.

La rue de Vendôme, qui doit son nom au dernier grand-prieur de la langue de France, marque encore l'une des frontières de l'ancien domaine des chevaliers hospitaliers de Saint-Jean de Jérusalem. Bien qu'elle confine au Paris bruyant et marchand, elle est déjà du Marais, et son tranquille silence fait contraste avec le fracas affairé du boulevard voisin. Entre elle et ce groupe de théâtres qui se disputent les faveurs inconstantes du peuple parisien, il n'y a qu'une étroite ligne de maisons; mais c'est comme un monde; les habitants de ces demeures touchent d'un côté à la foule, de l'autre au désert.

Notre homme suivit la rue de Vendôme, rasant de près les murailles et se donnant les airs d'un personnage en bonne fortune. Il ne pouvait pas toutefois, malgré sa grande envie, ôter à son pas une roideur lourde. Les plis droits de son caoutchouc dissimulaient mal une obésité déjà très-prononcée, et ses efforts n'aboutissaient qu'à lui donner la tournure d'un ci-devant jeune homme.

Cette tournure est éminemment dangereuse en temps de carnaval, et les gens très-gais sont, par nature, impitoyables pour les beaux Narcisses parvenus à la cinquantaine.

Mais notre homme n'avait à redouter aucune rencontre fâcheuse dans la voie solitaire qu'il avait choisie. Quelques cris joyeux et railleurs arrivaient jusqu'à lui par le passage Vendôme, cet indigent corridor qui veut singer les élégances des galeries fashionables; c'était tout. Le passage se montrait presque aussi désert que la rue, et la lumière du gaz y prenait une teinte mélancolique pour éclairer les bazars dédaignés.

A l'angle des rues de Vendôme et du Puits, notre homme tourna court et redescendit vers le Temple. Le vent souleva les pans rigides de son petit manteau, qui flottèrent en rendant un bruit de parchemin, et découvrirent son vêtement de dessous, lequel était un paletot blanc.

M. le chevalier de Reinhold essaya d'abord de contenir les mouvements désordonnés de son imperméable, mais le vent faisait rage et il fut obligé de reporter sa sollicitude sur son petit chapeau, dont la perte eût pu entraîner celle de sa chevelure postiche.

Il poursuivit sa route en grondant et ne s'arrêta que devant les rideaux quadrillés du cabaret de *la Girafe.*

Le comptoir de Johann était plein comme l'œuf. La Girafe s'asseyait à son poste, plus ronde, plus grosse, plus rouge, plus souriante que jamais; elle versait le vin de campêche avec des façons si avenantes, et dans des canons si évidemment rincés, que ses pratiques ne pouvaient point se lasser de boire. Elle avait pour chacun, l'enchanteresse, quelques petits mots de baragouin français-allemand, qui donnaient soif comme autant de pincées de poivre.

Son mari, le marchand de vin Johann, se tenait debout à l'autre extrémité de la salle et daignait converser avec la partie grave de l'assemblée.

C'était là un grand honneur, car Johann passait pour avoir du foin dans ses bottes, et ne causait vraiment point avec le premier venu.

Parmi son auditoire se trouvaient deux ou trois de nos convives allemands de la veille ; mais la plupart manquaient : il n'y avait là ni le brave Hermann, ni le bon marchand d'habits Hans Dorn, ni Fritz, le sombre courrier de Bluthaupt. L'assemblée se composait en majeure partie de gens inconnus et que nous n'avons point intérêt à connaître. Nous citerons seulement deux buveurs privilégiés qui s'échauffaient au sourire de la Girafe.

Le premier était un gros garçon, à la physionomie épaisse, à la tournure lourde, un *pétras*, comme on dit au Temple et ailleurs, qui se plantait droit et silencieux devant le comptoir avec tout le flegme germanique. Ce garçon était très-blond, très-charnu, très-rose et semblait parfaitement préservé de pensées. Il s'appelait Nicolas : c'était le neveu de Johann, ce propre neveu pour lequel le cabaretier avait convoité la main de Gertraud, et qui était, par conséquent, la cause de l'animadversion conçue par Johann contre les pauvres Regnault ; car Jean, le joueur d'orgue, malgré sa misère, barrait la route à Nicolas.

Le second était un petit homme de cinquante à cinquante-cinq ans, dont le crédit semblait parfaitement assis dans la maison. Ce petit homme avait la réputation d'être un peu agent de police; cela lui donnait de la considération : il avait nom Romain, dit Batailleur.

A une époque déjà fort éloignée, il avait noué, avec une jeune fille du quartier des Halles, un de ces mariages transitoires qui se passent de la mairie et de l'église. Le divorce avait eu lieu entre eux depuis longtemps, mais cette union avait donné à la jeune fille le droit extra-légal de porter le beau nom de Batailleur.

Elle en usait. Elle était une des notabilités du Temple. Son ancien mari était tout fier d'elle ; il eût donné beaucoup pour redevenir son seigneur et maître. Il eût résigné pour elle ses fonctions politiques ; il eût planté là le gouvernement de grand cœur, pour redevenir simple marchand de *frivolités*.

Mais il n'était plus temps : le malheureux Romain tournait en vain autour de son ex-femme, qui le tenait rigoureusement à distance. Il en était réduit aux inutiles regrets du passé. Bien qu'il fût jovial et bon vivant, personne n'ignorait la blessure de son cœur; son chagrin se faisait jour malgré lui, et quand le petit vin blanc le rendait plus expansif, il avait coutume de commencer ses histoires par cette formule à la fois orgueilleuse et tout imprégnée de mélancolie attendrissante :

— Du temps que j'étais *celui* de madame Batailleur...

A la vue de la foule qui encombrait le cabaret de *la Girafe*, M. le chevalier de Reinhold était resté indécis et comme décontenancé. D'ordinaire, l'établissement de Johann ne péchait point par trop de chalands. Le chevalier avait coutume de parvenir jusqu'à lui incognito, et quand il ne le faisait point mander à l'hôtel, leurs conférences avaient lieu dans cette chambre réservée où nous avons assisté au repas des Allemands.

Mais aujourd'hui c'était un lundi gras : le salon de *société* se trouvait plein comme le comptoir lui-même. Le chevalier, qui venait de glisser son regard à travers les carreaux poudreux, y avait vu une nombreuse et belle compagnie : des dames du Temple avec leurs sigisbés, des *chineurs* en goguette, et dans un coin le brillant Polyte, favori de madame Batailleur, qui consommait les vingt-cinq sous octroyés par sa reine.

Le chevalier savait qu'il était parfaitement connu dans le Temple. Le jeu qu'il jouait ne l'entourait pas d'une popularité très-grande, et il répugnait à se montrer en public, ce soir-là surtout, qui venait après un jour d'échéance.

Il ne savait pas exactement le compte des saisies opérées dans la journée; mais les saisies ne manquaient jamais aux époques de paiement, et l'indigence connue de ses pauvres clients ne lui laissait aucun doute à cet égard.

Les groupes de buveurs lui cachaient Johann, qui se trouvait à l'extrémité la plus reculée de la pièce. Dans le premier moment, il ne se sentit point le courage d'affronter cette foule hostile, et d'instinct il fit quelques pas en arrière, pour regagner son équipage. Mais la réflexion le retint. Il fallait qu'il parlât à Johann.

Bien que l'intrépidité ne fût point son fort, il se fit honte à lui-même, et revint se placer devant la porte du cabaret, en ayant soin de se tenir dans l'ombre.

Il resta là plusieurs minutes, cherchant à distinguer son factotum dans l'atmosphère fumeuse du comptoir, et se garant de son mieux contre les rayons du gaz qui traversaient la rue étroite.

Un mouvement qui se fit parmi les buveurs démasqua enfin la figure revêche du cabaretier Johann. Le chevalier enfonça son chapeau sur ses yeux, releva davantage le collet de son caoutchouc, et traversa la rue en trois enjambées.

Il entra. Malgré ses précautions, tout le monde le reconnut du premier coup d'œil. Un murmure sourd se fit dans la salle.

— Le bausse! c'est le bausse! prononçait-on à demi-voix.

Nous savons que l'argot du Temple nomme ainsi l'entrepreneur des loyers.

Mais ce murmure n'avait absolument rien de menaçant, et Reinhold avait eu grand tort de craindre.

Dans la jalousie du pauvre contre le riche, il y a un respect étrange que la passion elle-même, à ses heures de paroxysme, ne peut pas secouer sans peine. Si la haine légitime et l'esprit de vengeance se joignent à la jalousie, il y a explosion parfois, mais c'est rare.

Et encore faut-il des circonstances agglomérées. En thèse générale, le pauvre n'ose pas. Quand il se fâche une fois, c'est de la fièvre et de la rage; il frappe alors à l'aveugle, et ses vrais ennemis savent éviter ses coups qui souvent tombent sur ses amis.

A peine le chevalier fut-il entré dans le cabaret de Johann, que sa frayeur passa comme par enchantement. Il vit sa force. Toutes les têtes se découvrirent humblement autour de lui; un seul et même sourire, modeste, soumis, adulateur, vint à toutes les bouches.

La Girafe éleva son énorme corpulence au-dessus du comptoir, dessina un triple salut et retomba, écrasée sous le poids de son respect.

— Johann! s'écria-t-elle, oh! Johann! c'est monsieur le chevalier!

Le marchand de vin avait déjà quitté le groupe dont il faisait partie, et marchait vers Reinhold, la casquette à la main.

Le chevalier prit un air d'empereur; son regard parcourut les rangs de l'assemblée, émue et saisie de vénération.

— Bonsoir, Lotchen, ma grosse mère! dit-il à la Girafe qui devint cramoisie de joie; voilà de bons garçons qui fêtent le lundi gras! Ça me fait plaisir de voir le peuple s'amuser : j'aime le peuple! Versez un verre de vin à tous ces braves gens, Lotchen, qu'ils boivent à ma santé.

Il avait pris la pose de Henri IV prononçant le fameux vœu de la poule au pot.

L'assemblée s'agita, touchée en plein cœur et reconnaissante.

Le chevalier sortit d'un pas royal, en faisant signe à Johann de le suivre.

— C'est un brave homme tout de même! s'écria Romain dit Batailleur en vidant son verre de vin.

— De loin, ça semble des tigres, dit le neveu Nicolas d'un air niais ; de près, c'est des bons enfants.

Deux ou trois voix s'élevèrent pour protester, objectant qu'on avait saisi le jour même, à la requête du chevalier, une demi-douzaine de pauvres marchandes du Temple.

Mais la Girafe indignée frappa de son broc d'étain contre le plomb du comptoir, et s'écria dans un élan inspiré :

— C'est des gueuses qui n'ont pas le moyen de payer leurs dettes ! Faudrait-il pas prendre des gants avec ça ?

— Excusez ! appuya Batailleur ; quand j'étais celui de madame, ça se trouvait qu'on avait par-ci par-là de mauvaises pratiques. Eh bien ! je dis qu'on les faisait marcher, quoi donc !

— Quoi donc ! répéta le neveu Nicolas.

— Parbleu ! conclut l'assemblée ; il faut de l'exactitude dans le commerce.

— Et puis, ça fait du bien aux bons sujets qui ont de quoi, reprit Romain Batailleur ; tenez, il y a la place de la mère Regnault, là-bas au coin de la Rotonde, qui est fameuse pour les *refaçonnés*. Si j'étais encore celui de madame, je prendrais cette place-là tout de suite.

— Pauvre bonne femme Regnault ! murmurèrent quelques âmes trop tendres.

La Girafe haussa les épaules.

— On dit qu'on va la mettre en prison... à son âge !

— Pouh ! fit l'époux Batailleur, il y a trente ans que la mère Regnault encombre cette place-là : chacun son tour !

M. de Reinhold et Johann étaient tous les deux dans la rue et s'entretenaient à voix basse.

— Il y en a eu cinq de mises à la porte, disait le marchand de vins ; sur les cinq, j'en vois trois qui paieront, parce qu'elles ont des nippes. Les deux autres n'ont rien. Et savez-vous que maman Regnault nous doit beaucoup d'argent, monsieur le chevalier ?

— Nous parlerons de cela plus tard, interrompit Reinhold. J'ai une affaire d'importance à mettre entre vos mains.

— Mais celle-là n'est pas indifférente ! et comme je me suis laissé dire que la mère Regnault avait quelque part, dans le haut monde, de bonnes accointances, ma foi ! j'ai fait exécuter le jugement.

— Elle est arrêtée ? dit le chevalier avec une certaine vivacité.

— Non pas ! elle se cache... mais il fera jour demain.

Le chevalier l'interrompit court en ce moment, et se posa en face de lui. Johann voulut poursuivre l'entretien, mais il fut réduit au silence par un geste de Reinhold, qui lui serra le bras en le regardant fixement.

— Vous devez avoir de bonnes économies, Johann, dit le chevalier ; mais vous n'êtes pas encore ce qu'on appelle un homme riche.

— Tant s'en faut !... commença le maître de la Girafe.

— D'un autre côté, reprit Reinhold, vous voici arrivé à un certain âge. Vous avez bien cinquante-cinq ans, n'est-ce pas, Johann ?

— Cinquante-sept ans, vienne le mois de juin !

— Eh bien, mon garçon, quand on a cet âge-là, il n'est plus temps de mettre des sous de côté, un à un. Il faut renoncer à faire fortune, ou faire fortune tout d'un coup.

Johann baissa les yeux, pour examiner le chevalier en dessous.

— Pourquoi me dites-vous cela ? murmura-t-il.

— Parce que vous êtes un homme sage, Johann, répliqua Reinhold avec un sourire flatteur; parce que vous savez voir le bon côté des choses... et que je vous crois un serviteur dévoué.

— Vous avez quelque rude besogne à faire faire, monsieur le chevalier.

— Du tout! Quelques mesures à prendre Une demi-douzaine de gaillards à trouver. C'est une affaire où vous n'auriez point à travailler personnellement, Johann. Je tiens trop à vous, mon bon ami, pour vous exposer ainsi à l'avant-garde...

— Il y a donc du danger? demanda le marchand de vin.

— Oui et non. En France, ce serait dur. Mais en Allemagne...

— Ah! ah! fit Johann, l'affaire est en Allemagne?

Le chevalier se prit à rire.

— Une occasion de revoir le pays! dit-il.

— Et que ferait-on?

Le chevalier ne répondit pas tout de suite. Il regarda autour de lui pour se bien convaincre que nulle oreille curieuse n'était à portée de l'entendre; puis il se rapprocha de son interlocuteur.

— Il s'agit de l'enfant, dit-il.

— Ah! fit Johann qui prit un air attentif et curieux; vous avez donc de ses nouvelles?

— Il est à Paris.

— Je vous l'avais bien dit, l'autre fois!

— Ami Johann, ne vous vantez pas! vous n'avez pas fait un bon guet en cette occasion. Que m'avez-vous appris? Rien du tout! Et cependant il y a longtemps déjà que le petit bonhomme est au milieu de nous, et ce serait bien le diable si vos camarades allemands n'en savaient pas quelque chose!

— Je puis vous certifier...

— A la bonne heure! Votre dévouement ne fait pas pour moi l'ombre d'un doute; mais êtes-vous bien sûr que ces brutes allemandes n'ont pas quelque défiance?

— De moi? s'écria Johann. Allons donc! ils me croient entiché comme eux de la mémoire de Bluthaupt. S'ils ne m'ont rien dit, c'est qu'ils n'en savent pas plus long que moi.

— Tant mieux!

— Mais comment avez-vous appris vous-même?...

— Ceci est une autre affaire, et l'histoire serait longue. L'important, c'est que nous l'avons appris et qu'il ne nous reste aucun doute à cet égard. Il y a plus : comme la diligence est la mère de toutes les vertus, nous avons manœuvré sans perdre de temps et joué une première partie

— Et vous l'avez perdue?

— Nous avions beau jeu! dit le chevalier avec un accent de regret; mais la chance était contre nous. Le petit homme se porte fort bien; et nous en restons pour nos peines.

Johann releva son regard sur le chevalier et fit un geste significatif.

— Fi donc! s'écria Reinhold répondant à ce geste. Vous autres bonnes gens, vous ne rêvez que coups de couteau. C'est trop dangereux, ami Johann, je n'en use pas.

— Quand on veut en finir... voulut dire le marchand de vin.

— Quand on veut entrer, interrompit Reinhold, il n'est pas absolument nécessaire d'enfoncer la porte! J'avais trouvé un peu mieux que cela : un bon petit duel avec un maître d'armes.

— Tonnerre! dit Johann suffoqué d'admiration; c'était pourtant fameux!

— Pas trop mauvais! mais l'homme propose et le diable dispose. La partie est remise; il s'agit de jouer mieux.

Ils étaient à l'embouchure de la rue du

BIBLIOTHÈQUE NATIONALE R.F.

Ils se prirent bras dessus bras dessous... et ils chantaient. (Page 391, col. 2.)

Puits, à quelques pas seulement des baraques du Temple, sous lesquelles régnaient le silence et les ténèbres. Le chevalier jeta une seconde fois son regard dans la nuit : les trottoirs étaient déserts ; rien ne s'agitait dans l'ombre du marché vide.

Par excès de précaution, il attira Johann au centre du pavé, à égale distance des maisons de la rue du Petit-Thouars et des baraques du Temple ; puis il mit sa bouche tout contre l'oreille du marchand de vin et reprit la parole à voix basse.

Il parla durant deux ou trois minutes sans s'arrêter.

Quand il eut achevé, Johann baissa la tête d'un air d'hésitation.

— Me comprenez-vous? demanda le chevalier.

— C'est assez clair comme ça! répliqua Johann.

— Eh bien?

— Eh bien! il y a des juges en Allemagne comme en France, et je n'ai qu'une tête entre mes deux épaules, monsieur le chevalier.

— Laissez donc! reprit Reinhold, vous connaissez le pays mieux que moi, et vous savez très-bien...

— Il y a des ressources, c'est la vérité; mais, voyez-vous, malgré mes cinquante-sept ans, je n'ai pas encore envie de m'en aller dans l'autre monde.

— Qui parle de cela?

— Les faits. On a vu de ces histoires finir très-mal, vous savez bien, et je crois qu'il vaut mieux mettre de côté sou à sou quelques années encore, que de risquer un coup si chanceux.

Le chevalier ne savait trop si Johann marchandait ou refusait; il le considérait attentivement et tâchait de son mieux à lire la vérité sur sa physionomie; mais la physionomie triste et sèche de l'ancien écuyer de Bluthaupt était un livre fermé.

Johann restait maintenant froid et silencieux. Le chevalier commençait à désespérer.

— Allez-vous donc me refuser? demanda-t-il enfin.

— Ma foi, monsieur le chevalier, répliqua Johann, ça me fait cet effet-là. Encore si vous disiez ce que vous comptez donner!

Reinhold se frappa le front en éclatant de rire.

— Ami Johann, dit-il, vous êtes le seul Allemand d'esprit que j'aie rencontré. Sans vous, j'allais oublier le principal. Vous devez bien avoir, n'est-ce pas, une quarantaine de mille francs placés quelque part?

— A peu près : entre trente-cinq et quarante.

— Eh bien! cette affaire-là vous complétera les mille écus de rente. Vous voyez que je ne marchande pas! Les autres seront payés convenablement et par votre canal, ce qui vous permettra peut-être de faire encore quelque bon bénéfice. Cela vous va-t-il?

Le visage de l'Allemand n'exprima ni joie ni aucune émotion quelconque.

— Tôpe! dit-il seulement en avançant la main, je fais l'affaire.

II

LARIFLA

M. de Reinhold et son premier ministre Johann étaient désormais parfaitement d'accord sur le fait principal : restaient les difficultés d'exécution.

Ils se promenaient côte à côte maintenant sur le trottoir, causant à voix basse et discutant le fort et le faible de l'entreprise.

— C'est difficile, disait Johann en attirant le chevalier vers son cabaret; au Temple, on trouve encore pas mal d'honnêtes garçons qui n'ont pas de préjugés. Pour une bonne petite affaire où il ne s'agirait que de police correctionnelle, je connais vingt sujets, tous très-capables; il n'y aurait que l'embarras du choix. Mais pour une grande affaire, ce n'est pas le quartier; ils ne tiennent pas cet article-là, et vous sentez bien, bausse, qu'on ne peut pas s'avancer ici à la légère.

— Je le crois bien! répliquait Reinhold; mais cherchons.

— Cherchons! cherchons! Quand il n'y a pas, il n'y a pas, et puis vous avez cette coquine de condition de savoir l'allemand qui rend la chose encore plus malaisée.

— Vous sentez bien que c'est indispensable.

— Je ne dis pas non.

— Il faut qu'ils puissent s'acclimater dans le pays et jouer au besoin leur rôle de paysans du Wurzbourg.

— Sans doute; mais tous les Allemands aiment Bluthaupt.

— Ami Johann, cherchons.

Ils arrivaient devant la porte de *la Girafe;* Johann attira le chevalier de l'autre côté de la rue, et se mit à compter de l'œil les buveurs rassemblés dans son cabaret.

A mesure que son regard passait de l'un à l'autre, il hochait la tête avec mauvaise humeur.

— Voilà bien trois ou quatre Allemands qui feraient notre affaire, grommelait-il; mais allez donc leur parler de la chose! Hans Dorn le saurait dès ce soir, et le procureur du roi descendrait chez moi demain matin.

— Mais ce Hans Dorn lui-même, demanda le chevalier, ne pourrait-on pas l'acheter?

Johann leva sur lui un regard stupéfait.

— Acheter Hans Dorn! murmura-t-il; c'est le mulet le plus obstiné qui soit dans le Temple. Vous êtes bien riche, monsieur le chevalier, mais vous vous ruineriez vingt fois avant d'avoir eu seulement un petit morceau de Hans Dorn! A part les Allemands, je ne vois rien chez moi qui puisse vous convenir. Le père Batailleur est un vieux coquin qui a fait tous les métiers, et qui ne reculerait peut-être pas devant notre affaire; mais c'est un Parisien pur sang, qui n'a jamais perdu de vue le dôme des Invalides, et qui ne sait guère d'autre langue que l'argot du temple.

— Et ce beau-fils? demanda Reinhold en montrant du doigt Polyte, qui sortait après avoir jeté ses vingt-cinq sous sur le comptoir.

Johann haussa les épaules énergiquement.

— Ça! dit-il, c'est un *feignant* qui sent l'eau de Cologne; ça va sucer un cure-dents sur le boulevard, pour faire croire que ça a dîné chez Bonvalet.

Bonvalet est le Café de Paris de ces latitudes.

Polyte, pour ses vingt-cinq sous, avait écrémé la carte de *la Girafe;* il remontait fièrement vers les théâtres, en écartant la poitrine et en faisant belle cuisse, pour imiter ces jeunes mannequins entretenus par les tailleurs, qui encombrent, aux heures fashionables, le boulevard de Gand, et que les gens de bonne foi prennent pour des boutures de pairs de France.

— Et ce gros garçon qui cause avec votre femme? demanda encore Reinhold en indiquant le neveu Nicolas.

— Ceci est une autre paire de manches, répondit Johann en se redressant avec dignité; c'est mon propre neveu! un enfant élevé comme il faut et qui connaît le prix des sous, ça fera son chemin. Mais ce n'est pas moi qui voudrais l'embaucher pour notre besogne, monsieur le chevalier.

— Mais enfin, dit ce dernier, qui prendre?

Johann se gratta le front sous sa casquette d'un air sérieusement embarrassé.

— C'est malaisé, grommela-t-il; si nous étions seulement là-bas, derrière Notre-Dame ou du côté des Gobelins, nous n'aurions qu'à choisir.

— Allons-y, dit Reinhold.

— Allez-y! Quant à moi, je ne me risque pas si loin de mon établissement. On me connaît dans le Temple, j'y ai mes coudées franches, c'est très-bien; mais de l'autre côté de l'eau, j'ai ouï dire qu'ils sont enrégimentés et qu'il ne fait pas bon les flairer de trop près, quand on n'a pas le mot de passe.

— Romans que tout cela! grommela le chevalier.

— C'est bien possible, bausse, mais le bagne est de l'histoire.

Reinhold fit quelques pas sur le trottoir en frappant du pied avec impatience, puis il revint brusquement vers Johann.

— Je vois bien que l'affaire ne vous va pas, reprit-il. J'en suis fâché, car c'était un joli bénéfice. Il me reste à vous demander le secret. Je vais me pourvoir ailleurs.

— Attendez, dit Johann.

— La chose presse.

— *La Girafe* est un établissement trop bien tenu, et il y a d'autres endroits au Temple. Voyez-vous, bausse, ce n'est pas l'argent qui me tient; mais je ne voudrais pas vous laisser dans l'embarras. Faisons un tour sur la place de la Rotonde; je regarderai en passant chez mes confrères, et ça me donnera peut-être des idées.

Ils prirent la rue de la Petite-Corderie et débouchèrent, au bout de quelques pas, sur la place de la Rotonde, devant la maison de Hans Dorn.

— A l'*Éléphant* et aux *Deux Lions*, dit Johann en se parlant à lui-même, c'est de la haute! au *Camp de la Loupe*, c'est les amours. Il n'y a que les *Quatre Fils Aymon*...

— J'ai entendu parler de cet endroit-là, interrompit Reinhold.

— Je crois bien! c'est un établissement bien gai. Ceux qui font les hardes volées s'y réunissent tous les soirs, et l'on peut se nipper là, des pieds à la tête, proprement, à très-bon compte. Ah! bausse, si c'était rangé, ces lurons-là, ça pourrait s'établir un peu bien! J'en connais qui font des trente francs d'habits dans leur journée. Où ça? je n'en sais rien; mais quand ils reviennent le soir aux *Quatre Fils*, ils ont toujours deux ou trois pantalons l'un sur l'autre, quelque beau gilet dans leur poche et des cravates dans leurs chapeaux. Mais ça ne sait pas se tenir; c'est débraillé; mauvais ton, toujours ivre. Ça joue, ça se bat, ça fait du bruit; si bien qu'au lieu d'avoir un rang, ça passe la moitié de sa vie en prison.

— Et le cabaret est loin d'ici? demanda Reinhold.

— Le voilà, répondit Johann en montrant du doigt une lanterne jaunâtre suspendue au-devant d'une allée sombre.

Tout en parlant, ils avaient continué de marcher, et se trouvaient de l'autre côté de la Rotonde, à l'opposé du marché du Temple. Cette partie de la place qui débouche dans les rues Forez et Beaujolais présente, la nuit venue, un aspect plus triste et plus solitaire que le reste du quartier.

Ce n'est point un lieu dangereux pour le passant, à cause du corps de garde, qui s'ouvre à quelques pas de là, au coin de la rue Percée; mais, nonobstant cela, les passants y sont rares. Les becs de gaz, placés à de trop longs intervalles, jettent des lueurs indécises sur les devantures fermées des misérables boutiques de la Rotonde; l'ombre règne sous le péristyle solitaire, entre les colonnes duquel les loques roidies se balancent tristement au vent; aucune lumière n'apparaît aux portes closes; aucun pas ne sonne sur le pavé inégal. La masse du bâtiment de la Rotonde dresse d'un côté son ovale sombre et lourd; de l'autre, ce sont de hautes maisons à la physionomie indigente, où s'entassent, du rez-de-chaussée aux combles, de pauvres familles de brocanteurs.

L'allée noire, masquée par une lanterne, occupait à peu près le centre de ces maisons[1].

1. Le cabaret des *Quatre Fils Aymon* existait réellement aux environs du marché du Temple, avec la spécialité que nous lui donnons; mais il n'était point situé sur la place de la Rotonde, et portait un autre nom, bien connu dans le quartier. Des raisons de convenance nous ont engagé à ne point le désigner d'une manière plus précise.

Au-dessus de la porte de l'allée, les lueurs réunies des réverbères et de la lanterne éclairaient faiblement un tableau de moyenne grandeur, où l'on voyait, sur un fond enfumé, quatre hommes habillés en dragons, à cheval sur une longue bête qui n'a point de nom dans l'histoire naturelle.

C'étaient les *Quatre Fils Aymon.*

Au-dessous, l'enseigne portait :

Commerce de vins, bière, eau-de-vie. — Billard public. — Jardin et jeu de Siam au fond de la cour.

Reinhold et Johann s'étaient arrêtés vis-à-vis de l'enseigne, dans l'ombre du péristyle.

— Au cas où nous ne trouverions pas là ce qu'il nous faut, dit Johann, je veux être pendu si je sais où le chercher !

— Comment faire pour s'en assurer? répliqua Reinhold. Ici, on ne peut pas regarder à travers les vitres.

Comme le cabaretier ouvrait la bouche pour répondre, un pas lourd et lent se fit entendre sous le péristyle, du côté du corps de garde. En même temps, de l'autre côté de la place, on ouït des lambeaux d'un air fameux, répétés à l'unisson par deux voix masculines, puissamment enrouées.

— Allons-nous-en, murmura le chevalier, dont le premier mouvement appartenait toujours à la prudence.

— Du diable ! murmura Johann au lieu de répondre, il me semble que je connais ces deux voix-là.

Les deux voix hurlaient :

La ri fla fla fla
La ri fla fla fla —
La ri fla ! — fla fla !

L'homme qui venait du côté du corps de garde tournait en ce moment la courbe de la Rotonde et apparaissait aux regards de nos deux compagnons. C'était un pauvre diable, vêtu d'un mauvais paletot grisâtre, qui marchait courbé en deux et le menton dans la poitrine. — Celui-là ne chantait pas.

Au lieu de continuer à suivre le péristyle, il descendit sur le pavé de la place et se dirigea vers l'enseigne des *Quatre Fils Aymon.*

Quand il passa sous le réverbère voisin, on put apercevoir les grandes mèches de ses cheveux qui s'échappaient de son chapeau pelé, et les touffes ébouriffées de sa barbe couvrant comme un masque de fourrure fauve la majeure partie de son visage.

— Où donc ai-je vu cet homme-là? pensa tout haut le chevalier.

Johann le regarda sournoisement et se prit à sourire.

— Cet homme-là vous occupe plus souvent que bien d'autres, murmura-t-il ; et vous m'avez parlé de lui bien des fois...

— Quel est son nom ?

— A la rigueur, il pourrait faire un de nos ouvriers... pas de bon gré, assurément, car il se ferait hacher pour les fils de Bluthaupt !

— Quel est son nom? répéta le chevalier avec une curiosité croissante.

— Mais, poursuivit Johann avant de répliquer, pour le contraindre, on lui parlerait du diable, qu'il croit son maître, depuis certaine aventure à vous parfaitement connue, monsieur le chevalier...

— Mais dites-moi donc son nom !

— On lui parlerait de l'enfer de Bluthaupt qu'il voit toutes les nuits dans ses rêves, et d'un cadavre couché dans la neige, au fond de la Hœlle, sur la traverse de Heidelberg.

— Serait-ce lui ? balbutia le chevalier d'une voix changée.

— On lui dirait qu'il a reçu le prix du sang, acheva Johann; et il ferait tout ce qu'on voudrait. C'est le pauvre Fritz, l'ancien courrier de Bluthaupt.

Reinhold détourna la tête. Il était pâle et sa respiration devenait pénible.

— Faute de mieux, cela fait toujours un, reprit Johann; et celui-là je sais où le retrouver... Mais où diable sont donc passés les Larifla ?..

On n'entendait plus en effet ni les pas ni la voix des deux chanteurs. Au moment où Fritz disparaissait dans l'allée des *Quatre Fils Aymon*, Johann sortit du péristyle pour jeter un regard à l'extérieur ; il aperçut au loin, contre le mur décrépit qui ferme la place, au bout de la rue du Petit-Thouars, deux ombres qui s'agitaient.

D'abord il ne put rien distinguer, mais au bout de quelques secondes, les mouvements silencieux des deux ombres prirent pour lui une signification. Les ombres étaient occupées à faire une sorte de toilette. A l'aide d'un secours réciproque et fraternel, elles enlevaient des pantalons qui formaient double et triple emploi sur les jambes.

Johann entendait de loin leurs éclats de rire étouffés et leurs plaisanteries échangées à voix basse :

— Je ne les croyais pas à Paris, se dit-il après quelques instants d'hésitation ; si ce sont eux, tonnerre ! c'est de la chance, j'ai mes mille écus de rente dans ma poche !

Les deux hommes, cependant, continuaient leur étrange besogne ; chacun d'eux, tour à tour, présentait un pied à son camarade, qui tirait dessus et amenait une jambe de pantalon.

Le dépouillé ne restait pas pour cela sans culotte.

Cela ressemblait en vérité à cette scène grotesque du Cirque-Olympique, où le clown ôte deux douzaines de gilets sans parvenir à se mettre en chemise.

Johann regardait de tous ses yeux ; il croyait bien les reconnaître, mais il hésitait encore, parce que ceux à qui venait de faire allusion sa dernière phrase étaient deux coquins émérites, aussi prudents d'habitude que téméraires dans certaines occasions.

Il ne s'expliquait pas pourquoi ils bravaient les inutiles dangers d'une toilette en plein air, à une centaine de pas du corps de garde.

— Bonnet-Vert et Blaireau ne s'exposent pas ainsi ! pensa-t-il, ça n'est pas dans leur caractère. Quand ils ont fait des pantalons, ils vont se dédoubler aux *Quatre Fils*, et pas dans la rue.

Comme il songeait ainsi, l'un des deux hommes leva la jambe un peu trop haut et tomba lourdement le long du mur. Son compagnon, qui voulut l'aider à se relever, perdit l'équilibre également et partage sa chute.

Alors, ce fut une lutte folle sur les tas de débris amoncelés près de la muraille. Les deux hommes se roulèrent dans la poudre, en riant comme des bienheureux.

Qui serait expert en fait d'ivresse, sinon un cabaretier allemand des abords du Temple? Johann jugea le timbre de ces rires.

Sa face revêche se dérida tout à coup.

— Ils ont boissonné, les deux templiers ! se dit-il joyeusement ; et, au fait, un lundi gras, quand on a travaillé comme il faut, on est bien loisible de se boire !

— Johann ! demandait tout bas le chevalier de Reinhold, que faites-vous là tout seul?

Le cabaretier poursuivait le cours de ses inductions et disait :

— C'est égal ! je les aimerais mieux dans un cabinet des *Quatre Fils* qu'à ce coin de rue, les braves garçons ! C'est juste notre affaire! Il n'y a pas à dire, on ne trouverait pas à les remplacer dans tout le Temple, et si une patrouille venait me les prendre sous le nez, ce serait dix mille francs de flambés! Mais vont-ils finir aujourd'hui ou demain?

Dans sa sollicitude soudainement excitée, il fit quelques pas pour les rejoindre et leur prodiguer de prudents conseils.

— Johann! Johann! cria le chevalier qui ne voyait rien sinon la retraite inexplicable de son premier ministre, faut-il aller avec vous?

En ce moment, Johann s'arrêta. Les deux hommes venaient de se relever, chancelant sur leurs jambes avinées, et faisaient chacun un paquet de son butin.

Quand ils eurent achevé, ils se prirent bras dessus bras dessous, et se dirigèrent, en roulant et en se poussant, vers les *Quatre Fils Aymon*.

De temps en temps, ils essayaient une manière de danse sur l'air de *Lariflu* et ils chantaient :

Habits et pantalons,
Gilets et caleçons,
Pour nous jamais ne sont
Ni trop courts ni trop longs.
Lariffla, etc.

Et, après ce refrain, ils criaient à tue-tête, en imitant l'accent mélancolique des *chineurs* allemands :

— *Vié hàbits! hàbits! càlons, vié hàbits... rrrchand t'hàbits!*

Les canons des fusils d'une patrouille sortante résonnèrent au seuil du poste de la rue Percée.

Johann fut ému comme un père qui redoute l'imprudence de son fils.

— Les malheureux, pensait-il, les malheureux! on va me les pincer!

Les deux hommes qu'il appelait Bonnet-Vert et Blaireau avançaient toujours, criant et chantant, avec leur paquet sous le bras.

Reinhold avait enfin compris que Johann les guettait comme un gibier, et il demeurait coi, appuyé contre sa colonne.

La patrouille, cependant, arrivait au pas ordinaire; Bonnet-Vert et Blaireau ne voyaient rien et ne s'inquiétaient de rien.

Ce fut seulement lorsqu'ils atteignirent le seuil des *Quatre Fils* qu'ils aperçurent la force armée à quelques pas d'eux.

Johann avait la chair de poule.

A la vue des soldats, les deux voleurs s'arrêtèrent un instant et se turent, déconcertés. Mais ils avaient le vin téméraire ; au lieu de s'esquiver, ils se plantèrent sur le seuil, firent tous les deux le salut guerrier, et entonnèrent avec enthousiasme ce couplet bien connu que l'auteur de la chanson, ancien élève de l'École polytechnique, a dédié à l'armée française :

Pour rester caporal,
Faut être un animal;
Mais plus d'un animal
Est dev'nu général.
Larifla, etc.

Puis ils disparurent dans la longue et noire allée, en lançant, d'un aigre fausset, le cri classique du carnaval.

Johann tremblait de tous ses membres et avait au front des gouttes de sueur froide.

Le chef de la patrouille, qui portait justement les insignes du grade attaqué, s'arrêta un instant sous la lanterne des *Quatre Fils*. La question fut sans doute agitée de savoir si l'on poursuivrait les deux insolents jusque dans le cabaret.

Mais le carnaval a ses priviléges. — La force armée, clémente et magnanime, poursuivit sa route.

Johann respira ; il avait cent livres de moins sur le cœur.

— Et de trois, s'écria-t-il en revenant vers le chevalier ; voilà deux lapins qui n'ont pas leurs pareils dans toute la ville!

— Sont-ils aussi Allemands? demanda le chevalier qui songeait toujours à Fritz.

— Le diable sait leur pays, répondit Johann; ce qui est certain, c'est qu'ils parlent l'allemand, car j'ai causé souvent avec eux. Je crois qu'ils ont fait autrefois le grand chemin sur les frontières de l'Alsace.

Le chevalier se recula instinctivement.

— Eh bien! s'écria Johann sincèrement étonné, cela vous fait peur?... Ne croyiez-vous pas que j'allais vous choisir des prix Monthyon?

— C'est juste, balbutia Reinhold.

— Diable! oui, bausse, c'est juste, répéta le cabaretier; si j'avais su que ces deux bons garçons fussent à Paris, je ne me serais pas tant fait prier quand vous m'avez proposé la chose. Mais je les croyais au bagne.

Reinhold fit un second haut-le-corps. Johann souffla dans ses joues.

— Ma parole, dit-il, je ne vous comprends pas! Vous cherchez, et, quand vous avez trouvé, vous faites la petite bouche!

—Du tout, balbutia Reinhold en dissimulant de son mieux ses répugnances, je suis fort content. Mais dites-moi un peu quels sont ces deux hommes?

— C'est Castor et Pollux, répondit Johann qui lisait volontiers du papier à la livre et possédait, en conséquence, une certaine teinture de la mythologie; c'est Damon... et l'autre!... Ceux-là ont fait leurs preuves, voyez-vous, et ce ne sont pas des trembleurs comme les filous du Temple. Avec de l'argent, vous en aurez tout ce que vous voudrez. Le chef de la communauté s'appelle Mâlou, dit Bonnet-Vert, un souvenir de Brest; l'autre a nom Pitois, dit Blaireau, auquel il ressemble. Ils ont passé devant le jury l'un portant l'autre une demi-douzaine de fois, et, si je les croyais au bagne, c'est que leur dernière condamnation emportait les travaux forcés à perpétuité.

— Pour cause de meurtre? demanda le chevalier.

— Comme vous dites, répliqua Johann; ils se seront évadés, car je ne pense pas qu'on leur ait fait grâce... Quant à ce qu'ils manigancent dans le Temple à l'heure qu'il est, ça me paraît assez faible. Ils m'ont l'air d'en être réduits à voler des pantalons, comme les derniers des derniers. Autrefois, du temps que je les connaissais, ils fréquentaient les marchands de bijoux du Palais-Royal, et vendaient leurs produits au bonhomme Araby.

— Et ils ne l'ont pas dénoncé devant les assises? demanda Reinhold.

— Peuh! fit Johann, dénoncer Araby! Le vieux est sorcier; ce serait perdre sa peine. Maintenant, bausse, voici nos trois hommes dans le même nid. Peut-être bien que nous en trouverons un quatrième parmi la société qui se rassemble aux *Quatre Fils*. C'est tout ce qu'on peut espérer pour la chose dont il s'agit, je vous en préviens.

— A la rigueur, répondit Reinhold, on peut se contenter de quatre, mais il n'en faut pas un de moins. Je voudrais savoir comment vous allez vous y prendre.

— C'est tout simple, et vous allez bien le voir, car je pense, monsieur le chevalier, que vous ne refuserez point de m'appuyer de votre présence dans la démarche que je vais tenter auprès de nos hommes?

Reinhold fit un geste énergiquement négatif.

— A quoi bon? dit-il. Mon concours ne peut vous être d'aucune utilité.

— Pardonnez-moi, répondit Johann. J'y ai compté... j'y compte encore.

— Mais la raison?

Il ne plaisait point à Johann de dire la véritable raison, qui était de compromettre

BIBLIOTHÈQUE NATIONALE

J'ai beau boire, je vois qu'on ne peut pas oublier. (Page 402, col. 1.)

son patron le plus possible et de l'engager irrévocablement.

— La raison saute aux yeux, répliqua-t-il sans hésiter : ce sont des sommes considérables que nous allons proposer à Mâlou et à Pitois. N'allez pas croire qu'ils soient novices en affaires ; rien n'est avocat comme un voleur ! Ils savent que je suis un pauvre gargotier à la tête d'un établissement assez modeste ; il leur faudra des garanties, vous les leur donnerez.

Le premier mouvement de Reinhold fut de refuser tout net. Puis il se prit à réfléchir ; au bout de plusieurs minutes d'hésitation, il releva brusquement la tête et se tourna vers Johann.

— J'accepte, dit-il ; entrons.

— Tout beau ! s'écria le cabaretier en riant ; maintenant, vous allez trop vite ! votre costume ne serait point en bonne odeur aux *Quatre Fils*, dont les habitués ne suivent pas la mode de si près. Il va falloir changer de toilette.

— Retourner jusqu'à l'hôtel ?

— Non pas ! jusque chez moi seulement. J'ai ce qu'il me faut ; venez !

Le chevalier se laissa emmener sans mot dire. Ils parcoururent à grands pas la route qu'ils avaient faite, et entrèrent chez Johann, non point par le cabaret, mais par la porte de l'allée.

Quelques minutes après, on aurait pu les voir ressortir. Johann avait conservé le même costume; mais le chevalier, au lieu de son castor brillant et de son caoutchouc irréprochable, portait maintenant une casquette et une blouse.

III.

LES QUATRE FILS AYMON

Le commerce de vins des *Quatre Fils Aymon*, tenu par madame veuve Taburot, occupait tous les derrières de la maison qui fait face au point central de la Rotonde.

Les profanes entraient et sortaient par l'allée noire, ouverte sur la place même; mais les habitués de choix qui avaient les bonnes grâces de la veuve Taburot connaissaient une autre issue, et savaient qu'ils pourraient, au besoin, gagner la rue Charlot par la maison voisine.

Alors, comme aujourd'hui, entre les chalands des *Quatre Fils*, il y en avait bien peu qui pussent être indifférents à une commodité de ce genre. Il y a bien longtemps, en effet, que cet établissement est spécial; on n'y connaît guère que les industries excentriques et périlleuses. Parmi ceux qui le fréquentent, quelques-uns sont vagabonds purement et simplement; d'autres sont escrocs; d'autres, sous prétexte de vendre des contremarques, exploitent les abords des théâtres; d'autres encore sont ces *malheureux marins* échappés du naufrage, qui vous offrent des rasoirs d'Angleterre assez bien affilés pour trancher un cheveu à la volée. Les plus purs proposent, à leurs bons moments, des cannes à pomme d'étain ou des chaînes de sûreté aux promeneurs des boulevards. Ceux qui ont des goûts champêtres font le buis bénit du dimanche des Rameaux : le prix de revient de cette verdure sacrée reste toujours un mystère; mais le débit en est excellent, et donne un prétexte de se tenir au plus épais de la foule, près de la porte des églises.

Cela suffit, pourvu qu'on ait la main preste et une bonne conscience.

Enfin il y a là mille et une variétés d'entrepreneurs de jeux en plein air, les uns tolérés par la police, les autres sévèrement prohibés.

Vous y retrouvez l'homme au lapin blanc, que vous avez entrevu à Sceaux, à Meudon, aux Loges, et qui invite gracieusement les amateurs de gibelotte à couvrir les ronds de sa table enchantée avec des palets de fer-blanc.

Vous retrouvez l'homme à la poule, qui veut que vous cassiez, le traître, une vitre protégée par quelque sortilége.

C'est le rendez-vous de ces banquiers perfides qui, sous prétexte de macarons, ressuscitent la roulette à la face du ciel, et dévorent les gros sous des simples.

C'est là enfin que l'on rencontre ces redoutables escamoteurs, fléau des petites rues du faubourg Saint-Antoine, qui dépouillent à coup sûr l'ouvrier avide et naïf au jeu ingénieux du *tirlibibi*.

Ceux-là sont d'autant plus âprement chassés par les sergents de ville, que leur banque n'admet point de cuivre; ils ne jouent que des pièces de cinq francs, comme à Frascati; et cette élévation de l'enjeu n'est certes point destinée à compenser leurs frais d'établissement, car ils mènent leur partie au milieu de la rue, sur la cuve renversée d'un vieux chapeau.

Trois cartes qui sautent l'une par-dessus l'autre avec une rapidité magique, une rue sombre, un jour sans soleil, quatre ou cinq compères qui veillent aux avenues, une dupe, et un fripon, tels sont les ingrédients du noble jeu du *tirlibibi*.

Mais le travail le plus universellement fêté aux *Quatre Fils Aymon* est le vol d'habits ou étoffes : le voisinage du Temple donne à ce commerce une importance très-satisfaisante. Un bon négociant des *Quatre Fils* fournit à lui tout seul jusqu'à deux échoppes de fripiers ; s'il sait s'arranger, il a une dame qui honore de sa confiance tous les magasins de nouveautés à la fois, et qui emporte sous son camail quantité de denrées pour le quartier des *frivolités*.

Ces dames sont très-bien mises et très-distinguées, ce qui ne les empêche pas de s'enivrer le soir avec de l'eau-de-vie ; de temps en temps, les journaux en citent une ou deux qui se font arrêter, mais c'est rare ; elles sont fort adroites, prudentes, exercées, et l'habileté de leurs mains met chaque année un fort long article au chapitre des profits et pertes des magasins de nouveautés.

Il faut reconnaître, néanmoins, que les véritables artistes en ce genre, les virtuoses, ne fréquentent point l'obscur cabaret de la place de la Rotonde. Le choix de cette profession aimable indique assurément une certaine distinction de goûts et de manières. La plupart des dames qui la pratiquent aiment à se faire comtesses de quelque chose et à voir le beau monde.

On en a vu donner des bals et patronner des œuvres de bienfaisance. Avec un peu de bonheur, elles peuvent mourir très-vieilles, dans de très-bons lits, entourées d'une famille très-honnête.

Le commerce de vin des *Quatre Fils Aymon* n'avait pas du tout la même physionomie que les autres cabarets des alentours du Temple. Pour y parvenir, il fallait traverser d'abord l'allée noire, puis une cour fangeuse où s'élevaient deux treillages en bois vermoulu.

C'était le jardin.

Il avait pour ombrage, en toute saison, un petit cyprès jaune, mort depuis des années, et un pot de basilic, servant aux préparations culinaires de madame veuve Taburot.

En sortant du jardin, on descendait trois marches et on entrait dans une grande salle basse d'étage, où se trouvait un billard à blouses, au tapis noirâtre et gras.

Cette salle avait pour ornement trois tableaux, contenant des inscriptions entourées de force parafes.

L'une de ces inscriptions portait : *On ne fume pas ici, quand il y a des dames.*

La seconde : *On joue la poule.*

La troisième était un code manuscrit des règles du billard.

A gauche de cette pièce d'entrée se trouvait une longue salle, située également au-dessous du sol de la cour. C'était là que se tenait madame veuve Taburot, derrière un comptoir entouré d'une basse galerie de cuivre et chargé d'une multititude de fioles à liqueur.

Il n'y avait ni brocs cerclés de fer, ni comptoir de plomb incessamment humide ; on vendait le vin à la mesure, mais dans des litres en verre, et cela ressemblait plutôt à un estaminet borgne qu'à un cabaret ordinaire.

Madame veuve Taburot était une femme de plus de cinquante ans, à la physionomie virile et digne ; les plus vieux habitués se souvenaient de l'avoir vue toujours au comptoir des *Quatre Fils Aymon ;* néanmoins elle se prétendait veuve d'un capitaine de la garde impériale ; en foi de quoi, ellé avait un portrait de l'empereur dans sa chambre à coucher.

Quand elle parlait de Napoléon, elle disait : *l'autre.*

Elle avait des opinions politiques, un bonnet à grands rubans et du goût pour le grog.

C'était, du reste, une femme grave et tout à fait à la hauteur de sa position sociale ; dans les fréquentes occasions où la police était descendue chez elle, elle s'était habituellement réclamée de sa qualité de veuve d'un ancien militaire, et sa conduite ferme, en même temps que soumise, avait toujours sauvé son établissement.

Elle inspirait à ses habitués une affection mêlée de respect ; elle savait faire crédit à propos, et si quelqu'un de ses chalands lui eût apporté une maison, elle eût trouvé très-certainement quelque coin pour la mettre en sûreté.

Au moment où nous entrons aux *Quatre Fils*, madame veuve Taburot lisait un feuilleton contre les jésuites, dans un journal qui se nourrit de prêtres; elle ponctuait cette lecture attachante en buvant à petites gorgées du grog très-fort, qu'elle avait fait mettre dans une tasse à tisane pour le décorum.

Autant elle était tranquille et froide, autant son entourage se montrait bruyant. Le personnel des *Quatre Fils Aymon* était ce soir au grand complet ; il y avait eu festin et l'on tâchait de se donner le bal.

Les tables de bois marbré avaient été reléguées contre les murailles; on avait poussé les tabourets sous les tables, et le milieu de la salle présentait un espace vide assez large pour former des quadrilles.

Madame Taburot n'avait point permis cet extra, mais elle ne l'avait point défendu.

On dansait; le billard, abandonné, montrait tristement son tapis pelé aux lueurs fumeuses des deux lampes ; personne ne s'égarait dans le jardin à l'ombre du basilic ; tout le monde était dans la salle, tout le monde riait, tout le monde chantait; vous n'eussiez point trouvé dans Paris, à cette heure, une aussi joyeuse réunion.

Il y avait pourtant, parmi cette assemblée en goguette, un homme qui se séparait de la joie commune, et qui demeurait silencieux dans un coin.

Cet homme était assis tout au bout de la salle, dans un endroit où il ne gênait personne. Il avait à côté de lui une chopine d'eau-de-vie, où il puisait largement et pour ainsi dire sans relâche.

C'était Fritz, l'ancien courrier de Bluthaupt. Il venait là chaque soir, et il buvait; il buvait jusqu'à ce que l'ivresse le terrassât, vaincu.

Il n'adressait jamais la parole à âme qui vive : seulement, lorsque l'eau-de-vie mettait du feu dans sa cervelle, on voyait ses lèvres remuer lentement et jeter dans le vide quelques mots perdus.

S'il n'avait pas été si sincèrement ivrogne, on l'aurait vu de mauvais œil au cabaret des *Quatre Fils ;* car on ne lui connaissait rien sur la conscience, et il n'avait jamais remis sous la garde de madame Taburot aucun objet dérobé.

C'était une tache dans l'assemblée ; mais, en définitive, un homme qui buvait tant pouvait bien se passer d'un autre vice.

Fritz était à peu près à la moitié de sa chopine d'eau-de-vie. Il avait mis à côté de lui, sur la table, son chapeau rougi et déformé ; on voyait le sommet de sa tête couvert de poils rares et comme grillés, tandis que de grandes masses de cheveux incultes s'ébouriffaient autour de ses tempes ; sa barbe longue et toute parsemée de poils blancs tombait sur sa poitrine chétive.

Il avait la tête baissée.

Quand il la relevait pour porter son verre à ses lèvres, sa main tremblait, le verre choquait ses dents. On voyait sa joue pâle et creuse, au centre de laquelle l'ivresse naissante et la lente maladie mettaient une tache de feu.

On voyait ses yeux mornes, creusés par la maigreur et qui n'avaient plus ni rayons ni pensée.

Il jetait sur la foule environnante un regard absorbé : puis sa tête retombait, tandis qu'un murmure confus glissait entre ses lèvres blêmes.

Il paraissait ne rien voir de ce qui se passait autour de lui et ne rien entendre des clameurs folles qui emplissaient la salle.

Les habitués des *Quatre Fils* lui rendaient, du reste, la pareille et ne prenaient point souci d'observer sa lugubre humeur ; on ne songeait qu'à mener le plus gaiement possible la soirée du lundi gras.

Il y avait là des toilettes de toutes sortes,

et ce que le marchand de vin Johann avait dit au chevalier de Reinhold, pour l'engager à changer de costume, n'était pas rigoureusement exact. Les habits fashionables du chevalier, portés par un des chalands de l'établissement, n'auraient point excité l'attention, parce que toute parure était bonne à ces hardis industriels. Parmi les blouses, qui formaient la majeure partie de la réunion, on voyait çà et là plus d'un habit noir et plus d'une redingote élégante; mais Johann avait eu raison nonobstant : un inconnu vêtu avec recherche devait nécessairement exciter en ce lieu l'attention et la défiance.

D'un autre côté, le bausse était un personnage trop célèbre dans le Temple pour qu'il ne se trouvât pas là quelque brocanteur ayant été à même de le voir. Johann ne voulait point qu'il fût reconnu ainsi par tout le monde.

S'il y avait de la différence entre les toilettes des hommes, celles des dames étaient encore plus disparates. Le même quadrille réunissait quelque grosse mère, portant un fichu à carreaux et un mouchoir de cotonnade sur la tête, avec quelque pimpante grisette et quelque « faraude » qui semblait échappée d'un boudoir du quartier des Martyrs.

Et tout cela vivait en parfaite intelligence; l'élégante tutoyait la commère, qui le lui rendait du meilleur de son cœur.

La danse, il est à peine besoin de le dire, était un peu échevelée; néanmoins elle ne dépassait pas de beaucoup les bornes imposées aux amateurs de nos bals publics par l'autorité intelligente des sergents de ville: les gestes se modéraient par respect pour la majesté de madame veuve Taburot, qui interrompait de temps en temps sa lecture pour boire un coup de tisane au rhum et dire d'une voix royale :

— Tâchez voir un peu de ne pas faire de bêtises.

Cela dit, elle se replongeait dans son antique journal; les grisettes lui faisaient bien des pieds de nez à la sourdine et les *cavaliers seuls* ajoutaient en son honneur quelque agrément nouveau à la pastourelle; mais, en somme, c'était beaucoup moins accentué que ces jolis bals du Prado et des Lilas, où les bons parents de province envoient leurs héritiers pendant les dix mois de l'année scolaire.

L'orchestre était composé de Mâlou dit Bonnet-Vert, et de son Pylade Pitois dit Blaireau.

Pitois jouait du violon; Mâlou soufflait dans une bombarde [1], souvenir de Bretagne, qu'il avait apportée du bagne de Brest.

Comme ils étaient à moitié ivres tous les deux et qu'ils n'entendaient pas se priver du plaisir de la danse, ils jouaient dans le quadrille même et sautaient comme des bienheureux, en tirant de leurs instruments des sons impossibles.

C'était un concert de canards et de grincements à faire tressaillir le tympan d'un sourd-muet.

La galerie accompagnait en faux-bourdon, et la voix aiguë de ces dames faisait à cet ensemble étrange un diabolique dessus.

Mais les honneurs du concert restaient à l'instrument breton, dont les gémissements nasillards dominaient tous les autres bruits.

Mâlou dit Bonnet-Vert en tirait un excellent parti; il soufflait de toutes ses forces et dansait de même; ses tempes suaient à grosses gouttes; quand l'haleine lui manquait, il renversait dans sa large bouche, pour se rafraîchir, le goulot d'une bouteille de rhum.

Ce Mâlou était un garçon assez remarquable. Il pouvait avoir trente-cinq ans; son front bas, mais large, était entouré d'une profusion de cheveux courts et bouclés; il avait le teint basané, les yeux noirs et brillants, la bouche fermement dessinée. L'ensemble de son visage, dont l'expression s'a-

1. Sorte de petit hautbois à sept trous qui accompagne le biniou (cornemuse), aux fêtes de la Basse-Bretagne.

mollissait en ce moment dans le sourire de l'ivresse, annonçait une hardiesse vive et une certaine franchise. Il dansait avec une jolie petite fille de quinze ans, au minois effronté, qu'il appelait *Bouton-d'Or*.

Son camarade Pitois, dit Blaireau, ne lui ressemblait aucunement. Autant Mâlou était leste et bien découplé, autant Blaireau se montrait gauche dans tous ses mouvements. Il était noir comme une taupe, et des mèches de cheveux plats tombaient jusque sur ses sourcils. Il y avait pourtant une certaine joyeuseté dans ses petits yeux souriants et mobiles; mais, en somme, c'était là une physionomie repoussante et dont l'aspect seul mettait en défiance.

Pitois avait une quarantaine d'années.

Il était le cavalier d'une grande et belle femme, portant, ma foi! camail de velours et chapeau à plumes, qui dansait le cancan avec une verve singulière.

Cette belle femme était connue sous le nom de « la duchesse ». Avec les marchandises qu'elle avait dérobées dans sa vie, tantôt sous son camail de velours, tantôt sous son cachemire des Indes, elle aurait pu monter un superbe magasin de nouveautés.

Mâlou et Pitois ne s'étaient jamais quittés; ils s'étaient engagés autrefois en même temps comme soldats; ils avaient déserté de compagnie; ils avaient travaillé ensemble dans le grand et le petit genre, sur les chemins et sous les réverbères des rues; ils avaient été ensemble en prison, ensemble encore au bagne; ils s'étaient évadés ensemble; ils se connaissaient dans le bonheur comme dans l'infortune; ils s'aimaient. Et (c'est une chose étrange) l'amitié, ce sentiment que les poëtes ont rendu fastidieux à force de le chanter, se rencontre plus souvent parmi les bandits qu'entre les honnêtes gens.

Mâlou avait mis plus d'une fois sa poitrine entre Pitois et le couteau ; Pitois avait cédé à Mâlou une femme qu'ils aimaient tous les deux; et il en avait fait une maladie, ni plus ni moins qu'un héros de roman.

Ils étaient si malheureux l'un sans l'autre, que Pitois s'était laissé prendre exprès, lorsque Mâlou avait été mis au bagne.

Il est superflu d'ajouter que leur pécule était commun. Entre eux, cependant, l'égalité n'était pas complète; dans tout ménage, il faut un maître : Mâlou dit Bonnet-Vert était le chef de l'association.

Il est remarquable que, dans toutes les réunions de malfaiteurs, la considération s'acquiert en raison directe de la culpabilité plus ou moins avancée. Un escroc est loin d'avoir le même rang qu'un faussaire, un simple voleur ne vaut pas le quart d'un assassin. Mâlou et Pitois avaient parcouru de compagnie tous les degrés de l'échelle du crime; au milieu des pauvres filous du Temple, ils étaient des aigles : figurez-vous deux académiciens encanaillés parmi des poëtes confiseurs!

On les admirait, on souriait de confiance aux moindres de leurs dires; s'ils daignaient plaisanter, c'était de l'enthousiasme; on ne se possédait pas de joie à les voir grincer du violon et de la bombarde.

Les femmes les voulaient, les hommes les respectaient et n'arrivaient pas même jusqu'à la jalousie. Ils étaient les héros, les incomparables; Bonnet-Vert surtout semblait un dieu.

Le bal était à son plus haut période de gaieté, lorsque Johann et le chevalier, traversant de nouveau la place de la Rotonde, s'engagèrent dans l'allée noire.

IV

L'AMOUR

Ce pauvre chevalier se sentait tout déconfit dans son nouveau costume. Il était mal à l'aise, comme un paon privé de sa queue. Les rôles avaient changé; il semblait maintenant le domestique de son factotum :

il le suivait pas à pas, l'oreille basse et d'un air soumis.

Johann entra le premier dans le billard et le traversa en homme qui connaît les êtres. Reinhold faillit se rompre le cou, en descendant les trois marches étroites et roides.

— Oh! oh! dit Johann en se dirigeant vers la seconde salle, il n'y a pas de poule ce soir. Quel diable de sabbat est-ce donc?

.Depuis la porte de l'allée, ils entendaient les sons stridents du violon et de la bombarde.

Malgré l'écriteau pendu aux murailles du billard et portant défense de fumer en présence des dames, tous les danseurs avaient la pipe à la bouche. La galerie, bien entendu, ne se gênait pas plus que les danseurs. Johann et le chevalier, en arrivant au seuil de la salle, ne virent qu'une masse de fumée grisâtre, au milieu de laquelle s'agitait un mouvement confus.

Et de cette brume épaisse sortaient des cris étranges, un bruit de gros souliers frappant le carreau à peu près en mesure, des rires, des bribes de chant, des accords faux hurlant sur le violon, et des notes boudeuses de bombarde.

Le chevalier regardait bouche béante pardessus l'épaule de Johann; il croyait rêver; cela lui faisait l'effet d'un cauchemar et il avait peur.

Il n'en était pas à se repentir d'avoir accepté la proposition de Johann. Plusieurs motifs l'avaient entraîné dans le premier moment : d'abord, l'intérêt puissant qu'il avait à réparer au plus tôt l'échec du duel; ensuite, un sentiment puéril et bizarre qui était tout particulier à sa nature de vieil enfant; il s'était posé en homme de ressources auprès de M. le baron de Rodach, et il tenait singulièrement à lui donner une haute idée de son savoir-faire. La supériorité du baron l'humiliait; il éprouvait, par avance, un plaisir singulier à l'idée de se pavaner devant cet étranger qui se proclamait si orgueilleusement nécessaire.

Cette pensée l'avait entraîné plus encore que son intérêt; il n'avait pu résister à l'espoir d'étonner le baron à son tour et de lui dire : « Voilà ce que j'ai fait! »

Pour un instant, sa couardise s'était changée en témérité; il avait fermé les yeux et il s'était jeté en avant sans réfléchir.

Maintenant il réfléchissait, et Dieu sait quelles terreurs punissaient sa courte outrecuidance!

Il était là, derrière Johann, et il se sentait du froid dans les veines. Le marchand de vins, pour compléter son déguisement, lui avait planté une cravate de soie noire sur l'œil gauche; la cravate était déjà mouillée de sueur.

Pour plus de précautions encore, Johann avait parlé de mettre bas la perruque blonde, et de se présenter aux *Quatre Fils* avec une tête au naturel; mais Reinhold avait défendu son toupet avec acharnement.

Johann lui avait laissé son toupet.

— Il y a bal, grommela le marchand de vin d'un air de mauvaise humeur; comment faire pour leur parler dans cette bagarre?

— Allons-nous-en, opina le malheureux chevalier.

— Non pas! Qui sait si nous les retrouverions demain?

— Donne-toi des grâces, madame la duchesse, disait-on derrière la fumée du tabac.

— Hardi, Blaireau! un temps de polka pour la fin!

— Voilà Bonnet-Vert qui porte Bouton-d'Or à bout de bras en valsant, et qui joue *Vive Henri IV!* de l'autre main! quel joli sujet!

— Ah! le diable de Bonnet-Vert!

Puis des voix de femmes :

— Portez-moi donc comme ça, Loiseau!

— Porte-moi donc comme ça, Petit-Louis!

— Et mets-y les deux mains, tu veux!

Mais Loiseau et Petit-Louis n'étaient pas si forts que Bonnet-Vert, et leurs dames pesaient deux fois plus que Bouton-d'Or.

Au plus fort du tumulte, la sonnette du comptoir s'agita, et la voix rude de madame Taburot prononça les paroles consacrées :

— Tâchez voir de ne pas faire de bêtises.

La contredanse finissait ; on eut l'air d'obéir à la veuve de la garde impériale et l'orchestre se tut.

En ce moment, les fenêtres, ouvertes pour rafraîchir la salle, chassèrent le nuage de fumée : le chevalier put embrasser toute la scène d'un coup d'œil ; mais, en même temps, sa tête qui passait par-dessus l'épaule de Johann fut aperçue de l'intérieur.

— Qu'est-ce que c'est que ça? s'écria-t-on de plusieurs côtés à la fois.

— Tiens! dit la petite Bouton-d'Or, c'te figure! il a un bandeau sur l'œil! c'est peut-être bien l'Amour.

Le mot fut couvert d'applaudissements. En un clin d'*œil*, le pauvre chevalier se vit entraîné, malgré les efforts de Johann, et comme enclavé dans une masse empressée de curieux.

Chacun le regardait sous le nez ; les quolibets se croisaient.

Le chevalier avait perdu plante.

— Oh! quelle tête! quelle tête! dit Màlou en l'examinant avec admiration ; il y a pour soixante-quinze centimes de blanc et de rouge sur la joue gauche!

— Il faut l'exposer sur une table, ajouta Bouton-d'Or, et on donnera un sou pour aller le regarder de près.

— Un sou au profit des Polonais!

Aussitôt fait que dit. Il y eut un mouvement dans la cohue, et le chevalier, sans savoir comment, se trouva élevé de deux ou trois pieds au-dessus de la foule. Dans le trajet, une main maladroite ou perfide lui avait arraché sa casquette et sa perruque en même temps : de sorte que le bandeau noir, placé en diagonale, tranchait maintenant entre sa face fardée et son crâne nu comme un genou.

L'assemblée trépignait de joie et hurlait :

— C'est l'Amour! c'est l'Amour!

Jamais on ne s'était tant diverti aux *Quatre Fils Aymon*. La farce arrivait à point entre deux contredanses ; c'était comme une attention délicate du hasard, qui avait choisi le bon moment pour lancer l'intermède.

Le tumulte joyeux allait sans cesse augmentant : chacun disait son mot plaisant ou grotesque ; ces dames n'en pouvaient plus à force de rire, et s'appuyaient, pâmées, au bras de leurs seigneurs. Madame Taburot, malgré ses qualités respectables et la déférence qu'elle inspirait d'ordinaire à ses pratiques, n'était plus maîtresse de la situation ; c'était en vain qu'elle enflait sa voix sèche et rogue pour jeter au milieu du fracas son fameux : « Tâchez voir de ne pas faire de bêtises. »

On ne l'entendait pas ; les rires se croisaient avec les quolibets. Hommes et femmes, danseurs et gens de la galerie, tous s'étaient réunis en un solide noyau qui occupait à peine un quart de la salle et se pressait autour du chevalier de Reinhold.

Celui-ci posait toujours sur la table qui lui servait de piédestal ; il roidissait sa taille épaisse et courte ; celui de ses yeux qui était libre restait baissé timidement ; il n'osait ni bouger, ni regarder cette foule dont les clameurs moqueuses arrivaient à son oreille, enflées par sa propre frayeur et toutes pleines de terribles menaces.

Depuis qu'on l'avait saisi à l'improviste sur le seuil du billard, pour l'entraîner captif au milieu de la cohue, il n'avait pas prononcé une parole ; il ne se rendait plus compte de ce qui se passait autour de lui ; la peur l'étouffait, il n'avait pas une goutte de sang dans les veines, et les deux rangées de ses dents fausses claquaient l'une contre l'autre, au risque de se déraciner. C'était la détresse muette et poignante de ces infortunées victimes que les Indiens cannibales insultent avant de les dévorer.

Et cette détresse faisait justement la joie de ces dames ; elles ne pouvaient se lasser

BIBLIOTHÈQUE NATIONALE IMPRIMÉS

— Bonne soirée! dit Blaireau en caressant trois ou quatre billets de la Banque de France. (Page 407, col 2)

d'admirer la tête de ce petit homme chauve comme un œuf et plâtré du front au menton; le bandeau noir, incliné coquettement, donnait à cette physionomie le dernier cachet.

— Il lui faudrait des ailes de papillon, disait Bouton-d'Or en s'approchant le plus possible.

— Garçon! criait la duchesse, deux sous de carquois pour l'Amour!

Et c'étaient de nouvelles salves de rire.

Johann, séparé violemment de son patron, essayait cependant de le rejoindre, et jetait çà et là en sa faveur quelques prières qui se perdaient dans le bruit; mais il ne s'enrouait pas à crier trop fort, et de temps à autre un sourire méchant venait sur sa figure renfrognée. Il trouvait la farce bonne, et le piteux état de son maître l'égayait sincèrement.

A part madame veuve Taburot, qui s'indignait de n'être point écoutée, et dont la colère s'allumait derrière son comptoir, il n'y avait dans la salle qu'un seul être qui restât étranger à la joie commune; Fritz était toujours immobile dans son coin, l'œil mort, la tête baissée et la main sur sa chopine d'eau-de-vie.

Il n'avait rien vu ; rires et plaisanteries avaient passé comme un bourdonnement autour de ses oreilles fermées.

Mais, en ce moment, il se fit un trépignement général, mêlé d'applaudissements et de clameurs si aiguës, que Fritz en tressaillit comme un homme qui s'éveille.

Il leva la tête lentement, et promena autour de lui ses regards stupéfiés.

Quand son œil tomba de loin sur le visage du chevalier, qui se dressait au-dessus de la foule, il y eut par tous ses membres un long frémissement.

— Toujours ! toujours ! murmura-t-il en cachant sa figure entre ses mains. Il me suit partout. J'ai beau boire, je vois bien qu'on ne peut pas oublier !

C'était Bouton-d'Or qui avait fait éclater cette dernière explosion d'allégresse. L'enfant espiègle et hardie avait réussi à percer la foule ; d'un bond, elle s'était juchée sur la table, auprès du chevalier.

Mâlou restait en bas, prêt à servir de compère.

Bouton-d'Or prit une pose de danseuse et demeura immobile, caressant d'une main le menton du chevalier, de l'autre suspendant à deux pouces au-dessus du crâne chauve de Reinhold la perruque déplorablement fripée.

En bas, Mâlou montrait ce groupe à l'aide d'une queue de billard, et disait avec l'emphase des gens qui expliquent les salons de cire :

— Tableau tiré de la mythologie. Psyché retrouvant la perruque de l'Amour !

Bouton-d'Or excitée par son succès, qui était grand et se traduisait dans l'assemblée en hilarité convulsive, allait passer à un autre exercice ; déjà ses grands yeux pétillaient de maligne espièglerie ; il n'y avait pas de raison pour que la comédie prît un terme de sitôt.

Heureusement pour le pauvre chevalier, la gaieté de Johann, alors même qu'elle avait une source méchante, ne durait jamais bien longtemps. Il jouit de la détresse burlesque de son patron durant quelques minutes, puis il en eut assez.

L'idée des dix mille francs lui revint ; c'était plus qu'il n'en fallait pour le rendre sérieux.

Il perça la foule à son tour en jouant des coudes énergiquement, et se dirigea vers Mâlou.

A cet instant même, madame veuve Taburot, transportée d'une indignation légitime, quittait son trône et traversait la salle pour venir mettre le holà de sa personne et prononcer le *quos ego* au milieu de ses pratiques révoltées.

Secouru ainsi des deux côtés, Reinhold ne pouvait manquer d'avoir sa délivrance ; mais l'aide la plus efficace ne lui vint pas de la maîtresse de l'établissement. La foule était hors d'elle-même. Madame veuve Taburot, nonobstant la majesté de son bonnet à rubans et du journal vénérable qu'elle tenait à la main, aurait vraisemblablement perdu son éloquence.

Johann, au contraire, n'eut besoin que de deux mots, dont l'un fut prononcé à l'oreille de Pitois et l'autre à l'oreille de Mâlou.

Pitois quitta le bras de la duchesse ; Mâlou rengaina une plaisanterie commencée et jeta sa queue de billard.

— C'est différent, grommela-t-il ; fallait le dire tout de suite.

Il ajouta, en se tournant vers Bouton-d'Or :

— Dégringole, toi, petite ; c'est fini de rire !

Bouton-d'Or perdit aussitôt son sourire espiègle et descendit avec une docilité d'esclave.

Quelques voix s'élevèrent dans l'assemblée pour protester contre ce brusque dénouement.

— Chut ! fit Blaireau.

Tout le monde se tut.

— Je savais bien, dit madame Taburot,

que si je quittais mon comptoir on se mettrait tout de suite à la raison. Mais qu'est-ce que c'est donc que ça qui vient troubler un établissement paisible ?

Par *ça*, elle entendait le chevalier de Reinhold, que Bouton-d'Or venait de réintégrer dans sa perruque. Par établissement paisible, elle voulait désigner le propre cabaret des *Quatre Fils Aymon*.

— En voilà suffisamment, la mère, répliqua Mâlou ; on va se tenir dans la réserve. Et quant à ce particulier, j'en réponds.

Madame veuve Taburot regagna son trône à pas lents.

Son aimable journal lui avait mis tant de jésuites dans la tête, qu'elle était tentée de prendre le chevalier pour un *socius* terrible et sa blouse pour une robe courte. Cette opinion la rendit circonspecte ; elle savait trop qu'il est dangereux d'irriter ces hommes puissants et sournois, qui ont le choléra dans leur manche.

— Tâchez voir, dit-elle seulement par manière d'acquit, de ne pas réitérer vos bêtises !

Bonnet-Vert et Blaireau, cependant, avaient pris le chevalier entre leurs bras et l'avaient déposé sur un tabouret. En se sentant assis, le chevalier ouvrit son œil timidement et jeta un regard furtif à la ronde.

Johann, qui était derrière lui, se pencha contre son oreille.

— C'était histoire de rire, murmura-t-il ; ne faites pas semblant d'être fâché. Nous tenons nos deux lurons et ça vaut bien un peu de peine.

Reinhold tâcha d'obéir et fit tous ses efforts pour sourire, ne fût-ce qu'un petit peu ; mais le malheureux avait eu trop grande peur : sa crainte resta lisible sur son visage et il baissa l'œil de nouveau, pour ne point voir ses persécuteurs.

Mâlou et Pitois s'étaient assis à côté de lui ; Johann vint se mettre en quatrième.

— La mère ! cria Mâlou, du jamaïque première, et cacheté... Vivement !

On apporta une bouteille de rhum ; Mâlou versa et mit sa main sans façon sur le genou du chevalier.

— Eh bien ! mon vieux, dit-il, ça n'a pas l'air de vous avoir fait plaisir, ces petites gaudrioles ? Il n'y a pourtant pas de quoi *renauder* (se fâcher).

— Faut pas se taquiner pour ça, ajouta Blaireau qui mit sa main noirâtre sur l'autre genou du chevalier.

Celui-ci les regarda en dessous tour à tour.

— Parlons raison... reprit Mâlou.

— C'est ça ! interrompit Blaireau.

— Si tu bavardes toujours, toi, dit Mâlou, ça ne va pas marcher.

Pitois fit un signe d'assentiment docile et se renferma dans un modeste silence.

— Comme ça, poursuivit Mâlou, le père Johann dit que vous avez besoin de deux sans-peur pour *maquiller* (arranger) quelque chose, là-bas en Allemagne. Si c'est bien payé, ça nous va... Pas vrai, Blaireau ?

Blaireau secoua la tête gravement.

— Ça veut dire : « Oui, » reprit encore Bonnet-Vert en traduisant pour l'usage de Reinhold le mouvement de son frère d'armes : c'est comme ça que Blaireau parle quand on l'a prié de se taire... C'est donc bien entendu, ça nous chausse. Dans notre position, il n'y a pas de mal à faire un petit voyage de santé à l'étranger ; seulement, il faut convenir du prix : êtes-vous disposé à *billancher* (payer) comme il faut ?

Reinhold en était toujours à faire effort pour se remettre du choc éprouvé.

Ce fut Johann qui répondit :

— Le *dab* (maître) est rond en affaires, et vous n'aurez pas à vous plaindre de lui, mes garçons. Dites votre prix.

— Auparavant, papa Johann, il faudrait connaître...

— On ne peut rien dire de précis jusqu'à voir ; ce sera suivant la chance... vous aurez peut-être trois semaines d'ouvrage, peut-être vingt-quatre heures. Il s'agit d'un petit bonhomme qui gêne...

— Et on veut l'extirper ? demanda Mâlou.

— Juste.

— Diable! Et pour quand faudra-t-il être prêt?

— La chose n'aura pas lieu tout de suite: mais on voudrait vous voir dans le pays pour habituer les paysans à vos figures.

— Pour qu'ils nous reconnaissent après! dit Pitois en faisant la moue.

— Du tout! pour que vous n'ayez pas l'air de venir à notre remorque. Vous partiriez demain vers midi.

Les deux amis se regardèrent comme pour se consulter.

Pendant cela, les habitués des *Quatre Fils* avaient repris le cours de leurs occupations. Les uns buvaient, les autres jouaient; d'autres encore, continuant le bal interrompu, dansaient en chantant au milieu de la salle.

Madame veuve Taburot, arrivée à un endroit touchant, où un vieux scélérat de jésuite dévorait plusieurs petites filles et d'anciens militaires, pleurait à chaudes larmes dans son journal.

V

BONNET-VERT ET BLAIREAU

— Qu'en dis-tu, toi, Blaireau? demanda Mâlou après un assez long silence. Ça me paraît bien vif, ce que propose le papa Johann.

— C'est vrai qu'on n'aura pas beaucoup le temps de se retourner.

— Voyons!

— Dis ce que tu penses, toi, répliqua le prudent Blaireau.

— Dame!

— Le fait est...

— Je crois que, si on nous lâchait mille écus...

Johann fit un brusque haut-le-corps.

Le chevalier, qui commençait à se retrouver lui-même, remarqua ce mouvement et le prit pour une protestation énergique contre l'exigence des deux compagnons; — s'il avait relevé sa paupière, il aurait vu l'œil de Johann cligner à la dérobée, en regardant tour à tour Mâlou et Pitois.

Si bien qu'au lieu de faire le marché meilleur, ce dernier, averti par l'œillade de Johann, se montra moins facile.

— Trois millle *points* (francs)! s'écria-t-il. Est-ce qu'il nous prend pour des Danois, le papa Girafe? Trois mille points pour un voyage de long cours chez des sauvages! Ça ne serait pas payé! Il en faut au moins quatre mille.

Johann cligna encore de l'œil.

— Alors, ajouta Bonnet-Vert, mettons cinq mille pour arrondir.

— C'est chaud! dit Johann qui ne voulait pas déserter ostensiblement son rôle.

— C'est comme ça! répliquèrent les deux bandits en faisant au marchand de vins un petit signe qui voulait dire: « Honnête Johann, vous aurez votre commission là-dessus. »

Celui-ci ne pouvait pas céder tout de suite; il discuta, pour la forme, durant quelques instants encore; puis il se tut de l'air d'un homme fatigué de combattre.

— En définitive, mes petits *camaros*, conclut-il, je ne suis pas le maître... Si le *dab* veut vous donner cinq mille points à chacun, ça le regarde.

Le *dab* ne demandait qu'à s'en aller: il eût donné la somme rien que pour se trouver porté par magie ou autrement sur les coussins de son équipage.

Il fit un geste affirmatif.

Mâlou et Pitois saisirent chacun une de ses mains.

— Marché conclu! s'écrièrent-ils.

— Ah! ah! vieux Johann, ajouta Bonnet-Vert, le *dab* n'est pas si dur que vous de moitié. Ça n'est pas bien, d'avoir voulu faire l'*arcasien* (le malin) avec de bons camarades!

— J'étais chargé des intérêts de monsieur,

répondit modestement le marchand de vins, et vous savez bien que je ne suis pas homme à laisser de côté mon devoir!

— Ça, c'est vrai, s'écrièrent à la fois les deux voleurs.

Reinhold continuait de faire la plus triste figure du monde. Sa mésaventure l'avait littéralement aplati. Ce lieu lui semblait tout plein de périls fantastiques; il était dans la position d'un homme qui se sentirait en équilibre au-dessus d'un précipice, et qui n'oserait ni regarder ni bouger.

La discussion calme qui venait d'avoir lieu à ses côtés n'avait point diminué son trouble, parce qu'il entendait toujours derrière lui ce railleur et menaçant murmure qui avait empli ses oreilles, au moment où il posait en Amour.

Il restait trop près de cette foule ennemie, qui l'avait si impitoyablement bafoué naguère, pour perdre ainsi sur-le-champ sa terreur.

Pendant le court silence qui suivit la conclusion du marché, il hasarda un timide regard du côté de Johann.

— Le *dab* n'a pas l'air à son aise, dit Mâlou.

— Je crois qu'il voudrait bien *décoller le plafond* (s'esquiver), ajouta Pitois.

Johann but son verre de rhum et se leva.

— Ça peut se faire, dit-il; entre honnêtes gens, il ne faut qu'une parole; nous sommes d'accord.

— A peu près, répliqua Mâlou; reste à trinquer comme de vrais amis.

Il prit le verre plein du chevalier, et le lui présenta galamment.

— Bourgeois, dit-il en mettant le revers de sa main à son oreille, j'oserai vous offrir le coup de *gargari*.

Reinhold trempa ses lèvres dans le verre de rhum.

— Et puis, ajouta Pitois avec un sourire aimable, il y a les petites arrhes...

— Que vous faut-il? demanda Johann.

— La moindre chose, un chiffon de cinq cents à partager.

Le chevalier mit sa main sous sa blouse et prit dans la poche de son paletot blanc un riche portefeuille de chagrin à fermoir d'or qu'il ouvrit.

Ses doigts tremblaient.

Les deux échappés du bagne n'avaient pas assez d'yeux pour regarder ce portefeuille.

Reinhold en sortit un billet de cinq cents francs qu'il leur donna. Pitois et Mâlou purent remarquer que ce billet n'était pas seul.

Ils se confondirent en remerciements.

— Voilà un bon petit *dab!* s'écria Mâlou en mettant les cinq cents francs dans sa poche. Il n'y a pas à dire, on se ferait hacher pour lui menu comme la chair à pâté! Pas vrai, Blaireau?

— Oh! fit Blaireau avec onction, on se *crèperait* (battrait) jusqu'à *pus soif!*

Le chevalier venait de serrer son portefeuille, et se préparait à prendre congé, lorsqu'une huée soudaine s'éleva tout à coup derrière lui dans la foule. Cette clameur fut suivie d'un profond silence.

Involontairement, Reinhold tourna la tête.

La cohue joyeuse s'était rangée sur deux files, laissant ouverte une large voie. Dans ce chemin, un homme s'avançait en chancelant.

Son visage barbu était d'une pâleur terreuse, et disparaissait presque complétement sous les mèches mêlées de ses cheveux.

Derrière ce voile, on voyait briller ses yeux fixes, qui avaient comme une lueur sanglante.

Il était ivre à ne pouvoir se soutenir; tout le monde s'inclinait ironiquement sur son passage, et les femmes s'amusaient à tirer les longs poils de sa barbe grise.

Il ne s'en apercevait point, et continuait sa marche pénible, qui menaçait chute à chaque pas.

— Voilà Fritz, dit Johann en s'adressant aux deux voleurs; mettez-le dans un coin à cuver son eau-de-vie. Il ne faut pas qu'il s'en aille, j'ai à lui parler ce soir.

— Vous pourrez lui parler, répondit Màlou; mais du diable s'il vous répond, mon brave; quand il a bu sa chopine d'eau-de-vie, il ne sait dire qu'une chose : « Je l'ai vu! je l'ai vu! »

— C'est égal, ajouta Blaireau, pour vous faire plaisir, papa Johann, nous allons vous le coller là-bas sous le *frotin* (billard).

Le chevalier, qui s'était regaillardi un peu à l'espoir de sa délivrance prochaine, avait pâli de nouveau en voyant s'approcher l'ancien courrier de Bluthaupt. Il recommençait à trembler.

Fritz n'était plus maintenant qu'à trois pas de lui. Il avait la tête basse et poursuivait laborieusement sa marche embarrassée.

Reinhold avait voulu se ranger pour lui livrer passage, mais ses jambes étaient de plomb.

L'ancien courrier de Bluthaupt fit un pas encore, puis un autre, et se trouva juste en face de Reinhold.

— L'Amour, rangez-vous! cria de loin la petite Bouton-d'Or.

Fritz, en ce moment, releva la tète pour reconnaître l'obstacle qui lui barrait le chemin.

A la vue de Reinhold, son corps se rejeta brusquement en arrière, tandis que ses bras s'avançaient comme pour repousser une effrayante vision.

— Ils vont se battre, dit une voix dans la foule.

— Ils vont boxer!

— Grand combat de la Chopine contre l'Amour! s'écria Bouton-d'Or en applaudissant des pieds et des mains par avance.

— Tâchez voir!... commença madame veuve Taburot.

Mais sa voix fut couverte par le tumulte renaissant.

Joueurs, buveurs et danseurs avaient quitté de nouveau leurs places pour voir de près cette lutte annoncée et qui promettait assurément un curieux spectacle.

On faisait cercle, les dames au premier rang.

Fritz et le chevalier, ainsi posés en face l'un de l'autre, avaient l'air de deux champions qui vont en venir aux mains; mais, à les considérer de près, on voyait sur leurs visages une terreur égale et poussée des deux côtés jusqu'à l'angoisse.

Les paupières du chevalier s'abaissaient pesantes et clouaient son regard au sol; Fritz, au contraire, avait les yeux grands ouverts, et ses prunelles dilatées semblaient vouloir sauter hors de leurs orbites.

Il regardait Reinhold: son front se ridait; ses lèvres remuaient convulsivement; ses cheveux se hérissaient sur son crâne.

— Faut-il l'emmener? demanda Màlou à Johann.

— Tout à l'heure, répondit froidement le marchand de vin.

Màlou se retourna vers Pitois.

— Attention au portefeuille! murmura-t-il.

— Ça va être dur! disait-on cependant parmi la foule.

— On va rire...

— Dix *jacques* (sous) pour l'Amour! proposa Bouton-d'Or.

— Tenus pour la Chopine! riposta la duchesse.

Fritz jeta autour de lui son regard effaré.

— Puisque le voilà, murmura-t-il d'une voix creuse, ce doit être l'enfer ici!

— Allons! dit Bouton-d'Or, peignez-vous comme des enfants bien gentils!

— Allons, l'Amour!

— Allons, la Chopine!

Fritz écarta lentement ses cheveux des deux côtés de son front, et se frotta les yeux comme un homme qui s'éveille.

La pensée confuse bourdonnait dans son cerveau, où il n'y avait que ténèbres.

— L'enfer! répéta-t-il. Tous ces gens sont des damnés... et lui, oh! l'assassin maudit! comme son cœur doit brûler!

La foule s'agitait.

Fritz fit un pas en avant et mit ses deux mains sur les épaules de Reinhold, qui poussa un grand cri et s'affaissa sur le sol, comme si la foudre l'eût frappé.

En voyant tomber le chevalier, les habitués des *Quatre Fils* poussèrent une longue acclamation.

— L'Amour est battu, s'écria la duchesse: Bouton-d'Or, tu me dois dix *ronds!*

— Minute! répliqua l'enfant; voici la Chopine qui tombe; c'est manche à!

Fritz s'était appuyé en effet de tout son poids sur les épaules du chevalier : ce soutien lui manquant, il se balança durant une seconde en équilibre, puis retomba lourdement la face contre terre.

Un sommeil pesant l'accabla aussitôt; il ne bougea plus.

— Le voilà qui *casse une canne* (ronfle), dit Johann à Mâlou; gardez-le-moi dans un coin. Maintenant faites *calleter* (disparaître) le *dab*. Il en a tout ce qu'il peut porter.

Les deux amis, faisant assaut de zèle, se jetèrent à la fois sur le chevalier et l'enlevèrent dans leurs bras. La foule s'était amassée entre eux et la porte du billard; ils la percèrent en trois coups de coude et se trouvèrent bientôt dans la petite cour humide, décorée du titre de jardin.

Ils auraient pu déposer là le chevalier; mais ils tenaient sans doute à faire leur besogne en conscience. Ils portèrent Reinhold tout le long de l'allée noire, et ne l'abandonnèrent que sur la place de la Rotonde.

— Bonsoir, bourgeois! dit Mâlou; une autre fois, vous nous donnerez pourboire.

— Brigands que vous êtes! murmura Johann à l'oreille de Pitois, je parie que vous avez fait votre main.

— Rien que le portefeuille, répondit Pitois.

— J'ai ma part!

— On verra.

Johann revint vers le chevalier et lui offrit son bras, dont le pauvre homme avait grand besoin.

— Attention à Fritz! cria de loin le marchand de vin aux deux parfaits amis qui étaient déjà dans la cour des *Quatre Fils*.

Ils rentrèrent au cabaret et déposèrent le courrier sous le billard, où il poursuivit paisiblement son somme.

Ensuite ils s'établirent devant leur bouteille de rhum, afin de dresser l'inventaire du portefeuille.

— Bonne soirée! dit Blaireau en caressant trois ou quatre billets de la Banque de France.

— Et de l'ouvrage! s'écria Mâlou. Moi, je suis content de travailler en Allemagne

— Avec ça que le bausse est une personne qui ne nous fera pas banqueroute, bien sûr?

Johann avait nommé le chevalier aux deux bandits afin de leur donner confiance tout de suite et d'abréger les préliminaires.

Ils trinquèrent deux ou trois fois coup sur coup.

— Blaireau, dit Mâlou, as-tu idée de ce que peut être ce petit bonhomme à qui nous aurons affaire là-bas?

— Quelque blanc-bec qui serre de trop près la femme du bausse, répondit Blaireau.

— Il n'est pas marié.

— Sa maîtresse, alors.

— Possible! mais je crois plutôt que c'est une affaire d'argent. La chose coûtera pas mal cher. Dix sacs pour nous, sans compter le Johann, qui ne me fait pas l'effet de travailler *à l'œil* (gratis)...

— Mettons vingt sacs!

— Eh bien! je dis qu'un homme comme le bausse ne jette pas comme ça mille napoléons par la fenêtre, pour l'histoire d'avoir une femme à lui tout seul...

Blaireau réfléchit un instant, puis il avala d'un trait son verre de rhum.

— Ça m'est égal, dit-il ensuite; s'il fallait toujours se creuser la *bobine*, ça n'en finirait plus. On nous donne une besogne, nous la faisons, ça suffit. En avant le violon!

— En avant la bombarde! répliqua Bonnet-Vert.

Ils se levèrent, joyeux de cœur et légers

de conscience, comme d'honnêtes garçons qu'ils étaient. La salle s'emplit de nouveau de sons cacophoniques. Blaireau prit le bras de la duchesse, Mâlou celui de Bouton-d'Or, et le bal recommença plus gai que jamais.

Le chevalier, cependant, regagnait le café de la *Girafe*, appuyé sur le bras de Johann.

— Quelles mœurs! disait-il d'un ton plaintif; croirait-on qu'il se passe dans Paris des choses semblables!

— Ça m'a toujours beaucoup étonné, répondit le flegmatique marchand de vin.

— J'ai cru qu'ils en voulaient à ma vie! Et ces créatures dangereuses! et ces faces de gibet!

— Je ne vous ai pas annoncé un salon du faubourg Saint-Germain.

— Et ce spectre! reprit le chevalier en frissonnant.

— Le pauvre Fritz... commença Johann.

Le chevalier s'arrêta.

— Pensez-vous qu'il m'ait reconnu? demanda-t-il.

— N'allez donc pas vous préoccuper de cela! répondit Johann en haussant les épaules; il est ivre comme une toupie, et, quand il n'est pas ivre, il est à moitié fou. Allons, allons, bausse, nous avons fait de bonne besogne ce soir! Voilà trois de nos hommes trouvés, et j'ai bon espoir d'en dénicher un quatrième.

— Vous n'avez pas prononcé mon nom, au moins?

— Du tout? pourquoi faire?

— Bien vrai?

— Foi d'honnête homme!

Le chevalier respira librement pour la première fois depuis deux heures.

Il monta, sans le secours de Johann, l'escalier tournant qui conduisait à l'appartement de ce dernier.

Quand il eut quitté sa blouse et sa casquette pour revêtir son costume habituel, il ne lui restait presque plus de traces d'émotion.

Tout glissait sur cette nature versatile.

Le chevalier était comme les enfants qui pleurent à chaudes larmes et qui rient de tout cœur avant que leurs yeux soient séchés.

— L'Amour! murmura-t-il avec un commencement de sourire; l'idée n'est pas mauvaise, ma parole d'honneur, et ces coquins-là ne manquent pas absolument d'esprit!

Il ôta son bandeau et arrangea sa perruque devant la glace.

— Malgré tout, reprit-il, je crois m'être conduit là-bas avec assez de fermeté. Il y a bien des gens qui auraient été effrayés de ce que je viens de voir. Mon Dieu! je puis bien vous le dire, Johann, je n'ai pas eu peur.

— Cela se voyait, monsieur le chevalier.

Reinhold refit le nœud de sa cravate et donna le dernier coup à sa coiffure.

— Eh bien, reprit-il, je ne suis pas trop mécontent de ma soirée. Tout cela marche, et, cette fois-ci, ce sera bien le diable si le petit coquin nous échappe encore. Bonsoir, Johann. Je vais aller faire un bout de cour à la mère de ma prétendue. Continuez à vous occuper de l'affaire, et, s'il y a quelque chose de nouveau, vous viendrez à l'hôtel demain matin.

Le chevalier regagna son équipage, qui l'attendait toujours devant Sainte-Élisabeth.

Il eut la jouissance de se dire, en voyant son cocher et son laquais transis de froid :

— Ces coquins-là m'ont cru en bonne fortune!

Johann, après avoir donné un coup d'œil à son propre établissement, retourna aux *Quatre Fils Aymon* pour achever sa tâche, et surtout pour savoir ce qui lui revenait dans l'affaire du portefeuille.

FIN DU PREMIER VOLUME

www.ingramcontent.com/pod-product-compliance
Lightning Source LLC
LaVergne TN
LVHW020600110826
845149LV00002B/330

* 9 7 8 2 0 1 9 3 1 0 4 9 3 *